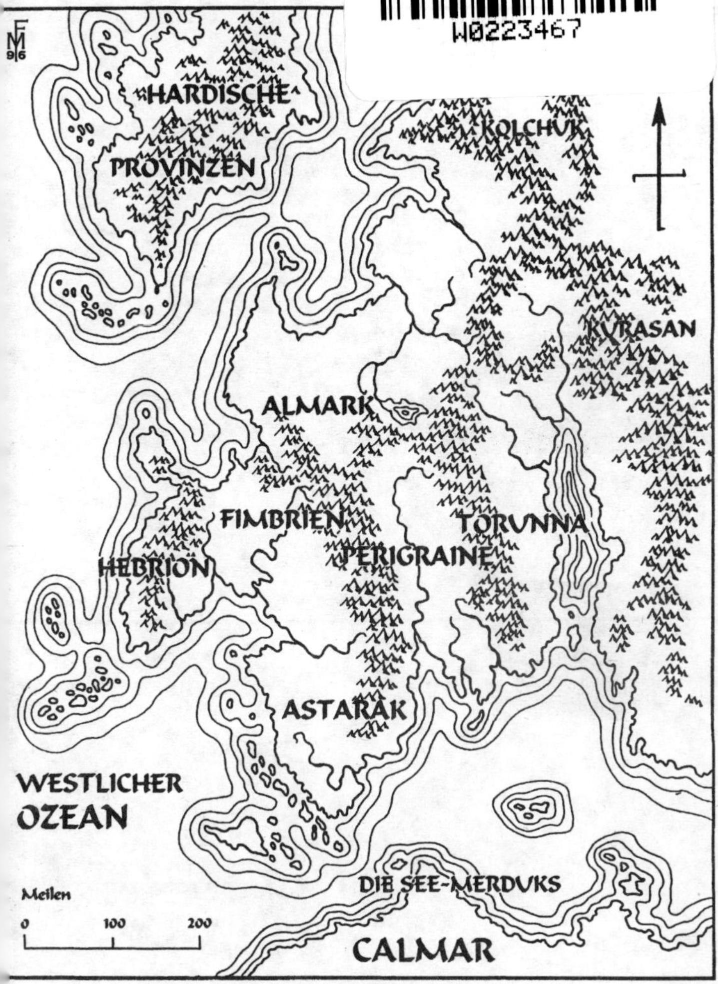

DIE FÜNF KÖNIGREICHE GOTTES

PAUL KEARNEY

HAWKWOODS REISE

Die Königreiche Gottes

Fantasy-Roman

Ins Deutsche übertragen
von Michael Krug

BASTEI
LÜBBE

BASTEI-LÜBBE-TASCHENBUCH
Band 20 299

Erste Auflage: Januar 1997

Deutsche Lizenzausgabe 1997
Bastei-Verlag Gustav H. Lübbe GmbH & Co., Bergisch Gladbach
Originaltitel: Hawkwood's Voyage
Lektorat: Wolfgang Neuhaus/Stefan Bauer
Titelbild: Steve Crisp
Kartenzeichnungen: Markus Fabian
Umschlaggestaltung: Quadro Grafik, Bensberg
Satz: KCS GmbH, Buchholz/Hamburg
Druck und Verarbeitung: Brodard & Taupin,
La Flèche, Frankreich
Printed in France
ISBN 3-404-20299-6

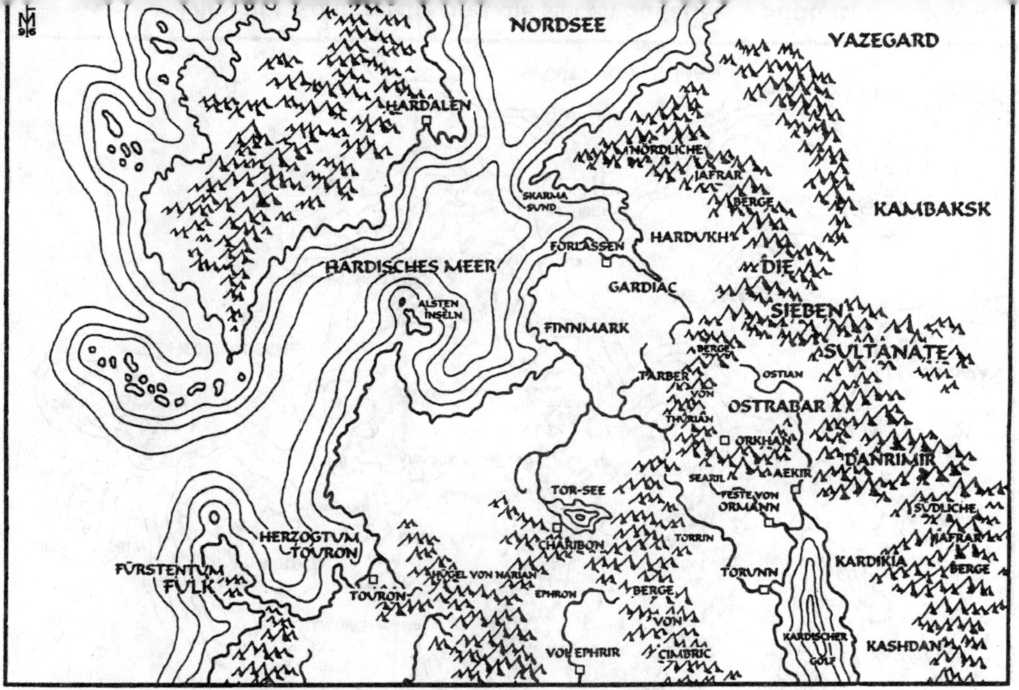

Die Fünf Königreiche und die sieben Sultanate – Nordteil

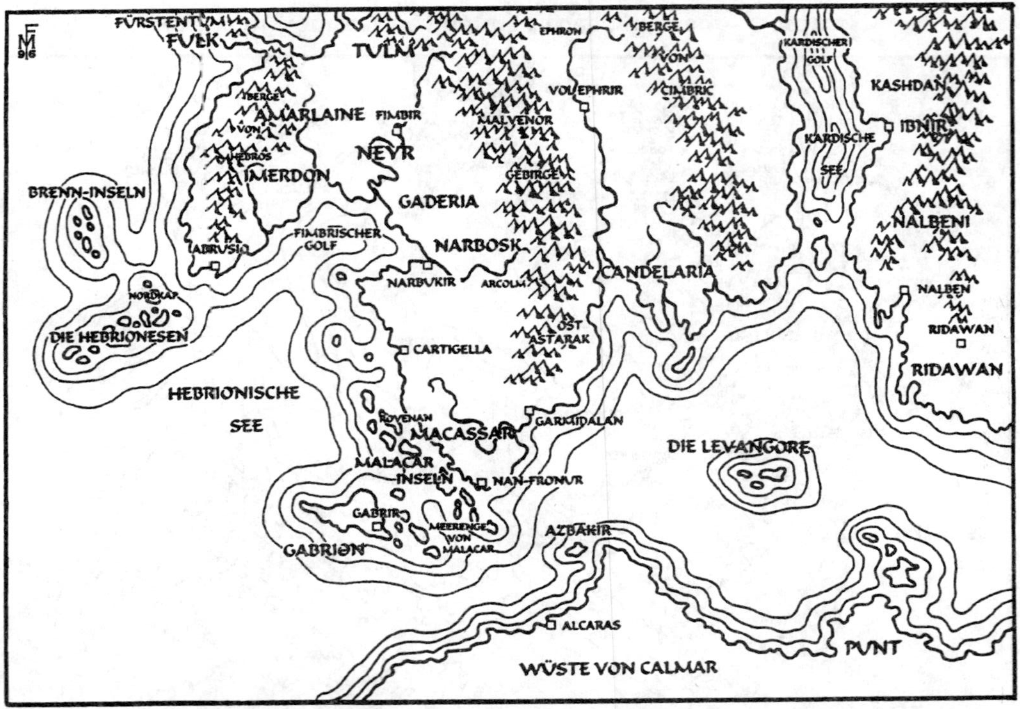

Die Fünf Königreiche und die sieben Sultanate – Südteil

PROLOG

Im Jahre des Heiligen 422

Es war ein Schiff der Toten, das sich mit der Nordwestbrise der Küste näherte. Die Marssegel waren noch gesetzt, die Rahen hingegen gebraßt für einen längst auf dem offenen Meer zurückgebliebenen Wind. Die Männer in den Jollen sichteten es als erste, am Tage vor dem Sankt-Beynacs-Tag. Selbst in der leichten Dünung krängte es stark, und was von den Segeln noch übrig war, zitterte und flatterte, wenn die Brise aussetzte.

Es war ein strahlend blauer Tag – die See und der Himmel präsentierten sich so klar, daß sie einander wie Spiegelbilder glichen. Ein paar Möwen kreisten erwartungsvoll über den mit dem silbrig schimmernden Fang gefüllten Netzen, die von den Fischern emsig eingeholt wurden. Ein Schwarm glitzernder Thunfische schwamm Richtung Hafen davon: ein böses Omen. Dem Volksglauben nach hauste in jedem die Seele eines Ertrunkenen. Doch der Wind stand günstig, und der Fang erwies sich als gut – die Schwärme waren unter dem Schiffskörper als große Schatten zu erkennen. Bisweilen blitzte die leuchtende Flanke eines sich windenden Fisches daraus hervor. Schon seit der Vormittagswache weilten die Fischer hier draußen und füllten die Netze mit den Gaben der See, derer sie sich nie gewiß sein konnten. Die dunkle Linie der hebrionischen Küste zeichnete sich verschwommen rechterhand hinter ihnen ab.

Der Kapitän einer Jolle hielt schützend die Hand an die Stirn, verharrte und schaute hinaus auf die See; seine Augen blitzten wie blaue Edelsteine auf rauhem Leder, und auf dem Kinn sprossen Bartstoppeln, so weiß wie die Härchen an Nesselhalmen. Flackernd spielten die Schatten der Wellen in den Tiefen der Augenhöhlen.

»Schiff in Sicht«, brummte er.

»Was ist es, Vater?«

»Eine Karacke, Junge. Allem Anschein nach ein Hochseeschiff. Aber die Segel hängen in Fetzen von den Rahen – eine Brasse ist sogar lose. Soweit ich es erkenne, muß sie wohl mindestens eine Tonne Wasser gefaßt haben. Sieht ziemlich mitgenommen aus, das Schiff. Und was ist mit der Besatzung? Unfähige Landratten!«

»Vielleicht sind alle tot. Oder zu Tode erschöpft«, meinte sein Sohn aufgeregt.

»Vielleicht. Oder von der Pest befallen, die dem Hörensagen nach in den östlichen Ländern wütet – Gottes Fluch auf alle Ungläubigen.«

Als sie das vernahmen, hielten die anderen Männer auf der Jolle inne und starrten mit düsteren Mienen auf das herannahende Schiff. Der Wind drehte sich leicht – sie spürten, daß er ihnen nur noch in ein Auge blies –, und der seltsame Kahn geriet vom Kurs ab. Nun trieb er mit dem Rumpf voraus; die lädierten Masten zeichneten sich schwarz gegen den ungewissen Horizont ab, der gleichsam Himmel wie Meer sein konnte. Wasser troff von den Händen der Männer. Unbeachtet zappelten die sterbenden Fische in den Netzen. Schweißtropfen sammelten sich an Nasen und brannten in Augen; überall war Salz, selbst im Wasser des eigenen Körpers. Die Männer schauten zu ihrem Kapitän.

»Das Schiff ist Bergungsgut, wenn die Besatzung tot ist«, meinte einer.

»Ein Schiff aus dem gottverlassenen Westen, ohne Anzeichen von Leben an Bord, das bringt Unheil«, murrte ein anderer. »Da draußen ist nichts außer Tausenden Wegstunden nie befahrener See und dahinter der Rand der Welt selbst.«

»An Bord könnten Überlebende sein, die Hilfe brauchen«, sagte der Kapitän streng. Sein Sohn schaute mit großen Augen zu ihm auf. Einen Augenblick lang ruhten die Blicke aller Männer auf seinem Gesicht. Er fühlte sie wie die Strahlen der Sonne, doch das zerfurchte Antlitz zeigte keine Regung, als er seine Entscheidung traf.

»Wir fahren rüber. Jakob, hiß die Fock! An die Brassen! Gorm, hol die Netze ein, und ruf die anderen Boote an. Sie sollen bleiben. Hier sind zu große Schwärme, um sie einfach ziehen zu lassen.«

Die Besatzung machte sich an die Arbeit, teils mißmutig, teils aufgeregt. Die Jolle war ein Zweimaster, der Besanmast achtern vom Ruderkopf aufgestellt. Sie mußten entgegen der landwärtigen Brise segeln, um die Karacke anzulaufen. Die Fischer auf den übrigen Booten unterbrachen das Einholen des Fangs, um zu beobachten, wie die Jolle auf ihr Ziel zusteuerte. Das größere Schiff trieb nun mit der Breitseite zur Dünung und legte sich Steuerbord über, als die Wellen gegen die windwärtige Seite schlugen. Immer näher segelte die Jolle an die Karacke; die Männer ließen schwere Ruder zu Wasser und legten sich kräftig in die Riemen, während der Kapitän und einige andere reglos auf dem Schandeck warteten, bereit für den gefährlichen Sprung an die Seite der Karacke.

Mittlerweile türmte diese sich bedrohlich über ihnen auf, wie ein immer näher rückender Gigant. Die Geitaue hingen lose im Wind; die Lateinerrah auf dem Besanmast glich einem bloßen Stumpf; die mächtigen Planken an der Seite waren gesplittert und geborsten, als hätte sich das Schiff durch eine enge Stelle gezwängt. Kein Lebenszeichen, keine Antwort auf das Preien des Kapitäns. Verstohlen hielten einige Männer im Rudern inne, um das Heiligenzeichen vor der Brust zu schlagen.

Der Kapitän sprang, ächzte, als er an die Seite der Karacke prallte, hievte sich über die Reling und blieb schnaufend stehen. Die anderen folgten ihm, zwei mit Dolchen zwischen den Zähnen, als erwarteten sie, sich den Weg an Bord freikämpfen zu müssen. Dann kehrte die Jolle um. Der Maat setzte sie auf Kurs Richtung Küste, wofür er beidrehen, den Wind auf der Wetterseite halten und mit der Brise segeln mußte. Der Kapitän winkte dem weggleitenden Kahn nach.

Die Karacke lag tief im Wasser. Im Vorder- und Achterschiff fing sich der Wind. Außer dem Rauschen und Branden der See, dem Knarren des Holzes und der Takelung und dem Scheppern eines Fasses, das im Speigatt auf und ab rollte, war kein Geräusch zu vernehmen. Der Kapitän reckte den Kopf, als er den Geruch der Fäulnis witterte. Der alte Jakob schaute mit wissendem Blick zu ihm herüber. Die beiden nickten einander zu. Tod war an Bord, irgendwo verwesten Leichen.

»Der heilige Ramusio beschütze uns; laß es nicht die Pest

sein«, murmelte einer der Männer heiser, was ihm einen grimmigen Blick des Kapitäns einbrachte.

»Hüte deine Zunge, Kresten. Du und Daniel, seht zu, daß ihr sie vor den Wind bekommt. Ich bin sicher, die Fugen halten der Dünung stand. Wir wollen versuchen, sie nach Abrusio zu schaffen, ehe sie das Werg ausspeit und den Bug ins Wasser senkt.«

»Du willst sie in den Hafen steuern?« fragte Jakob.

»So ich kann. Vorher aber müssen wir uns unter Deck umsehen, um sicherzugehen, daß sie nicht kurz vorm Sinken ist.« Das Rollen des Schiffes brachte ihn leicht ins Wanken. »Der Wind legt zu. Um so besser, wenn wir sie wenden können. Komm, Jakob.«

Er stieß eine der Türen im Achtersteven auf und trat in die Finsternis dahinter. Der strahlend blaue Tag draußen war wie abgeschnitten. In der plötzlichen Düsternis hörte er den barfüßigen Jakob schwer atmend hinter sich hertrotten. Der Kapitän hielt inne. Wie ein sterbendes Wesen wand sich das Schiff unter seinen Beinen; der stärker werdende Moder überlagerte sogar den Geruch von Salz, Teer und Hanf. Als seine tastenden Hände auf eine weitere Tür stießen, schluckte er heftig.

»Herr im Himmel!« keuchte er und schob sie auf.

Grell und blendend flutete Sonnenlicht durch geborstene Heckfenster. Eine große Kabine. Ein langer Tisch. Gekreuzte, funkelnde Schwerter an einem Schott. Und auf einem Stuhl ein toter Mann mit starrem Blick.

Der Kapitän zwang sich, hineinzugehen.

Die Kabine stand unter Wasser, das mit dem Schaukeln des Schiffes um ihre Füße spülte. Offenbar waren rückwärtige Wellen durch die Fenster gedrungen. Am vorderen Ende der Kabine lagen Kleidung, Waffen und Seekarten verstreut. Außerdem war da ein kleiner, metallgefaßter, ziemlich verbeulter Schrank. Der tote Mann jedoch saß aufrecht auf dem Stuhl, mit dem Rücken zu den Heckfenstern. Wie Pergament spannte sich die braune Haut über den Schädel. Die Hände glichen abgezehrten Klauen. Die Ratten hatten sich an der Leiche zu schaffen gemacht. Der Stuhl war in hölzernen Schienen auf dem Deck montiert, der Mann mit durchnäßtem

Tauwerk an den Stuhl gebunden. Anscheinend hatte er sich selbst gefesselt, denn die Hände waren frei. Eine verrottende Faust umklammerte einen zerfledderten Bogen Papier.

»Jakob, was hat das zu bedeuten?«

»Ich weiß es nicht, Kapitän. Auf diesem Schiff war der Teufel am Werk. Der Mann da muß der Kapitän gewesen sein – siehst du die Seekarten? Außerdem liegt da ein zerbrochenes Winkelkreuz. Aber was ist hier geschehen? Warum hat er sich selbst angebunden?«

»Es gibt keine Erklärung dafür – noch nicht. Wir müssen hinuntergehen. Sieh nach, ob du hier irgendwo eine Laterne oder eine Kerze findest. Ich muß mir den Frachtraum ansehen.«

»Den Frachtraum?« Der alte Seebär klang zweifelnd.

»Ja, Jakob. Wir müssen nachsehen, wie schnell sie Wasser faßt und was sie geladen hat.«

Das Licht wich aus den Fenstern, und das Rollen des Schiffes wurde sanfter, als die Männer an Deck es vor den Wind setzten. Jakob und sein Kapitän warfen einen letzten Blick auf den Totenschädel des verstorbenen Schiffsherrn. Danach verließen sie den Raum. Keiner teilte dem anderen mit, was er insgeheim dachte: Der tote Mann war mit schreckensverzerrtem Gesicht von dieser Welt geschieden.

Wiederum grelles Sonnenlicht, die klare Gischt des Meeres. Die anderen Männer, die mit an Bord gekommen waren, mühten sich mit Hebewerken und Brassen ab und schwenkten die für sie ungewohnt schweren Rahen. Der Kapitän brüllte ein paar Befehle. Sie würden Segeltuch und neues Tauwerk brauchen. Backbord bestanden die Wanten des Hauptmastes nur noch aus dünnen Fäden – ein Wunder, daß die Karacke den Mast nicht abgeschüttelt hatte.

»Ein Sturm kann ein Schiff unmöglich so zurichten«, meinte Jakob und fuhr mit den rauhen Händen über die Reling. Das Holz war gesplittert und wies Kerben auf. Bisse, dachte der Kapitän und fühlte, wie sich ein kalter Wurm der Angst in seinen Eingeweiden krümmte.

Unter Jakobs fragendem Blick jedoch ließ er sich nichts anmerken.

»Wir sind Seeleute, keine Philosophen. Unsere Aufgabe ist es, das Schiff zum Schwimmen zu bringen. Kommst du nun mit, oder soll ich einen der Jungen fragen?«

Seit mehr als vierzig Jahren segelten sie gemeinsam die hebrionische Küste auf und ab und hatten in dieser Zeit unzählige Fische eingeholt und mehr Stürmen getrotzt, als sie sich erinnern konnten. Stumm nickte Jakob. Zorn brannte die Angst hinweg.

Die Persenninge über den Luken flatterten zerrissen im Wind. Unten, in den Eingeweiden des Schiffes, war es dunkel; vorsichtig bahnten sich die beiden Männer den Weg hinab. Einer der anderen hatte eine Laterne gefunden und angezündet. Man reichte sie hinunter in die Finsternis, und das Licht offenbarte, daß Jakob und der Kapitän von Kisten, Fässern und Säcken umgeben waren. Ein muffiger Geruch hing in der Luft, abermals leichter Moder. Sie hörten das Plätschern und Gurgeln von Wasser tiefer im Bauch des Schiffes, das rollende Poltern loser Ladung, das Ächzen des überlasteten Schiffsrumpfes. Der in großen Schiffen üblicherweise unglaublich durchdringende Gestank der Bilge wurde vom eingedrungenen Meerwasser überlagert.

Langsam schlichen sie durch einen Gang zwischen der Ladung; der Schein der Laterne warf unstete Schatten in alle Richtungen. Sie entdeckten die Überreste von halb aufgefressenen Ratten, aber keine einzige lebendige. Und kein Zeichen von der Mannschaft. Fast mochte man glauben, der Kapitän oben in der Kabine hätte das Schiff bis zu seinem Tode allein, ohne jede Hilfe gesteuert.

Eine weitere Luke, hinter der ein Niedergang hinabführte in schwärzeste Finsternis. Das Schiff ächzte und stöhnte unter ihren Füßen. Die Stimmen der Kameraden in jener anderen Welt aus salziger Luft und Gischt hörten sie mittlerweile nicht mehr. Da war nur dieses gähnende Loch ins Nichts, und jenseits der hölzernen Mauern, die sie umgaben, nur die endlose See.

»Da unten ist Wasser, und gar nicht wenig«, verkündete

Jakob, der die Laterne in die Luke hinabhielt. »Ich sehe es wogen, aber da ist keine Gischt. Wenn es ein Leck ist, dringt nur langsam Wasser ein.«

Die beiden Kameraden zur See hielten inne und starrten hinab an einen Ort, den keiner der beiden erkunden wollte. Doch wie der Kapitän gesagt hatte, sie waren Seeleute, und niemand, der sich dem Meer verbunden fühlte, konnte untätig zusehen, wie ein Schiff starb.

Der Kapitän wollte sich an den Abstieg machen, aber Jakob hielt ihn mit einem seltsamen Lächeln zurück und ging zuerst, wobei sein Atem deutlich vernehmbar in der Kehle rasselte. Der Kapitän sah den Schein der Laterne auf das Wasser fallen und sich darin brechen. Verschiedene Dinge trieben dort unten. Dann spritzte im Spiel von Licht und Schatten etwas auf.

»Da sind Leichen.« Verzerrt, wie aus weiter Ferne, drang Jakobs Stimme herauf. »Ich glaube, ich habe die Besatzung gefunden. O gütiger Gott und alle Heiligen ...«

Ein Knurren ertönte, und Jakob schrie. Die Laterne verlöschte. In der plötzlichen Dunkelheit verwandelte irgend etwas das Wasser in tobende Fluten. Der Kapitän erblickte den gelben Schimmer eines Auges, gleich einem gierigen, weit entfernten Feuer in rabenschwarzer Nacht. Seine Lippen formten Jakobs Namen, doch kein Laut drang aus der Kehle; seine Zunge hatte sich in Sand verwandelt. Rückwärts stolpernd, stieß er gegen die scharfe Kante einer Kiste. *Lauf,* riet ihm sein Verstand, doch das Mark der Knochen schien sich in Granit verwandelt zu haben.

Dann stürmte das Ding über den Niedergang herauf, unmittelbar auf ihn zu. Dem Kapitän blieb nicht einmal Zeit, ein Gebet zu murmeln, bevor das Wesen sein Fleisch zerfetzte. Nur die gelben Augen wurden Zeugen, wie die Seele des Seefahrers aus dem Körper entwich.

ERSTER TEIL

Der Untergang Aekirs

1
Im Jahre des Heiligen 551

Die Stadt Gottes brannte …

Lange Feuersäulen stiegen wie Flaggen im Wind von den Straßen auf, stieben auseinander und verloren sich in den dunklen Wolken undurchdringlichen Rauches, die über den Flammen hingen. Viele Meilen entlang des Flusses Ostian brannte die Stadt, die Gebäude stürzten ein, doch der Lärm der niederkrachenden Mauern ging im allumfassenden Brüllen des Feuers unter. Sogar das Getöse der Schlacht an den Westtoren, wo die Nachhut immer noch kämpfte, verlor sich in dem drohenden Inferno.

Die Kathedrale von Carcasson, die größte der Welt, stemmte sich unbeugsam und schwarz den Flammen entgegen: ein einsamer Wächter mit Kuppeln und Türmen. Dem massiven Granit konnte die Hitze nichts anhaben, aber das Blei schmolz in dünnen Bächen vom Dach, und die Holzbalken brannten über die gesamte Länge lichterloh. Die Leichen von Priestern lagen auf den Stufen verstreut; der heilige Ramusio starrte sorgenvoll hinunter, umgeben von einer Horde rangniedrigerer Heiliger, deren Augen aufsprangen und deren Bronzestäbe sich in der Feuersbrunst verbogen. Hier und da grinste boshaft ein blutrot geränderter Wasserspeier hinab.

Der Palast des Pontifex Maximus war voller plündernder Truppen. Die Merduks hatten Wandteppiche heruntergerissen und Reliquien zertrümmert, um an die wertvollen Edelsteine heranzukommen, die diese schmückten, und tranken nun Wein aus den heiligen Pokalen, während sie darauf warteten, daß sie bei den gefangengenommenen Frauen an die Reihe kamen. Ahrimuz meinte es heute wahrlich gut mit ihnen.

Weiter im Westen der Stadt waren die Straßen verstopft von flüchtenden Menschen und den Truppen, die hier stationiert gewesen waren, um die Menschen zu beschützen. Hunderte wurden in der Panik totgetrampelt, Kinder zurückgelassen, Alte und Gebrechliche beiseite gestoßen. Mehr als einmal begrub ein einstürzendes Haus Dutzende unter einer Lawine lodernden Mauerwerks; die anderen aber verschwendeten kaum einen Blick darauf. Nach Westen drängten sie, nach Westen zu den Toren, die nach wie vor von ramusischen Truppen gehalten wurden, dem Rest der Torrunen John Mogens, einst die gefürchtetsten Soldaten der Welt. Nun stellten sie nur noch einen verzweifelten Haufen dar; alle Tapferkeit war während der Belagerung und der sechs Angriffe vor diesem letzten Sturm versiegt. Und John Mogen war tot. Gerade im Augenblick kreuzigten die Merduks seinen Leichnam über den Osttoren, wo er gefallen war und den Feind bis zum letzten Atemzug verflucht hatte.

Wie eine Schar Küchenschaben stürmten die Merduks durch die Stadt, glitzernd und um sich stechend im Schein der Flammen. Die Gesichter leuchteten, die Schwertarme waren bis zu den Ellbogen in Blut getränkt. Lange hatte die Belagerung gedauert, hart war der Kampf gewesen, doch nun gehörte die größte Stadt des Westens endlich ihnen. Shahr Baraz hatte versprochen, ihnen freie Hand zu lassen, sobald die Stadt gefallen war, und ihnen stand der Sinn nach Plünderung. Aber nicht sie brannten die Stadt nieder, sondern die im Rückzug begriffenen westlichen Truppen. Sibastion Lejer, Mogens Leutnant, hatte geschworen, daß nicht ein einziges Gebäude intakt in die Hände der Heiden fallen sollte. Er und eine Handvoll Soldaten, die noch Befehle befolgten, setzten gewissenhaft die Paläste, Waffenarsenale, Lagerhäuser, Theater und Kirchen von Aekir in Brand und töteten jeden, ob Merduk oder Ramusier, der sie aufzuhalten versuchte.

Corfe beobachtete, wie die riesigen Flammenwände zum Himmel stiegen. Der Rauch der Feuersbrunst führte ein verfrühtes Zwielicht herbei, das Ende eines langen Tages für die Verteidiger von Aekir; für viele Tausende der letzte Tag auf Erden.

Corfe stand auf einem Flachdach, abseits des Mahlstroms der kreischenden Menge unter ihm. In dichten Wellen drang das Geschrei zu ihm herauf. Angst, Zorn, Verzweiflung. Aekir selbst schien zu schreien; die gemarterte Stadt wand sich im Todeskampf, das Feuer verzehrte ihre Lebensadern. Der Rauch brannte in Corfes Augen, weshalb er sie zu reiben begann. Er fühlte, wie sich Asche, schwarzem Schnee gleich, auf seine Brauen senkte.

Nichts erinnerte noch an den gediegenen Fähnrich; er glich mehr einer Vogelscheuche – versengt, zerlumpt, blutig. Die Halbrüstung hatte er während der Flucht von den Mauern geworfen. Er trug nur noch sein Wams und den schweren Säbel, das Markenzeichen von Mogens Männern. Corfe war klein, drahtig und hatte tiefgründige Augen. Mordlust und Verzweiflung traten abwechselnd in seinen Blick.

Irgendwo da unten befand sich seine Frau und durfte sich der Aufmerksamkeit der Merduks erfreuen. Vielleicht war sie auch in einer menschenüberfüllten Gasse totgetrampelt worden, oder sie lag als verbrannte Leiche unter den Trümmern eines Hauses.

Abermals rieb er sich die Augen. Dieser verdammte Rauch.

»Aekir kann nicht fallen«, hatte Mogen ihnen gesagt. *»Die Stadt ist uneinnehmbar, die Männer auf den Mauern sind die besten Soldaten der Welt. Aber das ist noch nicht alles. Aekir ist die heilige Stadt Gottes, die Heimat des heiligen Ramusio. Aekir kann nicht fallen!«* Und sie alle hatten gejubelt.

Eine Viertelmillion Merduks sollten Mogens Worte Lügen strafen.

Flüchtig überlegte der Soldat in Corfe, wie viele Männer der Garnison wohl geflohen waren und noch fliehen würden. Mogens Leibgarde hatte bis zum Tode gekämpft, nachdem er gefallen war, und dann hatte die Flucht eingesetzt. Fünfunddreißigtausend Mann waren in Aekir stationiert gewesen. Konnte sich ein Zehntel davon bis nach Ormann durchschlagen, durfte man getrost von Glück reden.

»Ich kann dich nicht verlassen, Corfe. Du bist mein Leben. Mein Platz ist hier«, hatte sie mit dem ihr eigenen, herzzerreißenden, schiefen Lächeln auf den Lippen gesagt. Die rabenschwarzen Locken hatten ihr tief in der Stirn gehangen. Und er, dummer Narr, der er war, hatte auf sie gehört, und auf John Mogen.

Es erwies sich als unmöglich, sie zu finden. Wie es das Schicksal wollte, befand sich ihr Haus im Schatten der östlichen Bastion, die als erste gefallen war. Dreimal hatte er versucht, dorthin durchzudringen, bevor er es schließlich aufgab. Dort war niemand mehr am Leben, der nicht Ahrimuz huldigte, und die überlebenden Frauen wurden bereits zusammengetrieben. Zofen von Ahrimuz sollten sie werden, Gefangene in den Feldbordellen der Merduks.

Verfluchte blöde Schlampe! Hunderte Male hatte er ihr gesagt, sie solle verschwinden, bevor die Belagerungslinien die Stadt von der Außenwelt abschnitten.

Er blickte nach Westen. Wie träges Blut in den Arterien eines gefallenen Riesen strömten die Menschenmassen dorthin. Den Gerüchten nach war die Straße nach Ormann noch den ganzen Weg bis zum Fluß Searil offen, wo die Torrunen die zweite befestigte Linie in zwanzig Jahren errichtet hatten. Die Merduks, so erzählte man, hatten diesen schmalen Weg absichtlich offen gelassen, um die Garnison zu verleiten, die Bevölkerung zu evakuieren, die dann die Straße zwanzig Wegstunden weit verstopfen würde. Corfe hatte das schon früher erlebt, in den zahlreichen Schlachten, die er geschlagen hatte, seit die Merduks zum ersten Mal die Jafrar-Berge überquerten.

War sie tot? Niemals würde er es erfahren. O Heria!

Sein Schwertarm schmerzte. Nie zuvor war er in ein solches Gemetzel verstrickt gewesen. Er hatte das Gefühl, seit ewigen Zeiten zu kämpfen, dabei hatte die Belagerung lediglich drei Monate gedauert. Es war alles andere als eine Belagerung aus dem *Militärhandbuch* gewesen. Die Merduks hatten Aekir vom Rest der Welt abgeschnitten. Daraufhin begannen sie die Stadt in Grund und Boden zu stampfen. Sie versuchten nicht einmal, die Bevölkerung bis zur Kapitulation auszuhungern. Statt dessen griffen sie immer und immer wieder mit rücksichtsloser Selbstvergessenheit an, wobei sie für jeden gefallenen Verteidiger fünf bis sechs Mann verloren – bis heute morgen der endgültige Angriff erfolgte. Ein grausames Gemetzel fand auf den Mauern statt, ein hin und her wogendes Blutbad, bis der kritische Augenblick erreicht war, das Faß überlief und die Torrunen einer nach dem anderen von den Schutzwällen flohen, auf denen die verheerende Niederlage sich deutlich abzeichnete. Der alte John hatte ihnen nachgebrüllt, bevor das Krummschwert eines Merduks auf ihn herabsauste. Danach setzte ein panikähnlicher Zustand ein. Niemand dachte an eine zweite Linie, an einen Rückzug unter Kampf. Die entsetzliche Anspannung während der Belagerung, die zahlreichen Angriffe – all das hatte die Soldaten ausgezehrt, sie brüchig wie die Klinge eines rostzerfressenen Schwertes gemacht. Die Erinnerung daran beschämte Corfe. Aekirs Mauern waren nicht eingenommen, sondern von den Verteidigern aufgegeben worden.

Hatte er deshalb innegehalten? Stand er deshalb nun hier wie der Beobachter einer Apokalypse? Vielleicht um für die Flucht zu sühnen?

Oder um darin umzukommen. *Meine Frau: Irgendwo da unten ist sie, lebendig oder tot.*

Grollender Donner erhob sich; Detonationen erschütterten die rauchschwangere Luft. Prasselndes Hakenbüchsenfeuer. Irgendwo wurde noch Widerstand geleistet. Sollten sie. Es war an der Zeit, die Stadt hinter sich zu lassen – und mit ihr all jene, die er hier geliebt hatte. Die Narren, die jetzt noch weiterkämpften, würden als Leichen in der Gosse enden.

Corfe begann den Abstieg vom Dach, wobei er sich wütend die Augen rieb. Wie ein Blinder mit Stock ertastete er sich mit dem Säbel den Weg die Treppe hinab.

Als er die Straße erreichte, empfing ihn erstickende Hitze; die beißende Luft schmerzte in der Kehle. Das rauhe Geschrei der Menge schlug ihm wie eine Wand entgegen; dann geriet er mitten hinein in die Welle der Flüchtenden und wurde hinfortgetragen wie ein Schwimmer in einem reißenden Strom. Es stank nach Furcht und Asche, die Gesichter wirkten im höllengleichen Licht kaum noch menschlich. Corfe erblickte bewußtlose Männer und Frauen, die einzig das dichte Gedränge der Masse aufrechthielt, und kleine Kinder, die über aneinandergepreßte Köpfe krabbelten wie über einen Teppich. An den Straßenrändern wurden Menschen zerquetscht, als sie die treibende Flut über die angrenzenden

Wände schleifte. Während Corfe weitergestoßen wurde, spürte er unter den Füßen die Körper anderer Menschen. Sein Absatz glitt über das Gesicht eines Kindes. Der Säbel ging verloren, entglitt im Gewimmel seiner Hand. Er reckte das Gesicht noch zum rauchverhangenen Himmel und den lodernden Gebäuden, erkämpfte sich ein paar Atemzüge der stinkenden Luft.

Grundgütiger, dachte er, ich bin in der Hölle!

Aurungzeb der Goldene, dritter Sultan von Ostrabar, vertrieb sich die Zeit mit den drallen Brüsten seiner neuesten Konkubine, als ein Eunuch durch die Vorhänge am Ende des Raumes watschelte und sich tief verbeugte, so daß sein kahler Schädel im Schein der Lampen glänzte.

»Hoheit.«

Aurungzebs schwarze Augen blitzten, sein Blick durchbohrte den unverschämten Eindringling, der gebeugt und zitternd verharrte.

»Was gibt es?«

»Ein Bote, Hoheit, von Shahr Baraz vor Aekir. Er sagt, er habe Neuigkeiten von der Armee, die nicht warten können.«

»Tatsächlich?« Aurungzeb sprang auf und stieß seine schmollende Gespielin beiseite. »Willst du damit andeuten, daß jeder haarlose Eunuch und gemeine Soldat im Palast jederzeit über mich verfügen kann?« Er trat den Eunuchen, daß dieser der Länge nach hinfiel. Der Sklave zuckte, doch er blieb still.

Aurungzeb überlegte. »Von der Armee, sagst du? Sind es gute oder schlechte Nachrichten? Ist der Belagerungsring durchbrochen? Hat dieser Hund Mogen meine Truppen in die Flucht geschlagen?«

Der Eunuch stemmte sich mühevoll auf Hände und Knie und keuchte auf den in herrlichen Tönen gefärbten Teppich hinab. »Er wollte mir nichts verraten, Hoheit. Nur Euch persönlich will er die Neuigkeiten berichten. Ich habe ihm gesagt, daß dies ganz und gar nicht den Gepflogenheiten entspricht, aber …« Ein weiterer Tritt brachte ihn zum Schweigen.

»Schick ihn herein. Bringt er schlechte Neuigkeiten, mache ich ihn auch zu einem Eunuchen.«

Auf ein Kopfnicken hin tippelte die Konkubine rasch in die Ecke. Aus einem juwelenbesetzten Schrank holte der Sultan einen schlichten Dolch mit abgegriffenem Heft. Zwar wirkte er schon ziemlich abgenutzt, dennoch wurde er wie etwas überaus Wertvolles verwahrt. Aurungzeb steckte ihn in die Hüftschärpe, dann klatschte er in die Hände.

Der Bote war ein Kolchuk, eine Rasse, die von den Merduks schon vor langer Zeit auf dem Vormarsch in den Westen unterworfen worden war. Die Kolchuks aßen Rentier und hatten Verkehr mit ihren Schwestern. Nichtsdestotrotz stand dieser Mann aufrecht vor Aurungzeb, ungeachtet der gezischten Ratschläge des Eunuchen. Irgendwie hatte sich der Soldat am Wesir und am Kammerherrn des Harems vorbeigeschlichen, um so weit zu kommen. Es mußte sich um wahrhaft bedeutende Neuigkeiten handeln. Brachte er schlechte Kunde, so wollte Aurungzeb ihn um einen Kopf kürzer machen.

»Nun?«

Der Mann besaß die unergründlichen Augen der Kolchuks: dunkle Steine hinter Schlitzen in einem ausdruckslosen Gesicht. Aber er verfügte über eine gewisse Ausstrahlung, obwohl er leicht wankend dastand. Er roch nach Staub und Pferdefell, und Aurungzeb bemerkte mit Interesse, daß getrocknetes Blut die Bauchgegend der Rüstung verdunkelte.

Nun sank der Mann auf ein Knie. Das strahlende Antlitz jedoch blickte unbeirrt auf.

»Die Hochachtung des Shahr Baraz, Oberbefehlshaber der Zweiten Armee von Ostrabar, Hoheit. Er erlaubt sich zu berichten, so Eure Exzellenz gestatten, daß er Aekir, die Stadt der Ungläubigen, eingenommen hat und sie im Augenblick vom letzten Rest der westlichen Horden reinigt. Die Armee steht zu Eurer Verfügung.«

Aekir ist gefallen!

Mit zwei säbelschwingenden Wachen im Gefolge stürzte der Wesir herein. Er brüllte etwas, und sie packten den knienden Kolchuk an den Schultern. Doch Aurungzeb hob die Hand.

»Aekir ist gefallen?«

Der Kolchuk nickte, und für eine Sekunde lächelten der unergründliche Soldat und der in Seide gekleidete Sultan einander an, zwei Männer, die einen Triumph teilten, den nur sie zu schätzen wußten. Dann verzog Aurungzeb die Lippen. Es wäre nicht angebracht, den Mann jetzt weiter zu befragen. Das sähe nach Ungeduld, ja, Würdelosigkeit aus.

»Akran«, fuhr er den grimmig blickenden, verunsicherten Wesir an. »Gib diesem Mann ein Gemach im Palast. Sorg dafür, daß er zu essen bekommt, gebadet wird, und ihm alle Wünsche erfüllt werden.«

»Aber Hoheit, ein gemeiner Soldat ...«

»Gehorche, Akran! Dieser gemeine Soldat hätte ein Mörder sein können, aber du hast ihn an dir vorbei in den Harem gelassen. Wäre Serrim nicht gewesen« – Der Eunuch lief rot an und lächelte albern – »ich wäre völlig überrascht worden. Ich war der Meinung, mein Vater hätte dich eines Besseren belehrt, Akran.«

Der Wesir wirkte gebrochen und alt. Unsicher und angesteckt von seiner Schuld, traten die Wachen von einem Fuß auf den anderen.

»Geht jetzt, und zwar alle. Nein, halt! Wie ist dein Name, Soldat? Wie heißt du, und unter wem dienst du?«

Der Kolchuk, nun wieder unnahbar, blickte ihn an. »Ich bin Harafeng, Hoheit. Ich gehöre zur Leibgarde des Shahr.«

Aurungzeb zog eine Augenbraue hoch. »Nun denn, Harafeng, wenn du gegessen und gebadet hast, bringt dich der Wesir wieder zu mir, damit wir uns über den Untergang Aekirs unterhalten können. Ihr habt meine Erlaubnis zu gehen, ihr alle.«

Der Kolchuk nickte flüchtig, was ein empörtes Prusten von Akran zur Folge hatte. Aurungzeb jedoch lächelte. Sobald er allein im Raum war, verwandelte sich das Lächeln in ein breites Grinsen, das den Bart teilte, und man erkannte den General in ihm, der er in seiner Jugend für kurze Zeit gewesen war.

Aekir ist gefallen!

Ostrabar stellte das drittmächtigste der Sieben Sultanate dar, nach Hardukh und dem antiken Nalbeni, doch diese heroische Kriegsleistung, dieser glorreiche Triumph, würde Ostrabar – mit Aurungzeb an der Spitze – an die erste Stelle der Sultanate der Merduks katapultieren. Noch in Jahrhunderten würde man von dem Sultan sprechen, der die heiligste und bevölkerungsreichste Stadt der Ramusier eingenommen und die Armee von John Mogen in die Knie gezwungen hatte.

Nun lag der Weg nach Torunn selbst frei; nur noch die feindlichen Linien am Searil und die Festung der Senke von Ormann galt es zu überwinden. Waren diese beiden Hürden erst genommen, gab es keine Verteidigungslinie mehr bis zu den Bergen von Cimbric, vierhundert Meilen weiter westlich.

»Gepriesen seist du, Ahrimuz!« flüsterte der Sultan, dann rief er scharf: »Gheg!«

Hinter einem der bestickten Vorhänge schlich ein Homunkulus hervor, setzte die ledrigen Flügel in Bewegung und ließ sich auf einem nahen Tisch nieder.

»Gheg«, krächzte er mit dünner, brüchiger Stimme und verschlagener Boshaftigkeit im Gesicht.

»Ich wünsche, mit deinem Meister zu sprechen. Ruf ihn für mich.«

»Gheg hungrig!« brummte die Kreatur mißmutig.

Aurungzebs Nasenflügel bebten. »Du bist erst letzte Nacht gefüttert worden, mit einem Säugling, wie er zarter nicht sein könnte. Hol mir sofort deinen Herrn, du Ausgeburt der Hölle!«

Der Homunkulus warf dem Sultan einen grimmigen Blick zu, dann zuckte er die schmalen Schultern. »Gheg müde. Kopf tut weh.«

»Tu, was ich dir sage, oder ich lasse dich braten wie eine Wachtel.«

Der Homunkulus lächelte – ein grauenhafter Anblick. Dann trat ein anderes Licht in die funkelnden Augen. Mit tiefer, menschlicher Stimme verkündete er: »Hier bin ich, Sultan.«

»Dein Tierchen verhält sich in letzter Zeit etwas aufsässig,

Orkh. – Einer der Gründe, weshalb ich es in letzter Zeit so selten benutze.«

»Verzeiht, Hoheit. Der Homunkulus wird langsam alt. Ich muß ihn wohl bald ins Faß verbannen und Euch einen neuen schicken ... Was ist Euer Begehr?«

»Wo bist du?« Es war seltsam, ein so großes, haariges Geschöpf derart gestelzt sprechen zu hören.

»Das spielt keine Rolle. Ich bin nah genug. Wolltet Ihr mich um eine Gunst bitten?«

Aurungzeb kämpfte merklich um Selbstbeherrschung.

»Du sollst für mich nach Süden blicken, nach Aekir. Erzähl mir, was dort vor sich geht. Ich habe Neuigkeiten erhalten, die ich bestätigt wissen will.«

»Selbstverständlich.« Eine Pause. »Ich sehe Carcasson in Flammen. Ich sehe Belagerungstürme entlang der inneren Mauern. Ein gewaltiges Feuer, kreischende Ramusier. Ich gratuliere Euch, Hoheit. Eure Truppen ziehen mordend durch die Stadt.«

»Shahr Baraz. Was ist mit ihm?«

Wieder eine Pause. Als die Stimme erneut ertönte, schwang ein wenig Überraschung darin mit.

»Er betrachtet den gekreuzigten Leib John Mogens. Er weint, Sultan. Inmitten des Sieges weint er.«

»Er gehört noch zum alten *Hraib.* Der romantische Narr trauert um seinen Feind. Die Stadt brennt, sagst du?«

»Ja. Die Straßen wimmeln von Ungläubigen, die im Rückzug die Stadt in Brand stecken.«

»Das muß Lejer sein, dieser niederträchtige Hund. Er wird uns nur Asche überlassen. Ein Fluch auf ihn und seine Kinder. Wenn er gefaßt wird, lasse ich ihn kreuzigen. Ist die Straße nach Ormann offen?«

Dicke Schweißtropfen glänzten mittlerweile auf dem Homunkulus. Er zitterte, die Flügelspitzen krümmten sich. Die Stimme jedoch blieb unverändert.

»Ja, Hoheit. Sie ist völlig verstopft von Karren und Menschen, eine wahre Völkerwanderung. Das Haus Ostrabar hat die Oberherrschaft.«

Noch vor achtzig Jahren hatte das Haus Ostrabar nur aus

Aurungzebs Großvater und drei stämmigen Konkubinen bestanden. Militärische Führungsqualitäten, nicht Abstammung führten sein Geschlecht aus den Steppen im Osten ins Zentrum der Macht. Und konnten die Ostrabars ihre Schlachten nicht selbst gewinnen, so heuerten sie jemanden an, der es konnte. Daher stand Shahr Baraz in ihren Diensten, der schon unter Aurungzeb selbst mit sicherer Hand Truppen geführt, doch vermochte er sie nicht in gleicher Weise zu motivieren. Dies stellte ein Unvermögen dar, über das er sich nach wie vor ärgerte. Shahr Baraz, ursprünglich ein Außenseiter, ein Nomadenführer aus dem fernen Kambaksk, hatte drei Generationen Ostrabars treu und kompetent gedient. Nun war er über achtzig Jahre alt, ein grausamer alter Mann, überaus angetan von Gebeten und Lyrik. Es war gut, daß Aekir jetzt gefallen war. Shahr Baraz' langes Leben neigte sich dem Ende zu. Damit würde auch die letzte Verbindung zwischen den Sultanen und den pferdeverliebten Häuptlingen der Steppen abbrechen, aus denen erstere hervorgegangen waren.

Shahr Baraz hatte empfohlen, die Straße nach Ormann offen zu lassen. Der Ansturm der Flüchtlinge sollte die Männer der Verteidigungslinie am Searil schwächen und demoralisieren, meinte er. Aurungzeb fragte sich, ob nicht auch altmodische Ritterlichkeit bei der Entscheidung eine Rolle gespielt hatte.

»Sag dem ...«, setzte er an und verstummte. Der Homunkulus schmolz vor seinen Augen. Vorwurfsvoll starrte das Wesen den Sultan an, während es sich in eine übelriechende Pfütze verwandelte.

»Orkh! Sag dem *Khediven*, er soll zum Searil weitermarschieren!«

Der Mund des Homunkulus öffnete sich, doch kein Laut drang heraus. Dampfend und modernd löste sich das Wesen auf. In der ekelerregenden Lache, zu der es zerfloß, waren der halb verdaute Fötus eines Kindes, die Flügelknochen eines Vogels und der Schwanz einer Eidechse zu erkennen. Würgend klatschte Aurungzeb in die Hände, um die Eunuchen herbeizurufen. Ghegs Zeit war abgelaufen, aber zweifellos würde Orkh ihm bald eine neue Kreatur schicken. Er hatte noch andere Boten – vielleicht nicht ganz so schnelle, aber ebenso zuverlässige.

Aekir ist gefallen!

Der Sultan begann zu lachen.

2

»Gütiger Gott!« rief Hawkwood. »Was ist denn hier los?«

»Starker Seegang!« brüllte der Bootsmann mit Blick auf ein im Wind flatterndes Segel. »Braßt das Fockmarssegel, ihr gottverdammten Eunuchen! Was glaubt ihr eigentlich, wo ihr seid? Auf einer billigen Vergnügungsfahrt?«

Die *Gnade Gottes,* eine vollgetakelte Karavelle, glitt um sechs Glas in der Vormittagswache sanft in den Hafen von Abrusio. Das ruhige, blau schimmernde Wasser an den Flanken des Schiffes war durchsetzt vom Dreck des Hafens. Wo die Sonne auf das Meer schien, entstand ein weißes Glitzern, das schmerzlich anzusehen war. Eine Brise aus Nord-West – der hebrionische Passat – ließ die *Gnade* wie einen Schwan übers Wasser gleiten. Die auf den Hafen starrende Besatzung mußte trotz der Schimpfkanonade des Bootsmannes kaum Hand an die Seile legen.

Abrusio. Schon seit zwei Glas konnte man die Glocken der Kathedrale vernehmen, ein gespenstisches Echo der Frömmigkeit, das auf die See hinaushallte.

Abrusio, Hauptstadt von Hebrion und größter Hafen der Fünf Königreiche. Es bot einen wundervollen Anblick, selbst wenn man nur von einer kurzen Reise entlang der Küste zurückkehrte wie die Mannschaft der *Gnade.* Eine unangenehme Kreuzfahrt war es gewesen, entlang der Küste von Macassar, während der sie mit den Freibeutern um Wegezölle gefeilscht hatten, ständig mit der Hand am Dolch und brennenden Lunten an den Kulverinen. Dennoch erwies es sich als einträgliche Fahrt; trotz der Hitze, der Fliegen, des in den Fugen schmelzenden Pechs und dieser plündernden Flußratten. Trotz der nächtlichen Festtrommeln entlang der mit Signalfeuern übersäten Küste und den mit Lateinersegeln getakelten Feluken voller grinsender Korsaren. Drei Tonnen Elfenbein aus den Skeletten großer Marmorills lagen gut verstaut im Frachtraum, außerdem Hunderte Kilogramm wohlriechender Gewürze aus Limia. Und nur einen Mann hatten sie verloren, einen tolpatschigen Neuling, der sich auf seiner ersten Reise zu weit über die Reling beugte, als gerade ein Hai vorbeischwamm.

Nun kehrten sie zurück in die Königreiche Gottes, wo die Menschen ihr Essen mit dem Heiligenzeichen segneten und wo das Bildnis des Ramusio auf jede Straßenkreuzung und jeden Marktplatz herabblickte.

Für nahezu die Hälfte der Besatzung war Abrusio der Heimathafen, außerdem befand sich hier die Werft, in der vor dreißig Jahren der Kiel der *Gnade Gottes* gezimmert worden war. Zwei Dinge sprangen einem seewärtigen Beobachter von Abrusio ins Auge: der Wald und der Berg.

Der Wald erstreckte sich über die spiegelglatte Bucht am Fuße der Stadt, ein unüberschaubares Durcheinander von Masten, Spieren und Rahen, die den Ästen blätterloser Bäume glichen, eine perfekte Geometrie zeichneten und mit unzähligen Seilen vertäut waren. Schiffe jeder Nationalität, Tonnage, Takelung, Besatzung und Berufung lagen in der Bucht von Abrusio zu Hunderten vor Anker; von Küstenhoyen und -jollen, deren Decks mit Netzen und Fischen überhäuft waren, bis zu Hochseekaracken mit stolzen Wimpeln. Auch die Seestreitkräfte von Hebrion hatten hier den Ankerplatz, daher fand man auch jede Menge riesiger Kriegskaracken, -galeeren und -galeassen, auf deren Achterdecks und Heckaufbauten Rüstungen und Helme in der Sonne funkelten; an den Großmasten flatterten träge die schweren königlichen Standarten, an den Besanmasten die der Admiräle.

Zwei weitere Dinge waren charakteristisch für diesen schwirrenden Wald und die vom Wasser geprägte Stadt: der Lärm und der Gestank. Hoyen luden ihre Fänge ab; Kaufleute standen an den Kais bei den offenen Luken, während Arbeiter sich an Zugwinden abmühten, um das Lebensblut des

Handels aus den Bäuchen der Schiffe zu bergen: Wolle aus Almark, Bernstein aus Forlassen, Felle aus Fimbrien, Eisen aus Astarak, Holz aus den riesigen Wäldern von Gabrion, das beste Holz der Welt für den Schiffsbau. Von den Männern, die im Hafen an den vor Anker liegenden Schiffen und an den unzähligen Fuhrwerken auf den Kais arbeiteten, ging ein rhythmisches Gemurmel aus. Dazu mischten sich das Klappern und Kreischen von Karren, das Knirschen von Holz und Hanf. All das, die Essenz eines Hafens voller Leben, hallte eine halbe Meile hinaus auf die See.

Und es stank. An einem so windstillen Tag driftete der Gestank weit hinaus aufs Meer; der Gestank Zehntausender ungewaschener Menschen; der Gestank von Fischen, die im prallen Sonnenschein verrotteten; der Gestank von Abfall, der ins Wasser geschüttet wurde und um den sich ganze Horden von Möwen stritten; der Gestank von Pech aus den Schiffswerften, von Ammoniak aus den Gerbereien. Und über all dem der Hauch fremder Länder, eine betörende Mischung aus Gewürzen und frischem Holz, salziger Luft und Seegras: das Elixier des Meeres.

Das war die Bucht. Doch auch der Berg war nicht, was er zu sein schien. Aus der Ferne wirkte er wie ein mit blauem Rauch verhangenes Gemisch aus staub- und ockerfarbenem Gestein in Pyramidenform. Näher an der Küste erkannten ankommende Seeleute, daß sich aus der von Menschen wimmelnden Bucht ein Hügel erhob, auf dem sich Reihe um Reihe die aus engen, überfüllten Straßen bestehende Stadt hinaufwand. Die Wände der Häuser waren weiß getüncht und mit dicken Staubschichten belegt, die Dächer bedeckt mit ausgebleichtem roten Ton aus den Ziegelwerken in Feramuno. Hier und da ragten zwischen den bescheideneren Behausungen erhabene Kirchen empor, deren Türme wie Speere in den blauen, wolkenlosen Himmel wiesen. Und gelegentlich stach das massive Steinhaus eines wohlhabenden Händlers aus der Masse hervor – denn Abrusio war ebenso die Stadt der Händler wie die der Seeleute. Tatsächlich herrschte mancherorts die Meinung vor, einem Hebrionen werde eine von drei Berufungen schon in die Wiege gelegt: Seemann, Händler oder Mönch.

In Nähe der Kuppe des sanften Hügels befanden sich die Zitadelle und der Palast des Königs, Abeleyn IV, Monarch der Reiche Hebrion und Imerdon, Admiral von über fünfhundert Schiffen. Die Bauwerke ließen den Hügel höher erscheinen, als er eigentlich war, und verliehen ihm das Aussehen eines steilhangigen Berges.

Die dunklen Granitmauern der Festung waren vor vier Jahrhunderten von fimbrischen Architekten errichtet worden. Über den hohen Wällen konnte man die höchsten der Zypressen des Königs erblicken, der Juwelen seiner Lustgärten. (Dem Gerede nach diente ein Fünftel des gesamten Wasserverbrauchs der Stadt allein dafür, diese Gärten grün zu halten.) Gepflanzt hatten sie die Vorväter des Königs, damals, als Hebrion sich vom Joch der zerfallenden fimbrischen Macht befreite. Nun flimmerten sie in der entsetzlichen Hitze, auch der Palast flackerte wie ein Trugbild in der Wüste Calmari.

Neben dem königlichen Palast und den Lustgärten schimmerte das Ordenskloster der Brüder vom Ersten Tage. Der Name rührte daher, daß der Orden als erster gegründet wurde, nachdem die Visionen des heiligen Ramusio Licht in das Dunkel des heidnischen Westens gebracht hatten. (Mancherorts ging der Volksglaube sogar so weit, daß Ramusio selbst den Orden gegründet hätte.) Seither galten die Brüder von Ersten Tage als die religiösen Wächter der ramusischen Königreiche.

Palast und Kloster blickten Seite an Seite hinunter auf die menschenüberfüllte, stinkende, vibrierende Stadt Abrusio. Eine Viertelmillion Seelen, die Einwohner des größten Hafens der bekannten Welt, plagten sich am Fuße des Hügels feilschend und schwelgerisch durchs Leben.

»Gütiger Gott«, hatte Richard Hawkwood ausgerufen. »Was ist denn hier los?«

Er hatte allen Grund zur Verwunderung, denn über Abrusio hing schwarzer Rauch in der klaren Luft, und ein grauenhafter Gestank trieb über den geschäftigen Hafen zu seinem Schiff heraus. Verbranntes Fleisch. An den Galgen der Brüder vom Ersten Tage hingen dürre Gestalten; bis weit hinaus auf die See reichte der übelriechende Gestank versengten Fleisches, ranziger und schmutziger als der fauligste Moder einer Kloake.

»Sie verbannen Ketzer auf den Scheiterhaufen«, meinte der Bootsmann angewidert und kleinlaut. »Die Raben Gottes sind wieder am Werk. Die Heiligen mögen uns beistehen!«

Der alte Julius, der Erste Maat, ein Mann aus dem Osten mit pechschwarzem Gesicht, starrte seinen Kapitän mit weit aufgerissenen Augen an. Sein dunkelhäutiges Antlitz war beinahe grau. Dann beugte er sich über die Reling und rief ein nahes Proviantboot an, das bis zur Gilling voll mit Früchten war und von einem großen, häßlichen Kerl gesteuert wurde, dem ein Auge fehlte. »Ho! Was liegt da in der Luft, Freund? Wir kommen von einer monatelangen Fahrt aus den Königreichen der Freibeuter zurück und lechzen nach Neuigkeiten.«

»Was in der Luft liegt? Könnt ihr den Gestank nicht riechen? Seit vier Tagen hängt er über dem guten alten Abrusio. Wie es scheint, sind wir zu einem Hafen von Hexern und Ungläubigen geworden, die allesamt im Dienst der Sultanate stehen. Die Raben Gottes befreien uns in ihrer Güte von ihnen.« Über das Schandeck spuckte er ins Wasser, das zunehmend dicker vom Müll des Hafens wurde. »Und mit einem so dunklen Gesicht würde ich aufpassen, wohin ich gehe, Freund. Aber halt – einen Monat wart ihr auf See, sagst du? Habt ihr die Nachricht aus dem Osten schon gehört? Bei allen Heiligen, das müßt ihr doch wissen?«

»Was wissen, Kumpel?« brüllte Julius ungeduldig hinüber.

Das Proviantboot fiel immer weiter zurück. Schon lag es eine halbe Trossenlänge achtern Backbord. Der Einäugige drehte sich um und rief:

»Wir sind verloren, Freunde! Aekir ist gefallen!«

Der Hafenmeister erwartete sie, während einer der Schleppkähne von Abrusio, dessen Besatzung sich tüchtig in die Riemen legte, die *Gnade Gottes* in einen freien Anlegeplatz zog.

Der Wind war völlig abgeflaut, und die sengende Hitze verharrte unbarmherzig glühend über dem Labyrinth aus Schiffen, Menschen und Docks, drückte auf die Gemüter und lockerte Tauwerk. Und über all dem hing der ekelerregende Gestank der Scheiterhaufen in der Luft.

Sobald die Dockarbeiter das Schiff achtern und vorne an den Pollern vertäut hatten, ergriff Hawkwood seine Papiere und ging als erster an Land. Als er, noch ans Meer gewöhnt, den festen Kaiboden berührte, taumelte er leicht. Julius und Velasca, der Bootsmann, würden sich darum kümmern, daß die Ladung ordnungsgemäß gelöscht wurde. Die Männer würden die Heuer ausbezahlt bekommen und sich zweifellos in die Stadt begeben, auf der Suche nach den Vergnügungen eines Seemannes, wenngleich sie heute nacht wohl wenig Vergnügen finden würden, dachte Hawkwood bei sich. Zwar schien das Leben der Stadt fast den üblichen hektischen Gang zu nehmen, doch alles wirkte irgendwie gedämpft. Der Kapitän erblickte mißmutige Mienen, sogar offene Furcht auf den Gesichtern der Dockarbeiter, die bereitstanden, um beim Löschen der Ladung zu helfen; und sie betrachteten mißtrauisch die Besatzung der *Gnade Gottes*, die mindestens zur Hälfte aus Fremden bestanden, Seefahrern aus den verschiedensten Häfen. Hawkwood fühlte, wie ihn die Hitze, das rege Treiben und die Beklommenheit, die über allem lag, in düstere Stimmung versetzten, was seltsam anmutete, denn noch vor wenigen Stunden hatte er dem Ende der Reise mit Freude entgegengesehen. Er schüttelte Galliardo Ponera die Hand, dem Hafenmeister, den er gut kannte. Auf dem Weg zu den Hafenämtern verfielen die beiden in Gleichschritt.

»Ricardo«, begann der Hafenmeister hastig, »ich muß dir erzählen ...«

»Ich weiß, großer Gott, ich weiß! Aekir ist letztlich doch gefallen, und die Raben suchen nach Sündenböcken. Daher der Gestank.« Manchmal nannte man den gräßlichen Gestank, der das Ende von Ketzern verhieß, den ›Weihrauch der Brüder vom Ersten Tage‹.

»Nein, das meine ich nicht. Es geht um die Anordnungen

des Prälaten. Ich konnte nichts dagegen tun – nicht einmal der König kann etwas dagegen tun.«

»Wovon redest du, Galliardo?« Der Hafenmeister war, wie Hawkwood selbst, ein kleiner Mann und einst ein guter Seefahrer gewesen. Er war geborener Hebrione mit mahagonifarben gebräunter Haut, wodurch sein Lächeln besonders strahlend zur Geltung kam. Im Augenblick jedoch lächelte er nicht.

»Du kommst aus Macassar, zurück von den Malacar-Inseln, nicht wahr?«

»Ja, und?«

»Es gibt ein neues Gesetz, eine Notstandsmaßnahme, zu der die Brüder vom Ersten Tage den König gedrängt haben. Ich hätte dich ja gewarnt und dich in einen anderen Hafen umgeleitet ...«

Doch Hawkwood war stehengeblieben. Fünfzehn Soldaten der hebrionischen Marine marschierten den Kai herunter auf sie zu. An der Spitze schritt ein ganz in Schwarz gekleideter Mönch der Brüder vom Ersten Tage. Das ›A‹-Zeichen, das Heiligensymbol, baumelte an einer goldenen Kette vor seiner Brust und funkelte grell in der Sonne. Der Geistliche war sehr jung und wirkte in der schweren Robe bei der drückenden Hitze äußerst schlaganfallgefährdet, doch das Gesicht des Mönches strahlte überzeugte Selbstverherrlichung aus. Vor Hawkwood und Galliardo blieb er stehen. Die Soldaten hinter ihm nahmen Habachthaltung an. Hawkwood taten sie in den Rüstungen leid. Der Unteroffizier schaute ihm in die Augen und hob den Blick leicht gen Himmel. Hawkwood rang sich ein Lächeln ab, beugte sich vor und küßte die Hand des Mönchs, wie es erwartet wurde.

»Was können wir für Euch tun, Bruder?« erkundigte er sich unbeschwert, wenngleich sein Mut rasch sank.

»Ich bin im Dienste des Herrn unterwegs«, erwiderte der Mönch. Schweiß troff ihm von der Nase. »Es ist meine Pflicht, Euch mitzuteilen, Kapitän, daß der Prälat von Hebrion in seiner unendlichen Weisheit zu einer schmerzlichen, aber notwendigen Entscheidung vor Gott gelangt ist, die da lautet, daß Fremden, die nicht aus den fünf ramusischen Königreichen, einem ramusischen Vasallenstaat oder einem Staat stammen, mit dem die ramusischen Monarchen eine Allianz unterhalten, der Eintritt in die Königreiche zu verwehren ist, damit sie mit ihrem gottlosen Glauben die armen Seelen unserer Völker nicht noch mehr beschmutzen und keine weiteren Katastrophen über uns bringen.«

Hawkwood stand stocksteif vor Zorn, doch der Mönch fuhr unbeirrt mit der hastig und monoton vorgetragenen Litanei fort, deren Wortlaut er offenbar schon viele Male verkündet hatte:

»Daher obliegt es mir, Euer Schiff zu durchsuchen. So ich Personen an Bord vorfinde, die der Verordnung des Prälaten unterliegen, muß ich diese an einen sicheren Ort geleiten, auf daß sie dort in Gewahrsam bleiben, bis die geistlichen Führer des erhabenen Ordens, dem auch meine Wenigkeit angehört, über ihr Schicksal entschieden haben.« Erleichtert wischte sich der Kuttenträger über die Augenbrauen.

Hawkwood spuckte mit Inbrunst über den Kai ins ölige Wasser. Der Mönch schien nicht beleidigt. Seeleute, Soldaten und andere Vertreter des niedrigen Pöbels pflegten sich bisweilen in ähnlicher Weise auszudrücken.

»Wenn Ihr also beiseite treten wollt, Kapitän ...«

Hawkwood richtete sich zu voller Größe auf. Er war nicht groß – der Geistliche überragte ihn um einen halben Kopf –, aber er hatte schrankbreite Schultern und die kräftigen Arme eines Hafenarbeiters. Ein kaltes Funkeln in den seegrauen Augen ließ den Ordensbruder zaudern.

Schweigend litten die Soldaten hinter dem Mönch in der schier unerträglichen Hitze.

»Ich bin Gabrionese, Bruder«, erklärte Hawkwood mit leiser Stimme.

»Darauf hat man mich hingewiesen. Euren Landsleuten wurde in Anerkennung ihres tapferen Einsatzes bei Azbakir eine Sonderstellung eingeräumt. Ihr habt nichts zu befürchten, Kapitän. Ihr seid ausgenommen.«

Hawkwood fühlte Galliardos Hand auf seinem Arm.

»Eigentlich, *Bruder,* will ich damit sagen, daß die Leute meiner Besatzung, auch wenn sie nicht aus den Königreichen, ja nicht einmal aus den ach so geschätzten Vasallenstaaten des Königs stammen, allesamt fähige Seemänner, aufrechte Bürger und hervorragende Kameraden sind. Mit manchen segle ich schon mein ganzes Leben lang, einer war sogar bei der Schlacht dabei, die Ihr erwähnt habt. Einer Schlacht, durch die das südliche Normannien vor den See-Merduks gerettet wurde.«

Er sprach hitzig und dachte wütend an Julius Albak, der insgeheim Ahrimuz huldigte. Als Junge aus Ridawan jedoch, als halber Knabe noch, hatte Julius an Bord einer gabrionesischen Kriegskaracke gestanden, als drei Galeeren der Merduks das Schiff rammten und nacheinander enterten. Das war bei Azbakir. Die Gabrionesen, vollendete Seeleute, aber ein stolzes, eigensinniges und stures Volk, hatten an jenem Tag ganz allein den Flotten der See-Merduks getrotzt und sie von der calmarischen Küste vertrieben, an der diese landen wollten, um im südlichen Astarac und in Candelaria einzumarschieren, dem empfindlichen Unterleib des Westens.

»Wo wart Ihr zur Zeit von Azbakir, Bruder? Noch als Samen in den Lenden Eures Vaters? Oder wart Ihr bereits auf der Welt und habt noch gelb geschissen?«

Der Mönch lief dunkelrot an. Hawkwood sah, wie sich der Marineunteroffizier hinter dem Pfaffen bemühte, die ausdruckslose Miene beizubehalten.

»Von einem gabrionesischen Korsaren hätte ich nichts anderes erwarten dürfen. Eure Zeit wird kommen, Kapitän, und die Eurer dickschädeligen Landsleute. Und nun tretet beiseite, oder Euch ereilt das Schicksal der Ungläubigen etwas verfrüht.«

Als Hawkwood sich nicht rührte, schrie der Mönch: »Unteroffizier, schafft mir diesen gottlosen Hund aus dem Weg.«

Der Unteroffizier zögerte. Eine Sekunde lang starrte er in Hawkwoods Augen. Es war fast so, als hätten die beiden eine Vereinbarung über etwas getroffen. Mit der Hand am Dolch gab Hawkwood den Weg frei.

»Wäre es nicht Eurer Berufung wegen, Priester, ich würde Euch am Spieße rösten wie das schwarze, ausgenommene

Federvieh, dem Ihr ähnelt«, erklärte er mit einer Stimme so frostig wie die Gischt der Nordsee.

Der Bruder vom Ersten Tage bebte. »Unteroffizier!« kreischte er.

Entschlossen trat der Soldat vor, doch Hawkwood ließ ihn und seine Leute unbehelligt in Richtung des Schiffes vorbeimarschieren. Der Geistliche folgte ihnen dicht auf den Füßen. Sobald der Trupp an Hawkwood vorüber war, wirbelte der Betbruder herum:

»Ich kenne Euren Namen, Gabrionese. Auch der Prälat wird ihn bald kennen, das verspreche ich Euch.«

»Flieg davon, Rabe«, spöttelte Hawkwood, doch Galliardo zog ihn schon fort.

»Um Himmels willen, Ricardo, komm da weg! Wir können alles nur noch schlimmer machen. Willst du etwa am Schafott enden?«

Widerwillig ging Hawkwood weiter, ein aus seinem Element gerissenes Geschöpf der See. Das Blut war ihm ins Gesicht geschossen.

»Komm mit in mein Büro. Wir reden darüber. Vielleicht können wir etwas tun.«

Die Soldaten gingen an Bord der *Gnade Gottes*. Erneut vernahm Hawkwood die monotone Stimme des Ordensbruders.

Dann Geplätscher. Ein Besatzungsmitglied war über die Reling gesprungen und schwamm ziellos davon. Der Mönch brüllte; wie in einem Alptraum sah Hawkwood einen Soldaten die Hakenbüchse anheben.

Ein kurzer Knall ertönte, der den Hafen für einen Augenblick den Atem anhalten ließ; eine dichte Rauchwolke verhing die Sicht auf die Reling des Schiffes; der Mann aber schwamm nicht mehr, sondern war nur noch ein leblos auf dem dreckigen Wasser treibendes Etwas.

»Großer Gott!« rief Galliardo mit vor Entsetzen weit aufgerissenen Augen. Die Arbeit am Kai brach ab, als die Männer innehielten und gafften. Nur das wütende Gebrüll des Unteroffiziers war zu vernehmen.

»Möge Gott sie verfluchen«, stammelte Hawkwood mit von Trauer und Haß belegter Stimme. »Möge er alle schwarz gewandeten Raben verfluchen, die in seinem Namen solche Schandtaten begehen.«

Der Tote war Julius Albak.

Nur mit roher Kraft gelang es Galliardo, den Kapitän wegzuziehen, wobei ihm der Schweiß in dicken Tropfen von der Stirn rann. Hawkwood ließ sich vom Kai schleifen, stolpernd wie ein alter Mann, die Augen blind vor Tränen.

Auch Abeleyn IV, König von Hebrion, war nicht glücklich. Wenngleich er sich in angemessener Weise niederkniete, um den Ring des Prälaten zu küssen, so lag in der Geste doch eine Steifheit, ein gewisser Widerwille, der seine Gefühle verriet. Der Prälat legte ihm die Hand auf das dunkelhaarige, gekrönte Haupt.

»Ihr wünscht mit mir zu sprechen, mein Sohn.«

Abeleyn war ein stolzer junger Mann in der Blüte seiner Jahre. Darüber hinaus war er König, einer der Fünf Könige des Westens. Nichtsdestotrotz behandelte ihn dieser alte Mann stets wie ein auf Abwege geratenes, störrisches, doch unwiderstehlich liebenswertes Kind, was Abeleyn regelmäßig aus dem Gleichgewicht brachte.

»Ja, Heiliger Vater.« Er richtete sich auf. Sie befanden sich in den Gemächern des Prälaten. Hohe, massive Wände und die gewölbte Decke hielten die größte Hitze draußen. In weiter Ferne hörte Abeleyn die Mönche in Vorbereitung auf das Mittagessen singen. Den Zeitpunkt für den Besuch hatte er schlecht gewählt: Zweifellos harrte der Prälat ungeduldig seiner Mittagsmahlzeit. Nun, sollte er.

Wandteppiche, die Szenen aus dem Leben des heiligen Ramusio zeigten, lockerten ein wenig die asketische Erhabenheit des Raumes auf. Den Boden schmückte ein edler Teppich, in Räuchergefäßen brannte süßes Duftöl, die Hängelampen schimmerten golden, Weihrauch kitzelte in der Nase. Beiderseits des Prälaten saß ein Mönch auf einem samtbezogenen Stuhl. Einer hatte Feder und Pergament, denn hier wurden alle Gespräche aufgezeichnet. Hinter sich vernahm Abeleyn das leise Klirren der Stiefel seiner Leibgarde, die ebenfalls kniete. Die Schwerter waren vor der Tür zurückgeblieben. Nicht einmal ein König durfte bewaffnet in die Nähe des Prälaten. Seit Aekirs Fall und dem Verschwinden des Pontifex Maximus in den Wirren der untergehenden Stadt stellten die fünf Prälaten Gottes unmittelbare Vertreter auf Erden dar. Abeleyns Mundwinkel zuckten. Man munkelte, der Pontifex Maximus, Macrobius IV, hätte bereits in der Anfangsphase der Belagerung den Wunsch geäußert, Aekir zu verlassen, um seine heilige Person in Sicherheit zu bringen. John Mogen und seine Torunnen jedoch hätten ihn eines Besseren belehrt, indem sie ihm erklärten, es wäre das Eingeständnis der Niederlage, sollte der Pontifex aus der Stadt flüchten. Gerüchten zufolge hatte es sich als notwendig erwiesen, Macrobius in einen Lagerraum seines eigenen Palastes zu sperren, um ihn vom Bleiben zu überzeugen.

Abeleyns Stimmung verfinsterte sich. In den bevorstehenden Zeiten würde der Westen Männer wie Mogen brauchen. Dieser General war ein halbes Dutzend Könige wert gewesen.

Als Abeleyn sich erhob, brachte man ihm einen niedrigen Stuhl, so daß er zu Füßen des Prälaten saß und für alle Welt wie ein Lehrling zu Füßen seines Meisters wirkte. Der König schluckte den Zorn hinunter und sprach mit seidig weicher Stimme.

»Wir haben über dieses Edikt bezüglich der Ketzer und der Fremden in der Stadt gesprochen, und wir waren einer Meinung, daß es notwendig sei, die Abtrünnigen, die Ungläubigen und die Verräter auszurotten ...«

Der Prälat neigte den Kopf und lächelte milde. Mit der langen Nase und dem stechenden Blick wirkte er wie ein leberfleckiger Adler auf einem Ast.

»... aber Vater, wie ich erfahre, habt Ihr in den Wortlaut auch die Hellseher, die Weissager und jeden noch so unbedeutenden Anwender des *Dweomer* im Königreich aufgenommen – jeden, der eine übernatürliche Fähigkeit besitzt. Schon treiben meine Soldaten diese Leute unter der Führung Eurer Brüder zusammen. Wozu? Gewiß hegt Ihr nicht die Absicht, sie allesamt den Flammen zu übergeben?«

Der Prälat lächelte unablässig. »O doch, mein Sohn.«

Abeleyn kniff den Mund zusammen, als hätte man ihm eine bittere Frucht hineingestopft. Seine Lippen wirkten wie schmale Narben im Gesicht.

»Aber wozu soll es gut sein, jedes Ammenweib auszurotten, das Warzen heilt, jeden Kräuterdoktor, der seine Dienste anbietet, jeden …«

»Hexerei ist Hexerei, mein Sohn. Jede übernatürliche Kraft stammt aus der selben Quelle – der Quelle des Teufels.« Der Prälat gab sich wie ein heiliger Lehrmeister, der geduldig einen minderbemittelten Schüler unterrichtet. Wütend regte sich ein Soldat aus Abeleyns Leibgarde, doch der Blick eines der beiden Mönche zügelte ihn.

»Vater, dadurch könntet Ihr Tausende auf den Scheiterhaufen verbannen, sogar Angehörige meines Hofstaates. Golophin, der Magier, einer meiner Berater …«

»Gottes Arbeit ist niemals leicht. Wir leben in schwierigen Zeiten, was Ihr besser als jeder andere wissen solltet, mein König.«

Abeleyn, der in zwei Minuten ebensooft unterbrochen worden war, mußte an sich halten, um nicht lauter zu werden. Er verknüpfte das dringende Bedürfnis, den Prälaten zu packen und ihm an der nächstbesten Mauer den Schädel einzuschlagen.

Statt dessen lächelte er. »Aber zumindest müßt Ihr doch die praktischen Schwierigkeiten bei der Erfüllung eines solchen Ediktes erkennen, besonders in Zeiten wie diesen. Die Torunnen schreien nach Verstärkung, um den Vorstoß der Merduks aufhalten und die Stellung am Searil verteidigen zu können. Ich bin nicht sicher« – dabei setzte Abeleyn ein besonders geziertes Lächeln auf – »ich bin nicht sicher, ob ich die Männer bereitstellen kann, die zur Erfüllung Eures Ediktes erforderlich sind.«

Der Prälat strahlte zurück. »Eure Sorge gereicht Euch zur Ehre, mein Sohn. Ich weiß, daß die gegenwärtige Krise schwer auf Euren Schultern lastet, doch verzagt nicht. Gottes Wille soll geschehen. Ich habe um ein Kontingent der Glaubensritter ersucht, das vom Sitz unseres Ordens in Charibon hierher gesandt wird. Sie werden Euch die Bürde erleichtern.

So stehen Eure Soldaten für Einsätze andernorts zur Verfügung, zur Verteidigung der ramusischen Königreiche und des wahren Glaubens.«

Abeleyn wurde kalkweiß, und sogar der Prälat schien unter seinem Blick zu schrumpfen und sah sich zu seiner Erklärung genötigt: »Ich tue alles in meiner Macht Stehende nur zum Wohle des Königreichs, mein Monarch.«

»Fürwahr.« Der Prälat spielte mit höherem Einsatz, als Abeleyn vermutet hatte. Während er seine eigenen Soldaten an die Grenze schickte, um den Torunnen zu helfen, hätten die Glaubensritter – der militärische Arm der Kirche – freie Hand in Abrusio. Seine Spione hätten ihn schon früher darüber informieren sollen, doch es war stets ungemein schwierig, etwas über die Vorhaben der Brüder vom Ersten Tage herauszufinden. Der Zusammenhalt dieser Priester war undurchdringlich wie ein Kettenhemd. Mühevoll kämpfte Abeleyn den aufwallenden Zorn nieder. Er wählte seine Worte sorgfältig:

»Es liegt mir fern, Euch, Vater, einen Fürst der Kirche, darüber zu belehren, was in Gottes Augen notwendig oder wünschenswert sein mag und was nicht. Aber ich fühle mich verpflichtet, Euch mitzuteilen, daß Euer Edikt – *unser* Edikt – in der breiten Öffentlichkeit nicht gut aufgenommen wird. Wie Ihr wißt, ist Abrusio ein Hafen, der wichtigste Hafen des Westens. Die Stadt lebt vom Handel, Handel mit anderen Königreichen, anderen Nationen und anderen Völkern. Aufgrund dieser Umstände gelangen immer wieder einige Fremde nach Habrion, die hier ein neues Leben beginnen. Umgekehrt leben in gut einem Dutzend anderer Länder von Normannien Hebrionen – sogar in Calmar und im entfernten Ridawan.«

Der Prälat erwiderte nichts. Seine Augen glichen zwei polierten Gagatsplittern. Abeleyn argumentierte weiter:

»Handel lebt von Wohlwollen, von entsprechenden Einrichtungen und Kompromissen. Mir wurde vorgetragen, daß dieses jüngste Edikt den Handel mit den südlichen Königreichen und den Stadtstaaten der Levangore schwerwiegend beeinträchtigen könnte – das sind Länder der Merduks, ja, aber sie haben seit Azbakir vor vierzig Jahren keinen Finger mehr gegen uns erhoben, und ihre Galeeren helfen uns, die Meerenge von Malacar frei von den Korsaren zu halten.«

»Mein Sohn«, erklärte der Prälat mit einem grauenhaft warmherzigen Lächeln, »es betrübt mich, Euch in einer Weise sprechen zu hören, als wären Eure Sorgen die eines gewöhnlichen Händlers statt der eines ramusischen Königs.«

Mit einemmal herrschte in der Kammer Totenstille. Geräuschvoll beschrieb der Federkiel des Protokollführers einen Bogen über das Pergament. Niemand sprach so mit einem König in dessen eigenem Reich.

»Wohl ist es bedauerlich«, verkündete Abeleyn in die Stille, »doch ich glaube, ich kann die Verstärkung nicht nach Torunna schicken, die dort so dringend gebraucht wird. Ich glaube, Heiliger Vater, der Wahre Glaube kann von meinen Männern hier ebensogut verteidigt werden wie an der Grenze. Wie Ihr mir so weise verdeutlicht habt, können von jeder Seite Gefahren für die Krone drohen, von innerhalb der Grenzen ebenso wie von außerhalb. Ich halte es deshalb für klüger, daß meine Truppen die Arbeit hier in Abrusio gemeinsam mit der Kirche fortsetzen. Und habt Ihr mich in Eurer Güte auch nicht dafür getadelt, so fühle ich doch, daß ich in dieser Angelegenheit bisher nicht genug Verantwortung übernommen habe. Von nun an sollen die Listen der Verdächtigen, Ketzer, Fremde – und natürlich der Hexer – mir vorgelegt werden, auf daß ich sie bestätigen kann. Danach werde ich sie an Euch weiterleiten. Wie Ihr so richtig sagt, dies sind schwierige Zeiten. Der Gedanke betrübt mich, daß einem Mann Eures Standes und Eurer fortgeschrittenen Jahre der Lebensabend durch derart abstoßende Aufgaben verleidet werden soll. Ich will danach trachten, Euch die Bürde zu erleichtern. Das ist das mindeste, was ich tun kann.«

Der Prälat, ein energischer Mann Mitte Fünfzig, neigte den Kopf, doch nicht bevor Abeleyn das Feuer in den kalten Augen erblickt hatte. Beide Kontrahenten hatten die Waffen gewählt, die Figuren in Stellung gebracht und mit den Eröffnungszügen begonnen. Nun würden die wahren Verhandlungen beginnen, dieses Ringen um den Vorteil, das man gemeinhin als Diplomatie bezeichnete. Und Abeleyn hatte die Oberhand. Zu früh hatte der Prälat seine Strategie aufgedeckt.

Also muß ich mich mit diesem alten Mann herumschlagen, dachte Abeleyn mißmutig. *In meinem eigenen Königreich um die Vorrangstellung kämpfen. Und die Torunnen? Eine Weile müssen sie noch durchhalten, weil ein habgieriger Priester beschlossen hat, auszuloten, wie weit er gehen kann.*

3

Bardolins Kobold fand keine Ruhe. Es lag an der Hitze. Mit aus dem Mund baumelnder Zunge hüpfte die kleine Kreatur vom Tintenfaß zur Tischlampe, um schließlich nach einem gewaltigen Satz auf dem Pergament zusammenzusinken, auf dem der Zauberer schrieb. Dann kratzte sich das Wesen mit der Spitze eines alten Federkiels hinter dem haarigen Ohr, wobei es sich über und über mit Tinte bekleckerte.

Bardolin kicherte und hob den Kobold sanft auf das Regal. Dann strich er das Pergament glatt und schrieb weiter.

Natürlich ist der Prälat von Abrusio kein böser Mensch, gewiß aber ein ehrgeiziger, und seit Macrobius' Verschwinden besteht eine gewisse Lücke in der Kirchenordnung. Die fünf Prälaten werden die Ereignisse entlang des Searil mit einem Interesse verfolgen, das sich nicht bloß auf den Ausgang der Belagerung und der Schlacht richtet. Wird Macrobius wieder auftauchen? Das ist die Frage. Man munkelt, bereits achttausend Glaubensritter seien für den Überwachungsdienst innerhalb der Grenzen der fünf Königreiche abgestellt worden. Achttausend! Und nur fünftausend sollen zur Verteidigung des Searil entsandt werden. Es ist ein Krieg innerhalb eines Krieges. Diese heiligen Männer lassen lieber Merduks auf ihren Altären tanzen, ehe sie einen Finger krumm machen, um jemandem gleichen Ranges zu helfen. Das ist die Krankheit der Brüder vom Ersten Tage, dieses Streben nach immer mehr Macht. Nun könnte dieser Wahn den Westen in die Knie zwingen.

Bardolin hielt inne. Es war schon spät. Die Sterne prangten bedeutungsvoll über der feuchten, schlafenden Stadt. Gelegentlich vernahm Bardolin den Ruf eines Nachtwächters oder eines Soldaten der Stadtpatrouille. Ein Hund bellte, dann erschallte unvermittelt das Lachen einiger Nachtschwärmer, die eine Taverne verließen. Die Küstenbrise hatte noch nicht wieder aufgefrischt; drückend wie ein Leichentuch hing die unbewegte Luft über der Stadt.

Hör auf mich, Saffarac: Verlasse Cartigella, solange noch Zeit dazu ist. Dieser Irrsinn wird sich ausbreiten, davon bin ich überzeugt. Heute ist es Hebrion, morgen Astarak. Diese heiligen Männer sind nicht zufrieden, bevor sie nicht in ihrem Eifer, einander an Frömmigkeit zu überbieten, den halben Westen zugrunde gerichtet haben. Eine Stadt ist kein sicherer Ort.

Abermals hielt Bardolin inne. Würde alles wieder so werden, wie es zu Beginn gewesen war? Als die *Dweomer* noch ausschließlich die unbedeutenden Dienste von Ammenweibern versahen und unfruchtbare Kühe in abgelegenen Bergdörfern heilten? Zumindest würde man sie an einem solchen Ort freundlich aufnehmen. Die Landbevölkerung brachte mehr Verständnis für dergleichen Dinge auf. Manch einer huldigte in Vollmondnächten in den Bergen von Hebros noch immer dem Gehörnten.

Der Magier tupfte den Federkiel ins Tintenfaß, doch der Stift verharrte unbewegt in seiner Hand. Ein Tropfen Tinte löste sich von der Federspitze und fiel, der Träne eines Rabens nicht unähnlich, auf das Pergament. Leise vor sich hin zirpend, beobachtete der Kobold Bardolin vom Regal aus. Er spürte den Gram seines Meisters. Bardolin rieb sich die rotgeränderten Augen, starrte unwillig auf das bekleckste Blatt, dann schrieb er weiter:

Heute haben sie meinen Lehrling geholt. Ich habe Protest erhoben, Gesuche gestellt, sogar Bestechungen versucht, doch nichts hat genützt. Die Mönche verbreiten Angst, peitschen die Bevölkerung auf, was bei den Neuigkeiten aus dem Osten wahrlich keine Kunst ist. Zu Beginn drückten die Soldaten noch manchmal ein Auge zu. Nun klebt auch an ihnen der Moder des Fanatismus. Aber man erzählt sich, König Abeleyn sei nicht einverstanden mit dem Ausmaß der Säuberungsaktion und halte den Prälaten von noch schlimmeren Übergriffen ab. Heute wurden vierzig verbrannt, und sie halten noch Tausende in den Katakomben gefangen, weil in den Zellen des Palastes nicht mehr genug Platz ist. Möge Gott ihnen vergeben.

Zum dritten Mal setzte der Magier ab. Er konnte kaum noch schreiben, doch der Brief mußte heute nacht fertiggestellt werden, denn morgen war möglicherweise keine Zeit mehr dafür. Seufzend fuhr er fort:

Du stehst hoch im Ansehen bei König Mark. Ich flehe dich an, Saffarac, nutze deinen Einfluß auf ihn. Der Hysterie muß Einhalt geboten werden, bevor sie alle ramusischen Staaten überflutet. Siehst du jedoch überhaupt keine Hoffnung mehr, so mußt du einige unseres Volkes in Sicherheit bringen. Gabrion wird sie aufnehmen, davon bin ich überzeugt, und wenn nicht Gabrion, dann die See-Merduks.

Es sind verzweifelte Zeiten, die mich dazu treiben, derartige Maßnahmen vorzuschlagen. Sei auf der Hut, mein Freund. Möge Gottes Licht stets Deinen Weg erleuchten.

Bardolin unterschrieb und versiegelte den Brief. Seine Augen brannten vor Müdigkeit. Er fühlte sich alt und verbraucht. Ein Postschiff würde den Brief gleich mit der Morgentide ausliefern, wenn die Flaute zu Ende ging und die Brise aus Nord-Ost sich wieder erhob.

Der Kobold war eingeschlafen. Er lächelte die kleine Kreatur an, den letzten einer langen Reihe von Hausgeistern. Morgen würden sie kommen, um auch Bardolin zu holen, so wie sie heute gekommen waren, um den jungen Orquil, seinen Lehrling, zu holen. Ein vielversprechender Junge war es gewesen, der sich bereits auf Weissagungen verstand und gerade die Kunst der Telepathie erlernte, der wahrscheinlich am wenigsten erkundeten der Sieben Disziplinen.

Der Zauberer wußte, warum sie ihn heute noch verschont hatten.

Bardolin war einst Soldat gewesen. Gedient hatte er in einer der Hundertschaften, die nun in Abrusio stationiert waren, und er kannte den befehlshabenden Offizier gut. Erstmals hatten sich seine Fähigkeiten während eines Feldzuges gegen Banditen in den Hebros gezeigt. Damals retteten sie Leben. Der Fähnrich schlug ihn zur Beförderung vor, doch Bardolin quittierte den Dienst, um Thaumaturgie zu studieren, und zwar unter Golophin, der schon damals eine Legende war.

Das war vor dreißig Jahren gewesen, doch Bardolins Äußeres wies nach wie vor auf einen Soldaten hin. Das Haar trug er militärisch kurz geschoren, die gebrochene Nase verlieh ihm das Aussehen eines Preisboxers. Er wirkte nicht wie ein Zauberer, ein Meister in mindestens vier Disziplinen der *Dweomer.* Eher ähnelte er dem hartgesottenen Unteroffizier der Hakenbüchsenschützen, der er einst gewesen war, mit den vielsagenden Narben an den Schläfen, die vom jahrelangen Tragen des Stahlhelms der hebrionischen Armee zeugten.

Deshalb haben sie mich in Ruhe gelassen, dachte er. Morgen aber kommen sie zweifellos wieder, mit einem Raben, der sie antreibt.

Lärm in der Ferne: das Schnarren rauher Stimmen, das Getrampel von Füßen auf Kopfsteinpflaster.

Waren sie schon unterwegs zu ihm?

Er stand auf. Erschrocken schlug der Kobold die leuchtenden Augen auf.

Die Schritte verhallten, die Schreie verloren sich in der Ferne. Bardolin entspannte sich und schalt sich für sein hämmerndes Herz.

Der Schuß einer Hakenbüchse. Wie ein Peitschenhieb durchbrach er die Stille der Nacht. Ein weiterer Knall, gefolgt von einer unregelmäßigen Salve. Das Geheul eines gewaltigen Tieres erhob sich, die Männer begannen zu schreien.

Bardolin stürzte ans Fenster.

Dunkle Straßen, Mondlicht, das sich fahl auf dem Kopfsteinpflaster spiegelte. Da und dort flackerte ein gelbes Licht. Wenn er sich weit genug hinausbeugte, konnte er das Glitzern des Mondlichtes auf dem westlichen Ozean erkennen. Abrusio schlief wie ein alter, von zahlreichen Orgien erschöpfter Wüstling.

Doch woher kam der Lärm?

»Geh mein Freund; sei mein Auge.«

Die Augen des Kobolds verdunkelten sich. Die nutzlosen Flügel auf dem Rücken flatterten kraftlos. Er sprang aus dem Fenster und schien in gähnende Leere zu fallen, wenngleich die Luft so warm und stickig war, daß sie wie ein eigenes Element erschien und imstande war, den winzigen Körper wie ein Blatt zu tragen.

Jetzt, ja. Bardolin erblickte die Welt aus der Sicht des Kobolds. Eine Laterne an einem Fenster sah er als grünes Lodern, zu grell, um hinzuschauen. Schwach leuchtend kam eine Ratte ins Blickfeld. Sogleich versuchte der Kobold, Jagd auf sie zu machen, doch Bardolin unterwarf ihn seinem Willen, rügte ihn milde und sandte ihn zurück auf den rechten Weg. Nach einem Sprung von Dach zu Dach und einer unglaublich flinken Folge geschickter Bewegungen landete der Kobold auf der Straße und huschte im Rinnstein entlang, ohne den Ratten weitere Beachtung zu schenken. Weiter vorne war das wirre Glühen von vier umhertänzelnden Gestalten erkennbar. Ein Wesen aber türmte sich über den anderen auf, strahlend hell wie ein Leuchtfeuer. Die Hitze, die von ihm ausging, fühlte sich auf der feuchten Haut des Kobolds fast greifbar an.

Die Stadtpatrouille hatte einen Gestaltwandler umzingelt!

Und er wies bereits schwere Wunden auf. Bardolin bemerkte die drei Körper, die verstümmelt auf der Straße lagen. Der Werwolf verkaufte seine Haut teuer, doch der letzte Kugelhagel hatte ihn aus unmittelbarer Nähe getroffen, und selbst seine enorme Lebenskraft war solchen Angriffen auf Dauer nicht gewachsen. Die Bleikugeln hatten den gewaltigen Brustkorb durchschlagen und waren durch die Rückenmuskeln wieder ausgetreten. Zwar verheilten die Verletzungen bereits wieder, aber die Hakenbüchsenschützen luden in panischer Eile nach. Sie wagten nicht, sich der sterbenden Kreatur zu nähern. Die dunklen Straßen füllten sich mit dem übelkeiterregenden Gestank von Blut, glimmenden Lunten und Pulverrauch.

»Verflucht sollt Ihr alle sein«, sprach der Gestaltwandler mit deutlicher Stimme, obwohl die Worte aus dem Maul eines Tieres drangen. »Ihr und das schwarzgewandete Pack. Ihr habt kein Recht ...«

Ein Schuß. Einer der Soldaten, der schneller geladen hatte als die anderen, feuerte die Waffe auf den großen, langohrigen Schädel ab. Der Kopf des Werwolfs prallte zurück und schlug gegen die Wand hinter ihm. Mit einem Brüllen öffneten sich die Kiefer, und die feuchte schwarze Zunge baumelte heraus.

Andere feuerten. Bardolins Kobold wimmerte, rührte sich jedoch nicht von der Stelle, gebannt vom Willen seines Meisters. Das kleine Wesen verschloß die empfindlichen Augen vor den Blitzen des Feuerhagels, stopfte die winzigen Finger in die Ohren und krümmte sich entsetzt zusammen, als die Patrouille Kugel um Kugel in die stämmige Gestalt der Bestie jagte. Dunkelfellige Fleischfetzen stoben auf und klatschten auf das Kopfsteinpflaster. Eines der leuchtend gelben Augen verlosch.

Leute strömten aus den Häusern. Der gesamte Bezirk erwachte angesichts dessen, was sich wie eine kleine Schlacht in ihrer Mitte anhörte. Laternenlicht schien auf die Pfützen und Mulden im Kopfsteinpflaster. Die Mutigeren wagten sich näher an das Inferno aus Lärm und Licht, erkannten, worauf die Soldaten zielten, eilten zurück in ihre Häuser und verbarrikadierten die Türen.

Der Lärm verstummte. Die Straße war erfüllt von undurchsichtigem Pulverrauch, der auch die Soldaten der Patrouille einhüllte. Bardolin hörte, wie sie einander ermutigend zuriefen. Zwar hatten sie alle Munition aufgebraucht, doch die Bestie war tot – bestimmt mußte sie mit dreißig Kugeln im Leib tot sein!

»Ho, Harlan, wo bist du? In dieser Pulverbrühe kann ich überhaupt nichts sehen!«

»Die Tatze gehört mir, Ellon. So eine große hab' ich noch nie gesehen.«

»Bei allen Heiligen, wo *ist* die Bestie?«

Ängstliche Stille trat ein. Der Pulverrauch wollte und wollte sich nicht verziehen. Tatsächlich schien er sich sogar noch zu verdichten. Entsetzt fuhren die Schützen herum, überzeugt davon, der Werwolf habe irgendwie einen Nebel erzeugt und sei noch am Leben. Und lauere auf den richtigen Augenblick.

»Hexerei!« brüllte einer. »Die Bestie lebt! Gleich springt sie uns an die Kehle. Das ist kein Pulverrauch!«

Der Unteroffizier versuchte, sie zur Ordnung zu rufen, doch die Soldaten machten sich davon. Einige verloren sogar die Waffen; sie wollten nur weg von diesem unnatürlichen Rauch. Schreiend flohen sie in alle Richtungen, während die in der Straße lebenden Menschen trotz der Hitze die Fenster schlossen und zitternd hinter versperrten Türen auf die Knie sanken.

Langsam, kleiner Freund, langsam. Schau in ihn hinein. Siehst du die Hitze? Ist das die Wärme seines Herzens? Schlägt es noch? Ja! Sieh nur, wie sich die hellen Blutbahnen zusammenfügen und verheilen, wie die dunkleren Löcher sich füllen und schließen. Und da setzt sich das Auge wieder zusammen und dringt heraus wie eine luftgefüllte Blase.

Bardolin bebte vor Anstrengung. Telepathie erwies sich schon unter besten Bedingungen als mühevoll genug, geschweige denn, wenn sie durch seinen Hausgeist gewirkt wurde. Und nun entglitt die Kreatur seiner Kontrolle, entschlüpfte ihr wie ein Werkzeug der schweißnassen Hand. Der Kobold wollte nach Hause in sein sicheres, ruhiges Regal, doch Bardolin zwang ihn, sich dem großen Leib zu nähern, der scheinbar reglos auf dem Boden lag. Daneben hatte sich in einer dichten, klebrigen Pfütze das Blut des Wesens gesammelt.

Ein haariges Stück Fleisch glitt über den Steinboden und verschmolz wieder mit dem Gestaltwandler.

Mit dem Pulverrauch hatte Bardolin Glück gehabt. Er brauchte ihn nur noch zu verdichten. Den Rest erledigte die unbewegte, feuchte Nachtluft. Nun jedoch versuchte er etwas weitaus Schwierigeres: Telepathie durch den winzigen Schädel des Kobolds. Der Hausgeist diente als Zwischenspeicher, als Übertragungssender, doch er war von zerbrechlicher Natur. Mußte er heute nacht noch mehr Anstrengung ertragen, würde das Herz versagen; andererseits blieb Bardolin nicht viel Zeit. Der Nebel lichtete sich; bald würde die Patrouille mit Verstärkung zurückkommen.

Gestaltwandler, kannst du mich hören? Hörst du mir zu?

Schmerz Pein Licht explodieren in meinem Schädel Mündungen auf mich gerichtet will zerreißen zerfleischen süßes Blut trinken sterbe. Sterbe.

Gestaltwandler! Hör mir zu. Ich bin ein Freund. Schau mich an. Siehst du den Kobold vor dir?

Das gelbe Auge funkelte blutunterlaufen.

»Ich sehe dich. Wer bist du?«

Der Kobold sprach mit der Stimme seines Meisters, die vor Erleichterung zitterte. »Bardolin. Ich bin der Magier Bardolin. Folge dem Kobold, er führt dich zu mir.«

Die gewaltige Schnauze bewegte sich. Rasselnd drangen die Worte heraus.

»Warum solltest du mir helfen?«

»Wir sind Brüder, Gestaltwandler. Sie sind hinter uns allen her.«

Der Werwolf hob den blutverschmierten Kopf vom Steinboden und schien zu seufzen. »Da hast du wohl recht. So geh denn voraus, aber langsam – und keine Spalten und Ritzen. Ich bin kein Kobold, der durch Schlüssellöcher schlüpfen kann.«

Die beiden machten sich auf den Weg. Der Kobold trippelte voraus, die Augen zwei grüne Lichter in der Finsternis. Dahinter folgte die monströse, übel zugerichtete Gestalt des Werwolfs. Hinter den beiden hallte der Gleichschritt der Stadtpatrouille die Straße herauf.

Als der Kobold zurückkam, war er kaum noch bei Bewußtsein. Sofort steckte Bardolin ihn in ein Verjüngungsfaß. Vorsichtig betrat der Gestaltwandler den Raum. Kerzenlicht fiel auf die noch nicht verheilten Wunden am Körper. Die von ihm ausgehende Hitze war überwältigend: ein Nebeneffekt der Magie, die seine Erscheinungsform aufrechterhielt. Obwohl er sich unter den unsäglichen Schmerzen krümmte, thronte er immer noch wie ein schwarzer, gezackter Monolith über Bardolin. Die safrangelben Augen waren zu Schlitzen verengt wie die einer Katze. Die hornähnlichen Ohren schabten über die Decke.

»Ich bin durstig.«

Der Magier nickte und tauchte eine Schöpfkelle in den Eimer, den er vorbereitet hatte. Der Werwolf trank gierig. Wasser ergoß sich über das Fell des bulligen Halses. Dann sackte die Kreatur erschöpft zu Boden.

»Kannst du dich schon zurückverwandeln?« wollte Bardolin wissen.

Das Wesen schüttelte den großen Kopf. »Die Verletzungen würden mich umbringen. Ich muß diese Form beibehalten, bis sie verheilt sind … Mein Name ist Tabard, Griella Tabard. Ich danke dir. Du hast mir das Leben gerettet.«

Bardolin winkte ab. »Heute haben sie mir meinen Lehrling genommen. Morgen holen sie wohl mich. Ich habe dir nur eine Ruhepause verschafft, mehr nicht.«

»Trotzdem stehe ich in deiner Schuld. Wenn sie morgen kommen, töte ich sie, halte sie auf, damit du fliehen kannst.«

»Fliehen? Wohin? Die Armee hat Abrusio besser abgeriegelt als die Türen zur Schatzkammer. Für Unseresgleichen gibt es kein Entrinnen, mein Freund.«

»Wieso hast du mir dann geholfen?«

Bardolin zuckte mit den Schultern. »Skrupelloses Morden ist mir zuwider.«

Der Gestaltwandler lachte. Es war ein gräßlicher Laut, der aus der Kehle der Bestie drang.

»Das sagst du zu mir, der ich von der schwarzen Krankheit befallen bin? Skrupellose Mordlust ist mein ständiger Begleiter.« Die Kreatur klang verbittert.

»Und doch tötest du mich nicht.«

»Ich ... niemals könnte ich einem Freund etwas antun. Dumm wie ich bin, kam ich aus den Hebros herunter, um Heilung von meinem Fluch zu suchen, und tappte mitten hinein in die Säuberungsaktion. Ich habe meinen Vater getötet, Magier.«

»Weshalb?«

»Wir sind ein einfaches Volk, wir Bergbewohner. Er wollte mich zwingen.«

Bardolin blickte verwirrt drein. Abermals lachte die Bestie. »Ist nicht so wichtig. Vielleicht verstehst du es morgen. Im Augenblick habe ich Schmerzen und bin müde. Wenn du nichts dagegen hast, würde ich gerne hier schlafen.«

»Heute nacht bist du mein Gast. Kann ich irgend etwas für deine Verletzungen tun?«

»Nein. Sie heilen von selbst. Ist gar nicht so einfach, einen vollblütigen Gestaltwandler zu töten, obwohl du es mit deinen Zaubertricks zweifellos im Handumdrehen könntest. Diese stinkenden Soldaten meinten, sie könnten ihre Späßchen mit mir treiben, und bevor ich etwas dagegen tun konnte, setzte die Veränderung ein. Dann begann das Zeter und Mordio. Mindestens sechs von ihnen habe ich hingemetzelt. Ich hatte Glück. Einige von ihnen waren gerade dabei, Eisenkugeln in die Hakenbüchsen zu laden. Das wäre mein Ende gewesen.«

Bardolin nickte. Nur Eisen und Silber vermochten die magischen Regenerationskräfte eines Gestaltwandlers auszusetzen. Erst letztes Jahr hatte Golophin der Magiergilde eine Abhandlung zu dem Thema vorgelegt, ohne zu ahnen, daß sie schon so bald zur Anwendung gelangen sollte.

Bardolin gähnte. Verträumt blickte der Kobold aus der

feuchten Tiefe des Fasses zu ihm hoch. Der Magier tippte an das Glas, woraufhin der kleine Mund sich zu einem schwachen Lächeln verzog. Morgen früh sollte der Kobold sich erholt haben. Gerüchten zufolge besaßen einige Magier größere Fässer zur Verjüngung der eigenen kränkelnden Körper, doch es gab eine lehrreiche Geschichte über einen verräterischen Lehrling, der seine Anweisungen nicht befolgt und seinen Meister auf alle Ewigkeit verträumt lächelnd in dem Faß zurückgelassen hatte.

»Ich bin müde«, erklärte er seinem monströsen Gast. »Heute nacht bist du hier sicher; der Kobold hat sich vergewissert, daß euch niemand gefolgt ist. Aber in weniger als vier Stunden bricht der Tag an. Wenn du dich schon vorher auf die Flucht machen willst, so habe ich volles Verständnis dafür.«

»Ich bin hier, wenn du aufwachst«, beharrte der Gestaltwandler.

»Wie du willst. Für gewöhnlich kommen die Soldaten am Vormittag, nach einem ausgiebigen Frühstück und einem Schlückchen Rum.«

Ein furchteinflößendes Grinsen machte sich auf dem Gesicht des Werwolfs breit. »Die werden ihren Rum brauchen, wenn sie uns holen wollen.«

Uns? dachte Bardolin. Doch das Bett rief nach ihm. Schon morgen nacht würde er sich vielleicht mit Orquil eine kahle Steinpritsche in den Katakomben teilen müssen.

»Also, gute Nacht.« Der Zauberer torkelte zu Bett, ein alter Mann, der Erholung brauchte. Das *Dweomer* ermüdete ihn jedesmal, die Arbeit durch den Kobold aber hatte ihn doppelt ausgezehrt.

Dennoch wachte er schon vor dem Morgengrauen in der Dunkelheit auf. Ein Name ging ihm durch den Kopf.

Griella?

Und als er die Treppen hinunterschlich, lag da auf dem Boden statt der furchteinflößenden, blutigen Bestie die blasse Gestalt einer schlafenden, nackten jungen Frau.

4

Als der Abend anbrach, loderte das Feuer noch heller. Der Sturm war abgeflaut, der Himmel präsentierte sich in einem verwaschenen Blau, überzogen mit Wolkenfetzen, die im Licht der untergehenden Sonne rötlich schimmerten und in Richtung des sich verdunkelnden Horizonts davontrieben. Im Norden thronten dunkel und riesenhaft die Berge von Thurian, im Südosten lag das Abendrot im Wettstreit mit einem weiteren roten Leuchten, aus dem eine schwarze Rauchwolke wie der Vorbote eines herannahenden Unwetters aufstieg. Aekir stand noch immer in Flammen.

In der näheren Umgebung blinkten verstreute Lichter, soweit das müde Auge reichte. Es waren die Lagerfeuer einer besiegten Armee und einer Unzahl an Flüchtlingen in ihrem Gefolge. Eine geschäftige Menschenmenge, genug um ein halbes Dutzend kleinerer Städte zu bevölkern, saß unter dem Licht der ersten Sterne und des abnehmenden Mondes und kochte, was immer man in der öden Landschaft an Nahrung auftreiben konnte. Oder man hockte einfach mit leerem Blick da und starrte wie gebannt in die Flammen.

So wie Corfe.

Etwa ein Dutzend Menschen kauerte um das windgepeitschte Lagerfeuer. Die Gesichter waren schwarz von Ruß, Dreck und geronnenem Blut. Aekir lag zehn Wegstunden hinter ihnen, doch der rötliche Schimmer der sterbenden Stadt war ihnen die letzten fünf Tage gefolgt. Er würde sie für immer verfolgen, dachte Corfe, und sich in ihre Gedanken graben wie ein Sukkubus.

Heria!

Mit einem Stock versuchte er, eine der verkohlten Rüben im Feuer aufzuspießen, und hatte schließlich Erfolg. Gierig beäugten die anderen den Schmaus, doch sie waren schlau genug, nicht zu betteln. Keiner war so dumm, sich mit dem schweigsamen Soldaten aus Mogens Regiment anzulegen.

Corfe gab keinen Laut von sich, als ihm die Rübe die Finger verbrannte. Er wischte die Asche ab und begann, appetitlos zu essen. Neben ihm ruhte ein Säbel in seiner Scheide. Corfe hatte ihn einem toten Kavalleristen abgenommen, als Ersatz für den Säbel, den er während der Flucht aus der Stadt verloren hatte. Die Waffe und die zerlumpte Uniform flößten den anderen Flüchtlingen Respekt ein. Zerlumpte Gestalten streiften in Banden durch die heimatlose Menschenherde und töteten für Nahrung, Gold und Pferde; für alles, was ihre Reise gen Westen, in die Sicherheit, beschleunigen konnte. Vier von ihnen hatte Corfe hingemetzelt. Ihre spärlichen Habseligkeiten hatte er an sich genommen. Wodurch er um drei Rüben reicher wurde.

Seit die fliehenden Menschenmassen die in Flammen stehenden Tore Aekirs hinter sich gelassen hatten, folgte die Kavallerie der Merduks wie ein bedrohlicher Schatten, war jedoch nicht näher gekommen. Die Reiter beobachteten den Weg der flüchtenden Scharen, schleusten sie wie Schafe die Straße zum Searil entlang. Viele Wegstunden hinter ihnen, so ging das Gerücht, fochten Sibastion Lejer und achttausend Überlebende der Garnison einen hoffnungslosen Kampf gegen einen zwölfmal mächtigeren Gegner. Offenbar ließen die Merduks die Zivilisten entkommen, nicht jedoch die kläglichen Reste der torunnischen Armee.

Was aus mir einen Abtrünnigen, einen Deserteur macht, dachte Corfe bei sich. *Ich sollte da hinten mit den anderen sterben, in den ehrenvollen Tod gehen.*

Bei dem Gedanken stahl sich ein höhnisches Grinsen auf sein Gesicht. Er biß in die steinharte Rübe.

Kinder schrien in der allumfassenden Finsternis. In der Nähe beklagte eine Frau leise einen Toten. Corfe fragte sich, was sie wohl an der Verteidigungslinie am Searil erwarten mochte, und schüttelte den Kopf, als er sich des Ausmaßes der Aufgabe bewußt wurde, die den Verteidigern bevorstand. Ohne Zweifel würden die Merduks dann angreifen, wenn die Verwirrung angesichts des Flüchtlingszustroms ihren Höhepunkt erreichte. Darum leisteten Lejer und seine Mannen so verzweifelten Widerstand: um für die Truppen am Searil Zeit herauszuschinden.

Und was werde ich wohl tun, wenn ich den Fluß erreiche? überlegte er. *Meine Dienste der nächstbesten Hundertschaft feilbieten?*

Nein. Er wollte weiter nach Westen ziehen. Torunnas Schicksal war besiegelt. Es war wohl am besten, weiterzureisen, vielleicht über die Berge von Cimbric, dann nach Perigraine. Oder noch weiter nach Westen, nach Fimbrien. Seine Dienste konnte er dem Meistbietenden verkaufen. Heutzutage lechzte jedes Königreich gierig nach Kriegern, sogar nach Männern, die sich mit eingezogenem Schwanz davongemacht hatten.

Sie ist tot, Corfe. Eine Leiche mit ausgehöhlten Augen in irgendeiner Seitengasse Aekirs.

Er betete, es möge so sein.

Plötzlich machte Corfe eine Bewegung in der vom Feuer erhellten Düsternis aus. Seine Hand wanderte zum Säbel, als sich ein langer Zug berittener Silhouetten aus der Dunkelheit löste. Kavalleristen zogen in einem Spiel von Licht und Schatten an den verstreuten Lagerfeuern vorbei. Die Leute streckten den vorbeitrabenden Soldaten die Hände entgegen. Es war ein halber Zug auf dem Weg nach Osten, zweifellos in der Absicht, sich Lejers kämpfender Truppe anzuschließen. Nun, vorher würden sie sich noch den Weg durch die Spähtrupps der Merduks kämpfen müssen, ein höllisches Unterfangen, das sie aller Wahrscheinlichkeit nach nicht überleben würden.

Etwas in Corfe regte sich. Einen Augenblick lang wollte er mit ihnen nach Osten reiten, um in den Heldentod zu gehen. Doch das Gefühl verflog so rasch wie die Schatten der Torunnen. Während er an der Rübe nagte, behielt er all jene im Auge, die gar zu neugierig seine zerfetzte Uniform begafften. Sollten diese Narren ruhig nach Osten reiten. Nur Tod oder Sklaverei und die lodernden Ruinen einer menschenleeren Stadt erwarteten sie dort.

»Es gibt ein Schiffstagebuch mit Seekarten, das die Geschichte des Mannes belegt«, erklärte Murad dem König.

»Schiffstagebücher lassen sich fälschen«, erwiderte Abeleyn.

»Dieses ist nicht gefälscht, Majestät. Es ist über hundert

Jahre alt und enthält überwiegend alltägliche Berichte eines gewöhnlichen Seefahrers. Außerdem finden sich darin Kursangaben, Lotungen, Mondphasen und Gezeiten für etwa fünfzig Häfen, von Rovenan im Gebiet der Korsaren bis Skarma-Sund im entfernten Hardukh oder Ferdiac, wie man es damals nannte. Das Buch ist authentisch.«

Der König seufzte desinteressiert. Die beiden saßen auf einer Holzbank im Lustgarten des Monarchen, doch selbst hier, hoch über der Stadt, nahm man den Gestank der Scheiterhaufen wahr. Unbarmherzig brannte die Sonne herab, aber die beiden Männer befanden sich im unregelmäßigen Schatten eines Hains mächtiger Zypressen. Akazien und Wacholdersträucher bildeten eine natürliche Abschirmung. Das Gras war grün und kurz geschnitten, ein Rasen, den eine kleine Armee von Gärtnern pflegte und mit einer unglaublichen Menge Wasser nährte, die aus den Aquädukten der Stadt umgeleitet wurde.

Abeleyn steckte eine Olive in den Mund, nippte am kalten Wein und blätterte mit größter Behutsamkeit in den brüchigen Seiten des alten Tabellenbuches.

»Also sind auch diese Reise in den Westen und der Landfall im äußersten Westen authentisch?«

»Davon bin ich überzeugt.«

»Nehmen wir an, du hast recht, Vetter. Was soll ich deiner Meinung nach unternehmen?«

Murad lächelte. Es war ein humorloses, schiefes Lächeln, das dem schmalen Gesicht einen Ausdruck wissender Trübseligkeit verlieh.

»Nun – helft mir, eine Reise zu organisieren, um den Wahrheitsgehalt der Berichte zu prüfen.«

Abeleyn schlug das antike Buch so heftig zu, daß kleine Flöckchen staubtrockenen Papiers aufstoben. Dann legte er eine langfingrige Hand auf den salzfleckigen Einband. Schweiß tropfte ihm von den Schläfen und kräuselte das dunkle Haar in kleine, feuchte Locken.

»Weißt du eigentlich, mein lieber Vetter, was für eine Woche ich hinter mir habe?«

»Ich …«

»Zunächst ist da dieser gottverdammte – die Heiligen mögen mir vergeben – Prälat mit seinen zum Himmel stinkenden Intrigen um immer mehr Macht. Die werten Kaufleute der Stadt heulen mir die Ohren voll, weil sein – nein, *unser* – Edikt ihren Handel schädigt. Dann ist da noch der alte Golophin, der mich – wer kann es ihm verdenken? – just zu einer Zeit schneidet, da ich seinen Rat am dringendsten bräuchte. Den lieben langen Tag lodern diese verfluchten Feuer, natürlich ausgerechnet im einzigen Monat des Jahres, in dem der Passat ausbleibt und wir in dem Gestank schmachten wie Bauern in einer Hütte ohne Kamin. Zu guter Letzt schreit der torunnische König lauthals nach Truppen, die ich ihm nicht geben kann – und so geht auch das Handelsmonopol mit Torunna in Rauch auf. Und nun verlangst du, daß ich eine Expedition auf die Beine stelle, die ins Ungewisse führt? Wohl vermutlich, um mich der Last einiger guter Schiffe und der hirnverbrannten Ideen eines hitzegeschädigten Verwandten zu entledigen.«

Murad trank einen Schluck Wein. »Ich habe nichts davon gesagt, daß Ihr die Schiffe bereitstellen sollt, Majestät.«

»Ach, vermutlich laufen sie nur so mit voller Takelung von den Stapeln, richtig?«

»Mit Eurer Genehmigung könnte ich ein paar Handelsschiffe requirieren – vier sollten genügen – und sie als Euer Vizekönig befehligen. Ein Trupp der Seestreitkräfte ist alles, worum ich Euch bitten müßte. Außerdem stünden mir genügend Freiwillige aus meiner eigenen Hundertschaft zur Verfügung.«

»Und Vorräte, Proviant, Ausrüstung?«

»Davon ist jede Menge in den Lagerhäusern entlang der Werften unter Verschluß – das beschlagnahmte Eigentum verhafteter Händler und Kapitäne. Und ich weiß mit Bestimmtheit, daß sich mit den derzeit in den Katakomben des Palastes dahinsiechenden, fremdländischen Seemännern eine halbe Flottille besetzen ließe.«

Abeleyn schwieg. Er musterte seinen Verwandten eingehend.

»Du hast zwar einige interessante Ideen im Kopf, Vetter,

aber auch jede Menge Blödsinn«, meinte er schließlich. »Vielleicht übernimmst du dich nun doch ein wenig.«

Murads ohnehin schon fahles Antlitz wurde noch eine Spur blasser. Er war ein großer, schlanker Aristokrat mit strähnigem, dunklem Haar und einer Nase, die jedem Wanderfalken zur Ehre gereicht hätte. Die Augen paßten zur Nase: grau wie die Flanken eines Fisches und mit demselben Glanz erfüllt, wenn Licht auf sie schien. Eine seiner Wangen zierte eine lange Narbe, die ihm als Erinnerung an einen Kampf mit einem Korsaren geblieben war. Es war ein unvergleichlich häßliches, ja geradezu unheilverkündendes Gesicht; dennoch mangelte es Murad nie an Gesellschaft weiblichen Geschlechts. Er besaß eine geradezu magnetische Ausstrahlung, die Frauen anzog wie Kerzenlicht Motten, bis sie sich verbrannten und um eine Erfahrung reicher wieder davontaumelten. Zahlreiche wutschnaubende Ehemänner, Väter und Brüder hatten Murad bereits zu Duellen gefordert. Keiner hatte überlebt.

»Erzähl mir noch mal, wie du an dieses Dokument gekommen bist«, forderte Abeleyn ihn mit sanfter Stimme auf.

Murad seufzte. »Einer meiner jungen Rekruten erzählte wüste Geschichten. Er entstammt einer Familie von Küstenfischern, und sein Urgroßvater wußte über ein Schiff zu berichten, das eines Tages aus dem Westen kam, als er und sein Vater draußen beim Heringsfischen waren. Sein Vater ging mit drei weiteren Männern an Bord, doch das einzig lebende Wesen, auf das sie trafen, war ein Gestaltwandler, der sie alle tötete. Das Schiff – es war eine Hochseekaracke, die ein halbes Jahr zuvor aus Abrusio abgelegt hatte – sank allmählich, also drehten die Fischer bei. Der Gestaltwandler aber sprang über Bord und schwamm an Land. Später kehrte man auf das Schiff zurück, um die Toten einzusammeln. Der Urgroßvater, damals noch ein Junge, fand in der Heckkabine das Schiffstagebuch und die Leiche des Kapitäns. Das Buch nahm er als eine Art Wergeld für das Leben seines Vaters mit.«

»Wie alt ist der Mann jetzt?« erkundige sich Abeleyn.

Murad rutschte unbehaglich hin und her. »Er starb vor

etwa fünfzehn Jahren. Die Geschichte wird in der Familie von Generation zu Generation weitergereicht.«

»Das Geschwafel eines altersbedingt verwirrten Greises und die Übertreibungen ländlicher Einfaltspinsel!«

»Das Schiffstagebuch belegt die Geschichte, Majestät«, widersprach Murad. »Der Westliche Kontinent existiert, und die Reise dorthin ist *durchführbar.*«

Abeleyn neigte nachdenklich das Haupt. Im dichten, lockigen Haar des Monarchen fand sich kaum eine graue Strähne. Er war ein junger König, der sich gegen Machtübergriffe seitens der Kirche, der Zünfte und anderer Regenten behaupten mußte. Sein Vater hatte solche Probleme nicht gehabt, aber schließlich hatte sein Vater auch nicht den Untergang Aekirs miterleben müssen.

Wir befinden uns inmitten schwieriger Zeiten, dachte er und lächelte freudlos.

»Ich habe nicht die Zeit, über einem uralten Tagebuch zu brüten, Murad. Ich vertraue auf dein Wort. Wie viele Schiffe würdest du brauchen?«

Triumph spiegelte sich auf dem narbigen Antlitz der Adligen, doch Murad bemühte sich um einen beiläufigen Tonfall:

»Wie gesagt: vier, möglicherweise fünf. Außerdem genügend Männer und Vorräte, um eine überlebensfähige Kolonie aus dem Boden zu stampfen.«

Abeleyns Kopf fuhr hoch. »Eine Kolonie unter Schirmherrschaft der hebrionischen Krone braucht jemanden von angemessenem Rang als Verwalter. Wer schwebt dir da vor, Vetter?«

Murad errötete. »Ich dachte … ich habe mir überlegt, daß …«

Der junge Souverän grinste und hob die Hand. »Du bist der Vetter des Königs. Das ist ein angemessener Rang.« Rasch verflüchtigte sich das Grinsen. »Aber ich kann dir nicht erlauben, die Schiffe von Leuten zu kommandieren, die während dieser Ketzerjagd gefangengenommen wurden. Man würde behaupten, ich profitiere von ihr, und ein Teil des Hasses, den der Prälat bisher auf so unglückliche Weise allein auf sich zieht, würde auf mich fallen. Man darf zumindest nicht *mer-*

ken, daß ein König sich das Elend seiner Untertanen zunutze macht.«

Murad bemerkte die leichte Betonung des Wortes und musterte den Monarchen eingehend.

»Was sich jedoch an Vorräten, Tauen, Ersatzsegeln, Ausrüstungsgegenständen und ähnlichem in den Lagerhäusern stapelt, könnte man, ohne Mißfallen zu erregen, anderswohin befördern. Aus Platzgründen, du verstehst. Diese Dinge würde niemand vermissen, Murad. Mit den Schiffen verhält es sich anders. Wir Hebrionen haben eine sentimentale Bindung zu ihnen. Für Kapitäne sind sie wie Ehefrauen. Ich kenne deinen Ruf, was verheiratete Damen anbelangt, aber wenn dies eine von der Krone finanzierte Expedition werden soll, so muß von Anfang an alles seine Ordnung haben. Verstehst du, was ich meine?«

»Voll und ganz, Majestät.«

»Hervorragend. Also, es werden keine Schiffe beschlagnahmt. Statt dessen gebe ich dir ein königliches Akkreditiv zur Anheuerung und Ausstattung zweier Schiffe.«

»Zwei Schiffe! Aber Majestät ...«

»Könige lassen sich nicht gerne ins Wort fallen, Murad. Wie gesagt, zwei Schiffe, beide aus Abrusio. Und es müssen Schiffe sein, deren Kapitäne kürzlich zahlreiche Besatzungsmitglieder an die Brüder vom Ersten Tage verloren haben. Du kannst den Kapitänen sagen, daß sie für die Reise ihre gesamte Mannschaft zurückbekommen und daß diese, sofern sie zur Teilnahme an der Expedition bereit sind, eine Art Amnestie erhalten. Sollten sie das großzügige Angebot der Krone ausschlagen, dann gibst du ihnen zu verstehen, daß sie mit einer Überprüfung rechnen müssen, warum sie überhaupt so viele Ketzer und Fremdländer in der Mannschaft hatten.«

Murad begann zu grinsen.

»Das Akkreditiv, so nehme ich an, wird nach der sicheren Rückkehr der Schiffe nach Abrusio ungültig.«

Der König neigte den Kopf. »Genau. Außerdem erlaube ich dir, eine halbe Hundertschaft der Seestreitkräfte deines eigenen Kommandos mitzunehmen, und übertrage dir – mit bestimmten Auflagen – die Gouverneursvollmacht für jedwede Kolonie, die du auf diesem Westlichen Kontinent errichtest. Aber um eine Kolonie zu gründen, brauchst du Siedler.«

Der König wirkte so überaus zufrieden mit sich, daß Murad eine dunkle Ahnung beschlich.

»Ich werde schon Siedler für dich finden, keine Sorge«, fuhr der König fort. »Gerade im Augenblick habe ich eine bestimmte Volksgruppe im Sinn. Erscheint dir all das annehmbar, Vetter? Willst du die Expedition immer noch durchführen?«

»Gewiß darf ich selbst mögliche Siedler auswählen.«

»Das darfst du nicht«, erwiderte Abeleyn scharf. Dann, mit sanfterer Stimme: »Du wirst viel zu beschäftigt sein, um dich mit jedem einzelnen Reisenden zu unterhalten. Darum werden sich meine Leute kümmern.«

Murad nickte. Die Flügel waren ihm gründlich gestutzt worden. Statt einer kleinen, unter seinem Kommando segelnden Flotte, die ein nahezu unabhängiges Lehentum errichten sollte, würde er eine Horde Unerwünschter auf zwei – *zwei* – hoffnungslos überfüllten Schiffen in die Ungewißheit führen.

»Ich flehe Euch an, Majestät, gewährt mir mehr Schiffe. Wenn die Kolonie ein Erfolg werden soll …«

»Im Augenblick wissen wir noch nicht einmal mit Sicherheit, ob es da draußen überhaupt Land gibt, auf dem eine Kolonie gegründet werden kann«, unterbrach ihn der König. »Ich bin nicht bereit, mehr als unbedingt nötig für ein durch und durch zweifelhaftes Wagnis aufs Spiel zu setzen. Nur meine Sympathie für dich und mein Vertrauen in deine Fähigkeiten bewegen mich dazu, überhaupt etwas zu unternehmen.«

Murad verneigte sich und fügte in Gedanken hinzu: *Das und der Umstand, daß meine Idee in deine Pläne passen.*

Trotz allem nötigte Abeleyn ihm Bewunderung ab. Erst seit fünf Jahren saß er auf dem Thron, dennoch hatte er sich bereits als einer der fähigsten Herrscher des Westens etabliert.

Ich muß mit dem zurechtkommen, was er mir gibt, und dankbar dafür sein, dachte Murad.

Abeleyn schenkte Wein nach, der selbst im Schatten der Zypressen allmählich warm wurde.

»Mach nicht so ein finsteres Gesicht, Vetter, du weißt, daß wir alle gewissen Einschränkungen unterliegen, selbst Könige. Das Leben besteht aus Kompromissen. Außer natürlich, man hat das Glück, ein Bruder vom Ersten Tage zu sein.«

Die beiden lachten und stießen mit den Gläsern an. Murad erblickte drei königliche Sekretäre, die mit Papieren in den Händen und Tintenfäßchen an den Knopflöchern zwischen den Bäumen standen. Abeleyn folgte seinem Blick und seufzte.

»Nirgends hat man seine Ruhe vor diesem verdammten Papierkram! Weißt du Murad, fast wünschte ich mir, ich könnte dich begleiten und die Sorgen eines Königreichs zurücklassen. Ich erinnere mich an die Reise auf der *Frohgemut*. Damals war ich noch ein Prinz, ein rotznäsiger, von sich eingenommener Jüngling. Als ich zum ersten Mal den Schlag eines Seilendes zu spüren bekam, wollte ich den Bootsmann hängen, ertränken und vierteilen lassen.« Der König trank einen Schluck Wein. »Ach, das waren Zeiten, als wir der Küste entlang in den äußersten Osten Hebrions segelten, dann weiter über den fimbrischen Golf nach Narbosk. Irgendwie liegt uns Hebrionen die See im Blut. Durch unsere Adern fließt vielleicht nicht gerade Salzwasser wie bei den Gabrionesen, aber mit einem schwankenden Deck unter den Füßen fühlen wir uns stets wie zu Hause.«

Er starrte in den Wein.

»Bevor ich sterbe, will ich dieses Land zur größten Seemacht der Welt machen, Murad – wenn ich lange genug lebe und mir nicht habgierige Betbrüder schon vor meiner Zeit den Garaus machen.«

»Eure Herrschaft wird von Dauer und Ruhm sein, Majestät. Später wird man zurückblicken und sich fragen, aus welchem Holz die Männer dieser Zeit geschnitzt waren, daß sie so Großartiges zu vollbringen vermochten.«

Der König blickte auf und lachte. Als er den Kopf zurückwarf, wirkte er fast knabenhaft. »Auch ich steige nicht mit beiden Beinen gleichzeitig in die Hose, werter Vetter. Nein, es sind sowohl die wenigen strahlenden Abschnitte der Geschichte als auch der trübe Schleier der Jahre dazwischen, die den Ruhm eines Mannes ausmachen. Vielleicht wird man sich nur deshalb an mich erinnern, weil die heilige Stadt während meiner Herrschaft gefallen ist und meine Truppen zu Hause geblieben sind, um bei der Hexenjagd zu helfen, statt sich der Verteidigung des Westens anzuschließen. Mit der Nachwelt ist das so eine Sache. Nimm nur meinen Vater als Beispiel.«

Murad erwiderte nichts. Bleyn II war ein tyrannischer Herrscher und fanatischer Frömmler gewesen. Man munkelte, die gegenwärtige Säuberungsaktion sei erstmals vor über zehn Jahren von ihm vorgeschlagen worden, doch der Magier Golophin hätte sie ihm ausgeredet. Nun priesen ihn die Brüder vom Ersten Tage als das Ideal eines gläubigen Königs; sein Sohn hingegen wurde in hunderten Kanzelreden als ungestümer junger Mann bezeichnet, der wohl über ein gutes Herz verfüge, sich aber eigensinnig und respektlos gegenüber den irdischen Vertretern des heiligen Ramusio zeige. Es sah nicht so aus, als würden sich die Beziehungen zwischen Krone und Kirche verbessern.

Die See- und Landstreitkräfte jedoch waren Abeleyn untertan, und in den Speeren der Soldaten und den Kulverinen der Schiffe ruhte die Macht, die den Thron stützte. Auch die Kirche war sich dessen bewußt und holte sich eiligst ihre eigenen Schwerter, die Glaubensritter, in die Stadt.

»Ich habe gehört, daß kein einziger der Garnison aus Aekir entkommen konnte«, meinte Murad verdrossen und führte damit seinen Gedankengang fort. »Fünfunddreißigtausend Mann.«

»Du hast falsch gehört«, entgegnete der König. »Sibastion Lejer hat fast zehntausend Mann aus der Stadt gebracht und führt ein Nachhutgefecht entlang der Straße zum Searil.«

Murad wollte den König fragen, woher er das wußte – wie er die Nachricht aus über siebenhundert Wegstunden Entfernung so rasch erhalten hatte –, besann sich jedoch eines Besseren. Golophin kannte Wege und Mittel. Aber wenn Golophin den König mied …

»Die Pflicht ruft«, verkündete Abeleyn. »Heute nachmittag

muß ich eine weitere Gesandtschaft der Zünfte empfangen. Dank dir, Murad, sollte mir zumindest ein Hauch Unterstützung von der Zunft der Thaumaturgen gewiß sein. Vielleicht spricht sogar Golophin wieder mit mir. Wie dem auch sei. Ich muß mich auf das Konklave der Könige vorbereiten, das in einem Monat stattfindet.«

»Das Konklave wird trotz allem abgehalten?« fragte Murad überrascht.

»Jetzt erst recht. Lofantyr von Torunna wird natürlich nach weiteren Truppen schreien. Skarpathin von Finnmark dürfte der Überzeugung sein, der nächste Angriff werde ihm gelten. Es wird bestimmt eine haarige Angelegenheit, zumal sich auch noch die Synode kurz vorher versammelt. Wir werden also zusätzlich deren ach-so-weisen Beschlüsse zu diskutieren haben. Glaub mir, Murad, du kannst von Glück sagen, daß du dich nur mit einer gefährlichen Reise ins Unbekannte zu befassen hast. Es ist weit schwieriger, in den Untiefen zwischen den Palästen zu navigieren.«

Murad erhob sich und verbeugte sich tief. »Mit Eurer Erlaubnis überlasse ich Euch nun der schwierigen Navigation, Majestät.«

Als er aus dem Schatten der Zypressen schritt, traf ihn die unbarmherzige Sonne wie ein Schlag. Er beobachtete, wie sich die Sekretäre auf den Monarchen stürzten wie Fliegen auf einen Kadaver. Ein unglücklicher Vergleich, den Murad sofort aus den Gedanken verdrängte. Er würde seine Schiffe, seine Leute und seine Stadt im Westen bekommen.

Daß es ein Logbuch zu dem Schiffstagebuch gab, in dem die über hundert Jahre zurückliegende Reise in den Westen beschrieben wurde, hatte Murad dem König nicht erzählt. Und er war froh, daß es ihm gelungen war, sein Wissen für sich zu behalten. Doch selbst wenn der König die verblichenen Seiten gelesen hätte, aller Wahrscheinlichkeit nach hätte er nichts entdeckt. Murad selbst hatte Mühe gehabt, das Gekritzel auf dem fleckigen Pergament zu entziffern. Die Einträge waren schwer zu erkennen – doch sie waren vorhanden.

Sie bezogen sich auf die allererste Expedition in den Westen, drei Jahrhunderte bevor der Kapitän der *Faulcon* seine verhängnisvolle Reise angetreten hatte. Soweit Murad die Berichte verstand, hatte auch diese erste Erkundungsfahrt in Blut und Wahnsinn geendet.

Doch das war vor langer Zeit gewesen. Solche Dinge wirkten mit jedem verstreichenden Jahr unglaublicher und phantastischer. Im Westen konnte es nichts geben, das hebrionischen Hakenbüchsen und Speeren standhielt!

Darüber konnte er sich jedoch noch ausgiebig den Kopf zerbrechen, wenn der Westliche Kontinent erst einmal vor dem Bug seines Schiffes in Sicht geriet, mit all seinen Geheimnissen, seinen Gefahren und unbekannten Schätzen. Dann nämlich würde es für alle zu spät sein, noch umzukehren.

5

Richard Hawkwood öffnete das Ziergitter zum Balkon, trat nackt hinaus und trank seinen Wein. Es war völlig windstill. Niemand hatte je davon gehört, daß der hebrionische Passat schon einmal so früh im Jahr ausgeblieben wäre. Hawkwood blickte über die steilen, flimmernden Dächer hinab in den Hafen und konnte die Außenstraßen erkennen, die überfüllt waren mit Karavellen und Karacken, Galeoten und Loggern. Sie alle saßen mangels Wind im Hafen fest. Die einzigen Seeleute, die gute Geschäfte machten, waren die Kapitäne von riemengetriebenen Galeeren und Galeassen, der flinken Nachrichtenschiffe der Krone, die sich gelegentlich dazu herabließen, gegen ein mittleres Vermögen kompakte Ladungen zu transportieren.

Hawkwood erblickte die *Gnade Gottes* in den inneren Werften, wo sie immer noch repariert wurde. Auf der Reise zu den Malacar-Inseln hatten Seewürmer den Rumpf durchlöchert, außerdem wurde die äußere Beplankung ersetzt. Etwas weiter draußen lag sein zweites Schiff vor Anker, eine große Karacke mit Namen *Gabrian Osprey.* Vor zwei Tagen war sie mit Ruderkraft hereingeschleppt worden, nun lag sie vor

Anker und wartete auf einen freien Anlegeplatz. Hawkwood ließ die Besatzung unter Deck bleiben, bis ihm eine Möglichkeit einfiel, sie an den Mönchen vorbeizuschleusen. Vielleicht des Nachts mit einem großen Beiboot. Er konnte auch eine Schmack anheuern, die seewärts warten sollte, bis seine Männer zu ihr hinausschwammen. Nein, das würde niemals funktionieren.

Müde rieb er sich die Stirn. Schweiß glitzerte auf seinem Körper, der Gestank der Scheiterhaufen schien sich wie eine faulige zweite Haut darauf festzusetzen. Als Hawkwood das Gitter schloß, sagte eine Frauenstimme: »Richard, kommst du zurück ins Bett?«

»Gleich.«

Doch sie hatte sich bereits eine Decke um die Schultern gelegt und schritt mit bloßen Füßen über den kühlen Marmorboden auf ihn zu. Sie umarmte ihn von hinten. Durch den zerknitterten Leinenstoff fühlte er die Wärme ihres Körpers.

»So vieles geht meinem armen Kapitän durch den Kopf. Denkst du gerade an Julius?«

»Nein.« Die Mönche hatten Julius Albaks Leichnam aus dem Wasser gefischt und verbrannt. Abgesehen von der Familie, die Richards Besatzung für ihn dargestellt hatte, gab es keine Angehörigen. Ein Dutzend von Hawkwoods Männern wartete in Ketten in den Katakomben auf eine Anhörung. Nein, Julius Albak hatte den ewigen Frieden gefunden. Daran gab es nichts mehr zu rütteln.

Die Hand der Frau glitt tiefer, um seine Männlichkeit zu liebkosen, doch er zeigte keine Regung.

»Ich bin nicht in der Stimmung dafür, Jem.«

»Das merke ich. Wenn du sonst von einer Reise zurückkehrst, schaffen wir es nicht einmal bis zum Bett.«

»Mir geht eine Menge durch den Kopf. Es tut mir leid.«

Sie ließ von ihm ab und ging zurück zum Bett, neben dem eine große Karaffe stand. Im Zimmer war es recht kühl. Es verfügte über dicke Wände, die mit Marmor und weißem Gips versehen waren. Die Decke befand sich hoch über Hawkwoods Kopf und verlor sich in einem Labyrinth von Bögen und Streben aus dunklem Zedernholz. Der vergitterte

Balkon erstreckte sich über die gesamte Länge einer Wand, das Bett stand an einer anderen. Außerdem waren da elegante Stühle, ein Schminktisch und schwere, goldgezierte Wandbehänge. Überall lagen Damenbekleidung und Hüte verstreut. Mit großen, ruhigen Augen starrte in einer Ecke ein kleiner Affe aus einem goldenen Käfig herab. Richard hatte ihn vor etwa sechs Jahren aus dem fernen Calmar mitgebracht und Jem geschenkt.

Die Geräusche der Stadt drangen wie das Tosen einer entfernten Brandung herein. Hier oben auf dem Hügel blieb man verschont vom Dreck der engen Straßen, der brütenden Hitze, den stinkenden offenen Abwasserleitungen und dem lärmenden Treiben Abrusios. Hier lebte der Adelsstand.

»Hast du deine Frau schon besucht?« erkundigte sich Jemilla schroff. Er zuckte zusammen.

»Nein. Das weißt du genau.«

»Seit drei Tagen bist du zurück, Richard. Solltest du ihr nicht einen Besuch abstatten, und sei es nur der Form halber?«

Er drehte sich um und blickte sie an. Sein Körper war von Sonne, Wind und Gischt dunkel gebräunt, wohingegen der ihre so weiß wie Alabaster war. Ihre lange, dunkle Mähne bildete einen scharfen Kontrast dazu. Jemillas Augen leuchteten so schwarz wie Pechtropfen auf einem von der Tropensonne aufgeheizten Deck. Darüber wölbten sich zwei auf wundervolle Weise rastlose Brauen, die sich wie schwarze Vögel in Einklang mit ihren Empfindungen hoben und senkten. Sie war eine leidenschaftliche, nahezu animalische Liebhaberin; des öfteren stieg Hawkwood voller Kratz- und Bißwunden aus dem Bett. Und doch hatte er sie auf dem Weg zum Palast in einer offenen Kutsche gesehen, mit züchtig hochgestecktem Haar, die Gewänder steif vor Brokat, mit einer Leinenkrause um den Hals, die ihr Gesicht wie das einer Porzellanpuppe erscheinen ließ. Ganz das Bild einer vornehmen Dame.

Sie hatte auch andere Liebhaber, sowohl adelige als auch niedriggeborene wie Richard selbst. Er könne unmöglich von ihr erwarten, treu zu sein, wenn er doch zwei Drittel des Jahres auf Reisen war, erklärte sie ihm. Aber sie verhielt sich stets überaus diskret und gab sich wie eine wahrhaft tugendhafte, adelige Witwe, wofür sie die meisten Menschen am Hof auch hielten. Die Bediensteten jedoch wußten es besser, genauso wie Hawkwood. Vor noch nicht einmal zwei Jahren hatte sie, auf ihr eigenes Drängen hin, durch seine Vermittlung ein Kind abtreiben lassen. Ein Ammenweib führte die Operation in einem von Gerümpel verstellten, kleinen Hinterzimmer unten in der Stadt durch. Sie hatte ihm nie erzählt, ob es sein Kind gewesen war oder nicht. Wahrscheinlich wußte sie es selbst nicht. Manchmal mußte er daran denken.

»Meine Frau weiß, daß ich viel zu erledigen habe, wenn ich von einer Reise zurückkehre«, erwiderte er kalt.

Sie lachte. Es hörte sich wie Wasser an, das man in einem Silberkrug goß. Dann streckte sie eine schlanke Hand nach ihm aus. »Oh, sei doch nicht so verkrampft, Richard. Komm her zu mir. Du siehst aus wie eine Mahagonistatue.«

Er legte sich zu ihr aufs Bett.

»Ich weiß, du denkst an Julius und deine Besatzung. Ich habe es versucht, Richard. Niemand kann etwas tun, wahrscheinlich nicht einmal Abeleyn selbst. Er ist über all das genauso wenig erfreut.«

»Also diskutiert er mit dir über Politik, wenn ihr das Lager miteinander teilt.«

Jemilla errötete. »Ich weiß nicht, was du meinst.«

»Ich will damit nur sagen, daß du vorsichtiger sein solltest, Jem. Ich bin erst seit drei Tagen zurück und weiß schon, wer des Königs neue Bettgefährtin ist.«

Verächtlich zog sie eine Augenbraue hoch. »Zwischen Gerüchten und Wahrheit besteht ein großer Unterschied.«

»Der König mag es nicht, wenn seine Gespielinnen öffentlich von seinen Affären erzählen. Er hat sich für das Junggesellentum entschieden. Wenn du dich nicht vorsiehst, wachst du womöglich eines Tages an Bord eines Sklavenschiffs voller Merduks auf.«

»Willst du mir vorschreiben, wie ich meine Liebschaften handhaben soll? Vermutlich befähigen dich deine Reisen von einem verlausten Hafen zum nächsten, über die Vorgänge am Hof zu diskutieren.«

Hawkwood wandte sich ab. Jemilla liebte es, ihm seine niedere Herkunft vorzuhalten. Wahrscheinlich sah sie darin einen besonderen Reiz, der ihrem Verhältnis noch mehr Würze verlieh. Trotz allem standen sie sich sehr nahe, und ihre Affäre ging weit über eine bloße Liebelei hinaus. Manchmal zankten sie sogar, als wären sie verheiratet.

Hawkwood leerte seinen Weinkelch und erhob sich. »Ich muß gehen. Du hast recht. Ich sollte Estrella besuchen.«

»Nein!« Mit funkelnden Augen zog sie ihn zurück aufs Bett. Er mußte lächeln. Ungeachtet ihrer zahlreichen Liebschaften, zeigte sie sich immer noch eifersüchtig, wenn er zu einer anderen ging.

»Bleib, Richard. Wir haben einiges zu besprechen.«

»Was zum Beispiel?«

»Nun … Neuigkeiten. Willst du nicht erfahren, was sich seit deiner Abreise alles ereignet hat?«

»Ich weiß, was passiert ist, und meine Mannschaft weiß es auch.«

»Ach, dieses blöde Edikt. Jeder weiß, daß der Prälat Abeleyn dazu genötigt hat. Der König ist nicht der Mann, der sich so etwas selbst ausdenkt, wenngleich es seinem Vater durchaus zuzutrauen gewesen wäre. Nein, Abeleyn ist mehr wie du: ein Soldat, ein leidenschaftlicher Seemann. Er und der Prälat liegen einander in den Haaren. Ganz Abrusio steht auf der Seite des Königs, abgesehen von den Leuten, deren Verstand von der Religion vernebelt ist, möge Gott mir vergeben.« Sie schlug das Zeichen des Heiligen vor der nackten Brust. Aus irgendeinem Grund fand Richard die Geste erregend.

»Der Prälat ist auf dem Weg zur Synode in Charibon, und weißt du was? Gleich, nachdem er die Tore der Stadt hinter sich gelassen hatte, wurde die Zahl der Hinrichtungen weniger. Noch bis vor zwei Tagen nährten jeden Nachmittag vierzig Unschuldige die Scheiterhaufen. Heute wurden nur sechs Opfer der Flammen. Abeleyn läßt die Mönche auf ihren Runden von seinen Offizieren begleiten. Die Listen gelangen geradewegs zu ihm. Ein Glück. Meine Zofe wurde schon hysterisch. Sie stammt aus Nalbeni.«

Hawkwood streichelte Jemillas makellose Hüfte. »Ich weiß.«

»Und Golophin ... Manche behaupten, er habe einen geheimen Fluchtweg für die *Dweomer* der Stadt ausgearbeitet. Bei Hof trifft man ihn überhaupt nicht mehr an. Der König ist persönlich zum Turm der alten Eule aufgebrochen, um ihn zu besuchen, aber Golophin hatte die Tür verriegelt! Vor dem König! Abeleyns Vater hätte das ganze Anwesen dem Erdboden gleichgemacht, aber nicht unser junger Monarch. Er paßt den rechten Augenblick ab.«

Hawkwoods Finger streichelten über die lockigen Härchen zwischen Jemillas Beinen, doch sie schien es nicht zu bemerken.

»Und die Straßen sind nachts die reine Hölle. Gestaltwandler üben Rache für die Hinrichtungen ihresgleichen. Erst letzte Nacht hat einer von ihnen ein Dutzend Soldaten der Stadtpatrouille hingemetzelt und ist entkommen ...« Sie stöhnte unter Hawkwoods Berührung.

»Murad stolziert mit selbstgefälligem Grinsen im Palast herum. Ich mag ihn nicht ... Oh, Richard!«

Jemilla sank mit weit gespreizten Beinen aufs Bett zurück und begann sich dort zu streicheln, wo er sie gestreichelt hatte. Hawkwood beobachtete sie mit der Faszination einer Maus, die einer Katze beim Spiel zusieht.

»Ist das nicht besser als das Hinterteil eines Schiffsjungen?« fragte sie.

Hawkwood erstarrte. Jemilla lächelte boshaft. »Ach, komm schon, Richard. Ich weiß, welchem Druck ihr Seefahrer auf einer langen Reise ausgesetzt seid, so ganz ohne Frauen. Jeder weiß, was ihr tut. Wahrscheinlich im Frachtraum, in einer dunklen Ecke, wo überall Ratten umherkreuchen? Schreit der Junge, Richard, wenn du ihn dir vornimmst? Mein guter Kapitän, hat sich vielleicht sogar ein haariger Maat deiner selbst angenommen, auf deiner ersten Reise?«

Als sie sah, wie ihm die Zornesröte ins Gesicht stieg, lachte sie und streichelte sich noch heftiger.

»Willst du mir ins Gesicht lügen? Willst du behaupten, es

sei nicht wahr? Ich kann es in deinen Augen lesen, Richard. Ist das der Grund, warum du mich diesmal nicht zu befriedigen vermagst? Sehnst du dich nach einem glatthäutigen Jungen mit Läusen im Haar?«

Hawkwood packte sie an der Gurgel. Seine sonnengebräunten Finger wirkten im Vergleich zu ihrer weißen Haut wie dunkles Leder. Als er zudrückte, rieb sie die Stelle zwischen ihren Beinen nur noch hingebungsvoller und wölbte ihm leicht den Rücken entgegen.

»Reiche ich dir nicht?« stöhnte sie. »Oder bin ich zuviel für dich?«

Mit einer schnellen Bewegung drehte er sie auf den Bauch. Eine Mischung aus Zorn, Scham und Erregung ließ sein Blut heftig pulsieren. Hawkwood verlagerte sein Gewicht und preßte Jemilla auf das Bett. Sie schrie auf, fuchtelte wild mit den Armen hinter sich. Er packte ihre zarten Handgelenke und hielt sie fest.

Als er in sie eindrang, schrie und biß sie heftig in die Leinenpolster. Es dauerte nicht lange. Triumphierend und doch gleichermaßen angewidert ließ er von ihr ab.

Jemilla rollte sich auf den Rücken. Ihr Körper war von hektischen Flecken übersät. Die Handgelenke waren gerötet. *Sie bekommt so rasch Blutergüsse,* dachte er. Er konnte ihr nicht in die Augen sehen.

»Armer Richard. So leicht in Wut zu versetzen.« Sie hielt ihm eine Hand hin und zog ihn zu sich.

Er war verblüfft, vollends verwirrt. »Warum sagst du solche Sachen?«

Sie liebkoste seine Wangen. »Du bist ein seltsamer Mann, mein Geliebter. Manchmal so undurchdringlich wie eine verschlossene Eichentür, manchmal liegen all deine Gefühle blank und man kann darauf spielen wie auf den Saiten einer Laute.«

»Es tut mir leid, Jem.«

»Red keinen Unsinn, Richard. Weißt du denn nicht, daß du stets nur das tust, was ich will?«

Andernorts in Abrusio verstrich der Tag ereignislos. Das Mädchen Griella, zuvor eine Bestie, saß nun in einigen von Bardolins abgelegten Sachen am Tisch und wirkte unglaublich jung und verletzlich.

Die beiden tranken kellerfrisches Wasser und aßen Brot mit Oliven und Pistazien, von denen Griella nicht genug bekommen konnte. Unentwegt regte sich der Kobold und beobachtete sie aus dem Faß heraus. Von der Tortur der vorangegangenen Nacht hatte er sich schon fast wieder erholt.

Die Soldaten des Königs und die Brüder vom Ersten Tage waren bisher nicht aufgetaucht. Warum waren sie nicht gekommen? Bardolin wußte es nicht, aber ihr Ausbleiben beruhigte ihn nicht. Im Gegenteil, er fühlte sich noch unbehaglicher. Verstärkt wurde diese Empfindung durch das zierliche junge Mädchen, das ihm gegenüber am Tisch saß und die bloßen Füße baumeln ließ, während es aß.

Griella hatte ein ländliches Gesicht, was bedeutete, daß es von Stunden und Tagen in der Sonne gebräunt und sommersprossig war. Ihr Haar war kurz geschnitten und nahm im Sonnenlicht einen bronzefarbenen Schimmer an, als hätte es erst heute morgen ein Schmied auf dem Amboß gehämmert. Ihre Augen waren braun wie der Hals einer Drossel, und dort, wo der tiefsitzende Staub von der Haut gewaschen worden war, schimmerte diese goldbraun. Sie konnte nicht mehr als fünfzehn Jahre alt sein.

Bardolin hatte ihr dabei geholfen, das verkrustete Blut von Händen und Mund zu waschen.

Nach dem Mittagessen ließen sie sich am großen Fenster in der westseitigen Mauer von Bardolins Turm nieder und schauten hinab, über die Stadt zum Meer und zum betriebsamen Hafen mit seinem Wirrwarr an Masten. Draußen am Horizont erblickten sie Schiffe, die wegen des ausbleibenden Passats festsaßen und von Beibooten in den Hafen gezogen wurden, Ruderschlag um qualvollen Ruderschlag in der sengenden Hitze der Sonne.

»Siehst du sie?« fragte Griella den Magier. »Ich habe gehört, Zauberer können weiter als alle anderen sehen, sogar bis zu den Flammen, die in den Herzen der Sterne lodern.«

»Ich könnte einen Zauber wirken, der mir Weitsicht verschafft. Mit meinen eigenen Augen, fürchte ich, bin ich dir keine große Hilfe.«

Darüber dachte sie nach. »Wenn ich eine Bestie bin, sehe ich das Leuchten der Herzen in der Brust der Menschen. Ich sehe die Hitze ihrer Augen und Eingeweide in der Dunkelheit, ich rieche die Angst, die von ihnen ausgeht. Ihre Gesichter aber kann ich nicht erkennen – ich weiß nicht, ob sie sich fürchten, ob sie mutig, überrascht oder erstaunt sind. Für mich sind sie dann keine Menschen mehr. So denkt die Bestie, wenn ich in ihr bin statt sie in mir.« Griella blickte auf ihre nunmehr sauberen, bis zum Fleisch abgekauten Fingernägel. »Ich fühle, wie ihr Leben sich in meinen Klauen verflüchtigt, und ich genieße es. Ob es sich um einen Feind handelt, spielt dann keine Rolle mehr.«

»Nicht jeder ist dein Feind, mein Kind.«

»Oh, ich weiß. Aber ich kenne auch niemanden, der mein *Freund* wäre. Außer dir natürlich.« Dabei lächelte sie ihn so strahlend an, daß er sich gleichermaßen bewegt und verwirrt fühlte.

»Warum sind sie nicht gekommen?« wollte sie wissen. »Du hast gesagt, sie würden heute versuchen, dich zu holen.«

»Ich weiß es nicht.« Gern hätte Bardolin den Kobold ausgesandt, damit er sich in der Stadt umhorchen konnte, doch er bezweifelte, daß die Kreatur sich schon soweit erholt hatte. Und da Griella hier war, mochte er nicht selbst hinausgehen. Er würde sie keine Menschen mehr hinmetzeln lassen, da war er sich sicher. Selbst jene nicht, die kommen würden, um sie den Klauen des Todes zu überlassen. Er würde die Soldaten mit einem Bewußtlosigkeitsbann belegen. Vielleicht ließ man Griella sogar in Ruhe, in der Annahme, es handle sich bloß um ein weiteres Gossenkind. Wenn sie sich wieder in die Bestie verwandelte, war ihr der Tod gewiß.

»Nein, faß das nicht an.«

Griella tippte an das Faß des Kobolds. Das kleine Wesen und das Mädchen grinsten einander an.

»Warum nicht? Ich glaube, er mag mich.«

»Man darf ihn nicht stören, wenn er im Verjüngungsfaß

steckt, sonst könnte er sich in etwas Unerwünschtes verwandeln.«

»Das verstehe ich nicht. Erklär es mir.«

»In dem Faß ist Ur-Blut, eine thaumaturgische Flüssigkeit. Es ist der Grundstoff für viele Experimente und schwierig herzustellen. Aber hat man es erst geschafft, ist es ... formbar. Ich kann es meinen jeweiligen Erfordernissen anpassen. Im Augenblick ist es Balsam für die Müdigkeit des Kobolds, wie feuchter Gips, den man über Risse in der Fassade eines Hauses schmiert. Den Kobold selbst habe ich aus Ur-Blut gemacht, mit Hilfe von Zaubersprüchen und der Kraft meines Geistes.«

»Kannst du mir auch einen machen? Was für ein niedliches Haustier das wäre!«

Bardolin lächelte. »Es dauert Monate, bis sie fertig sind, außerdem ist der Vorgang erschöpfend und verbraucht einen Teil der Energie des Magiers. Stirbt der Kobold, stirbt auch ein Teil von mir. Es gibt schnellere Möglichkeiten, Hausgeister herzustellen, doch diese Verfahren sind abscheulich, und die derart geschaffenen Kreaturen, die man *Humunkuli* nennt, sind eigensinnig und schwer zu bändigen. Und sie haben einen abstoßenden ... Appetit.«

»Ich dachte, ein echter Magier könnte alles, was er will, im Handumdrehen herbeizaubern.«

»*Dweomer* ist anders. Jeder Zauber hat seinen Preis. Von nichts kommt nichts.«

»Du klingst wie ein Philosoph – wie einer dieser alten Männer, die am Rednerplatz gewichtige Vorträge halten.«

»Beim *Dweomer* gibt es eine Philosophie, oder besser gesagt: ein Gesetz. Als ich Lehrling war, lernte ich die ersten acht Monate keinen einzigen Zauberspruch, obwohl sich meine Macht bereits offenbart hatte. Statt dessen mußte ich die Ethik der Zauberei lernen.«

»Ethik!« Griella wirkte verärgert. »Ich bin doch auch Teil dieses *Dweomer*, nicht wahr?«

»Ja. Gestaltwandeln stellt eine der Sieben Disziplinen dar, wenngleich die vermutlich am wenigsten ergründete.«

Griellas Miene erhellte sich. »Also könnte ich auch Magier werden?«

»Um Magier zu werden, mußt du vier der Sieben Disziplinen beherrschen, und Gestaltwandler sind selten in der Lage, etwas anderes als Wandeln zu erlernen. Vor einigen Jahren wurde in der Gilde debattiert, ob Wandeln überhaupt eine Disziplin sei oder eher eine Spielart. Eine Krankheit, wie gemeinhin angenommen wird. Der Antrag wurde aber abgelehnt. Du und ich, wir haben beide Magie im Blut, mein Kind.«

»Die schwarze Krankheit nennt man es, manchmal auch nur ›Die Veränderung‹«, sagte Griella leise. Ihre Augen schimmerten groß und dunkel.

»Ja, aber allem Aberglauben zum Trotz ist sie nicht ansteckend. Außerdem kann man sie meistern und eine wahre Fähigkeit daraus machen.«

Griella schüttelte den Kopf. Ihre Augen füllten sich mit Tränen.

»Niemand kann es meistern«, flüsterte sie.

Bardolin legte ihr eine Hand auf die Schulter. »Wenn du es erlaubst, kann ich dir dabei helfen.«

Das Mädchen lehnte den Kopf an die breite Brust des Magiers.

Unten hämmerte jemand gegen die Tür.

Griella fuhr hoch. »Sie sind da! Sie sind gekommen, um dich zu holen!«

Unter seinem entsetzten Blick durchflutete ein gelbes Licht ihre Augen; die Pupillen wurden länglich wie die einer Katze. Er spürte, wie sich der Körper unter seinen Händen verwandelte. Das Grollen einer Bestie entrang sich ihrer Kehle.

Während sie sich verändert. Bevor es zu spät ist!

Den ganzen Morgen über hatte er sich die Struktur des Zauberspruches eingeprägt. Nun ging er ihm fast als Atemzug von den Lippen und huschte in sie hinein.

Ein wildes Gefecht folgte, als sich die im Entstehen begriffene Bestie aufbäumte. Das Mädchen krümmte und wand sich schmerzerfüllt, gefangen zwischen den beiden Formen. Doch Bardolin rang das Monster nieder. Es zog sich zurück; dahinter ertastete er Griellas Geist – menschlich, unberührt, doch entsetzlich vereinsamt. Die Erkenntnis erschütterte ihn.

Nie zuvor hatte er in die Seele eines Gestaltwandlers geblickt. Einen kurzen Augenblick lang, bevor der Zauberspruch wirkte, sah er die Bestie in unheiliger Ehe mit dem Mädchen vereinigt; jeder nährte sich vom anderen. Dann lag Griella reglos und gleichmäßig atmend in seinen Armen. Bardolin erschauderte. Die Bestie war stark, selbst im Augenblick ihrer Geburt. Er wußte, daß er sie unmöglich bändigen konnte, sollte sie jemals vollständig Gestalt annehmen. In diesem Fall würde er sie töten müssen. Schweiß tropfte ihm in die Augen. Immer noch zitternd, legte er das Mädchen hin.

In der Tür stand ein großer alter Mann, der schmal war wie die Geldbörse eines Kesselflickers. Zwar trug er ein teures Wams, doch es hing wie ein Sack an ihm; der breitkrempige Hut ragte über die Schultern hinaus. Hinter dem Alten tänzelte ein verängstigt wirkender junger Mann unruhig hin und her, während er gleichzeitig den Hut nervös in den Händen drehte.

»Meister!« rief Bardolin. Eine Welle der Erleichterung durchflutete ihn.

Golophin legte ihm die Hand auf den Arm. »Ich muß mich für unser ungestümes Eintreten entschuldigen. Der junge Pherio hier ist schuld. Er kann es nicht leiden, wenn ich dieser Tage durch die Straßen schlendere; an jeder Ecke sieht er einen Bruder vom Ersten Tage. Pherio, das Mädchen.«

Der junge Mann starrte Griella an, als gehöre sie einer besonders giftigen Schlangenart an. »Meister?«

»Bette sie irgendwo auf eine Liege, Pherio. Du mußt dich nicht fürchten. Sie reißt dir den Kopf schon nicht ab. Und bring uns Wein – nein, fimbrischen Branntwein. Bardolin hat immer einen Vorrat davon im Keller. Lauf!«

Mit Griella auf den Armen stolperte der Junge davon. Golophin half Bardolin auf einen Stuhl.

»Nun, Bard, was hat das zu bedeuten? Vertreibst dir wohl die Langeweile mit heiratsfähigen jungen Gestaltwandlern, was?«

Bardolin hob die Hand. »Keine Scherze bitte, Golophin. Dafür war es zu knapp, und es hat mich völlig ausgezehrt.«

»Das wäre einen Eintrag in den Aufzeichnungen der Gilde

wert, finde ich. Wenn es sich dabei um Forschung handelt, Bard, dann wandelst du wirklich auf unsicherem Boden.« Er kicherte, nahm den bizarren Hut ab und entblößte dadurch einen Schädel, der so kahl wie ein Ei war.

»Wir haben Soldaten mit einem Mönch an der Spitze erwartet«, erklärte Bardolin.

»Aha!« Golophins ausgelassene Stimmung verdüsterte sich.

»Gestern haben sie Orquil abgeholt. Ich dachte, heute holen sie mich.«

Als Pherio mit dem Branntwein zurückkam, schenkte Golophin zwei Gläser voll und stieß mit seinem ehemaligen Lehrling an.

»Das bringt mich zum Grund meines Besuches, Bard. Es geht um die Abscheulichkeiten der Brüder vom Ersten Tage, die sie im Namen der Frömmigkeit begehen.«

»Was ist damit? Bei allen Heiligen, Golophin, sie können unmöglich hinter *dir* her sein. Du warst Berater dreier Könige. Abeleyn saß auf deinen Knien, als er noch zu klein war, sich selbst den Hintern abzuwischen …«

»Genau deshalb bin ich derjenige, den der Prälat unbedingt zu fassen bekommen *muß*. Wenn ich nicht mehr bin, bleibt dem König kein andersdenkender Berater – und niemand, der ihm innerhalb weniger Augenblicke sagen kann, was sich in den entferntesten Winkeln der Welt abspielt, wie ich hinzufügen möchte. Auch Abeleyn ist sich dessen bewußt – wie ich es gehofft hatte. Nun, da der Prälat auf dem Weg zur Synode in Charibon ist, hat der König eine Atempause. Die Zahl der Hinrichtungen ist bereits zurückgegangen. Deshalb bist du heute noch hier, mein Freund. Im Augenblick schickt man nur die unverbesserlichen Ketzer auf den Scheiterhaufen, aber die Katakomben füllen sich beständig. Bis der Prälat zurückkehrt, werden Tausende seiner Gnade harren. Und wenn die Synode sein Tun hier gutheißt, kann Abeleyn nichts mehr dagegen unternehmen, es sei denn, er will exkommuniziert werden. Was aber noch schlimmer ist: Der Prälat von Abrusio wird zweifellos versuchen, die Prälaten der anderen Königreiche zu überzeugen, in ihren Einflußgebieten ähnliche Säuberungsaktionen anzuordnen.«

»Ich habe schon an Saffarac in Cartigella geschrieben, um ihn zu warnen.«

»Ich auch. Er kann mit König Mark sprechen. Aber da ist noch etwas: Macrobius ist noch nicht wieder aufgetaucht. Offensichtlich ist er tot, also muß ein neuer Pontifex Maximus gewählt werden. Einer, der durch seine Handlungen beweist, daß er sich nicht scheut, die Mißgunst des Königs bei der Erfüllung von Gottes Plänen auf sich zu ziehen. Ein Mann, dem das Wohl des Königreiches am Herzen liegt, der bereit ist, es mit Feuer zu reinigen.«

»Herr im Himmel! Du willst mir doch nicht weismachen, daß dieser Verrückte eine Chance hat?«

»Mehr als nur eine Chance. Der verfluchte Narr blickt nicht weiter als bis an die Spitze seines krummen Zinkens. Wenn ihn niemand aufhält, Bardolin, treibt er den Westen in den Untergang.«

»Gewiß erkennen das auch die anderen Prälaten.«

»Selbstverständlich erkennen sie es, aber was sollen sie schon sagen? Jeder ist bestrebt, den anderen an Eifer zu überbieten. Keiner wird es wagen, die Taten unseres Prälaten öffentlich zu kritisieren, weil das die Exkommunizierung zur Folge haben könnte. Nach dem Untergang Aekirs herrscht allgemeine Hysterie. Die Kirche führt sich auf wie ein altes Weib, dem man die Geldbörse gestohlen hat. Sie muß sich beweisen, muß zeigen, daß sie noch eine Einheit bildet. Und vergiß nicht, daß mit der heiligen Stadt auch zwölftausend Glaubensritter untergegangen sind, also ist auch der weltliche Arm der Kirche angeschlagen. Die Geistlichen fürchten, man könnte sie im Gefolge der Katastrophe im Osten ihrer Privilegien brauchen, deshalb machen sie den ersten Zug, um den Königreichen zu verdeutlichen, daß sie eine Macht darstellen, mit der man rechnen muß. Oh, wie die Geier werden sich die anderen Prälaten auf die Gelegenheit stürzen, etwas zu unternehmen, das kannst du mir glauben.«

»Wo bleiben wir, die *Dweomer,* bei der ganzen Sache?« fragte Bardolin.

»In der Scheiße, Bard. Aber hier in Abrusio gibt es zumindest einen kleinen Hoffnungsschimmer. Letzte Nacht habe ich mit Abeleyn gesprochen. Offiziell sehen wir uns in letzter Zeit nicht, aber wir haben unsere Wege und Mittel. Er hat mir anvertraut, daß es für einige von uns einen Ausweg geben könnte. Der König heuert Schiffe an, die ein paar Glückliche aus diesen Gefilden an einen sicheren Ort bringen sollen.«

»Wohin?«

»Das wollte er mir nicht verraten. Ich müßte ihm vertrauen, meinte er, dieser Lausejunge. Aber wie du dir sicher vorstellen kannst, hat er kein Interesse daran, daß wir allesamt den Merduks in die Hände fallen.«

»Gabrion?« meinte Bardolin zweifelnd. »Vielleicht Narbosk. Bestimmt nicht die Hardischen Provinzen. Was gibt es sonst für Orte, die nicht unter dem Einfluß der Kirche stehen?«

»Keine Ahnung, wirklich nicht. Aber ich glaube ihm. Er besitzt doppelt soviel Mumm wie sein Vater. Was ich sagen will, Bard: Wärst du bereit, dich auf einem dieser Kähne einzuschiffen?«

Bardolin nippte am Branntwein. »Hast du diesen Vorschlag der Gilde unterbreitet?«

»Nein. In einer halben Stunde wüßte jeder auf der Straße die Neuigkeit. Ich trete nur persönlich an Leute heran, denen ich vertraue.«

»Und was ist mit den anderen? Bietet sich nur uns Magiern dieser Fluchtweg, Golophin? Was ist mit den niedrigeren Ständen unseres Volkes, den Kräuterdoktoren, den Ammenweibern – ja selbst den Gestaltwandlern wie der armen Griella? Haben auch sie die Wahl?«

»Ich tue, was in meiner Macht steht, Bard. Ich fahre nicht. Ich bleibe hier und versuche, so viele wie möglich zu retten. Wenn es darauf ankommt, wird Abeleyn mich verstecken. Außerdem gibt es noch andere Adelige, deren Söhne und Töchter sich bei der Gilde in Ausbildung befinden und unserer Sache naturgemäß positiv gegenüberstehen. Möglicherweise können wir von Zeit zu Zeit eine Schiffsladung voll *Dweomer* evakuieren und sie in das idyllische Paradies befördern, das ihr aus der Wildnis stampft. Wenn die Menschen erst einmal das wahre Ausmaß der Bedrohung durch die Merduks erkennen, verwandelt sich die ganze Stadt in einen einzigen Scheiterhaufen.« Er hielt inne. »Und wenn Ormann erst einmal gefallen ist, wird dieser ganze Unsinn sowieso nachlassen. Man wird die Geistlichen nicht mehr ernst nehmen, die Soldaten werden wieder selbständig handeln. Wir müssen nur den ärgsten Sturm überdauern.«

»Nach dem Fall von Ormann? Wie kommst du darauf? Golophin, das wäre eine Katastrophe vergleichbar dem Untergang Aekirs.«

»Es besteht wenig Hoffnung, daß die Festung standhält«, bekräftigte Golophin. »Lejers Mannen wurden heute morgen überrannt, und bald wird die Verteidigungslinie entlang des Searil durch die nach Westen strömenden Flüchtlinge ein einziges Chaos sein. Bestimmt zieht Shahr Baraz' Armee weiter.«

»Bist du sicher?«

Golophin lächelte. »Du hast deinen Kobold, ich meinen Gerfalken. Ich kann die Erde sehen, wie sie sich unter mir erstreckt; den Strom der Flüchtlinge auf den Straßen nach Westen, die verkohlten Ruinen von Aekir, die Reihen ramusischer Sklaven, die in Ketten nach Norden getrieben werden – möge Gott sich ihrer erbarmen. Und ich kann die Ränge der schweren Kavallerie der Merduks sehen, wie sie von dem Ort ausströmen, an dem Lejer seine letzte Schlacht geschlagen hat. Ich sehe Shahr Baraz, einen außergewöhnlichen alten Mann mit der Seele eines Poeten. Eines Tages möchte ich mich gern mit ihm unterhalten. Wir beide haben Königen gedient.«

Golophin rieb sich die Augen. »Abeleyn weiß das alles. Es hat geholfen, ihn zu überreden. Trotzdem begleite ich ihn nächsten Monat nicht zum Konklave der Könige; ich werde hier gebraucht, außerdem muß ich im Augenblick vorsichtig sein. Es ist Abeleyns Aufgabe, auch die anderen Monarchen davon zu überzeugen, daß wir auf des Messers Schneide stehen.«

Der alte Magier erhob sich und setzte den Hut wieder auf. »Nun, was meinst du, Bardolin? Schiffst du dich ein? Dein kleiner Gestaltwandler kann mitkommen, wenn du deine

Forschungen unbedingt fortsetzen willst, aber ich fürchte, für den armen Orquil kann ich nichts tun. Er muß seinen Frieden mit Gott schließen.«

Bardolin sah sich in den Räumlichkeiten um, die während der letzten zwanzig Jahre sein Zuhause gewesen waren. Er vermißte den überschwenglichen Lebensmut des jungen Orquil, und es war ein erschütternder Schlag zu erfahren, daß es für den Jungen keine Rettung gab. Die Erkenntnis vermittelte ihm das Gefühl, sehr alt und nutzlos zu sein. Doch selbst mit seiner krummen alten Nase roch er den Gestank verbrannten Fleisches, der in der Luft hing. Die Stadt würde lange brauchen, um diesen Moder wieder loszuwerden. Und Bardolin hatte genug davon.

Der Zauberer erhob sein Glas.

»Auf zu neuen Ufern«, sagte er.

6

Die Terrasse war überdacht von einer Markise aus Schilfhalmen, an deren Ecken tönerne Wasserkrüge hingen, um der trockenen Luft ein wenig Feuchtigkeit zuzuführen. Im Schatten war die Hitze erträglich. Hawkwood umfaßte einen Krug voll kaltem Bier mit beiden Händen, als wolle er ihn wärmen.

Sowohl in der Hafentaverne als auch davor herrschte reger Betrieb. Der Laden entsprach einem gehobeneren Lokal, keinem wirklichen Treffpunkt für Seefahrer, eher einem Ort, an dem eine Landratte Seeleute vermuten würde. In regelmäßigen Abständen wurde Wasser auf die Straße vor der Terrasse geschüttet, damit die hohen Gäste nicht vom Staub beschmutzt wurden, den die vorbeiströmenden Wagen, Karren, Maultiere, Ochsen, Bauern, Seemänner und Soldaten aufwirbelten.

Aber das Bier schmeckte gut; es kam geradewegs aus einer kühlen, unterirdischen Schankstube. Außerdem hatte man eine herrliche Aussicht auf den Hafen. Hawkwood konnte gerade noch den großen Hauptmast der *Osprey* erkennen, die letztlich doch einen Liegeplatz ergattert hatte. Die Luken waren geöffnet, und die Männer zerrten an Flaschenzügen, um die wertvolle Ladung in das gleißende Sonnenlicht zu heben. Galliardo hatte ihm versichert, daß die Mönche nicht mehr an die Kais kämen, um die Schiffsbesatzungen nach Fremdländern zu durchforsten. Die Lage hatte sich etwas entspannt, dennoch hielt Hawkwood den Befehl aufrecht, daß kein Mannschaftsmitglied der *Osprey*, das nicht geborener Hebrione war, an Land gehen durfte. Die Männer begehrten nicht dagegen auf: Die Neuigkeit von Julius Albaks Schicksal hatte sich wie ein Lauffeuer im Hafen verbreitet. Die Heringsfischer berichteten, daß Schiffe mit Bestimmungsort Abrusio nach Cherrieros und sogar Pontifidad umgeleitet wurden. Dieser Wahnsinn durfte nicht andauern. Sonst würde der Handel zugrunde gehen.

Hawkwood trank Bier und kaute an einem Stück Brot. Im Lärm der Taverne und der umliegenden Kais konnte er kaum nachdenken. Er wünschte, der Wind möge auffrischen. In der unbewegten Luft kam er sich wie gestrandet vor, obwohl er den hebrionischen Passat oftmals wegen seiner Unberechenbarkeit verflucht hatte.

Er mußte einen neuen Ersten Maat ernennen und weitere Deckarbeiter anheuern. Ob Billerand eine Beförderung wohl zu schätzen wüßte?

Aus unbestimmtem Grund dachte er an seine Frau, die zierliche kleine Estrella. Seit fünf Tagen war er nun zurück, aber noch immer nicht zu Hause gewesen. Er haßte ihre Tränen, das hysterische Gehabe, die übertriebenen Liebesbezeugungen. In seiner Gegenwart benahm sie sich wie ein unruhiger kleiner Vogel, verhätschelte ihn von hinten bis vorne und erwartete dafür ständig Lob von ihm. Hawkwood zog es vor, sich von der hochwohlgeborenen Schlampe Jemilla kratzen und mißhandeln zu lassen. Ich liebe Jemilla. Der Gedanke beschlich ihn unwillkürlich, doch er verdrängte ihn sofort wieder.

Wie ein Fels in der Brandung bahnte sich ein Adeliger auf einem Rappen seinen Weg durch die überfüllte Straße. Er wirkte so schlank, daß es schon an Auszehrung grenzte; trotz der brütenden Hitze trug er schwarzes Reitleder. Sein Gesicht war lang und schmal und von einer entsetzlich runzligen Narbe verunstaltet. Das Haar hing ihm in schweißgetränkten Strähnen bis auf die Schultern. An seiner Seite hing ein Rapier mit Korbgriff in der Scheide. Kaum hatte er das Pferd gezügelt und war abgestiegen, als auch schon der dienstbeflissene Besitzer der Taverne gackernd hinauseilte, um ihm den Staub von den Schultern zu klopfen. Der Edelmann stieß den Wirt von sich und streichelte über die Schnauze des Rappen, bevor dieser von einem Lakaien weggeführt wurde. Dann stolzierte der Mann mit klirrenden Sporen zu Hawkwoods Tisch. Hawkwood erhob sich.

»Fürst Murad von Galiapeno. Ihr kommt spät.«

Murad erwiderte nichts, sondern nahm Platz und klopfte sich mit einem Rehlederhandschuh den Staub von den Hüften. Der Wirt stellte eine Karaffe Wein sowie zwei Gläser auf den Tisch und zog sich ehrerbietig zurück. Hawkwood kicherte.

»Was belustigt Euch so?« erkundigte sich Murad, während er Wein einschenkte und so offenkundig gelangweilte Geringschätzung zeigte, daß Hawkwood ihn vom ersten Augenblick an nicht leiden konnte.

»Ihr wolltet eine diskrete Unterredung.«

»Das bedeutet nicht, daß wir uns in einer stinkenden Spelunke treffen müssen. Macht Euch keine Sorgen, Kapitän. Die Leute, vor denen ich auf der Hut sein muß, würden sich niemals so weit herunter in die Stadt begeben.«

Hawkwood kostete den Wein. Es war gaderischer Roter, einer der besten, den er je getrunken hatte. Und dennoch: Als Murad daran nippte, verzog er das Gesicht, als handle es sich um Essig.

»In Eurem Schreiben habt Ihr mich wissen lassen, daß Ihr meine Schiffe brauchen könntet. Habt Ihr eine Ladung zu transportieren?«

Murad lächelte. Seine Lippen waren dünn wie blutleere Egel. »Eine Ladung? Ja, so könnte man es nennen. Ich möchte Euch und Eure beiden Schiffe in meine Dienste stellen, Kapitän, um eine Reise mit mir und einigen anderen Fahrgästen zu unternehmen.«

»Wohin?«

»Nach Westen.«

»Zu den Hebrionesen? Oder zu den Brenn-Inseln?« Hawkwood zeigte sich verwirrt, denn Hebrion galt als das westlichste Königreich der Welt.

»Nein.« Plötzlich senkte Murad die Stimme, so daß sie geradezu verschwörerisch klang.

»Ich habe vor, über den Westlichen Ozean zu segeln, zu einem Kontinent, der sich auf der anderen Seite der Erde befindet.«

Einen Augenblick konnte Hawkwood nur blinzeln, dann fand er die Stimme wieder. »Einen solchen Erdteil gibt es nicht.«

»Und wenn ich Euch nun sage, daß Ihr Euch irrt? Daß ich weiß, wo dieser Kontinent sich befindet und wie man dort hingelangt?«

Hawkwood zögerte. Sein erster Impuls war, diesem Edelmann ins Gesicht zu sagen, daß er entweder ein Lügner oder ein Narr sei – vielleicht auch beides. Doch irgend etwas an dem Mann hinderte ihn daran.

»Dann bräuchte ich einen Beweis.«

Zufrieden lehnte Murad sich zurück. »Natürlich. Kein vernünftiger Kapitän würde seine Schiffe ohne eine gewisse Sicherheit für ein tolldreistes Wagnis aufs Spiel setzen.« Er beugte sich wieder vor, bis Hawkwood den Wein und Knoblauch in seinem Atem riechen konnte.

»Ich besitze das Logbuch eines Schiffes, das die Reise in den Westen gemacht hat und wohlbehalten zurückgekommen ist. Soviel kann ich Euch anvertrauen, Kapitän: Besagtes Schiff hat bei günstigem Wind zweieinhalb Monate für die Überquerung des Westlichen Ozeans gebraucht, und es hat hier, in diesem Hafen, abgelegt. Man muß lediglich etwa zwölfhundert Wegstunden einen bestimmten Breitengrad entlang segeln, um ans Ziel zu gelangen.«

»Ich habe weder von diesem Schiff noch von dieser Reise jemals gehört«, erwiderte Hawkwood, »und meine Familie fährt seit fünf Generationen zur See. Warum ist diese Entdeckung nicht besser bekannt?«

»Der Kapitän starb kurz nach der Rückkehr. Außerdem fand die Reise vor mehr als hundert Jahren statt. Bis jetzt hat die hebrionische Krone dieses Wissen für sich behalten – aus Gründen der Staatssicherheit, Ihr versteht schon. Nun aber ist die Zeit endlich reif, sich die vorhandenen Kenntnisse zunutze zu machen.«

»Die Krone, sagt Ihr. Also steht der König selbst hinter der Expedition?«

»Als Verwandter des Königs spreche ich auch in dieser Angelegenheit in seinem Namen.«

Eine von der Krone bezahlte Reise. Hawkwood empfand gemischte Gefühle. Die hebrionische Krone hatte im Laufe der Jahre mehrere Expeditionen finanziert. Mancher Kapitän war dadurch reich, manch einer sogar in den Adelsstand erhoben worden. Viele andere jedoch hatten ihre Schiffe, ihren Ruf und ihr Leben verloren.

»Woher soll ich wissen, daß der König Euch schickt?« erkundigte er sich schließlich.

Wortlos griff Murad in die Gürteltasche und holte zwei mit schweren Siegeln versehene Pergamente hervor. Mit schwitzenden Händen rollte Hawkwood die Schriftstücke auf. Eines war ein königliches Akkreditiv für das Anheuern und Ausstatten zweier Schiffe zwischen achtzig und zweihundert Tonnen, das andere eine Vollmacht, die Fürst Murad von Galiapeno das Gouverneursamt für eine neue, im Westen zu gründende Kolonie übertrug und ihm den Status eines Vizekönigs zusicherte. Es folgte eine Liste von Bedingungen. Hawkwood rollte die Pergamente wieder zusammen.

»Die scheinen echt zu sein«, sagte er, fühlte sich aber zutiefst verunsichert. Ihm war, als würde er ohne Bootsmann am Bug durch gefährliche Untiefen segeln.

»Warum gerade ich?« wollte er wissen. »In Abrusio gibt es viele Kapitäne. Außerdem besitzt die Krone selbst zahlreiche Schiffe. Warum wollt Ihr einen Mann wie mich anheuern, der noch nicht einmal Hebrione ist?«

»Ihr erfüllt gewisse … Bedingungen. Ich will zwei Schiffe, die demselben Mann gehören. Auf diese Weise ist es einfacher, die Dinge überschaubar zu halten. Zudem seid Ihr ein erfahrener Seemann, der sich nicht davor scheut, die einsameren Routen fernab der Küste zu befahren. Es ist erstaunlich, wie viele sogenannte Hochsee-Kapitäne sich erst wohl fühlen, wenn sie die Küste so nahe wissen, daß man hinüberspucken kann.«

»Und weiter?«

»Ich habe etwas, das Ihr wollt.«

»Was?«

»Eure Mannschaft, Hawkwood. Die Männer Eurer Besatzung, die kürzlich in die Katakomben gesperrt wurden. Tretet in meine Dienste, und Ihr bekommt die Männer noch am selben Tag zurück.«

Hawkwood blickte in die kalten Augen, sah das gelassene Lächeln und erkannte, daß er sich in den Händen von Mächten befand, die ganze Königreiche regierten.

»Was geschieht, wenn ich mich weigere?«

Murads Lächeln geriet keinen Moment ins Wanken. »Sechs Eurer Männer sollen morgen auf den Scheiterhaufen. Es würde mir leid tun, so tüchtige Seefahrer in den Flammen sterben zu sehen.«

»Könnte doch sein, daß mir die eigene Haut mehr wert ist als die ihre«, entgegnete Hawkwood kalt.

»Das mag natürlich sein. Bleibt aber die Tatsache bestehen, daß bestimmte Kapitäne, deren Besatzung ein Übermaß an Fremdländern und Ketzern enthält, selbst überprüft werden müssen – insbesondere, da einige dieser Kapitäne nicht einmal Hebrionen sind.«

Das also war das Fallbeil, das über seinem Kopf baumelte! Etwas Ähnliches hatte Hawkwood erwartet, seit er die königlichen Schriftstücke gelesen hatte. Unwillkürlich ballte er die Faust und zog sie vom Weinglas zurück, bevor sie es zerbrechen konnte.

»Bedenkt doch, Kapitän, was Euch angeboten wird! Das Leben Eurer Besatzung und die Möglichkeit, in die Geschichte einzugehen. Ihr könnt in die Ränge der Großen dieser Erde aufsteigen. Und denkt nur an die Reichtümer einer neuen Welt, die hinter dem Horizont auf uns wartet.«

»Nur einmal angenommen, daß die Reise so verläuft, wie Ihr es geplant habt – mit welchen Zugeständnissen kann ich rechnen?«

Einen Augenblick musterte Murad sein Gegenüber abschätzend.

»Wer mir das Gouverneursamt verschafft, darf gewisse Vorrechte erwarten, Kapitän. Wenn Ihr wollt, werden die einzigen Schiffe, die von unserer neuen Kolonie ablegen, in Euren eigenen Werften gebaut. Eine angemessene Steuer auf alle ein- und ausgeführten Waren soll Eure Pläne finanzieren, wie auch immer sie aussehen mögen. Möglicherweise« – und dabei konnte Murad sich ein Grinsen nicht verkneifen – »fällt sogar ein Titel für Euch ab, den Ihr Euren Söhnen vererben könnt.«

Estrella war unfruchtbar. Hawkwood würde niemals Söhne haben. Er fragte sich, ob Murad dies aus irgendeiner Quelle erfahren hatte. Am liebsten hätte er dem grinsenden Aristokraten sein Glas ins Gesicht geschleudert.

Und abermals stellte er sich die quälende Frage: War es *sein* Kind gewesen, daß Jemilla damals hatte abtreiben lassen?

Hawkwood erhob sich. Er fühlte sich besudelt und schmutzig. Mehr als alles andere wünschte er sich schwankende Schiffsplanken unter den Füßen und den Wind des Meeres in den Haaren.

»Ich werde über Euren Vorschlag nachdenken.«

Überrascht blickte Murad zu ihm auf; dann zuckte er die Schultern. »Wie Ihr meint. Aber laßt Euch nicht zu lange Zeit, Kapitän. Morgen früh muß ich wissen, ob Euren Männern der Leidensweg erspart bleibt.«

»Ich werde über Euren Vorschlag nachdenken«, wiederholte Hawkwood, warf ein paar kleine, speckige Münzen auf den Tisch und ging seines Weges, mitten hinein in das geschäftige Treiben des Hafens. Er hatte die Absicht, eine heruntergekommene Spelunke zu suchen und sich bis zur Ohnmacht zu betrinken. Morgen früh würde er diese adelige Schlange wissen lassen, daß er das Angebot anzunehmen gedachte.

»Dies, mein Fürst, war die Straße der Silberschmiede. Unsere Männer haben bereits eine halbe Tonne Metall wiedergewonnen, das durch die Hitze des Feuers geschmolzen war. Sonst hat nichts überlebt.«

Vorsichtig bahnten sich die Pferde der Gefolgschaft den Weg durch eingestürztes Mauerwerk, zerschmetterte Ziegel und verkohltes Holz; über einige Balken züngelten immer noch winzige Flammen. Die Leichen waren vom Pfad entfernt worden, so daß er sich allmählich lichtete, doch in den Ruinen zu beiden Seiten erblickte Shahr Baraz Gestalten, die großen Blöcken verbrannten Holzes ähnelten: weitere Opfer der Flammenhölle, die man sorgfältig verbrannt hatte, damit keine Gefahr für die Verbreitung von Krankheiten bestand. Der Gestank von Asche und Rauch überlagerte alles andere.

Shahr Baraz nickte zustimmend. Die Räumkommandos leisteten hervorragende Arbeit.

So weit das Auge reichte, erstreckte sich die Verwüstung. Die Gerippe der Gebäude boten ein jämmerliches und schreckliches Bild: verkohlt, ausgebrannt, halb eingestürzt. Die Überreste der Häuser waren kahl wie Grabsteine, und die aus dem Geröll ragenden Grundmauern glichen Felsen in der Brandung einer grauen See. Aekir hatte sich in eine Geisterstadt verwandelt. Der Ort wirkte wie ein Monument, wie die Ruine einer längst ausgestorbenen Zivilisation.

Beiläufig wies Jaffan auf andere markante Punkte, die er aus Büchern und Karten kannte. Sämtliche Angehörige seiner Truppe, dachte Shahr Baraz bei sich, schienen ein wenig trunken, als wäre der Sieg ein starker Wein, der noch fünf Tage nach dem Ereignis das Blut in Wallung hielt. Nur langsam war ihnen die Tragweite ihres Erfolges klargeworden, und nun, da der letzte Widerstand zerschlagen war und sie ungehindert durch die einst weltgrößte Stadt der Ungläubigen ritten, durften sie den Triumph endlich vollends auskosten.

Für Shahr Baraz hatte dieser Triumph jedoch einen bitteren Nachgeschmack. Aekir war bis auf die Grundmauern niedergebrannt. Am Tag nach dem Fall der Stadt sah er sich gezwungen, die Evakuierung sämtlicher Truppen zu befehlen und die Flammenherde ausbrennen zu lassen. Die gewaltigen Mauern standen zwar noch – ebenso wie die robusteren Gebäude, zu denen auch die Paläste des Pontifex Maximus, die Kathedrale und andere öffentliche Häuser zählten –, doch das gewöhnliche Mauerwerk im größten Teil der Stadt brach unter der enormen Hitze zusammen. Weite Flächen glichen kahlen Ebenen, übersät von Staub, Trümmern und Asche.

Und fast fünfzigtausend Mann seiner Armee hatten sterben müssen, um diese Trümmer und diese Asche in Besitz nehmen zu können.

Drei Wegstunden östlich der Stadt waren die weiblichen Gefangenen auf einem nahezu neun Hektar großen Gelände untergebracht. Ein Großteil der Frauen sollte der Armee gehören. Die Männer hatten sich dieses Vergnügen redlich verdient. Ein zwei Wegstunden langer Wagenzug rollte gen Orkhan, beladen mit der Beute aus Aekir, die zu Sultan Aurungzeb geschickt wurde. Eigentlich hätte man bei der Plünderung mehr Beute aus der reichsten Stadt der Welt herausholen müssen, doch das meiste war in Rauch und Flammen aufgegangen, ehe die siegreichen Truppen herankommen konnten. Deshalb waren die Männer unruhig und unzufrieden. Nun, Shahr Baraz würde diese Unruhe zu nutzen wissen.

Von Aekir blieb nur eine leere Hülle. Um die Stadt wiederaufzubauen, bedurfte es der Arbeit mehrerer Generationen, doch Shahr Baraz bezweifelte nicht, daß Aekir wiedererstehen würde: Aurungzeb wollte sie eines Tages zu seiner Hauptstadt machen. Aurungabar sollte sie dann heißen, hatte er verkündet, aber damals war er betrunken gewesen.

Eine Katze schoß aus einem Spalt zwischen den Trümmern hervor und flitzte über die Straße, wodurch sie die vordersten Pferde aufschreckte. Mühsam zwangen die Offiziere des Führungsstabes die Tiere zum Gehorsam. Auch Shahr Baraz' eigenes Roß legte die Ohren an, doch der alte General sprach sanft zu ihm, und es blieb ruhig. Heutzutage verhielten sich die jungen Leute zu ungeduldig gegenüber ihren Pferden. Sie behandelten sie mehr wie Werkzeuge denn wie Gefährten. Sobald sie zurück im Lager waren, sollte er sich mit dem Befehlshaber der Reiterei wohl einmal darüber unterhalten.

Jaffan hatte die Fassung wiedererlangt. Er deutete auf irgend etwas … ah, ja. Die Turmspitzen von Carcasson. Wie die Hörner einer riesigen, geduckten Bestie stachen sie aus dem Rauchschleier hervor. Was würde man aus diesem Ort machen? fragte sich Baraz. Er selbst hatte die Absicht, in Aekir eine Universität zu gründen, bevor er starb. Und Carcasson – was für eine unglaubliche Bibliothek die Kathedrale doch abgäbe! Und in ihrem Herzen, wo die Ramusier ihren Idolen gehuldigt hatten, würden die Gebetsmatten des großen Ahrimuz liegen.

Baraz' Gedanken verfinsterten sich. Während des Rückzugs hatten die Torunnen die Bibliothek von Gadorian Hagus in Brand gesteckt. Zweihunderttausend Bücher und Schriftrollen, von denen manche zurückdatierten in die düsteren Abschnitte der Geschichte vor den Tagen der fimbrischen Hegemonie. All das war unwiederbringlich verloren. Shahr Baraz' Schriftführer war in Tränen ausgebrochen, als er davon erfuhr.

John Mogen hätte so etwas nicht getan. Er hätte gewußt, daß die Merduks die Bibliothek erhalten und unversehrt gelassen hätten. Aber dieser Lejer erwies sich als Barbar. Er verdiente das Schicksal, das ihn erwartete. Sie waren unterwegs zu seiner Kreuzigung.

Der Reitertrupp wandte sich nach links, der Nachmittagssonne entgegen. Die Gebäude – genauer gesagt, deren Überreste – wichen zu beiden Seiten zurück, und plötzlich erstreckte sich vor ihnen ein Platz, der den Durchmesser einer sechstel Wegstunde besaß. Dies war der Platz der Siege, errichtet vom fimbrischen Kurfürsten Myrnius Kuln persönlich. Es war der größte Platz der Welt, auf dem sich nun hundertzwanzigtausend Soldaten der Merduks in voller Rüstung eingefunden hatten, um ihren General zu treffen.

Vor diesem Gesichtermeer hielt die Kavalkade an. Reihe um Reihe standen die Soldaten, mit zum Gruß erhobenen Speeren; die Lunten der Hakenbüchsen der *Hraibadar* flatterten als blaue Fäden im Wind; auf den gezogenen Säbeln der *Subadars* und *Jefadars* und *Imrahins* spiegelte sich das schwache Licht der Sonne als tausendfaches Glitzern. Auch die Reiterei war angetreten, Regiment um Regiment. Die Pferde warfen und schüttelten die vollen Mähnen, die Reiter saßen stocksteif. Hinter ihnen standen in langen Reihen die Elefanten, die mit so farbenprächtigen Schabracken geschmückt waren, daß sie sich wie Fabeltiere aus einem Bestiarium ausnahmen. In den Türmen auf den breiten Rücken schwankten die Reiter, als die Tiere von einem Bein aufs andere traten. Den Schotter mochten sie ganz und gar nicht, denn an den Füßen waren sie sehr empfindlich. Dutzende der grauen Riesen wurden beim letzten Angriff durch Fußfallen verkrüppelt.

In der plötzlich eintretenden Stille bezogen Shahr Baraz' Offiziere Stellung hinter ihrem Befehlshaber. Der alte Khedive trug keinen Helm; durch das geknotete, lange weiße Haar und die beiden Enden des herabhängenden Schnurrbartes wehte der Wind. Trotz seines hohen Alters wirkte das Gesicht kaum zerfurcht, und die Augen hinter den zu Schlitzen verengten Lidern waren fast nicht erkennbar. Aufrecht wie ein junger Mann saß er im Sattel, in schwarz und golden lackierter Rüstung, das Krummschwert an der Hüfte. Sein Pferd, ein kräftiger grauer Wallach, trug schwarzes Zaumzeug und eine prunkvolle Roßstirn; in den Schwanz waren weiße Maschen eingeflochten.

Shahr Baraz preßte die Knie zusammen, woraufhin sein Wallach anmutig auf den Platz trabte.

Gemurmel erhob sich von der versammelten Armee. Als der alte Khedive die Mitte des Platzes erreichte, schwoll der Laut zu einem Brüllen an. Die Armee jubelte ihm zu; von drei Seiten des riesigen Platzes brach das Getöse los, als sich Tausende und Abertausende Kehlen zu einem Geräuschorkan vereinten, der die Luft erbeben ließ. Allmählich bildeten sich Worte heraus, ein ständig wiederholter Satz:

»Hor-la Kadhar, Hor-la Kadhar!«

Ehre sei Gott, riefen die Männer, um ihrem Schöpfer für diesen Augenblick des Triumphes zu danken, dieses Zeugnis ihrer Größe. Und ihr Jubel galt Shahr Baraz auf seinem Pferd im Herzen der Formation. Ehre sei Gott für den Beweis Seiner Liebe zu ihnen, für diesen Sieg der Siege.

»Hor-la Kadhar«, flüsterte Shahr Baraz. Tränen standen

ihm in den Augen, und mit einem eleganten Schwung riß er das Krummschwert aus der Scheide, daß es wie ein greller Blitz im Sonnenschein funkelte, woraufhin sich der Jubel verdoppelte, so daß man ihn viele Wegstunden weit vernehmen mußte. Man würde hören, wie die Armee der Merduks den einzig wahren Gott pries, und angesichts des Wissens, daß die Zeit des Heiligen vorbei war und die des Propheten anbrach, würden die Ungläubigen erzittern.

Shahr Baraz schob das Krummschwert zurück in die Scheide. Wie ein reißender Strom flutete das Blut durch seinen Körper; er fühlte sich wieder jung. Der Wallach spürte seines Reiters Stimmung und begann, unter ihm zu tänzeln. Weiter ging der Weg der beiden zu einem Gerüst, das auf diesem Platz aufgestellt worden war, auf dem die Statue de Myrnius Kuln in dieser von ihm gegründeten Stadt wie schon seit sechs Jahrhunderten mit Granitaugen in die Welt blickte. Der Stab des Khediven schloß zu ihm auf. Wie Fahnen flatterten die seidenen Mäntel; wie bunte Schlangen wehten die Kriegsschleifen um ihre Köpfe.

Gleich einem zurückweichenden Sturm verebbte der Jubel, verwandelte sich zurück in Gemurmel und schließlich in Stille. Laut hallten die Hufe der Gefolgschaft des Khediven auf dem gepflasterten Boden des Platzes wider.

Als Shahr Baraz das Gerüst erreichte, hielt er an und setzte den Helm auf – einen schwarzen Helm mit langem Nackenschutz und durchgehenden Wangenteilen, der das Gesicht des Trägers wie eine Maske verhüllte. Oben auf dem Helm war das Symbol eines Halbmondes angebracht: ein gekrümmtes, versilbertes Horn mit zwei Zoll Durchmesser – das Wappenzeichen des Clans der Baraz.

Am Fuße des Gerüsts stand Sibastion Lejer in zerlumpter Uniform, zu beiden Seiten bewacht von einem mit Kapuze vermummten Soldaten der Merduks. Die dunklen Augen des Leutnants versprühten puren Haß.

Der letzte Widerstand der Torunnen war ein paar Wegstunden außerhalb der Stadt zerschmettert worden, auf einer kleinen Anhöhe entlang der Straße zum Searil. Dort war der Rest von John Mogens einst so mächtiger Armee in die Enge getrieben und von der Masse der anstürmenden Merduks vernichtet worden. Nur eine Handvoll Männer hatte das letzte, blutige Handgemenge überlebt, und da die Ramusier den Dienst in der Armee der Merduks verweigerten, befanden sie sich bereits in Ketten auf dem Weg nach Osten, auf daß die Menschen in Ostrabar jene Soldaten betrachten konnten, die ihnen sechzig Jahre lang Widerstand geleistet hatten – seit der Überquerung der Jafrar-Berge und den ersten Schlachten zwischen Merduks und Ramusiern.

Lejer aber erwartete ein anderes Schicksal.

Der Armee würde es eine Genugtuung sein, seinem Tod beizuwohnen. Der torunnische Leutnant hatte die Krieger um ein Vermögen an Beute betrogen, sie zu Herrschern einer toten Stadt gemacht. Nun würden sie dabeisein, wenn ihr General ihn dafür büßen ließ und erleben, daß er den Zorn seiner Soldaten teilte.

Shahr Baraz erhob die Stimme, die verzerrt durch den Helm mit dem hohen Wappen tönte.

»Eigentlich hatte ich vor, dich von den Elefanten töten zu lassen, wie es einem Verbrecher deiner Sorte gebührt«, rief er mit dröhnender Stimme. »Aus reiner Bosheit hast du das Juwel der Welt zerstört. Mein Volk hätte aus dem Aekir, das du gekannt hast, einen noch herrlicheren Ort gemacht, eine würdige Hauptstadt für das größte der Sieben Sultanate.

Und doch hätte ich dies verzeihen und als Verzweiflungstat eines geschlagenen Mannes betrachten können. Wäre dein Volk vor den Toren Orkhans gestanden, meiner eigenen Stadt, hätte auch ich sie vielleicht lieber niedergebrannt, als Ungläubige über die Gebetsmatten in Ahrimuz' Tempel trampeln zu sehen.

Zudem hast du dich im letzten Gefecht bewundernswert geschlagen. Noch lange wird man sich an die Torunnen als die edelsten Feinde erinnern, die wir je hatten. John Mogen war ein ebenbürtiger Gegner. Ich wünschte, er hätte überlebt, auf daß wir gemeinsam über die Zukunft sprechen könnten. Der Prophet sagt uns, daß alle Menschen auf verschiedenen Straßen an denselben Ort reisen. Für Männer wie uns führen diese Straßen in den Soldatentod. Das ist unser gemeinsames Schicksal.

Du aber hast etwas zerstört, das nicht ersetzt werden kann. Die Weisheit der vergangenen Zeit, die Stimmen großer Männer, jahrhundertelang gehortetes Wissen – das alles hast du mutwillig verbrannt, hast es für immer vom Antlitz der Erde getilgt und somit dafür gesorgt, daß weder dein noch mein Volk sich jemals wieder daran erfreuen kann. Dafür hast du den Tod verdient, und du wirst sterben als ein Verräter an kommenden Generationen. Du wirst gekreuzigt. Hast du noch etwas zu sagen, Sibastion Lejer?«

Der in Lumpen gehüllte Mann richtete sich zu voller Größe auf.

»Nur dies, Merduk. Niemals wirst du den Westen erobern. Zu viele Menschen gibt es hier, die ihre Freiheit und ihren Glauben lieben. Dein Gott ist bestenfalls ein Schatten des unseren, und am Ende wird der Heilige siegreich bleiben. Mach ein Ende und töte mich. Dein Geschwätz langweilt mich.«

Shahr Baraz nickte und gab den vermummten Soldaten ein Zeichen, woraufhin sie Lejer mit dem Rücken auf den Boden preßten. Man riß ihm die Kleider vom Leibe. Weitere maskierte Merduks eilten mit Holzhämmern und Eisennägeln herbei. Dann wurden die Arme des Torunnen über einem stabilen Holzbalken ausgestreckt und Nägel an den Handgelenken angesetzt.

Die Kesselpauken der Elefantenreiter stimmten ein tiefes, dumpfes Grollen an.

Krachend sausten die Hämmer auf die Nägel nieder; helles Blut spritzte im Sonnenlicht auf. Dann zog man den am Balken festgenagelten Lejer auf die Beine.

Zwei Seile segelten herab und wurden rasch an den beiden Enden des Balkens verknotet. Hinter dem Gerüst begannen Männer zu ziehen, und Lejer wurde in die Höhe gehievt. Zum erstenmal entrang sich ein Schrei der Kehle des Torunnen, der jedoch im Dröhnen der Kesselpauken unterging.

Man band ihn an dem Gerüst fest, bevor einige der vermummten Soldaten hinaufkletterten, einen letzten Nagel durch beide Fußgelenke trieben und schließlich wieder vom Schafott herunterstiegen.

Die Pauken verstummten. Lejers weit aufgerissene Augen stachen weiß aus dem schmutzigen Gesicht hervor. Über das Kinn des Leutnants tropfte aus der durchbissenen Unterlippe ein blutiges Rinnsal, doch er gab keinen Laut von sich. Anerkennend nickte Shahr Baraz, ehe er an den Zügeln zog und gemessenen Schrittes zurück über den Platz ritt. Seine Adjutanten und Stabsoffiziere folgten ihm.

»Was nun, Khedive?« erkundigte sich Jaffan, sein persönlicher Adjutant.

»Ich will, daß die Männer so bald wie möglich wieder beschäftigt werden, Jaffan. Wir müssen mit der Planung unseres nächsten Zuges beginnen. Nach dem Mittagsmahl soll der befehlshabende Quartiersmeister zu mir kommen, damit wir eine neue Versorgungsroute besprechen können.«

»Also rücken wir zum Searil vor?« vergewisserte Jaffan sich mit leuchtenden Augen.

»Ja. Natürlich dauert es noch eine Weile, bis wir uns neu formiert und gefestigt haben, aber wir rücken zum Searil vor. Möge Ahrimuz unsere Waffen weiterhin segnen, wie er es hier getan hat. Heute abend berufe ich eine Offiziersversammlung ein, bei der die Einzelheiten besprochen werden.«

»Ja, Khedive!«

»Ach, und Jaffan ...«

»Khedive?«

»Sorge dafür, daß Lejer vor Ablauf der Stunde tot ist. Trotz all seiner Fehler ist er ein tapferer Mann. Ich sehe tapfere Männer nicht gern am Schafott hängen.«

7

Weiter im Westen, an der Straße zum Searil …

Ohne Unterlaß prasselte der Regen vom Himmel, als wollte er den Fall der Stadt Gottes beweinen. Die Berge von Thurian lagen hinter dem undurchsichtigen Schleier des tobenden Unwetters verborgen. Die Feuchtigkeit tauchte alles in perlmuttähnliche Düsternis, so daß Corfe lediglich Schemen erkennen konnte, die sich um ihn herum bewegten und dunkler und klarer wurden, wenn sie näher kamen, oder verschwammen, sobald sie sich entfernten.

Knöcheltief versanken Corfes Stiefel im breiigen Matsch. Wasser strömte ihm übers Gesicht, als wäre er schweißgebadet vor Anstrengung. Er war müde und dermaßen durchfroren, daß er kein Gefühl mehr in den Gliedern hatte.

Seit Tagen passierten die flüchtenden Menschenmassen diesen Weg, wodurch sie eine Narbe ins Antlitz der Erde gerissen hatten; eine lange, fast eine Drittelwegstunde breite Schlangenlinie aus aufgewühltem Schlamm, die den schmalen Pfad verdeckte, der ursprünglich die Straße nach Westen gewesen war. Der Regen durchtränkte den aufgebrochenen Boden und verwandelte ihn in Schlamm, so klebrig wie flüssiger Leim. Entlang der Strecke lagen alle paar Ellen Leichen in den Pfützen. Die Reihen lichteten sich. Menschen, die nur mit den Kleidern am Leibe aus Aekir geflohen waren, zitterten und froren, während sie dem zweifelhaften Schutz der torunnischen Linien entgegenwateten. Die ältesten und die jüngsten Flüchtlinge brachen als erste zusammen; die meisten Leichen, an denen Corfe vorbeizog, waren die von Kindern und Greisen.

Hier und da war die rechteckige Gestalt eines schrägstehenden, im Schlamm versinkenden Karrens zu erkennen, mit dem Kadaver eines Maultiers oder eines Ochsenpaares im Gespann. Über das Fleisch hatten sich bereits die Flüchtenden hergemacht und die Skelette so sauber hinterlassen, daß die Knochen im endlosen Regen fahl schimmerten.

Aus dem Regenschleier ertönte Geschrei. Dem Klang nach

zu urteilen, war irgendwo vor ihm ein Kampf im Gange. Corfe vernahm das schmerzerfüllte Aufkreischen eines alten Mannes und das Geräusch von Schlägen. Statt die Schritte zu beschleunigen, trottete er gleichmütig weiter. Seit er aus Aekir fortgegangen war, hatte er zahlreiche Zwischenfälle dieser Art erlebt; sie waren ebenso unbedeutend wie der nicht enden wollende Regen.

Plötzlich aber befand Corfe sich mittendrin. Ein alter Mann in schlammverschmierter Kleidung und mit gräßlich zugerichtetem Gesicht taumelte mit ausgestreckter Hand aus dem Nebel hervor, als wollte er sich den Weg durch die feuchte Luft ertasten. Die andere Hand umklammerte irgend etwas an seiner Brust. Ein halbes Dutzend grölender und einander zurufender Gestalten folgte ihm.

Der alte Mann stolperte und fiel der Länge nach in den Schmutz. Sekundenlang verharrte er reglos, wie vom Schlag getroffen; dann regte er sich schwach. Als er den Kopf hob, erkannte Corfe, daß man dem Greis die Augen ausgestochen hatte: Da waren nur noch dunkle, blutverkrustete Löcher voller Schlamm und Regenwasser.

Die Verfolger, eine Gruppe zerlumpter, wirr blickender Männer, wurden deutlicher erkennbar. Sie trugen Knüppel und Dolche. Einer besaß einen Speer mit abgebrochenem Schaft. Mit dem gesplitterten Ende stach er nach dem alten Mann.

»Komm schon, Großvater, gib uns das hübsche Glitzerding, dann lassen wir dich vielleicht am Leben. Es nützt dir ohnehin nicht mehr viel. Das Glitzern kannst du nie mehr sehen.«

Der Greis versuchte, sich auf die Knie zu stemmen, doch der Schlamm hielt ihn am Boden gefesselt. Sein Atem war ein heiseres Pfeifen.

»Ich flehe euch an, meine Söhne«, bettelte er, »im Namen des Heiligen, laßt mich zufrieden.« Nun sah Corfe, daß von einer Kette um den verschrumpelten Hals des Alten das pyramidenförmige Symbol der betenden Hände hing, das Zeichen eines ramusischen Geistlichen. Es war zwar schlammverschmiert, doch durch den Schmutz war der gelbe Schimmer von Gold und kostbaren Edelsteinen zu sehen.

»Du hast es nicht anders gewollt, du gottverfluchter Rabe.«

Wie Geier um einen Kadaver scharten sich die Männer um die auf dem Bauch liegende Gestalt. Der Körper des alten Mannes zuckte auf und nieder, als die Angreifer versuchten, ihm die Kette vom Hals zu reißen.

Corfe befand sich genau in Höhe des Handgemenges. Er konnte entweder einen Schritt zur Seite machen und an der Gruppe vorübergehen, oder aber mitten hindurch. Zögernd hielt er inne, wütend auf sich selbst, weil er sich in diese Sache einmischte, die ihn gar nichts anging.

Als die Kette nachgab, stieß der Greis einen gellenden Schmerzensschrei aus. Die Männer johlten. Einer hielt die Beute wie eine Trophäe in die Höhe.

»Ihr verdammten Priester«, fluchte der Kerl und trat den alten Mann in die Rippen. »Stets habt ihr Gold bei euch, selbst wenn alles um euch herum in Schutt und Asche versinkt.«

»Schneide ihm die dreckige Kehle durch, Pardal«, stachelte ein anderer seinen Kumpanen an. »Er hätte in seiner ach so heiligen Stadt bleiben sollen, um dort zu verbrennen.«

Der Mann namens Pardal beugte sich zu dem Alten hinab. In seiner Hand funkelte Stahl. Hilflos wimmerte der alte Mann.

»Das reicht, Leute«, hörte Corfe sich sagen, ganz so, als befände er sich in einer Kaserne und würde versuchen, eine Prügelei zu schlichten.

Die Männer verharrten. Die zerfetzten Lider ihres Opfers zuckten über blutigen Löchern. Eine Gesichtshälfte des Greises war vor Schlamm so schwarz wie das Antlitz eines Merduks.

»Wer bist du?«

»Nur ein Reisender, wie ihr selbst. Hat es in den letzten Tagen nicht schon genug Mord und Totschlag gegeben, auch ohne euer Zutun? Laßt die alte Krähe in Ruhe. Ihr habt, was ihr wolltet.«

Neugierig und mißtrauisch beäugten ihn die Männer.

»Was bist du, ein Glaubensritter?« wollte einer wissen.

»Nee«, meinte ein anderer. »Siehst du den Säbel? Das ist die Waffe von Mogens Leuten. Er ist ein Torunne.«

Der Mann namens Pardal richtete sich auf. »Die Torunnen sind mit Mogen oder Lejer in den Tod gegangen. Dieses Schlachtermesser muß er sich von einer Leiche geschnappt haben.«

»Was glaubt ihr wohl, was er sonst noch hat?« warf wieder ein anderer gierig ein. Knurrend bauten sich die Männer in einer Reihe vor Corfe auf. Sechs an der Zahl.

Mit einem geübten Schwung zog Corfe den schweren Säbel aus der Scheide.

»Wer will als erster feststellen, ob ich einer von Mogens Leuten bin oder nicht?« erkundigte er sich. Er ließ den Säbel in der Hand kreisen und befreite die Füße aus dem klebrigen Matsch.

Zweifelnd musterten ihn die Männer. Schließlich meinte einer: »Was hast du da in der Tasche, Kumpel?«

Lächelnd klopfte Corfe auf die ausgebeulte Gürteltasche und erwiderte wahrheitsgemäß: »Eine halbe Rübe.«

»Wirf die Tasche hierher, vielleicht schneiden wir dir dann nicht die Kehle durch.«

»Komm und hol sie dir, du stinkender Haufen Mist.«

Die sechs Männer zauderten, während sich auf ihren Gesichtern Gier und Furcht einen seltsamen Kampf lieferten.

Schließlich brüllte einer der Kerle: »Greift ihn euch!« Mit gezückten Waffen stürzten sie auf Corfe zu.

Er wich zur Seite aus. Zugleich gingen die Männer auf ihn los, und genau darauf hatte Corfe gehofft. Ein Stoß mit der Säbelspitze ließ einen der Angreifer nach hinten stolpern, bis er ausrutschte und in den glitschigen Schlamm fiel. Beim Zurückziehen der Klinge hieb Corfe den schweren Korbgriff in das Gesicht eines zweiten Mannes. Der spitze Dorn am Griff riß die Nase des Angreifers auf, so daß dunkles Blut aufspritzte und der Mann sich kreischend herumwarf.

Corfe wirbelte herum – zu langsam. Ein Knüppel erwischte ihn dicht über dem Ohr, streifte den Schädel, und riß ihm die Haut auf. Er spürte den Hieb kaum; statt dessen duckte er sich und schwang die Waffe auf das Knie des Schlägers. Bis in den Unterarm hinein fühlte er das Knirschen von Knochen und Knorpel, als die Klinge das Gelenk zerschmetterte.

Dann zog er den Säbel zurück. Sein Opfer stürzte zu Boden und riß einen zweiten Mann mit. Corfe zielte auf den Nacken des Gefallenen und beobachtete, wie die Waffe ins Fleisch schnitt. Abermals spürte er den vertrauten Ruck, als der Säbel durch den Knochen drang.

Kein weiterer Angriff erfolgte. Mit dem Schwert im Anschlag stand Corfe angestrengt keuchend da. Ihm dröhnte der Schädel. An der Stelle, wo der Knüppel ihn getroffen hatte, schwoll eine schmerzhafte Beule, doch Corfe fühlte sich leicht wie Distelwolle. Gelächter steckte ihm wie ein wilder, gefangener Vogel in der Kehle.

Einer der Männer war tot, sein Haupt nur noch durch den feuchten Schlauch der Luftröhre mit dem Rumpf verbunden. Ein anderer saß da und umklammerte wimmernd sein zerfetztes Knie. Ein dritter preßte beide Hände auf die klaffende Wunde in seinem Gesicht. Die übrigen drei starrten Corfe finster an.

»Der Bastard ist doch ein Torunne«, stellte einer von ihnen verächtlich fest. »Ist es nicht so?« wollte er von Corfe bestätigt wissen.

Corfe nickte.

»Du kannst deinen Raben behalten, Torunne. Hoffentlich habt ihr viel Spaß miteinander.«

Die Männer halfen dem Verkrüppelten auf die Beine und verschwanden im dichten Regenschleier zwischen den anderen gesichtslosen Gestalten, die gen Westen trotteten. Das Blut des Toten vermischte sich mit dem Regen und verdunkelte den Schlamm. Corfe fühlte eine seltsame Enttäuschung. Plötzlich erkannte er, daß er zu sterben gehofft hatte, um den eigenen Körper auf diesem aufgerissenen Boden zurückzulassen. Diese Erkenntnis verzehrte seine Kraft. Seine Schultern sackten herab. Ohne den Säbel zu reinigen, schob er ihn zurück in die Scheide. Er war wieder ganz allein mit dem Regen, dem Schlamm und den vorbeiirrenden Schatten.

Jemand stolperte auf ihn zu. Der Fremde trug eine Kutte und lief vornübergebeugt, als plagten ihn schreckliche Schmerzen. Es handelte sich um einen jungen Mönch, dessen Tonsur als heller Kreis aus der Düsternis hervorstach. Neben dem alten, augenlosen Mann, der vergessen auf dem Boden lag, ließ er sich auf die Knie fallen.

»Meister«, schluchzte er. »Meister, sie haben Euch ermordet.« Ein schwarzer Blutstriemen verlief quer über das Gesicht des jungen Mönchs. Corfe trat neben ihn und kniete sich wie ein reuiger Sünder in den Schlamm.

Das grauenhaft entstellte Gesicht auf dem Boden zuckte. Der Mund bewegte sich, und Corfe hörte den alten Mann in einem gehauchten Atemstoß flüstern:

»Gott hat uns verlassen. Wir sind allein in einem Land, das der Finsternis geweiht ist. Gütiger Heiliger, vergib uns.«

Der Mönch bettete den Kopf seines Meisters auf den Schoß und begann zu weinen. Corfe betrachtete die beiden mit ausdruckslosem Blick. Noch immer war er ein wenig enttäuscht darüber, noch am Leben zu sein. Jetzt aber war da wenigstens nicht mehr diese völlige Leere – es gab etwas für ihn zu tun.

»Kommt«, sagte er und zog den Mönch am Arm. »Suchen wir uns Schutz, einen trockenen Ort. Ich habe etwas Essen und werde es mit Euch teilen.«

Der junge Mann starrte ihn an. Auf einer Seite war sein Gesicht in grotesker Weise angeschwollen. Corfe vermutete, daß der Wangenknochen gebrochen war.

»Wer bist du, der du meines Meisters Leben gerettet hast?« wollte er wissen. »Welcher Schutzengel hat dich gesandt, über uns zu wachen?«

»Ich bin nur Soldat«, entgegnete Corfe mürrisch. »Ein Deserteur, der wie der Rest der Welt nach Westen flieht. Mich hat kein Engel geschickt.« Die Frömmigkeit des jungen Mannes trübte Corfes Stimmung noch mehr. In letzter Zeit hatte er zu viele Schrecken erlebt, als daß er noch an solche Worte glauben konnte.

»Nun denn, Soldat«, meinte der Mönch mit steifer Förmlichkeit, »wir stehen in deiner Schuld. Ich bin Ribeiro, Novize des Ordens der Antillianer.« Er hielt inne, beinahe so, als wöge er in Gedanken etwas ab. Dann blickte er auf das Häufchen Elend hinunter, dessen gräßlich zugerichteter Kopf auf seinen Knien ruhte. »Und dies ist Seine Heiligkeit, der Pontifex Maximus der Fünf Königreiche, Macrobius der Vierte.«

Bei Mondaufgang hatte der Regen aufgehört; es sah so aus, als würde der Nachthimmel aufklaren. Corfe erkannte bereits die lange Krümmung der Coranadasichel, die neben dem Nordstern funkelte.

Er warf ein weiteres Stück Holz ins Feuer und labte sich an der Hitze. Sein Rücken war völlig durchnäßt und kalt, sein Gesicht aber glühte. Das vollgesogene Leder der Stiefel dampfte und zeigte erste Risse, entstanden durch die Hitze und die harte Beanspruchung der letzten Tage. Von Corfes trocknender Kleidung lösten sich Schlammbrocken.

Mürrisch schüttelte er den Kopf. Das Blut, das sich im Ohr sammelte, hatte sich inzwischen in eine schwarze Kruste verwandelt und beeinträchtigte das Hörvermögen. Bei Sonnenaufgang wollte er sich darum kümmern.

Zusammengekauert hockte er unter einem Ochsenwagen und nährte das Feuer mit Speichen der zertrümmerten Räder. Ribeiro schlief, aber der alte Mann – Macrobius – war wach. Er bot einen schrecklichen Anblick; die eingesunkenen, faltigen Augenlider blinzelten über den leeren, blutigen Höhlen. Nun erkannte Corfe, daß er den schwarzen Habit des Ordens der Brüder vom Ersten Tage trug. Einst mußte der Stoff weich und voll gewesen sein. Nun aber war er nur noch ein Lumpen aus Dreck, Blut und gerissenen Fäden. Trotz der Wärme der Flammen zitterte der alte Mann in der schmutzigen, zerfetzten Kleidung.

»Du glaubst uns nicht«, meinte der alte Priester. »Du glaubst nicht, daß ich der bin, für den ich mich ausgebe.«

Corfe scharrte mit einem Stock im glimmenden Herzen des Feuers und erwiderte nichts.

»Trotzdem ist es wahr. Ich bin – oder war – Macrobius, Haupt des ramusischen Glaubens, Hüter der heiligen Stadt Aekir.«

»John Mogen war der Hüter der Stadt. Er und die Männer, die dort mit ihm gestorben sind«, entgegnete Corfe unwirsch.

»Und du, mein Sohn? Hast du zu Mogens Leuten gehört?«

Es war entsetzlich, eine Unterhaltung mit einem augenlosen Mann zu führen. Corfes ausdrucksloser Blick ging ins Leere.

»Ich habe diese Schurken reden hören. Sie haben dich einen Torunnen genannt. Warst du einer aus der Garnison?«

»Du redest zuviel, alter Mann.«

Für einen Augenblick veränderte sich das Antlitz des Greises. Der fromme Ausdruck verflog, und der Anflug eines Grinsens huschte darüber hinweg. Doch eine Sekunde später war es verschwunden. Reumütig lachte der Geistliche.

»Ich bitte um Vergebung, Soldat. Selbst jetzt habe ich mich noch nicht an die unverblümte Sprache gewöhnt. Es ist wohl so, daß Gott mich für meinen Stolz bestraft. ›Die Stolzen sollen ihren Stolz büßen, und die Sanftmütigen sollen über sie erhoben werden.‹«

»Heute nacht sind nicht viele Sanftmütige unterwegs«, gab Corfe zurück. »Es verwundert mich, daß ihr beide überhaupt so weit gekommen seid, ohne daß man euch die heiligen Kehlen durchgeschnitten hat.« Während er sprach, strich sein Blick noch einmal über die leeren Höhlen, in denen sich die Augen des Mannes befunden hatten, und er schauderte und verfluchte sich ob seiner geschmacklosen Bemerkung.

»Es tut mir leid«, entschuldigte er sich. »Wir alle haben gelitten.«

Behutsam berührten Macrobius' Finger die verkrusteten Löcher in seinem Gesicht. »›Und jene, die mich nicht sehen, obwohl sie Augen haben, sollen erblinden‹«, flüsterte er und neigte das Haupt. Corfe vermutete, daß der alte Mann jetzt wohl geweint hätte, wäre es ihm noch möglich gewesen.

»Die Merduks haben mich in einem Lagerraum meines Palastes gefunden, in dem ich mich verborgen hielt. Mit Glasscherben haben sie mir die Augen ausgestochen. Sie hätten mich getötet, aber das Gebäude stand in Flammen, und sie waren in Eile. Sie hielten mich für einen gewöhnlichen Priester und wollten mich elend verrecken lassen, wie Tausende andere. Ribeiro hat mich gefunden.« Abermals lachte Macrobius; es klang mehr wie das Krächzen einer Krähe. »Selbst er hat mich zunächst nicht erkannt. Vielleicht ist das nun mein Schicksal – jemand anderer zu werden. Als Buße für das, was ich getan und unterlassen habe.«

Corfe betrachtete den alten Mann eingehend. Er hatte den

Pontifex Maximus schon einmal gesehen, als dieser die rituelle Seligsprechung der Truppen vornahm, oder auch am Hohen Tisch, wenn Corfe die Nachtwache befehligte, doch jedesmal hatte er ihn nur aus der Entfernung zu Gesicht bekommen. Geblieben war lediglich der unbestimmte Eindruck eines grauhaarigen Kopfes, eines schmalen Antlitzes. *Wie sehr wir doch die Augen brauchen*, dachte er, *um jemanden wirklich zu kennen, um jemandem eine Identität zu verleihen.*

Es stimmte, daß Mogen den Pontifex Maximus angeblich zu einem Gefangenen des eigenen Palastes gemacht hatte, um ihn daran zu hindern, aus der Stadt zu fliehen – die Glaubensritter entfachten beinahe einen internen Krieg, als sie davon hörten –; aber war es tatsächlich möglich, daß dieses Wrack, dieses armselige Treibgut des Krieges den religiösen Führer der gesamten westlichen Welt verkörperte?

Nein. Unmöglich.

Corfe nahm die verkohlte Rübe aus dem Feuer und stupste den alten Mann neben sich an, der in seinen eigenen wirren Gedanken verloren schien.

»Hier. Iß.«

»Danke, mein Sohn, aber ich kann nicht. Mein Magen ist verschlossen. Vielleicht ist das eine weitere Strafe.« Damit beugte er sich zu dem jungen Mönch hinab, der sich auf die Seite gerollt hatte und schlief, und rüttelte ihn sanft an der Schulter.

Zuckend erwachte Ribeiro; Alpträume spiegelten sich im Blick des jungen Mannes. Sein Mund öffnete sich, und einen Augenblick glaubte Corfe, er würde schreien. Dann aber durchlief ihn ein Schauder, und er setzte sich auf, wobei er sich mit den schmutzigen Knöcheln die Augen rieb. Sein Gesicht glich einem einzigen, dunkelroten Bluterguß. An einer Seite war der Wangenknochen dermaßen geschwollen, daß er das Auge verdeckte; die Haut spannte sich darüber wie das Fell einer Trommel.

»Der Soldat hat etwas zu essen dabei, Ribeiro. Iß, damit du bei Kräften bleibst«, forderte Macrobius ihn auf.

Der junge Mönch lächelte. »Ich kann nicht, Meister. Ich kann nicht kauen. Von meinen Zähnen sind nur noch Splitter übrig. Aber ich bin ohnehin nicht hungrig. *Ihr* braucht Nahrung – *ihr* seid der bedeutende Mann.«

Corfe starrte zum sternenklaren Himmel empor und kämpfte gegen die aufkeimende Verzweiflung an. Der Geruch der verbrannten Rübe ließ ihm das Wasser im Munde zusammenlaufen. Er fragte sich, welch lächerliche Eingebung ihn dazu hingerissen hatte, sein Leben zu riskieren, um diese beiden frömmlerischen Narren zu retten.

Aber er kannte die Antwort darauf. Es war der finsterste Instinkt in seinem Innern gewesen.

Beinahe war Corfe zum Lachen zumute. Ein Soldat, ein Mönch und ein blinder Verrückter, der sich für den Pontifex Maximus hält, saßen zusammengekauert unter einem Ochsenkarren und debattierten darüber, wer eine verkohlte Rübe essen soll, während hinter ihnen die größte Stadt der Welt in Flammen stand. Die Szene hätte in eine Komödie aus der Feder eines der Schriftsteller Aekirs gepaßt, eine Parodie, um die Volksmassen bei Laune zu halten, wenn das Brot knapp war.

Dann aber dachte er an seine Frau, seine geliebte Heria, und der Anflug schwarzen Humors verflog. Der Soldat saß da und starrte in die Flammen, als wären sie die Feuersbrunst, die im Herzen seiner Seele wütete.

Trotz all der Duftwasser, die er sich ins Bad geschüttet hatte, mußte Hawkwood eine Stunde in der großen Kupferwanne liegen, um den Gestank und Schmutz der Katakomben loszuwerden.

Vor seinem geistigen Auge sah er sie: die niedrigen, gewölbten Decken aus Rundziegeln, die Fackeln in den Händen der Kerkermeister, die mangels Luft in der stinkenden Düsternis blau flackerten. Und die unzähligen Gestalten, die Reihe um Reihe wie Leichen dalagen, mit schweren Eisenketten an Hand- und Fußgelenken. Ab und zu leuchtete ein käsiges Gesicht in der Dunkelheit auf, wenn einer der Gefangenen den Blick hob; die meisten aber blieben auf dem Bauch liegen oder mit dem Rücken zur feuchten Wand sitzen. Hunderte Männer, Frauen und sogar Kinder siechten zusammengepfercht dahin. Hier und da konnte man Blutspuren erkennen, wo ein Gerangel unter den Gefangenen stattgefunden hatte. Eine verprügelte Frau schluchzte leise vor sich hin. Hawkwood hatte schon Ställe gesehen, in denen man sich hundertmal besser um die Schweine kümmerte. Doch natürlich stellten die Menschen hier bereits totes Fleisch dar. Sie waren für den Scheiterhaufen bestimmt.

»Radisson!« hatte er gerufen. »Radisson aus Ibnir! Hier ist dein Kapitän, Hawkwood. Ich bin gekommen, dich zu befreien!«

Knurrend richtete jemand sich auf. Einer der Wächter schlug ihn brutal nieder; wieder und wieder sauste der Arm mit dem Knüppel herab, bis der Mann still dalag, mit einem klaffenden Loch im Schädel. Unruhig regten sich die anderen Gefangenen. Immer mehr Gesichter wandten sich Hawkwood zu, weiße Scheiben aus Fleisch in der Dunkelheit, mit Löchern als Augen.

»Lasso! Lasso aus Calidar! Steh auf, verdammt noch mal!« Ein unüberlegter Befehl. Obwohl Hawkwood selbst klein war, mußte er sich unter der niedrigen, gewölbten Decke ducken. Alle Kerkermeister schienen einen krummen Rücken aufzuweisen; vielleicht war es eine Strafe für ihren grauenerregenden Broterwerb.

»Ich bin hier, um die Besatzung der *Gnade Gottes* abzuholen. Wo seid ihr, Schiffskameraden? Ich bin hier, um euch mitzunehmen!«

»Nehmt mich, nehmt mich!« schrie eine Frau. »Bitte, Herr, habt Erbarmen! Nehmt mein Kind mit!«

»Nehmt mich!« schrie ein anderer. Und plötzlich erhob sich eine Kakophonie aus Rufen und Schreien, die ohrenbetäubend von den Wänden widerhallte und in Hawkwoods Hirn dröhnte.

»Nehmt mich, Kapitän! Nehmt mich! Im Namen Gottes, rettet mich vor den Flammen!«

Hawkwood goß sich noch mehr Wasser über den Körper und entspannte sich im aufsteigenden, nach Rosen duftenden Dampf. Eigentlich mochte er die Parfums nicht, die Estrella benutzte. Für seinen Geschmack dufteten sie geradezu widerlich süß. Heute jedoch hatte er Fläschchen um Fläschchen ins Wasser gekippt, um den Gestank loszuwerden.

Seine Männer hatte er zurück – die meisten jedenfalls. Einer war gestorben, seines schwarzen Gesichts wegen zu Tode geprügelt von den Mitgefangenen. Der Rest aber befand sich wieder an Bord des Schiffes und wurde zweifellos von Billerand, dem neuen Ersten Maat, mit Meerwasser abgeschrubbt. Sofern er für solche Nebensächlichkeiten im Durcheinander der Vorbereitungen für die Reise überhaupt Zeit hatte.

Die Reise. Noch hatte er seiner Frau gegenüber nichts davon erwähnt, daß er in weniger als zwei Wochen wieder fortzusegeln gedachte. Er wußte nur zu gut, welch Szene dies zur Folge haben würde.

Die Tür zum Badezimmer schwang auf. Estrella trat ein, wobei sie die Augen von Hawkwoods Nacktheit abwandte. Sie trug saubere Kleidung und Wollhandtücher in den Armen und bückte sich, um die Sachen auf eine Bank an der Wand zu legen.

Selbst bei dieser Hitze trug Estrella ein Kleid aus Brokat. Die zarten Finger wurden von Ringen geschmückt, die wie unzählige vergoldete Knöchel wirkten. Der Dampf in der Luft ließ die mit Brennscheren gewickelten Locken ermatten.

»Die anderen Sachen habe ich verbrannt, Ricardo«, sagte sie. »Sie waren zu nichts mehr zu gebrauchen, nicht einmal, sie einem Bettler zu schenken … Im Eßzimmer warten kühles Bier und Leckereien auf dich.«

Hawkwood erhob sich und wischte sich das Wasser aus den Augen. Die Luft im Zimmer fühlte sich kaum kühler an als die Flüssigkeit in der Wanne. Für einen Augenblick verweilten Estrellas Blicke auf seinem nackten Körper; dann wandte sie hastig die Augen ab. Errötend reichte sie Hawkwood ein Handtuch, wobei ihr Blick noch immer zu Boden gerichtet war. Freudlos lächelnd, nahm er das Tuch entgegen.

Seine Frau und er sahen einander nur im Schlafzimmer nackt, und selbst dann bestand Estrella darauf, daß kein Licht brannte. Ihren Körper kannte Hawkwood nur vom Schein des Mondes und der Sterne und durch die Berührungen seiner hornhautbedeckten Hände. Sie hatte eine schlanke und zierliche Gestalt, wie die eines Jungen, kleine Brüste mit dunklen Nippeln und dichtes Haar an der intimsten Stelle. Eigenartigerweise erinnerte sie Hawkwood an Mateo, den Schiffsjungen, mit dem er sich auf der letzten langen Reise in die Kardische See ein paarmal die Koje geteilt hatte. Er überlegte, was seine Frau wohl von diesem Vergleich halten würde. Sein Lächeln wurde noch freudloser.

Schließlich stieg er aus der Wanne und schlang sich das Handtuch um die Hüften. Ricardo. Wie Galliardo benutzte sie stets die hebrionische Form seines Namens statt der seines Heimatlandes. Der Klang verdroß ihn, wenngleich er ihn zuvor schon Tausende Male gehört hatte.

Estrella war eine gute Partie gewesen. Sie entstammte einer Familie aus dem niederen Adel von Hebrion, den Calochins. Johns Vater hatte die Heirat arrangiert, der schreckliche alte Johann Hawkwood, der um jeden Preis den Fuß in die Tür von Abrusio bekommen wollte, dem schon damals am schnellsten wachsenden Hafen des Westens. Johann redete den Calochins ein, daß die Hawkwoods eine adelige gabrionesische Familie wären, obwohl nicht dergleichen der Wahrheit entsprach. Herzog Simeon von Gabrion überreichte Johann in Anerkennung seiner Dienste bei der Schlacht von Azbakir einen Satz Waffen. Zuvor war er lediglich Erster Maat an Bord eines gabrionesischen Postschiffes gewesen – ohne edle Herkunft, ohne Stammbaum, ohne Geld, aber mit unglaublichem Ehrgeiz.

Er hätte seine helle Freude, könnte er mich jetzt sehen, dachte Hawkwood voller Ironie. *Ich treibe mich mit Abgesandten des Königs herum und habe einen königlichen Proviantgutschein in der Tasche.* Hawkwood zog sich an. Seine Frau verließ das Zimmer, bevor das Handtuch von seinen Hüften glitt. Aus Haar und Bart troff Wasser, doch die trockene Luft würde dem bald ein Ende setzen. Barfuß tappte er in den hohen Raum, der das

Zentrum seines Hauses darstellte. Durch die Jalousien vor den Fenstern hoch über seinem Kopf fielen schmale Lichtstreifen auf den gefliesten Boden. Als seine bloßen Füße auf einem der sonnenerwärmten Steine verweilten, spürte Hawkwood den Schmerz und die Hitze. Abrusio ohne den Passat glich einer Wüste ohne Oase.

Hochlehnige Stühle, so kerzengerade wie das schlanke Rückgrat seiner Frau, ein langer Tisch aus dunklem Holz, vielerlei Wandbehang, der auf dem geweißelten Gips der Wände so tot wie verwelkte Blumen wirkte – dies alles erschien ihm fremd, denn er war nicht dabeigewesen, als man es ausgesucht hatte. Die hölzernen Türen zum Balkon, die nun geschlossen waren, sorgten für Düsternis im Zimmer. *Hier ist es wie in einer Kirche* dachte Hawkwood, *oder einem Nonnenkloster.*

Er schritt zu den Balkontüren, riß sie auf und ließ den goldenen Schimmer, die Hitze, den Staub und den Lärm der Stadt herein. Der Balkon lag in Richtung Westen, so daß Hawkwood die Bucht sowie die Innen- und Außenstraße sehen konnte, wie man die beiden Zufahrtsschneisen zum Hafen nannte. Außerdem die Kais, die Werften, die seeseitigen Verteidigungs- und Leuchttürme auf der massiven Mole des Deichs. Draußen auf dem Meer erblickte er ein halbes Dutzend Schiffe mit Segeln, so schlaff wie leere Säcke. Die jeweiligen Besatzungen schleppten die Kähne mit Beibooten herein. Hawkwood lauschte dem Rattern von Rädern auf Kopfsteinpflaster, dem Gebrüll der Marktschreier und dem Gelächter aus einer Schänke in der Nähe.

Niemals hätte Hawkwood sich in der Abgeschiedenheit einer herrschaftlichen Villa auf den höher gelegenen Hängen Abrusios wohl gefühlt. Sein Zuhause war hier, in einem der unteren Viertel, wo die Häuser der Kaufleute wie Reihen von Sandschwalbennestern in den Hängen standen, wo man verdorbenen Fisch, Teer und Salz riechen konnte – ein Geruch, der Hawkwood viel lieber war als jedes Parfum.

»Das Bier wird warm«, erinnerte Estrella ihn schüchtern.

Statt zu antworten, verharrte er und sog das Leben von Abrusio in sich auf, den Anblick der makellosen, spiegelglatten See. Wann würde sich der Passat wohl wieder erheben? Er hatte nicht die Absicht, die Reise zu beginnen, indem er seine Schiffe aus der Bucht hinausschleppen ließ, auf daß sie draußen auf dem offenen Meer stundenlang nach günstigem Wind suchen mußten.

Hawkwood ging zurück ins Zimmer, das nun von Licht erfüllt war. Die frühe Nachmittagssonne strahlte herein, überflutete den Boden, ließ die Wandteppiche golden funkeln und verlieh dem dunklen Holz der Einrichtung einen wärmeren Schimmer.

Hawkwood nahm Platz und begann zu essen und zu trinken, während Estrella rastlos um ihn herumschwirrte wie ein Kolibri, der nicht in der Lage ist, sich auf einer Blume niederzulassen. Auf ihren Schlüsselbeinen lag ein Schweißfilm, der sich wie ein Juwel in der Vertiefung der Kehle sammelte, bevor er sanft unter die Halskrause und weiter hinab unter das Mieder tropfte.

»Wie lange bist du schon zurück, Ricardo? Domna Ponera sagt, ihr Mann habe vor Tagen mit dir gesprochen, als diese Schießerei im Hafen war ... Ich habe auf dich gewartet, Ricardo.«

»Ich hatte Geschäftliches zu erledigen, Frau. Ein neues Unterfangen, an dem der Adelsstand beteiligt ist. Du weißt doch, wie Adelige sind.«

»Ja, ich weiß, wie sie sind«, bestätigte Estrella verbittert. Hawkwood überlegte, ob die Gerüchte um Jemilla aus dem Nobelviertel so weit in die Stadt gedrungen waren. Vielleicht wollte sie ihn aber auch nur an ihre eigene Herkunft erinnern. Im Grunde genommen spielte es keine Rolle, redete er sich ein, obwohl sich bereits Schuldgefühle in seinem Innern ausbreiteten und er sich in die Defensive gedrängt fühlte.

»Die Raben haben die Hälfte meiner Besatzung geholt, als wir anlegten. Deshalb habe ich auch gestunken wie ein Jauchefaß, als ich heimkam. Ich war in den Katakomben und habe versucht, sie frei zu bekommen.«

»Oh.« Estrellas Gesicht wurde schlaff; die Energie wich aus den Zügen. Zufrieden stellte Hawkwood fest, daß selbst sie an einer so edelmütigen Tat nichts auszusetzen fand. Sie liebte edelmütige Taten.

Auf einem der hochlehnigen Stühle ließ sie sich nieder und klatschte in die zierlichen Hände. Sogleich erschien ein Diener und verbeugte sich tief.

»Bring mir Wein, und sieh zu, daß er kalt ist.«

»Sofort, gnädige Frau.« Der Diener eilte davon.

Das gewöhnliche Volk weiß sie auf jeden Fall wie eine echte Adelige herumzukommandieren, ging es Hawkwood durch den Kopf. *Nur einmal soll sie mit mir in diesem Ton reden! Dann wollen wir mal sehen, wie ihrem kleinen Hintern ein Seemannsgürtel schmeckt.*

»War das Berio?« wollte er wissen, während er in großen Schlucken das Bier trank.

»Berio ist weg. Er war zu schlampig. Der neue heißt Haziz.«

»Haziz? Das ist ein Merduk-Name!«

Ihre Augen weiteten sich ein wenig. Hawkwood sah das Blut in den Adern am Hals pulsieren. »Er kommt von den Malacar-Inseln. Sein Vater war Hebrione. Er hatte Angst wegen der Verbrennungen, also habe ich ihm eine Stelle gegeben.«

»Verstehe.« Ein weiterer Herumtreiber. Estrella stellte eine seltsame Mischung aus Furie und gutmütiger Seele dar. Sie konnte einen Mann aus Mitleid von der Straße holen und ihn eine Woche später wieder davonjagen, weil er das Essen nicht rasch genug servierte. Jemilla zumindest sprang gleichermaßen gnadenlos hart mit ihren Bediensteten um.

Und mit ihren Liebhabern, ergänzte Hawkwood in Gedanken.

Der Wein kam. Er wurde vom unglücklichen Haziz gebracht, der trotz des teuren Wamses, das Estrella ihm verpaßt hatte, mehr nach einem Seemann aussah. Er bedachte Hawkwood mit einem ängstlichen Blick, als fürchte er, der Kapitän würde ihn schlagen.

Schweigend saßen die beiden nebeneinander, Frau und Mann, und nippten gemächlich an den lauwarmen Getränken. Als er so dasaß, verspürte Hawkwood eine überwältigende Sehnsucht nach der See. Er wollte weit weg sein von der brütenden Hitze, den Menschenmengen, dem Gestank der Scheiterhaufen. Weg von Estrella und der Stille in seinem Heim. Zumindest nannte er es sein Heim, wenngleich er in jedem seiner beiden Schiffe mehr Zeit verbrachte als hier und sich dort auch wesentlich wohler fühlte.

Estrella räusperte sich. »Domna Ponera hat außerdem gesagt, daß deine Schiffe in großer Eile für eine neue Reise ausgerüstet werden, und daß man im ganzen Hafen von einem königlichen Akkreditiv spricht.«

Insgeheim verfluchte Hawkwood Domna Ponera. Galliardos Frau war ein gewaltiges Weib mit feuchter Oberlippenbehaarung und dem Hunger einer Ziege, sowohl nach Essen als auch Informationen. Als Gattin des Hafenmeisters war es ihr ein leichtes, letztere zu bekommen, und dieser Umstand verschaffte ihr Einladungen in Häuser, in denen sie normalerweise nicht empfangen worden wäre. Hawkwood wußte, daß Galliardo sie schon des öfteren für ihr zu loses Mundwerk gescholten hatte, doch er war eigentlich selbst daran schuld. Wie er Hawkwood einst anvertraut hatte, war es ihm unmöglich, im Ehebett die Zunge im Zaum zu halten; erschwerend kam hinzu, daß er sich gerade dort mit Vorliebe aufhielt. Hawkwood wollte nicht weiter darüber nachdenken. Sein Freund war in vielerlei Hinsicht ein bewundernswerter Kumpan, doch seine zügellose Lust auf dieses enorme Weibsstück schien unerklärlich.

Es war Domna Ponera, die Bestechungsgelder entgegennahm und ihren Mann dann drängte, die entsprechenden Gegenleistungen zu erbringen: einen guten Anlegeplatz, ein leeres Lagerhaus, einen Sondertrupp Hafenarbeiter oder ein zugekniffenes Auge bei einer heiklen Ladung. Ein Hafenmeister konnte den Reichen wie den Armen in Abrusio auf verschiedenste Weise dienlich sein – oder hinderlich. Doch obwohl Galliardo dadurch reich wurde, machte es ihn nicht glücklich, auch wenn seine Frau sich aus Dankbarkeit überaus aktiv im zuvor genannten Ehebett zeigte. Hawkwood vermutete, daß Galliardo manchmal gern alles aufgeben würde, um wieder als Kapitän auf einer Karavelle zu fahren, auf den Handelsrouten der fünf Ozeane zu segeln und in jedem Hafen, den er anlief, in einer Spelunke die trockene

Kehle zu befeuchten und eine Schlägerei vom Zaun zu brechen. Was Domna Poneras königliches Akkreditiv betraf, so hatte Hawkwood es bereits gesehen. Der Aristokrat mit der Narbe im Gesicht besaß es, Murad von Galiapeno. Die Proviantgutscheine hatte er Hawkwood geschickt, unmittelbar nachdem der Kapitän der ihm angebotenen Reise zugestimmt hatte. Daher war er heute morgen in den Katakomben gewesen. Ein paar andere arme Teufel hatten heute Bekanntschaft mit den Scheiterhaufen gemacht, nicht aber Hawkwoods Besatzung. Zumindest dafür durfte er dankbar sein.

»Weißt du etwas über dieses Akkreditiv?« fragte Estrella ihn. Sie zitterte. Wahrscheinlich haßte sie die Stille noch mehr als er.

»Ja«, gestand er schließlich schweren Herzens. »Ich weiß davon.«

»Vielleicht hättest du dann die Güte, deiner Frau davon zu erzählen, bevor sie es von jemand anderem hören muß.«

»Estrella, ich hätte es dir heute auf jeden Fall gesagt. Das Akkreditiv gilt für meine Schiffe. Ich wurde angeheuert, eine Reise für den Adel zu unternehmen, in letzter Instanz sogar für den König selbst.«

»Wohin? Mit welcher Fracht?«

»Es gibt keine eigentliche Fracht. Ich befördere ... Passagiere. Wohin, kann ich dir nicht sagen, weil ich es selber noch nicht genau weiß.« Er hoffte, sie würde das Körnchen Wahrheit in seiner letzten Aussage erkennen.

»Dann weißt du wohl auch nicht, wie lange du unterwegs sein wirst?«

»Nein, meine Liebe, das weiß ich nicht.« Nach einer kleineren Pause fügte er hinzu: »Aber es wird wahrscheinlich lange dauern.«

»Ich verstehe.«

Wieder zitterte sie. Hawkwood sah bereits die Tränen kommen. Warum weinte sie? Das hatte er noch nie begriffen. Keiner der beiden genoß die Anwesenheit des anderen in besonderem Maße, weder im Bett noch sonstwo; dennoch haßte Estrella es stets, wenn er auf Fahrt ging. Hawkwood konnte sich keinen Reim darauf machen.

»Du hättest mir nichts davon gesagt, bevor es notwendig geworden wäre«, stellte sie mit bebender Stimme fest.

Richard stand auf und schritt barfuß hinaus auf den Balkon. »Weil ich wußte, daß es dir nicht gefallen würde.«

»Spielt es für dich eine große Rolle, was mir gefällt und was nicht?«

Statt einer Antwort starrte er auf den halbmondförmig angelegten, vor Menschen wimmelnden Hafen mit dem Wald aus Masten, und noch weiter hinaus, dorthin, wo im äußersten Westen am Horizont das Blau des Meeres mit dem Himmel verschmolz. Was lag da draußen? Ein neues Land, das nur darauf wartete, entdeckt zu werden? Oder der Rand der Erde, wie alte Seebären glaubten, wo der Westliche Ozean in den schwarzen Golf mündete, in dem die Sterne kreisten?

Hinter sich vernahm er das Rascheln des schweren Kleides, als Estrella das Zimmer verließ, und ein lautes Schniefen, als sie ein Schluchzen unterdrückte. Für einen Augenblick haßte er sich. Hätte sie ihm einen Sohn geboren, wäre vielleicht alles anders zwischen ihnen – andererseits konnte er sich ausmalen, was sich abgespielt hätte, wenn der Vater den Sohn zum erstenmal zur See hätte mitnehmen wollen. Nein, sie standen zu weit voneinander entfernt, als daß sie sich jemals in der Mitte hätten treffen können.

Spielte es überhaupt eine Rolle? Es war eine politische Ehe gewesen, wenngleich die Hawkwoods dadurch sehr viel mehr gewonnen hatten als die Calochins. Die *Osprey* hatte er mit Estrellas Mitgift finanziert. Manchmal vergaß er das.

Ich hätte das Schiff auch ohne dieses Weib, dachte er.

Richard Hawkwood war der letzte seiner Linie. Mit ihm würde der Name verschwinden. Die letzte Möglichkeit, ihn fortleben zu lassen, war mit der Abtreibung gestorben, die er für Jemilla arrangiert hatte. Es sei denn, es gab in irgendeinem Hafen eine Nutte, die sich in einem Augenblick der Unachtsamkeit von ihm hatte schwängern lassen und das Kind ausgetragen hatte.

Hawkwood rieb sich die Augen. Die trockene Hitze hatte ihm das Badewasser aus dem Haar gesogen; nun stank er nach Rosen. Er wollte zu den Kais hinuntergehen, um nachzusehen, wie die Arbeit auf den Schiffen voranging. Er würde wieder den Geruch von Tauen und Segeln, Salz und Schweiß annehmen, der sein eigentliches Aroma war, und er würde seine Schiffe auf die bevorstehende Reise vorbereiten.

8

Unten, in der Nähe des Gilden-Viertels der Stadt, waren die Straßen ruhiger als an der lauten Küste. Hier mieteten oder besaßen Kaufleute die robustesten Lagerhäuser für ihre wertvollsten Güter. Es war ein Stadtteil mit sauberen Gassen und gepflegten Geschäftsauslagen, mit privaten Wachen an fast jeder Ecke und der eigentümlichen, überfüllten kleinen Taverne, in der sich Geschäftsleute in Ruhe treffen konnten, ohne von den betrunkenen Mätzchen abgemusterter Seeleute oder dienstfreier Soldaten gestört zu werden.

Die meisten Gilden Abrusios besaßen hier Liegenschaften, von der unbedeutenden Gilde der Töpfer bis hin zur mächtigen Gilde der Kapitäne. Die Gilde der Thaumaturgen nannte weiter oben am Hügel Türme und Villen ihr eigen, in der Nähe der Adelshöfe, wie es ihrem Stand gebührte. Nun jedoch waren diese Türme auf Anordnung des Prälaten von Abrusio geschlossen, und Golophin der Magier, Berater des Königs Abeleyn von Hebrion, wartete geduldig in einer kleinen Taverne, die hinter einem Lagerhaus aus Stein versteckt lag, in dem Holz für den Schiffbau untergebracht war. Den breitkrempigen Hut hatte er tief in die Stirn gezogen, damit der Schatten die Augen verdeckte, obwohl das Licht im Raum schwach war: das ideale Umfeld für Verschwörungen. Der Zauberer schmauchte an einer langen Pfeife aus hellem Ton, während ein Weizenbier, das vor ihm auf dem Tisch stand, immer wärmer wurde.

Die Tür des Wirtshauses öffnete sich. Herein traten drei Männer, die trotz der Schwüle des Abends allesamt in Mäntel gehüllt waren. Sie bestellten Bier. Zwei ließen sich mit den

Krügen an einem Tisch auf der anderen Seite der Taverne nieder, der dritte nahm gegenüber von Golophin Platz. Er zog die Kapuze vom Kopf und prostete dem alten Magier grinsend mit dem Bierkrug zu.

»Pünktlich bist du, mein Freund.«

Auf Golophins schmalem, zerfurchtem Gesicht erschien ein Lächeln. »Du könntest mir noch ein Bier bestellen, Junge. Dieses hier schmeckt schal wie die Titten einer alten Nonne.«

Ein frischer Krug wurde gebracht. Genüßlich trank Golophin aus dem Zinngefäß, auf dem Tropfen kalten Kondenswassers funkelten.

»Der Wirt scheint ein unvergleichliches Desinteresse an der Herkunft seiner Gäste zu haben«, stellte König Abeleyn von Hebrion fest.

»Das gehört zu seinem Beruf. Gewiß ist dies nicht die erste geflüsterte Unterhaltung, die er in seiner Taverne miterlebt. An Orten wie diesem entscheiden sich die Geschicke des Handels von Abrusio.«

Abeleyn zog eine der dunklen Augenbrauen hoch. »Ach? Nicht am Hof oder im Thronsaal selbst?«

»Dort natürlich ebenso, Majestät«, bekräftigte Golophin mit übertriebener Aufrichtigkeit.

»Ich verstehe nicht, warum du dich nicht unsichtbar oder sonstwie in den Palast geschlichen hast. Sich an solch verborgenen Orten zu treffen zeugt von Angst, Golophin. Das gefällt mir nicht.«

»Es ist am besten so, Majestät. Es scheint die Dinge zu komplizieren, in Wahrheit aber wird dadurch alles einfacher. Unser Freund, der Prälat, mag nicht in der Stadt sein, aber er hat eine Vielzahl von Spionen, die Augen und Ohren für ihn offenhalten. Solange diese Säuberungsaktion andauert, ist es für dich wohl am besten, wenn du nicht mit mir gesehen wirst.«

»Er hat es auf dich abgesehen, Golophin.«

»Oh, ich weiß. Am liebsten sähe er mich ans Kreuz genagelt, um dem ein Ende zu setzen, was er als Einmischung der Gilde in Staatsangelegenheiten betrachtet. Wenn es nach ihm ginge, bliebe diese Einmischung der Geistlichkeit vorbehalten. Der Prälat hat eine lange Liste von Punkten, die ihm am Herzen liegen. Dieses Edikt, das zu unterzeichnen er dich genötigt hat, ist ein Mittel, mehrere davon abzuhaken.«

»Dessen bin ich mir nur zu gut bewußt. Aber ich darf nicht riskieren, exkommuniziert zu werden. Nun, da Macrobius verschwunden ist, gibt es unter den altehrwürdigen Kirchenführern keine Stimme der Vernunft mehr, ausgenommen vielleicht Merion von Astarak. Übrigens, wie verläuft die Synode? Was hast du auf deinen magischen Reisen gesehen?«

»Sie warten noch alle. Die Reise unseres geschätzten Prälaten verlief zügig, nachdem er die Windstille um die Küste hinter sich gelassen hatte. Derzeit überquert sein Schiff den Golf von Almark, südlich der Alsten-Inseln. Wenn das Wetter hält, ist er in zehn Tagen in Charibon.«

»Wer ist schon dort?«

»Die Prälaten von Almark, Perigraine und Torunna sind schon angekommen. Ihr Kollege, Merion von Astarak, hat die längste Anreise von allen, außerdem muß er durch das Malvennor-Gebirge. Ich fürchte, die Synode ist frühestens in zwei Wochen versammelt, Majestät.«

»Je länger es dauert, desto besser, sofern mir dadurch dieser kahlgeschorene Wolf vom Leibe bleibt. Bald reise ich selbst ab zur Konklave der Könige in Vol Ephrir. Kannst du mich über die Dinge hier auf dem laufenden halten, während ich fort bin, Golophin?«

Der alte Magier sog tief an der Pfeife; dann zuckte er die knochigen Schultern.

»Wird nicht einfach. Ich werde durch meinen Hausgeist walten müssen. Kein Magier tut das gern. Aber ich will mein Bestes versuchen, Majestät. Unser Auge im Osten verlieren wir dadurch allerdings.«

»Warum? Ich dachte, ihr Zauberer müßt nur in eine Kristallkugel schauen, um zu sehen, was ihr sehen wollt.«

»Wenn es so einfach wäre! Nein, wenn mein Gerfalke dich begleitet, kann ich dir Neuigkeiten von hier schicken; aber erwarte bloß keine regelmäßigen Berichte. Der Vorgang ist erschöpfend und gefährlich.«

Besorgt sah Abeleyn seinen Freund an. »Ich würde dich nicht darum bitten, wenn …«

»Du hast durchaus das Recht, dies zu verlangen. Es ist ohnehin notwendig. Reden wir nicht mehr davon.«

Niemand sonst hätte so mit dem König von Hebrion sprechen dürfen, doch Golophin war einer von Abeleyns Lehrmeistern gewesen, als der damalige Prinz noch als rotznäsiger kleiner Wildfang umhertollte. Viele Male hatte der künftige Monarch den Handrücken des Zauberers im Gesicht gespürt. Abeleyns Vater, Bleyn der Fromme, war überzeugter Verfechter einer strengen Erziehung mit umfangreicher religiöser Ausbildung gewesen. Abeleyn jedoch haßte seine mönchischen Lehrmeister vom ersten Tage an. Humorlose Männer mit verstaubten Ansichten waren sie, wahre Fundgruben veralteter Sinnsprüche und nie in Frage gestellter Regeln. Golophin hatte ihn gerettet, indem er die Rebellion gegen die Brüder vom Ersten Tage in dem Jungen zerstreut und ihn statt dessen überzeugt hatte, pflichtbewußte Unterwürfigkeit wenigstens zur Schau zu stellen. Die Nähe des Zauberers zum Sohn des Königs hatte ihn vor der Ungnade der Mönche geschützt, als diese versuchten, den Hof von jedem noch so winzigen Körnchen Übersinnlichem, von Zauberei und Hexerei zu befreien. Es kam einer Ironie des Schicksals gleich, daß es ihnen ausgerechnet jetzt glückte, da der Schüler des alten Magiers endlich selbst auf dem Thron saß. *Aekirs Fall,* dachte Golophin zutiefst verbittert, *war ein Geschenk Gottes für die Raben.*

»Da wir gerade vom Osten reden«, meinte Abeleyn beiläufig, »wie schlagen sich die Torunnen?«

Gemächlich klopfte Golophin die lange Pfeife auf dem Tisch aus. Er bevorzugte aus Ridawan importierten Tabak mit Zimtzusatz. Der rauchende Aschehaufen duftete wie eine Essenz des Ostens selbst. Abeleyn fragte sich, ob sich nicht eine Prise *Kobhang* im Tabak befand, ein leichtes Euphorikum, das man im Osten kaute oder rauchte, um Müdigkeit zu bekämpfen und sich einen klaren Kopf zu verschaffen. Mit einem langen, weißen Finger zeichnete Golophin Muster in die Asche.

»Ich habe den Vogel in letzter Zeit sehr in Anspruch genommen. Er ist müde, und wenn er müde ist, entgleitet er meiner Kontrolle. Dann erhalte ich Bilder von Tod und Verderben, von Blut und Federn, die in der Luft herumschwirren. Man sagt, daß ein müder oder verzweifelter Magier sich manchmal gänzlich in seinem Hausgeist verliert, eins mit ihm wird und nur eine leere Hülle zurückläßt. Danach geht er völlig in den tierischen Empfindungen des Geschöpfes auf und vergißt schließlich, was er selbst einmal war.«

Golophin lächelte flüchtig.

»Mein Hausgeist schläft auf einem verdorrten Baum, nicht weit von der Feste zu Ormann. Heute hat er etwa hunderttausend Menschen vorbeiziehen sehen, die sich durch den Schlamm zur letzten Festung der Torunnen vor den Bergen kämpfen. Tausende sind auf der Straße zurückgeblieben. An den Flanken schwirrt die leichte Kavallerie der Merduks wie ein Geist umher. In der Festung Ormann selbst herrscht das nackte Chaos. Die Hälfte der Verteidiger ist damit beschäftigt, sich um die Flüchtlinge zu kümmern. Das Land westlich der Feste gleicht einer riesigen Barackensiedlung. Das arme Volk von Aekir kann nicht mehr weiter. Wahrscheinlich werden die Menschen dort im Regen kauern und den Ausgang einer neuerlichen Schlacht miterleben müssen, ehe sie die Kraft finden, weiter nach Westen zu ziehen. Aber wohin können sie noch gehen, wenn Ormann erobert wird?«

»Du glaubst also, die Festung wird fallen«, stellte Abeleyn fest.

»So ist es. Entscheidender aber ist, daß es auch die Verteidiger glauben. Sie fühlen sich von Gott vergessen und von König Lofantyr von Torunna im Stich gelassen. Er hat Männer aus der Garnison für die Verteidigung der Hauptstadt abgezogen.«

Abeleyn schlug mit der Faust auf den Tisch, daß der Gerstensaft im Humpen nur so schwappte. »Dieser verdammte Narr! Er sollte alles, was er hat, auf die Feste konzentrieren.«

»Er fürchtet, alles zu verlieren, was er hat«, erwiderte Golophin ruhig. »In der Garnison sind weniger als achtzehntausend Mann übrig, und die Glaubensritter ziehen seit Tagen in

Scharen nach Westen ab. Es würde mich doch sehr wundern, sollte Shahr Baraz bei seiner Ankunft an der Feste Ormann mehr als zwölftausend Verteidiger vorfinden. Und selbst wenn die Merduks in Aekir Truppen zurücklassen, um dort eine Garnison zu errichten und die Versorgungslinien zu sichern, können sie immer noch mit etwa hunderttausend Mann vor der Feste aufmarschieren, wahrscheinlich sogar mit mehr.«

»Wieviel Zeit bleibt uns bis zum Angriff?« fragte Abeleyn.

»Mehr, als du vermutlich annimmst. Sibastion Lejers Nachhut hat die *Hraibadar*, die Stoßtruppen der Streitkräfte von Shahr Baraz, schwer angeschlagen. Der alte General wird warten, bis sie sich erholt haben, ehe er einen ernst zu nehmenden Angriff unternimmt. Da zudem die Straße nach Westen ein einziger Schlammpfad ist und das Wetter sich in nächster Zeit kaum ändern dürfte, dürfte er Probleme mit dem Truppentransport haben. Der Searil ist angeschwollen. Sobald die Torunnen die Brücken niederreißen, müssen die Merduks den Fluß unter Beschuß überqueren. Nur werden die Torunnen keine Brücken niederreißen, solange sich noch Flüchtlinge am Ostufer aufhalten. Wäre ich der Khedive, würde ich mit dem Vormarsch warten, bis der Zustand der Straßen sich gebessert hat. Die Flüchtlinge strömen unablässig nach Westen. Im Augenblick hat *er* also die Zeit auf seiner Seite. Das bedeutet zwar nicht, daß die Kavallerie die Feste nicht schon angreift, bevor der Hauptzug eintrifft, doch Ormann wird ihnen eine Zeitlang standhalten. Schließlich wird die Feste von Torunnen verteidigt.«

Abwesend nickte Abeleyn. »Langsam begreife ich, daß die Feste Ormann keine ausschließlich torunnische Angelegenheit ist. Lofantyr braucht dringend Truppen. Was aber soll ich ihm geben, und wie kämen die Soldaten überhaupt rechtzeitig hin? Fünf bis sechs Monate bräuchte eine Armee, um zur Feste zu gelangen.«

»Über den Seeweg wäre es wahrscheinlich in fünf Wochen zu schaffen, bei günstigem Wind oder mit Hilfe eines Wettermachers«, entgegnete Golophin.

»Über den Seeweg?« Abeleyn schüttelte den Kopf. »Die

Flotte hat alle Hände voll zu tun, die Meerenge von Malacar von Korsaren freizuhalten. Außerdem darf man Calmar nicht außer acht lassen. Ein westlicher Heerestransport, der durch die Levangore segelt, müßte sich unweigerlich mit den calmarischen See-Merduks herumschlagen. Seit Azbakir verhalten sie sich zwar friedlich, doch eine Übertretung dieses Ausmaßes würden sie niemals hinnehmen. Das gäbe ein neues Azbakir, nur daß wir diesmal mit Transportschiffen statt mit Kriegskaracken antreten müßten. Nein, Golophin. Sofern du nicht auf magische Weise ein paar tausend Mann über die halbe Welt befördern kannst, können wir nichts für die Feste tun. Lofantyr wird außer sich sein vor Freude, wenn er bei der Konklave davon erfährt. Er glaubt ohnehin schon, die anderen Königreiche hätten Torunn aufgegeben.«

»Vielleicht hat er recht«, meinte der Magier. »Nach dem Ende der fimbrischen Hegemonie gab es sieben große Königreiche. Mittlerweile haben die Merduks diese Zahl auf fünf verringert, Willst du in Abrusio hocken und warten, bis ihre Elefanten über die Berge von Hebros trampeln?«

»Was soll ich deiner Meinung nach tun, Lehrmeister?«

Golophin verstummte. Mit einemmal wirkte er unglaublich erschöpft. »Auch Lehrmeister kennen nicht immer alle Antworten.«

»Könige ebensowenig.« Lächelnd legte Abeleyn die braunen Finger auf das dürre Handgelenk des Magiers.

Golophin lachte. »Was für ein Spaß, hier zu sitzen und zu versuchen, die Welt in Ordnung zu bringen. Die Erde war schon ein unvollkommener Ort, bevor die Menschheit auftauchte, um alles noch schlimmer zu machen. Niemals kann es gelingen, alles ins rechte Lot zu rücken. Das vermag nur Gott – oder der ›Herr der Siege‹, wie die Merduks ihn nennen.«

»Trotzdem können wir unser Bestes versuchen«, entgegnete Abeleyn.

»Jetzt, mein König, hörst du dich an wie dein Vater.«

»Gott behüte, daß ich mich jemals wie dieses frömmlerische, kaltherzige alte Schlachtroß anhöre.«

»Sei nicht so hart mit seinem Andenken. Er hat dich auf seine Art geliebt, und alles was er tat, war zum Wohle des Volkes. Ich glaube nicht, daß er je etwas veranlaßt hat, das ausschließlich mit eigennützigen Motiven in Verbindung zu bringen wäre.«

»Soviel ist sicher«, bestätigte Abeleyn beißend.

»Wäre er König der Torunnen, Majestät, ich versichere dir, Aekir stünde noch. Die Merduks würden sich nach wie vor die Köpfe an den Mauern der Stadt einrennen, wie während der letzten sechzig Jahre. Auch die Glaubensritter befänden sich zu Hauf in Aekir, statt überall auf dem Kontinent Säuberungsaktionen vorzunehmen. Es ist nicht einfach, mit einem Mann vollkommener Überzeugung zu diskutieren.«

»Das weiß ich.«

»John Mogen war ein solcher Mann, aber er war zu kompromißlos. Entweder man liebte ihn, oder man haßte ihn. Mit jenen, die bei Aekirs Verteidigung eigentlich an seiner Seite kämpfen sollten, hatte er es sich verscherzt. Ein König muß in seiner Überzeugung stark wie ein Fels wirken, mein Junge. Aber wenn ein Sturm aufzieht, muß er sich beugen wie ein Grashalm.«

»Und er läßt es unmerklich geschehen«, hob Abeleyn hervor.

»Genau. Es besteht ein Riesenunterschied zwischen engstirniger Intoleranz und der Fähigkeit, Kompromisse zu schließen, die niemand als solche erkennt.«

»Ist es nicht eine Ironie, Golophin, daß die besten Soldaten der Welt, die Torunnen, von einem König regiert werden, der noch nie einen Kampf miterlebt hat? Von einem jungen Mann, der rein gar nichts von Kriegsführung versteht?«

»Die alten Monarchen gibt es nicht mehr … oder nicht mehr lange. Nun gibt es dich, Lofantyr, König Mark von Astarak und Skarpathin von Finnmark – allesamt junge Männer, die erst seit wenigen Jahren auf dem Thron sitzen. Die alten Könige, die sich noch an die früheren Schlachten mit den Merduks erinnern, sterben aus. Das Schicksal Normanniens ruht auf den Schultern einer neuen Generation. Ich bete, sie möge sich der Last gewachsen erweisen.«

»Danke für dein Vertrauen, Golophin«, meinte der König leicht gereizt.

»Mein Vertrauen hast du, Majestät, so sehr ein Mensch es überhaupt haben kann. Trotzdem mache ich mir Sorgen. Die Ramusier haben der Bedrohung durch die Merduks so lange standgehalten, weil sie vereint, stark und gemeinsamen Glaubens auftraten. Nun aber scheinen sich die heiligen Männer des Westens zum Ziel gesetzt zu haben, jedes Königreich in zwei Teile zu spalten, auf der Suche nach – was? Frömmigkeit oder weltlicher Macht? Das vermag ich nicht zu sagen, aber es bereitet mir Kopfzerbrechen. Vielleicht ist es Zeit für eine Veränderung. Vielleicht sind das Verschwinden von Macrobius und der Verlust von Aekir ein neuer Anfang – oder der Anfang vom Ende. Ich bin kein Hellseher; ich weiß es nicht.«

Abeleyn starrte in die trüben Tiefen des Bieres. Rings um sie war es still in der Taverne. In den Ecken saßen ein paar Gruppen murmelnder Männer. Der Wirt stand am Schanktisch, rauchte eine kurze, übelriechende Pfeife und schnitzte an einem Stück Holz. Nur Abeleyns Leibwächter schauten durch den düsteren Raum zu ihnen herüber, stets in größter Sorge um die Sicherheit ihres Königs.

»Ich brauche etwas, Golophin«, murmelte Abeleyn mit leiser Stimme. »Irgendeinen Leckerbissen, den ich zum Konklave der Könige mitnehmen kann. Irgend etwas, womit ich Hoffnung säen kann.«

»Und womit du der Forderung nach Truppen von vornherein ausweichen kannst«, fügte Golophin hinzu.

»Das auch. Aber mir fällt nichts ein.«

»Gerade hast du von den Torunnen gesprochen, Majestät, und daß sie die besten Soldaten der Welt seien. Das war nicht immer so.«

»Ich kann dir nicht folgen.«

»Denk nach, Junge. Wer hatte einst ganz Normannien in der Hand? Wessen Hundertschaften marschierten von den Küsten am Westlichen Ozean bis an die schwarzen Hänge des Jafrar im Osten? Die Fimbrier, deren Alleinherrschaft zweihundert Jahre andauerte, bevor sie sich mit ihren endlosen Bürgerkriegen selbst zugrunde richteten. Die Fimbrier, deren Hände Aekir geschaffen, den Grundstein für die Feste

Ormann gelegt, die Macht der cimbrischen Stämme gebrochen und sogar das Königreich Torunna gegründet haben.«

»Ja, und? Was ist mit ihnen?«

»Es gibt sie immer noch. Sie sind nicht verschwunden.«

»Seit über einem Jahrhundert leben sie zurückgezogen in ihren Kurfürstentümern und streiten unentwegt untereinander. Die Fimbrier sind weder an einem neuen Imperium noch daran interessiert, was sich östlich des Malvennor-Gebirges abspielt.«

»Dennoch haben sie hervorragend ausgebildete Armeen. *Das* könntest du als Trumpf zum Treffen der Könige mitnehmen, Abeleyn. Der Westen braucht Truppen? In Fimbrien gibt es Zehntausende von Soldaten, die zur Zeit nichts zur Verteidigung des Kontinents beitragen.«

»Die Fünf Königreiche mißtrauen Fimbrien. Die Erinnerungen der Menschen verblassen nicht so schnell. Selbst bei Torunna bin ich nicht sicher, ob man fimbrische Truppen auf eigenem Grund und Boden willkommen hieße, obwohl man dort dringendst Truppen benötigt. Außerdem ist fraglich, ob wir die Fimbrier überhaupt überzeugen könnten, Soldaten zu schicken. Fimbrien ist eine in sich zurückgezogene Macht, Golophin. Nicht einmal zum Konklave entsenden sie einen Vertreter.«

Golophin lehnte sich am Tisch zurück und winkte verdrossen ab. »Dann laß es bleiben. Sollen die Menschen im Westen ruhig ihre Ängste und Vorurteile beibehalten. Die haben sie gewiß selbst dann noch, wenn die Horden des Ahrimuz alle ramusischen Königreiche mit den Schatten ihrer Krummschwerter verdunkeln.«

Abeleyn blickte finster drein. Ihm war zumute, als wäre er wieder der Schüler und Golophin wieder der Lehrmeister, dem er soeben eine falsche Antwort gegeben hatte.

»Also gut, verdammt noch mal! Ich werde sehen, was sich machen läßt. Schaden kann es schließlich nichts. Ich schicke Boten in die vier fimbrischen Kurfürstentümer und bringe die Angelegenheit bei dem Konklave auf den Tisch. Kann nur gut für mich sein.«

»*Das* ist mein Junge«, verkündete Golophin zufrieden,

wohl wissend, wie sehr dieser Ausspruch den König verwirrte. »Aber es gibt da eine Sache, die du nicht vergessen darfst, wenn du mit den Fimbriern verhandelst, Abeleyn.«

»Und welche?«

»Sei nicht stolz. Im Herzen fühlen sie sich noch immer als Herren der Welt, auch wenn sie behaupten, nicht mehr nach einem Imperium zu streben. Du mußt als Bittsteller auftreten, selbst wenn es deinen Stolz verletzt.«

»Ich muß wie der Grashalm sein, der sich im Wind neigt, was?«

Golophin grinste. »Genau – aber natürlich so, daß niemand es merkt, wie du dich neigst. Schließlich bist du ein König.«

Wie Männer, die einen Handel besiegeln oder eine Geburt feiern, stießen die beiden mit den Bierhumpen an. Der König trank einen langen Schluck; dann wischte er sich den Schaum von der Oberlippe.

»Etwas wollte ich heute abend noch mit dir besprechen – eine Sache, die dir vermutlich am Herzen liegt.« Neugierig zog Golophin die Augenbrauen hoch.

»Die Liste. Unsere Liste jener Auserwählten deines Volkes, die wir vor dem Scheiterhaufen retten können.« Während er sprach, wich der König dem Blick des alten Zauberers aus. Er wirkte ungewohnt kleinlaut. »Murad hat mir gesagt, daß er in etwa zwei Wochen zur Abfahrt bereit ist. Er nimmt eine halbe Hundertschaft mit, fünfzig hebrionische Hakenbüchsenschützen und Schwertkämpfer. Zieht man die Besatzung ab, bleibt noch Platz für etwa hundertvierzig Fahrgäste.«

»Weniger, als wir gehofft haben«, stellte Golophin kurz angebunden fest.

»Ich weiß. Aber Murad ist überzeugt, daß er die Soldaten nach dem Landfall brauchen wird.«

»Um mit den wilden Eingeborenen fertig zu werden, die er antreffen könnte, oder mit den Fahrgästen, mit denen er reisen muß?«

Hilflos zuckte Abeleyn die Schultern. »Ich habe Murads ursprünglichen Plan schon sehr stark abgeändert. Wenn ich ihn noch weiter einschränke, schmeißt er vielleicht alles hin. Dann stehen wir wieder ganz am Anfang. Ein Mann wie Murad braucht einen gewissen Anreiz.«

»Den Anreiz, Vizekönig einer neuen Kolonie zu werden?«

»Ja. Er hegt kaum abergläubische Vorurteile gegen das Volk der *Dweomer*. Ich bin sicher, er wird die Leute anständig behandeln. Schließlich kann man sie als das Rückgrat seiner Ambitionen betrachten.«

»Und deine Ambitionen? Wie paßt das Volk der *Dweomer* da hinein?«

Der König errötete. »Sagen wir, Murads Expedition erleichtert mein Gewissen und ...«

»Vielen Unschuldigen bleibt der Flammentod erspart.«

»Ich kann es nicht leiden, unterbrochen zu werden. Das gilt auch für dich, Golophin.«

Schuldbewußt verneigte sich der alte Magier im Sessel.

»Wie du richtig sagst, es ist eine Möglichkeit, diese Leute dem Zugriff der Kirche zu entziehen. Aber wie du weißt, spielen auch andere Beweggründe eine Rolle.«

»Wie immer.«

»Wenn es einen Westlichen Kontinent gibt, muß Hebrion seinen Anspruch darauf geltend machen – unter allen Umständen. Wir sind die westlichste Seemacht der Welt. Es ist unser Recht, uns in diese Richtung auszubreiten, während sich Gabrion und Astarak in der Levangore um Handel und Einfluß bemühen. Denk darüber nach, Golophin. Eine neue, eine unberührte Welt, frei von Monopolen und Korsaren. Ein jungfräulicher Kontinent, der nur auf uns wartet.«

»Und wenn der Kontinent doch nicht so jungfräulich ist?«

»Was willst du damit sagen?«

»Wenn dieses sagenumwobene westliche Land nun bewohnt ist?«

»Das kann ich mir nicht vorstellen. Zumindest gibt es dort bestimmt keine Zivilisation, die der unseren gleichkommen könnte. Und ich bin ganz sicher, daß man dort kein Schießpulver kennt. Wir selbst kennen es erst seit anderthalb Jahrhunderten.«

»Also soll Murad sich den Weg zu einer hebrionischen Vormachtstellung an den Ufern dieses primitiven Landes freimetzeln, und die Zauberer, die er im Gepäck führt, sollen ihm dabei als lebende Artillerie zur Seite stehen?«

»Ja. Es war die einzige Möglichkeit, Golophin. Die Kolonisten müssen widerstandsfähige Überlebenskünstler sein, die in der Lage sind, sich zu verteidigen. Gibt es einen besseren Weg, den Erfolg der Kolonie zu sichern, als sie mit Zauberern, Kräuterdoktoren, Wettermachern oder sogar echten Thaumaturgen zu gründen?«

Oder mit einem Gestaltwandler, dachte Golophin bei sich, wobei er an Bardolins neues Mündel dachte. Aber davon erwähnte er nichts.

»Die Beweggründe eines Königs sind niemals einfach«, stellte er schließlich fest. »Daran hätte ich denken sollen.«

»Ich mache das Beste aus dem, was Gott mir in seiner Gnade zur Verfügung stellt.«

»Gott und Murad von Galiapeno. Ich wünschte, du hättest jemand anderen gefunden, der diese Expedition leitet. Mir gefällt sein Gesicht nicht. Es steht Mord darin geschrieben. Und was die Ambitionen betrifft, von denen du gesprochen hast ... ich glaube, Murad selbst hat noch gar nicht ausgelotet, wie weit sie reichen.«

»Es war seine Entdeckung, seine Idee. Ich konnte sie ihm nicht wegnehmen, ohne mir einen Feind zu schaffen.«

»Dann binde ihn an dich. Sorge dafür, daß er weiß, wie lang der Arm der hebrionischen Krone sein kann.«

»Jetzt redest du wie ein altes Weib, Golophin.«

»Vergiß nicht – auch in den Worten alter Weiber liegt Weisheit.«

Abeleyn grinste. Im schwachen Licht der Taverne wirkte er dabei wie ein Junge.

»Warum kommst du nicht zurück an den Hof und nimmst wieder deinen rechtmäßigen Platz ein?«

»Wie? Soll ich mich hinter deinen Thron kauern und dir ins Ohr flüstern?«

Dies war die gängige Vorstellung der Brüder vom Ersten Tage, was den magischen Berater des Königs betraf.

»Nein, Majestät«, fuhr Golophin fort. »Dafür ist es noch zu

früh. Warten wir ab, wie die Synode verläuft, und dein Konklave. Ich habe so ein merkwürdiges Gefühl ... wie der Schmerz in einer alten Wunde vor einem Sturm. Das Schlimmste steht uns noch bevor, vermute ich. Und nicht alles zieht aus dem Osten auf.«

»Du warst schon immer recht freizügig mit unheilverkündenden Prophezeiungen, obwohl du eigentlich kein Seher bist«, meinte Abeleyn. Seine gute Laune war verflogen, der Junge verschwunden. Es war ein Mann, der sich nun erhob und dem alten Magier eine kräftige Hand entgegenstreckte. »Ich muß gehen. Am Hof kursieren Gerüchte, ich hätte eine Geliebte hier unten in der Hafengegend.«

»Eine alte Geliebte?« fragte Golophin augenzwinkernd.

»Einen Freund, Golophin. Selbst Könige brauchen Freunde.«

»Könige mehr als jeder andere, mein Gebieter.«

Die Nacht war schwüler als je zuvor. Abeleyn und seine Leibwächter schlenderten die Straße so unbekümmert hinauf, als wären sie drei sorglose Nachtwächter. Die geschlossene Kutsche wartete oben am Hügel auf einem Hinterhof. Die Pferde standen geduldig da, völlig regungslos, wie aus Stein gehauene Statuen. Die Leibwächter kletterten hinten auf den Wagen, während Abeleyn ins Innere stieg.

Metallisches Kratzen ertönte. Funken blitzten in der Dunkelheit; dann folgte ein Schimmer. Die Flamme der Kerze in der Laterne wuchs heran und erfüllte das Innere der mit Vorhängen geschützten Kabine mit einem goldenen Flackern. Der Wagen setzte sich in Bewegung. Die Hufe der Pferde klapperten auf dem Kopfsteinpflaster.

»Ihr kommt spät, mein König«, meinte Fürstin Jemilla. Ihr blasses Gesicht wirkte im unsteten Kerzenlicht olivfarben.

»Da habt Ihr recht, Gnädigste. Es tut mir leid, daß ich Euch so lange warten ließ.«

»Warten macht mir nichts aus. Es erhöht die Vorfreude.«

»Tatsächlich? Dann muß ich Euch wohl öfter warten lassen.« Der Tonfall des Königs blieb ungezwungen, doch sein

Inneres war von einer Anspannung erfüllt, die er in der Taverne bei Golophin noch nicht verspürt hatte.

Jemilla warf den dunklen Umhang mit Kapuze ab. Darunter trug sie eines der enganliegenden Kleider des Hofes, das ihre makellos geformten Schlüsselbeine und die Glätte der Haut über dem Brustbein betonte.

»Ich hoffe, mein Gebieter, Ihr habt Euch nicht an eine der Hafenschlampen verschwendet. Ich wäre untröstlich.«

Sie war zehn Jahre älter als der König. Nun, da er ihr in die dunkel schimmernden Augen blickte, fühlte er den Unterschied. Er war nicht mehr der Herrscher eines Königreiches, der Oberbefehlshaber von Armeen. Er war ein junger Mann, der im Begriff stand, sich einer wundervollen Sucht hinzugeben. So war es immer mit ihr. Zwar widerstrebte es ihm ein wenig, doch genau das gab den Ausschlag dafür, daß er hier war.

Jemilla öffnete die Bänder des Mieders, während Abeleyn sie wie gebannt dabei beobachtete. Er schaute zu, wie die vollen Brüste mit den dunklen Nippeln herauswippten. Rote Furchen ließen erkennen, wo die enge Kleidung sie eingezwängt hatte.

Ihre leisen Geräusche wurden übertönt von ächzendem Leder und Holz, dem Rattern eisengefaßter Räder, dem Hufgeklapper der trabenden Pferde. Gemächlich bahnte sich die Kutsche den Weg hinauf auf den Hügel von Abrusio zum Wohnviertel des Adels, während unten an der Küste das farbenprächtige Treiben der Spelunken und Bordelle die heiße Nacht weiter mit grellen, glitzernden Farben erfüllte, während die stummen Schiffe im Hafen ruhig und gleichmütig vor Anker wogten.

Die Wolken zogen dahin, und die Sterne kreisten hoch droben im nächtlichen Reigen am Himmel. Männer, die im Gestank von Fisch und Seetang an der Mole saßen, Flaschen zwischen den Beinen, verstummten in ihren einsilbigen Unterhaltungen, um die Nasen hochzuhalten und zu spüren, wie der Wind sanft über ihre Gesichter streichelte. Ein Segel flatterte schwach … einmal, zweimal. Dann blähte es sich auf, als die wogenden Luftmassen sich darin fingen. Über die spiegelglatte See, ein Abbild der leuchtenden Sterne, lief Welle um Welle, während die Wolken sich über dem Westlichen Ozean auftürmten.

Dann spürten es die Männer an der Mole im Haar. Sie blickten einander an, als wäre ihnen eine gemeinsame Offenbarung zuteil geworden.

Die Brise schwoll an, frischte auf und drehte sich, bis sie beständig aus Nordwest blies, zur See hinaus. Sie ließ die unzähligen Schiffe in den Anliegeplätzen wogen, daß die Verankerungstaue knirschten; Staubwölkchen stoben von den gepflasterten Straßen der Stadt auf; die Zweige der Zypressen des Königs raschelten. Und tiefer hinein ins Land breitete der Wind sich aus und erfrischte die in Schweiß gebadeten Schlafenden. Der hebrionische Passat hatte endlich wieder eingesetzt.

9

Wie vom Donner gerührt, starrte Bardolin auf den Trümmerhaufen seines Heims. Die massiven Mauern des Turms hatten der wütenden Menge standgehalten, die Innenräume hingegen waren völlig ausgebrannt. Die Wände waren schwarz vor Ruß, der zentimeterdick auf den Bodenkacheln lag. Jemand hatte das Faß mit Ur-Blut zerbrochen; die Flüssigkeit hatte sich in ein glitschiges, schneckenähnliches Wesen verwandelt, vermengt mit Asche, den Trümmern von Meßgeräten und Knochensplittern, die von Bardolins Sammlung präparierter Tiere übrig geblieben waren. Das Ur-Wesen mußte sie letztlich abgeschreckt haben, vermutete er. Der Zauberer beobachtete, wie die Kreatur mit den rudimentär ausgebildeten Gliedmaßen blind durch die Luft fuchtelte und versuchte, aus dieser neuen Welt schlau zu werden, in die sie auf so grausame Weise hineingeboren wurde.

Für einen Augenblick war Bardolin versucht, das Wesen neu zu formen und ihm den Krokodilschädel aufzusetzen, der in einer Ecke vor sich hin schimmelte, und ihm die Säbelzahntigerklauen anzubringen, die er von einer Reise aus Macassar mitgebracht hatte, um die seelenlose Bestie sodann auf die Straßen hinauszulassen, damit sie Rache für ihn übte. Statt dessen begnügte er sich damit, das Ur-Blut von den organischen Teilen zu befreien und es als nunmehr leblose Flüssigkeit in den Boden versickern zu lassen.

Alles war zerstört – alles. Seine Bücher, von denen einige bis in die Zeit vor der fimbrischen Hegemonie zurückdatierten, seine Zauberspruchsammlungen, seine Nachschlagewerke, seine Feder- und Insektensammlungen, sogar seine Kleider.

Mit großen, ängstlichen Augen tapste der Kobold auf Zehenspitzen im verwüsteten Zimmer umher. Er kletterte auf Bardolins Schulter und schmiegte sich auf der Suche nach Geborgenheit an den Hals des Magiers. Dieser spürte die Angst und Verwirrung im Kopf seines kleinen Gefährten. Gott sei Dank hatte er ihn aus dem Verjüngungsfaß geholt und mitgenommen, in der Brusttasche seines Mantels verborgen, als er das Haus verließ. Sonst wäre auch er jetzt eine verrottende Masse inmitten der verstreuten Trümmer.

Während er den Blick über die Verwüstungen schweifen ließ, stieg eine seltsame Unruhe in ihm auf. Zwischen den Überresten seines Zuhauses lagen unbeantwortete Fragen verborgen, die beängstigende Antworten erahnen ließen. Im Augenblick jedoch war Bardolin zu fassungslos, zu verwirrt, als daß er sich damit hätte beschäftigen können. Wie hatten die Eindringlinge den magischen Riegel an der Tür überwunden? Wie hatten sie wissen können, daß er nicht zu Hause, sondern ausgegangen war, um der Verbrennung des armen Orquil beizuwohnen?

Orquil. Der alte Magier schloß die Augen. Trotz der kühlen Meeresbrise, die wie ein Segen Gottes durch die Stadt wehte, roch er immer noch verbranntes Fleisch. Nicht in der Luft, nein – der Gestank ging von seiner eigenen Kleidung aus. Vor dem Scheiterhaufen seines Lehrlings hatte er gestanden und in das mitleiderregend junge Gesicht hinaufgestarrt, das zwar kalkweiß war, dennoch auf merkwürdige Weise zu lächeln schien. Dann hatte Bardolin eine geballte Ladung reiner Zauberkraft auf Orquil abgefeuert, mit all der Macht, die Zorn und Trauer ihm verliehen. Der Junge war tot, bevor die ersten Flammen um seine Schienbeine leckten. Zum erstenmal hatte Bardolin ein Leben durch Magie vernichtet, wenngleich er schon viele Gegner mit der Klinge und Büchsenkugeln getötet hatte.

Noch so mancher wird durch Magie ins Jenseits befördert, ehe ich fertig bin, gelobte er, als bitterer Zorn in ihm aufwallte. Er fragte sich, ob Griella so empfand, die Gestaltwandlerin, wenn die Veränderung bei ihr einsetzte. Ob auch sie dann diesen ziellosen Haß verspürte, diesen aufbrausenden Zorn, der in einem Akt äußerster Gewalt Befriedigung suchte?

Das aber entsprach nicht dem Stil eines Magiers. Zorn war niemals ein guter Ratgeber. Außerdem – wenn Bardolin ehrlich war, mußte er sich eingestehen, daß Schuldgefühle seine Wut ebenso sehr nährten wie Trauer.

Schuldgefühle, daß nicht *er* verbrannt worden war.

Griella betrat den verwüsteten Raum. Über die schmale Schulter hatte sie einen Sack geworfen, und die Hände waren schwarz von Asche.

»Ich habe versucht, einige Dinge zu retten, aber viel ist nicht übrig geblieben.« Sie lächelte, als der Kobold ihr zuzirpte; dann wurden die Züge des Mädchens wieder ernst. »Hättest du mich hierbleiben lassen, ich hätte sie aufgehalten«, meinte sie.

Bardolin blickte sie nicht an, als er entgegnete: »Wie? Indem du sie wie Rinder abgeschlachtet hättest? Die Stadtwache wäre über den Turm hergefallen wie ein Fliegenschwarm über eine offene Jauchegrube.«

»Das glaube ich nicht. Die wären nicht hergekommen, was auch passiert wäre – weil ich nämlich vermute, daß man ihnen befohlen hat, sich fernzuhalten.«

Nun schaute Bardolin das Mädchen an. Die Tiefgründigkeit ihrer Überlegungen beunruhigte ihn.

»Du hast recht. Irgend etwas ist faul an der Sache«, gab er zu. »Golophin hat sich für unsere Sicherheit verbürgt, auf Befehl des Königs selbst. Aber jemand anders scheint fest entschlossen, uns Böses anzutun, bevor wir uns nach Westen einschiffen.«

»Tja, zumindest haben wir weniger zu packen«, meinte Griella fröhlich.

Ihr Grinsen entlockte schließlich auch dem alten Zauberer ein Lächeln. Das grelle Sonnenlicht, das durch die zerborstenen Fenster fiel, verlieh Griellas Haar den Schimmer geschmiedeter Bronze. Ihre Haut leuchtete golden.

»Du bist also immer noch entschlossen, mit mir an Bord zu gehen?« erkundigte sich Bardolin.

»Natürlich! Ich will doch dein neuer Liebling werden, als Ersatz für den, der heute verbrannt wurde. Außerdem beschütze ich dich. Ich glaube, ich könnte dir nicht einmal weh tun, wenn ich mich verwandelt habe.«

Bardolin erwiderte nichts darauf. Als der Bewußtlosigkeitsbann von Griella abgefallen war, war sie zunächst gleichermaßen erzürnt wie erstaunt gewesen. Nie hätte sie sich träumen lassen, daß es eine Macht geben könnte, die einen reinblütigen Gestaltwandler inmitten der Veränderung außer Gefecht zu setzen vermochte. Seither betrachtete sie Bardolin mit einer gewissen Ehrfurcht. Doch sie war jung und nicht als Lehrling für die Sieben Disziplinen geeignet. Das waren Gestaltwandler nie. Darüber hinaus haftete Griella etwas an, das Bardolin erspäht hatte, als er die Bestie niederrang: ein Hunger, der nicht von dem Werwolf ausging, in den sie sich verwandelte, sondern der in ihrer menschlichen Seele verwurzelt war. Nur flüchtig hatte er ihn erblickt, flimmernd wie ein Bild in den Tiefen eines Abgrundes. Doch es hatte gereicht, um Zweifel in ihm keimen zu lassen, ob es klug war, Griella zu gestatten, ihn auf dieser Reise zu begleiten.

Was aber erwartete sie hier in Abrusio? Schon einmal war sie mißbraucht worden, und es würde wieder geschehen. Bardolin sah es vor sich: Sie verwandelte sich wieder in die Bestie, und man hetzte sie zu Tode. Dann schnitt man den Kopf des Ungeheuers mit einem silbernen Messer ab und spießte ihn mitten auf dem Marktplatz auf einen Speer. Binnen weniger Stunden veränderte sich der Schädel. Griellas braune Augen würden leer hinabstarren, unter dem bronze leuchtenden Haar, über dem abgetrennten Stumpf des Nackens. So etwas hatte Bardolin bereits miterlebt. Er würde keinesfalls zulassen, daß es Griella widerfuhr. Über den Grund für seine Entschlossenheit nachzudenken, wehrte er sich.

Der Zauberer richtete sich auf. Mehr als einen Lederbeutel hatte er nicht zu tragen; sie hatten nur beklagenswert wenig retten können. Vorübergehend würden seine Zaubersprüche wohl nicht ganz so ausgefeilt klingen und weniger machtvoll sein: Bardolins Gedächtnis war der Anforderung nicht gewachsen, sich an alle Feinheiten und Abstufungen der Bannkunst zu erinnern, deren es bedurfte, um eine thaumaturgische Leistung in höchster Vollendung zu erbringen. Er konnte nur hoffen, daß einige der Mitreisenden ihm dabei behilflich sein konnten, das verlorene Wissen wiederzuerlangen.

Der Kobold kroch in Bardolins Brusttasche. Offenbar störte er sich nicht am Gestank des Scheiterhaufens, der im Mantel haftete. Neue Kleidung. Bardolin mußte sich neue Kleidung verschaffen und diesen Moder loswerden. »Verlassen wir diesen Ort«, schlug er vor. »Wir haben einiges zu erledigen. Ich möchte mir die Schiffe ansehen, mit denen wir reisen sollen, und vielleicht auch ein paar Dinge einkaufen, mit denen die Fahrt erträglicher für uns wird.«

»Seeleute essen eingesalzenes Fleisch und wurmiges Brot«, erklärte Griella ihm. »Und sie trinken unverdünnten Wein. Waschen tun sie sich mit Meerwasser, falls überhaupt. Außerdem gebrauchen sie einander so, wie ein Mann eine Frau gebraucht.«

»Genug«, rief Bardolin, dem es unangenehm war, derartige Dinge aus so jungem Munde zu vernehmen. »Auf jetzt zum Hafen. Sehen wir uns dieses schreckliche Seevolk einmal an.«

Doch es gab eines, das er noch tun konnte. Als sie durch das zerstörte Tor des ausgebrannten Turms schritten, versah Bardolin den Torbogen mit einem Wachsymbol. Während seine Finger über den Stein strichen, flammte das Zeichen flüchtig auf; dann verblaßte es wieder in die Unsichtbarkeit. Sollte jemand kommen, um in den Überresten seines Zuhauses zu wühlen, würde aus dem Symbol ein Flammeninferno losbrechen und die Bastarde hoffentlich verbrennen, während sie herumstöberten.

Für einen Menschen aus dem Binnenland glich der große Hafen von Abrusio einem einzigen riesigen Labyrinth. Nun, da der hebrionische Passat wieder wehte, jagten Schiffe heran, die zuvor in der Flaute hinter dem Horizont getrieben hatten; die Kapitäne benutzten jeden Fetzen Leinwand, den sie setzen konnten. Der Hafen präsentierte sich als übelriechendes Durcheinander brüllender Menschen, quietschender Karren und Flaschenzüge, knarrender Seile und polterndem Lärm von einer Karavellenflotte aus Cartigella, die ihre Ladung Weinfässer am Kai löschte. Die gewaltigen Fässer wurden auf bereitstehende Karren gerollt, die sie weiter in die Keller der Wirtshäuser befördern sollten.

An einem anderen Kai lag ein Viehtransporter mit weit geöffneten Ladetoren, aus denen der Gestank von Rinderexkrementen drang, während die verängstigten Tiere unter deftigen Flüchen der Besatzung die Landerampen hinuntergetrieben wurden und dabei Dung und Heu verstreuten.

Bardolin und Griella hielten inne, um ein königliches Postschiff zu beobachten, eine mit Lateinersegeln getakelte Galeasse, die wie ein gleichmäßig mit den Flügeln schlagendes Insekt in den Hafen glitt. Genau im selben Augenblick hoben sich alle Ruder aus dem Wasser, und die Besatzung drehte den Besan bei, um das Schiff bis auf wenige Meter an einen freien Anliegeplatz zu manövrieren. Dies waren die berühmten Tiefwasser-Anliegeplätze von Abrusio, die in vergangenen Jahrhunderten von den Fimbriern unter Einsatz hebrionischer Frondienste geschaffen worden waren. Tausend Vollschiffe konnte Abrusio an den Kais aufnehmen, so hieß es, und immer noch wäre Platz für weitere.

Kisten mit Fisch und Tintenfisch standen im gleißenden Sonnenlicht, und Pfeffersäcke aus Punt oder Ridawan, und Stapel funkelnder Marmorillstoßzähne aus den Dschungeln von Macassar. Ganze Reihen aneinandergeketteter Sklaven stolperten vorüber, die man den Korsaren von Rovenan abgekauft hatte. Sie waren für die Arbeit auf den Anwesen des hebrionischen Adels bestimmt.

Seefahrer, Fischer, Soldaten der Küstenwache, Kaufleute, Weinhändler und Hafenarbeiter. Ohne Unterlaß schufteten sie in der gnadenlosen Hitze. Schweiß stand auf ihren Gesichtern und Körpern; niemand schien sich anders als durch Brüllen verständigen zu können. Damit sie nicht getrennt wurden, hielten Bardolin und Griella in dem Gewühl einander an den Händen, wodurch sie ganz wie Vater und Tochter wirkten. Die Hitze verklebte ihre Handflächen mit Schweiß. Der Kobold in Bardolins Mantel wimmerte angesichts des Lärms, der Gerüche und des unablässigen Gedränges.

Ein halbes dutzendmal blieben sie stehen, um nach den Schiffen von Hawkwood zu fragen, doch jedesmal ernteten sie nur mitleidvolle Blicke, wie Schwachköpfe, die sich in ein völlig fremdes Land verirrt hatten; dann schob die Menschenmasse sie weiter. Schließlich suchten sie die große, aus Stein errichtete Hafenmeisterei auf, wo ihnen ein ungeduldiger Beamter mitteilte, sie sollten sich zum Kai sechsundzwanzig begeben und dort nach der *Gnade Gottes* oder der *Gabrian Osprey* fragen, Kapitän Richard Hawkwood. Die beiden Schiffe wären leicht zu finden, erklärte der Beamte ihnen. Es handle sich um eine vollgetakelte Karavelle von hundert Tonnen sowie um eine Karacke mit niedrigem Vorschiff, doppelt so vielen Tonnen und einem angeschimmelten Vogel als Galionsfigur.

Der Magier und das Mädchen verließen das Büro kaum weniger verwirrt, als sie es betreten hatten. Die Gegend hier am Wasser war eine andere Welt. Es war die Welt des Meeres, mit ihren eigenen Regeln und Gesetzen, sogar mit ihrer eigenen Sprache. Die beiden fühlten sich wie Wanderer in einem fremden Land, als sie Schiff um Schiff, Kai um Kai abklapperten und dabei Menschen aus aller Herren Länder, jeden Glaubens und jeder Hautfarbe begegneten. Seit wegen der Abreise des Prälaten von Abrusio zur Synode in Charibon die Durchsetzung des Edikts weniger streng gehandhabt wurde, strömte ein ausländisches Schiff nach dem anderen nach

Abrusio. Es war, als wollten sie die Zeit aufholen, die sie verloren hatten – oder wieder verlieren würden, sobald der Prälat zurückkehrte und Ausländer wieder zu Hunderten von den Schiffen geholt und in die Katakomben verfrachtet würden.

»Da«, rief Bardolin endlich. »Ich glaube, das sind sie. Siehst du die Galionsfigur dort? Den Vogel? Es ist ein Seeadler aus der Levangore. Man erkennt es an den Flecken auf der Brust.«

Sie standen vor einem großen Steindock mit zahlreichen Anlegepollern, über und über voll Möwendreck. Im Anliegeplatz hinter dem Dock lagen zwei Schiffe vor Anker. Die Bugspriete ragten über Bardolins Kopf empor; die Masten türmten sich wie seilumschlungene Bauwerke in den blauen Himmel.

Überall waren Leute, an jedem Seil der Takelung, an jeder Reling. Einige befanden sich auf einem Gerüst am Schiffsrumpf und bemalten das vom Meer gezeichnete Holz mit irgend etwas, das wie weißes Blei aussah. Andere knoteten und spleißten wie besessen in den Wanten. Ein paar Männer zogen an der Ankerwinde, und Bardolin erkannte, daß sie eine Marsstenge ersetzten. Viel wußte er nicht über Schiffe; aber er wußte sehr wohl, daß es ungewöhnlich, ja, geradezu revolutionär war, statt nur einer langen, massiven Rah mehrere Masten an verschiedenen Stellen zu setzen. Dieser Hawkwood schien seine Berufung überaus ernst zu nehmen.

Auf dem Dock waren weitere Männer, die an Flaschenzügen zerrten, welche mit der Hauptrah verbunden waren. Auf diese Weise hievten sie netzumwickelte Bündel aus Kisten und Fässern über die Seiten des Schiffes an Deck. Dort standen die Luken weit offen und harrten der Lasten, die in der Luft baumelten. Bardolin war erstaunt, als er dort oben Schafe, Ziegen und Hühnerkäfige erblickte, die zusammen mit Weinfässern, Pökelfleischkisten und Schiffszwieback in die Höhe gezogen wurden. Zufrieden stellte er fest, daß auch ein Sack Zitronen verladen wurde. Viele Leute vertraten die Ansicht, daß Zitronen die tödliche Krankheit Skorbut zu bekämpfen vermochten, obwohl ebenso viele andere glaubten, die Krankheit würde durch die mangelnden hygienischen Zustände an Bord eines Schiffes verursacht.

»Mit wem sollen wir reden?« fragte Griella und schaute sich mit großen Augen um. Der Griff ihrer Hand um die des Zauberers hatte sich keinen Deut gelockert.

Bardolin wies auf eine grobschlächtige Gestalt mit einem prächtigen Schnurrbart, die auf dem größeren der beiden Schiffe stand. Der Mann befand sich hinten – auf dem Achterdeck? – und brüllte aufgebracht zu einer Gruppe Männer im Mittelteil des Schiffes hinunter. Er hielt eine lange, orientalische Wasserpfeife in der Hand, die er wie eine Waffe in Richtung der Männer schüttelte. Das Haar trug er so kurz, daß die Kopfhaut im Sonnenlicht durch die Stoppeln schimmerte.

»Ich würde sagen, der da hat das Kommando«, erklärte Bardolin.

»Ist das dieser Hawkwood?«

»Ich weiß es nicht, Kind. Wir müssen fragen.«

Mühsam bahnten der Magier und Griella sich den Weg durch auf dem Kai gestapelte Proviantkisten, Seilzeug und Holz zu einer Landungsbrücke mit als Stufen aufgelegten Planken, die in den Mittelteil des größeren Schiffes führte. Einige der Seemänner hielten inne, um den hartgesichtigen Mann, der wie ein Soldat wirkte, und das Mädchen mit dem in der Sonne schimmernden Haar an seiner Seite zu beobachten. Ein anerkennendes Pfeifen ertönte, gefolgt von anrüchigen Bemerkungen in einer Sprache, die nicht einmal Bardolin verstand; die Bedeutung der Worte und die entsprechenden Gebärden jedoch waren eindeutig.

Griella fuhr zu den wüst gestikulierenden Seeleuten herum. Das Sonnenlicht schien ihren Augen einen gelben Glanz zu verleihen, die Lippen entblößten weiße Zähne, und ein Knurren entrang sich ihrer Kehle.

Bardolin zog das Mädchen weiter, und die Seeleute starrten den beiden nach. Einer schlug hastig das Heiligenzeichen vor der Brust.

Der Magier und das Mädchen kämpften sich den wackeligen Landungssteg hinauf, der eher für Affen als für Menschen gedacht schien. Als sie an Deck gelangten, hob Bardolin die Hand und rief dem aufgebrachten Kerl mit dem Schnurrbart in bester Manier eines Hakenbüchsenunteroffiziers zu:

»Ho, Kapitän! Ob wir Euch wohl kurz sprechen könnten?«

Der Mann riß die Wasserpfeife aus dem Mund, als hätte sie ihn gebissen, und musterte das Paar.

»Beim Hintern des Propheten, wer seid ihr?«

»Jemand, der sich bald mit Euch einschiffen soll. Können wir mit Euch reden?«

Der Mann verdrehte die Augen. »Ein Kriegshetzer, wie's mir scheint, und noch dazu mit seiner Schlampe. Bei allen Heiligen, das verspricht eine Reise zu werden!«

Vor sich hin brummelnd, wandte er sich von der Achterdeckreling ab. Bardolin und Griella blickten einander an; dann kletterten sie zu ihm hinauf, wobei sie mindestens zwei Dutzend mißtrauische Blicke im Rücken fühlten. Es war, als würden sie in das Gebiet eines fremden, primitiven Stammes eindringen.

Das Achterdeck war mit Seilbündeln und dünnen Holzspieren übersät. Überall hingen Tauenden herab, die noch an der Befestigungsreling vertäut werden mußten. Schmerzhaft grell funkelte eine Kupferglocke in der Sonne. Die riesige Ruderpinne, mit der das Schiff vom Halbdeck aus gesteuert wurde, lag abmontiert auf einer Seite. Der grobschlächtige Mann lehnte an der Heckreling und schmauchelte an der gurgelnden Pfeife. Die Augen waren zu Schlitzen verengt, und mißtrauisch beäugte er den Mann und das Mädchen.

»Nun, was wollt ihr? Wir bereiten uns auf eine Ozeanreise vor und haben zu wenig Leute. Ich muß noch sehr viel erledigen, und dazu gehört nicht, die Zeit mit Landratten zu vergeuden.«

»Ich bin Bardolin von Carreirida, und dies ist mein Mündel, Griella Tabard. Uns wurde gesagt, daß wir als Passagiere auf einem der Schiffe Ricardo Hawkwoods reisen sollen. Deshalb wollten wir uns die Kähne ansehen und Euch um Rat fragen, wie wir uns auf die bevorstehende Reise vorbereiten können.«

Es sah so aus, als wollte der Kerl eine spöttische Bemerkung fallenlassen, doch irgend etwas in den Augen des alten Magiers hielt ihn zurück.

»Du warst Soldat«, stellte er statt dessen fest. »Ich sehe die Helmnarben. Du wirkst nicht wie ein Zauberer.« Er hielt inne und starrte auf den gläsernen Bauch seiner Pfeife. Dann erklärte er widerwillig: »Ich bin Billerand, Erster Maat der *Osprey;* also nenn mich nicht Kapitän, zumindest noch nicht. Richard ist droben in der Stadt und schlägt sich mit den Proviantlieferanten und Geldverleihern herum. Ich weiß nicht, wann er zurückkommt.«

Der Kobold regte sich an Bardolins Brust. Neugierig stierte Billerand an die Stelle.

»Können wir unten reden?« schlug Bardolin vor. »Hier oben gibt es zu viele Ohren.«

»In Ordnung.«

Der Maat führte sie einen Niedergang im Deck hinunter. In der Düsternis, die nach dem grellen Tageslicht geradezu beunruhigend wirkte, mußten sie blinzeln. Hier unten war es stickig. Die Hitze schien wie etwas Greifbares in ihren Kehlen zu stecken. Sie rochen das Holz des Schiffes, das Pech in den Fugen, das schwach und bitter duftete, und den leichten Gestank der Bilge, die nach Dreck und warmem, abgestandenem Wasser roch. Auch das Getrampel und Gebrüll der Männer im Schiffsrumpf vernahmen sie. Es hörte sich wie ein Kampf im Nebenzimmer eines großen Hauses an – gedämpft und doch irgendwie nahe.

Die drei marschierten durch eine Tür, stiegen über ein hohes Sturmsüll hinweg und betraten die Kapitänskabine. Über eine Seite erstreckten sich die langen Heckfenster. Als sie hinausblickten, sahen sie den im Sonnenschein erstrahlenden Hafen, umrahmt von den kurvigen Rändern der Innenschotten; es sah wie ein von hinten beleuchtetes Gemälde voller scharfer Kontraste aus. Zu beiden Seiten der Kabine befanden sich zwei kleine Kulverinen, beide fest verzurrt an den geschlossenen Geschützpforten. Billerand nahm hinter dem Tisch Platz, der an der Heckseite stand, so daß er die Hafenszenerie im Rücken hatte.

»Ist das da ein Hausgeist?« erkundigte er sich und deutete auf die zuckenden Bewegungen in Bardolins Brusttasche.

»Ja, ein Kobold.«

Das Gesicht des Maats schien sich ein wenig aufzuhellen. »Es bringt Glück, Kobolde an Bord zu haben. Sie halten die Ratten in Schach. Zumindest darüber werden die Männer sich freuen. Laß ihn doch bitte heraus.«

Bardolin ließ den Kobold aus dem Mantelkragen kriechen. Die großen Augen des winzigen Wesens blinzelten; die Ohren zu beiden Seiten des Kopfes zuckten und zitterten. Bardolin fühlte die Angst und Verwunderung seines kleinen Gefährten.

Auf Billerands zuvor mürrischem Gesicht erstrahlte ein Lächeln. »Hier, Kleiner. Schau mal, was ich für dich habe.« Aus einem Beutel, den er um den Hals trug, nahm er einen Brocken Tabakpriem und hielt ihn dem Kobold hin. Der warf Bardolin einen Blick zu, ehe er auf den Tisch sprang und an dem Tabak schnüffelte. Sogleich ergriff er ihn vorsichtig mit einer der zarten Klauen und begann daran zu nagen wie ein Eichhörnchen an einer Nuß. Sanft kraulte Billerand das Geschöpf hinter dem Ohr. Das Lächeln des Seefahrers verwandelte sich in ein breites Grinsen.

»Wie gesagt, die Matrosen werden sich freuen.« Er lehnte sich wieder zurück. »Also, was soll ich dir erzählen, Bardolin von Carreirida?«

»Was weißt du über die Reise, die wir unternehmen sollen?«

»Herzlich wenig. Nur, daß sie uns in den Westen führt. Vielleicht zu den Brenn-Inseln. Und wir haben keine Ladung an Bord; nur Fahrgäste und einige hebrionische Soldaten. Wir werden in diesen beiden Schiffen dichter aneinander gedrängt reisen als ein frisch vermähltes Paar in der Hochzeitsnacht.«

»Und wer sind die Fahrgäste, abgesehen von den Soldaten?«

»*Dweomer*, so wie du. Die Matrosen wissen es noch nicht, und dabei möchte ich es vorerst auch belassen.«

»Weißt du, wer die Reise bezahlt?«

»Ein Adeliger, heißt es. Man munkelt sogar etwas von einem königlichen Akkreditiv. Richard hat seine Offiziere noch nicht eingeweiht.«

»Was für ein Mann ist dieser Hawkwood?«

»Ein guter Seefahrer, und ein hervorragender Kapitän. Er hat die Schiffe nach seinen Vorstellungen umgebaut, trotz dem Gemurre der älteren Matrosen. Die Kähne machen weniger Leeseite als jedes andere Schiff im Hafen, das kann ich dir sagen! Und sie sind trockener als jedes andere Schiff dieser Klasse. Ich habe in dieser Karacke einen wilden Sturm vor der Meerenge von Mallacar miterlebt. Das Leeufer war nur eine knappe Wegstunde entfernt, und ein Wind aus Südost tobte über Steuerbord achtern herein, aber sie hat's überstanden. So manch anderes Schiff unter so manch anderem Kapitän wäre auf die Sandbänke gelaufen und zerschellt.«

»Ist Hawkwood ein Hebrione?«

»Nee, ebensowenig wie der Großteil der Besatzung. Unser Richard ist Gabrionese, ein Vertreter der Seefahrerrasse, wenngleich er seit zwanzig Jahren in Abrusio lebt – seit er eine Calochin geheiratet hat.«

»Ist er ein ... frommer Mann?«

Billerand schüttelte sich derart vor Lachen, daß sein Speichel über den Rand der Pfeife sprühte. Erschrocken sprang der Kobold auf, doch der Maat beruhigte ihn, indem er ihn mit einer schwieligen Hand streichelte.

»Schon gut, kleiner Freund, alles in Ordnung. Nein, Zauberer, besonders fromm ist Richard nicht. Glaubst du, sonst würde er deinesgleichen als Fahrgäste an Bord nehmen? Himmel, ich habe sogar schon miterlebt, wie er Ran, dem Gott der Stürme, ein Opfer brachte, um die Stammesangehörigen unter der Besatzung zu beschwichtigen. Hätten die Brüder vom Ersten Tage je davon erfahren, wäre er längst schon verbranntes Fleisch. Du brauchst keine Angst zu haben; er liebt die Raben weniger als jeder andere. Sie haben Julius Albak, der vor mir Erster Maat und ein verdammt guter Schiffskamerad war, vor unser aller Augen erschießen lassen. Dann haben sie die halbe Besatzung der *Gnade* in die Katakomben geworfen, um sie später auf den Scheiterhaufen zu schicken –

aber unser Richard hat alle zurückgeholt. Gott allein weiß, wie er das angestellt hat.«

»Aus welchen Ländern kommen die Matrosen?« erkundigte Bardolin sich wißbegierig und ließ sich auf einer Seekiste nieder, die nächst dem vorderen Schott stand.

Einen Augenblick sog Billerand an der gurgelnden Pfeife. »Wozu all diese Fragen, Magier? Du bist doch hoffentlich kein Spion der Mönche?«

»Weit gefehlt.« Bardolins Gesicht veränderte sich; er wurde kalkweiß, doch seine Augen blitzten. »Heute haben sie einen Freund von mir verbrannt, Seemann, einen Jungen, der mir wie ein Sohn war. Sie haben mein Heim und dreißig Jahre Forschung zerstört. Wegen ihnen muß ich ins Exil. Glaub mir, ich hege keine besondere Liebe für die Raben.«

Billerand nickte. »Ich glaube dir. Und um deine Frage von vorhin zu beantworten: Unsere Besatzung stammt aus jedem Königreich und Sultanat in Normannien. Wir haben Männer aus Nalbeni und Ridawan, Kashdan und Ibnir. Männer aus Gabrion, die schon unter Richards Vater gesegelt sind. Nordmänner aus dem fernen Hardalen, und sogar einen aus den Dschungeln von Punt, der aber nicht viel spricht, weil die Merduks ihm die Zunge herausgeschnitten haben. Auch Stammesangehörige von den Cimbrics leben unter uns, die von den Torunnen gefangen und als Sklaven verkauft wurden. Sie waren Ruderer auf einer macassanischen Galeere, die wir letztes Jahr geentert haben. Jetzt ist Richard ihr Häuptling. Vor lauter Tätowierungen haben sie ganz blaue Gesichter.

Ich selbst stamme aus Narbosk, dem fimbrischen Kurfürstentum, das sich vom Imperium lossagte und seinen eigenen Weg ging, damals, zu Zeiten meines Urgroßvaters. Eine Weile habe ich in den fimbrischen Hundertschaften gedient, doch es ist langweilig, jedes Jahr dieselben Kämpfe auf dem Gaderian auszutragen. Ich hatte genug davon und ging zur See. In welcher Armee hast du gedient?«

»In der hebrionischen. Zunächst war ich Schwertkämpfer, später Hakenbüchsenschütze. Bei Himerio haben wir gegen die Fimbrier gekämpft, und sie haben uns ganz schön die

Hölle heiß gemacht. Trotzdem haben sie sich aus Imerdon zurückgezogen; deshalb gehört es jetzt der hebrionischen Krone.«

»Ah, die Fimbrier«, seufzte Billerand mit leuchtenden Augen. Unvermittelt faßte er unter den Tisch und holte eine dickbauchige Flasche aus dunklem Glas hervor. »Koste diesen *Nabuksina* mit mir, zum Gedenken an den Kampf gegen die Fimbrier«, sagte er. Sein Lächeln entblößte Zähne, die so eckig und gelblich waren wie die eines Pferdes.

Gemeinsam genossen sie den starken fimbrischen Wurzelbrand, wobei sie abwechselnd aus der Flasche tranken. Der Kobold beobachtete die beiden mit einem Grinsen, das von einem langen Spitzohr bis zum anderen reichte. Der Tabak wölbte sich hinter einer seiner Wangen. Griella zappelte unruhig neben ihm. Das Gefasel von Kämpfen und Armeen langweilte sie. Als Bardolin dies bemerkte, wischte er sich den Mund am Ärmel ab, was er seit Jahren nicht mehr getan hatte, und hielt die Hand hoch, als ihm die Flasche ein weiteres Mal angeboten wurde.

»Vielleicht ein andermal, mein Freund. Ich habe noch ein paar Fragen an dich.«

»Schieß los«, meinte Billerand gedehnt und wickelte ein Ende seines prächtigen Schnurrbartes um den Finger.

»Warum reisen Soldaten mit uns? Ist so etwas üblich?«

Billerand rülpste. »Wenn ein königliches Akkreditiv im Spiel ist, dann schon.«

»Wie viele segeln mit?«

»Uns wurde gesagt, wir sollen für fünfzig Mann Vorsorge treffen – eine halbe Hundertschaft.«

»Das sind eine Menge Krieger für zwei solche Schiffe.«

»Stimmt. Vielleicht sollen sie die *Dweomer* davon abhalten, ihre Kniffe an uns auszuprobieren, sobald wir auf See sind. Außerdem müssen wir Stellplätze für ein halbes Dutzend Gäule vorbereiten, sowohl Stuten wie auch Hengste. Damit die Adeligen sich nicht die Stiefel schmutzig machen, wenn wir an Land gehen.«

»Und du weißt wirklich nicht, wo wir an Land gehen?«

»Bei meiner Soldatenehre, ich weiß es wirklich nicht. Dieses Geheimnis behält Richard für sich. So hält er's meistens, wenn wir mit einem bestimmten Ziel in See stechen, damit man es nicht gleich im ganzen Hafen erfährt. Seefahrer können wie die Waschweiber sein, und sie sind sehr leicht zum Reden zu bringen.«

»Also ist dies hier ein Kaperschiff?«

»Man kann damit ein bißchen Geld verdienen, gewiß. Aber wir wollen nicht, daß jedermann in Hebrion Bescheid darüber weiß. Unser guter Kapitän unterhält Kontakte zu den Freibeutern, den Korsaren von Rovenan, oder Macassar, wie man es heute nennt. Die Kulverinen und Schwerter sind nicht nur Zierde.«

»Das glaub' ich gern«, erwiderte Bardolin und erhob sich. »Kannst du mir sagen, wann wir ablegen?«

Bedauernd schüttelte Billerand den Kopf. Das Gesöff begann Wirkung zu zeigen und ließ die Augen des Seefahrers glasig wie feuchte Murmeln erscheinen. »Binnen der nächsten zwei Wochen lichten wir Anker; mehr weiß ich nicht. Ich bezweifle, daß Richard selbst schon den genauen Zeitpunkt kennt. Vieles hängt von diesen Adeligen ab.«

»Dann sehen wir uns bald wieder, Billerand. Wollen wir hoffen, daß die Reise erfolgreich wird.«

Träge blinzelte Billerand mit einem Auge und stellte abermals das kantige Grinsen zur Schau.

Draußen auf dem Dock marschierte Bardolin gedankenverloren durch das geschäftige Treiben. Der Kobold war rasch in der Brusttasche eingeschlafen. Griella mußte neben dem Zauberer herlaufen, um mit ihm Schritt zu halten.

»Nun?« meinte sie.

»Was *nun*?«

»Was hast du erfahren?«

»Du warst doch selbst dabei. Du hast gehört, was er gesagt hat.«

»Aber du hast irgend etwas erraten. Du verschweigst mir etwas.«

Bardolin blieb stehen und blickte auf Griella hinab. Sie

hatte die Unterlippe zwischen die Zähne geklemmt und wirkte auf seltsame Weise bezaubernd und unglaublich jung.

»Es sind die vielen Soldaten und die Adeligen, die sie befehligen. Und die Pferde.«

»Was ist damit?«

»Wir können unmöglich einen Hafen in einem der zivilisierten Königreiche oder Fürstentümer ansteuern. Deren Herrscher würden schwerlich gestatten, daß so viele ausländische Soldaten an Land gehen. Und dann die Sache mit den Pferden. Billerand sagte, es wären Stuten und Hengste. Schlachtrosse aber sind Wallache. Diese Pferde sind zur Zucht bestimmt. Und hast du die Schafe gesehen, die man an Bord brachte? Ich wette, die sind für denselben Zweck vorgesehen.«

»Was soll das alles bedeuten?«

»Daß wir irgendwo hinfahren, wo es keine Schafe und Pferde gibt; wo es keine uns bekannten Herrscher gibt. Wir segeln in unbekannte Gewässer.«

»Aber wohin?« bohrte Griella weiter, die langsam ungeduldig wurde.

Bardolin starrte durch das Labyrinth aus Anlegestellen, Schiffen und arbeitenden Männern hinaus aufs Meer, wo der wolkenlose Himmel mit dem Horizont verschmolz.

»Es geht in den Westen, hat Billerand gesagt. Vielleicht zu den Brenn-Inseln. Aber ich glaube, unser geschätzter Erster Maat hat uns nicht alles erzählt, was er weiß. Ich vermute, unser Kurs geht über die Brenn-Inseln hinaus. Ich glaube, wir wollen weiter segeln als je ein Schiff zuvor.«

»Und was wollen wir finden?« fragte Griella verwirrt.

Bardolin lächelte und legte ihr einen Arm um die schmalen Schultern.

»Wer weiß? Vielleicht einen neuen Anfang.«

10

Draußen hallten das Gepolter im Gleichschritt marschierender Füße und gebrüllte Befehle durch den Nachmittag. Kleine Staubschwaden wirbelten durch die Tür und setzten sich auf dem Boden ab. Reglos hing eine Eidechse an der geweißten Mauer.

Fürst Murad von Galiapeno trank Wein. Sein Blick schweifte über die Musterungsliste. Anders als viele Adelige vom alten Schlag konnte er ausgezeichnet lesen und schreiben und betrachtete diese Fähigkeit nicht als unter seiner Würde. Die ältere Generation beschäftigte Köche, die sie versorgten, Stallburschen, die sich um die Pferde kümmerten und Schreiberlinge, die ihnen Bücher vorlasen oder Briefe für sie schrieben. Murad – wie auch König Abeleyn – hatte dies nie als besonders umsichtig erachtet. Er zog es vor, Schriftstücke selbst entziffern zu können, anstatt sich auf einen Untergebenen verlassen zu müssen. Zudem gab es gewisse Dinge, die er ausschließlich den eigenen Augen vorzubehalten beliebte.

Zweiundfünfzig Mann, einschließlich zweier Unteroffiziere und zweier Fähnriche. Sie waren die besten Männer aus der Garnison von Abrusio. Die meisten von ihnen hatte Murad persönlich mehr als zwei Jahre lang befehligt. Leider keine Reiterei. Die einzigen Pferde, die sie mitnahmen, sollten der Zucht dienen. Für jeden waren Hakenbüchsen vorgesehen, obwohl noch nicht alle damit umzugehen verstanden. Doch Hawkwoods Besatzungen kannten sich bestens mit Feuerwaffen aus. Die meisten der Seemänner waren nichts anderes als Piraten.

Murad tauchte den Federkiel in das Tintenfaß und stellte einige Berechnungen an. Danach lehnte er sich zurück und kaute mit den Zähnen am Stiel der Gänsefeder. Alles in allem zweihundertzweiundsechzig Seelen, auf zwei Schiffen. Hundertzwanzig davon waren vielleicht in der Lage, Waffen zu handhaben. Hinzu kam eine unbestimmte Anzahl dieser gottverdammten Hexer. Falls die Gerüchte der Wahrheit entsprachen, die sich um ihre Fähigkeiten rankten, mochten sie sogar nützlicher sein als Feldkanonen, doch Murad hielt es für besser, nicht zu viel zu erwarten. Von Disziplin jedoch hatten sie gewiß keine Ahnung; also würde man sie treiben müssen wie das Vieh – und genau das waren sie in den Augen des Aristokraten.

Sein Blick fiel auf eine weitere Liste. Sorgfältig nahm er sie in Augenschein. Etwa sechzig der Passagiere auf beiden Schiffen waren Frauen. Gut so. Seine Männer würden Entspannung brauchen, von ihm selbst ganz zu schweigen. Bevor sie in See stachen, wollte Murad die Damen begutachten und sich einige der bestaussehenden als Dienerinnen aussuchen.

Murad legte die Feder nieder und streckte sich, wobei das Leder seines neuen Wamses ächzte. Im gleißenden Sonnenlicht an der Tür tauchte ein Schatten auf.

»Komm rein.«

Mit leicht geducktem Haupt trat Fähnrich Valdan di Souza ein. Die Rüstung des jungen Offiziers klirrte, als er vor seinem Vorgesetzten Haltung annahm. Er sah wie gegrillt aus; das Gesicht war voller Staub, außer an den Stellen, an denen der Schweiß Furchen hineingegraben hatte. Auch von der Nase tropfte Schweiß, wie Murad angewidert feststellte. Der Mann roch wie ein calmarisches Badezimmer.

»Nun, Valdan?«

»Meine Männer haben allesamt Waffen und Ausrüstung gefaßt, Sir. Ich habe sie getrennt von den anderen untergebracht, wie Ihr befohlen habt. Unteroffizier Mensuardo nimmt gerade die Inspektion vor, bevor Ihr selbst die Truppe in Augenschein nehmt.«

»Gut.« Mensuardo galt als bester Unteroffizier der Stadt. Ein widerliches Ungeheuer von einem Mann zwar, und ein unverbesserlicher Hurenbock, aber der geborene Soldat.

»Setz dich, Valdan. Leg endlich die Rüstung ab, um Himmels willen. Und trink einen Schluck Wein.«

Dankbar nahm Valdan Platz und öffnete die Gurte der Rüstung. Er war ein großer, dürrer junger Mann mit strohblondem Schopf, eine ungewöhnliche Haarfarbe in Hebrion. Sein Vater, ein wohlhabender Kaufmann, hatte dafür bezahlt, daß eines der niedrigeren Adelshäuser, die di Souzas, seinen

Sohn adoptierte. Auf diese Weise wurde heutzutage edles Blut verwässert. Verarmte Adelige verkauften ihren Namen an vermögendes Fußvolk. Noch vor einem Jahrhundert war das alles ganz anders gewesen, doch die Zeiten änderten sich.

Dennoch – di Souza erwies sich als guter Offizier. Die Männer mochten ihn. Vielleicht, wie Murad gehässig dachte, weil er auf ihrem Niveau stand. Valdan war einer der beiden jungen Offiziere, die ihn auf der Reise begleiten würden. Der zweite war Fähnrich Hernan Sequero, ein Mitglied der edelsten Familie des Königreiches, von der königlichen Linie der Hibrusios abgesehen. Womöglich stand er in einem engeren Verwandtschaftsverhältnis zum König als Murad selbst. Doch so blau sein Blut auch sein mochte, Sequero zeigte sich unpünktlich.

Als Fähnrich di Souza gerade sein zweites Glas von dem kühlen Wein trank, traf er endlich ein. Gelassen musterte Murad den Mann, als dieser vor ihm Haltung annahm. Er roch nach perigrainischem Parfum. Die Stirn glänzte vor Schweiß; dennoch gelang es ihm, trotz der schweren Halbrüstung vollkommen unbeschwert zu wirken.

»Setz dich.« Sequero tat, wie ihm geheißen und warf dem gaffenden di Souza einen verächtlichen Blick zu.

»Die Pferde, Hernan. Hast du dich darum gekümmert?« erkundigte Murad sich gedehnt.

»Ja, Herr. Sie sollen am Tag vor der Abreise auf die Schiffe verladen werden. Zwei Hengste, sechs Stuten.«

»Das sind zwei mehr, als ich mit diesem Hawkwood vereinbart habe; aber gewiß findet er irgendwo Platz für sie. Für ein blühendes Gestüt brauchen wir eine größere Auswahl an Zuchtstuten.«

»Sehr richtig, Herr«, stimmte Sequero zu. Die Pferdezucht war eine Leidenschaft von ihm. Er hatte die Tiere persönlich aus den Ställen seines Vaters ausgewählt.

»Was ist mit dem Futter?«

»Wird morgen verladen. Heu und bestes Gerstenkorn. Ich hoffe, Herr, daß wir bei der Landung gutes Weideland vorfinden. Die Pferde werden frisches Gras brauchen, um wieder zu Kräften zu kommen.«

»Wir werden gutes Weideland antreffen«, erwiderte Murad zuversichtlich, obwohl er ganz und gar nicht sicher war.

Stille breitete sich im Zimmer aus. In den Bäumen, die den kopfsteingepflasterten Exerzierplatz umgaben, hörten die Männer Zikaden trommeln. Bis hierher, auf den Osthang des Hügels von Abrusio, drang die landwärtige Brise nicht vor. Die Gegend präsentierte sich trocken wie eine Wüste. Doch das Jahr neigte sich dem Herbst zu, und der Regen konnte nicht mehr lange auf sich warten lassen.

Wo wird der Herbst uns wohl überraschen? fragte Murad sich flüchtig. *Irgendwo auf einem unerforschten Ozean, oder vielleicht eine Wegstunde tiefer an dessen Grund?*

Murad erhob sich und schritt in der kleinen Kammer auf und ab. Der Raum verfügte über einen Steinboden und dicke Wände, wodurch die schlimmste Hitze abgehalten wurde. In einer Ecke standen eine Pritsche, ein großer Wandschrank und ein mit Papieren übersäter Schreibtisch, auf dem sich auch Murads Papier befand. Die beiden Fähnriche saßen in unbequemer Haltung an dem kleinen Tisch. Die Fensterläden waren geschlossen, so daß im Zimmer Düsternis herrschte, nur durchbrochen vom Licht der Nachmittagssonne, das durch die offene Tür fiel. Murads Quartier ähnelte in seiner Kahlheit der Zelle eines Mönches, wenngleich er ein alles andere als mönchisches Leben führte. Seine Eroberungen waren beinahe so legendär wie die Duelle, die sie nach sich zogen.

»Ihr wißt, meine Herren«, begann er, ohne stehenzubleiben, »daß wir in ein paar Tagen zu einer Reise aufbrechen. Des weiteren, daß wir die besten Männer der Garnison mitnehmen – und genug Pferde, um eine neue Zucht Schlachtrosse zu begründen. Mehr habt ihr bisher nicht gewußt.«

Die beiden Fähnriche beugten sich in den Stühlen vor. Der bohrende Blick aus Murads schwarzen Augen strich über sie hinweg.

»Was ich euch jetzt anvertraue, darf nicht nach außen dringen. Nicht vor dem Tag … nein, nicht vor der *Stunde*, zu der wir lossegeln. Ihr werdet es weder vor den Unteroffizieren, noch vor den Männern, noch vor euren Geliebten oder Familien wiederholen. Ist das klar?«

Eifrig nickten die beiden jüngeren Männer.

»Sehr gut. Tatsache ist, meine Herren, daß wir uns bei einem gabrionischen Kapitän einschiffen, dessen Besatzung sich aus schwarzgesichtigen Burschen aus dem Osten zusammensetzt. Deshalb will ich, daß ihr sie im Auge behaltet, sobald wir an Bord sind. Auf See werden keinerlei Streitereien geduldet. Kein anständiger Mensch wünscht sich waschechte See-Merduks als Reisegefährten, aber wir müssen das Beste aus dem machen, was Gott uns in seiner Güte zugedacht hat. Da wir gerade dabei sind – ihr solltet auch wissen, daß wir nicht die einzigen Fahrgäste an Bord sind. Etwa hundertvierzig weitere Personen reisen mit uns, als ... Kolonisten. Diese Leute sind Hexer, um es klipp und klar zu sagen, die vor den Scheiterhaufen in Abrusio fliehen. Unser König hält es für angebracht, ihnen zu gestatten, sich auf die Reise an einen sicheren Ort zu begeben. Sie werden Bürger des Staates, den wir im Westen errichten wollen.«

Hernan Sequeros Miene hatte sich verfinstert, als Murad die Hexer erwähnte. Nun jedoch, bei den letzten Worten seines Vorgesetzten, spannten sich die Züge des jungen Fähnrichs, und die Augen verengten sich zu Schlitzen.

»Im Westen, Herr? Wo im Westen?«

»Auf dem noch unentdeckten Westlichen Kontinent, Hernan.«

»Gibt es einen solchen Ort?« platzte di Souza hervor, den die Überraschung aus dem respektvollen Schweigen riß.

»Ja, Valdan, den gibt es. Ich habe Beweise dafür, und ich soll Vizekönig einer neuen hebrionischen Provinz werden, die wir dort errichten.«

Als Murad bemerkte, wie angestrengt der Verstand der beiden Offiziere arbeitete, konnte er sich ein Lächeln nicht verkneifen. Abgesehen von ihm selbst, waren Valdan und Sequero die beiden einzigen Hebrionen von einigem Rang, die an der Reise teilnahmen. Nun grübelten sie fieberhaft darüber nach, was dies im Hinblick auf ihre Karriere und ihr Ansehen bedeutete.

»Als Vizekönig«, meinte Sequero schließlich, »erwartet man von Euch nicht, Truppen zu befehligen, sondern die Verwaltung der Provinz zu übernehmen. So ist es doch, nicht wahr, Herr?«

Murad hatte damit gerechnet, daß Sequero zuerst darauf kommen würde.

»Ja, Hernan.«

»Also muß jemand zum Oberbefehlshaber des militärischen Teils der Expeditionsflotte ernannt werden, sobald wir den Westlichen Kontinent erreicht haben.«

»Das mag wohl so sein.«

Di Souza und Sequero warfen einander verstohlene Blicke zu. Murad mußte an sich halten, um nicht laut aufzulachen. Geschickt hatte er die Sache eingefädelt. Nun würden sich die beiden, die mögliche Beförderung vor Augen, mächtig ins Zeug legen, um seine Gunst zu erlangen. Und Verschwörungen hinter seinem Rücken dürfte es nun auch nicht mehr geben; dafür würden di Souza und Sequero einander zu wenig vertrauen.

»Aber das liegt noch in der Zukunft«, fügte Murad mit sanfter Stimme hinzu. »Vorerst möchte ich, daß ihr beide mit Hilfe eurer Unteroffiziere Wachdienstpläne und Übungsprogramme ausarbeitet. Ich will, daß die Männer sich diszipliniert verhalten, während wir auf See sind, und daß sie mit Hakenbüchsen umgehen können, bis wir an Land gehen. Das gilt auch für die Offiziere.«

Murad fiel auf, wie Sequero bei dieser Bemerkung die Nase rümpfte. Adelige hatten nichts übrig für Feuerwaffen, die in ihren Augen dem Pöbel vorbehalten waren. Für einen Mann von Welt genügte es, den Gebrauch von Schwert und Lanze zu beherrschen. Auch Murad selbst hatte dieses Vorurteil einst überwinden müssen. Di Souza, der seinen Soldaten wesentlich näherstand, wußte bereits, wie man eine Hakenbüchse handhabte. Außerdem konnte er lesen und schreiben, wohingegen Sequero, wenngleich klüger, der alten Schule angehörte: Er war Analphabet und bediente sich ausschließlich des Schwertes. Es versprach eine interessante Beobachtung zu werden, wie die beiden sich im Verlauf der Reise in den Westen entwickeln würden. Murad war überaus zufrieden mit der Wahl seiner Untergebenen. Sie ergänzten einander hervorragend.

»Herr«, erkundigte sich Sequero, »rechnet Ihr damit, im Westen auf irgendein Hindernis zu stoßen? Ist der Kontinent womöglich bewohnt?«

»Das weiß ich nicht genau«, antwortete Murad. »Aber es ist nie verkehrt, vorbereitet zu sein. Auf jeden Fall bin ich sicher, daß wir nichts antreffen werden, was einer halben Hundertschaft hebrionischer Soldaten gewachsen wäre.«

»Diese Hexer, mit denen wir reisen«, warf di Souza ein, »sind es Verurteilte, die ins Exil verbannt wurden, Herr, oder handelt es sich um Fahrgäste, die sich aus freiem Willen einschiffen? Der Prälat von Abrusio …«

»Um den Prälaten von Abrusio kümmere ich mich«, fuhr Murad ihn an. »Gewiß hätten wir besseren Samen für die Saat einer neuen Provinz finden können, doch ich beuge mich dem Willen des Königs. Außerdem könnten ihre Fähigkeiten sich als nützlich erweisen.«

»Dann gehe ich wohl recht in der Annahme, daß kein Priester mit uns reist, Herr?« fragte Sequero.

Finster starrte Murad ihn an. Hin und wieder wagte Sequero sich näher an den Abgrund als die meisten anderen. »So ist es.«

»Aber, Herr …«, wollte di Souza aufbegehren.

»Genug davon! Wie ich schon sagte, wir alle unterstehen dem Willen einer höheren Instanz. Unser Aufgebot umfaßt keinen Priester. Um ehrlich zu sein, kann ich mir auch kaum vorstellen, daß sich bei solchen Mitreisenden ein Geistlicher an Bord begeben würde. Bis die ersten Schiffe die Heimreise antreten, wird die neue Provinz ohne geistlichen Beistand auskommen müssen.«

Di Souza zeigte sich augenscheinlich besorgt. Murad hätte sich ohrfeigen können. Er hatte vergessen, wie verdammt frömmlerisch die niederen Klassen sein konnten. Sie brauchten die Religion wie der Adelsstand den Wein.

»Die Männer werden alles andere als erfreut sein«, meinte di Souza beinahe mürrisch. »Ihr wißt, welchen Wert sie darauf legen, daß ein Priester bei ihnen ist, ehe sie in eine Schlacht ziehen.«

»Die Männer werden Befehle befolgen, wie sie es immer tun. Es ist zu spät, um noch etwas zu ändern. Wir legen in acht Tagen ab, meine Herren. Zwei Tage vor der Abfahrt dürft ihr den Unteroffizieren Bescheid geben – nicht früher. Gibt es noch Fragen?«

Die jungen Fähnriche schwiegen. Beide wirkten nachdenklich, aber so sollte es auch sein.

»Gut. Nun denn, meine Herren, ich entlasse euch zu euren Pflichten.«

Die beiden erhoben sich, salutierten und wandten sich zum Gehen. An der Tür ereignete sich ein amüsantes Zwischenspiel, als die zwei stumm darüber stritten, wer als erster hindurchschreiten durfte. Letztlich trat di Souza zuerst hinaus. Sequero folgte ihm freudlos lächelnd.

Murad setzte sich wieder an den Schreibtisch und spreizte gedankenvoll die Finger aneinander. Es gefiel ihm nicht, wie nachdrücklich di Souza darauf beharrt hatte, daß sie von einem Priester begleitet würden. Der König legte absolut keinen Wert darauf, daß ein Geistlicher mit den Schiffen in den Westen fuhr und Berichte an den Prälaten Hebrion sandte. Den Männern hingegen würde es merkwürdig erscheinen, daß kein Priester bei ihnen war.

Zornig schüttelte Murad den Kopf. Er kam sich vor wie ein von Fliegen umschwirrtes Schlachtroß. Wenn sie erst auf See waren und er sein eigenes kleines Königreich regieren konnte, würde alles besser werden. Und die Heiligen mochten dem beistehen, der sich ihm in den Weg zu stellen versuchte.

Murad öffnete die abgeschlossene Schublade des Schreibpults und holte ein ziemlich abgegriffenes und fleckiges Buch mit antikem Einband heraus. Hawkwood hatte ihm einen Brief geschickt und in seiner Unverschämtheit darum ersucht, eben dieses Buch durchsehen zu dürfen.

Es handelte sich um das Schiffstagebuch des Kapitäns der *Cartigellan Faulcon* – jenes Schiffes, das als verlassenes, leckgeschlagenes Wrack vor mehr als einem Jahrhundert an die

Ufer von Hebrion zurückgekehrt war, mit einem Werwolf als einzig lebendem Wesen an Bord.

Flüchtig blätterte Murad den abgegriffenen Wälzer durch, wobei er an manchen Stellen angestrengt auf die verschnörkelt gekritzelten Einträge starrte. Nach einer Weile zündete er eine Kerze an, schloß die Tür und setzte sich, um im gelben Licht Seite um Seite zu betrachten, als wäre es mitten in der Nacht. Der Lärm vom Exerzierplatz verblaßte, rückte in den Hintergrund. Der säuerliche Geruch nach Salz und Wasser, den das Schiffstagebuch verströmte, schien Murad in ein anderes Zeitalter zu versetzen. Statt der Geräusche von draußen vermeinte er das Tosen des Windes zu hören, das Schlagen von Wellen gegen einen hölzernen Rumpf, das Knarren von Holz und das Flattern von Segeln.

Verlasse Abrusio auf Kurs West-Südwest, mit dem Wind von Steuerbordbug. Mit dem hebrionischen Passat braucht man zweihundertvierzig Glaswendungen oder einen Tag zum Nordkap der Hebrionesen. Einen halben Tag vom Ufer entfernt, wird Dein Bootsmann bei vierzig Faden auf weißen Sand stoßen. Ändere den Kurs auf hart West und halte Dich weitere zweiundvierzig Tage bei gutem Wind auf der Höhe des Nordkaps. Danach drehte der Passat nach Nord-Nordwest. Mit dem Wind vom Steuerbordbug dauert es auf dieser Höhe weitere sechsunddreißig Tage, bis man bei der Lotung auf eine Sandbank bei hundert Faden und auf Untiefen stößt. Bei achtzig Faden trifft man Muscheln und weißen Ton an; dann ist man nur noch einen dreiviertel Tag vom Land entfernt. Halte ständig Ausschau, und Du wirst bei dreißig Faden grüne Hügel und einen weißen Strand sichten. Eine Wegstunde nördlich der Höhe des Nordkaps befindet sich eine Bucht. Dahinter erhebt sich ein Berg mit zwei Gipfeln, gewandet in Bäume. Lege seewärts an und wirf bei fünfzehn Faden den Anker. Geringe Brandung und Hochwasser, wenn der Mond auf Nord-Nordwest und Süd-Südost steht. Eine sechstel Wegstunde im Landesinnern befindet sich eine Süßwasserquelle. Überall entlang des Ufers sprießen Grünzeug und Früchte. Im Spätherbst frischen die Winde auf. Verwende Deinen besten Vorder- und Achteranker, sonst treibt das Schiff im weichen Untergrund ab.

Diese Anweisungen fand ich im Schiffstagebuch des Kapitäns der Godspeed, der im Jahre Dreihundertundelf die ewige Ruhe fand. Möge der Herr seiner Seele gnädig sein. Ich bin –

Tyrenius Coobrian
Kapitän, Cartigellan Faulcon
Abend des heiligen Mateo
Jahr des Herrn 421

Verärgert rieb Murad sich die Augen. So vieles, was in dem Schiffstagebuch geschrieben stand, war für ihn gänzlich unverständlich, wenngleich es für jeden Seemann zweifellos auf Anhieb Sinn ergäbe. Trotzdem wollte er Hawkwood das Buch nicht durchsehen lassen. Nein, Murad wollte dem guten Kapitän nur so viel an Informationen zur Verfügung stellen, wie er für angebracht hielt.

Im Anschluß an das Schiffstagebuch folgte das Logbuch der *Faulcon*, das sich leichter las, wenngleich auch hierin noch etliche Zeilen langweiliger Einträge enthalten waren.

16. Tag von Enmian, 421. Wind NNW, frisch. Kurs hart West. Laut Koppelung zweihundertsechs Wegstunden aus Abrusio. Vier Knoten mit Untersegel und Marssegel. Haben das letzte Schwein geschlachtet, Gewicht hundertdreiundzwanzig Pfund. Der Leichnam von Jann Toft aus Hebriero, Seemann, wurde heute der Tiefe überantwortet. Möge der Herr seiner Seele gnädig sein. Die Männer sind rund um das Schiff beschäftigt. Das Beiboot wurde neu abgedichtet.

Es war die Aufzeichnung einer ereignislosen Reise gen Westen. Abgesehen von einigen leichteren Unfällen, schien sich die Besatzung bester Gesundheit zu erfreuen, und es gab nur einen schweren Sturm.

14. Tag von Forlion, 421. Wind NNW, drehend nach NW. Treiben mit blanken Masten vor dem Wind. Drei Fuß Wasser im Frachtraum. Ausguckposten oben, acht Mann am Steuer. Machen schätzungsweise über acht Knoten und wurden etwa fünfzehn Wegstunden nach SO abgetrieben.

15. Tag von Forlion, 421. Abflauender Wind aus NW. Kurs hart West unter Marssegel ohne Bonnets. Geschwindigkeit drei Knoten. Die Männer sind damit beschäftigt, das Schiff auszupumpen und die Takelage zu verknoten und zu spleißen. Kleines Beiboot ging verloren. Seemann Gabriel Timian war unauffindbar, als sich die gesamte Besatzung zur Vormittagswache meldete. Schiff wurde von Marsspitze zur Bilge durchsucht, aber kein Zeichen von ihm. Vermutlich über Bord gegangen, möge Gott sich seiner erbarmen.

Von da an wurde das Logbuch zunehmend interessanter.

22. Tag von Forlion, 421. Wind NNW, mittlere Brise. Kurs WNW, Wind vom Steuerbordbug. Vier Knoten, unter Marssegel und Besanuntersegel. Nach meiner Schätzung befinden wir uns drei Wegstunden südlich der Höhe von Nordkap. Siebenunddreißig Tage aus Abrusio.

Der Erste Maat hat mir berichtet, daß im Frachtraum drei Kisten Pökelfleisch aufgebrochen wurden und der halbe Inhalt fehlt. Die Matrosen sind unruhig, weil wir schon so lange kein Land mehr gesichtet haben. In der ersten Hundewache hielt ich eine Rede, um die Leute zu ermutigen. Isreel Hobin, Bootsmann, meinte, unsere Reise sei verflucht. Ließ ihn daraufhin in der Bilge in Ketten legen.

23. Tag von Forlion, 421. Wind NNW. Kurs hart West. Vier Knoten mit Untersegel ohne Bonnets und Marssegel. Laut Winkelkreuzberechnung befinden wir uns wieder auf der Höhe von Nordkap.

Isreel Hobin wurde heute in Ketten tot aufgefunden. Die Matro-

sen sind verängstigt. Der Erste Maat, John Maze aus Gabrir, hat mir unter vier Augen berichtet, daß Hobins Kehle zerfetzt war. Habe die Männer für die Nachtwache auf eigenen Wunsch der Besatzung verdoppelt. Die Matrosen glauben, daß irgend etwas durch das Schiff spukt.

24. Tag von Forlion, 421. Wind NNW. Kurs hart West. Sechs Knoten mit Untersegel und Marssegel. Zweihundertfünfzehn Wegstunden hart West aus Abrusio laut Koppelung.

Haben heute den Leichnam von Isreel Hobin, Bootsmann, der Tiefe übergeben. Möge der Herr sich seiner Seele erbarmen. Ließ sämtliche Matrosen das Schiff durchsuchen, aber nichts wurde gefunden. Die Fahrgäste sind beunruhigt, die Matrosen verängstigt. Möge der Heilige über uns wachen und mir die Kraft geben, uns über diesen verfluchten Ozean zu führen.

Der Heilige mußte tatsächlich über Tyrenius gewacht haben, denn fünfeinhalb Wochen später stieß die *Faulcon* auf Land und warf in einer geschützten Bucht vor dem Westlichen Kontinent Anker. Zu diesem Zeitpunkt waren bereits drei weitere Besatzungsmitglieder spurlos verschwunden; vermutlich über Bord gegangen. Die Matrosen weigerten sich mittlerweile, in die tiefen, dunkleren Bereiche unterhalb des Frachtraums hinabzusteigen.

Murad schenkte sich noch Wein ein. Vom Exerzierplatz draußen drang kein Geräusch mehr herein. Bald mußte es für die Männer Zeit zum Abendessen sein. Murad saß da und las Seite um Seite des jahrhundertealten Logbuchs. Die runzlige Narbe zuckte, während er Eintrag um Eintrag studierte.

Irgend etwas war damals an Bord gewesen, soviel stand fest. Aber hatte es sich dabei um den Gestaltwandler gehandelt, der sich als einziges lebendes Wesen bei der Ankunft der *Faulcon* vor der Küste Hebrions auf dem Schiff befand, oder um etwas anderes? Auf jeden Fall waren die Männer froh gewesen, das Schiff verlassen zu können, um an Land zu gehen. Tyrenius konnte sie nicht einmal dazu bewegen, eine Ankerwache aufzustellen. Allesamt schliefen sie an Land, mit Ausnahme einer Person.

Der Kapitän blieb bei seinem Schiff; er allein nächtigte an Bord, während sich die gesamte Besatzung an der Küste Unterkünfte errichtete. Ein tapferer Mann, dieser Tyrenius, der seine Angst bezwang und seine Pflicht erfüllte. Murad brachte einen stummen Trinkspruch auf ihn aus.

8. Tag von Endorion, 421. Wind NNW, abdrehend nach Norden, leichte Brise. Brandung einen Fuß hoch. Vor Anker.

Heute habe ich die Bucht, in der wir liegen, Bucht von Essequibo getauft, nach unserem geschätzten König von Astarak, dessen demütiger Untertan ich bin. Die Besatzung ist an Land, um Proviant zu sammeln und mit einigen Passagieren eine Expedition ins Landesinnere vorzubereiten. Ich allein bleibe an Bord, denn niemand steht mir in dieser Stunde zur Seite.

Ab dieser Stelle veränderten sich die knappen, präzisen Einträge, und die saubere, klare Handschrift Tyrenius' wurde zunehmend unregelmäßiger. Die Schriftzüge reichten immer weiter über und unter die Zeilen hinaus, und winzige Tintenflecke zeugten von der Kraft, die auf den Federkiel ausgeübt worden sein mußte. Der Kapitän hatte getrunken, vermutete Murad, um die Angst zu betäuben.

Es ist das letzte Glas der Mittelwache. Nur ich bin noch an Bord, um das Glas zu wenden und die Zeitmessung fortzuführen, die wir seit der Abfahrt aus Abrusio sorgfältig vorgenommen haben. Ich höre, wie das Schiff sich auf den Wellen bewegt und denke an die Gesichter der Männer, die diese Reise das Leben gekostet hat. In der letzten Morgenwache schwor einer der Männer, er hätte ein Augenpaar gesehen, das ihn durch eine offene Luke anstarrte. Glühende Augen, die in der Nacht leuchteten. Danach wollte außer mir niemand mehr an Bord bleiben. Doch die Heiligen mögen mir verge-

ben – nicht allein aus Pflichtgefühl harre ich auf dem Schiff aus. Auch die Angst hält mich auf Posten.

Vor einem halben Glas ging ich an Deck, um die lodernden Feuer der Männer an der Küste zu betrachten, als irgend etwas aus der Hauptluke heraufstieg, etwas, das kein Mensch war. Es trottete über Deck, während ich oben auf dem Achterdeck stand; dann glitt es über die Reling und ins Meer hinein, ohne das leiseste Plätschern zu verursachen. Flüchtig erspähte ich das Ding, seinen dunklen, aus der Brandung auftauchenden Kopf, als es Richtung Ufer schwamm; dann war es verschwunden. Nun sitze ich hier mit dem Wissen, daß dieses dämonische Wesen, das uns auf der Reise begleitete, fort ist, was auch immer es sein mag. Es ist an Land, irgendwo bei den Männern am Strand – während sie unter den Bäumen schlafen und sich in Sicherheit wähnen. Gütiger Gott, vergib mir, ich kann das Schiff nicht verlassen. Ich muß hier bleiben und warten – warten auf die Rückkehr meiner Leute und die Geschichten des Schreckens, die sie wohl mitbringen werden. Ich wünschte bei Gott, wir hätten in diesem unheiligen Lande einen Priester bei uns, und sei es nur, um uns die letzte Absolution zu erteilen, nach der sich unsere schwachen Seelen im Angesicht des Todes so sehr sehnen.

Hier fehlten Seiten im Logbuch; offenbar waren sie herausgerissen worden. Einige hatte Murad selbst entfernt, damit der König während seiner flüchtigen Durchsicht des Bandes nicht darauf stoßen konnte; andere jedoch hatten zuvor schon gefehlt. Murad ertappte sich dabei, daß er eine Seite anstarrte, die mit dicker, schwarzer Tinte bekleckst zu sein schien. In Wahrheit handelte es sich um Blut, uraltes Blut, das mehrere Seiten durchtränkt und sie untrennbar zusammengeklebt hatte.

Murad lehnte sich zurück, um den modrigen Pergamentgestank aus der Nase zu bekommen, und sog statt dessen die trockene heiße Luft des hebrionischen Spätsommers ein.

Tyrenius' Fahrgäste – wer waren sie gewesen? Und waren sie dort im Westen geblieben oder wieder mit ihm zurück in die Königreiche Gottes gesegelt? Wofür sie sich auch entschieden haben mochten – kein einziger hatte überlebt, um die

Geschichte zu erzählen. Von der Reise waren allein die bruchstückhaften Aufzeichnungen des Dokuments geblieben, das nun vor Murad lag.

Es mußte ein Gestaltwandler gewesen sein, derselbe, der bei der Rückkehr des Schiffes nach Hebrion von Bord gesprungen war. Doch sein Verhalten entsprach in keiner Weise dem, was Murad über diese Bestien wußte. Und warum war er überhaupt mit der *Faulcon* gesegelt? Hatte er sich in seiner menschlichen Gestalt als Matrose anheuern lassen, oder hatte er sich in Bestiengestalt als blinder Passagier an Bord geschlichen? Ersteres war wesentlich wahrscheinlicher.

Murad blätterte zurück zum Schiffstagebuch und blickte mit gerunzelter Stirn Seite um Seite durch, bis er fand, wonach er suchte. Da stand es:

Navigationsanweisungen für die Route nach Westen laut dem Schiffstagebuch der Godspeed, *die im Jahre des Herrn 109 mit Kapitän Pinarro Albayero aus Abrusio ablegte. Diese wurden mir heute, am 14. Tage von Miderialon 421, von Tobias aus Garmidalan, dem Herzog von Ost-Astarak, unter der Bedingung übergeben, daß ich das Schiffstagebuch zerstöre, nachdem ich mir die wichtigen Seiten kopiert habe. Bezeugt von Ahern Abbas, Magier am Hofe König Essequibos' von Astarak.*

Dieser Bezug auf eine frühere Reise war nicht einzigartig. Das Schiffstagebuch war voll davon. Allem Anschein nach hatten schon drei Jahrhunderte vor der verhängnisvollen Fahrt der *Faulcon* hochrangige Persönlichkeiten sowohl aus Hebrion als auch aus Astarak die Reise in den Westen angetreten. Tyrenius konnte bei seiner eigenen Reise aus dem Erfahrungsschatz der ersten Expedition schöpfen, was bedeutete, daß es dieser gelungen sein mußte, irgendwann ein Schiff zurückzuschicken. Wenn dem so war, wie mochte es den Leuten dort draußen im fernen Westen ergangen sein? Im Logbuch der *Faulcon* fand sich kein Eintrag darüber, daß man sie oder ihre

Nachfahren auf dem Westlichen Kontinent angetroffen hätte. Wenn sie nicht mit dem zurückkehrenden Schiff gereist waren, mußten sie wohl dort gestorben sein und der Nachwelt nichts hinterlassen haben als ihre Gebeine.

Dennoch konnte man nicht ganz sicher sein. Aus Tyrenius' Logbuch waren sehr viele Seiten entfernt worden. Es gab rätselhafte Hinweise auf die frühere Reise, Andeutungen über Hexerei, Wahnsinn – über ein Fieber, das die Männer packte und ihnen den Verstand raubte. Noch geheimnisvoller muteten die verschleierten Anmerkungen über magische Experimente der Mitglieder der ersten Expedition an, die entsetzliche Folgen hatten.

Jedenfalls deutete alles darauf hin, daß es zumindest zwei frühere Reisen in den Westen gegeben hatte. Die erste wurde von einer Gruppe hochangesehener Magier finanziert, die zweite vom Königshof – oder zumindest einigen Adeligen – in Astarak. Beide Reisen hatten in einer Katastrophe geendet. Aber hing die zweite Katastrophe irgendwie mit der ersten zusammen?

Trübsinnig starrte Murad auf den vom Kerzenlicht erhellten Wein. Da saß er nun und gedachte, erneut in den Westen zu segeln, und erneut mit einer Gruppe von Hexern an Bord. Doch bei den früheren Reisen waren keine hebrionischen Soldaten an Bord der Schiffe gewesen. Vor allem war kein Murad von Galiapeno dabeigewesen, sprach er sich selbst Mut zu.

Abermals las er sich jenen Teil aus Tyrenius' Logbuch durch, in dem dieser beschrieb, wie sie in der von ihm benannten Bucht von Essequibo vor Anker gingen. Der Schilderung zufolge schien der Westliche Kontinent unbewohnt zu sein, mit einer reichen, üppigen Vegetation.

Er blätterte das Buch durch. In der Bucht von Essequibo waren weitere Besatzungsmitglieder ums Leben gekommen; die geplante Expedition ins Landesinnere fand niemals statt. Man versorgte sich mit frischem Proviant, ruderte wieder zum Schiff und ließ nichts zurück.

Es blieb überhaupt nichts an Land, denn auch die Bestie war bereits wieder an Bord gewesen, als man Anker lichtete. Nach zwei Wochen auf offener See verschwanden die ersten

Personen. Die Heimreise erwies sich als Alptraum. Eine schwindende Schiffsgesellschaft, Gegenwinde und das Grauen im Frachtraum.

Die letzten Seiten des Logbuchs fehlten. Es fand sich kein Hinweis darauf, auf welche Weise Tyrenius seinem Schöpfer gegenübergetreten war, oder wie es ihm gelungen sein mochte, das Schiff geradewegs zurück an jene Küste zu steuern, die er sechs Monate zuvor verlassen hatte. Die Schrift war kaum mehr zu entziffern. Es handelte sich um ein wüstes Gekritzel, das offenbar in großer Eile oder im Zuge einer schrecklichen Erkenntnis zu Papier gebracht worden war. Erstaunt stellte Murad fest, daß er den vor langer Zeit verstorbenen Tyrenius und dessen heimgesuchte Besatzung bemitleidete. Die hölzernen Mauern eines Schiffes hatten sich für sie in eine Hölle verwandelt, in der sie über die halbe Welt und wieder zurück gesegelt waren.

Ein Klopfen an der Tür. Murad zuckte zusammen und verschüttete Wein. Fluchend rief er: »Wer ist da?«

»Renaldo, mein Gebieter. Ich bringe Euer Abendessen.«

»Komm herein.«

Murads Diener schob die Tür auf und betrat mit einem hölzernen Tablett den Raum. Zunächst schaffte er auf dem großen Tisch Platz; dann trug er das Essen auf. Murad legte das Logbuch und das Schiffstagebuch beiseite und setzte sich vor einen Teller mit Wildschweinbraten und wilden Pilzen, frisch gebackenem Brot und Oliven sowie einem Stück glänzendem Ziegenkäse.

»Habt Ihr noch einen Wunsch, Herr?« erkundigte sich Renaldo.

Noch immer kniff Murad die Augen gegen das Licht zusammen, das durch den offenen Türspalt fiel. Es überraschte ihn, denn er hatte angenommen, es sei bereits wesentlich später. Aber er aß gern früh. Dadurch hatte er Gelegenheit, nach dem Essen noch in die Stadt zu reiten, sollte er das Bedürfnis nach ein bißchen Vergnügen haben.

»Du darfst dich zurückziehen«, sagte Murad.

Der Diener verließ das Zimmer. Murad hielt einen Augenblick inne, gerade als er das wohlriechende Brot brechen wollte. In acht Tagen sollten sie ablegen. Noch war Zeit, die Reise abzusagen.

Ungläubig schüttelte er den Kopf und fragte sich, wie um alles in der Welt ihm ein solcher Gedanke kommen konnte. Dies war die Chance, auf die er sein Leben lang gewartet hatte, die Chance, sich ein eigenes Fürstentum zu errichten. Er durfte sie nicht ungenutzt an sich vorbeigehen lassen.

Doch während er aß, ohne die Speisen wirklich zu schmecken, sah er vor seinem geistigen Auge ein verlassenes Schiff, das mit der Hand eines Toten am Steuer über einen endlosen Ozean treibt. Und die Augen einer Bestie, die hell wie Kerzenlichter in den Tiefen des Frachtraumes funkeln.

11

Es war eine arbeitsreiche Zeit gewesen, doch nun war das Schlimmste geschafft. Schwitzende Hafenarbeiter hatten beide Schiffe Hawkwoods von den Anliegeplätzen in die Innenstraßen geschleppt, wo sie nun vor Anker lagen. Die Rahen waren aufgezogen, die letzten Trinkwasserfässer verladen. Die Schiffe standen bereit für die Fahrt. Langsam hoben und senkten sie sich in der Dünung, die der Passat in der Bucht wogen ließ. Selbst bei der geringen Entfernung vom Land war es schon merklich kühler. Hier draußen spürte man keinen Staub in der Kehle, nur den durchdringenden Geschmack des Ozeans und den Geruch der Schiffe, der für Richard Hawkwood immer schon der Duft der Heimat gewesen war.

Auf dem Deck der *Gabrian Osprey*, Hawkwoods Flaggschiff, herrschte wüstes Chaos. Billerand befand sich im Mittelteil des Schiffes, wo er zwei Bootsmänner anbrüllte und vor sich her scheuchte. Die Ziegen blökten verstört in den Ställen achtern der Hauptluke. Mindestens sechzig der Passagiere und Soldaten an Bord standen am Leeschanzkleid und schauten zum Hügel von Abrusio hinauf, der majestätisch über der Bucht thronte, die in der Gluthitze flimmerte.

Das Schiff war gefährlich überbeladen. Wenn sie so hart am Wind segelten, wie es erforderlich sein würde, um die Bucht zu verlassen, mußte Hawkwood dafür sorgen, daß die Fahrgäste sich auf der Wetterseite des Schiffes aufhielten, um die *Osprey* gegen den Wind zu stützen. Ein Querschiffswind kam den Eigenschaften der *Osprey* alles andere als entgegen. Schon lange hatte Richard zu zählen aufgehört, wie oft er mit dem Nord-Ost-Passat im rechten Auge aus dieser Bucht gesegelt war – eine Tortur, die jeder Seemann durchzustehen hatte, der Abrusio verließ, außer an den heißesten Tagen der Sommermonate, wenn der Passat mitunter gänzlich ausblieb oder sich zumindest um ein Grad drehte. Dann mußte man schnurstracks aus der Bucht steuern, da sie nicht genug Platz zum Beidrehen bot. Unter alten Seebären gab es ein Sprichwort, demzufolge Abrusio es liebte, Schiffe willkommen zu heißen, es aber haßte, sie wieder ziehen zu lassen.

»Nimm die Hände von mir!« kreischte die schrille Stimme eines Mädchens mit dunkelgolden schimmerndem Haar aus dem Mittelteil des Schiffes. Einer der Matrosen hob sie beiseite, um an die Befestigungsreling heranzukommen. Doch dann, urplötzlich, lag der Seemann auf der gegenüberliegenden Seite des Schiffes und blickte verwirrt drein. Das Mädchen stand mit funkelnden Augen da, die Hände in die schlanken Hüften gestemmt. Der Rest der Besatzung lachte grölend und amüsierte sich köstlich über den Zwischenfall. Schließlich trat ein älterer Mann, der wie ein Soldat oder Preisboxer aussah, zu dem Mädchen, beruhigte es und führte es davon. Der völlig verstörte Seemann mußte den Spott seiner Kameraden über sich ergehen lassen, machte sich aber bereitwillig wieder an die Arbeit.

Hawkwood runzelte die Stirn. Frauen an Bord – noch dazu in so großer Zahl – und Soldaten. Das konnte sich als explosive Mischung erweisen. Er mußte frühestmöglich eine offizielle Besprechung mit Murad und dessen Offizieren einberufen und einige Grundregeln für das Verhalten an Bord aufstellen.

Billerand war gerade dabei, in der ihm eigenen, derben Art wieder ein wenig Ordnung auf dem Schiff herzustellen. Die Fahrgäste wurden unter Deck gescheucht; eine Gruppe Männer an Flaschenzügen verlud die letzten Ziegen durch die Hauptluke, und die Soldaten wurden mit viel Geduld auf das Vorderdeck getrieben. Ihre Rüstungen klirrten und schimmerten im Sonnenlicht.

Der Wind frischte auf. Es war noch mehr als eine Stunde bis zur Abendtide. Doch wenn der Passat wehte, war es ein weiter Weg zu den Innenstraßen. Hawkwood hoffte, daß Murad nicht allzu lange auf sich warten ließ.

Der narbengesichtige Aristokrat befand sich in Abrusio, um noch rasch einige persönliche Angelegenheiten zu regeln. Das Beiboot der *Osprey* mit acht guten Ruderern erwartete ihn an der Hafenmauer.

Die vergangene Woche hatte sich in jeder Hinsicht als Alptraum erwiesen. Insgeheim schwor sich Hawkwood, daß er sich nie wieder zu einer gemeinsamen Expedition zwingen oder überreden lassen würde. Es war die alte Geschichte: Soldat gegen Seemann, Adel gegen Pöbel. Manchmal hatte Hawkwood tatsächlich den Eindruck, daß Murad ihm absichtlich Hindernisse in den Weg stellte und Vereinbarungen mißachtete – nur des Vergnügens wegen, das es ihm bereitete, den Kapitän schimpfen und fluchen zu hören.

Billerand, schwitzend und mit gerötetem Gesicht, gesellte sich auf dem Achterdeck zu Hawkwood. Sein prächtiger Schnurrbart schien vor unterdrückter Wut zu knistern.

»Verdammte Landratten!« war alles, was er im ersten Augenblick hervorbrachte. Hawkwood grinste. Er war froh, Billerand bei sich auf der *Osprey* behalten zu haben, statt ihm das Kommando der *Gnade Gottes* zu übertragen. Sein Blick schweifte hinüber zum kleineren Schiff. Die Takelage der Karavelle war schwarz vor Männern. Gerade wurden sie damit fertig, die langen Lateinersegel zu setzen, die das Schiff nun auf allen drei Masten trug. Im Querschiffswind, der ihnen bevorstand, würden sie sich als äußerst nützlich erweisen. Haukal aus Hardalen, der Kapitän der *Gnade Gottes*, war auf den schlangenähnlichen Vollschiffen aus dem hohen Norden aufgewachsen, hatte die Feinheiten der Handhabung von Lateinersegeln jedoch rasch gelernt. Hawkwood erblickte ihn, einen großen Mann mit üppigem Bart, der ständig eine Handaxt an der Hüfte trug. Er stand auf dem winzigen Achterdeck der *Gnade Gottes* und winkte mit den Armen. Billerand und Haukal waren gute Freunde. Die Geschichten, die sich um die Bordell- und Tavernenbesuche der beiden in Hunderten von Häfen rankten, waren schon legendär.

Auch auf dem Deck der *Gnade Gottes* tummelten sich scharenweise Soldaten und Fahrgäste, die den Seeleuten bei der Arbeit im Weg standen. Aber das war nicht anders zu erwarten gewesen. Für lange Zeit sollte dies die letzte Gelegenheit darstellen, Land zu sehen. Die meisten Menschen an Bord der Schiffe, vermutete Hawkwood, sahen Hebrion und das alte Abrusio ohnehin zum letzten Mal. Ihr zukünftiges Schicksal lag nun im Westen.

»Wie steht's mit der Überbelegung?« fragte Hawkwood den noch immer wütenden Billerand.

»Wir haben über die ganze Länge des Batteriedecks Hängematten eingerichtet. Aber Gott stehe uns bei, wenn wir in Kampfhandlungen verwickelt werden! Dann müßten wir die ganze elende Meute in den Frachtraum oder die Bilge stopfen.« Der Gedanke hellte sein Antlitz ein wenig auf. »Zumindest die Soldaten könnten sich dann als nützlich erweisen.«

Billerand hegte eine gewisse Sympathie für Soldaten; schließlich war er selbst einer gewesen. Für Hawkwood hingegen stellten sie lediglich ein weiteres Ärgernis dar. Fünfunddreißig davon befanden sich hier auf der *Osprey*, der Rest auf der Karavelle. Zwei Drittel der gesamten Expedition segelten mit der Karacke, darunter Murad und seine beiden jungen Offiziere. Hawkwood mußte die große Kabine durch einen Extraschott teilen lassen, damit der Adelige in gewohnter Manier reisen konnte. Die Seeleute waren im Logis untergebracht, die Soldaten im vorderen Teil des Batteriedecks. Im Laufe der nächsten paar Monate würden sie Wange an Wange zusammengepfercht hausen. Zudem lagerten gewaltige Vorräte an Waren und Material für die Errichtung der neuen Kolonie an Bord, ganz zu schweigen vom Reiseproviant. Deshalb lagen beide Schiffe tief im Wasser und reagierten nur zögerlich auf das Steuer. Viel brauchte es nicht, um die *Osprey* mit ihrem hohen Heck lahmzulegen oder sie manövrierunfähig zu machen. So ganz wohl fühlte Hawkwood sich bei diesem Gedanken nicht. Es war, als würde man auf ein üblicherweise feuriges Roß steigen und feststellen, daß es lahmte.

»Großes Beiboot steuerbord querschiff!« rief der Ausguck aus dem Fockmast.

»Unser säumiger Edelmann«, brummte Billerand. »Endlich. Zumindest verpassen wir seinetwegen nicht die Tide.«

»Was weißt du über diesen Murad?« erkundigte sich Hawkwood.

»Nur was Ihr selbst schon wißt, Kapitän. Daß er eine Schwäche für Frauen hat und mit dem Rapier flink wie eine Klapperschlange ist. Wenn man seinen Unteroffizieren glauben darf, ist er ein guter Soldat, obwohl er es mit der Prügelstrafe ein wenig zu streng nimmt.«

»Welcher Adelige tut das nicht?«

»Das wollte ich Euch übrigens auch noch sagen, Kapitän: Dieser Murad bringt keinen Diener mit an Bord. Statt dessen hat er sich aus den Passagieren zwei Mädchen als Bedienstete ausgesucht.«

»Tatsächlich?«

»Ich habe die Soldaten darüber reden gehört. Murad will die Mädchen als Bettgespielinnen, und die Soldaten haben die Absicht, seinem Beispiel zu folgen. Allein an Bord der Karacke befinden sich vierzig Frauen. Die meisten davon sind verheiratet oder mit dem Vater unterwegs.«

»Schon verstanden, Billerand. Ich werde mit ihm darüber reden.«

»Gut. Wir wollen schließlich nicht, daß die Matrosen sich benachteiligt fühlen. Spannungen gibt es so schon genug. Und es ist kein Kavaliersdelikt, die Frau oder Tochter eines Hexers zu vergewaltigen. Ich habe einmal einen Mann gesehen, der ...«

»Ich sagte, ich rede mit ihm darüber.«

»Aye, Kapitän. Tja, ich werd' wohl am besten mal nach der Winde sehen. Lichten wir Anker, sobald die Tide einsetzt?«

»Aye, Billerand.« Hawkwood klopfte seinem Ersten Maat auf die Schulter, und Billerand verließ das Achterdeck. Er fühlte, daß sein Kapitän allein sein wollte.

Jedenfalls in dem Maße allein, wie es an Bord eines sechsundvierzig Meter langen Schiffes mit hundertachtzig Seelen an Bord möglich ist, ging es Hawkwood durch den Kopf. Er schaute in Richtung Land und erblickte das Beiboot, das etwa eine halbe Meile entfernt wie eine Seeschlange heranschwamm. Aufrecht wie ein Fahnenmast stand Murad am Heck. Das lange Haar des Aristokraten wehte im Wind. Er sah aus, als käme er, um Anspruch auf das Schiff und jeden an Bord zu erheben.

Hawkwood ging hinüber auf die Wetterseite des Decks, wobei er innehielt, um durch die Verbindungsluke hinunter zum Steuerdeck zu brüllen:

»Sind da unten alle Steuerseile festgezurrt?«

»Aye, Käpt'n«, antwortete eine dumpfe Stimme. »Kurs West- Südwest über Nord, sobald wir Anker lichten.«

Die Männer verstanden ihr Handwerk. Hawkwood fühlte sich aufgekratzt; er brannte darauf abzulegen, doch sie brauchten die Tide, um aus der Bucht hinauszugelangen. Eine Weile mußten sie noch warten.

Von den wenigen Menschen, die ihm nahestanden, hatte Hawkwood sich verabschiedet. Galliardo und er hatten eine Flasche guten Gaderians geleert und ein halbes Dutzend *Kobhang*-Kugeln gekaut, damit sie die Nacht durchplaudern konnten. Der Hafenmeister wollte sich um Richards Angelegenheiten kümmern, solange er fort war, und gelegentlich auch nach Estrella sehen.

Estrella. Sich von ihr zu verabschieden kam dem Versuch gleich, die Hand von frischem Pech zu befreien. Sie wußte, daß es sich um keine gewöhnliche Reise handelte – keine Fahrt entlang der Küste oder eine Kreuzfahrt für eine Prämie. Noch immer spürte Hawkwood ihre dünnen Arme um die Hüfte. Weinend hatte sie vor ihm gekniet, die Schminke im Gesicht von Tränen verschmiert.

Und dann Jemilla. Was hatte sie noch gesagt?

»Im Frühling werde ich nach dir Ausschau halten, Richard. Ich werde hinaus über den Hafen blicken. Deine merkwürdige Karacke würde ich unter Tausenden von Schiffen erkennen.«

Sie war nackt gewesen und hatte auf dem breiten Bett gelegen. Den Kopf auf einen Arm gestützt, beobachtete sie Hawkwood mit den Augen einer Katze. Ihre Schenkel waren feucht von ihrer leidenschaftlichen Umarmung, und Hawkwoods Rücken schmerzte, wo sie ihn vor Wollust gekratzt hatte.

»Wirst du noch die Geliebte des Königs sein, wenn ich zurückkomme?« fragte er scheinbar beiläufig.

Als Antwort erhielt er dieses Lächeln, das ihn stets zur Weißglut trieb.

»Wer weiß? Geliebte kommen und gehen. Ich lebe in der Gegenwart, Richard. Nächstes Jahr um diese Zeit könnten wir alle schon unter der Herrschaft der Merduks leben.«

»In dem Fall wärst du zweifellos die Oberkonkubine im Harem des Sultans. Und würdest weiterhin deine Netze spinnen.«

»O Richard«, seufzte sie und gab vor, verletzt zu sein, »du hast eine völlig falsche Meinung von mir.« Dann aber, als sie die Wut in seinem Antlitz erkannte, nahm ihr Gesicht einen anderen Ausdruck an. Die dunklen Augen funkelten auf jene Weise, die Hawkwood stets erregte. Weit öffnete sie die Beine, damit er das rosa Fleisch zwischen der dunklen Behaarung sehen konnte.

»Du hast deine Schiffe, deine Kulverinen, deine Besatzung. Ich habe nur dies, die einzige Waffe, die Frauen seit Anbeginn der Zeit besessen haben. Am liebsten würdest du mir jetzt eine Moralpredigt über Liebe und Treue halten – ich sehe es in deinen großen, traurigen Augen. Dabei hast du eine Frau, die sich jede Nacht zu Hause die Augen aus dem Kopf weint. Deine wahre Braut ist die See, Richard Hawkwood. Ich bin nur deine Hure, also laß mich im Leben dieselben Ziele anstreben wie du, auf meine eigene Weise. Wenn ich dafür mit jedem Adeligen des ganzen Königreichs ins Bett steigen muß, dann werde ich es tun. Meine Reize gehen früh genug verloren. Meine Haut wird runzlig und mein Haar grau, während dein gottverdammtes Meer immer da sein wird, alterslos und unverändert. Also laß mich meine Spielchen treiben, solange ich kann.«

Er hatte sich wie ein Kind gefühlt, das sich bemühte, das Verständnis eines Erwachsenen zu gewinnen. Er hatte den Wunsch, ihr zu sagen, daß er sie liebte. Auf ihre Art, so vermutete Hawkwood, erwiderte sie diese Liebe – sofern sie überhaupt einen Mann wirklich lieben konnte. Und ihm wurde klar, daß sie es – ebenfalls auf ihre Art – genausosehr haßte wie Estrella, wenn er fortging, und sich ähnlich dagegen wehrte.

Danach hatten sie sich noch einmal geliebt. Diesmal jedoch war es keine leidenschaftliche Vereinigung gewesen; sie verschmolzen miteinander wie zwei Menschen, die ihr Leben teilten, und genossen jeden Augenblick. Und irgendwie spürte Hawkwood, daß es zum letzten Mal sein sollte. Wie bei einem Schiff kappte Jemilla die Taue und driftete von ihm weg, ließ sich vom Wind weitertreiben. Er hatte ausgedient.

»Beiboot längsseits!« brüllte jemand. An Deck brach Bewegung aus, ein funkelndes Geklapper, als eine Gruppe Soldaten die Waffen schulterte und Murad von Galiapeno sich über die schwankende Seite des Schiffes an Bord kämpfte.

Flüchtig grüßte Murad seine Offiziere und verschwand ohne weiteres Zeremoniell unter Deck. Unter einem Arm trug er ein kleines Kästchen. Bevor der hagere Aristokrat den Niedergang hinuntergestiegen und verschwunden war, erhaschte Hawkwood einen Blick auf das fahle, grinsende Gesicht.

»Sollen wir das Beiboot an den Nocks festmachen, Käpt'n?« brüllte Billerand herüber.

»Nein, wir schleppen es. Der Mittelteil ist ohnehin schon überfüllt.«

Hawkwood führte ein kurzes, stummes Streitgespräch mit sich selbst; dann verließ er das Achterdeck. Er ging hinunter, folgte Murads Weg und klopfte an die neue Tür, die der Schiffszimmermann in den Schott neben Hawkwoods eigener Tür eingebaut hatte.

»Herein.«

Der Kapitän trat ein. In Gedanken zählte er die Minuten bis

zum Lichten des Ankers, aber es war am besten, dies hier sofort zu erledigen, damit er es hinter sich hatte. Sollte es länger dauern, würde Billerand auch allein klarkommen.

Murad stand mit dem Rücken zu Hawkwood, als dieser hereinkam. Der Adelige begutachtete irgend etwas auf dem langen Tisch, der sich durch die halbe Kabine erstreckte. Dann, bevor er sich mit einem Lächeln herumdrehte, steckte er den Gegenstand – was immer es sein mochte – in das kleine Kästchen, das er mitgebracht hatte.

»Nun, Kapitän? Was verschafft mir die Ehre?«

»Wenn Ihr gestattet, hätte ich gern ein paar Worte mit Euch gewechselt.«

»Ich stehe ganz zu Eurer Verfügung. Redet frei von der Leber weg.« Murad lehnte sich gegen den Tisch und verschränkte die Arme. Verlegen stand Hawkwood vor ihm, als wäre er in die Kabine befohlen worden. Doch mit einer gewissen Befriedigung konnte er feststellen, daß dem Adeligen das leichte Stampfen und Rollen des Schiffes nicht recht geheuer war. Er schwankte wie ein Schilfrohr in einer leichten Brise, wohingegen Richard das Deck wie festen Boden unter den Füßen empfand.

Warte nur, Bastard, bis du deine erste Bekanntschaft mit der Seekrankheit machst, dachte er gehässig.

»Es geht um Eure Männer. Mir ist zu Ohren gekommen, daß sie offenbar der Meinung sind, sich die Frauen an Bord nach Belieben nehmen zu dürfen.«

Murad runzelte die Stirn. »Und?«

»Das dürfen sie nicht.«

Murad richtete sich auf und ließ die Arme hängen. »*Sie dürfen nicht?*«

»Ganz recht. Auf meinen Schiffen werden keine Frauen belästigt, weder von meinen Männern noch von den Euren. Wir haben keine Dirnen aus den Hinterhöfen von Abrusio an Bord, sondern anständige Frauen mit Familien.«

»Es sind *Dweomer* …«

»Es sind Fahrgäste; deshalb bin *ich* für sie verantwortlich. Ich habe keinerlei Bedürfnis, Eure Befehlsgewalt Euren Männern gegenüber in Frage zu stellen, besonders nicht in aller

Öffentlichkeit. Aber wenn ich von einer Vergewaltigung erfahre, lasse ich den Verantwortlichen auspeitschen, ob es nun ein Seemann oder ein Soldat ist. Es wäre mir natürlich lieber, Ihr selbst würdet es anordnen. Den Beziehungen zwischen den beiden Fronten würde das sehr guttun.«

Stumm starrte Murad den Kapitän an, als sähe er ihn zum ersten Mal. Dann meinte er mit überaus sanfter Stimme:

»Und ich? Wenn *ich* mir nun eine Frau nehme, Kapitän, laßt Ihr mich dann auch auspeitschen?«

»Für den Adel gelten andere Regeln – das wißt Ihr genau. Ich darf Euch nicht anrühren. Aber ich bitte Euch zu bedenken, was für ein Beispiel Ihr den anderen Männern setzen würdet. Außerdem solltet Ihr berücksichtigen, daß die Fahrgäste, wie Ihr ganz richtig sagt, *Dweomer* sind. Die sind nicht wehrlos. Ich habe keine Lust zu erleben, wie mein Schiff in die Luft fliegt.«

Murad nickte kurz, als hätte dieses Argument des Kapitäns ihn letztlich überzeugt. »Dann müssen wir wohl das Beste aus der Lage machen«, meinte er freundlich. »Vielleicht können Eure Leute meine Männer überreden, ihrem Beispiel zu folgen und untereinander Geschlechtsverkehr zu treiben, wie Seeleute es meines Wissens oft und gern zu tun pflegen.«

Hawkwood fühlte, wie ihm das Blut ins Gesicht stieg und Zorn ihm die Sicht verdunkelte. Doch er schluckte die Erwiderung hinunter, die ihm auf der Zunge lag. Als er wieder das Wort ergriff, klang seine Stimme so normal wie die Murads.

»Da ist noch etwas.«

»Ach, ja? Und was?«

»Das Schiffstagebuch. Ich brauche es, wenn ich einen vernünftigen Kurs ausarbeiten soll. Bisher habt Ihr mir nur gesagt, ich soll die Segel zum Nordkap der Hebrionesen setzen; aber was danach kommt, tappe ich völlig im Dunkeln. Das ist ein untragbarer Zustand für den Kapitän eines Schiffes. Ich brauche das Schiffstagebuch.«

»Von höflichem Fragen haltet ihr Seefahrer nicht besonders viel, was, Hawkwood?«

»Für Euch bin ich Kapitän Hawkwood, Fürst Murad. Was ist nun mit dem Schiffstagebuch?«

»Ich kann es Euch nicht geben.« Bevor Hawkwood etwas erwidern konnte, hielt Murad die Hand in die Höhe. »Aber ich kann Euch einen Satz Navigationsanweisungen überlassen, den ich Wort für Wort daraus abgeschrieben habe.« Er nahm einen Packen Papier vom Tisch hinter sich. »Wird das genügen?«

Hawkwood zögerte. Das Schiffstagebuch eines waschechten Seefahrers, eines Hochseenavigators, war etwas Seltenes und Wunderbares. Kapitäne schützten ihre Schiffstagebücher mit dem eigenen Leben. Das Wissen, daß dieser ahnungslose Landlubber ein solches Dokument besaß – in dem sich darüber hinaus die Einzelheiten einer solchen Reise fanden –, trieb Hawkwood beinahe in den Wahnsinn. Wahrscheinlich verfügte der Narbengesichtige auch über ein Logbuch. Hätte Hawkwood es in der Hand, stünden ihm eine Fülle von Informationen zur Verfügung – Informationen, für die jeder Kapitän in Hebrion einen Arm hergegeben hätte. Dieser ahnungslose Hundesohn aber behielt sie für sich, wo sie nutzlos waren. Was fürchtete er, das Hawkwood entdecken konnte? Was gab es da draußen im Westen, das so geheim gehalten werden mußte? Gierig riß er Murad die Blätter aus der Hand, zwang sich jedoch, sie nicht anzuschauen. Dafür würde es einen günstigeren Zeitpunkt geben. Dennoch wollte Hawkwood das Schiffstagebuch in die Hände bekommen. Er *mußte* es einfach haben, wollte er guten Gewissens die Verantwortung für seine Schiffe übernehmen.

»Danke«, meinte er widerwillig und stopfte die Unterlagen in die Brusttasche, als wären sie von untergeordneter Bedeutung.

Murad nickte. »Na also! Seht Ihr, Kapitän, wir können zusammenarbeiten, wenn wir nur wollen. Setzt Ihr Euch nun ein wenig zu mir und leistet mir bei einem guten Wein Gesellschaft?«

Schon bald würden sie Anker lichten; dennoch nahm Hawkwood sich einen Stuhl. Er fühlte, daß der narbengesichtige Adelige ihn irgendwie über den Tisch gezogen hatte. Murad läutete mit einer kleinen Handglocke, die auf dem Tisch stand.

Die Kabinentür öffnete sich, und die Stimme eines Mädchens fragte: »Ja?«

Hawkwood drehte sich auf dem Stuhl um und erblickte eine junge Frau mit olivfarbener Haut, grünen Augen und einer Mähne goldbraun schimmernden Haares, die knapp unter den Ohren abgeschnitten war. Sie trug die Kleidung eines Jungen und hätte beinahe als solcher durchgehen können, wären da nicht die feinen Gesichtszüge und die unübersehbaren Kurven der schlanken Figur gewesen. Hawkwoods Blick fiel auf die Hand am Türknauf: braune Finger mit Nägeln, die bis ans Fleisch abgekaut waren. Also ein Bauernmädchen. Dann fiel es ihm ein – sie war das Mädchen, mit dem der Seemann vorhin an Deck zusammengestoßen war.

»Wein, Griella, wenn du so nett wärst«, sagte Murad, wobei seine Blicke über ihre Gestalt glitten, während er sprach. Mit funkelnden Augen nickte sie; dann verschwand sie ohne ein weiteres Wort.

»Phantastisch, nicht wahr, Kapitän? Was für ein Temperament! Sie haßt mich jetzt schon, aber das war zu erwarten. Sie wird sich an mich gewöhnen, genauso wie ihre Kameradin. Das verspricht ein amüsanter Wettstreit des Willens zu werden.«

Das Mädchen kam mit einem Tablett, einem Krug und zwei Gläsern zurück. Sie stellte alles auf den Tisch; dann verließ sie erneut den Raum. Beim Hinausgehen erwiderte sie Hawkwoods Blick. Der Ausdruck in ihren Augen ließ ihn reglos verharren. Als Murad den Wein einschenkte, schwieg er. Irgend etwas stimmte nicht mit den Augen des Mädchens. Sie erinnerten Hawkwood an die wahnsinnigen Augen eines tollwütigen Hundes, an zwei Fenster zu unergründlicher Bösartigkeit. Er überlegte kurz, ob er es erwähnen sollte, zuckte dann jedoch die Schultern. Wahrscheinlich mochte Murad solche Frauen. Aber er sollte vorsichtig sein, wenn er eine wie die ins Bett zerrte.

»Trinkt, Kapitän.« Auf das sonst so düstere Gesicht des Edelmannes legte sich ein Grinsen. Der Anblick eines weiblichen Wesens schien seine Stimmung zu heben. Hawkwood wußte, daß Murad das Mädchen aus einem bestimmten

Grund gerufen hatte – um etwas zu demonstrieren. Mit ausdruckslosem Gesicht nippte der Kapitän an dem Wein.

Ein guter Wein, wahrscheinlich der beste, den er je gekostet hatte. Einen Augenblick genoß er ihn.

»Candelarischer«, erklärte Murad. »Von meinem Großvater auf Fässer gezogen. Man nennt ihn den Wein der Schiffe, denn es heißt, nur durch eine Schiffsreise, durch das Rollen im Faß, reift er richtig. Den Heiligen sei Dank – ich habe ein halbes Dutzend Fässer im Frachtraum.«

Hawkwood wußte es nur zu gut. Auf sechs Fässer Wasser hatten sie deshalb verzichten müssen. Aber er sagte nichts. Er war zu der Erkenntnis gelangt, daß er gegen die Launen des Adeligen wenig ausrichten konnte, solange Hebrion in Sicht war. Befanden sie sich aber erst auf dem offenen Meer, sah alles ganz anders aus.

»Nun erzählt, Kapitän«, sagte Murad. »Warum die Verzögerung? Alle sind an Bord, und alles ist bereit. Warum also liegen wir noch vor Anker? Verschwenden wir nicht Zeit?«

»Wir warten auf den Gezeitenwechsel«, antwortete Hawkwood geduldig. »Sobald die Tide sich dreht und aus der Bucht zu fließen beginnt, lichten wir Anker und nutzen die Strömung, um an der Landspitze vorbeizukommen. Ein Querschiffswind – ein Wind, der das Schiff von der Seite her trifft – eignet sich nicht sonderlich, um an Geschwindigkeit zu gewinnen. Mit der *Osprey* wünschte ich mir eher einen Rückenwind, der in einem Winkel von achtern bis mittschiffs hereinweht.«

Murad lachte. »Was für einer Sprache ihr Seeleute euch doch untereinander bedient!«

»Sobald wir die Landspitze von Abrusio hinter uns gelassen haben, schlagen wir einen südlicheren Kurs ein und haben eben diesen Rückenwind. Doch er wird uns ans Leeufer drücken; deshalb steuere ich die Schiffe weiter hinaus, um Abstand zur Küste zu gewinnen.«

»Gewiß ginge es in Küstennähe rascher.«

»Ja. Aber weil die Schiffe zur Leeseite driften, besteht die Gefahr, daß wir an die Küste getrieben werden und in der Bucht festsitzen oder auf Grund laufen, wenn der Wind auffrischt. Ein guter Seefahrer hat gern tiefes Wasser unter dem Kiel und auf der Leeseite ein paar Wegstunden Abstand zur Küste.«

Murad winkte ab, sichtlich gelangweilt. »Schon gut. Für solche Dinge seid Ihr der Fachmann.«

»Sobald wir die Höhe des Nordkaps erreichen«, fuhr Hawkwood unbeirrt fort, »und einen Kurs hart West einschlagen, haben wir wieder den Querschiffswind. Nur das Schiffstagebuch des Kapitäns der *Cartigellan Faulcon* kann mir Auskunft darüber geben, ob wir erwarten dürfen, daß der hebrionische Passat uns in den westlichen Ozean begleitet, oder ob wir an irgendeiner Stelle auf andere Winde treffen. Das ist ungemein wichtig; denn die Dauer der Reise hängt davon ab.«

»Das steht alles auf den Seiten, die ich für Euch abgeschrieben habe«, erwiderte Murad scharf. Die Narbe im Gesicht runzelte sich wie ein bleicher Blutegel.

»Woher wollt Ihr wissen, was abgeschrieben werden sollte und was nicht? Möglicherweise habt Ihr mir nicht alles zur Verfügung gestellt, was ich brauche, um die Schiffe mit ausreichender Sicherheit zu navigieren.«

»Dann werdet Ihr zu mir zurückkommen müssen, Kapitän. In dieser Angelegenheit gibt es nichts mehr zu diskutieren.«

Hawkwood wollte gerade etwas erwidern, als er draußen vor der Kabine einen Ruf hörte. »*Osprey* ahoi! Ahoi ihr da, auf der Karacke! Wir haben einen Fahrgast für euch. Offenbar habt ihr den vergessen.«

Hawkwood blickte zu Murad, doch der Adelige schien genauso verwundert zu sein wie er selbst. Sie erhoben sich gleichzeitig, verließen die Kabine und stiegen den Durchgang zum Mittelteil des Schiffes hinauf. Billerand und einige andere beugten sich über die Reling.

»Was ist los? Wer ist das?« fragte Murad, doch Billerand schenkte ihm keine Beachtung.

»Wie's scheint, haben wir jemanden vergessen, Kapitän. Die haben einen zusätzlichen Passagier für uns, den sie mit der Hafenprahm herausbringen.«

Hawkwood blickte die wogende Seite des Schiffes hinab. Die Besatzung der Prahm hatte an den Hauptketten der Karacke festgemacht. Eine Gestalt kletterte die Seite des Schiffes herauf, mit im Seewind wallender Robe. Mühevoll schwang sich ein Mann über die Reling und kam an Deck zu stehen. Der geschorene Schädel glänzte vor Schweiß.

»Der Friede Gottes sei mit diesem Schiff und allen an Bord«, keuchte er.

Es war ein Geistlicher des Ordens der Brüder vom Ersten Tage.

»Was ist das für eine Narretei?« brüllte Murad. »Auf wessen Befehl kommt Ihr an Bord? Ihr da, im Boot – nehmt diesen Mann wieder mit!« Doch die Prahm hatte sich bereits ausgehängt und ruderte von der Karacke ab. Einer der Matrosen winkte im Wegfahren herüber.

»Gottverdammt! Wer seid Ihr, mein Herr? Mit wessen Genehmigung schifft Ihr Euch hier ein?« Murad war aufgebracht, außer sich vor Zorn, doch der Geistliche zeigte sich ruhig und gesammelt. Er war ein älterer Mann mit weißem Haar, aber gesunder Gesichtsfarbe und nur wenigen Falten. Die Schultern unter dem Gewand hingen leicht herab, und er besaß die stämmige Statur eines Hafenarbeiters. Um seine Brust glitzerte das Heiligensymbol.

»Bitte, mein Sohn, keine Blasphemie im Vorfeld eines derart bedeutenden Unterfangens.«

Für einen Augenblick war Hawkwood überzeugt, Murad würde sein Schwert ziehen und den Geistlichen damit durchbohren. Statt dessen machte der Adelige auf dem Absatz kehrt und verließ das Deck, indem er den Niedergang hinunterstapfte.

»Seid Ihr der Kapitän dieses Schiffes?« wandte der Geistliche sich an Hawkwood.

»Ja, ich bin Richard Hawkwood.«

»Ah, der Gabrionese. Nun denn, Herr, darf ich Euch bitten, mir ein Quartier zuzuweisen? Ich habe nicht viele Habseligkeiten bei mir. Alles, was ich brauche, ist ein Platz, an dem ich mein Haupt zur Ruhe betten kann.«

Männer strömten in den Mittelteil des Schiffes, sowohl Soldaten als auch Seeleute. Die Matrosen wirkten betreten, beinahe feindselig, doch die Soldaten schienen hocherfreut.

»Segnet uns, Vater!« rief einer von ihnen. »Bittet Gott und die Heiligen, über uns zu wachen.«

Ein paar seiner Kameraden stimmten in den Ruf mit ein. Der Geistliche strahlte übers ganze Gesicht und hielt die offene Hand in die Höhe. »Nun gut, meine Söhne. Kniet nieder und empfangt den Segen der heiligen Kirche, auf daß euer Wagnis gelingt.«

Scharenweise knieten die Soldaten sich aufs Deck. Nach kurzem Zögern taten die meisten Seeleute es ihnen gleich. Das Schiff ächzte und schwankte auf den Wellen. Eine fast erhabene Stille senkte sich herab. Der Geistliche öffnete den Mund, um zu beginnen.

Mitten in die Stille hinein erklangen die vier klaren, lieblichen Töne der Schiffsglocke, die das Ende der zweiten Hundewache – und somit den Gezeitenwechsel – ankündigten.

»Alle Mann!« brüllte Hawkwood sogleich. »Alle Mann zum Ankerlichten!«

Die Seeleute sprangen auf die Beine, und der Mittelteil des Schiffes verwandelte sich in ein Wirrwarr aus Gestalten. Billerand begann Anweisungen zu brüllen. Einige der knienden Soldaten wurden in dem Gedränge umgestoßen.

Eine Reihe von Befehlen schallte über Bord hinweg, während die Matrosen an ihre jeweiligen Aufgaben eilten. Überall an Deck lagen Fässer, Kisten, Säcke und Kästen, die – zusammen mit den verstörten Soldaten – die Arbeit auf dem Schiff behinderten; aber dagegen ließ sich im Augenblick nichts unternehmen. Der Frachtraum war bereits voll bis unters Dach. Hawkwood und Billerand brüllten und scheuchten die Besatzung an die wohlbekannten Arbeitsplätze, während der Pfaffe mit zorngerötetem Gesicht dastand, die linke Hand nutzlos in die Luft erhoben.

Einen Lidschlag später waren alle Mann in Position. Einige standen an der Ankerwinde und den Trossenlöchern bereit, um die dicken Taue einzuziehen, die das Schiff mit dem Anker verbanden. Andere tummelten sich auf den Rahen, bereit, die Untersegel und Marssegel auszurollen, sobald der Anker gelichtet war. Der Segelmacher und seine Maaten brachten Segelbonnets an Deck, damit sie griffbereit lagen, wenn es an der Zeit war, sie auf die Untersegel zu knoten, um die Windangriffsfläche zu vergrößern.

»Braßt sie rum!« brüllte Hawkwood. »Braßt sie herum, Leute! Wir haben's mit einem Querschiffswind zu tun! Ich will nichts davon vergeuden!«

Er fühlte, wie das Schiff sich unter seinen Beinen regte wie ein Pferd, das zu einem Sprung ansetzt. Die Tide strömte aus der Bucht.

»Anker lichten! Fangt schon an da hinten, an der Ankerwinde! Haltet euch am Steuer bereit!«

Die schlammverschmierten, faulig stinkenden Ankerseile surrten in die Höhe. Wie fette Schlangen sahen sie aus, die sich in die Luken wanden, wo sie von den Männern im ersten Unterdeck aufgerollt wurden.

»Rauf und runter!« rief ein schwitzender Kapitänsmaat.

»Binde sie los!« befahl Hawkwood ihm. »An den Rahen da drüben – Untersegel und Marssegel! Bonnet auf das Fockuntersegel!«

Die wallenden und anschwellenden Flächen kremig-hellen Segeltuchs wurden losgelassen und wölbten und blähten sich vor dem blauen Himmel. Die Karacke ruckte, als der Wind sie erfaßte. Hawkwood rannte zum Achterdeck hinauf. Das Schiff hatte sich nach Steuerbord geneigt, als die Brise in die Segel fuhr.

»Braßt sie! Braßt sie dort, verdammt!«

Die Männer zogen an den Brassen – Seile, mit denen man die Rahen in den besten Winkel zum Wind drehte. Die Karacke bewegte sich. Der Bug tauchte und durchschnitt die aufkeimende Dünung; dann hob er sich wieder mit der Anmut eines Schwanes. Gischt schäumte um den Bug, und Hawkwood fühlte das Beben des Kiels, als das Schiff an Geschwindigkeit gewann. Er schaute zur *Gnade Gottes* hinüber und sah, daß sie ihnen mit ihren großen Lateinersegeln davonfuhr, die wie die Flügel eines gewaltigen, wunderschönen Vogels wirkten. Haukal stand auf dem Achterdeck, winkte und grinste über das ganze bärtige Gesicht. Hawkwood winkte zurück.

»Laßt die Wimpel los!«

Männer auf den Marsstengen schoben die Wanten hoch und zogen die langen, eingerollten Flaggen los, so daß sie an den Mastenden aufsprangen und im Wind schlugen und flatterten. Sie waren aus glänzender Seide aus Nalbeni gefertigt und zeigten das dunkelblaue Wappen der Hawkwoods sowie das Scharlachrot von Hebrion am Besanmast.

»Laßt das Log mit der Knotenleine zu Wasser! Wollen doch mal sehen, wieviel sie macht.«

Die Männer rannten mit dem Log und dem Seil über das Deck, mit denen sie die Geschwindigkeit der Karacke messen konnten, sobald sie erst voll vom Wind erfaßt war. Hawkwood beugte sich zur Steuerluke hinab.

»Helm da unten, West-Südwest über Nord.«

»Aye, Käpt'n. West-Südwest über Nord.«

Das Schiff neigte sich tiefer nach Steuerbord. Hawkwood schlang einen Arm um die Besanschot, als der Bug sich hob und senkte und wie eine Speerspitze durch die Wellenhügel schnitt. Das Holz knarrte, und die Vertäuung ächzte angesichts der zunehmenden Belastung. Das Schiff würde ein wenig Wasser fassen, ehe das Holz des oberen Rumpfes wieder feucht und angeschwollen sein würde, doch die *Osprey* bewegte sich leichter, als Hawkwood zu hoffen gewagt hatte, trotz der schweren Ladung. Es mußte an der Tide liegen, die sie gemeinsam mit dem segensreichen Wind auf die See hinaustrieb.

Die meisten Soldaten hatte man von Deck entfernt; auch der Geistliche war im Bauch des Schiffes verschwunden, ohne seinen Segen loszuwerden. Dafür schwirrten noch einige Passagiere umher, die von den auf ihre Arbeit bedachten Seeleuten verflucht wurden. Hawkwood erblickte Murads Kabinendienerin, das Mädchen Griella. Sie stand auf dem Vorschiff. Das Haar wehte ihr um den Kopf; Gischt spritzte rund um sie auf. Sie wirkte wunderschön und glücklich und lebendig, mit leuchtenden Augen. Hawkwood freute sich für sie.

Dann schaute er zurück zur Heckreling. Rasch schrumpften Hebrion und Abrusio achtern. Nach seiner Schätzung mußten sie gut sechs Knoten Fahrt machen. Er fragte sich, ob Jemilla wohl auf dem Balkon stand und die Karacke und die Karavelle beobachtete, wie sie immer weiter hinaus aufs Meer entschwanden.

Die *Osprey* hob und senkte sich, hob und senkte sich. In gleichmäßigem Rhythmus preschte sie durch die Wellen. Die Segel waren gespannt wie Trommelfelle. Hawkwood fühlte die Belastung des Mastes durch die straffe, vibrierende Besanschot. Hätte er nach oben geblickt, hätte er nur Segeltuch gesehen, über das sich kreuz und quer laufendes Gut spannte, und dahinter das klare, wolkenlose Blau des Himmels. Ein wildes Grinsen legte sich auf sein Gesicht, als das Schiff unter seinen Beinen zum Leben erwachte. Er kannte es so gut, wie er die Wölbungen des Körpers seiner Frau kannte. Er kannte das Stöhnen der Masten; er wußte, wie das Holz sich dehnte, wenn die Karacke seinen Befehlen gehorchte wie ein braves Pferd, das sich am Temperament des Reiters entflammt. Kein Landei konnte so etwas je empfinden; niemand, der seine Zeit ränkeschmiedend an Land verbrachte, würde jemals dieses Hochgefühl erfahren, diese Freiheit, wenn ein gutes Schiff auf den Wind antwortet.

Das, dachte Hawkwood, *heißt Leben. Das ist Leben. Vielleicht ist es sogar Gebet.* Beständig segelten die beiden Schiffe weiter, während der Nachmittag in den Abend überging, und ließen die Küste hinter sich, bis der Hügel von Abrusio nur noch als dunkler Fleck am Rande der Welt erkennbar war. Die anschwellende Dünung der Küstengewässer blieb hinter ihnen zurück, und sie glitten hinein in die dunkleren, reineren Farben des offenen Ozeans. Auch die Fischerboote und die kreischenden Möwen ließen sie hinter sich und schlugen den eigenen, einsamen Kurs Richtung Horizont ein, mit dem Bug voraus in Richtung des feuerroten Sonnenuntergangs, der sich als flammengetünchter Bogen über der glühenden Scheibe der Sonne abzeichnete.

ZWEITER TEIL

Die Verteidigung des Westens

12

Drei Wochen war er unterwegs gewesen, dieser gigantische Wagenzug, diese rollende Stadt. Gegen Schlamm, Schnee und hungrige Wölfe mußten sie ankämpfen, um die Karren über die engen Pässe der Berge von Thurian zu bringen, bevor der lange, gewundene Abstieg begann, hinunter zu den grünen Ebenen jenseits der Berge.

Sie gehörten zum Gebiet des Sultanats Ostrabar, nunmehr das bedeutendste der Sieben Sultanate, das vom Sultan Aurungzeb dem Goldenen beherrscht wurde, einem der reichsten Männer der Welt – sobald die Karawane ihn erreichte.

Einst war dies ein ramusisches Land, eine besiedelte Gegend mit bestellten Äckern, kleinen Wäldchen, einer Kirche in jedem Dorf und einer Burg auf jedem Hügel. Sein Name war Ostiber gewesen, sein König einer der Sieben Monarchen Normanniens.

Mit der Ankunft der Merduks vor sechs Jahren hatte sich das alles geändert. Über die unzureichend verteidigten Pässe der unwirtlichen Jafrar-Berge im Osten strömten sie heran, überquerten die Quellflüsse des Ostian und überrannten Ostiber in weniger als einem Jahr, wodurch ihnen die nördliche Flanke Aekirs offenstand. Zum Stillstand kam der Vormarsch erst, als die Angreifer sich den Reihen der Verteidiger in den Thurian-Bergen gegenübersahen, die mit wild entschlossenen torunnischen Einheiten besetzt waren. Auch ein junger John Mogen weilte in deren Rängen. Ostiber wurde zu Ostrabar, und der ungezügelte Nomadenhäuptling aus den Steppen, der dieses Land erobert hatte, nahm den Namen als Familiennamen an. Der Hauptmann seiner Leibgarde hieß damals Shar Baraz, der schon bald all seine Armeen befehligen sollte. Und als seine Söhne damit fertig waren, einander zu vergiften, folgten sie ihm als Sultan nach. So ging das Königreich Ostiber für den Westen verloren. Die königliche Linie war ausgelöscht; das Volk wurde versklavt, gefoltert, geschändet, geplündert und – am schlimmsten von allem – gezwungen, den Glauben zu ändern, so daß die unsterblichen

Seelen der Menschen niemals in die Gesellschaft der Heiligen gelangen würden.

So lehrte man es die Kinder der Westlichen Königreiche. Für sie waren die Merduks ein rastloser Stamm von Wilden, denen einzig die Tapferkeit der ramusischen Armeen und der unmittelbare Schrecken von Pferd, Schwert und Hakenbüchse Einhalt geboten.

Dem Volk, das nun in Ostrabar lebte, stellte sich dies anders dar. Gewiß, seine Angehörigen mußten jeden Tag in einem der überall im Lande errichteten Tempel mit Kuppeldach Ahrimuz anbeten. Und sie hatten den Sirdars und Beys, die jetzt in den Burgen auf den Hügeln wohnten, einen jährlichen Tribut zu zahlen. Doch es hatte schon immer Adelige in den Burgen gegeben, die Tribut erhoben, und auch gebetet hatten die Menschen immer schon. Der Schrecken der ersten Invasion war längst verflogen. Viele der Sprößlinge jener, die damals in der ramusischen Armee gekämpft hatten, schwangen nun Tulwar und Krummschwert in den Rängen von Aurungzebs Regimentern.

Für manche hatte das Leben sich unter der Herrschaft der Merduks sogar verbessert. Zauberer, Thaumaturgen und Alchimisten wurden unter den neuen Regenten geduldet und nicht verfolgt, wie es früher gelegentlich vorgekommen war, wenn die Glaubensritter das Land durchstreift hatten. Einige von ihnen hatten sogar begüterte Schutzherrn; denn die Adelsschicht der Merduks schätzte Bildung über alles, ausgenommen vielleicht Waffenkunst und Pferdezucht.

Deshalb zeigten sich jene in dem langen Wagenzug, die erwartet hatten, nach dem Abstieg von den Höhen der Thurians auf ein alptraumhaftes, gottloses Land zu stoßen, geradezu schockiert. Sie erblickten dieselbe Landschaft, dieselben Häuser und im wesentlichen dieselben Menschen, denen sie Tag für Tag in Aekir begegnet waren, bevor die Stadt zerstört wurde. Die einzigen Unterschiede machten die Kuppen der Tempel aus, die überall in der friedvollen Landschaft schimmerten, und die riesigen Elefanten, die in den Wäldern und entlang der gut erhaltenen Straßen arbeiteten. Und nicht zuletzt die im Wind flatternden seidenen Gewänder des Merduk-Adels, der sich versammelt hatte, um den Zug zu betrachten, der die Schätze Aekirs mit sich führte.

Sechs Meilen lang erstreckte er sich aus dem Bergland in den Süden. Mehr als neunhundert Wagen wurden von geduldigen Ochsen gezogen; die rußgeschwärzten, ausgefransten Planen flatterten im Wind. Daneben trotteten in langen Reihen Tausende und Abertausende Gefangene, die man als Trophäen für Aurungzeb mitbrachte. Die meisten waren Frauen, für Harems und Bordelle bestimmt, oder für den Küchendienst. Die übrigen waren torunnische Soldaten mit verbitterten, haßerfüllten Gesichtern. Auf sie wartete die Kreuzigung. An diesen Männern sollte ein Exempel statuiert werden; denn man betrachtete sie als zu gefährlich, um sie am Leben zu lassen. Außerdem gab es noch Kinder in dem riesigen Zug: Knaben, die man zu Eunuchen machen würde, auf daß sie an den Adelshöfen oder in den speziell eingerichteten Lusthäusern arbeiteten; und Mädchen, die trotz ihres Alters für dieselben Dienste wie die Frauen auserkoren werden sollten. Unter den Adeligen von Ostrabar fanden sich Vorlieben und Neigungen jeder Art.

Entlang der Flanken des Zuges ritten Schwadrone der leichten Kavallerie der Merduks. Während der Überquerung der Berge hatten sie Felle und Mäntel getragen, waren mit Dreck bespritzt und verhärmt vor Erschöpfung gewesen. Doch als sie sich dem Heimatland näherten, putzten sie sich heraus, striegelten die Pferde und legten bunte Seidenmäntel über den Kettenhemden an. Wimpel flatterten und tanzten im Wind; Verzierungen glitzerten auf den Brustwarzen der Pferde. Es bot einen erhebenden Anblick, wie sie so vorüberzogen, Regiment für Regiment – der Inbegriff einer siegreichen Armee, die den bezwungenen Feind in die Knechtschaft führt.

In den besser geschützten Wagen erschauderten die Insassen, als sie den Donner der Pferdehufe und das ausgelassene Gejohle in der barschen Sprache der Merduks vernahmen. Diesen Auserwählten blieb die bisweilen tödliche Anstrengung erspart, sich über den zerfurchten Pfad voranzuquälen, den der Zug nahm. Diesen Leuten wurde eine Sonderstellung zuteil, auf daß ihnen die Tortur der Reise erspart blieb. In Ketten und Lumpen knieten sie in den Karren und blickten einander kaum an, während die Wagen unter ihnen rumpelten und polterten und sie mit jeder Stunde ihrem Schicksal näher brachten.

Sie stellten die wertvollste Beute dar, die erlesensten Schätze, die Aekir zu bieten hatte. Zweihundert der schönsten Frauen der Stadt. Zusammengepfercht wie Rinder erwarteten sie das prüfende Auge des Großwesirs, um letztlich von Aurungzeb höchstpersönlich begutachtet zu werden. Die Glücklicheren würden in den Harem zu den zahlreichen anderen Konkubinen des Sultans aufgenommen. Der Rest sollte unter Hofbediensteten und ranghohen Offizieren aufgeteilt werden – Belohnungen für fähige und loyale Männer in dieser freudenreichen Zeit.

Die Frau namens Heria zog sich die Lumpen enger um den Körper. Die Ketten an den Handgelenken klirrten, als sie sich bewegte. Die blauen Flecken verblaßten allmählich. Als sie sich langsam ihrem Bestimmungsort näherten, ließen die Soldaten die Frauen in den Wagen in Ruhe; denn bei der Ankunft in der Hauptstadt mußten sie so frisch und ausgeruht wie möglich aussehen. Bei Nacht kauerten sich Heria und ihre Leidensgenossinen unter der Markise zusammen und lauschten den Schreien der unglückseligen Frauen draußen und dem Gelächter der Soldaten.

Corfe, dachte Heria zum wiederholten Male. *Bist du am Leben? Konntest du fliehen, oder haben sie dich wie die anderen getötet?*

In ihrem Gedächtnis gab es eine höllenrote Erinnerung: das Bild der fallenden Stadt und der anschließenden Panik. Überall wüteten plündernde, mordende Merduks. Und die Flammen Aekirs züngelten hügelhoch zum rauchverhangenen Nachthimmel empor.

Auf der Flucht zum westlichen Tor war Heria erwischt worden. Ein grinsender Teufel mit rabenschwarzem Gesicht packte sie und zerrte sie in die lodernde Ruine eines Gebäudes. Dort vergewaltigte er sie.

Während er sich keuchend auf ihr vergnügte, ruhte die

bereits blutverschmierte Klinge seines Schwertes an ihrer Kehle. Funken rieselten durch die Luft und landeten auf seinem Rücken, wo sie wie kleine, lüstern blickende Augen auf der Rüstung glommen. Heria wußte noch, daß sie die Funken angestarrt und beobachtet hatte, wie einer nach dem anderen verlosch und durch neue ersetzt wurde. Empfunden hatte sie währenddessen kaum etwas.

Der Brustpanzer des Vergewaltigers hinterließ einen großen Bluterguß, und am Boden liegende Glasscherben und Steinbrocken zerschnitten Heria den Rücken. Dann kam der Offizier. Der Roßhaarschmuck auf seinem Helm waberte, und die Augen des Mannes lechzten vor Gier. Trotz heftiger Einwände des ersten Soldaten packte er Heria und schleppte sie an die Stadtmauer, wo sie ein weiteres Mal vergewaltigt wurde. Schließlich brachte der Offizier sie zu den Tausenden anderen, die man in den Pferchen entlang der Hügel jenseits der Stadt zusammentrieb. Alle weinten, alle waren blutig, völlig verstört und beschämt wie Heria selbst.

Das war der erste Abschnitt ihrer Reise gewesen.

Tagelang zitterten die verschreckten Massen auf den Hügeln und mußten den Niedergang der Stadt Gottes mit ansehen. Sie beobachteten, wie die Merduks sich angesichts der Flammen zurückzogen, die ihnen entgegenschlugen, und sie wurden Zeugen des Höhepunkts der Feuersbrunst, eines Infernos, das so gewaltig war, als wäre es von Gottes Hand entfacht. Am Morgen danach bedeckte Asche den Boden wie grauer Schnee. Die Sonne war verhangen, so daß die Landschaft sich in einem trüben Zwielicht präsentierte. Das Ende der Welt schien bevorzustehen.

Was in gewisser Weise auch zutraf.

Am achten Tag nach ihrer Gefangennahme waren sie nach Norden losgegangen, angetrieben von Soldaten der Merduks. Das gesamte Land schien von marschierenden Menschen, Soldaten, Pferden und Elefanten bedeckt. Hunderte und Aberhunderte von Wagen polterten und rumpelten durch den Schlamm, und die ganze Zeit prasselte der Regen herab und durchweichte sie, betäubte ihre Seelen.

Das schlimmste jedoch war der Anblick Hunderter ramusischer Soldaten, der vielgepriesenen Torunnen des John Mogen, die mit Ketten an den Armen nach Norden stolperten. Aus verstohlenen Unterhaltungen und geflüsterten Gesprächen erfuhren die Frauen, daß Sibastion Lejer tot und seine Truppe aufgerieben war. Lejer selbst hatte man am Platz des Myrnius Kuln gekreuzigt. Die Garnison von Aekir existierte nicht mehr; die Bewohner der Stadt flohen nach Westen zur Feste Ormann und verdunkelten das Antlitz der Erde durch das gewaltige Ausmaß ihrer Wanderung.

Im Schneckentempo quälte der Troß sich nach Norden. Die Leichen der Kranken und Schwachen pflasterten den Weg hinter dem Wagenzug. Sie kamen am riesigen Lager der Armee der Merduks vorbei, einer ganzen Stadt aus Leinwand und Seidenflaggen, die sich über der verunstalteten Landschaft ausbreitete. Auch die zerstörten Kirchen, die ausgebrannten Burgen und die verwüsteten Dörfer im Norden des Landes erblickten sie. Und immer näher am Horizont türmten sich die Berge von Thurian auf. An den Schnauzen der Ochsen begann sich Eis zu bilden.

Es war ein grausamer, nicht enden wollender Alptraum aus Schlamm, Schnee und wilden Gesichtern. Wie ein rachsüchtiger Engel stieß der Wind vom Norden her nieder, riß die Planen von den Wagen und versetzte die Pferde in Aufruhr. Auch kurze Schneestürze gab es und unerwartet heftige Frosteinbrüche, die den Schlamm hart wie Fels werden ließen. Die Merduks ernährten sich von Pferdefleisch, die Gefangenen mitunter voneinander.

Einige Torunnen versuchten zu fliehen, doch die Merduks spickten sie mit Pfeilen, vermutlich, weil sie sich selbst jetzt nicht auf ein Handgemenge mit ihnen einlassen wollten.

Unterwegs verloren sie ungezählte Wagen. Heria sah antike, in den Schlamm getrampelte Wandteppiche, über den Schnee verstreute Räucherstäbchen und kleine Kinder, die tot, mit weit aufgerissenen Augen und vom Frost ergrauten Gesichtern ins Leere starrten. Auf brutale Weise trieben die Merduks den Zug voran, bestrebt, ihn über die hoch gelegenen Pässe zu bringen, bevor die ersten heftigen Schneefälle des Herbstes einsetzten. Und irgendwie hatten sie es geschafft, wenngleich gut zweitausend Gefangene tot auf dem Pfad durch die Berge zurückblieben.

Heria gehörte zu den Glücklicheren. Beim Anblick ihrer lieblichen Züge holte ein Offizier der Merduks sie aus einer langen Reihe aneinandergeketteter Frauen, verfrachtete sie in einen der Wagen und gab ihr eine Decke. In jener Nacht nahm er sie an einem Wagenrad, unter den Augen seiner johlenden Kameraden. Zumindest aber hielt der Mann die anderen davon ab, es ihm gleichzutun. Von da an besuchte er Heria gelegentlich im Wagen, um ihr Essensbrocken zu bringen – einmal sogar Wein – und sie wiederholt zu vergewaltigen. Sobald sie jedoch die Berge von Thurian hinter sich hatten, ließ er sich nicht mehr blicken. Vielleicht lag auch er tot im Schnee.

So war Heria wenigstens am Leben geblieben. Die zerfurchten, schlammigen Bergpfade wichen sauberen Kopfsteinstraßen, die Luft wurde wärmer. Es gab wieder Nahrung, wenngleich es nie genug war, um den Hunger gänzlich zu stillen. Und Heria ließ man des Nachts in Ruhe.

Heria zeigte keine Neugier mehr, keine Furcht, kein Erstaunen, keine Hoffnung. Statt dessen kauerte sie im Wagen, fühlte, wie die Läuse durch ihr Haar krochen und starrte auf die schmucklose Leinwand, während sie vom Geruckel des rollenden Karrens durchgeschüttelt wurde, als befände sie sich an Bord eines Schiffes. Tausende von Trugbildern schwirrten ihr durch den Kopf; Träume von Rettung, Bilder eines blutroten Gemetzels. Mittlerweile jedoch waren sie zu schwarzer Asche verbrannt. Corfe war tot und Heria froh darüber, denn seine Frau konnte sie nie mehr sein. Den Körper, den sie für ihn allein bewahrt hatte, tauschte man nun für einen Kanten Brot ein. Ihr gutes Aussehen, auf das sie insgeheim so stolz gewesen war, gehörte der Vergangenheit an. Ihre Augen waren stumpf wie Granit, die lange Mähne rabenschwarzen Haares verfilzt und verlaust, der Körper bedeckt mit Bissen und Wunden. Wie kantige Hügel stachen die Rippen an den Seiten hervor.

Ich bin totes Fleisch, dachte sie.

Am sechsunddreißigsten Tag nach der Abreise aus Aekir

jedoch durchbrach etwas die Mauer ihrer Teilnahmslosigkeit. Tumult erhob sich am Kopf des Zuges: jubelnde Männer waren zu hören und wiehernde Pferde. Die Frauen im Wagen regten sich und blickten einander furchterfüllt an. Was war nun wieder los? Welche Teufelei hatten die Merduks sich für sie ausgedacht?

Plötzlich ertönte ein reißendes Geräusch, und die gesamte Plane des Wagens wurde heruntergezogen und fortgerissen. Zwei Reiter stoben mit der Leinwand davon, die wie eine Flagge zwischen ihnen flatterte, wobei sie dümmlich grinsten.

Sonnenlicht strömte herein, blendend und schmerzvoll grell für die an Düsternis gewohnten Augen. Die Frauen bedeckten die Gesichter und versuchten, sich hinter ihren Lumpen zu verbergen. Gelächter drang herein. Die Welt präsentierte sich als Durcheinander aus galoppierenden Gestalten, flüchtig erspähten dunklen Gesichtern und umherpreschenden Pferden. Dann zogen die Merduks ab und ließen die verstörten, gehetzt blickenden Frauen allein zurück.

Das Land vor ihnen erstreckte sich in einer breiten, flachen Senke von mehreren Wegstunden Durchmesser, an deren Sohle sich funkelnd wie eine Schwertklinge ein breiter Fluß wand, der das Sonnenlicht gleißend zurückwarf. Rundum erhoben sich karstige und sanfte Hügel mit grünen oder goldenen Feldern oder grasenden Herden. Von der Sonne in bronzenes Licht getaucht, flimmerten sie im Nordwind.

Wo die Landschaft in die blauen Schatten der Berge im Norden hinanstieg, bot sich dem Betrachter der Anblick eines noch größeren Hügels. Es war eine Stadt, mit weißen Mauern befestigt. Rauch stieg aus den Kaminen der Häuser auf und verschleierte das azurne Gewölbe des wolkenlosen Himmels. Überall in dem dichten Labyrinth aus Straßen und Gassen fing die Sonne sich in Minaretten und Kuppeldächern. An der höchsten Stelle des Hügels schimmerte die imposante Kuppel des Ahrimuz-Tempels, nächst jenem älteren in Nalbeni der zweitgrößte der Welt.

Im Schatten des Tempels befanden sich Paläste. Inmitten der Stadt erblickten die Frauen Parkanlagen mit wellendurchzogenen Teichen in wohlgehegten Gärten. Und selbst auf diese Entfernung vernahmen sie die Gesänge aus den Türmen, mit denen man die Gläubigen zum Gebet rief. Das merkwürdig harmonische Geheul wehte mit dem Wind herab, und einen Augenblick neigte die Eskorte der Merduks demütig die Köpfe.

»Wo sind wir? Was ist das für ein Ort?« flüsterte eine der Frauen mit von Panik verzerrter Stimme.

Dennoch hörte sie ein Soldat der Eskorte. Er beugte sich vom Pferd in den Wagen hinein und packte die Frau mit seiner braunen Hand am Kiefer.

»Wir sind zu Hause«, erklärte er. »Dies ist *Orkhan*, mein und dein Zuhause. Dies ist die Stadt Ostrabar. *Hor-la Kadhar, Ahrimuzim-al kohla ab imuzir …*« Er verfiel in seine Muttersprache, als rezitiere er etwas; dann wandte er sich wieder der Frau im Wagen zu.

»Du gehen in Bett von Sultan!« Lauthals lachte er auf, bevor er die Sporen in den Leib des Pferdes bohrte und davonstob.

»Gütiger Gott im Himmel!« stieß jemand leise hervor. Andere begannen, leise zu weinen. Heria neigte den Kopf, bis das verfilzte Haar ihr ins Gesicht hing.

Erinnerst du dich an ihn? Wie er aussah, wenn er dieses verwegene Grinsen im Gesicht hatte und seine Augen leuchteten? Kannst du dich erinnern?

Es war ein Tag im Spätsommer. Die Sonne strahlte von einem kobaltblauen Himmel, und die Berge von Thurian konnte man nur als schemenhafte Gebilde am Rande der Welt erkennen. Sie befanden sich in den Hügeln über der Stadt und betrachteten das riesige Aekir, das sich entlang des glitzernden Ostian ausdehnte. Weit genug entfernt, um die gesamten Stadtmauern zu überblicken, aber doch nah genug, um das Geläut der Glocken von Carcasson zur vollen Stunde zu vernehmen. Der Klang trieb die Hügel hinauf, begleitet von leisem Lärm – dem Echo einer entfernten Menschenmenge.

Wein hatten sie getrunken und dazu Weißbrot aus den

Bäckereien der Stadt gegessen. Außerdem Äpfel der letztjährigen Ernte, verschrumpelt zwar, aber immer noch süß und saftig. Wenn sie nach Süden schauten, über die Stadt hinaus, konnten sie sehen, wo die Ufer des Ostian an seiner Mündung immer breiter wurden, bevor der Fluß sich in die Kardische See ergoß. Manchmal, wenn der Wind von Süden her wehte, flogen und kreischten sogar Möwen über den Straßen der Stadt, und ein salziger Geruch lag in der Luft, so daß Aekir wie eine Hafenstadt am Rande des Ozeans wirkte. Heria hatte es schon immer geliebt, die Hügel zu erklimmen und die Kardische See am Horizont glitzern zu sehen. Das Meer schien wie ein Versprechen für die Zukunft, wie das Tor zu einer größeren Welt. Oft überlegte sie, wie es wohl sein mochte, ein Schiff zu besitzen und damit die Seerouten der Weltmeere zu befahren, unter einem hölzernen Deck zu schlafen und das Plätschern der Wellen an ihr Ohr dringen zu hören.

Corfe pflegte über Herias Tagträume zu lachen, wurde aber niemals müde, ihnen zu lauschen. An jenem Tag trug er seine Fähnrichsuniform – torunnisches Schwarz mit blutroten Rändern. Blut und Tod nannte man diese Farbkombination. Der Säbel lag in der Scheide neben ihm am Boden.

Heria konnte sich nicht erinnern, worüber sie gesprochen hatten, nur daran, daß sie glücklich gewesen waren. Rückblickend dachte Heria, daß sie beide niemals zu schätzen gewußt hatten, wie froh sie damals sein konnten, einander zu haben. Die Sonne flutete auf den grasbedeckten Hügel herab, über das Tal unter ihnen breitete Aekir sich aus wie ein bunter, über die Welt ausgebreiteter Mantel, und das Messer schimmerte am Rande ihres Blickfelds. So viele Chancen standen den beiden offen. Alles war möglich gewesen, obwohl die Merduks sich schon zu jener Zeit, in diesem vergangenen, wundervollen Sommer, auf dem Vormarsch befanden. Das Schicksal des Paares war bereits besiegelt, und die wenigen verbleibenden Sekunden des Glücks verrannen wie Sand in einer Uhr.

Der Zug voller Schätze und Kostbarkeiten rollte und polterte hinunter auf Orkhan zu, die Hauptstadt der nördlichen

Merduks, während die Frauen blaß und stumm in den Wagen kauerten und die Reiter der Merduks lauthals Lieder vom Sieg grölten.

Der Regen hatte aufgehört. Schwach schien die Sonne auf das verwüstete Land hinunter. Corfe half dem alten Mann den schlammigen Hang hinauf, wobei er den Säbel als Stock benützte. Ribeiro folgte ihnen, das Gesicht in dreckige Fetzen gehüllt, zwischen denen das grauenhaft geschwollene Auge hervorlugte. Endlich erreichten sie die Hügelkuppe und verharrten schnaufend. Macrobius, dessen knochige Brust sich heftig hob und senkte, stützte sich mit geneigtem Haupt auf Corfe. Der schaute den Hang hinunter nach Westen und wurde plötzlich sehr still. Sogleich versteifte sich Macrobius. Die leberfleckigen Finger umklammerten Corfes Arm.

»Was ist? Was siehst du?«

»Wir sind da, alter Mann. Endlich sind wir da. Die Feste Ormann.«

Das Land fiel in westlicher Richtung ab und ging in ein breites Tal über, in dem der mächtige Searil schäumte und strömte, der nach den jüngsten Regenfällen stark angeschwollen war. Über den Fluß spannte sich eine Brücke. Am Westufer hatte man sie aus verwittertem Stein errichtet, doch hier, am Ufer im Osten, bestanden die Stützen aus frischem Holz.

Zudem hatte man große Wälle aus Erde und Stein erbaut, und Bollwerke, Schützengräben und Einfriedungen. Der Qualm glimmender Lunten trieb zusammen mit dem Rauch der Kochstellen in der Brise; über der Festung flatterte das Schwarz und Blutrot der torunnischen Flagge im Wind, bei deren Anblick Corfe einen seltsamen Schmerz in der Brust fühlte.

Die östlichen Befestigungen erstreckten sich etwa eine halbe Meile weit zu beiden Seiten der Brücke. Corfe erblickte kupfern schimmernde Kulverinen hinter Schießscharten, die mit Drahtschotterbehältern verstärkt waren, und auf und ab marschierende Soldaten und gelegentlich einen Trupp der

Reiterei. Der gesamte hintere Teil der Festung jedoch schien mit Menschen verstopft zu sein. Tausende befanden sich auf dem Platz hinter den Zinnen. Einige kochten oder brieten, andere schliefen im Dreck, wieder andere stapften zielbewußt auf den Fluß zu.

Die Brücke war voll von Leuten. Über ihre gesamte Länge stauten sich Handkarren, Tiere, Menschen zu Fuß und in Wagen. Torunnische Ordnungshüter versuchten, den Verkehr zu regeln. Panik herrschte jedoch nicht. Der Anblick glich mehr einem mißmutigen Rückzug, als wäre die Menge der Flüchtlinge zu erschöpft, um noch Furcht zu empfinden.

Çorfe schaute weiter nach Westen, über den Fluß hinaus, wo das Land zu zwei Rücken anstieg, die parallel zum Searil verliefen. Die Rücken selbst präsentierten sich steil und felsig; ihre Gipfel waren übersät mit Wachtürmen und Signalstationen. Doch am westlichen Ufer, nahe der Stelle, an der die Brücke sich über den Fluß wölbte, tat sich eine Kluft auf, gut eine Wegstunde breit. In dieser Kluft stand die eigentliche Festung von Ormann.

Die Mauern waren achtzehn Meter hoch und breit genug, daß ein Wagen auf ihnen fahren konnte. In regelmäßigen Abständen unterbrach ein Turm die Mauern, der gut dreißig Meter in die Höhe ragte und in dessen Schießscharten Kanonen funkelten. Der Verlauf der Mauern wies seltsame Knicke auf, und die Seiten der Türme trafen in merkwürdigen Winkeln aufeinander. Dies waren Neuerungen aus jüngster Zeit, die dazu dienen sollten, das Kanonenfeuer der Verteidiger zu konzentrieren, auf daß jeder, der sich der Festung näherte, von einem nördlichen Kreuzfeuer empfangen wurde.

Am südlichen Ende der langen Mauern befand sich die Zitadelle. Man hatte sie auf einem steilen Vorsprung errichtet, der sich vom übrigen Verlauf der Felsrücken abhob. Die Kanonen sollten die gesamte Front der Feste absichern.

Vor den Mauern befand sich ein mächtiger Graben, der vor mindestens sechs Jahrhunderten aus dem felsigen Boden gehauen worden war. In der Tiefe maß er an die zwölf, in der Breite mindestens sechzig Meter – das Werk unzähliger Arbeiter der Fimbrier, die den Graben zu einer Zeit errichten ließen, als die Ormann-Senke noch die Grenzen ihres Imperiums kennzeichnete, bevor die ersten Schiffe den Ostian hinauffuhren, um jenen Handelsposten zu gründen, aus dem schließlich die Stadt Aerkir wurde. Über ganze drei Meilen erstreckte der Graben sich vor den Mauern – wie ein zweiter Fluß, der den braunen Strom des Searil widerspiegelte. Auch der Graben war mit schlammigem Wasser gefüllt. Die Seiten bestanden aus glatten, eng aneinander gefügten Ziegelsteinen. Corfe wußte, daß unter Wasser Fangleinen, aufragende Spieße und zahlreiche weitere Teufeleien verborgen waren, allesamt dazu gedacht, den Boden eines jeden Bootes aufzuschlitzen, das den dummen Versuch wagte, den Graben zu überqueren. Er wußte zudem, daß entlang des Grabens einst Sprengsätze in wasserdichten Verstecken untergebracht wurden, die über unterirdische Zündtunnel mit der Hauptfestung verbunden waren. In den letzten Jahren waren diese Vorrichtungen ein wenig vernachlässigt worden, doch Corfe zweifelte nicht daran, daß die Verteidiger der Festung sie mittlerweile wieder instand gesetzt hatten.

Für gewöhnlich zählte die Garnison von Ormann etwa zwanzigtausend Mann. Sie stellte eine der drei großen torunnischen Armeen dar. Die anderen waren in Aekir und Torunn selbst stationiert. Die Armee von Aekir existierte nicht mehr, und die Streitkräfte von Torunn umfaßten etwa dreißigtausend Mann. Corfe war sicher, daß sich derzeit ein Großteil der Garnison der Hauptstadt hier in Ormann aufhielt. Der torunnische König mußte seine Kräfte hier konzentrieren, am Tor zum Westen.

»Also, ist die Ormann-Senke noch torunnisches Hoheitsgebiet?« erkundigte Macrobius sich ungeduldig.

»So ist es«, bestätigte Corfe. »Wenngleich in diesen Tagen die halbe Welt über sie hinweg nach Westen zieht.«

Ribeiro gesellte sich auf der Hügelkuppe zu ihnen und blickte hinab auf die von Menschen wimmelnde Festung, den Fluß und die kargen Landrücken dahinter.

»Gelobt sei der Herr!« rief er zutiefst bewegt. Dann kniete er nieder und küßte Macrobius' Fingerknöchel.

»Wir werden jemanden finden, der Euch als den erkennt,

der Ihr wirklich seid, Heiligkeit. Euer Aufenthalt in der Wildnis ist vorüber. Ihr seid zurück in Eurem Königreich.«

Mit einem schwachen Lächeln schüttelte Macrobius den Kopf.

»Ich habe kein Königreich. Ich hatte nie eines, außer in den Seelen der Menschen. Ich war stets nur ein Symbol, eine Galionsfigur. Vielleicht hat meine Hand ein wenig geholfen, das Ruder zu führen, aber das ist auch schon alles. Das weiß ich inzwischen. Hingegen weiß ich nicht, ob ich unbedingt wieder eine solche Gallionsfigur sein möchte.«

»Aber Ihr müßt! Heiligkeit …«

»Die Patrouille kommt«, unterbrach Corfe ihn barsch, der des frömmlerischen Geschwätzes überdrüssig wurde. »Schwere torunnische Reiterei. Es scheinen Kürassiere zu sein.«

Die Reiter bahnten sich einen Weg durch das von Menschen verstopfte Tor der östlichen Verteidigungsmauern. Wie ein Fels, der eine Welle bricht, teilten sie den Strom der Flüchtlinge; dann stapften die Pferde über den zerwühlten Schlammboden des Hügels, der unterhalb von Corfe und dessen Gefährten lag. Corfe rührte sich nicht. Er bezweifelte, daß seine Kleidung nach all dem Schmutz und Verschleiß der vergangenen Tage noch als torunnische Uniform erkennbar war. Die Soldaten hatten keinen Grund, drei weiteren zerlumpten Flüchtlingen besondere Beachtung zu schenken.

Doch Ribeiro rutschte und stolperte den feuchten Hügel hinunter, winkte mit den Armen und brüllte. Wie die Flügel eines linkischen Vogels flatterte die Kutte um die dünnen Beine. Die vorderen Reiter zügelten die Pferde. Corfe stieß einen wüsten Fluch aus.

»Was tut er denn bloß?« wollte Macrobius wissen. In seiner Stimme lag Angst.

»Der verdammte Narr will … ach, sie werden ihn schlichtweg für verrückt halten.«

Ribeiro sprach mit den Reitern der mittlerweile zum Stillstand gekommenen Schwadron. Was er ihnen erzählte, vermochte Corfe nicht zu hören, doch er konnte es sich denken.

»Wahrscheinlich versucht er, die Männer davon zu überzeugen, daß du der Pontifex bist.«

Wie unter Schmerzen schüttelte Macrobius den Kopf. »Aber das bin ich nicht – nicht mehr. Dieser Mann starb in Aekir. Es gibt keinen Macrobius mehr.«

Corfe warf ihm einen raschen Blick zu. Irgend etwas in der Stimme des alten Mannes, ein Beiklang von Verzweiflung und Resignation, löste eine schmerzvolle Regung in Corfes Innerm aus. Zum ersten Mal überlegte er, ob Macrobius tatsächlich der sein könnte, für den er sich ausgab.

»Nur die Ruhe, Vater. Sie werden Ribeiros Behauptungen als das Gewäsch eines verrückten Geistlichen abtun.«

Macrobius sank im Schlamm auf die Knie. »Sie sollten mich in Ruhe lassen. Um mich ist Dunkelheit, die niemals vergeht. Nicht einmal des Glaubens, der mir einst Halt gab, bin ich noch sicher. Ich bin ein Feigling, Soldat von John Mogen. Du hast gekämpft, um die Stadt Gottes zu beschützen, während ich in einem Frachtraum hockte, eingesperrt in meinem eigenen Palast, damit ich nicht fliehen und das Herz der Stadt mit mir nehmen konnte.«

»Auf die eine oder andere Weise sind wir alle Feiglinge«, meinte Corfe mit ungewohnt sanfter Stimme. »Wäre ich ein wirklich tapferer Mann, läge ich neben meiner erschlagenen Frau tot vor Aekirs Mauern.«

Bei diesen Worten hob der alte Mann den Kopf. »Du hast deine Frau in Aekir verloren? Das tut mir leid, mein Freund das tut mir sehr leid.«

Die Reiter zogen wieder los und ließen Ribeiro zurück. Der junge Mönch schüttelte die Fäuste und blickte ihnen nach; dann schien alle Kraft ihn zu verlassen. Corfe half Macrobius auf die Beine.

»Komm, Vater. Sehen wir zu, daß du heute nacht ein Dach über den Kopf und etwas Warmes in den Magen bekommst. Sollen sich doch die Großen um das Schicksal des Westens streiten. Uns geht es nichts mehr an.«

»O doch, mein Sohn, o doch. Falls wir uns nicht alle darum bemühen, können wir uns ebensogut hier auf den Boden legen und warten, bis der Tod uns ereilt.«

»Darüber denken wir ein andermal nach. Komm jetzt. He! Ribeiro! Hilf mir mit dem alten Mann!«

Ribeiro aber schien ihn nicht gehört zu haben. Die Hand an das heile Auge gelegt, stand er da. Stumm bewegten sich die Lippen des Mönchs.

Die drei mischten sich unter die drängende Menge zerlumpter, wirr blickender Menschen, die im östlichen Tor der Feste verschwand. Knöcheltief versanken sie im Schlamm – mehr war von der westlichen Straße nicht übrig geblieben – und wurden gestoßen und geschubst, während sie sich vorwärtskämpften. Endlich umgab sie die Dunkelheit unter dem Wachturm; dann betraten sie den Platz innerhalb der Mauern des letzten ramusischen Außenpostens östlich des Searil.

In der Festung herrschte das Chaos.

Überall waren Menschen, blutig, schmutzig und verzweifelt. In Gruppen scharten sie sich um Lagerfeuer auf dem Exerzierplatz. An den Innenmauern der Feste reihten sich primitive Zelte und Wetterdächer aneinander, die man aufgestellt hatte, um sich vor dem Regen zu schützen. Einige unternehmerische Seelen hatten behelfsmäßige Marktstände errichtet und verkauften, was sie aus den Trümmern von Aekir hatten retten können. Corfe beobachtete, wie ein Maultier geschlachtet wurde. Wie Aasgeier drängten die Leute sich um den Kadaver. Da waren Frauen, mitleiderregend ausgezehrt, die den Vorbeiziehenden für Essen oder Geld ihre Körper feilboten. Gelegentlich erblickte er rauhbeinige Kerle, die auf einem über den Matsch ausgebreiteten Mantel Würfel spielten.

Auch rohe Gewalt offenbarte sich Corfe. Er beobachtete Gruppen von Männern mit langen Messern, die den anderen Flüchtlingen alles raubten, was irgendwie von Wert war, sobald die Torunnen vorbeimarschiert waren. Corfe fragte sich, ob es auch Pardals Kameraden bis hierher geschafft hatten.

Was er sah, bestürzte ihn. Innerhalb der Festung herrschte kaum Ordnung; es schien keine Organisation, keine Autorität zu geben. Gewiß befanden sich Männer in torunnischem Schwarz, mit dunkel schimmernden Rüstungen auf den Zinnen, doch hier unten auf dem Boden waren kaum Soldaten zu sehen; es schien, als wäre die Garnison nicht mit voller Stärke besetzt. Offenbar versuchte man nicht einmal, die Masse der flüchtenden Zivilisten unter Kontrolle zu bringen. Wäre Corfe hier verantwortlich, hätte er die Menschenmassen nach Westen treiben lassen, in Sammellager, die ein gutes Stück von der Feste entfernt waren. Dann hätte er versucht, Nahrungsmittel für sie aufzutreiben und so viele Männer als Ordnungshüter für die Lager abgestellt, wie er entbehren konnte. Dies hier jedoch war die reinste Anarchie. Hatte Martellus noch das Kommando, oder hatte eine Umbesetzung stattgefunden. Wie sonst war dieses Chaos zu erklären?

Im Schatten eines der östlichen Bollwerke, von dem er zuvor ein paar mürrische junge Männer vertreiben mußte, fand Corfe ein Plätzchen zum Verweilen. Nach einem langen Blick auf das Schwert und die zerlumpten Reste der Uniform zogen die jungen Burschen ab. Corfe sammelte Holzstücke, von denen genügend herumlagen. Er nahm an, daß die Flüchtlinge einige der inneren Zäune und Katzensteige zerstört hatten. Mit beträchtlichen Schwierigkeiten brachte er ein Feuer zustande. Mittlerweile schwand das Tageslicht, und auf dem offenen Gelände innerhalb der Festung erwachten wie funkelnde Sterne flackernde Lagerfeuer zum Leben. Wenn Corfe sich erhob und über den Searil schaute, erblickte er die von Tausenden Lichtern erhellte Festung. In einem schier endlosen Zug überquerten die Menschen bei Fackellicht die Brücke, und die östlichen Tore blieben trotz der schwachen Beleuchtung geöffnet, was in Corfes Augen blankem Wahnsinn gleichkam: Immerhin bestand die Möglichkeit, daß sich in der Dunkelheit Merduks unter die Massen der in die Festung strömenden Zivilisten mischten und sich auf diese Weise Zutritt verschafften. Wer hatte hier das Kommando? Wer war dieser Narr?

Ribeiro zeigte sich nicht sehr gesprächig. Er schien erschüttert darüber zu sein, daß man Macrobius nicht sofort erkannt hatte. Den geschwollenen Kopf in den Händen saß er da und starrte in die Flammen von Corfes Feuer, als würde er darin nach einer Offenbarung suchen.

Macrobius hingegen wirkte beinahe heiter. Auf dem feuchten Boden sitzend, nickte er stumm vor sich hin. Der Schein des Feuers verwandelte das verwüstete Antlitz in eine entsetzliche Fratze. Corfe hatte diesen Gesichtsausdruck zuvor schon gesehen – bei Männern, die in den Kampf zogen.

Er bedeutete, daß sie den Tod nicht mehr fürchteten.

Konnte dieser verrückte alte Mann tatsächlich der Pontifex Maximus sein?

Corfes Magen knurrte. In den letzten anderthalb Tagen hatten sie nichts gegessen, und auch in den Tagen davor nur herzlich wenig. Die letzte anständige Mahlzeit hatte er zu sich genommen, als …

Heria war es gewesen, die sie ihm zubereitet und zu seinem Posten auf der Mauer von Aekir gebracht hatte. Auch damals war es dunkel gewesen, so wie jetzt. Gemeinsam standen sie auf dem Katzensteig und schauten hinaus auf die Lagerfeuer der Tausende von Merduks. Sie rochen den Teer und Rauch der Belagerungsmaschinerie, den Gestank des Todes, der ständig über der Stadt hing. Zum wiederholten Male flehte Corfe sie an zu gehen, doch sie wollte ihn einfach nicht verlassen. Damals hatte er seine Frau zum allerletzten Mal gesehen: dieses herzzerreißende Lächeln, bei dem sich ein Mundwinkel nach oben bog und eine Augenbraue hob. Er sah sie vor sich, wie sie über die Stufen von der Mauer hinunterstieg, wobei das Licht der Fackeln ihr Haar zum Glänzen brachte.

Zwei Stunden später setzte der letzte Angriff ein, der Corfes Welt grausam und unwiderruflich zerstört hatte.

Corfe fühlte eine Hand auf dem Arm und fuhr hoch. Abgesehen vom Feuer, war es mittlerweile stockdunkel. Das offene Gelände innerhalb der Festung präsentierte sich in flammendurchsetzter Düsternis, durch die ziellos Schatten irrten.

»Sie ist jetzt in Gottes Reich, mein Sohn. Du brauchst keine Angst mehr um sie zu haben«, meinte Macrobius sanft.

»Woher weiß du …«

»Du warst entspannt, wie in einem Traum. Dann aber, ganz plötzlich, wurden deine Muskeln hart wie Holz. Ich glaube, in letzter Zeit erkenne ich die Leiden anderer Menschen recht gut. Deine Frau ist bei Ramusio, in Gesellschaft aller Heiligen des Himmels. Nichts und niemand kann ihr mehr etwas anhaben.«

»Ich hoffe es, alter Mann. Ich hoffe es.«

Nicht einmal sich selbst gegenüber wollte Corfe die Angst eingestehen, Heria könnte noch am Leben sein und in den Händen dieser Bestien aus dem Osten unsägliche Qualen erleiden. Deshalb betete er, seine Frau möge tot sein.

Unvermittelt erhob er sich und schüttelte die Hand des Priesters ab.

»Wir müssen essen, wenn wir noch zu irgend etwas nütze sein wollen. Ribeiro, kümmere dich um den alten Mann.«

Der junge Mönch nickte. Sein Gesicht war verfärbt und glänzte wie eine faulige Frucht, und ständig spuckte er kleine Zahnbrocken aus. Insgeheim räumte Corfe ihm keine großen Überlebenschancen ein.

Zwischen den Frauen stapfte er davon, stieg über ausgezehrte Körper hinweg, die bewußtlos auf dem nassen Boden lagen, und schob zwei Weiber beiseite, die sich an ihn heranmachen wollten. Nur unter extremen Bedingungen traten die wahren Höhen und Tiefen der menschlichen Natur zu Tage. Menschen, die in Aekir vor dem Fall der Stadt zivilisierte, aufrechte, ja, sogar durch und durch fromme Menschen gewesen waren, hatten sich in Huren und Diebe und Mörder verwandelt.

Und in Feiglinge, fügte Corfe in Gedanken hinzu. Vergessen wir die Feiglinge nicht.

Niemand konnte sicher sein, wer er wirklich war, ehe er nicht an die äußerste Grenze getrieben und mit der Vernichtung der eigenen Existenz konfrontiert wurde. So nahe am Abgrund änderten sich die Dinge ebenso wie die Menschen. Selten zum Besseren, vermutete Corfe.

Als zwei torunnische Wachleute herannahten, wandte er sich ab und schob sich den Säbel hinter den Rücken, damit die Männer ihn nicht sehen konnten. Über seinen Status bei der Armee war Corfe sich keineswegs im klaren – er hatte keine Ahnung, ob er als Deserteur oder bloß als Nachzügler galt. In seinem Innersten jedoch fühlte er sich dermaßen schuldig, daß er es eigentlich nicht herausfinden wollte.

Er hatte keine Furcht verspürt, als er Aekir aufgab. Auf den Mauern mußte er mit ansehen, wie die meisten Männer seiner Einheit hingemetzelt wurden. Dann geriet er in den Strudel des überstürzten Rückzugs, der auf den Angriff des Feindes folgte. Und als feststand, daß Heria so oder so für ihn verloren war, wollte er all das Blut und den Rauch nur noch hinter sich lassen. Es war eine bittere Erfahrung gewesen, doch er konnte sich nicht erinnern, Angst empfunden zu haben. Ja, er wußte nicht einmal mehr, ob er überhaupt etwas empfunden hatte. Die Ereignisse, die ihn umspülten, schienen für menschliche Gefühle zu überwältigend.

Nun aber, abseits der tosenden Wirren jenes Tages, fühlte Corfe sich nicht mehr so sicher. *War* es Furcht gewesen? In jedem Fall wäre es seine Pflicht gewesen, bei Lejers Nachhut auszuharren und weiterzukämpfen. Dann wäre er jetzt tot oder in einem Gefangenenzug der Merduks auf dem Weg nach Osten.

»Du da!« brüllte eine Stimme. »Bleib, wo du ist. Was hast du da?«

Zwei torunnische Soldaten. Trotz allem hatten sie den Säbel bemerkt. Einen Augenblick dachte Corfe an Flucht; dann aber lächelte er über die Unsinnigkeit dieses Einfalls. Wohin sollte er noch fliehen?

Die Torunnen trugen schwarz und rot. Die Halbrüstungen waren lackiert, so daß sie wie Elfenbein glänzten. Säbel, die dem von Corfe glichen, hingen an ihren Hüften. Sie trugen den leichten Helm mit schnabelähnlichem Nasenschutz, der kennzeichnend für einen Torunnen war. Einer der beiden hatte zudem eine Hakenbüchse geschultert; die Lunte jedoch glomm nicht.

»Woher hast du diese Waffe?« wollte der Soldat ohne Hakenbüchse wissen.

»Von einem toten Torunnen«, erwiderte Corfe arglos.

Scharf sog der Mann den Atem ein. »Du gottverdammter Geier! Ich schlitze dich auf wie ein Schwein …« Er wollte zur Waffe greifen, doch sein Gefährte hielt ihn zurück.

»Warte, Han. Was hat er da an?«

Die beiden musterten Corfe genauestens. Beinahe hätte er laut aufgelacht, als er das allmähliche Begreifen in ihren Gesichtern sah.

»Ja, auch ich bin Torunne. John Mogen war mein General, und ich sah ihn auf der Ostmauer von Aerkir sterben. Noch Fragen?«

Es verwirrte Corfe, daß man ihn so wichtig nahm. Auf dem Steinboden des Vorzimmers ging er rastlos auf und ab und lauschte den an- und abschwellenden Stimmen auf der anderen Seite der Tür. Die beiden Wachmänner hatten ihn unverzüglich hierher geschafft, über die vor Menschen wimmelnde Brücke und weiter ins Herz der Festung am Westufer.

Das Durcheinander hier übertraf sogar noch jenes am anderen Flußufer. Die Flüchtlinge hatten eine Art Zeltstadt errichtet, aus Stöcken und Leinwand und was sie sonst noch innerhalb der Festung fanden. Das Lager erstreckte sich bis jenseits der mächtigen Mauern in das nähere Umland. Überall loderten Feuer in der Nacht, bis weit hinein ins Land; überall stieß man auf den Trubel und den Gestank eines riesigen Lagers.

Corfe war bestürzt, die Feste Ormann in einem solchen Zustand vorzufinden. Stets hatte er dieses Bollwerk für uneinnehmbar gehalten – aber das hatte er in den Monaten vor dem Fall der Stadt auch von Aekir gedacht. Während er darauf wartete, von General Pieter Martellus empfangen zu werden, dem Oberbefehlshaber, nistete sich ein flaues Gefühl in seiner Magengrube ein. Er hatte die langen Wagenreihen auf dem Exerzierplatz gesehen, die bis zum Rand mit Proviant beladen waren. Außerdem hatte er das rege Treiben rund um die Pferde bemerkt, und die Nacht durcharbeitende Schmiede an ihren Öfen, die kleinen lodernden Höhlen ähnelten. Corfe wurde das Gefühl nicht los, daß die Festung kampflos aufgegeben werden sollte. Obwohl er eigentlich gar nichts damit zu tun hatte, erschütterte ihn die Erkenntnis zutiefst.

Wenn die Feste Ormann fiel, welche Hoffnung bestand dann noch für Torunn selbst?

Schließlich wurde Corfe hineingerufen, und er betrat den Raum mit den hohen Wänden, der gänzlich aus Stein erbaut war, sah man von den dunklen, hüftdicken Balken ab, die sich quer über die Decke spannten. In einem tiefen, offenen Kamin knisterte ein Feuer. In der Mitte des Zimmers befand sich ein mit Landkarten und Papier bedeckter Tisch. Überall lagen Federn: Es sah aus, als wäre soeben ein Vogelschwarm aus dem Zimmer geflattert. Eine Gruppe Männer stand oder saß um den Tisch. Einige rauchten Pfeife. Als Corfe eintrat, starrten sie allesamt zu ihm hinüber.

Er grüßte und wurde sich auf unangenehme Weise seiner zerlumpten Erscheinung und des Schlammes bewußt, der von seinen Stiefeln auf den Boden bröckelte.

Der Mann, den Corfe als Martellus erkannte, erhob sich, wobei er eine Feder wie einen Pfeil von sich schleuderte.

Nicht ohne Grund nannten die Truppen ihn ›den Löwen‹. Martellus hatte eine dichte, lange Mähne und einen zottigen schwarzen Bart; durch das Haar zogen sich graue und rötlich-braune Strähnen. Die buschigen Brauen warfen Schatten über die tiefliegenden Augenhöhlen. Martellus war ein riesenhafter Kerl, dabei jedoch erstaunlich schlank – ganz anders als der bärenbrüstige Heißsporn, den John Mogen verkörpert hatte. Zehn Jahre lang war er Mogens Leutnant gewesen und stand im Ruf kaltblütiger Strenge. In den Kasernen kursierten überdies Gerüchte, daß er eine Art Zauberer sei. Mit festem Blick musterten die fahlen Augen den jungen Corfe.

»Man hat uns gesagt, du warst in Aekir«, sagte er. Seine Stimme klang so tief wie der Fall einer Münze in einen Brunnen. »Stimmt das?«

»Ja, Herr.«

»Du hast unter Mogens Kommando gestanden?«

»Jawohl.«

»Warum bist du nicht zu Lejers Nachhut gestoßen?«

Corfes Herz hämmerte in der Brust, als die Offiziere ihn angespannt betrachteten. Sie waren Torunnen wie er, Vertreter der vielgepriesenen Rasse der Krieger. Es waren Torunnen gewesen, die als erste das Joch der Fimbrier abschüttelten, Torunnen, die den ersten Vormarsch der Merduks zurückschlugen. Diese ruhmreiche Vergangenheit schien nun schwer im Raum zu lasten, vermischt mit dem ungewohnten Geschmack der Niederlage. Mogen war ihr bester Mann gewesen, und das wußten sie. Die Garnison von Aekir hatte man weithin als beste Armee der Welt anerkannt. Niemand hätte je gedacht, daß sie zu bezwingen wäre – am allerwenigsten diese Männer, die Generäle der letzten Festung des Westens. Doch keiner von ihnen hatte den Fall Aekirs miterlebt. Woher also sollten sie es wissen?

»Ich hatte keine Zeit. Nachdem die östliche Bastion fiel – nachdem Mogen starb –, begann die Massenflucht. Alle meine Männer waren tot. Ich wurde abgeschnitten von ...« Die Stimme versagte ihm. Corfe erinnerte sich an die Flammen, die Panik der Menschenmenge, die einstürzenden Gebäude. Und an das Gesicht seiner Frau.

Unbeirrt starrte Martellus ihn an.

»Ich hatte genug von all dem Blutvergießen«, gestand er, wobei er die Worte widerwillig über die Lippen preßte. »Ich wollte nach meiner Frau suchen. Als ich sie nicht finden konnte, war es zu spät, um noch zu Lejer zu stoßen. Ich geriet mitten hinein in den Strom der Massen. Ich ...« Nach kurzem Zögern fuhr er fort, ohne den Blick von Martellus' kalten Augen abzuwenden: »Ich floh mit dem Rest ins Landesinnere.«

»Du bist desertiert«, meinte jemand, und plötzlich erhob sich Stimmengewirr am Tisch.

»Vielleicht bin ich's«, gab Corfe zurück und war überrascht von der eigenen Gelassenheit. »Aekir stand in Flammen. In der Stadt gab es nichts mehr, wofür es sich zu kämpfen lohnte. Nichts, das mir etwas bedeutete. Ja, ich bin desertiert. Ich bin fortgelaufen. Macht mit mir, was ihr wollt. Ich habe einen langen Weg hinter mir und bin müde.«

Bei diesen Worten schlug einer der Männer wütend auf den Tisch, doch Martellus hielt die Hand in die Höhe. Dann verschränkte er die Arme im Rücken. Das rote Flackern aus dem offenen Kamin ließ sein Gesicht mehr denn je wie das eines katzengleichen Jägers wirken.

»Nur die Ruhe, meine Herren. Wir haben diesen Mann nicht hierhergebracht, um über ihn zu richten, sondern um Informationen zu erhalten. Wie ist dein Name, Fähnrich?«

»Corfe. Corfe Cear-Inaf. Schon mein Vater hat unter Mogen gedient.«

»Inaf, ja. Ich kenne den Namen. Nun, Corfe, ich muß dir mitteilen, daß du der erste torunnische Soldat bist, der lebend aus Aekir hier eintrifft. Die beste Feldarmee der Fünf Königreiche existiert nicht mehr. Du bist der vermutlich letzte Überlebende.«

Corfe starrte den General an. Er konnte es nicht fassen. »Sonst ist niemand hier angekommen? Kein einziger?«

»Nicht ein einziger. Nach Lejers letztem Kampf haben die Merduks Hunderte von Gefangenen gemacht. Sie sollen im Osten gekreuzigt werden. Niemand außer dir hat es so weit geschafft.«

Corfe ließ den Kopf hängen. Also war er als einziger noch am Leben, während alle anderen, die unter Mogen gekämpft hatten, tot oder in Gefangenschaft waren. Die Scham, die er empfand, ließ sein Gesicht brennen. Kein Wunder, daß die Männer um den Tisch so feindselig wirkten. Von den Tausenden Soldaten jener Armee war nur Corfe geflohen und hatte die eigene Haut gerettet. Diese Erkenntnis ließ ihn taumeln.

»Nimm Platz«, bot Martellus ihm – nicht unfreundlich – an. »Du siehst aus, als hättest du es bitter nötig.«

Corfe zog sich einen Stuhl heran und setzte sich, den Kopf in den Händen vergraben. »Was wollt ihr von mir?« flüsterte er.

»Wie ich schon sagte, Informationen. Ich will die Zusammensetzung der Armee der Merduks erfahren. Ich will wissen, wieviel Schaden Mogens Männer noch anrichten konnten, bevor das Ende kam. Und ich will wissen, warum Aekir gefallen ist.«

Corfe blickte auf. »Werdet ihr hierbleiben, um noch einmal gegen die Merduks zu kämpfen?«

»Ja.«

»So sieht es für mich aber nicht aus.«

Bei Corfes Worten regten sich die Männer am Tisch. Mit einem einzigen Blick brachte Martellus sie zum Schweigen, dann nickte er. »Ein Teil der Garnison wurde nach Westen beordert, nach Torunn. Deshalb sind wir knapp an Männern.«

»Wie viele sind noch hier? Und auf wessen Befehl sind die anderen abbeordert worden?«

»Auf Befehl von König Lofantyr selbst. Zwölftausend Männer stehen für die Verteidigung der Feste zur Verfügung, mehr nicht.«

»Dann wird Ormann fallen.«

»Ich habe nicht vor, die Feste fallen zu lassen, Fähnrich.«

»Aber sie platzt vor Flüchtlingen aus allen Nähten! Wenn die Merduks angreifen, hält sie nicht länger als eine Stunde stand.«

»Der Abmarsch der Soldaten in den Westen hat einige Verwirrung gestiftet, das stimmt. Aber langsam bekommen wir die Lage wieder in den Griff.« Martellus wirkte leicht gereizt. »Unsere Späher haben uns mitgeteilt, daß die Hauptmacht der Merduks noch in Aekir ist, obwohl wir bereits auf leicht bewaffnete Truppen gestoßen sind, kaum eine Wegstunde von hier entfernt. Uns bleibt noch genügend Zeit. Es wird Wochen dauern, ehe der Haupttruppenverband des Feindes in Bewegung kommt. Meine Befehle lauten, so viele Flüchtlinge wie möglich aus Aekir in den Westen zu schaffen, bevor wir die Brücken niederreißen. Nun sag mir, wie stark ist der Feind?«

Corfe zögerte. »Nach der Belagerung dürften noch etwa hundertundfünfzigtausend Mann übrig sein.«

Die Offiziere starrten einander an. Nie zuvor hatte man eine solche Armee gesehen; nie zuvor hatte man sich ein so riesiges Heer auch nur vorzustellen gewagt.

»Wie viele waren es denn vor der Belagerung?« platzte einer der Offiziere heraus.

»Vielleicht eine Viertelmillion. Wie Getreide auf dem Feld haben wir sie niedergemäht, doch sie rückten immer weiter vor. Ich weiß, daß auch viele zurückgeschickt wurden, um die Versorgungslinie über die Berge zu sichern; aber inzwischen haben in den Thurians bestimmt die ersten Schneefälle eingesetzt. Ich kann mir nicht vorstellen, wie die Merduks ihren Nachschub den Winter hindurch aufrechterhalten wollen.«

»Ich schon«, warf Martellus ein. »Herzog Comorin von Kardikia sagt, daß sie Hunderte von Schiffen am Ostian bauen. *Das* wird ihre neue Versorgungsroute, und die bleibt während des gesamten Winters offen. Der Vormarsch des Feindes geht also weiter.«

Martellus beugte sich über den Tisch und studierte eine Karte des Landstriches zwischen dem Searil und dem Ostian. »Zeig mir, auf welcher Linie sie vormarschieren«, forderte er Corfe auf.

Corfe erhob, sich; dann jedoch fiel ihm plötzlich etwas ein. »Hat man Macrobius inzwischen gesehen oder seine Leiche gefunden?«

»Den Pontifex Maximus? Nein. Er starb in Aekir.«

»Seid Ihr sicher? Hat irgend jemand gesehen, wie er starb?«

»Sein Palast ist niedergebrannt, und fast jeder Priester der Stadt fiel dem Schwert zum Opfer. Das habe ich von Zivilisten und Geistlichen erfahren, die dort waren. Ich glaube kaum, daß die Merduks jemanden übersehen hätten, der die Erhabenheit des Pontifex Maximus besaß.«

»Aber Mogen ließ ihn in einen Lagerraum des Palasts sperren, damit er nicht aus der Stadt fliehen konnte.«

Ungläubig starrte Martellus ihn an. »Bist du sicher?«

»Kurz vor dem Fall der Stadt kursierte dieses Gerücht. Die Glaubensritter hätten Mogen deshalb um ein Haar die Gefolgschaft verweigert. Würdet Ihr den Pontifex Maximus erkennen, wenn Ihr ihn seht?«

Martellus runzelte die Stirn. »Ich glaube schon. Ein paar Male habe ich am selben Tisch mit ihm gegessen. Warum?«

»Dann müßt Ihr ein paar Männer ans Ostufer schicken. Dort findet Ihr in der Nähe des Wachturms einen alten Mann, dem man die Augen ausgestochen hat, sowie einen jungen Mönch mit verwüstetem Gesicht.«

»Was ist mit den beiden?«

»Ich glaube, der alte Mann ist Macrobius.«

13

Charibon.

Das älteste Kloster der Welt, Heimat des Ordens der Brüder vom Ersten Tage.

Es lag an den Ufern des Sees Tor in den nordwestlichen Ausläufern der wilden Berge von Cimbric. Wenngleich umgeben vom Königreich Almark, war Charibon ein unabhängiges Gebiet, wie einst Aekir, und wurde von den Kirchenältesten und deren Führer regiert, dem Pontifex Maximus.

Etwa siebentausend Geistliche lebten und arbeiteten hier. Die Mehrheit trug das Schwarz der Brüder vom Ersten Tage, doch es gab auch einige, die das Braun der Antillianer oder das warme Rotbraun der Mercurianer trugen. Nur sehr wenige waren mit der gewöhnlichen, ungefärbten Wolle der asketischen Missionare gekleidet, der Bettelmönche.

In Charibon verfügte man über die nunmehr größte Bibliothek Normanniens, da jene in Aekir nicht mehr existierte. Außerdem beherbergte das Kloster die Stammkasernen und Übungsplätze der Glaubensritter. Weiter oben in den Hügeln, neben dem Kloster, verfügten sie über eine eigene Zitadelle. Um die achttausend Soldaten waren dort untergebracht. Für gewöhnlich stand ein Vielfaches dieser Zahl bereit, doch die meisten hielten sich im Osten auf oder waren in die verschiedenen ramusischen Königreiche entsandt worden, um im Kampf gegen die Ketzerei mitzuwirken. Gerade jetzt befanden sich zweitausend Mann auf dem Weg nach Westen, nach Hebrion.

Unten, im eigentlichen Klosterkomplex, erstreckte sich der berühmte Lange Kreuzgang von Charibon, auf dem bereits fünfzehn Generationen von Geistlichen gewandelt waren. Überdacht war er mit Zedernholz, aus der Levangore eingeführt; der Boden bestand aus Basaltblöcken, die man aus den einst vulkanischen Bergen von Cimbric geschlagen hatte.

Rund um den Klosterhof und den darin befindlichen üppigen Gärten reihten sich die übrigen Gebäude des Klosters, die aus massivem Stein errichtet und mit Schiefer aus den Steinbrüchen in den Hügeln von Narian überdacht waren. Ärmliche Strohdächer suchte man hier vergebens.

Über allem thronte beherrschend der Dom der Heiligen. Sein Umriß bestimmte das Bild Charibons und ließ es den Betrachter schon Wegstunden von den Hügeln entfernt erkennen. Ein gewaltiger, dreiseitiger Turm mit einem Horn aus Granit an jeder Ecke bildete die Spitze des Dreiecks, das der Rest des Domes darstellte. Es handelte sich dabei um die klassische ramusische Form, ein Symbol für die Betenden Hände – in einer Größe, die ein Mensch sich niemals auch nur vorzustellen gewagt hätte. Einzig die Bewohner Aekirs könnten beim Anblick des Doms von Charibon verächtlich die Nase rümpfen, wenn sie ihn mit ihrem Carcasson verglichen, an dem er sich baulich orientierte.

Doch Carcasson existierte nicht mehr.

Das Kloster erstreckte sich rund um diese beiden Brennpunkte – den Kreuzgang und den Dom. Die ursprünglich schlichte Form des Ortes hatte sich in der Unzahl der später angebauten Gebäude verloren. Mittlerweile gab es Schulen und Internate, Meditationszellen und Gärten, die das Auge erfreuten und zu geistigen Betrachtungen anregten. Die meisten Theorien, auf denen die ramusische Religion beruhte, waren hier ihren Schöpfern entsprungen, während sie auf die mit Brunnen übersäten Gärten oder die grünen Hügel hinausschauten, die sich dahinter erstreckten.

Außerdem verfügte man über Küchen und Werkstätten, Schmieden und Gerbereien, und natürlich über die berühmten Druckereien der Mönche. Charibon besaß eigene Ländereien, Herden und Felder, denn das Kloster hatte neben der geistlichen auch eine weltliche Seite. Um den sich ständig ausbreitenden Klosterkomplex war eine Stadt entstanden, und ein Fischerdorf am Westufer des Sees versorgte die Mönche mit Süßwasserheilbutt und Makrelen, an Feiertagen sogar mit Schildkröten. Charibon entsprach einem autarken kleinen Königreich, dessen bedeutendste Exportgüter die Bücher waren, die ohne Unterlaß die Druckereien verließen, und der Glaube, den die Brüder des Ordens vom Ersten Tage verkündeten und die Glaubensritter verfochten.

Vor hundertfünfzig Jahren hatte ein Truppenverband der wilden cimbrischen Stämme das Kloster geplündert. Daraufhin entflammte ein Krieg, in dem Truppen aus Almark und Torunna gemeinsam mit den Glaubensrittern in die Berge vordrangen. Letztendlich wurden die Stämme zerschlagen und dem ramusischen Glauben unterworfen, wodurch endlich die Aufgabe erfüllt wurde, an der die Fimbrier sich vier Jahrhunderte zuvor die Zähne ausgebissen hatten. Seither war in Charibon ständig ein Dutzend almarkanischer Hundertschaften stationiert, während die Torunnen Aekir weiter westlich bemannten. Charibon glich einem Juwel, einem Licht, das weiterbrennen mußte, ganz gleich, wie dunkel die Nacht auch sein mochte – vor allem nun, da Aekirs heller Schein verloschen war.

Albrec spähte hinaus in den kalten Wind, der die Augen zum Tränen brachte. Wie eine kurzsichtige Wühlmaus wirkte er, die aus dem Bau hinaus in den herannahenden Winter blinzelte. Hier oben in den Hügeln mußte man mit bitterkalten Wintern leben. Vier Monate lang hielt sich der Schnee im Kreuzgang, und an den Ufern des Binnensees bildeten sich breite Eisschollen. Während dieser Zeit glich Albrecs Zelle einem Würfel aus frostiger Luft. In der Waschschüssel mußte er erst das Eis aufbrechen, ehe er sich Wasser ins picklige Gesicht spritzen und angesichts des frostigen Nasses zusammenzucken konnte.

Albrec trug eine schon ziemlich abgetragene, braune Kutte der Antillianer. Das Heiligensymbol um seine Brust bestand aus schlichtem Holz. Er selbst hatte es in den düsteren Nächten bei Kerzenlicht geschnitzt. Charibon beherbergte zwar ausschließlich Geistliche, manche jedoch gehörten einem höheren Orden an als andere. Manche entstammten sogar dem echten Adel – Sprößlinge edler Familien, deren Väter nichts zu vererben hatten. Also schlossen sie sich den Brüdern des Ordens vom Ersten Tage an, einer anderen Art von Adel. Für das gewöhnliche Volk hingegen blieben nur die Antillianer, die Mercurianer oder, wenn man besonders fanatisch und empfindlich gegen Fußtritte war, die Bettelmönche.

Albrecs Vater war Fischer gewesen und stammte aus dem Norden von Almark – ein mürrischer Mann aus einem harten Land. Niemals hatte er seinem Sohn gänzlich dessen Angst vor dem offenen Meer und dessen Ungeschicklichkeit im Umgang mit Netzen und dem Steuer verziehen. Albrec begab sich in ein kleines Antillianerkloster in einem nahe gelegenen Dorf und fand dabei einen Ort, an dem er nicht verschmäht oder geschlagen wurde und an dem die Arbeit sich zwar als hart, aber nicht als furchteinflößend wie die Tage in einem offenen Boot erwies. Und hier, im Kloster, ließen sich Albrecs natürliche Neugierde und sein angeborener Dickschädel nutzbringend verwenden.

Da seine Hände weder für die schwere Arbeit in der Druckerei, noch für die akribischen Aufgaben eines Illustrators in den Skriptorien geeignet schienen, war er nunmehr in der Bibliothek von St. Garaso tätig. Er lebte in einer verstaubten, unterirdischen Welt aus Büchern und Manuskripten, alter Schriftrollen und Pergamenten. Und Albrec liebte diese Welt. Er war in der Lage, binnen weniger Minuten jeden beliebigen Band der Bibliothek aufzuspüren.

Auf Albrecs schier unglaubliche Kenntnis der Regale und Schränke und Stapel war es zurückzuführen, daß man ihn als Hilfsbibliothekar behielt. Im Gegenzug durfte er alles lesen, was er wollte – in Albrecs Augen eine Belohnung, die mit Gold nicht aufzuwiegen war. In der Bibliothek gab es Stockwerke, die selten besucht wurden, antike Archive und vergessene Regale, deren Inhalt in Staub und Stille vor sich hin schimmelte. Albrec hatte es sich zur Lebensaufgabe gesetzt, all diese Schätze zu erkunden.

Seit dreizehn Jahren lebte er nun hier. Unaufhörlich verschlechterten sich seine Augen; immer weiter krümmten sich die Schultern mit jedem Buch, über dem er hockte. Und doch wußte er, daß er bisher noch nicht einmal ein Zehntel der Reichtümer dieser Bibliothek ergründet hatte.

Hier fanden sich Schriftrollen aus der Zeit der fimbrischen Hegemonie, Werke, deren verklebte Seiten er in tagelanger

Kleinarbeit mit süßem Öl und einem scharfen Messer voneinander löste. Die meisten davon lehnte Bruder Commodius, der Oberbibliothekar, als weltlichen Schund oder gar Ketzerei ab. Einige hatte man sogar verbrannt, was bei Albrec tiefempfundenes Entsetzen hervorrief. Seither zeigte er den anderen Brüdern keine seiner ausgegrabenen Schätze mehr, sondern hortete sie still und heimlich. Bücher durften nicht verbrannt werden, egal, was sie enthalten mochten; das war seine feste Überzeugung. Für ihn galten alle Bücher als heilig, als Bruchstücke des Gedankenguts der Vergangenheit – Überlegungen von Menschen, die längst in ihren Gräbern ruhten. Solche Dinge *mußten* erhalten bleiben.

Deshalb verbarg Albrec die heikleren Funde, wodurch er unbeabsichtigt seine eigene, ganz private Bibliothek anlegte – eine Bibliothek voller Werke, die Albrec mit sich in die Flammen reißen würden, sollten seine geistlichen Vorgesetzten sie je entdecken.

An jenem Morgen schaute er aus einem der wenigen Fenster der Bibliothek hinaus auf die Hügel. Man erwartete, daß heute Seine Exzellenz, der Prälat von Hebrion, eintreffen und zu den anderen drei Prälaten stoßen sollte, die sich bereits in Charibon aufhielten. Im ganzen Kloster kursierten Spekulationen und Gerüchte. Dem Gerede nach trafen sich die Prälaten, um einen neuen Prontifex Maximus zu wählen, da Macrobius tot war, Gott sei seiner Seele gnädig. Andere besagten, daß sich in den westlichen Königreichen Ketzerei ausbreitete; daß Hexer sich die Verwirrung der ramusischen Monarchien nach dem Fall von Aekir zunutze machen wollten. Diese Synode, so hieß es, sollte den Beginn eines Kreuzzuges markieren, eines heiligen Krieges, um den Westen sowohl von seinen inneren Feinden wie auch von dem Merduks zu befreien, die vor den Toren heulten.

Bedeusame Zeiten, dachte Albrec ein wenig nervös. Stets hatte er Charibon als eine Art Zufluchtsort betrachtet, da das Kloster ziemlich abgelegen in den Hügeln lag. Nun jedoch erkannte er, daß es zu einem der Angelpunkte wurde, um den die Welt sich drehte. Er war nicht sicher, ob dieses Gefühl ihn erregte oder ängstigte. Er wollte lediglich Ruhe und Frieden, um ungestört in seinem staubigen, kerzenbeleuchteten Königreich in den Tiefen der Bibliothek weiterlesen zu können.

»Träumst du schon wieder vor dich hin, Bruder?« fragte eine Stimme beiläufig.

Hastig trat Albrec vom Fenster zurück. Der Mann, der ihn angesprochen hatte, war in das tiefe Schwarz der Brüder vom Ersten Tage gekleidet und trug ein goldenes Heiligensymbol um die Brust.

»Oh, du bist es, Avila. Tu das nie wieder! Ich dachte, du wärst Commodius.«

Der andere Geistliche, ein hübscher junger Mann mit dem blassen, makellosen Gesicht eines Adeligen, lachte.

»Mach dir keine Sorgen, Albrec. Er hat sich mit dem Rest der Altehrwürdigen in den Räumlichkeiten des Generalvikars verschanzt. Ich bezweifle, daß du ihn heute zu Gesicht bekommst.«

Albrec blinzelte. Er trug eine Handvoll Bücher bei sich, die er so zärtlich in den Armen hielt wie eine junge Mutter ihr Erstgeborenes. Plötzlich verrutschten sie in seinen Händen, und er gab ein bestürztes Grunzen von sich, als sie zu Boden zu fallen drohten. Avila aber fing die Bücher auf und rückte sie wieder zurecht.

»Komm, Albrec. Leg diese verstaubten Schinken eine Weile beiseite. Spazier mit mir durch den Kreuzgang und schau dir die Ankunft des Himerius von Hebrion an.«

»Ist er denn schon da?«

»Eine Patrouille hat berichtet, daß seine Gruppe nicht mehr weit entfernt ist. Du kannst die Bibliothek hinter dir absperren – die nächsten paar Stunden braucht sie bestimmt niemand. Ich glaube, halb Charibon ist draußen und gibt sich seiner Neugierde hin.«

»Also gut.«

Die Bibliothek war tatsächlich verlassen. Der höhlengleiche Ort hallte wider von ihren Stimmen und dem steten Tröpfeln einer antiken Wasseruhr in einer Ecke. Hinter sich verriegelten sie das Dreifachschloß der robusten Tür. Für Albrec war es stets ein Quell des Stolzes – ein eitler Stolz, für den er sich sogleich tadelte –, daß er die Schlüssel zu einer der größten Bibliotheken der Welt bei sich trug. Die Hände in den Kutten vergraben, schlenderten sie hinaus in den klaren, kalten Tag.

»Was hat es mit diesem hebrionischen Prälaten bloß auf sich, daß er das ganze Kloster in Aufregung versetzt?« erkundigte Albrec sich gereizt. Die breiten Gänge, durch die sie wandelten, waren von hektischen, tuschelnden Mönchen erfüllt. Von den Novizen bis hin zu den Brüdern schien heute jeder auf den Beinen zu sein. Zweimal mußten sie innehalten und sich vor einem hochrangigen Geistlichen der Brüder vom Ersten Tage verbeugen.

»Weißt du das gar nicht, Albrec? Bei allen Heiligen, du verbringst soviel Zeit mit der Nase in den Büchern, daß die Ereignisse der wirklichen Welt wie Wasser über dich hinwegspülen.«

»Auch Bücher sind ein Teil der wirklichen Welt«, entgegnete Albrec stur. Sein altes Argument. »Sie erzählen davon, was in der Welt geschehen ist, von ihrer Geschichte und Zusammensetzung. Das ist Wirklichkeit.«

»Aber dies hier geschieht *jetzt*, Albrec, und wir sind ein Teil davon. Große Ereignisse stehen bevor, und wir haben das Glück, sie miterleben zu dürfen.«

Avilas Augen leuchteten. Albrec betrachtete ihn mit einer Mischung aus Zuneigung, Verzweiflung und Ehrfurcht. Avila war einer der jüngeren Söhne der Dampiers von Perigraine. Er hatte es als selbstverständlich betrachtet, dem Orden der Brüder vom Ersten Tag beizutreten. Zweifellos würde sein Aufstieg im Orden kometenhaft sein. Er verfügte über Ausstrahlung, Energie und war unglaublich attraktiv. Albrec wußte nicht genau, wie sie beide zu Freunden geworden waren. Es mußte etwas mit den Gedanken zu tun haben, mit denen sie einander konfrontierten, mit den Argumenten, die wie Bälle zwischen ihnen hin und her flogen. Gut ein halbes Dutzend Novizen schien hoffnungslos verliebt in Avila, doch Albrec war überzeugt, daß der junge Adelige sie nicht einmal bemerkte. Eine seltsame Unschuld umgab ihn, die auch nach den zähen, verwirrenden Anfangsjahren im Kloster noch erhalten geblieben war. Andererseits beherrschte keiner das Machtspiel der Mönche besser als er. Albrec wurde das Gefühl nicht los, daß seines Freundes Qualitäten hier verschwendet wurden. Avila hätte eine Führungspersönlichkeit sein sollen, ein Offizier in der Armee seiner Heimat, statt ein Geistlicher, der sich in den Hügeln verkroch.

»Dann sag mir, was ich in meiner Unwissenheit an mir vorbeiziehen ließ«, forderte Albrec ihn auf.

»Dieser Himerius ist im Augenblick der Spitzenkandidat der Brüder des Ordens vom Ersten Tage. Auf Hebrions Thron sitzt ein junger König, der nicht viel von Religion hält. Wie mir zu Ohren kam, zeigt er Respekt vor der Kirche und holt regelmäßig den Rat von Zauberern ein. Abrusio ist ein Hafen für jede Art von Ketzern, Ausländern und Hexern geworden. Himerius hat eine Säuberung der Stadt angeordnet und will hier versuchen, die anderen Prälaten dazu zu bringen, es ihm gleichzutun.«

Albrec rümpfte die picklige Nase. »Das gefällt mir nicht. Seit Aekirs Fall ist jeder in Panik. Das schmeckt mir sehr nach Politik.«

»Natürlich ist es Politik. Mein lieber Freund, *die Kirche ist führerlos!* Macrobius ist tot; wir haben keinen Pontifex Maximus mehr. Dieser Himerius will sich so rasch wie möglich eine Machtposition erobern und sich als der starke Führer präsentieren, den die Kirche in Zeiten wie diesen braucht – einen Führer, der sich nicht scheut, mit Königen die Klinge zu kreuzen. Jeder spricht schon davon, daß er Macrobius' Nachfolger wird.«

»Jeder außer den anderen Prälaten, nehme ich an.«

»Oh, sicher! Es wird einige Kompromisse geben, die der Generalvikar vermitteln muß. Natürlich kann er seines derzeitigen Amtes wegen nicht selbst für das des Pontifex Maximus kandidieren, aber für mich steht außer Frage, daß wir schon bald einen weiteren Bruder des Ordens vom Ersten Tage an der Spitze der Kirche haben.«

»Es liegt über ein Jahrhundert zurück, daß der Pontifex Maximus kein Mönch deines Ordens war«, stimmte Albrec zu, wobei er gedankenverloren über seine braune Antillianerkutte strich. »Und von allen Prälaten ist nur Merion von Astarak kein Bruder des Ordens vom Ersten Tage, sondern ein Antillianer wie ich.«

»Die Raben lenken die Geschicke nun mal auf ihre eigene Weise«, meinte Avila fröhlich. »Das wird sich niemals ändern.«

Sie verließen den Kreuzgang und stiegen die kopfsteingepflasterten Straßen der Stadt hinauf, die den Rand des Klosters bildeten. Die Gebäude hier ragten hoch auf und überschatteten die gepflegten Wege. Auf Befehl des Generalvikars war der gesamte Ort für die Synode auf Hochglanz gebracht worden.

Geistliche verstopften die Straßen zum Hügel hinauf, um als erste jenen Mann zu Gesicht zu bekommen, der als aussichtsreichster Anwärter auf das Amt des Pontifex Maximus galt. Avila half Albrec weiter, als der kleine Mönch sich schnaufend und schwitzend den Hügel hinaufkämpfte, und auf den höher gelegenen Hängen über ihnen erblickten sie Schnee.

»Da«, rief Avila zufrieden.

Die beiden standen auf dem Landrücken, der sich südwestlich von Charibon schützend entlangwand. Der Hang um sie herum war schwarz vor Menschen, sowohl Geistlichen als auch gemeinen Bürgern. Wenn sie hinabschauten, offenbarte sich ihnen das gesamte, wunderschöne Profil Charibons, mit den Türmen und Spitzen, die in der Herbstsonne funkelten und, rechterhand gelegen, dem glitzernden Binnensee Tor.

»Ich sehe ihn«, verkündete Avila.

Albrec blinzelte. »Wo?«

»Nicht da, du Dussel! Auf der Straße nach Norden. Weißt du es nicht mehr? Er kommt über Almark! Siehst du die Eskorte der Glaubensritter? Es müssen wohl an die zweihundert Mann sein. Himerius sitzt bestimmt in der zweiten Kutsche, der mit der blutroten hebrionischen Flagge. Die betreiben ja einen ganz schönen Aufwand für ihn! Ich würde sagen, er hat die Wahl zum Pontifex so gut wie in der Tasche.«

Einer der neben ihnen Stehenden, ein hartgesichtiger Priester in der schlichten Robe der Bettelmönche, wandte sich bei Avilas Worten um.

»Was sagst du da? Himerius als Pontifex?«

»Aber ja, Bruder. Meiner Meinung nach ist das der Lauf der Dinge.«

»Und gewiß hast du dich eingehend mit der Sache befaßt, nicht wahr?«

Avilas Züge schienen sich zu verhärten. Mit all der ihm gegebenen aristokratischen Erhabenheit antwortete er: »Ich habe Verstand, Bruder. Ich kann Tatsachen überdenken und mir genauso gut wie jeder andere eine Meinung bilden.«

Der Bettelmönch lächelte; dann nickte er in Richtung der herannahenden Kavalkade. »Wenn dein Prälat den Thron des Pontifex Maximus besteigt, dürfte dir der Luxus einer eigenen Meinung nicht mehr zustehen, Freund. Vielen Unschuldigen wird nicht einmal mehr der Luxus des *Lebens* gewährt bleiben. Ich bezweifle, daß der heilige Ramusio dies im Sinn hatte, als er auf Erden wandelte. Aber es entspricht der heutigen Politik deiner Ordensbrüder, mit ihren Glaubensrittern, Säuberungsaktionen und Scheiterhaufen. Wo im *Buch der Taten* steht geschrieben, daß du deinen Nächsten töten sollst, wenn er sich von dir unterscheidet? Brüder des Ordens vom Ersten Tage! Ihr seid Gottes Aasgeier und kreist um die Scheiterhaufen, die ihr selbst errichtet habt.«

Daraufhin wandte sich der grau gekleidete Mönch um und stapfte von dannen, indem er sich mit den Ellbogen rücksichtslos den Weg durch die Menschenmenge bahnte. Mit offenem Mund starrten Avila und Ablrec ihm nach.

»Er ist verrückt«, meinte Albrec schließlich. »Bettelmönche sind stets ein wenig exzentrisch, aber der da hat völlig den Verstand verloren.«

Avila schaute den Hügel hinab, wo das Gefolge des Prälaten von Hebrion die schlammige Straße nach Norden heranpreschte und dabei Wasser aus den Pfützen aufpeitschte.

»Bist du sicher? Mir fällt keine Geschichte ein, in der

Ramusio jemanden vernichtet, der nicht an ihn glaubt. Vielleicht hat der Bettelmönch recht.«

»Ramusio hat die Frau aus Gebrar niedergestreckt, die von Dämonen besessen war«, widersprach Albrec.

»Ja« stimmte Avila abwesend zu, »das ist wahr.« Dann grinste er plötzlich in gewohnt guter Laune. »Was mit ein Grund dafür ist, warum Geistliche nicht heiraten. Frauen tragen zu viele Dämonen in ihrem Innern! Trotzdem glaube ich, daß jeder Geistliche eine Mutter hat.«

»Schweig, Avila. Jemand könnte dich hören.«

»Gewiß hört mich jemand. Na und, Albrec? Was soll schon geschehen? Was ist, wenn man auf die versteckten Bücher stößt, die du in Sicherheit gebracht hast? Denkst du nie darüber nach, was dann passieren würde? Als ich noch ein Knabe am Hof meines Vaters war, gab es dort einen Magier. Er beherrschte Zauberkunststücke mit Licht und Wasser, und niemand konnte ein gebrochenes Glied schneller heilen als er. Dieser Mann wurde mein Lehrmeister. Sind *das* die Menschen, die zu vernichten die Kirche entschlossen ist? Warum?«

»Bei allen Heiligen, Avila, wirst du wohl still sein! Du bringst uns noch in Schwierigkeiten.«

»In welche Schwierigkeiten?« fragte Avila. »Wie kann eine Unterhaltung, ein Gedanke, zum Scheiterhaufen führen? Was muß man anstellen, um einen solchen Tod zu verdienen?«

»Oh, sei doch endlich still, Avila! Ich will nicht mit dir darüber diskutieren, nicht hier und jetzt.« Mit wachsender Unruhe blickte Albrec sich um. Einige der umstehenden Geistlichen wandten sich ihnen zu und lauschten Avilas Worten.

Abermals lächelte der junge Adelige. »Schon gut, Bruder. Dieses Hühnchen rupfen wir später. Vielleicht kann Bruder Mesio uns dabei helfen.«

Albrec erwiderte nichts. Mit Vorliebe trieb Avila Unterhaltungen bis an die Grenzen der Orthodoxie. Es war beunruhigend. Manchmal hatte Albrec den Eindruck, daß die Kluft zwischen dem, was Avila glaubte und dem, was er sagte, sich ständig verbreiterte. Selbst er, der Freund des Aristokraten, vermochte nicht mit Gewißheit zu unterscheiden, wie tief die Schlucht zwischen den Worten und den tatsächlichen Gedanken des jungen Mannes reichte.

Die Reitertruppe des Prälaten donnerte vorbei. Anmutig winkte eine blasse Hand aus den Tiefen der Kutsche heraus der versammelten Menge zu. Dann war der Zug vorüber. Ein Gefühl der Enttäuschung breitete sich aus.

»Er hätte wenigstens aussteigen und uns seinen Segen erteilen können«, brummte ein Mönch neben ihnen.

Avila klopfte dem Mann auf den Rücken. »Das *war* sein Segen, Bruder! Hast du nicht gesehen, wie die Finger das Heiligzeichen formten, als er vorbeirollte? Gewiß, ein flüchtiger Segen, aber immer noch besser als gar nichts.«

Der Mönch, ein Novize der Brüder vom Ersten Tage mit der weißen Kapuze eines Studenten im ersten Jahr, strahlte übers ganze Gesicht.

»Also wurde ich vom künftigen Pontifex Maximus der Welt gesegnet. Danke, Bruder! Ich habe es gar nicht bemerkt. Du hast gute Augen.«

»Und eine überaus lebhafte Einbildungskraft«, brummelte Albrec, während Avila und er sich den Weg zurück nach Charibon hinunter bahnten. Die Glocken des Domes verkündeten die dritte Stunde, und die Mönchsscharen kehrten zum Frühstück in die jeweiligen Kollegien zurück. Bei dem Gedanken rumorte Albrecs Magen voller Vorfreude.

»Warum tust du so etwas?« wollte er von seinem Freund wissen.

»Du bist heute morgen so merkwürdig schnippisch, Bruder. Warum ich das tue? Weil es mir gefällt! Und es hat diesem Novizen einen glücklichen Tag beschwert. Bis morgen weiß vermutlich sein ganzes Kollegium darüber Bescheid, daß Himerius ihn mit seinem persönlichen Segen bedacht hat. Möge es ihnen viel Freude bereiten.«

»Ich fürchte, du schwebst in Gefahr, ein Zyniker zu werden, Avila.«

»Vielleicht. Manchmal denke ich, daß jeder, der diese schwarze Kutte trägt, entweder ein religiöser Fanatiker oder ein kaltblütiger Intrigant sein muß.«

»Oder der jüngste Sproß eines Adeligen. Davon gibt es hier viele, vergiß das bloß nicht.«

Avila grinste zu seinem kleinwüchsigen Freund hinab. »Komm, Antillianer. Willst du heute morgen mit dem Sohn des Adeligen frühstücken? Wenn irgend jemand mit dem Finger auf deine matschig-braune Kutte zeigt, dann sag ihm, daß du ein Gelehrter bist, der unsere Bibliothek besichtigen möchte. Und wie du weißt, ist unsere Mensa berühmt.«

»Das weiß ich. Also gut. Wenn du mich vor den Mätzchen der Novizen verschonst. Ich habe keine Lust, mir heute morgen mein Essen erkämpfen zu müssen.«

Die beiden Mönche schlenderten den Weg hinunter über die kopfsteingepflasterten Straßen ins Kloster – der große Bruder vom Ersten Tage und der plumpe, kleine Antillianer. Niemand, der das ungleiche Paar betrachtete, wäre auf den Gedanken gekommen, daß die beiden eines Tages den Lauf der Welt verändern sollten.

Die großen Glocken des Domes von Charibon läuteten Stunde um Stunde ein. Die Bewohner des Klosters sprachen ihre Gebete, nahmen ihre Mahlzeiten ein und lasen in raschem Gemurmel ihre Psalme. In den luxuriös ausgestatteten Räumlichkeiten des Generalvikars jedoch saß ein erlesener Kreis beisammen und nippte an dem candelarischen Wein, der zum Essen serviert wurde. Die Versammelten hatten die Stühle von dem langen Tisch zurückgeschoben, dankten Gott für die reichen Gaben, an denen sie sich laben durften, und genossen nun das Feuer, das in einem offenen Kamin an einer Seite des Raumes knisterte.

Fünf Männer, die mächtigsten religiösen Führer der Welt.

Am Kopf des Tisches saß der Generalvikar des Ordens der Brüder vom Ersten Tage, Betanza von Astarak, vormals Herzog dieses Königreiches. Erst spät im Leben hatte er seine Berufung erfahren – mit Hilfe der Freibeuter, wie manch einer meinte, die vor dreißig Jahren bei einem Sturmangriff sein Leben zerstört hatten. Er war ein großer, kräftiger Mann an der Grenze zur Dickleibigkeit, mit rötlichem Gesicht und einem Schädel, der auch ohne Tonsur nahezu kahl gewesen wäre. Das Heiligensymbol um seine Brust bestand aus Weißgold, besetzt mit Perlen und winzigen Rubinen. Abwesend betastete er es, während er in die vom Kerzenlicht erhellten Tiefen des Weines starrte.

Die anderen Männer vertraten vier Königreiche. Merion von Astarak war noch nicht eingetroffen. Man vermutete, daß er durch frühe Schneestürme in den Pässen des Malvennor-Gebirges aufgehalten wurde. Heyn von Torunna war zugegen, ebenso Escriban von Perigraine und Marat von Almark. Und am Kopf des Tisches, andächtig den letzten Rest des Glases leerend, saß Himerius von Hebrion, dessen Ankunft heute morgen im gesamten Kloster für so große Aufregung gesorgt hatte.

Alle Anwesenden waren Brüder des Ordens vom Ersten Tage, und alle hatten das Noviziat hier in diesem Kloster verbracht. Für alle – bis auf Betanza – stellte es die Heimat ihrer Jugend dar und barg sehr viele angenehme Erinnerungen. Doch im Augenblick zeigten die Männer durchweg ausdruckslose, ja, geradezu verdrießliche Mienen.

»Ich kann nicht noch mehr Glaubensritter ziehen lassen«, stellte Betanza im Tonfall eines Mannes fest, der es leid war, sich ständig zu wiederholen. »Wir brauchen sie da, wo sie sind.«

»Ihr habt Tausende davon auf dem Hügel, die bloß herumsitzen«, widersprach Heyn von Torunna, ein dünner Mann mit schwarzem Bart. Die Ringe unter den Augen waren dermaßen dunkel und die Wangen so eingefallen, daß er wie ein kranker Mann aussah.

»Das ist unsere einzige Reserve. Charibon darf nicht ohne Verteidigung dastehen. Was ist, wenn die Stämme wieder rebellisch werden?«

»Die Stämme!« rief Heyn verächtlich. »Die haben euch aber nicht davon abgehalten, zweitausend Männer nach Hebrion zu senden, um Bruder Himerius' Weisungen zu vollstrecken. Gibt es *Stämme* in Hebrion, oder Merduks vor den Toren?«

Bei diesen Worten zog der hebrionische Prälat leicht die

Augenbrauen hoch; ansonsten aber behielt er die unnahbare, erhabene Miene bei, die seine Kollegen ungemein verwirrte.

»Lofantyr braucht Männer. Er braucht sie dringend. Schon fünftausend wären im Augenblick ein Segen«, fuhr Heyn beharrlich fort.

»Trotzdem zieht er Truppen von Ormann ab«, warf Himerius liebenswürdig ein. »Ist er von der Uneinnehmbarkeit der Feste so sehr überzeugt?«

»Torunn muß ausreichend besetzt sein, für den Fall, daß Ormann fällt«, erwiderte Heyn.

»Gott bewahre!« rief Marat von Almark.

»Also wirklich, Brüder«, schaltete Betanza sich ein. »Wir sind nicht hier, um Politik zu diskutieren, sondern um über die religiösen Bedürfnisse dieser Zeit zu sprechen. Es obliegt den Königen der Welt, den Glauben zu verfechten. Wir sind lediglich geistige Führer.«

»Aber …«, setzte Heyn an.

»Und die Reserven der Kirche müssen auf jeden Fall für die Bedürfnisse der Kirche zur Verfügung stehen. Wir waren ohnehin schon großzügig genug mit unserer Unterstützung. Wie viele tausend Glaubensritter sind in Aekir umgekommen? Nein, wir haben uns mit anderen Themen zu befassen, die genauso wichtig sind wie die Verteidigung der westlichen Festungen.«

Escriban von Perigraine, ein großer, gelangweilt wirkender Mann, der besser in Hofbrokat denn in eine Mönchskutte gepaßt hätte, lachte kurz auf.

»Mein lieber Betanza, wenn Ihr auf das Amt des Pontifex Maximus anspielt, da gibt es wohl nicht mehr viel zu entscheiden. Gemessen an den Beifallskundgebungen Eurer eigenen Mönche, hat unser geschätzter Bruder Himerius diesen Rang wohl schon in der Tasche.«

Die Männer um den Tisch setzten grimmige Mienen auf. Selbst Himerius bewies soviel Anstand, einen peinlich berührten Eindruck zu machen.

»Über das Amt des Pontifex Maximus wird durch die Stimmen der fünf Prälaten der ramusischen Königreiche und die ihnen unterstellten Bischofskollegen entschieden. Durch niemanden sonst«, stellte Betanza fest, während sein ohnehin gerötetes Gesicht noch röter anlief. »Zu gegebener Zeit werden wir uns darüber unterhalten und um Gottes Geleit in dieser Angelegenheit beten, denn es ist die wichtigste aller Entscheidungen. Außerdem sind wir noch nicht vollzählig. Bruder Merion von Astarak muß erst noch zu uns stoßen.«

»Euer Landsmann, der Antillianer – natürlich. Das sollte keine Beleidigung sein«, meinte Excriban beschwichtigend. »Wie wird er wohl stimmen, was meint Ihr?«

Betanza blickte ihn finster an. »Bruder Escriban, als Schiedsrichter und Überwacher dieser Zeremonie rate ich Euch, einen angemessenen Ton anzuschlagen.«

»Welche Zeremonie? Mein lieber Freund, wir sind nur Kollegen unter dem gemeinsamen Dach der Kirche, die beim Essen plaudern. Die Synode hat sich noch nicht einmal versammelt.«

Das wußten die Männer, die um den Tisch saßen – genauso wie sie wußten, daß die eigentliche Aufgabe der Synode vermutlich erfüllt sein würde, bevor sie überhaupt begann. Merion galt nicht als Kandidat, denn er war kein Bruder des Ordens vom Ersten Tage; aber sollten die Prälaten gleichmäßig verteilt wählen, konnte seine Stimme sich als Zünglein an der Waage erweisen. Man durfte ihn nicht außer acht lassen.

»Wie ist er überhaupt Prälat geworden?« murmelte Marat. »Ein Mann aus gewöhnlicher Familie und von einem anderen Orden.«

»König Mark hält große Stücke auf ihn. Er war der einzige astaranische Kandidat, der aufgestellt wurde«, antwortete Betanza. »Das Bischofskollegium hatte keine Wahl.«

»In Almark regelt man dergleichen Dinge besser«, stellte Marat fest. Er war stämmig und trug einen gewaltigen weißen Bart, der über die Brust bis zum Bauch hinabhing. Seine Heimat Almark war das letzte Land, das die Fimbrier vor dem Ende ihrer Alleinherrschaft eroberten; dennoch galt es als das konservativste der fünf Königreiche.

»Was ist mit dieser Säuberungsaktion, die unser verehrter Kollege in Hebrion angeordnet hat?« erkundigte sich Heyn, während er sich mit knochig-weißen Fingern die eingefallenen Schläfen rieb. »Sollen wir daraus ein Programm machen, das den ganzen Kontinent umfaßt, oder handelt es sich nur um ein örtliches Problem?«

Himerius betrachtete seinen kristallenen Kelch; die Raubvogelzüge verrieten nichts. Er wußte, sie alle warteten darauf, daß er das Wort ergriff. Trotz der gespielten Zuversicht und der großen Worte hatte er erkannt, daß die anderen im Augenblick zu ihm aufblickten. Als einziger von ihnen hatte er es gewagt, den Wünschen seines Königs zu widersprechen.

Langsam stellte er das Glas ab und hielt inne, um sicher zu gehen, daß man ihm ungeteilte Aufmerksamkeit schenkte.

»Die Lage in Hebrion ist ernst, Brüder. In gewisser Weise ist sie genauso schlimm wie die Krise im Osten.« Auf seiner wundervoll gebogenen Nase spielte das Kerzenlicht. Er wies die Züge eines fimbrischen Eroberers auf und war sich dessen bewußt.

»Abrusio ist eine schillernde, bevölkerungsreiche Stadt, da sie nun einmal am Westlichen Ozean liegt. Schiffe aus allen Teilen Normanniens laufen dort ein, sowohl Schiffe der Ramusier wie auch der Merduks. Die Bevölkerung dieser Stadt gleicht einem Schmelztiegel, einem Gemisch, das sich aus dem Abschaum Hunderter anderer Städte zusammensetzt. Und in solchem Boden, liebe Brüder, schlägt die Ketzerei leicht Wurzeln.«

»Der König von Hebrion ist ein junger Mann. Er hatte einen großartigen Vater, Bleyn den Frommen, dessen Namen ihr alle kennt, aber sein Sohn ist nicht aus demselben Holz geschnitzt. In seiner Jugend hatte er einen Hexer als Tutor und verschmähte die Weisheit der Lehrmeister des Ordens vom Ersten Tage. Folglich mangelt es dem jungen Mann an einem gewissen ... Respekt vor der Autorität und den Traditionen der Kirche.«

Escriban von Perigraine grinste. »Ihr meint, er ist sein eigener Herr.«

»Ich meine nichts dergleichen«, fuhr Himerius ihn plötzlich mürrisch an. »Ich meine, wenn man ihn frei gewähren läßt, könnte der Einfluß der Kirche in Hebrion unwiderruflich geschädigt werden, und nur die Heiligen wissen, welches

Treibgut und Strandgut aus allen Ecken und Enden der Welt sich dann in Abrusio niederließe. Ich habe gehandelt, um dies zu vermeiden. Ich habe versucht, die Stadt und letztlich das ganze Königreich zu säubern. Aber meine Informanten berichten mir, daß die Zahl der Vollstreckungen in dem Augenblick zurückging, als ich die Stadt verließ – zweifellos auf Befehl des Königs.«

»Mehr als ein paar Verbrennungen braucht es gar nicht, damit die Leute herbeiströmen und vor der Kirche auf die Knie sinken«, bekräftigte Marat von Almark grimmig. »Du hast richtig gehandelt, Bruder.«

»Danke. Auf jeden Fall, meine lieben Kollegen, habe ich vor, die Angelegenheit auf den Tisch zu bringen, sobald die Synode versammelt ist. Abelyn von Hebrion muß lernen, daß man sich nicht so einfach über die Autorität der Kirche hinwegsetzt.«

»Was habt Ihr vor? Wollt Ihr ihn exkommunizieren?« erkundigte sich Heyn von Torunna ungläubig.

»Sagen wir … die Drohung mit der Exkommunikation ist mitunter genauso wirksam wie die Durchführung derselben.«

»Dabei überseht Ihr aber einen Punkt, Bruder«, warf Betanza ein. Unablässig spielten seine Finger mit dem Heiligensymbol. »Nur der Pontifex Maximus verfügt über die Macht, einen gesalbten ramusischen König zu exkommunizieren oder anderweitig zurechtzuweisen. Als schlichter Prälat könnt Ihr ihm nichts anhaben.«

»Ein Grund mehr, den neuen Pontifex so rasch wie möglich zu wählen«, entgegnete Himerius unbeirrt.

Während die anderen darüber nachdachten, herrschte Stille.

»Ist das tatsächlich die rechte Zeit, sich mit Königen anzulegen?« fragte Heyn schließlich. »Bedrohen nicht schon genug Krisen den Westen, ohne daß wir neue hinzufügen müssen?«

»Dies ist die beste Zeit dafür«, widersprach Himerius. »Durch Macrobius' Tod, den Fall von Aekir und den Verlust der dort dienenden Armee der Glaubensritter hat das Ansehen der Kirche schrecklich gelitten. Wir *müssen* die Initiative wieder an uns reißen, unseren Einfluß als vereinte Institution geltend machen und dem Westen demonstrieren, daß wir immer noch die höchste Autorität auf dem Kontinent darstellen.«

»Also sollen wir die Feste Ormann fallen lassen, um zu beweisen, wie mächtig wir sind?« wollte Escriban wissen.

»Wenn wir das tun, werden spätere Generationen unsere Namen verabscheuen – und zwar mit Fug und Recht«, warf Heyn erregt ein.

»Es gibt keinen Grund, weshalb die Feste fallen sollte«, beschwichtigte Himerius, »aber das liegt in der Verantwortung von Torunna. Es ist nicht Sache der Kirche.«

Daraufhin erhob sich Heyn und schob den Stuhl zurück. Die schwarze Kutte flatterte um die dürre Gestalt, als er sich dem Feuer zuwandte. Seine Augen funkelten wie die Kohlen im Kamin.

»Dieses Gerede von *Verantwortung* ... der Westen hat die Verantwortung, Torunna in dieser schweren Zeit beizustehen. Wenn die Merduks die Feste der Ormann einnehmen, fällt mit größter Wahrscheinlichkeit auch Torunn selbst. Dann brauchen die Heiden auf ihrem Vormarsch keine Hürde mehr zu überwinden, abgesehen von den Bergen von Cimbric. Und was ist, wenn sie sich nach Norden wenden und die Berge umgehen? Dann ist unser geliebtes Charibon als nächstes an der Reihe. Obliegt es dann unserer *Verantwortung*, es zu verteidigen – oder sollen wir warten, bis die Flut der Merduks gegen die Tore von Abrusio schwappt?«

»Ihr seid erregt, Bruder«, meinte Betanza besänftigend. »Und das mit gutem Grund. Für Euch ist es gewiß nicht leicht.«

»Ja. Ich möchte wetten, Lofantyr hat Euch gehörig die Daumenschrauben angesetzt, Heyn«, stimmte Escriban zu. »Was habt Ihr ihm versprochen, bevor Ihr hierherkamt? Eine Armee der Glaubensritter? Die Lanzenreiter von Perigraine? Oder vielleicht gar die Kürassiere von Almark?«

Heyn setzte eine grimmige Miene auf. Im Feuerschein wirkte sein Antlitz wie ein bösartiger Totenschädel.

»Nicht für jeden von uns ist das Leben ein einziger Witz, Escriban«, schoß er giftig zurück.

Betanza ließ die kräftige Hand auf den Tisch niederkrachen, so daß die Gläser klirrten und alle Anwesenden hochfuhren.

»*Genug!* Wir haben uns nicht hier versammelt, um Beleidigungen auszutauschen. Wir sind die Kirchenältesten, die Erben der Tradition von Ramusio selbst. Mit Belanglosigkeiten geben wir uns nicht ab. Dafür ist keine Zeit.«

»Dem schließe ich mich an«, murmelte der alte Marat sich in den weißen Bart. »Mir scheint, wir haben uns diesmal mit zwei Themen zu befassen. Zum einen mit der Vergabe für das Amt des Pontifex Maximus. Darüber muß zuerst entschieden werden, denn es betrifft alles andere. Zum zweiten müssen wir uns mit dieser Säuberungsaktion beschäftigen, die unser hebrionischer Bruder ins Leben gerufen hat und ausgeweitet sehen möchte. Wollen wir, daß sie sich über alle fünf Königreiche erstreckt? Ich persönlich bin dafür. Das gemeine Volk der Welt gleicht einer Rinderherde. Von Zeit zu Zeit muß man es den Stock des Hirten spüren lassen.«

»Merion von Astarak ist auch so ein Rind, Marat«, meinte Escriban. »Der stimmt ganz gewiß nicht für die Ausweitung der Säuberungsaktion auf den gesamten Kontinent, das kann ich Euch jetzt schon sagen.«

»Er ist nur ein Mann, wir aber sind fünf.« Marat blickte in die Runde; dann lächelte er. Wie ein wohlwollender Patriarch wirkte er, doch in seinen Augen lag keine Güte. »Fein«, sagte er.

Heyn hielt sich abseits am Feuer. Schließlich meldete er sich zu Wort.

»Torunna verfügt im Augenblick nicht über die Mittel, eine Säuberungsaktion durchzuführen. Dafür werden wir Hilfe von außerhalb benötigen.«

Betanza nickte. Sein kahler Schädel glänzte. »Natürlich, Bruder. Ich bin sicher, ich kann ein angemessenes Kontingent der Glaubensritter für Euch abstellen, um es Euch zu erleichtern, in Eurem belagerten Prälat Gottes Werk zu vollbringen.«

»Sechstausend Mann?«

»Fünf.«

»Sehr gut.«

Himerius trank den letzten Rest Wein. Er sah wie ein Falke aus, der sich gerade eine fette Taube geschnappt hatte. »Es tut gut, diese Dinge offen mit Freunden zu besprechen – brüderlich und ohne Verbitterung.« Betanzas und sein Blick trafen einander. Kaum merklich nickte der Prälat von Hebrion.

Escriban von Perigraine kicherte.

»Was ist denn nun mit dem Amt des Pontifex Maximus?« erkundigte sich Betanza. »Wer möchte dafür kandidieren?«

»Oh, bitte, Bruder Betanza«, stöhnte Escriban mit geheuchelter Bestürzung. »Müßt Ihr denn so unverblümt sein?«

Abermals trat Stille ein, die diesmal länger andauerte. Indem man Himerius' Vorschläge angenommen hatte, war die Entscheidung mehr oder weniger gefallen, doch niemand wollte aussprechen, was sie alle wußten.

»So Gott mir die Kraft gibt, will ich kandidieren«, verkündete Himerius schließlich, ein wenig verärgert darüber, daß niemand ihn öffentlich dazu gedrängt hatte.

Betanza seufzte. »So sei es. Natürlich ist dies alles völlig informell, aber ich muß Euch fragen, Brüder, ob es irgendwelche Einwände gegen Bruder Himerius' Kandidatur gibt.«

Wiederum herrschte Schweigen. Heyn wandte sich ab und starrte ins Feuer.

»Niemand sonst will kandidieren?« Betanza ließ den Blick in die Runde schweifen, dann zuckte er die Schultern. »Nun, wir haben einen Kandidaten, den wir der Synode vorschlagen können. Es bleibt abzuwarten, was das Bischofskollegium daraus macht.«

Doch sie alle wußten, daß die Bischöfe stets in Einklang mit ihrem jeweiligen Prälaten stimmten. In Wahrheit war längst über das Amt des Pontifex Maximus der westlichen Welt entschieden worden – von fünf Männern in einem kerzenbeleuchteten Raum beim Abendessen.

14

Herbst im Malvennor-Gebirge. Der Schnee versperrte zum Teil bereits die höher gelegenen Pässe, und von den gigantischen Gipfeln stoben im auffrischenden Wind weiße Schneewehen und -fahnen auf.

Abeleyn zog den Pelzkragen seines Mantels enger um den Hals und schaute hinauf zum Hochland im Osten und Norden. Die Berge von Malvennor ragten bis zu viertausendundsechshundert Meter über Meereshöhe auf, und selbst hier, in den schneebedeckten Hügeln am Fuß der Berge, war die Luft schneidend und dünn. Die Bergführer hatten die Gruppe bereits vor den Gefahren der Höhenkrankheit und der Schneeblindheit gewarnt.

Vor fünf Wochen hatte Abeleyn Abrusio verlassen, um sich auf den Weg zur Konklave der Könige in Vol Ephrir in Perigraine zu machen. Zügig überquerte sein Schiff den fimbrischen Golf und legte in der autonomen fimbrischen Stadt Narbukir an. Danach stieg er auf ein Boot um, in dem er die anstrengende Reise auf dem Fluß Arcolm antrat. Wo der Arcolm nicht mehr befahrbar war, wechselten sie auf Pferde. Jetzt erblickte er den Fluß, ein schmales Rinnsal, das sich weiter drüben schäumend durch die vereisten Felsen wand. Man erzählte sich, daß ein Mann mit langen Beinen weiter oben in den Bergen über den Fluß hinwegschreiten könne. Kaum zu glauben, daß der Strom unten am Golf eine drei Wegstunden breite Mündung aufwies.

Der Rest der Gruppe befand sich weiter hinten und kämpfte sich den steilen Hang zu Abeleyn herauf. Er reiste mit einer angemessenen Eskorte: zweihundert hebrionische Hakenbüchsenschützen und Schwertkämpfer sowie achtzig Männer der schweren Kavallerie, bewaffnet mit Lanzen und doppelläufigen Luntenschloßpistolen. Dann waren da noch die Maultiere des Gepäckzuges, die Köche, die Pferdeknechte, die Schmiede und jede Menge andere Diener, die zu Abeleyns Reiseaufgebot gehörten. Alles in allem begleiteten etwa vierhundert Mann den König von Hebrion über das

Malvennor-Gebirge – ein fast schon bescheidenes Gefolge. Nur einem König war es gestattet, mit einer solchen Streitmacht ein fremdes Land zu bereisen; dies war man der Würde eines Monarchen schuldig.

»Wir lagern hier. Morgen versuchen wir, den Paß zu überqueren«, teilte der König seinem Kammerdiener mit.

Der Mann verbeugte sich im Sattel, dann wendete er das Pferd, um mit dem Errichten des Lagers zu beginnen.

Entspannt saß der König im Sattel und beobachtete, wie die Gruppe von Menschen und Tieren, die sich schwerfällig durch den Schnee quälte, auf dem Hang hinter ihm zusammenströmte. Die Pferde hatten Mühe beim Gehen. Wenn der Schnee noch viel tiefer wurde – und das wurde er mit Sicherheit –, mußten sie alle zu Fuß weitermarschieren und die Reittiere hinter sich her ziehen. Die Schneefälle hatten dieses Jahr früh eingesetzt, und ein eisiger Wind wehte um die hohen Gipfel. Die Gluthitze Abrusios erschien wie ein Traum.

»Erwartet Ihr, König Mark hier zu treffen, Majestät?« erkundigte sich eine Frauenstimme.

»Hier in der Gegend.« Der König wandte sich um und betrachtete die vermummte Dame, die hinter ihm auf ihrem Zelter saß. Das auf Paßgang abgerichtete Roß spürte die Kälte. Für eine solche Reise war es nicht das beste Tier. »Ich hoffe, Ihr habt gute Wanderstiefel dabei. Euer Gaul wird in die Knie gehen, ehe wir zehn weitere Wegstunden hinter uns gebracht haben.«

Fürstin Jemilla warf die Kapuze zurück. Das dunkle Haar wand sich in gewundenen Zöpfen um den Kopf und wurde von perlenbesetzten Nadeln gehalten. Zwei größere Perlen leuchteten wie kleine Monde in den Ohrläppchen. Im grellen Licht funkelten ihre Augen.

»Der Marsch wird mir guttun. Ich habe zugenommen.«

Abeleyn grinste. Wenn dem so war, hatte er es nicht bemerkt. Er schaute den Hügel hinab. Seine Gefolgschaft stellte soeben die großen Lederzelte auf. Außerdem erblickte er das sanfte Flackern eines Feuers. Seine Zehen in den mit Pelz ausgekleideten Stiefeln waren taub vor Kälte, und der schneidende Wind riß ihm den Atem förmlich von den Lippen. Dennoch ritt er nicht sofort zu den wärmenden Feuern hinunter. Statt dessen blickte er nach Süden, die Berge entlang nach Astarak, das an der Südseite des Arcolm blau in der Ferne schimmerte. Um die Wahrheit zu sagen, befanden sie sich zur Zeit in Astarak, denn der Arcolm stellte seit jeher die traditionelle Grenze zwischen Astarak und Fimbrien dar. Hier in den Bergen jedoch spielten solche Spitzfindigkeiten keine Rolle. Hirten trieben ihre Ziegen ohne Formalitäten von einem Königreich ins andere, wie sie es schon immer getan hatten. Hier oben kamen einem Dinge wie Grenzen und Diplomatie wie eine Farce vor, die sich in den Palästen der Welt abspielte.

»Wann glaubt Ihr, wird er kommen?« fragte Jemilla.

In letzter Zeit wurde sie ein wenig zu anhänglich. Darauf mußte er achtgeben.

»Ich hoffe, schon bald, Fürstin Jemilla, schon bald. Aber er kommt bestimmt nicht schneller, weil wir hier nach ihm Ausschau halten. Kommt, wir wollen uns aufwärmen und den Pferden ein wenig Ruhe gönnen.« Damit trieb Abeleyn das Tier den eisigen Hang hinunter.

Jemilla folgte ihm nicht gleich. Sie saß auf der zitternden Stute und blickte dem davonreitenden König nach. Sanft betastete sie mit behandschuhter Hand ihren Leib, und für einen Augenblick wurden ihre Gesichtszüge hart wie Granit. Dann folgte sie ihrem König und Liebhaber hinunter in das zunehmend rege Treiben des Lagers und zu den Feuern, die sich orange und gelb gegen den Schnee abzeichneten.

Der Wind hatte sich in einen Sturm verwandelt. Abeleyn streckte dem glühenden Ofen die Hände entgegen – schon bald würde ihnen die Kohle ausgehen – und betrachtete das Schneegestöber, das mit Einbruch der Nacht über sie hergefallen war. Vielleicht hätte er doch den Seeweg wählen sollen, südöstlich durch die Meerenge von Malacar. Aber in diesem Fall hätte er eine kleine Flotte als Eskorte benötigt. Für die Korsaren wäre ein hebrionischer König eine zu verlockende Beute gewesen, als daß sie ihn ungeschoren hätten vorbeiziehen lassen, trotz – oder gerade wegen – der schon lange bestehenden Übereinkunft mit der hebrionischen Krone.

Außerdem brauchte Abeleyn diese Gelegenheit, offen mit König Mark zu reden, bevor sie alle in die Intrigen der Konklave verstrickt wurden.

Irgend etwas stieß gegen das Zelt, offenbar vom Wind herangeweht. Einen Augenblick zappelte es dort herum, als der Kammerdiener ins Zelt trat. Er kam aus dem angrenzenden Nebenzelt, von wo das Geklapper von Geschirr herüberdrang. Die Reste des Abendessens wurden gerade abgeräumt.

»War da etwas, Majestät? Ich dachte, ich hätte gehört, wie ...«

»Es war nichts, Cabran. Entlaß doch bitte die Bediensteten, ja? Sie können morgen früh weitermachen.«

Der Kammerdiener verneigte sich; dann verschwand er in der geräumigen Erweiterung und klatschte vor den Dienstmägden in die Hände. Abeleyn erhob sich und zog den schweren Ledervorhang zu, der den Lärm draußen hielt.

»Majestät.« Am Eingang stand der Leibwächter. »Wir haben hier etwas. Es ist gegen das Zelt geprallt und Ihr habt uns aufgetragen, Ausschau zu halten nach ...«

»Ja«, schnitt Abeleyn ihm das Wort ab. »Bring es her, und laß niemanden herein.«

Der Eingangsvorhang wurde zurückgezogen. Ein vermummter, schwer bewaffneter Mann stapfte herein und brachte eine Schneewolke und eisige Luft mit ins Zeltinnere. Er hatte etwas in den Händen, das er auf ein Nicken von Abeleyn auf das niedrige Feldbett setzte.

»Danke, Merco. Habt ihr da draußen auch ein anständiges Feuer?«

»Es geht, Majestät. Wir wechseln uns jede Stunde ab.« Die Stimme des Mannes drang gedämpft durch die Umhangfalten, die er sich ums Gesicht gewickelt hatte.

»Sehr gut. Das ist dann alles.«

Merco verbeugte sich und verließ das Zelt. Der Schnee, den er hereingeweht hatte, begann bereits, auf dem dicken Leder zu schmelzen, mit dem der Zeltboden ausgelegt war. »Nun,

Golophin?« meinte Abeleyn. Er beugte sich über den eisverkrusteten Gerfalken, der zusammengekauert auf den Fellen des Feldbetts saß, und strich ihm sanft über das Gefieder. Die gelben, nicht menschlichen Augen schauten ihn an. Der Schnabel öffnete sich, und die Stimme des alten Zauberers sagte:

»Genau nach Plan, Majestät.«

»Ist der Vogel betrunken, daß er gegen mein Zelt fliegt?«

»Der Vogel ist erschöpft, mein Freund. Dieser verfluchte Schneevogel hätte ihm fast endgültig den Rest gegeben. Wenn das so weitergeht, wirst du noch jede Menge Spaß bei der Überquerung des Passes haben.«

»Ich weiß. Was ist mit König Mark?«

»Er ist nur noch ein paar Stunden entfernt. Mark reist mit einer kleineren Gruppe als du. Wahrscheinlich hat er andere Ansichten, was die Würde eines Königs angeht.«

Abeleyn lächelte, während er die Federn des Vogels streichelte. »Wahrscheinlich. Nun, alter Mann, welche Neuigkeiten hast du diesmal für mich?«

»Bedeutsame Neuigkeiten, mein Junge. Ich ließ den Vogel Charibon beobachten, wie es dein Wunsch war. Er kommt gerade von dort. Zuerst dachte ich, der Flug über die Berge würde ihn das Leben kosten, aber er hatte den Ostwind im Rücken, und so kam er doch ganz gut voran.

Ich glaube, das solltest du wissen. Die Synode hat sich vor acht Tagen versammelt. Unser guter Himerius wurde zum Pontifex Maximus der fünf Königreiche gewählt.«

Abeleyns Hand verharrte auf dem nassen Federkleid des wilden Vogels. »Also haben sie es wirklich getan. Sie haben diesen blutrünstigen, unersättlichen Bastard tatsächlich gewählt.«

»Hüte deine Zunge, Majestät. Du sprichst vom religiösen Führer der ramusischen Welt.«

»Beim Blut aller Heiligen! Hat sich niemand dagegen ausgesprochen, Golophin?«

»Nur Merion, aber er ist Antillianer von niedriger Geburt und daher ein Außenseiter. Ich dachte, Heyn von Torunna würde ebenfalls gegen Himerius stimmen, aber sie müssen ihn wohl irgendwie bestochen haben. Zweifellos verteilt der neue Pontifex gerade Belohnungen an die Getreuen, die ihn ins Amt gewählt haben.«

»Und die Säuberungsaktion? Ich nehme an, sie soll auf den ganzen Kontinent ausgeweitet werden.«

»Ja, mein Junge. Man erwartet binnen weniger Wochen ein entsprechendes päpstliches Dekret. Es ist ein schwarzer Tag für die *Dweomer* und den ganzen Westen.«

Im blutroten Schatten des Zeltes wirkte Abeleyns Gesicht kalkweiß.

»Das werde ich nicht zulassen. Die Könige werden es nicht zulassen. Ich werde bei dem Konklave vorbringen, daß wir diese Einmischung in die Staatsführung nicht dulden können. Diese Leute sind unsere Untergebenen, ob die Kirche sie nun als Ketzer betrachtet oder nicht.«

»Vorsicht, Abeleyn. In Charibon munkelt man etwas von Exkommunikation, und Himerius hat nun die Macht, ein Dekret gegen dich zu erlassen. Ein ketzerischer König hat in den Augen der Welt kein Recht zu regieren.«

»Verdammt noch mal«, zischte Abeleyn zwischen zusammengepreßten Zähnen hervor. »Darf ein gesalbter König in seinem Reich denn gar nichts tun, ohne daß diese gottverfluchten Raben sich einmischen?«

»Das ist das Spiel des Ordens vom Ersten Tage, Majestät. Er spielt es seit Jahrhunderten.«

»Ich will mit Mark darüber sprechen. Er ist ein gemäßigter König, so wie ich. Lofantyr von Torunna können wir vermutlich nicht umstimmen; er braucht die Glaubensritter im Augenblick zu dringend. Auch Haukir von Almark nicht – er ist zu alt und festgefahren. Aber vielleicht Cadamost von Perigraine. Er dürfte ein offenes Ohr für Argumente haben. Er schien mir immer ein recht umgänglicher Kerl zu sein. Was gibt es für Neuigkeiten aus Ormann, Golophin? Hält die Feste?«

»Shahr Baraz hat Probleme mit dem Transport auf der Straße nach Westen. Der Haupttruppenverband hat sich erst kürzlich in Bewegung gesetzt. Es gibt kleinere Gefechte an der Festung, bislang aber keinen bedeutenden Angriff. Das sind aber alte Neuigkeiten, die ich von einem Kollegen habe. Der Vogel war in Charibon zu beschäftigt, als daß er einen genaueren Blick auf den Osten hätte werfen können.«

»Natürlich.«

»Aber es gibt ein Gerücht aus der Feste Ormann.«

»Was für ein Gerücht?«

»Man munkelt, daß Macrobius beim Fall Aekirs nicht getötet wurde, sondern noch am Leben ist. Aber wie gesagt, es ist nur ein Gerücht.«

»Macrobius am Leben? Nein, das ist unmöglich, Golophin. Wunschdenken der Torunnen.«

»Soll ich mir die Sache genauer ansehen, Majestät?«

Abeleyn überlegte. »Nein. Ich brauche dein gefiedertes Alter ego wieder in Charibon. Wenn das Konklave sich versammelt, muß ich über die dortigen Entwicklungen auf dem laufenden sein. Wir haben keine Zeit, zweifelhaftem Gerede aus dem Osten nachzujagen.«

»Jawohl, Majestät.«

Stille trat ein. Der Gerfalke kämpfte sich auf die mit Klauen besetzten Beine, schüttelte die Flügel und bespritzte Abeleyn dabei mit Wasser.

»Bleibt der Vogel heute nacht hier, Golophin?«

»Wenn du gestattest, Majestät. Er braucht ein wenig Erholung. König Mark ist auf dem rechten Weg, um dich morgen früh zu finden. Ich gratuliere dir zu deinem Geschick in Navigation.«

»Ich habe mein ganzes Leben mit Navigation verbracht, Golophin, mit dem Versuch, das Staatsschiff vor dem Kentern zu bewahren.«

»Dann nimm dich vor Untiefen in acht, mein König, denn es kommen sehr viele auf dich zu. Hast du etwas aus Fimbrien gehört?«

Abeleyn rieb sich die Augen. Plötzlich fühlte er sich müde. »Ja. Narbukir schickt einen Gesandten zum Konklave. Er reist mit uns, obwohl er so unerkannt wie möglich bleiben möchte. Aus Fimbrien selbst gab es bisher noch keine Antwort auf meine Botschaft. Ehrlich gesagt, rechne ich auch nicht mehr damit, Golophin.«

»Verliere nicht die Hoffnung, Majestät. Die Fimbrier könnten trotzdem die Antwort auf unsere Probleme sein. Für die Kirche hatten sie noch nie viel übrig. Sie geben ihr die Schuld am Niedergang ihres Reiches. Wenn das Schlimmste einträfe und Hebrion seinen eigenen Weg gehen müßte, wäre Fimbrien ein mächtiger Verbündeter.«

»Du meinst, falls der König von Hebrion exkommuniziert und das Land dadurch zu einem geächteten Königreich jenseits des Schutzes der ramusischen Monarchen würde?«

»Das, Majestät, ist eine Vorstellung, über die ich lieber nicht nachdenken möchte.«

»Ich auch nicht. Golophin, ich bin müde. Auch dein wunderbarer Vogel sieht ziemlich mitgenommen aus. Vielleicht sollten wir uns jetzt beide schlafen legen. Ich habe eine Stange vorbereitet, sofern der Vogel nichts dagegen hat, am Fußende eines Königsbettes zu nächtigen.«

»Für ihn – und mich – wäre es eine Ehre, Majestät.«

»Mein König.« Es war die Stimme des Kammerdieners von der anderen Seite des Trennvorhanges.

»Ja, Cabran, was gibt es?«

»Fürstin Jemilla läßt fragen, ob Ihr sie empfangt.«

Abeleyn runzelte die Stirn. »Nein, Cabran. Sag ihr, ich will bis morgen früh nicht gestört werden.«

»Ja, Majestät.«

»Und, Cabran – ich will geweckt werden, sobald man König Marks Truppe sichtet.«

»Wie Ihr wünscht, Majestät. Gute Nacht.«

Manche Könige und Prinzen unterhielten Leibdiener, die sie entkleideten und fürs Bett vorbereiteten, doch Abeleyn zog es vor, diese Tätigkeiten selbst zu verrichten. Er griff unter das niedrige Feldbett und holte einen Nachttopf hervor, in den er dankbar die Blase erleichterte.

»Also hast du Jemilla mitgenommen«, sprach der Gerfalke. Es war seltsam, Golophins tiefe Stimme aus dem spitzen Schnabel zu vernehmen, als besäße der Vogel die Lippen und Lungen eines Menschen.

Abeleyn schob den dampfenden Topf zurück unters Bett. »Ja, und?«

»Die Dame hat Pläne.«

»Sie wird niemals meine Königin sein, falls du das befürchtest. Sie ist viel zu alt und war bereits verheiratet.«

»Ich glaube, sie hegt gewisse Hoffnungen, Majestät, wie es Weiber nun mal tun. Seid vorsichtig mit ihr. Ich schätze sie als Frau ein, die man nicht so leicht wieder los wird.«

»Darum kümmere *ich* mich, Golophin.«

»Außerdem ist es höchste Zeit, daß du endlich heiratest. Du mußt der begehrteste Junggeselle der fünf Königreiche sein.«

»Golophin, du klingst wie eine Glucke, die über ihre Brut gackert. Du weißt, warum ich noch nicht geheiratet habe. Wenn ich mich durch eine Staatsheirat an eine der Monarchien binde, entfremde ich die anderen ...«

»Und weil Hebrion vom Handel lebt, hängt sein Glück vom Wohlwollen aller Könige ab. Ich kenne diese Argumente, Majestät, aber mittlerweile gibt es ein neues. Wenn du die heilige Verfügung des neuen Pontifex mißachten willst, mußt du einen anderen Staat an Hebrion binden. Du kannst es dir nicht leisten, ganz allein dazustehen. Diese Angelegenheit könntest du mit König Mark besprechen, wenn du ihn triffst – unter anderem.«

»Was schmiedest du nun wieder für Pläne, Golophin?«

»Denk nach, Majestät. Ein Bündnis zwischen Astarak und Hebrion, und dazwischen das neutrale Fimbrien. Selbst die Kirche würde es sich zweimal überlegen, einen solchen Machtblock zu provozieren. Falls du dich von der Autorität der Kirche lossagen willst, solltest du dir Gedanken über jenen Teil des Kontinents machen, der westlich des Malvennor-Gebirges liegt. Die westlichen Staaten stehen seit jeher im Ruf, ihren eigenen Weg zu beschreiten.«

»Könnten gewisse Geistliche deine Worte hören, Golophin, du wärst bald ein Häufchen Asche am Fuße eines verkohlten Pfahls.«

»Könnten gewisse Geistliche diesen sprechenden Vogel sehen, stünde mir dasselbe Ende bevor. Ich habe nichts mehr zu verlieren, Majestät, genau wie du. Denk darüber nach, was ich dir gesagt habe. Wenn du dich ein wenig beugen mußt, um zu vermeiden, ein ketzerischer König zu werden, dann tu es – aber sorge dafür, daß Hebrion nicht allein dasteht, falls du dich nicht genug beugen kannst.«

Abeleyn gähnte. »Na gut, du hast mich überzeugt. Ah, diese Bergluft! Sie macht wirklich müde. Dein Vogel sieht mitgenommen aus, Golophin.«

»Das sind wir beide. Die Macht eines Magiers ist nicht ganz so, wie man sie sich vorstellt. Heute nacht fühle ich mich ausgetrocknet und brüchig wie ein verdorrtes Blatt. Du wirst eine Zeitlang nichts mehr von mir hören, Abeleyn. Der alte Mann braucht seine Ruhe.«

»Auch der König«, erwiderte Abeleyn und gähnte erneut. »Es ist wohl am besten, wenn ich mich ein wenig ausruhe, bevor König Mark hier auftaucht.« Als er sich auf das Feldbett niederlegte, flatterte und hüpfte der Falke leise schreiend, bis er sich auf dem Holzgestell zu Abeleyns Füßen niederließ.

Abeleyn starrte an die Decke des stabilen Zeltes. Der gesamte Aufbau schaukelte und knarrte im Wind, der von den Bergen herabstob.

»Erinnerst du dich an die *Frohgemut*, Golophin?«

Der Vogel schwieg. Lächelnd verschränkte Abeleyn die Hände hinter dem Kopf.

»Ich erinnere mich an die grünen Tiefen der hebrionischen See; an den Kapitän, der über die Reling des Schiffes hinausdeutete, wo das Wasser noch tiefer wurde; an die Farbe, dunkel wie alter Wein. Den Großen Westlichen Ozean, der das Ende der Welt darstellt.

Wir drehten gerade bei, um Kurs auf den fimbrischen Golf zu nehmen, zurück in die Welt der Menschen. Ich kann mich an den Schimmer der Berge von Hebros erinnern, ein schmales Band am Rande des Blickfeldes. Und an die Küste von Astarak mit den Schatten des Malvennor-Gebirges. Ich erinnere mich an den Duft, Golophin. Es gibt auf Erden keinen Duft, der dem gleichkommt: dem Duft des offenen Meeres, dem Duft eines Schiffes.

Manchmal wünschte ich, ein Hochseekapitän zu sein, der sich den eigenen Weg über die Erdoberfläche sucht und nichts als weißes Wasser in der Fahrrinne zurückläßt. Und nur gabrionische Eichenplanken trennen meine Seele von der Unendlichkeit ...«

Abeleyn hatte die Augen geschlossen. Seine Atmung verlangsamte sich.

»Ich frage mich, ob Murad das sagenumwobene Land im Westen wohl gefunden hat ...«, murmelte er. Dann sackte sein Kopf zur Seite.

Der König schlief.

König Mark von Astarak und sein Gefolge trafen kurz vor dem Morgengrauen ein. Die ganze Nacht hindurch hatten sie gegen den kaum zu durchdringenden Schneesturm angekämpft. Als man den astaranischen Monarchen in Abeleyns Zelt führte, war Marks Gesicht hinter einer grauen Maske aus Eis und gefrorenem Schnee verborgen. Auch der Bart des jungen Mannes schimmerte weiß vor Frost.

Abeleyn mußte sich aus gewaltigen Tiefen hinaufmühen, aus einem dunklen Schlummer, doch rasch warf er die Müdigkeit ab und brüllte seiner Dienerschaft Befehle zu. Mark hatte kaum zweihundert Mann bei sich, die man in die hebrionischen Zelte einlud, um ihnen die Mühe zu ersparen, die eigenen Zelte in dem dichten Schneetreiben aufzustellen, das immer noch um die Gipfel der Berge fegte. Wie besessen rannten Diener umher, entzündeten zusätzliche Öfen und bereiteten Essen und Getränke für die durchgefrorenen Männer aus Astarak vor. König Marks Leibwächter gesellten sich zu jenen Abeleyns am Zelteingang. Zunächst beäugten die beiden Gruppen einander mißtrauisch, bis eine mitfühlende Seele einen Beutel Gerstenbrand hervorholte und herumreichen ließ.

Während König Mark in trockenen Kleidern vor dem knisternden Ofen saß, nahm sein Gesicht allmählich wieder menschliche Züge an. Zwischen ihm und Abeleyn wurden kaum Förmlichkeiten ausgetauscht. Die beiden Männer hatten als Knaben viel Zeit miteinander verbracht, wenn sie bei früheren Konklaven herumtollten, während ihre Väter daran mitwirkten, über das Schicksal der Welt zu entscheiden. In einer Augenbraue wies Mark eine lichte Stelle auf. Dort hatte Abeleyn ihm einst die Stirn mit einer bleiernen Schwertklinge aufgerissen. Die beiden hatten Wein und Frauen geteilt und waren zudem fast gleichaltrig. Nun saßen sie gemütlich in Abeleyns Zelt, tranken Glühwein und lauschten dem abschwellenden Tumult, den die Ankunft der Astaraner im hebrionischen Lager hervorgerufen hatte.

Mark deutete mit dem Kopf auf den Gerfalken, der mit geschlossenen Augen auf dem Gestell am Fußende von Abeleyns Bett hockte.

»Das ist Golophin, nicht wahr?«

»So ist es. Der Vogel und sein Gebieter schlafen. Später wird er gewiß wieder vor Leben sprühen.«

Mark grinste, wobei er gesunde, ebenmäßige Zähne in seinem kantigen Gesicht entblößte.

»Saffarac hat eine Eule als Haustier. Eine Eule – stell dir nur vor! Und natürlich läßt er sie tagsüber herumfliegen und denkt sich nichts dabei. Das gemeine Volk schlägt des bösen Omens wegen jedesmal das Heiligenzeichen vor der Brust.«

Gemeinsam lachten sie; dann schenkte Abeleyn ihnen dampfenden Wein nach.

»Du und deine Leute scheinen ein wenig in Eile zu sein, Vetter«, meinte er. Mark und er waren zwar nicht verwandt, doch Könige benutzten diesen Begriff oft, um auf diese Weise anzudeuten, daß jeder von königlichem Blut irgendwie mit dem anderen verwandt war.

»Da hast du recht, und ich will dir auch den Grund dafür nennen. Hast du Geistliche in deinem Gefolge, Abeleyn?«

Abeleyn nahm einen Schluck Wein und verzog das Gesicht, so heiß war das Getränk. »Keinen einzigen. Ich habe jeden Raben abgelehnt, den man mir andrehen wollte.«

»Das habe ich mir gedacht. Dann sollte ich dich besser davor warnen. Ich habe nämlich einen Pfaffen am Rockzipfel hängen. Das Bischofskollegium hat ihn mir aufgedrängt, weil man völlig außer sich war bei dem Gedanken, daß ein astaranischer König ohne einen Priester reist, der ihn alle Nase lang von seinen Sünden freispricht.«

»Ist er ein Mönch?«

»Vom Orden der Brüder des Ersten Tages. Nur weil ich Merion, den Antillianer, als Prälaten durchgesetzt habe, heißt das noch lange nicht, daß ich in allen kirchlichen Angelegenheiten meinen Willen bekomme. Nein, er ist ein Spion, da gibt es gar keinen Zweifel. Es ist ganz gut, daß Golophin dich nicht begleitet; aber an deiner Stelle würde ich mich nicht dabei erwischen lassen, wie ich mich mit diesem Vogel unterhalte, Vetter. Was einst als angesehene Thaumaturgie galt, wird in den Augen der Kirche nun zu etwas ganz anderem.«

»Das erklärt noch nicht deine Eile.«

»Nicht? Seit wir Cartigella verlassen haben, jagen wir nur so dahin. Die alte Krähe steht kurz vor dem Zusammenbruch. Mit ein bißchen Glück bleibt er in einer Schneewehe stecken, wenn wir erst richtig in die Berge vorstoßen. Dann sind wir diesen herumschnüffelnden Geier endlich los.«

Die beiden lachten grölend.

»Hat dir Saffaracs Eule etwas darüber berichtet, wie es im Osten steht?« erkundigte sich Abeleyn, als das Gelächter verklang. Marks Gesicht wurde finster.

»Einiges, ja. Die Armee der Merduks ist zum Stillstand gekommen, anscheinend durch das Wetter bedingt. Martellus schickt unter Führung des alten Kavalleristen Ranafast Späher aus. Es gibt jede Menge kleinerer Zusammenstöße, aber die Torunnen können sich keine größere Aktion jenseits des Searil erlauben. Dafür stehen ihnen nicht genug Männer zur Verfügung. Bis auf zwölftausend Mann hat Lofantyr alle Soldaten von der Garnison in Ormann abgezogen. Nur die Heiligen wissen warum.«

»Er fürchtet um die Hauptstadt. Gibt es in Torunna keine Generäle mehr, die ihn beraten?«

»Der beste General, Mogen, starb in Aekir, und Martellus befehligt die Feste Ormann. Im ganzen Land gibt es sonst niemand von diesem Kaliber. Torunna ist nahezu ausgeblutet.«

»Ja. Wahrscheinlich waren die Torunnen viel zu lange das Bollwerk des Westens. – Hast du schon das Gerücht über Macrobius gehört?«

»Daß er noch lebt? Ja, ich hörte davon. Aber ich glaube, daß es ein Märchen ist, das Martellus in die Welt gesetzt hat, um seinen Männern neuen Mut zu geben. Soviel ich weiß, steckt nichts dahinter. Aber ich habe gehört, daß man der Garnison einen alten blinden Mann als Pontifex Maximus vorgeführt hat. Was die Altehrwürdigen in Charibon daraus machen, vermag ich nicht zu sagen. Martellus dürfte mit seinem heiligen Schwindler hart an der Grenze zur Exkommunikation wandeln.«

»Es sei denn ...«, setzte Abeleyn an.

Mark blickte ihn an. »Nein, das kann ich nicht glauben. Kein einziger Ramusier von Rang und Namen ist aus den Trümmern Aekirs entkommen. Ich kann mir nicht vorstellen, daß die Merduks ausgerechnet den wichtigsten Mann übersehen haben. Im Gegenteil – er wäre der erste gewesen, den sie herausgesucht hätten.«

»Gewiß, gewiß. Trotzdem, was wäre es doch für ein Segen für den Westen, wenn.«

»Darf ich das so verstehen, daß du mit deinem hebrionischen Landsmann als Pontifex Maximus nicht glücklich bist?«

»Ich glaube, er will mich exkommunizieren, sofern er mich nicht zurechtstutzen kann. Dies ist einer der Gründe, warum ich dich gebeten habe, mich hier zu treffen, Vetter.«

Mit zufriedenem Blick lehnte Mark sich im Feldstuhl zurück.

»Aha! Ich habe mich schon gefragt, wann du endlich darauf zu sprechen kommst.«

Abeleyn starrte mit zusammengekniffenen Augenbrauen in die dampfumwölkten Tiefen seines Weinbechers.

»Golophins Gerfalke gab mir letzte Nacht den Rat des alten Mannes, und er entsprach dem, was ich selbst dachte. Es herrschen schlimme Zeiten, Mark – ebenso schlimm wie die Wirren, als damals das Imperium der Fimbrier zerfiel, oder als die Merduks zum ersten Mal einmarschierten, oder während der Glaubenskriege, als Ramusios Lehren mit Feuer und Schwert im Westen verbreitet wurden. Ich glaube, diesmal könnte es sogar die schlimmste Epoche von allen werden.

Es geht nicht nur um die Merduks. Die sind eine Bedrohung von außen, die der Westen meiner Ansicht nach abwehren kann, wenn wir unsere Querelen beilegen. Nein, die wirkliche Gefahr reicht viel tiefer. Es geht um unser aller Glauben – und um die Wächter dieses Glaubens, aus denen selbstgerechte Prinzen geworden sind, die nach Königreichen streben, die sie beherrschen können. Ich bin ebenso fest davon überzeugt wie Golophin, daß die Brüder des Ordens vom Ersten Tage regieren wollen. Wenn wir das zulassen, machen die Mönche aus den Königen von Normannien bloße Marionetten. Sie werden ihre Gesetze in Lettern aus Blut und Feuer über den ganzen Kontinent schreiben, wenn man ihnen nicht Einhalt gebietet.«

König Mark hörte aufmerksam zu; seine Züge verrieten eine gewisse Unruhe. Abeleyn fuhr fort.

»Man muß den Brüdern vom Ersten Tage die Flügel stutzen, und es muß jetzt oder wenigstens sehr, sehr bald geschehen. Sie trampeln auf der Befehlsgewalt der rechtmäßigen Herrscher der Königreiche herum, und sie haben die anderen ramusischen Mönchsorden zu Lakaien degradiert. Seit Aekirs Fall ist ihre Macht nicht geschwunden, sondern gewachsen, da sich nach dem Fall der Stadt im Westen Angst breit gemacht hat. Zwar gehörte auch Macrobius diesem Orden an, aber er war ein gemäßigter Mann. Himerius von Hebrion hingegen ist ein Fanatiker und fest entschlossen, sich diese Angst zunutze zu machen, um ein geistlicher Imperator zu werden.«

»Also, hör mal, Abeleyn ...«

Doch der hebrionische König hob die Hand. »Das Kräftemessen hat bereits begonnen. Während wir uns hier unterhalten, reiten zweitausend Glaubensritter in Richtung Hebrion. Sobald sie dort eintreffen, werden sie eine Säuberungsaktion beginnen, wie der Westen sie seit Jahrhunderten nicht mehr erlebt hat. Und dasselbe wollen sie in Astarak, in Perigraine, in Almark, ja sogar im belagerten Torunna veranstalten. Himerius' krankhafter Wahn ist nun die offizielle Kirchenpolitik. Wir können entweder beiseite treten und den Raben in unseren Königreichen freie Hand lassen, oder wir können sie aufhalten.«

»Und wie willst du sie aufhalten? Legst du Wert darauf,

exkommuniziert zu werden, Abeleyn, und damit aus Hebrion ein ketzerisches Königreich zu machen, das von den anderen Monarchen des Westens gemieden wird?«

»Hebrion muß nicht unbedingt allein dastehen«, erwiderte Abeleyn leise.

Einen Augenblick starrte Mark ihn ungläubig an, dann lachte er kurz auf und erhob sich. Er stieß den Becher beiseite und begann, auf dem weichen Zeltboden auf und ab zu schreiten.

»Ich sehe schon, worauf du hinauswillst, und ich sage dir, daß ich nichts damit zu tun haben will.«

»Würdest du mich erst einmal ausreden lassen, bevor du mir eine Abfuhr erteilst?« erwiderte Abeleyn gereizt.

»Was hast du vor? Sollen Astarak und Hebrion allein außerhalb der ramusischen Welt stehen, als Geächtete von den anderen Königreichen abgeschnitten? Der Rest der ramusischen Länder wäre geradezu verpflichtet, einen Kreuzzug zu starten, um uns wieder zur Vernunft zu bringen – und das mitten in einem Krieg gegen den Osten, der sich als Höhepunkt der Eroberungszüge der Merduks erweisen könnte. Du bist verrückt, Abeleyn! Ein solcher Plan würde den Westen zerreißen. Ich will nichts damit zu tun haben.«

»Um Himmels willen, würdest du dich bitte wieder hinsetzen und mir zuhören? Astarak und Hebrion müssen nicht allein dastehen.«

Mark nahm Platz, immer noch sichtlich skeptisch.

»Denk nach, Mann. Was liegt östlich von Hebrion und nördlich von Astarak? Fimbrien! Fimbrien, dessen Imperium vor allem wegen der ramusischen Religion und dem Treiben der Brüder vom Ersten Tage zerfallen ist. Mittlerweile mögen die Fimbrier vielleicht an den Heiligen glauben, aber die Kirche lieben sie deshalb noch lange nicht. Und keine verbündete Macht würde es leichtfertig wagen, eine bewaffnete Armee durch die Kurfürstentümer zu schicken. Dadurch würde man sie geradezu zwingen, sich wieder zu vereinigen und die fimbrischen Hundertschaften erneut in den Krieg zu schicken.«

»Also haben wir Fimbrien als Puffer. Bleibt aber immer

noch der Seeweg, Abeleyn. Gerade du solltest das am besten wissen.«

»Die vier größten Seemächte der Welt sind Hebrion, Astarak, Gabrion und die See-Merduks.«

»Und die macassanischen Korsaren.«

»Stimmt. Und auch von diesen Mächten hat keine viel für die Kirche übrig. Eine Kreuzflotte müßte durch die Meerenge von Malacar segeln oder den Umweg südlich an Gabrion vorbei nehmen. Die See-Merduks würden jede ramusische Kriegsflotte in ihren Gewässern angreifen, ebenso die Korsaren. Auch die Gabrionesen wären alles andere als erfreut. Mit dem, was von einer solchen Flotte übrig bliebe, nachdem sie alle diese Nationen durchsegelt hätte, könnten wir mit vereinten Kräften spielend fertig werden.«

Mark schüttelte den Kopf. »Ramusier gegen Ramusier, im ganz großen Stil? Das gefällt mir nicht, ganz besonders nicht in diesen Zeiten.«

»Das *muß* auch nicht geschehen – aus den Gründen, die ich dir genannt habe, und noch aus anderen.«

»Dann nenne mir die anderen Gründe«, forderte Mark ihn müde auf.

»Ich glaube, wenn wir Torunna ausreichend Unterstützung zusagen können, zerschlagen wir damit Lofantyrs Abhängigkeit von den Glaubensrittern. Gut möglich, daß Perigraine dann Torunnas Beispiel folgt. In dem Fall wäre Almark der Außenseiter, selbst mit der Unterstützung Finnmarks und der nördlichen Herzogtümer. Was soll die Kirche tun – die Hälfte der Monarchen von Normannien exkommunizieren? Das kann ich mir nicht vorstellen. Die Macht der Brüder vom Ersten Tage wäre gebrochen, und wir könnten statt dessen einen anderen Orden fördern. Vielleicht die Antillianer.«

Mark kicherte. »Zwietracht säen und erobern? Was du da vorschlägst, könnte leicht zu einer religiösen Spaltung des Westens führen. Almark wird praktisch von den Brüdern vom Ersten Tage regiert. Auch in Perigraine besitzen sie enormen Einfluß. Diese Bastionen sind bestimmt nicht so ohne weiteres einzunehmen.«

Beiläufig winkte Abeleyn ab. »Haukir von Almark ist ein

alter Mann. Auch er lebt nicht ewig. Und Cadamost von Perigraine ist ein kleiner Fisch, leicht umzustimmen.«

Einen Augenblick schwieg Mark; dann fragte er: »Wieviel von diesen Plänen willst du bei dem Konklave den anderen Königen offenbaren?«

»Möglichst wenig. Aber ich möchte mit einem oder zwei Trümpfen im Ärmel zum Konklave kommen.«

»Wie zum Beispiel?« erkundigte sich Mark, obwohl er es bereits wußte.

»Zum Beispiel mit einem offiziellen Bündnis zwischen Hebrion und Astarak.«

»Und auf welche Weise soll es besiegelt werden?«

»Indem ich deine Schwester heirate.«

Die beiden Könige musterten einander abwägend. Schließlich legte sich ein Lächeln auf Marks kantiges Gesicht.

»Also fällt der mächtige Baum doch! Abeleyn, der Junggesellenkönig, ist endlich bereit, sein Bett mit einer Frau zu teilen. Hübsch ist sie aber nicht, meine Schwester.«

»Wenn sie ein Königreich mit in die Ehe bringt, kann sie häßlich wie eine Kröte sein, soweit es mich angeht. Was meinst du dazu, Mark?«

Unentschlossen schüttelte der astaranische König den Kopf.

»Du bist ein gerissener Kerl, Abeleyn, daß du mir die bittere Pille auf diese Weise versüßen willst. Du weißt genau, daß die Hälfte der Könige des Westens gern ein Bündnis mit Hebrion hätte, schon wegen der Handelsvorteile, die daraus erwachsen. Und nun wirfst du mir dieses Privileg in den Schoß. Aber um welchen Preis!«

»Auch auf die Korsaren, die deine Südküste heimsuchen, habe ich einen gewissen Einfluß«, bemerkte Abeleyn.

»Oh, ich weiß! So manche astaranische Schiffsladung endet im Hafen von Abrusio. Du würdest also dabei helfen, der Plünderung der Schiffe deines Schwagers ein Ende zu setzen?«

»Wahrscheinlich.«

»Ein Bündnis. Wohin soll das führen, Abeleyn? Ich erkenne, was du vorhast – du willst einen Handelsblock im

Westen des Kontinents errichten, der sich selbst versorgen kann, auch wenn er vom Rest der Fünf Königreiche verstoßen wird. Selbst wenn das verstärkten Handel mit den See-Merduks bedeutet. Und dies willst du über die Köpfe der anderen Könige halten wie ein Hackebeil über den Nacken eines Lamms. Aber wir haben es hier nicht mit Lämmern zu tun, Vetter, sondern mit Wölfen.«

»Deshalb müssen wir rasch und energisch handeln. Wenn du und ich bereits als Verbündete zum Konklave reisen und zu den anderen Königen sagen: ›Seht her, so ist es und nicht anders‹, sollten sie aufgerüttelt genug sein, unseren Vorstellungen Aufmerksamkeit zu schenken. Und wenn du Torunna noch Unterstützung zusagen kannst – tja, ich glaube, dann haben wir sie in der Tasche.«

»Wenn *ich* Unterstützung zusagen kann?«

»Na ja. Du bist näher an der Feste als ich. Innerhalb von zwei Monaten könntest du auf dem Landweg Soldaten hinschicken. Auf dem Seeweg sogar in der Hälfte dieser Zeit, wenn du nur willst.«

»Falls die Festung bis dahin noch steht.«

»Stimmt. Aber es ist vor allem die Geste, die zählt. Lofantyr wird dankbar sein und muß sich nicht so sehr auf die Soldaten der Kirche verlassen. Er wäre wieder sein eigener Herr.«

»Du meinst, *unser* eigener Herr.«

Abeleyn lächelte. »Wahrscheinlich«, sagte er abermals.

»Die Mitgift meiner Schwester kostet mich noch den Thron«, jammerte Mark.

»Also bist du einverstanden? Denk nur an die Möglichkeiten, Mark! Unsere gemeinsame Flotte wäre unbezwingbar. Wir könnten Macassar sogar gänzlich von den Korsaren befreien und wieder Rovenan daraus machen, deine verlorene Provinz.«

»Versuch nicht, mich mit Wunschträumen zu überzeugen, Abeleyn. Ich muß erst über das alles nachdenken.«

»Laß dir nicht zu lange Zeit.«

»Meine Berater werden sich die Haare raufen, wenn die Neuigkeit am Hof bekannt wird.«

»Nicht unbedingt. Sie brauchen nur zu erfahren, daß du bei deiner Werbung um Hebrion endlich erfolgreich warst. Solange deine Berater nicht die ganze Geschichte kennen, ist aus dieser Richtung kein Ärger zu erwarten.«

Mark betrachtete Abeleyns Züge. »Du und ich sind seit langer Zeit befreundet, soweit Könige je Freunde sein können. Ich bete zu Gott, daß diese Freundschaft nun nicht mein Urteilsvermögen beeinflußt. Ich mag dich, Abeleyn. Unsere gemeinsame Gesinnung hat den endlosen Streitigkeiten und Reibereien ein Ende bereitet, die seit Menschengedenken unsere beiden Königreiche entzweit haben. Aber das sage ich dir als König von Astarak: Wenn du mich über den Tisch ziehen oder Astarak als Hebrions Arbeitstier einspannen willst, löse ich unser Bündnis, ohne mit der Wimper zu zucken, und ich wäre der erste, der deinen Kopf verlangt.«

»Wäre ich König von Astarak, würde ich genauso handeln«, entgegnete Abeleyn ungerührt.

»So sei es denn.« Mark erhob sich und streckte die kräftige Hand aus.

Abeleyn stand ebenfalls auf und ergriff sie mit ernster Miene. Mark überragte ihn um einem halben Kopf; dennoch fühlte Abeleyn sich nicht kleiner.

»Komm«, meinte Mark. »Laß uns ein wenig frische Luft schnappen. Mein Kopf ist völlig benebelt von Glühweindampf und Kohlenrauch.«

Gemeinsam schlüpften sie aus dem Zelt. Die Leibwächter am Eingang nahmen Haltung an, als die beiden Könige erschienen. Das Feuer war niedergebrannt, und die Männer stapften mit den Beinen und rieben sich die Arme. Mark und Abeleyn entließen sie und blieben allein zurück. Zusammen schlenderten sie an den Rand des Lagers, wo der weiße Boden sich in einem sanften Hang zum tiefliegenden Land hinabwand. Sie wateten durch knietiefen Schnee, bis sie das leise Plätschern und Gurgeln von Wasser vernahmen. Der Arcolm. Als sie ihn entdeckten, stellte sich jeder auf eine Seite: Ein Mann in Asarak, der andere im narboskischen Fimbrien.

Die Sonne stand mittlerweile über den Bergen, so daß die Malvennors sich als riesige stumme Silhouette präsentierten.

Hinter ihnen klarte der Himmel auf und leuchtete in wundervollem Zartlila, während sich über den höchsten Gipfeln Wolkenfetzen an der Sonne entzündeten und in Safrangelb und Gold erstrahlten.

»Uns steht ein harter Weg bevor«, meinte Mark leise.

»Ja. Aber schon früher haben Männer ihn beschritten, und ohne Zweifel werden sie es wieder tun. Und diese Berge werden neue Sonnenaufgänge erleben, andere Könige, die in ihrem Schatten Bündnisse schließen. Das ist der Lauf der Welt.«

»Abeleyn, der Philosophenkönig«, witzelte Mark mit freundschaftlichem Spott.

Abeleyn grinste, doch als er sprach, klang seine Stimme ernst.

»Wir haben das Glück oder das Pech, Teil jener Kräfte zu sein, die das Schicksal der Welt mitbestimmen, Mark. Wir unterhalten uns bei einem Becher Glühwein, und binnen weniger Minuten hat der Lauf der Geschichte sich verändert. Manchmal gibt mir das zu denken.«

Er fingerte in seinem Pelzmantel und holte einen kleinen silbernen Flachmann hervor. Behutsam schraubte er den Deckel ab, der sich in zwei winzige, funkelnde Becher verwandelte.

»Hier. Besiegeln wir unsere Beeinflussung der Geschichte mit einem Schluck Wein.«

»Ich hoffe, er ist gut«, meinte Mark. »Auf das Bündnis zwischen Astarak und Hebrion müssen wir mit dem Feinsten anstoßen, das du besitzt.«

»Der Wein ist hervorragend.«

Sie stießen mit den Bechern an und tranken – zwei Könige, die einen Handel besiegelten, während über ihnen die Sonne hinter den Gipfeln der Berge hervorbrach und die beiden Gestalten in blutrotes Licht tauchte.

15

28. Tag von Forlion, Jahr des Herrn 551.

Wind NNW, von achtern. Leichte Winde. Kurs hart West mit dem Wind am Steuerbordbug. Zwei Knoten.

Haben das Nordkap beim zweiten Glockenschlag der ersten Hundewache an diesem Tag gesichtet, dem siebenten Tag ab Abrusio. Beim dritten Glockenschlag stieß der Bootsmann bei vierzig Faden auf weißen Sand. Kurs auf hart West geändert, auf selber Höhe. Habe eine Heringjolle von den Brenn-Inseln angerufen und dreihundert Pfund Fisch gekauft. Die Matrosen sind mit Arbeiten am Schiff beschäftigt. Bruder Ortelius hielt in der Nachmittagswache eine Predigt; anschließend führten die Soldaten Waffenübungen durch. Erster Maat Billerand holte in der letzten Hundewache die Kanonen hervor und rief alle Matrosen zur Kanonenübung. Ein Kanonier hat mir berichtet, daß Backbordkanone Nummer Zwei durchgerostet ist.

Hawkwood legte die Feder nieder und streckte die Arme hinter sich, bis die Sehnen knackten. Wenn er aufblickte, konnte er aus den Heckfenstern das im schwindenden Abendlicht leicht phosphorisierende Fahrwasser des Schiffes erkennen. Die Dünung war sehr niedrig. Seit sie Hebrion verlassen hatten, waren sie mit leichten Winden gestraft und machten wenig Fahrt, doch mit der Leistung der Mannschaft und des Schiffes selbst konnte Hawkwood hochzufrieden sein. Obwohl die *Osprey* wegen der Überladung an Bord eigentlich träge sein müßte, nahm sie doch jedem anderen Schiff ihrer Klasse den Wind aus den Segeln. Hawkwood war überzeugt, daß der Grund dafür in ihrer besonderen Bauweise lag, die er persönlich überwacht hatte: Vorder- und Achterdeck waren niedriger als bei vergleichbaren Schiffen, so daß sie weniger Luftwiderstand boten. Außerdem bildeten sie einen durchgehenden Bestandteil mit dem Hauptkörper des Schiffes und waren nicht später angebaut worden. Natürlich gab es auch Nachteile. An Bord war weniger Platz, und das Schiff ließ sich leichter entern. Doch die Besatzung verstand ihr Handwerk an den Kanonen. Die Kulverinen der *Osprey* würden jeden feindlichen Kahn durchlöchern, lange bevor er nahe genug herankommen konnte, um ein Entermanöver durchzuführen.

Mit der *Gnade Gottes* verhielt es sich anders. Haukal mußte Segel einziehen, um der Karacke nicht auf und davon zu fahren, obwohl Hawkwood wußte, daß Haukal die langsame Fahrt auf die Nerven ging und er sich danach sehnte, sämtliche Lateinersegel zu setzen und davonzupreschen. Im Augenblick fuhr die Karavelle nur unter Hauptuntersegeln und schaukelte etwa vier Kabel Steuerbord voraus. Der Querschiffswind behagte ihr hervorragend, wenngleich Haukal genügend Rahen im Frachtraum hatte, um die *Gnade* in ein Vollschiff zu verwandeln, sollte der Wind sich drehen und unmittelbar von achtern wehen.

Doch die Aussichten dafür standen eher schlecht. Höchstwahrscheinlich würden sie fast die ganze Reise lang hart am Wind segeln, sofern man den Worten des vor langer Zeit verstorbenen Tyrenius Cobrian Glauben schenken durfte.

Nun, zumindest hatten sie das Nordkap erreicht, die schönste Sichtung, die man sich wünschen konnte. Theoretisch brauchte Hawkwood jetzt nur noch hart West zu steuern, bis er auf den Westlichen Kontinent stieß. Das hörte sich zwar einfach an, doch man mußte auch Winde berücksichtigen, Meeresströmungen, Stürme oder Flauten. Sowohl Haukal als auch Hawkwood hielten jede Nacht mit den Winkelkreuzen Ausschau nach dem Nordstern und verglichen danach die Aufzeichnungen. Dennoch wurde Hawkwood das Gefühl nicht los, daß die Schiffe im Dunkeln segelten. Gewiß, er hatte die kurz zusammengefaßten Navigationsanweisungen, die Murad aus dem alten Schiffstagebuch für ihn abgeschrieben hatte, aber er brauchte mehr. Er mußte unbedingt den Bericht über die Fahrt der *Cartigellan Faulcon* lesen. Er gestand sich ein, daß er Gewißheit brauchte, daß er den Bericht eines anderen Seefahrers studieren mußte, der geschafft hatte, was zu vollbringen er versuchte. Außerdem wußte er, daß Murad etwas verheimlichte, irgend etwas, das mit dem Schicksal der früheren Reise zu tun hatte. Dieses Wissen beunruhigte Hawkwood zutiefst.

Mühelos, seit langem an das sanfte Wogen und Rollen des

Schiffes gewöhnt, stand er vom Tisch auf und löschte die Kerze, die seine Kabine erhellte. Unfälle mit Feuer zählen zu den gefürchtetsten Mißgeschicken an Bord eines Schiffes; daher unterlag der Gebrauch offener Flammen strengen Regeln. Lediglich in der Kombüse war das Kochen erlaubt, und nur im Vorschiff durften die Soldaten und Seeleute ihre Pfeifen rauchen. Zur Bequemlichkeit der Passagiere hingen im übervölkerten, schmutzigen Batteriedeck in dichten Reihen Seelaternen, doch die fielen in den Verantwortungsbereich des Waffenmeisters und seiner Maaten. Die Fässer mit dem Schießpulver für die Kanonen des Schiffes und die Hakenbüchsen der Soldaten lagerten unterhalb der Wasserlinie in einem metallverkleideten Raum, so daß die Ratten nicht daran nagen konnten. Offenes Licht war dort nicht gestattet. Durch eine winzige Doppelglasscheibe wurde das Pulverlager von außen beleuchtet. Nur der Kanonier hatte Zutritt zu dem Raum.

Was das für einen Wirbel verursacht hatte! Soldaten! Geflucht und gemeckert hatten sie darüber, daß sie nicht rasch genug an ihre Munition gelangen konnten, daß sie ihre Pfeifen nicht gemütlich in den Kojen rauchen durften und daß es ihnen nicht gestattet war, ihre eigenen Speisen in ihren eigenen Messen zuzubereiten, wie sie es gewohnt waren. Und Murad hatte Hawkwood in keiner Weise unterstützt. Statt dessen bestand er darauf, daß die Mahlzeiten für ihn und seine Offiziere getrennt von denen der Mannschaften zubereitet und zu anderen Zeiten aufgetragen wurden, was die Arbeit des Schiffskochs verdoppelte. Und dann all die Köstlichkeiten, die Murad als Privatproviant verladen ließ! Ganze zwei Tonnen Lebensmittel standen im Frachtraum ausschließlich für ihn und seine beiden Offiziere bereit. Das ging weit über den gesunden Menschenverstand hinaus. Und dann die verdammten Pferde! Eines war bereits tot. Es war wild geworden und hatte in dem engen Stall um sich getreten, bis es sich ein Bein brach. Dieser aristokratische junge Fähnrich, Sequero, schien den Tränen nahe, als er dem Tier die Kehle durchschnitt. Trotz heftiger Proteste der Soldaten zerlegten die Matrosen den Gaul und pökelten das Fleisch ein.

Der Böttcher verstaute es sodann in Fässern, die er im Frachtraum unterbrachte. Dieselben Soldaten würden vielleicht noch froh darüber sein, ehe sie wieder Land sahen.

Im Dunkeln marschierte Hawkwood aus der Kabine, stieg mit der Anmut langer Gewohnheit über den Sturmsüll hinweg und kletterte den Niedergang hinauf in die frische Abendluft. Dann erklomm er die Treppe zum Achterdeck, wo Velasca, der Zweite Maat, mit der Wache an der Reihe war. Das Stundenglas ging zur Neige. Der Schiffsjunge drehte es herum; danach ging er vor an den Rand und läutete zweimal die Schiffsglocke. Zwei Schläge in der letzten Hundewache – für Landratten die siebente Stunde nach Sonnenhöchststand.

»Alles ruhig, Velasca?«

»Aye, Käpt'n. Ein paar Seelen reiern über die Backbordreling, aber die meisten sind unten und bereiten sich aufs Abendessen vor.«

Hawkwood nickte. Sogar im schwindenden Licht konnte er die feinen Rauchfahnen ausmachen, die vom Kombüsenkamin aufstiegen und nach Backbord trieben.

Velasca räusperte sich. »Eine Abordnung Soldaten hat mich während der Wache aufgesucht, Käpt'n.«

»Schon wieder? Was wollten sie diesmal?«

»Es gefällt ihnen nicht, daß ein Priester zusammen mit gewöhnlichen Seeleuten untergebracht ist, Käpt'n. Sie meinen, er sollte achtern bei den Offizieren wohnen.«

»Achtern ist kein Platz, es sei denn, der Pfaffe will seine Hängematte in meinem Kartenraum aufhängen. Nein, wir haben nicht darum gebeten, einen Raben an Bord zu bekommen, also muß er selbst das Beste daraus machen. Auf einen Bruder vom Ersten Tage ist stets Verlaß, wenn es darum geht, gemeine Soldaten dazu anzustiften, sich für ihn stark zu machen.«

»Oh, sie sagen, er hätte sich mit keinem Wort beschwert, Käpt'n. Für einen Vertreter seines Ordens scheint er ein recht netter Kerl zu sein. Sie haben aus eigenem Antrieb gefragt.«

»Nun, sie dürfen auch aus eigenem Antrieb die Klappe halten oder sich an ihre Offiziere wenden. Der Betrieb an Bord ist ohnehin schon problematisch genug. Blöde Tauschereien mit den zugewiesenen Quartieren kommen überhaupt nicht in Frage.«

»Ja, Käpt'n.«

»Wie ist der Wind?«

»Leicht wie ein Säuglingsfurz. Immer noch Nord-Nordwest. Aber es scheint, daß er nach Nordwest dreht.«

»Hoffentlich nicht. Wir segeln ohnehin schon hart genug am Wind. Wenn du willst, übernehme ich jetzt die Wache, Velasca. Ich bin rastlos wie ein junger Bär im Frühling. Geh runter und hol dir was zu essen.«

»Aye, Käpt'n, danke. Soll der Koch etwas raufschicken?«

»Nein, ich komme schon zurecht.«

Velasca verließ das Deck. Hawkwood hatte ihn eine Stunde früher abgelöst.

Während die ersten Sterne hervorkamen und das Firmament erhellten, segelte die Karacke weiter. Später zeigte sich auch der Mond. Er war nahezu voll, doch der Wind erwies sich als unbeständig und unberechenbar. Zwar fuhr die *Osprey* unter Toppsegeln und Untersegeln – sogar mit Bonnets an den Untersegeln –, dennoch schätzte Hawkwood die Geschwindigkeit auf weniger als drei Knoten. Trotzdem war es ein friedlicher Abend. Von unter Deck vernahm er den anschwellenden Tumult, als die Fahrgäste sich zum Abendessen versammelten. Licht fiel in langen Bahnen aus den Schießscharten, die man in der Nacht die meiste Zeit über zur Belüftung offen ließ.

Aus den Offizierskabinen unter seinen Füßen hörte Hawkwood Gläserklirren und Gelächter. Murad sorgte wieder für Zerstreuung. Sogar Ortelius, den in letzter Minute an Bord gestiegenen Geistlichen, hatte der narbengesichtige Adelige ein paarmal zum Abendessen eingeladen. Vor allem, vermutete Hawkwood, um etwas über die Gründe zu erfahren, warum er an Bord gekommen war. Jemand an höchster Stelle bei den Brüdern vom Ersten Tage in Abrusio hatte es Ortelius befohlen, soviel stand fest, doch bisher war der Geistliche allen Fragen Murads ausgewichen.

Hawkwood spürte, daß jemand ihn beobachtete. Als er sich umdrehte, ertappte er Mateo, den Schiffsjungen, wie dieser ihn anstarrte. Der Kapitän runzelte die Stirn, woraufhin Mateo hastig den Blick abwandte. Der Junge war schon mitten im Stimmbruch. Bald würde er ein Mann sein. Für Hawkwood stellte er keine Versuchung mehr dar – nicht mit diesem herablassenden Murad und einem Bruder des Ordens vom Ersten Tage an Bord. Zweifellos fühlte der Knabe sich durch Hawkwoods Desinteresse verletzt, aber er würde schon bald darüber hinwegkommen.

Unweigerlich mußte er an Jemilla denken, an ihre alabasterfarbene Haut und das rabenschwarze Haar, an ihre Leidenschaft als Wildkatze. Jetzt diente sie als Spielzeug eines Königs und war somit nichts mehr für ihn und seinesgleichen. Hawkwood fragte sich, ob König Abeleyn von Hebrion unter seinen königlichen Gewändern wohl Kratzer auf dem Rücken hatte. Mitunter erwies die Welt sich als merkwürdiger Ort. Gemächlich schritt Hawkwood an die Wetterreling, wo er stehen blieb und auf das gleichmäßige Wogen der ruhigen See hinausschaute, während die Brise ihm ins Gesicht blies und an den Segeln über seinem Kopf zerrte.

»Also spielst du heute nacht nicht die Kellnerin am hohen Tisch?« fragte Bardolin, als Griella sich an dem wackeligen, mit Seilen verzurrten Tisch zu ihm gesellte.

Das Mädchen nahm auf der Seekiste neben dem Zauberer Platz. Griellas Wangen waren gerötet; die kupferfarbenen Haare klebten in Strähnen und Locken in der Stirn.

»Nein. Mara meinte, sie würde das für mich übernehmen. Heute abend mag ich nicht einmal daran denken.«

Bardolin erwiderte nichts. Das Wirbeln im Batteriedeck um sie herum glich einem Vorhang aus Lärm. Zwischen den dumpf schimmernden Kanonen hatte man Hängetische von der Decke herabgelassen. Um jeden drängte und raufte sich ein bunter Haufen Gestalten um einen Platz. Sechs Leute saßen an jedem Tisch. Man wechselte sich damit ab, das Essen für den ganzen Tisch aus der dampfenden Kombüse über die Länge des Decks herüberzutragen.

Es war der erste Abend, an dem Bardolin das Batteriedeck

so voll erlebte. Die meisten Passagiere schienen die Seekrankheit allmählich zu überwinden, besonders da mildes Wetter herrschte und das Schaukeln des Schiffes nicht allzu heftig war. Eine bunte Mischung saß hier beisammen. Der Magier erblickte Leute in feinen Kleidern, von denen er einige als hebrionische Höflinge erkannte, sowie vornehme Damen in Brokat und Leinen, die selbst hier an Bord nicht auf den Status vergangener Tage verzichten wollten. Die Mehrzahl der Fahrgäste aber sah nach wohlhabenden Kaufleuten oder kleinen Bauern aus und besaß keine besonderen Merkmale. Bislang hatte Bardolin noch kein Zeichen übernatürlicher Kräfte wahrgenommen; er wußte auch nicht, ob ein Wettermacher sich an Bord befand, der die Reise des Schiffes beschleunigen konnte. Wahrscheinlich hielt die Anwesenheit des Geistlichen den Kapitän davon ab, sich danach zu erkundigen.

Ebensowenig war Bardolin bekannt, ob ein weiterer vollblütiger Magier mit dem Schiff reiste, denn bislang hatte er noch keine anderen Hausgeister entdeckt. Bardolins eigener Kobold schlief in der Brusttasche des Mantels. Natürlich waren Golophin und er nicht die einzigen Magier in Abrusio. Allein ein halbes Dutzend kannte Bardolin persönlich. Hier aber erspähte er kein vertrautes Gesicht, und so fragte er sich, ob Golophin möglicherweise andere Pläne mit ihnen hatte.

Schwer und stickig wogte die Luft um die gewaltigen Kanonen und die überladenen Tische. Das Aroma von gekochtem Schweinefleisch stieg Bardolin in die Nase, verstärkt vom Geruch nach Fett und Salz. Dazu mischte sich der Schweißgestank einer dichtgedrängten Menschenmenge. Im Hintergrund schwelte der leichte Moder von Erbrochenem und Kot. Nicht alle Passagiere besaßen soviel Anstand, sich auf den Bugspriet des Schiffes zu kauern, um dort die Notdurft zu verrichten, während die warme See ihnen um den Hintern spülte. Außerdem gab es einige, die von der Seekrankheit ein wenig heftiger übermannt wurden, als sie erwartet hatten. Das Deck mußte gewaschen werden, oder *geschrubbt;* aber das war die Arbeit der Matrosen.

Oh, was für ein dichtes Netz, gewoben von unbekannten Kräften! Die *Osprey* war kein Schiff, das ruhig über einen friedlichen Ozean glitt, sondern eine Fliege im Netz einer gewaltigen Spinne. Und dieser Aristokrat, Murad, war am Weben des Netzes beteiligt, zusammen mit Golophin und dem König von Hebrion.

Nicht aber Hawkwood, der Kapitän. Er und Murad haßten einander, das war offensichtlich. Bardolin hatte den Eindruck, daß die Reise den guten Kapitän ebenso begeisterte wie den Großteil der Fahrgäste. Der Kapitän mußte den Bestimmungsort des Schiffes kennen. Vielleicht lohnte es sich, mit ihm zu reden, oder mit Billerand.

»Er hat wieder diesen Raben an seinen Tisch eingeladen«, berichtete Griella zwischen gekauten Bissen des zähen Schweinefleisches und des harten Zwiebacks.

»Wer? Murad?« Rasch brachte Bardolin Ordnung in seine Gedanken. In Griellas Augen schwelte ein Leuchten, das ihm ganz und gar nicht gefiel. Schon ungezählte Male hatte er sich dafür verflucht, daß er sie mit auf die Reise genommen hatte. Und dennoch – dennoch …

»Ja. Er hat wieder vor, seine Sinne mit Branntwein zu benebeln, um herauszufinden, wer ihm befohlen hat, sich mit uns einzuschiffen. Aber Ortelius ist schlüpfrig wie ein Aal. Er lächelt und lächelt, verrät aber nichts von Bedeutung. Stattdessen murmelt er dauernd fromme Plattheiten, denen keiner widersprechen kann. Er hat etwas an sich, das mir überhaupt nicht behagt.«

»Das ist völlig normal. Er ist Bruder des Ordens vom Ersten Tage, Kind. An deiner Abneigung gegen ihn ist nichts Sonderbares.«

»Stimmt, aber es ist mehr als das. Ich habe das Gefühl, ihn zu kennen, weiß aber nicht woher.«

Bardolin seufzte. Hunger hatte er keinen mehr. In jungen Jahren war sein Magen so schwere Kost gewohnt gewesen, im Alter wurde er zunehmend empfindlicher. Und das entsprach noch dem guten Essen. Später im Verlauf der Reise würde das Fleisch voller Würmer, das Brot voller Rüsselkäfer und das Wasser dick wie Suppe sein. Schon einmal hatte er so etwas miterlebt, während eines hebrionischen Truppentransports. Die Aussicht, neuerlich eine solche Diät durchzumachen, erfreute ihn nicht übermäßig.

Ich bin verweichlicht, dachte er.

»Mach dir keine Sorgen wegen dieses verdammten Mönchs, Kind«, sagte er. »Hier kann er dir nichts anhaben – es sei denn, er hat die Absicht, sich ganz allein mit sämtlichen Passagieren des Schiffes anzulegen.«

Doch Griella hörte ihm nicht zu. Krampfhaft umklammerten ihre Finger das Fleischmesser.

»Murad wird heute nacht wieder nach mir verlangen, Bardolin. Lange kann ich ihn nicht mehr hinhalten, ohne daß – ohne daß etwas passiert.«

Sie starrte auf den hölzernen Teller, als würde sich ihr darauf eine Offenbarung bieten. Bardolin beugte sich näher zu ihr.

»Ich beschwöre dich, Griella, keine Gewalt an Bord dieses Schiffes. Bitte nicht. Laß die Gefühle nicht Herr über den Verstand werden. Erhebe keinen Finger gegen den Mann. Er ist ein Adeliger. Es wäre sein gutes Recht, dich auf der Stelle zu töten.«

Griella grinste freudlos. Ihre Zähne präsentierten sich kräftig und strahlend weiß, die Lippen zeichneten sich beinahe violett dagegen ab.

»Das dürfte ihm schwerfallen.«

»Du könntest ihn töten.« Bardolin hatte die Stimme gesenkt. In dem Lärm, der um sie herum herrschte, waren sie kaum zu vernehmen. »Aber selbst nach der Verwandlung wäre es nicht einfach für dich, alle Soldaten auf dem Schiff zu töten – und dazu noch die Seeleute und die Fahrgäste, die sich gegen dich erheben würden. Und ist deine wahre Natur erst enthüllt, bist du verloren, Griella. Also zügle um Himmels willen dein Temperament, was auch immer geschehen mag.«

Ohne Vorwarnung küßte sie ihn auf den Mund, so fest, daß er die Zähne durch ihre Lippen spürte. Blut schoß ihm ins Gesicht, und sogleich empfand er eine wohlige Regung in der Lendengegend. Aufgeregt zappelte der Kobold in seiner Brusttasche.

»Warum hast du das getan?« wollte Bardolin wissen, als sie wieder zurückwich. Peinlich berührt, war er sich seiner Erektion bewußt.

»Weil du es dir gewünscht hast. Du hast es dir schon lange gewünscht, auch wenn du es vielleicht nicht wußtest.«

Bardolin fühlte sich nicht in der Lage, ihr zu antworten

»Das ist schon in Ordnung, Bardolin. Es macht mir nichts aus. Weißt du, ich liebe dich. Du bist wie ein Vater, ein Bruder und ein Freund für mich.«

Sanft strich sie ihm über die stoppelbärtige, gerötete Wange.

»Aber du hast recht. Jeder weiß, daß du mein Beschützer bist. Wenn ich mich ihm verweigere, könnte ich dich mit mir ins Verderben reißen, und das würde ich niemals tun.« Ein Lächeln, so unschuldig wie das eines Kindes, breitete sich auf ihrem Gesicht aus. Nur die Augen paßten nicht zu dem Bild. Der Zauberer erblickte die Bestie darin – die ungeduldig lauernde Bestie.

Bardolin ergriff ihre Hand, wobei er sich nicht um die Blicke der Tischnachbarn kümmerte, die sie mittlerweile auf sich gezogen hatten.

»Halte an dich, Griella, egal was passiert. Klammere dich an jenen Teil deiner Seele, der nicht zur Bestie gehört. Dann kannst du sie niederringen, kannst sie besiegen.«

Sie blinzelte. »Warum sollte ich das tun?« Bei diesen Worten ließ sie ein wildes Grinsen aufblitzen, erhob sich und zog die Hand unter der seinen weg. »Ich muß gehen. Mara erwartet, daß ich ihr beim Aufräumen helfe. Lieber Bardolin, mach nicht so ein besorgtes Gesicht! Ich weiß, was ich zu tun habe – um deinetwillen so gut wie um meinetwillen.«

Bardolin schaute dem schlanken, makellosen Rücken Griellas nach, während sie über das Batteriedeck davonschritt und sich schließlich in der Menge verlor. Deutlich stand ihm die Sorge ins Gesicht geschrieben. Der Kobold zitterte wie Espenlaub an der schweißnassen Brust des Magiers.

»Schenke unserem guten Geistlichen hier noch Branntwein ein, Mädchen! Sei bloß nicht so geizig mit dem Zeug!«

Murad lächelte. Die Narbe wand sich als gezackte rosa Furche an einer Seite des Gesichts hinab. Als das Mädchen Mara sich hinunterbeugte, um den Branntwein einzuschenken, schob Murad ihr eine Hand unter den Rock und strich die seidenglatte Innenseite ihres Schenkels hinauf. Sie zuckte zusammen wie ein Pferd, auf dessen Rücken sich eine Fliege niederläßt, rührte sich aber nicht von der Stelle. Murad betastete das weiche Fleisch an den Hüften, dort, wo die Pobacken sich vorwölbten. Dann richtete sie sich auf, als wäre nichts geschehen, und ging davon. Di Souza war vor Vergnügen rot im Gesicht, doch Sequero blickte eher verächtlich drein. Murad lächelte ihn an und erhob das Glas, so daß der aristokratische junge Mann es ihm gleichtun mußte.

Die vier saßen an einem Tisch, der längs in einer Linie mit dem Kiel stand. Hinter Murads Rücken befanden sich die Heckfenster, die in die Kapitänskabine auf der anderen Seite des Schotts hinüberreichten. Der Himmel im Osten war dunkel, doch vom Fahrwasser des Schiffes, das hinter ihnen schäumte und plätscherte, ging ein schwacher Schimmer aus. Man konnte beobachten, wie der Wein in den Bechern auf dem Tisch sich leicht mit dem Rollen der Karacke neigte, doch die Bewegung war so flüchtig, daß man sie kaum bemerkte.

Siquero wirkte immer noch völlig niedergeschmettert vom Tod einer seiner geliebten Zuchtstuten. Zum Glück hatten sie zwei Tiere mehr verladen als ursprünglich vorgesehen. Fähnrich Hernan Sequero schien alles andere als der geborene Seemann. Er haßte dieses dicht gedrängte Zusammenleben mit den verschiedensten Menschen, die unbequemen Hängematten, den ständigen Gestank und besonders die beharrliche Unabhängigkeit der Seeleute, die ausschließlich ihren eigenen Offizieren gehorchten und keine Befehle von Soldaten entgegennahmen. Es stellte eine Umkehr der natürlichen Ordnung der Dinge dar. Sequeros Elend hatte Murad in der Woche, die sie nun schon auf See waren, unsägliches Vergnügen bereitet.

Di Souza hingegen schien die Erfahrung zu genießen. Sein

Können im Umgang mit der Hakenbüchse hatte ihm gleichermaßen den Respekt der Soldaten wie der Seeleute eingetragen, und seine niedrige Geburt schien ihn unempfindlich gegen die Demütigungen an Bord eines Schiffes zu machen. Lachend konnte er vom Bug des Schiffes aus sein Geschäft erledigen, wohingegen Sequero, wie Murad vermutete, derlei Dinge lieber tief im Bauch des Schiffes verrichtete, als seinen Männern den Anblick ihres Offiziers zu gönnen, wie er mit nacktem Hintern über dem Meer hing. Murad selbst stand ein Topf zur Verfügung, der täglich von einer der beiden Kammerdienerinnen entleert wurde.

Im Licht der Tischlaternen betrachtete er die bernsteinfarbenen Tiefen des Weins, der aus Fimbrien stammte und zur Zeit seines Urgroßvaters abgefüllt worden war. Und er verschwendete diesen edlen Tropfen auf einen Dummkopf von niedriger Geburt, einen Geistlichen und einen stocksteifen Möchtegern-Aristokraten. Na ja, zumindest ölte der Wein die Zungen und ließ den Abend halbwegs angenehm verstreichen. Aber er half nicht, die Lippen dieses verdammten Raben Ortelius zu lösen.

Das Mädchen, Mara, räumte das Geschirr und das Silberbesteck ab, das überall auf dem Tisch funkelte. Sie hatten Fleischeintopf gespeist, frisch geschlachtete Hühnchen, frisch gefangenen Fisch und Obst aus den Gärten von Galiapeno. Nun tranken sie Wein, knabberten Walnüsse und stopften sich schwarze Oliven in den Mund. Geplaudert wurde nicht viel. Am Tisch ihres Vorgesetzten redeten die beiden jungen Offiziere ungern, wenn sie nicht zuerst angesprochen wurden. Und der Ordensbruder schien in gleichem Maße Stille wie Verschwiegenheit zu schätzen.

Irgendwann mußte Murad sich den Spaß gönnen, Hawkwood und den Raben zum Abendessen einzuladen, um zu beobachten, wie die Funken flogen. Wie es aussah, würde die Reise nicht viele Vergnügungen bieten; also mußte er sich etwas einfallen lassen, wollte er nicht an Langeweile sterben, ehe sie im Westen an Land gingen.

Der Adelige ertappte das Mädchen dabei, wie sie ihn anschaute. Unverblümt starrte er zurück, woraufhin sie hastig die Augen abwandte. Sie besaß ein hübsches, von der Arbeit auf dem Lande gebräuntes Gesicht, umrahmt von dunklen Locken, dazu einen stämmigen, kräftigen Körper, der jedoch nicht übermäßig erregend wirkte. Seit sie Abrusio verlassen hatten, teilte sie die Hängematte mit ihm. Aber es war nicht sie, die Murad wirklich begehrte, sondern Griella, dieses kurzhaarige Frauenzimmer mit den funkelnden Augen. Sie war es, die er wollte. Murad versprach sich eine angenehme Abwechslung davon, sie seinem Willen zu unterwerfen. Außerdem war er neugierig zu erkunden, welche Formen unter den knabenhaften Kleidern verborgen waren, die sie ständig trug. Zudem haßte sie ihn, was die Sache noch interessanter gestaltete. Wo trieb sie sich heute abend herum? Ihre Abwesenheit verärgerte Murad, was einer der Gründe dafür war, daß Furcht in den Augen des anderen Mädchens lag.

»Ein hervorragender Tropfen«, stellte Ortelius in die Stille hinein fest. »Auch auf Reisen pflegt Ihr einen guten Weinkeller, Fürst Murad.«

Murad neigte den Kopf. »Es gibt gewisse Annehmlichkeiten, die eigentlich gar keine Annehmlichkeiten sind, sondern … vielmehr eine Begleiterscheinung des Ranges. Wir mögen sie nicht unbedingt brauchen, aber sie helfen uns, im Gedächtnis zu behalten, wer wir sind.«

Ortelius nickte bedächtig. »Solange wir nicht feststellen, daß wir ohne sie nicht mehr auskommen.«

»Ich fürchte, Ihr führt auf dieser Reise bedauernswert wenige Annehmlichkeiten mit Euch«, stellte Murad freundlich fest, obwohl er innerlich vor Wut über die Andeutung des Geistlichen schäumte.

»Ja. Bedauerlicherweise kam ich in einer gewissen Hast an Bord. Aber das spielt keine Rolle. Ich mag zwar nicht den asketischen Gewohnheiten eines Bettelmönchs frönen, aber es wird mir nicht schaden, eine Weile auf einige der Vergünstigungen meines Ranges zu verzichten. Solche Dinge bringen uns Gott näher.« Daraufhin stürzte er den Rest seines Weines hinunter.

»Das ist wirklich bewundernswert«, meinte Murad abwesend. In Wahrheit suchte er nach einer Öffnung, einer Lücke in der glatten Fassade des Ordensbruders. Er bemerkte, daß Sequero und di Souza Blicke tauschten; sie wußten, das allnächtliche Spiel hatte aufs neue begonnen.

»Nun, wir befinden uns in Eurer spirituellen Obhut, Vater Ortelius. Ich bin sicher, ich spreche für alle Soldaten, Seeleute und Passagiere an Bord, wenn ich sage, daß wir ruhiger schlafen, weil wir wissen, daß Ihr hier seid, um uns von unseren Sünden freizusprechen und Euch um unser seelisches Wohlbefinden zu kümmern. Aber erzählt: Was haltet Ihr von der Besatzung dieses Schiffes – oder von den Fahrgästen, mit denen Ihr Euch eingeschifft habt?«

Ortelius blickte Murad an. In die sonst so verbindlichen Züge schien sich ein Hauch Vorsicht zu mischen.

»Ich glaube, ich verstehe nicht recht, mein Sohn.«

»Ach, hört doch auf, Vater! Euch kann unmöglich entgangen sein, daß Hawkwoods halbe Mannschaft rabenschwarze Gesichter aufweist. Es sind Heiden – Merduks!«

»Bist du sicher, mein Sohn?« Ortelius hatte aufgehört, mit dem leeren Glas zu spielen, und betrachtete Murad eingehend, wie ein Fechter, der auf eine Gewichtsverlagerung des Gegners wartet, die einen Hieb ankündigt.

»Aber ja! Einige davon huldigen insgeheim dem bösen Propheten Ahrimuz.«

»Dann muß ich wohl mein Bestes geben, sie auf den rechten Weg zur Gesellschaft der Heiligen zu führen«, erwiderte Ortelius zuckersüß.

Murad jedoch fuhr fort, als hätte der Priester nichts gesagt: »Und dann erst die Fahrgäste, Vater! Wißt Ihr, wer sie sind? Ich will es Euch verraten. Es ist der Abschaum unserer Gesellschaft: Hexer, Kräuterdoktoren, Ammenweiber und – Gott beschütze uns – sogar Magier. Habt Ihr das nicht gewußt?«

»Es – es ist möglich, daß ich etwas in der Art gehört habe.«

»Das ist genau der Menschenschlag, von dem die Brüder Eures Ordens Abrusio in den letzten Wochen so eifrig befreien. Dennoch schifft Ihr Euch mit diesen Gottlosen ein, schlaft in ihrer Mitte und kümmert Euch um ihre sogenannten spirituellen Bedürfnisse. Verzeiht, wenn ich das sage,

Vater, aber ich kann nicht recht begreifen, daß ein Mann Eures Standes solche Mitreisende erträgt. Wohl wissen wir von der Bedeutung der Bettelmönche, zu bekehren, zu konvertieren und die Visionen des Ersten Heiligen zu verbreiten, aber die Brüder vom Ersten Tage stehen in der Hierarchie der Kirche zweifellos höher.«

Die unausgesprochene Frage ließ Murad in der Luft hängen.

»Wir gehen, wohin man uns schickt, Fürst Murad. Wir Träger der schwarzen Kutte sind allesamt Diener.«

»Aha. Also wurdet Ihr *geschickt,* uns zu begleiten?«

»Nein. Ich habe das Wort unbedacht in den Mund genommen. Verzeiht, mein Sohn.«

»Entweder wurdet Ihr geschickt oder nicht, Vater. Übrigens – nehmt Euch doch noch einen Becher Wein.«

Murad schenkte dem Geistlichen nach, während die beiden Fähnriche ihn wie die Zuschauer eines Gladiatorenwettstreits beobachteten. Sequero wirkte amüsiert und gefesselt, doch es überraschte Murad, in di Souzas Antlitz unverhohlenes Entsetzen zu entdecken.

»Geht es dir gut, Valdan?« fragte er unvermittelt. »Oder bist du immer noch ein wenig seekrank?«

Der strohblonde Offizier schüttelte den Kopf. Er sah wie ein Verurteilter auf dem Weg zum Galgen aus.

»Wie ich schon sagte«, wiederholte Murad sanft und wandte sich an den Geistlichen, »entweder wurdet Ihr *geschickt,* oder Ihr kamt aus eigenem Antrieb. Oder jemand hat Euch gebeten, uns zu begleiten.«

Bei den letzten Worten blickte er wieder auf di Souza, musterte das schamgerötete Gesicht des jungen Mannes und ließ den Satz im Raum stehen.

»Ich habe ihn gebeten mitzukommen!« platzte di Souza hervor. »Ich war es, Fürst – es war meine Idee. Die Soldaten wollten einen Kaplan. Deshalb habe ich Vater Ortelius gefragt. Bei meiner Ehre, Fürst Murad, ich dachte, ich würde das Richtige tun!«

Murad ließ den Blick in die Runde schweifen. Ortelius tupfte sich mit niedergeschlagenen Augen und plötzlich wieder nichtssagendem Gesichtsausdruck affektiert die Lippen mit einer Serviette ab. Sequeros Züge waren wie versteinert, als fürchtete er, durch die Nähe zu seinem Offizierskollegen für mitschuldig erklärt zu werden.

Murad lachte. »Warum hast du das nicht schon früher gesagt?« Er stand auf. »Es tut mir leid, daß ich Eure Geduld in den letzten Tagen derart auf die Probe gestellt habe, Vater. Bitte, verzeiht mir.« Damit beugte er sich hinab, um die Fingerknöchel des Geistlichen zu küssen.

Ortelius strahlte. »Schon gut, mein Sohn.«

»Ich fürchte, mit dieser Enthüllung muß ich unseren vergnüglichen Abend beenden, meine Herren, denn ich möchte mich zur Ruhe begeben. Gute Nacht, Vater. Erholsamen Schlaf wünsche ich Euch. Gute Nacht, Sequero. Ich verlasse mich darauf, daß du Vater Ortelius in seine Koje begleitest. Fähnrich di Souza, sei so nett und bleib noch einen Augenblick da.«

Nachdem die beiden gegangen waren, saß di Souza stocksteif auf dem Stuhl, die Hände im Schoß.

»Sprich, Fähnrich«, forderte Murad ihn sanft auf.

Das plötzlich eingefallene Gesicht des jüngeren Mannes glänzte vor Schweiß. Die Haut war vom Wein und der Hitze gerötet und bildete einen lebhaften Kontrast zu den blonden Haaren.

»Den Männern gefiel der Gedanke nicht, ohne einen Kaplan segeln zu müssen, wie ich Euch, glaube ich, schon vor der Reise gesagt habe, und …«

»Hat Mensuardo dich dazu angestiftet?« unterbrach ihn Murad.

»Nein, Herr! Es war allein meine Idee.« Hätte di Souza die Schuld auf seinen Unteroffizier, Mensuardo, abgewälzt, wäre Murad gezwungen gewesen, ihn auspeitschen oder gar erschießen zu lassen. Und Mensuardo war der erfahrenste Soldat auf dem Schiff.

»Wie gut kennst du diesen Ortelius?«

Di Souza schaute auf, und seine Augen trafen sekundenlang Murads beharrlichen Blick. Der junge Offizier schien auf dem Stuhl zu schrumpfen.

»Ich kenne ihn kaum, Herr. Ich weiß nur, daß er einst zum Stab des Prälaten von Hebrion gehörte und im Orden großes Ansehen genießt.«

»Und warum sollte ein so herausragender Geistlicher sich für eine Expedition ins Ungewisse an Bord eines Schiffes begeben? Noch dazu mit solchen Reisegefährten?«

Hilflos zuckte di Souza die Schultern. »Er ist Geistlicher. Es ist seine Aufgabe. Als er mir die Beichte abnahm, bevor wir uns einschifften, schien er von der Reise zu wissen. Damals fragte er mich, ob mir bei dem Gedanken wohl sei, die Fahrt ohne spirituelles Geleit anzutreten. Es gefiel mir ganz und gar nicht, Herr – ich will nicht lügen. Daraufhin erbot er sich mitzukommen. Aber ich glaubte, er wollte nur versuchen, meine bekümmerte Seele zu trösten. Ich hätte nicht erwartet, daß er es tatsächlich ernst meint.«

»Du mußt noch eine Menge lernen«, entgegnete Murad. »Ortelius ist ein Spion im Dienste von Himerus, dem Prälaten von Hebrion. Er ist mitgekommen, um herauszufinden, was der König plant. Warum er eine Expedition ausschickt und warum er die Schiffe mit solchen Passagieren bemannt. Aber egal. Nun weiß ich, woran ich bei Ortelius bin und kann mich entsprechend um ihn kümmern.«

»Herr! Ihr werdet doch nicht …«

»Halt den Mund, Valdan. Du bist ein dummer junger Narr. Für das, was du angerichtet hast, könnte ich dich degradieren und für den Rest der Reise in Ketten legen lassen. Aber ich brauche dich. Trotzdem möchte ich dir noch etwas anvertrauen, das du niemals vergessen solltest.«

Murad beugte sich so dicht zu di Souza vor, daß er den Wein im Atem seines Untergebenen riechen konnte.

»Deine Treue und Ergebenheit gelten *mir*, niemandem sonst. Nicht der Kirche, nicht einem Priester, nicht meiner eigenen Mutter. Du besprichst sämtliche Angelegenheiten mit mir. Tust du das nicht, ist deine Karriere zu Ende, vielleicht sogar dein Leben. Habe ich mich verständlich ausgedrückt?«

»Ja«, krächzte di Souza.

Murad lächelte. »Ich bin froh, daß du mich verstehst. Du kannst jetzt gehen.«

Wie ein Greis, der an Arthritis leidet, erhob der Fähnrich sich aus dem Stuhl, salutierte und stürmte zur Tür hinaus. Murad nahm auf dem eigenen Stuhl Platz und schwang die Füße auf den Tisch. Dann wandte er den Kopf zur Seite, um achtern hinaus auf das Fahrwasser des Schiffes zu blicken. Kein Anzeichen von Land. Die hebrionische Küste war bereits außer Sicht; demnach mußten sie sich nun endgültig auf dem Großen Westlichen Ozean befinden.

Und niemand kann uns etwas anhaben, dachte Murad. *Nicht Könige, nicht Priester, nicht die Machenschaften der Regierung. Bis eines dieser Schiffe zurückkehrt, sind wir ganz allein, und niemand kann uns finden.*

Murad mußte an das Logbuch von Tyrenius Cobrian denken, an die düstere Geschichte von Mord und Wahnsinn, die darin erzählt wurde, und spürte einen kalten Schauer über den Rücken laufen.

»Wein!« rief er laut.

Als er sich von der Betrachtung der Heckfenster losriß, stellte er fest, daß der Wein bereits auf dem Tisch stand. Blutrot schimmerte er vor der letzten noch brennenden Tischlaterne. Das Mädchen, Griella. Sie harrte im Schatten, doch Murad erkannte sie an den unpassenden Kleidern, die sie trug, und am Haarschopf. Außerdem an diesem merkwürdigen Leuchten in den Augen, das ihn stets an die bei Fackellicht lodernden Augen einer Bestie erinnerte.

Kurzzeitig zeigte Murad sich beunruhigt ob ihrer stummen Anwesenheit. Er hatte kein Geräusch wahrgenommen. Dann schenkte er sich von dem schimmernden Wein ein.

»Komm ins Licht, Mädchen. Ich beiße nicht.«

Als sie vortrat, wurden ihre Augen wieder menschlich. Sie betrachtete ihn mit dem für sie typischen, abwägenden Interesse, das ihn wie immer zur Weißglut trieb. Er mußte sie einfach ins Bett bekommen, um ihr seine Persönlichkeit und Überlegenheit einzubleuen. Von ihrer Haut schien eine Art Leuchten auszugehen, was das Licht der Laterne noch hervorhob. Im Ausschnitt des Hemdes erblickte Murad den Ansatz einer weichen Brust, eine sanfte Kurve aus Licht und Schatten.

»Zieh mir die Stiefel aus«, befahl er barsch.

Sie tat, wie ihr geheißen, kniete vor ihm nieder und zog ihm die langen Seemannsstiefel mit einer Kraft von den Füßen, die ihn überraschte. Nun hatte er einen noch tieferen Einblick in den Ausschnitt ihres Hemdes. Unentwegt trank er Wein.

»Heute nacht wirst du das Bett mit mir teilen«, verkündete er unverblümt.

Sie starrte ihn an.

»Heute gibt es keine Entschuldigungen. Mittlerweile muß das Blut zu fließen aufgehört haben. Falls nicht, ist es mir auch egal. Steh auf.«

Sie tat es.

»Warum sprichst du nicht? Hast du nichts zu sagen? Vor ein paar Nächten warst du noch lebendig wie eine Wildkatze. Hast du dich mit deiner neuen Stellung abgefunden? Rede mit mir!«

Griella musterte ihn. Ein dünnes Lächeln verzog einen ihrer Mundwinkel.

»Ihr seid ein Adeliger«, meinte sie. »Auf diesem Schiff gilt Euer Wort als Gesetz. Ich habe keine Wahl.«

»Das stimmt«, bestätigte er grinsend. »Also hat dein alternder Beschützer Vernunft in den hübschen kleinen Kopf gebracht?«

»Ja, das hat er.«

»Offenbar ist er ein weiser Mann.« Warum hatte er das Gefühl, daß sie mit ihm spielte, sich insgeheim lustig über ihn machte? Er wollte dieses Lächeln von den jungen, vollen Lippen küssen, wollte es mit den Zähnen hinwegreißen.

»Zieh dich aus«, befahl er, woraufhin er noch mehr Wein trank. Sein Herzschlag wurde immer lauter und hämmerte bis in die Schläfen.

Sie zog das Hemd über den Kopf; dann öffnete sie den Gürtel und ließ die Hosen zu Boden rutschen. Als sie nackt vor ihm stand, vernahm er deutlich, wie die Schiffsglocke achtmal läutete. Acht Schläge in der ersten Wache. Mitternacht. Es schien wie eine Warnung.

Murad erhob sich und türmte sich vor dem Mädchen auf.

Bevor sein Schatten sie umfaßte, verlieh ihr der Schein der Laterne einen goldenen Schimmer. Murad packte ihre Brüste und hörte, wie die Luft ihre Kehle hinabrasselte. Der Adelige grinste. Er war glücklich, sie endlich aus der Fassung gebracht zu haben. Dann neigte er den Kopf und preßte den Mund auf ihren.

Später erinnerte er sich, wie geschmeidig sie sich in seinen Armen angefühlt hatte, wie schlank und kräftig und lebendig. Sie strotzte vor Muskeln; jeder Nerv vibrierte an der Oberfläche ihrer Haut.

Außerdem war sie noch Jungfrau gewesen, aber sie schrie nicht, als er in sie eindrang, sondern zuckte lediglich kurz zusammen. Er dachte zurück an das heiße, feuchte Erlebnis; daran, wie er sie in die Kissen drückte und an ihrem Hals, ihren Schultern, ihren Brüsten saugte. Zunächst lag sie reglos unter ihm, bis irgend etwas sie entzündete. Widerwillig begann sie sich aufzubäumen und leise Geräusche von sich zu geben. Von da an verwandelte sich die Vereinigung in eine Schlacht, einen Kampf um die Vorherrschaft. Ineinander verschlungen wälzten die Leiber sich hin und her, bis sich ihrer Kehle ein Schrei entrang, bis sie ihn mit den Beinen umklammerte und in der Dunkelheit um sich schlug. Danach waren sie beide erschöpft eingeschlafen. Schweiß und die Flüssigkeit ihrer Exzesse verklebten die beiden Körper miteinander. Merkwürdig friedvoll war es gewesen – wie während eines Waffenstillstands, nachdem zwei Armeen sich bis zum Umfallen bekriegt hatten.

In der dunklen Stunde vor dem Sonnenaufgang erwachte Murad – zumindest glaubte er das. Er konnte nicht atmen. In einer erstickenden Gluthitze rang er um Luft. Ein erdrückendes Gewicht lastete auf seinen Lungen. Etwas Riesiges, Schweres lag auf ihm und preßte seine Gliedmaßen nieder. Als er heißen Atem im Gesicht verspürte, schlug er die Augen auf und starrte in zwei gelbe Lichter, die ihn aus fünfzehn Zentimeter Entfernung betrachteten. Das kalte Funkeln von Zähnen. Der schemenhafte Anblick hornähnlicher Ohren, die sich über einen breiten Schädel mit schwarzem Fell wölbten. Die lähmende Hitze und das Gesicht auf seinem Körper.

Danach verlor er das Bewußtsein, oder der Traum verblaßte. Später, nach Sonnenaufgang, erwachte er mit einem Schrei auf den Lippen – doch er lag allein in der sanft schaukelnden Hängematte. Sonnenlicht schien durch die Heckfenster, und auf den Laken prangte ein Blutfleck. Bebend sog Murad den Atem ein. Ein Traum, ein Alptraum, nichts weiter. Anders konnte es gar nicht sein.

Er schwang sich aus der Hängematte und landete auf gummiweichen Beinen. Das Schiff schwankte stärker; der Bug hob und senkte sich. In der Dünung vor den Fenstern erblickte Murad Wellen, die mit weißem Schaum getüncht waren.

Erst mit dem letzten Rest aus der Weinkaraffe gelang es ihm, seine zitternden Hände unter Kontrolle zu bringen und den Schrecken des Traumes fortzuschwemmen. Als dieser verblaßte, blieb nur noch die Erinnerung an die erzwungene Freude, die das Mädchen unter ihm empfunden hatte – die Erinnerung an ihre widerwillige Kapitulation. Merkwürdigerweise löste der Gedanke kein Gefühl des Triumphes in Murad aus; statt dessen fühlte er sich dabei beflügelt, irgendwie … gekräftigt.

Nachdem er gefrühstückt hatte, war die Vision der Nacht bereits vollkommen vergessen. Vielleicht hatte er nur zuviel Wein getrunken. Alles, woran er denken konnte, war das schlanke Mädchen mit den leuchtenden Augen und ihre unterdrückte Freude unter ihm.

Murad lechzte nach mehr.

16

Die Armee der Merduks befand sich auf dem Vormarsch.

Aber es hatte sie Zeit gekostet, in Shahr Baraz' Augen viel zuviel Zeit. Aekir hatte sie tiefer verwundet, als sie sich zunächst einzugestehen wagten. Mittlerweile jedoch waren zahlreiche Verluste wettgemacht. Frische Truppen waren über die Pässe der Berge von Thurian gekommen, ehe der Schnee sie im Winter unpassierbar machte. Außerdem hatte Maghreb, der Sultan von Danrimir, fünfzig Elefanten und achttausend Soldaten seiner Leibgarde geschickt, die sich an der Eroberung der Feste Ormann beteiligen sollten. Eigentlich handelte es sich bloß um eine Geste, hinter der die unvermeidbaren politischen Verzweigungen standen: Unmittelbar nach Aekirs Fall waren die anderen Sultane hellhörig geworden. Schon bald würde das Gerangel um die Beute beginnen. Shahr Baraz hatte im Lager Gerüchte aufgeschnappt, denen zufolge Nalbeni, um nicht von seinem nördlichen Rivalen übertrumpft zu werden, eine Flotte mit Truppen losgeschickt hatte, welche die kardische See überqueren sollte. Bei diesem Gedanken mußte er lächeln. Mit ein wenig Glück war die Kunde bereits ans Ohr des torunnischen Königs gedrungen und verleitete ihn dazu, Streitkräfte aus dem Norden abzuziehen.

Was die Schwierigkeit der ihm bevorstehenden Herausforderung betraf, gab Shahr Baraz sich keinen Illusionen hin. Er besaß Pläne über den Festungskomplex, angefertigt von den Soldaten der zahlreichen bewaffneten Spähtrupps, die er in den Westen geschickt hatte. Ursprünglich hatten die Fimbrier das Bollwerk errichtet – und wie alles, was sie entwarfen, schien es für die Ewigkeit gebaut. Vorfahren von Shahr Baraz hatten die Feste vor langer Zeit schon einmal angegriffen, damals, in den Wirren der Stammeskriege, als die Senke von Ormann noch die Grenze des fimbrischen Imperiums darstellte. Unter Schreien und Wehklagen waren sie zu Tausenden gefallen, erzählte man, und die Leichen bedeckten den Boden im Innern der Festung.

Aber das war vor langer Zeit gewesen. Heute war heute. Daß Shahr Baraz seine Techniker Tag und Nacht schuften ließ, war einer der Gründe, daß der Vormarsch der Merduks nach Aekirs Fall nur langsam wieder ins Rollen kam. Das Ergebnis ihrer Mühen hatten die Techniker zerlegt und auf riesige Wagen verladen, die jeder von vier Elefanten gezogen wurden. Nun verfügte Shahr Baraz über alles, was er brauchte:

Belagerungstürme, Katapulte, Ballisten. Und Boote. Viele Boote.

Auf einem niedrigen, schlammigen Hügel saß er in Gesellschaft einiger Stabsoffiziere auf seinem Roß. In stummen Reihen wartete die Leibgarde des Khediven auf dem Hang unter ihnen. Shahr Baraz beobachtete, wie seine Armee vorbeimarschierte.

An den Flanken ritt die Eskorte: Schwadrone der leichten Reiterei, die mit Lanzen bewaffnet waren und nur lederne *Ciur Boulli* trugen – eine Eigenheit, die man von den Ramusiern abgeschaut hatte. Danach folgte die Hauptvorhut, eine Eliteeinheit der *Hraibadar,* der Stoßtrupps, die auf Angriffe, Vorstöße und, falls nötig, Stellungskämpfe spezialisiert waren. Ihre Reihen hatten sich jedoch stark gelichtet. Bei Aekir waren so viele gefallen, daß Shahr Baraz sich gezwungen sah, kaum zehn Regimenter von ihnen aufs Feld zu schicken, knapp zwölftausend Mann.

Mitten zwischen ihren Rängen liefen die Elefantenherden. Nur etwa zwanzig Tiere trabten mit der Vorhut; jeder schleppte einen Zug leichter Wagen, beladen mit Proviant. Die Vorhut stellte Shahr Baraz' beweglichste Einheit dar, und die schlagkräftigste. Sobald er die Festung ein wenig beharkt hatte, würde die Vorhut den vernichtenden Sturmangriff anführen.

Am Ende der Vorhut folgte eine Brigade der schweren Kavallerie, von den Ramusiern *Kürassiere* genannt. Seinem eigenen Volk waren sie als *Ferinai* bekannt – Soldaten, die sich seit Generationen auf diese Aufgabe spezialisiert hatten. Sie trugen Kettenhemden, die mit funkelnden Stahlplatten verstärkt waren, und die Gesichter wurden von großen Helmen geschützt. Zusätzlich zu den Schwertern trug jeder ein Paar Luntenschloßpistolen, eine neue Errungenschaft, die von den *Ferinai* nur äußerst widerwillig akzeptiert wurde. Dies waren die besten Truppen, über die Shahr Baraz verfügte. Seine Leibgarde hatte er überwiegend aus ihren Rängen ausgewählt. Anders als beim Großteil der Armee handelte es sich bei diesen Männern um Berufssoldaten, und ihr General setzte sie so knauserig ein wie ein Geizhals sein Gold.

Die Vorhut zog vorüber, fast zwanzigtausend Mann. Als Shahr Bazar sein unruhiges Pferd besänftigte, kam der Haupttruppenverband in Sicht. Hier herrschte keine so strenge Disziplin. Die Männer winkten und jubelten ihrem Feldherrn zu, als sie vorbeimarschierten. Flüchtig nickte er als Erwiderung. Dies waren die *Minhraib*, gewöhnliche Infanteriesoldaten, die sich ihr Brot als kleine Bauern, Händler, Gutsbesitzer oder Arbeiter verdienten, wenn sie nicht gerade in den Krieg zogen. Hunderttausend Mann stark marschierten sie in Reihen zu je fünfzig Soldaten. Der ganze Zug erstreckte sich über mehr als dreieinhalb Meilen. Mindestens anderthalb Stunden würde es dauern, bis auch der letzte Soldat an seinem General vorbei war. Bei dem Anblick versteifte sich Shahr Bazar. Er schickte ein rasches Gebet zum Himmel und dankte Gott und dem Propheten, daß sie ihm die Gnade gewährten, dies zu betrachten, dies zu befehligen: die größte Armee, die ein östliches Sultanat in einen Krieg geschickt hatte. Dergleichen hatte man auf dem Kontinent seit den entsetzlichen Schlachten der Ramusier nicht mehr erlebt, als sie sich untereinander bekriegten, um die fimbrische Hegemonie zu stürzen.

Shahr Baraz wollte nicht warten, bis die Nachhut oder der Belagerungszug in Sicht kamen, die sich noch sieben Meilen die Straße hinunter befanden. Wenn die Vorhut heute abend im Lager eintraf, würde die Nachhut noch zehn Meilen dahinter marschieren. Das war der logistische Alptraum, den eine Truppenbewegung dieser Größe auf dem Landweg mit sich brachte.

Daneben stand ihm nunmehr auch der Ostian zur Verfügung. Die ersten Frachtboote trafen bereits stromabwärts aus Ostrabar ein, und die Lieferungen türmten sich auf den verbrannten Kais an Aekirs Flußufer. Zur Versorgung einer Armee dieser Größe benötigte man schier unglaubliche Mengen an Verpflegung. Allein die Elefanten brauchten achtzig Tonnen Futter am Tag.

»Hast du mit unserem obersten Techniker über die Straße gesprochen?« fragte er einen Adjutanten kurz angebunden.

Der Adjutant schreckte im Sattel hoch. Die Augen des alten

Mannes schienen so leer, so abwesend, daß der Adjutant angenommen hatte, sein General würde in einer Art erschöpfter Benommenheit vor sich hin dösen.

»Ja, Khedive. Das Material ist bereits auf der Straße. Sobald die Armee vor der Feste Stellung bezogen hat, können wir zur Tat schreiten. Ungefähr dreißigtausend Arbeitskräfte haben wir aus dem ganzen Land zusammengetrieben. Der Techniker hat mir versichert, daß die neue Straße in sechzehn Tagen fertig ist. Sie wird den Elefantenwaggons standhalten.«

»Ausgezeichnet«, meinte Shahr Baraz und strich sich über den silbrigen Schnurrbart, der stoßzahnähnlich bis übers Kinn reichte. Die schwarzen Augen funkelten zwischen den mandelförmigen Lidern.

»Lies mir doch noch einmal Jaffans Nachricht aus Ormann vor.«

Der Adjutant kramte in der Satteltasche und holte ein Stück Pergament hervor. Für einen Moment beäugte er das Schriftstück eindringlich. Bei dem Anblick verengten sich erheitert die Lider des alten Mannes. Offiziere mußten erst Lesen und Schreiben lernen, ehe sie in seinen Stab aufgenommen wurden. Für viele stellte dies eine ungeliebte, lästige Pflicht dar, deren Erfüllung ihnen nicht leichtfiel.

»Da steht«, berichtete der Adjutant stockend, »daß ... daß überall am Fluß und in der Festung Flüchtlinge lagern, aber die – die Brücken sind noch nicht abgebrochen. Ramusische Streitkräfte reiten Feindpatrouillen östlich des Flusses, die Jaffans Truppen schwer zusetzen. Er fordert mehr Männer.« Nachdem er geendet hatte, blinzelte der Adjutant heftig. Die Erleichterung stand ihm ins Gesicht geschrieben.

»Schon bald stehen ihm hundertzwanzigtausend Mann zur Verfügung«, bemerkte Shahr Baraz beiläufig, ohne die Augen vom endlosen Zug der Männer, Pferde und Wagen abzuwenden, der sich Richtung Westen bewegte. »Laß eine weitere Botschaft zu Jaffan bringen.« Ohne auf das plötzliche Rascheln von Papier und das Kratzen einer Feder zu achten, fuhr er fort:

»Deine Befehle werden geändert. Du wirst dem Ausschwärmen der ramusischen Kräfte östlich des Flusses ein

Ende bereiten und Dich auf das Auskundschaften der feindlichen Stellung konzentrieren. Schicke Schwadronen nach Norden und Süden, um nach einer Furt oder möglichen Übergangspunkten Ausschau zu halten. Das Ostufer ist mindestens zehn Wegstunden zu beiden Seiten der Festung zu erkunden. Gleichzeitig wirst Du, unter Einsatz der Festungsgarnison, feststellen und herausfinden, wie viele Männer für den Dienst weiter westlich abbeordert wurden. Darüber hinaus wünsche ich, daß Du das beharrliche Gerücht bestätigst oder widerlegst, demzufolge der Führer der ramusischen Kirche nicht in Aekir starb, sondern am Leben ist und sich in der Feste Ormann bester Gesundheit erfreut.

Möge der Prophet Ahrimuz über Deine Bemühungen wachen und die Erleuchtung des wahren Glaubens ständig deinen Pfad erhellen. In weniger als einer Woche löse ich Dich mit meinen Streitkräften ab. Shahr Baraz, Hoher Khedive der Armeen des Sultanats Ostrabar, und so weiter … Hast Du alles, Ormun?«

Der Adjutant kritzelte hektisch, wobei er den breiten Sattelknauf als Schreibunterlage verwendete.

»Ja, Khedive.«

»Gut. Schick die Nachricht unverzüglich zu Jaffan.«

Gleich nachdem Shahr Baraz mit eleganten Federschwüngen seine wallende Unterschrift auf das Pergament gesetzt hatte, galoppierte Ormun davon.

»Ein enthusiastischer junger Mann«, meinte er zu Mughal, einem seiner ranghohen Offiziere.

Der andere Mann nickte, wobei der Roßhaarschmuck auf dem Helm wackelte. »Für die jungen Leute bist du so etwas wie eine Legende.«

»Ganz sicher nicht.«

»Aber ja, alter Freund. Sie nennen dich *den* ›grausamen alten Mann‹, sogar bei Hofe.«

Shahr Baraz gestattete sich ein Grinsen, was selten bei ihm vorkam. »Bin ich denn *wirklich* so grausam?«

»Nur zu deinen Feinden.«

»Dreiundachtzig Winter habe ich auf dem Antlitz der Erde erlebt, Mughal. Dies ist mein letzter Eroberungszug. Sofern ich ihn überlebe, pilgere ich ins Land meiner Väter, um ein letztes Mal die offenen Steppen von Kambasksk zu betrachten, bevor ich sterbe.«

»Der Khedive von Ostrabar, der mächtigste Feldherr, den der Osten je gesehen hat, in einem Filzzelt beim Joghurtessen. Diese Tage sind vorbei, Ibim Baraz.« Mughal benutzte den richtigen Namen des Generals, wozu er als enger Freund berechtigt war.

»Ja, die sind vorbei. Und mit dem alten *Hraib*, dem Verhaltenskodex der Krieger, ist es auch vorbei. Wer aus der heutigen Generation kann sich noch daran erinnern? Ein anderer Kodex beherrscht heute unser Leben: der Kodex der Berechnung. Ich glaube, wenn ich diesen Feldzug erfolgreich zu Ende führe und nicht zurücktrete, werde ich dazu gezwungen.«

»Von wem? Wer würde …«

»Unser Sultan natürlich, möge der Prophet über ihn wachen. Er ist der Meinung, daß ich die Ramusier nicht hart genug anfasse.«

»Er hätte in Aekir dabeisein sollen«, meinte Mughal grimmig.

»Ja, aber er denkt, ich hätte die Flüchtlinge aus Ritterlichkeit entkommen lassen, wegen der überholten Verhaltensregeln des *Hraib*. Was ja auch zutrifft. Aber es gab auch gute taktische Gründe.«

»Ich weiß. Jeder Soldat bei klarem Verstand muß das erkennen«, stellte Mughal fest.

»Richtig. Aber der Sultan ist kein echter Soldat – im Herzen war er das nie. Er ist ein Herrscher, ein wesentlich vielschichtigerer Mensch. Und ihm mißfällt meine Beliebtheit bei der Armee. Vielleicht wäre es am besten, wenn ich mich still und heimlich aus dem Staub machte, sobald Ormann gefallen ist. Ich habe keine große Lust, Gift in meinem Essen zu schmecken oder im Schlaf erdolcht zu werden.«

Verwirrt schüttelte Mughal den Kopf. »Die Welt ist ein seltsamer Ort, Khedive.«

»Nur so seltsam, wie die Herzen der Menschen ihn machen«, gab Shahr Baraz zurück. »Ständig bedrängt man mich mit Befehlen aus Orkhan. Ich muß voranmarschieren, immer nur voranmarschieren. Man gewährt mir keine Zeit zum Kräftesammeln. Auf der Stelle soll ich die Feste angreifen. Ich kann es nicht leiden, wenn man mich drängt, Mughal.«

»Der Sultan ist ungeduldig. Seit du ihm Aekir erobert hast, glaubt er, du kannst Wunder wirken.«

»Möglich, aber ich mag keine Einmischungen. Sobald genügend Truppen eingetroffen sind, soll ich einen Angriff auf die Feste beginnen. Man erlaubt mir nicht, die torunnischen Flanken anzugreifen, weil dies zuviel Zeit kosten würde. Ich muß meine Männer gegen diese Festung schleudern, als wären sie die Wellen des Meeres, die gegen einen Felsen klatschen.«

Mughal runzelte die Stirn. »Hegst du Zweifel über den Ausgang dieses Feldzugs, Khedive?«

»Seit Aekir bin ich nicht mehr mein eigener Herr, alter Freund. Aurungzeb, möge die Sonne auf ihn herabscheinen, hat *Kommissare* ernannt, die jede meiner Handlungen überwachen und dafür sorgen sollen, daß ich die taktischen Ratschläge meines Sultans auch beachte. Ich habe das Gefühl, wenn ich die Festung nicht rasch genug angreife, um diese Männer zufriedenzustellen, befehligt bald ein anderer Khedive diese Armee.«

»Das kann ich nicht glauben.«

»Das kommt daher, weil du – und ich – keine Höflinge sind, Mughal. Ich habe Aekir eingenommen, das Unmögliche vollbracht. Alles, was nun folgt, ist einfach. So denkt Aurungzeb.«

»Aber du nicht.«

»Nein, ich nicht. Meiner Meinung nach kann uns diese Festung noch größeren Ärger bereiten als Aekir. Aber meine Meinung zählt heutzutage in Orkhan nicht viel. Die Möchtegern-Generäle stehen am Hof bereits Schlange, um in meine Schuhe zu schlüpfen.«

»Die Feste wird fallen«, meinte Mughal, »und zwar binnen kürzester Zeit. *Dieser* Armee kann sie nicht standhalten – nichts und niemand kann das. Dieser John Mogen ist tot, und sie haben keinen weiteren General seines Kalibers. Nicht einmal dieser Martellus ist so fähig.«

»Ich hoffe, du behältst recht. Vielleicht werde ich zu alt. Vielleicht hat Aurungzeb recht. Ich sehe die Dinge mit der Vorsicht eines alten Mannes, nicht mit dem Optimismus der Jugend.«

»Frag doch die Truppen, ob ihnen Optimismus oder Vorsicht lieber ist. Die bezahlen mit ihrem Blut für unsere Fehler. Manchmal vergessen das sogar Sultane.«

»Schweig, mein Freund. Es ist nicht gut, solche Dinge auszusprechen, wenn andere Ohren sie hören können. Komm, wir reiten ins Lager. Meine Zelte sind bereits aufgestellt, und darin wartet ein guter Wein auf uns. Ein Gläschen oder zwei können unserer Schönheit nicht schaden.«

Die farbenprächtige Gruppe der Offiziere und berittenen Leibwächter setzte sich Richtung Westen in Bewegung. Schlammklumpen stoben von den Hufen der Pferde. Und die ganze Zeit über setzte die Armee der Merduks den Marsch über das Antlitz der Erde fort – wie eine riesige, schlangengleiche Bestie, die sich endlos über das Land windet, so unaufhaltsam wie der Einbruch der Nacht.

Heria hatte sich wieder in seine Träume geschlichen, und wie jedesmal ließen ihre Schreie ihn auf der schmalen Pritsche hochfahren. Corfe preßte die Hände gegen die Augen, bis Lichter in die Dunkelheit traten und die Vision verschwand. Heria war tot. Sie hatte das alles hinter sich. Es geschah nicht wirklich.

Er schaute hinauf zu den kleinen Fenstern hoch über seinem Kopf. Fahles Licht verwandelte das Schwarz des Himmels in Samtblau. Schon bald würde die Sonne aufgehen. Es hatte keinen Sinn mehr, sich zurückzulegen und zu versuchen, sich wieder in den Schlaf zu wälzen. Ein neuer Tag hatte begonnen.

Gähnend schlüpfte Corfe in die Stiefel. Um ihn herum schnarchten, brummten und wälzten sich andere Schläfer in den wackeligen Betten. Corfe befand sich in einem der großen

Lagerhäuser rings um die Zitadelle am südlichen Ende der Feste Ormann. Viele der Lagerhäuser, die ursprünglich die Vorräte der Garnison beherbergen sollten, standen nun leer und wurden als Schlafräume benutzt, so daß die schwächsten Flüchtlinge nicht im Regen nächtigen mußten.

Corfe aber war kein Flüchtling mehr. Statt dessen trug er wieder Blut und Tod, hatte die Fähnrichsschärpe unter dem Gürtel und einen schweren Halbrüstungssatz unter dem Bett verstaut. Als eine Art Berater war er in Pieter Martellus' Stab aufgenommen worden. In gewisser Weise kam das einer Beförderung gleich. Bei dem Gedanken verzog er den Mund zu einem bitteren Lächeln.

Corfe legte die Rüstung an und marschierte hinaus auf eine der Zinnen, um die Nase in den Wind zu stecken und herauszufinden, was der neue Tag für ihn bereithielt.

Morgengrauen. Beständig erklomm die Sonne den wolkenlosen Himmel. Wenn er dem Licht im Osten den Rücken kehrte, konnte er am Horizont fast das weiße Band der Berge von Cimbric erkennen, achtzig Wegstunden südwestlich gelegen. Hinter diesen Bergen befand sich Perigraine, und hinter Perigraine das Malvennor-Gebirge, und dahinter Fimbrien, und schließlich die hebrionische See. Normannien, das Land des Glaubens, wie Geistliche es mitunter bezeichneten. Wenn man es auf diese Weise betrachtete, wenn man mit einem Blick im frühen Morgengrauen fast das gesamte Königreich Torunna überschauen konnte, schien es gar nicht so groß zu sein.

Er lenkte den Blick näher in die Heimat und starrte hinunter auf das in der Sonne lodernde Band des Searil und die menschenübervölkerte Festung, die sich an beiden Ufern des Flusses entlangwand. Meilenweit nichts als Mauern, Zäune und artilleriesichere Bollwerke. Die Mauern verliefen in Zickzacklinien, so daß die Kanoniere etwaige Angriffe mit einem Kreuzfeuer stoppen konnten, sollte ein Feind den Searil überqueren. Merkwürdig sahen die Mauern aus, unnatürlich im zunehmenden Licht der Morgensonne. Die scharfwinkeligen Türme, die alle dreihundert Meter in den Mauern aufragten, wirkten wie Gedenkstätten für die Gefallenen einer verlorenen Schlacht gewaltigen Ausmaßes.

Im Osten, jenseits des Searil, erhob sich der östliche Wachturm wie ein dunkler Stern aus dem Land. Seine Mauern liefen in spitzen Winkeln zusammen; dahinter flackerten die Feuer der Flüchtlinge aus Aekir und vertrieben die Schatten. Weiter hinten schützte der Brückenwachturm – eine Ansammlung weniger starker und hoher Mauern und Türme – den Zugang zur Hauptbrücke. Auf der anderen Seite des Searil lag der Ostteil der Festung, der mit dem Westteil nicht nur durch die Hauptbrücke, sondern auch durch zwei weitere, schmalere Brücken aus weniger stabilem Holz verbunden war. Diese Übergänge waren leicht zu zerstören und verliefen nördlich und südlich der Hauptbrücke über den Searil. In der Flußmitte zwischen östlicher und westlicher Feste, befand sich eine weitere, kleinere Festungsanlage, die sogenannte ›Insel‹.

Doch der Hauptteil der Festung – die eigentliche Feste von Ormann – lag im Westen. Die langen Mauern erstreckten sich mehr als eine Wegstunde zwischen den Klippen und Schluchten der Landrücken, die den Searil Richtung Norden und Süden säumten. Die Zitadelle, auf der Corfe gerade stand, war auf einem hochragenden Felsen einer dieser Rücken erbaut worden. Hier hatte Martellus sein Hauptquartier eingerichtet. Von dieser Stelle aus konnte ein General das gesamte Schlachtfeld überblicken, seine Männer wie Figuren auf einem Spielbrett bewegen und dabei beobachten, wie sie zu seinen Füßen marschierten und gegenmarschierten.

Noch weiter im Westen schließlich, jenseits der Gebäude und Trakte der Festung, bedeckte der dunkle Schatten des Hauptflüchtlingslagers das Land. Wie der Körperdampf eines schlummernden Tieres stieg Nebel daraus auf. Fast zweihunderttausend Menschen lagerten hier, obwohl täglich Tausende abreisten, um sich weiter in den Westen zu begeben. Es war Martellus gelungen, aus den Reihen der jüngeren Männer eine bunt gemischte Streitkraft von viertausend Freiwilligen aufzustellen, doch sie besaßen keine militärische Ausbildung und verfügten über keinerlei Kampfgeist. Viel Vertrauen setzte er nicht in sie.

Drei Mann für jeden Meter Mauer, den es zu verteidigen

gilt, so stand es im Militärhandbuch. In der Praxis besetzte zwar ein Mann einen Meter Mauer, der zweite aber sollte als Reserve dienen, der dritte für einen möglichen Ausfall zur Verfügung stehen. Martellus hatte nicht genügend Männer, um sich einen solchen Luxus zu leisten.

Dreitausend Soldaten im östlichen Wachturm. Zweitausend auf der Insel. Viertausend auf der Langen Mauer. Tausend in der Zitadelle. Zweitausend waren abgestellt für einen möglichen Ausfall. Die viertausend Freiwilligen aus den Reihen der Zivilisten hielten sich hinter den westlichen Mauern bereit. Sie waren als Nachschub für die Zinnen vorgesehen, sobald dort im Zuge des Angriffs die ersten Verteidiger fielen.

Es schien ein Ding der Unmöglichkeit. Zwar galt die Feste Ormann weithin als stärkste Festungsanlage der Welt, aber sie mußte ausreichend besetzt sein. Was den Verteidigern zur Verfügung stand, kam lediglich einem Gerippe gleich, einem Hausmeistertrupp, nicht mehr. War ein Feldherr wie Shahr Baraz Kommandeur der angreifenden Heerscharen, ließ dies wenig Zweifel am Ausgang der bevorstehenden Schlacht.

Aber diesmal, dachte Corfe bei sich, *laufe ich nicht davon. Ich gehe mit der Festung unter und erfülle meine Pflicht, wie ich es schon in Aekir hätte tun müssen.*

Das Frühstück nahm Corfe in einem der Refektorien ein. Es handelte sich um ein karges Mahl aus Armeezwieback, hartem Käse und verwässertem Bier. Zwar gab es keine Probleme bei der Versorgung der Feste – die Straße nach Torunn war immer noch offen –, doch Martellus mußte auch die Flüchtlinge versorgen, so gut er konnte. In Corfes Augen war genau das der Grund, warum so viele von ihnen in der näheren Umgebung der Festung ausharrten. Hätte er das Kommando, wäre die Verteilung von Rationen schon vor Tagen eingestellt und die Leute weitergeschickt worden. Aber schließlich gehorchte er nicht mehr denselben Eingebungen wie vor Aekirs Fall. Martellus, der Löwe, hingegen erwies sich trotz seines harten Äußeren als gutmütiger Kerl.

Auch was mich betrifft, dachte Corfe. *Die anderen Offiziere hät-*

ten mich liebend gern und auf der Stelle als Deserteur aufknüpfen lassen.

Auf der Langen Mauer gesellte er sich zu seinem General, der inmitten einer Gruppe aus Offizieren und Adjutanten weilte. Sie alle trugen Halbrüstungen und blickten ostwärts auf den Searil und das Gebiet dahinter. Außerdem stand da ein Tisch voller Landkarten und Listen. Steine beschwerten das Pergament, so daß es im Wind nicht flatterte. Es war ein schöner Morgen. Sonnenlicht vergoldete die alten Steine der Zinnen, warf lange, tiefe Schatten und schien auf die zahlreichen, übers Land verstreuten Pfützen, so daß sie wie Münzen funkelten.

»Da«, sagte Martellus und deutete über den Fluß.

Corfe schaute in die Richtung. Dort erblickte er einen Trupp Reiter, der einen der entfernteren Hügel herunterkam, mit flatternden Bannern und Eskorten an den Flanken und im Rücken. Etwa zweihundert Mann insgesamt.

»Dieser unverschämte Hund«, stieß einer der Offiziere hitzig hervor.

»Ja. Es gefällt ihm, uns auf der Nase herumzutanzen. Ein außergewöhnlicher Bursche, dieser Kommandant der Merduks. Aber das ist nur ein Spähtrupp. Leichte Kavallerie, seht ihr? Keine Anzeichen von Rüstungen oder Kettenhemden bei den Soldaten. Auch bei den Pferden nicht. Er will bloß einen Blick auf uns werfen.«

Ein hohles Donnern durchbrach die Stille des Morgens, gefolgt von einer weißen Rauchwolke, die aus dem östlichen Wachturm aufstieg. Einen Augenblick später schoß am Hügel unter den Reitern eine Flammenblume empor. Sie hielten an. Martellus grinste wie eine Katze beim Anblick der Maus.

»Das ist der junge Andrew. Er war schon immer ein unruhiger Geist.«

»Sollen wir einen Ausfall machen und sie verjagen?« erkundigte sich einer der Offiziere.

»Ja. Ich habe nicht vor, es ihnen leicht zu machen, sich Informationen zu beschaffen. Sagt Ranafast, er soll zwei Schwadrone aufsatteln lassen, mehr nicht. Und seht zu, daß wir ein paar Gefangene machen. Wir brauchen genauso dringend Informationen wie der Feind.«

»Ich werde Ranafast den Befehl übermitteln«, rief Corfe sogleich. Bevor irgend jemand etwas erwidern konnte, rannte er schon von den Zinnen herunter.

Ranafast war Kommandant der fünfhundert Mann starken Reiterei der Garnison. Eine Viertelstunde nachdem Corfe bei ihm angekommen war, ritten die beiden Männer an der Spitze zweier Schwadronen vom östlichen Wachturm los. Hundertachtzig Soldaten in Halbrüstung, ausgestattet mit Lanzen und Luntenschloßpistolen, preschten auf den kräftigen torunnischen Schlachtrössern dahin, die zumeist schwarz oder dunkelbraun und viel größer als die Reittiere der Merduks waren. Die Heiden bevorzugten für die leichte Kavallerie die kleineren Ponies aus den Steppen und Bergen.

Unter dem Jubel der Verteidiger des östlichen Wachturms bildeten die beiden Schwadrone eine auf gleicher Höhe reitende Linie, ehe sie den Hang jenseits des Flusses in schnellem, halsbrecherischem Galopp hinaufdonnerten.

Es war lange her, seit Corfe zum letzten Mal im Sattel gesessen hatte. Ursprünglich war er Soldat der schweren Kavallerie gewesen, in den Tagen, bevor die Belagerung Aekirs durch die Merduks die Reiterei der Stadt überflüssig machte. Jetzt wieder Teil einer Schwadron zu sein, die einen Ausfall unternahm, kam Corfe wie die Rückkehr in ein früheres Leben vor. Um ihn herum flatterten die Lanzenwimpel der Reiter.

»Bleib dicht bei mir, Fähnrich«, brüllte Ranafast, ein ausgezehrt wirkender, älterer Mann, dessen falkengleiches Antlitz nun fast gänzlich vom torunnischen Kavalleriehelm verdeckt wurde.

»Die Pistolen heraus!« befahl der Kavalleriekommendant, woraufhin die Soldaten die Lanzen an Sattel und Steigbügel befestigten. Dann zogen die Männer die bereits glimmenden Waffen aus den Sattelhalftern.

»Nach Osten, Leute! Reitet nahe genug an sie heran. Ihr müßt sicher sein, daß ihr sie in Schußweite habt.«

Gleichmäßig preschte die Reihe vor. Die Pferde mußten

sich ein wenig anstrengen, um die Steigung zu überwinden. Pulverrauch wand sich in zahllosen Schwaden von den glimmenden Lunten der Pistolen den Hügel hinunter. Die Kavallerie der Merduks schien ein wenig außer Kontrolle. Kleinere Gruppen ritten in diese und jene Richtung, als wären sie unschlüssig, was nun zu tun sei.

Die Torunnen donnerten näher heran – kräftige Männer auf kräftigen Pferden, eine Masse aus Eisen und Muskeln. Ranafast erhob die Stimme.

»Trompeter, blas zum Angriff!«

Der Trompeter hob das kurze Instrument an die Lippen und blies die sieben Noten, die anschwollen, bis Corfes Nackenhaare sich aufrichteten. Die Schwadrone fielen in leichten Galopp.

Oben auf dem Hügel ritten die Merduks noch immer ziellos durcheinander, was Corfe unerklärlich schien, bis er über den Lärm des torunnischen Vormarsches hinweg ein Krachen hörte und Geschosse erblickte, die hinter dem Feind auf den Hügel niederprasselten. Die Kanoniere in der Festung hatten die Entfernung der Merduks ermittelt und zielten absichtlich hinter deren Reihen, damit die flinken Reiter der Merduks der herandonnernden torunnischen Kavallerie nicht entfliehen konnten.

Corfe zog den Säbel, da er weder Lanze noch Pistole besaß, und beugte sich tief in den Sattel, um den verwünschten Lanzen der Merduks auszuweichen.

Endlich erreichten sie die Hügelkuppe. In einem wilden Durcheinander preschten die Merduks davon. Der Boden war übersät mit rauchenden Löchern, toten Pferden, kriechenden Männern. Die Kanoniere der Festung lenkten den Kugelhagel nach Osten, womit sie dem Fluchtweg der Merduks folgten.

Und dann fielen die Torunnen über sie her. Die Kanonen hatten den Feind lange genug aufgehalten, damit die schwerfälligeren torunnischen Pferde ihn einholen konnten. Die Torunnen feuerten die Pistolen ab. Gewaltiger Lärm ertönte, gefolgt von Rauch und einem Funkenregen. Dann stürmten sie in vollem Galopp weiter, die Lanzen im Anschlag.

Es gab kein Aufeinanderprallen, keinen unmittelbaren

Zusammenstoß. Statt dessen verschmolzen die Torunnen mit dem rückwärtigen Ende der Gruppe flüchtender Merduks und begannen, sie von hinten aufzuspießen. Corfe suchte sich einen Mann auf einem verletzten Pferd aus, preschte an ihm vorbei und schlug ihm mit einem wuchtigen, brutalen Hieb des Säbels den Großteil des Schädels ab. Lauthals lachte er auf und blickte sich nach weiteren Opfern um, doch sein Pferd ermüdete bereits. Es gelang ihm, den Hinterlauf des Ponies eines fliehenden Merduks aufzuschlitzen und den Reiter anschließend aus dem Sattel zu hacken, doch als er sich abermals umschaute, stellte er fest, daß die torunnischen Schwadrone die Hügelkuppe bereits hinter sich gelassen hatten. Die Festung war außer Sicht geraten, die Kavallerie weit verstreut. Jeder beschäftigte sich mit seiner persönlichen Verfolgungsjagd. Ranafast und der Trompeter hatten gehalten und bliesen zur Neuformierung, doch die von Kampfeswut gepackten Männer auf den entfesselten Pferden gehorchten nur zögerlich. Dies stellte seit Wochen die erste Gelegenheit für sie dar, dem Feind Schaden zuzufügen, und diese Möglichkeit wollten sie so gut wie möglich nutzen.

Ein Kavallerietrupp der Merduks, fünfhundert Mann stark, stürmte über die Kuppe des nächsten Hügels heran.

»Um Gottes willen!« stieß Corfe hervor.

Die vordersten Truppen ritten in kleinen Gruppen, als die Merduks in leichtem Galopp herannahten. Hektisch blies der Trompeter zum Rückzug, und Reiter um Reiter machte kehrt und floh den Weg zurück, den er gekommen war.

»Ein verfluchter Hinterhalt!« gellte Ranafast. Er hatte den Helm verloren und war außer sich vor Zorn.

»Wenn wir es zurück über den Hügel schaffen, können die Kanoniere in der Festung unseren Rückzug sichern«, rief Corfe ihm zu.

»Das schaffen wir nie – nicht als Einheit. Jeder muß sich allein durchschlagen. Sieh zu, daß du zurück zum Fluß kommst, Fähnrich. Das ist nicht dein Kampf.«

»Es ist mein Kampf so gut wie der jedes anderen!« widersprach Corfe empört.

»Dann rette deine Haut, damit du wieder kämpfen kannst. Es ist keine Schande, vor dieser Schlacht davonzulaufen.«

Die Torunnen sammelten von den zwei Schwadronen so viele Reiter, wie sie konnten, und zogen sich kämpfend den Hang hinauf zurück, den sie wenige Minuten zuvor heruntergaloppiert waren. Zum Glück verfügten die Merduks über keine Feuerwaffen; deshalb konnten die Torunnen sich des öfteren im Sattel umwenden, um die Pistolen abzufeuern, wodurch sie beim Feind Verwirrung stifteten und dessen Verfolgung behinderten. Sobald die Feste Ormann wieder in Sicht geriet, galoppierten sie, was das Zeug hielt, auf das Osttor zu, während die Kanoniere das Feuer auf die Kavallerie der Merduks hinter ihnen eröffneten. Es war sehr knapp gewesen. Gerade an die hundert Männer brachte Ranafast durch das Tor zurück – ein Verlust, den die Feste sich kaum leisten konnte. Als die Merduks erkannten, daß die torunnische Kavallerie sich wieder innerhalb der Mauern Ormanns befand, bliesen sie die Verfolgung ab und zogen sich aus der Schußweite der torunnischen Kanonen zurück.

Ranafast und Corfe stiegen ab. Die überlebenden Torunnen wirkten niedergeschlagen. Die knappe Flucht stimmte sie nachdenklich.

»Jetzt kennen wir also die Stärke der feindlichen Spähtrupps«, knurrte Ranafast. »Verdammt noch mal, ich bin auf sie hereingefallen wie ein grüner Neuling. Wie heißt du, Fähnrich?«

»Corfe.«

»Du gehörst zu Martellus' Stab, nicht wahr? Nun, wenn du jemals wieder in den Sattel steigen willst, dann laß es mich wissen. Du hast dich da draußen wacker geschlagen, und es mangelt mir an Offizieren.« Damit stapfte der Kavalleriekommandant mit seinem schwitzenden Pferd davon. Corfe starrte ihm nach.

Martellus, der Löwe, kniete nieder und küßte demütig den Ring des alten Mannes.

»Eure Heiligkeit.«

Abwesend neigte Macrobius den Kopf. Mittlerweile bedeckte ein weißes Leinenband die zerfetzten und leeren Augenhöhlen, so daß er aussah wie ein ehrwürdiger Blinde-Kuh-Spieler. Oder wie eine Geisel. Aber er trug glänzende schwarze Gewänder, und um seine Brust hing ein Heiligensymbol aus Silber, besetzt mit Lapislazuli. Der Ring an Macrobius' Finger stammte von Martellus. Der Prälat von Torunna hatte ihn dem General geschenkt, bevor dieser sich zur Festung begab. Vielleicht war bei dem Geschenk Vorsehung im Spiel gewesen, denn der Ring paßte fast ebenso gut auf den knochigen Finger des Pontifex Maximus wie auf den von Martellus.

»Man hat mir berichtet, es gab heute eine Schlacht«, meinte Macrobius.

»Eher ein Geplänkel. Es ist den Merduks gelungen, uns in eine Art Hinterhalt zu locken. Wir konnten nur mit knapper Not entkommen, das stimmt, aber viel ist nicht geschehen. Euer einstiger Beschützer Corfe hat sich tapfer geschlagen.«

Macrobius hob den Kopf. »Ah, das freut mich, aber ich habe nie daran gezweifelt. Mein anderer Gefährte, Bruder Ribeiro, ist heute gestorben, General.«

»Tut mir leid, das zu hören.«

»Die Entzündung hatte sich schon in den Gesichtsknochen eingenistet. Ich habe ihm die Absolution erteilt. Er starb im Fieberwahn. Ich bete, daß seine Seele rasch Aufnahme in die Gemeinschaft der Heiligen findet.«

»Ganz bestimmt«, erwiderte Martellus kurz angebunden. »Aber da ist noch etwas, worüber ich mit Euch sprechen möchte, Heiligkeit.«

»Mein öffentliches Auftreten, oder besser gesagt, das Ausbleiben desselben.«

Martellus wirkte ein wenig verärgert. »Nun, ja. Aber Ihr müßt die Lage verstehen, Heiligkeit. Die Merduks nahen heran. Unsere Späher schätzen die Entfernung der Vorhut auf kaum mehr acht Wegstunden, und wie Ihr wißt, gibt es täglich Zusammenstöße mit der leichten Kavallerie des Feindes. Die Männer brauchen Ermutigung, irgend etwas, das den Kampfgeist hebt. Sie wissen, daß Ihr am Leben und in der Festung seid, und das ist gut so. Aber wenn Ihr Euch überwinden könntet, vor die Männer hinzutreten, eine Predigt zu halten und ihnen Euren Segen zu spenden, wäre das Balsam für die Moral der Truppen. Mit dem Wissen, daß sie den irdischen Vertreter Ramusios beschützen, würden sie kämpfen wie die Löwen.«

»Wen sie beschützen, haben auch die Soldaten in Aekir gewußt«, gab Macrobius barsch zurück. »Geholfen hat es ihnen nicht.«

Martellus ließ sich seine Verzweiflung nicht anmerken. Die fahlen Augen im behaarten Antlitz blitzten.

»Ich befehlige eine Armee, die dem Feind kräftemäßig mehr als zehn zu eins unterlegen ist. Dennoch bleiben die Männer hier an der Festung, obwohl sie wissen, daß es ein Wunder bräuchte, um dem Sturm standzuhalten, der uns bevorsteht. In weniger als einer Woche haben wir ein so riesiges feindliches Heer vor den Toren, wie man es seit den Religionskriegen nicht mehr gesehen hat. Einen Feind, der bereits einen großen Sieg erringen konnte. Wenn ich den Männern nichts gebe, woran sie glauben, worauf sie hoffen dürfen – und sei es nur eine winzige Kleinigkeit –, können wir die Feste Ormann ebensogut hier und jetzt aufgeben.«

»Meinst du wirklich, daß *ich* den Männern diese Winzigkeit geben kann, an die sie glauben sollen, mein Sohn?« gab Macrobius zu bedenken. »Ich, der ich in Aekir den Feigling gespielt habe?«

»Diese Geschichte kennt hier kaum einer. Man weiß nur, daß Ihr wie durch ein Wunder aus den Trümmern der heiligen Stadt entkommen konntet und nun hier seid, hier bei den Männern. Kein einziges Mal habt Ihr den Wunsch geäußert, in den Süden nach Torunn oder in den Westen nach Charibon zu reisen. Ihr habt Euch entschlossen, hier zu bleiben. Das allein ist schon ermutigend für die Männer.«

»Ich konnte nicht noch einmal den Feigling mimen«, erklärte Macrobius. »Wenn die Feste fällt, falle ich mit ihr.«

»Dann helft, die Festung zu halten! Tretet vor die Männer hin! Erteilt ihnen Euren Segen, ich flehe Euch an!«

Obwohl er keine Augen mehr hatte, schien Macrobius den ernsten Soldaten, der vor ihm kniete, zu betrachten.

»Ich bin meines Amtes nicht mehr würdig, General«, erklärte er leise. »Es wäre nicht aufrichtig von mir, den Männern den Segen des Pontifex zu spenden. Der Glaube in meinem Herzen schwankt. Ich eigne mich nicht mehr für dieses hohe Amt.«

Martellus sprang auf und begann, in den schlicht möblierten Räumlichkeiten umherzulaufen, die Macrobius in der Feste als Quartier dienten.

»Alter Mann, ich will offen mit Euch reden. Euer theologisches Gefasel interessiert mich einen feuchten Kehricht. Meine Sorge gilt meinen Leuten und dem Schicksal meines Landes. Diese Festung ist das Tor zum Westen. Wenn sie fällt, braucht es mindestens eine Generation, um die Merduks zurück an den Ostian zu treiben, falls wir es überhaupt je schaffen. Morgen steigt Ihr auf das Rednerpodium, sprecht zu meinen Männern und flößt ihnen frischen Mut ein. Auch wenn dies einen Meineid für Euch bedeutet, stellt er in diesem Fall wohl das kleinere Übel dar, meint Ihr nicht auch? Nachdem diese Schlacht gefochten ist, könnt Ihr tun und lassen, was Ihr wollt, sofern Ihr noch am Leben seid. Aber jetzt werdet Ihr mir diesen einen Gefallen erweisen.«

Macrobius lächelte freundlich. »Du bist ein sehr direkter Mann, General. Deine Sorge um das Wohl deiner Männer verdient Anerkennung.«

»Also tut Ihr, worum ich Euch bitte?«

»Nein. Aber ich tue, was du *verlangst*. Doch ich kann dir weder eine bewegende Rede noch eine erhebende Predigt versprechen. Im Augenblick bräuchte meine eigene Seele Erhebung. Aber ich will diese bewundernswerten Männer segnen, diese Soldaten Ramusios. Zumindest das verdienen sie.«

»In der Tat«, pflichtete Martellus ihm tiefempfunden bei. »Nicht jeder Soldat hat die Ehre, mit dem Segen des Pontifex Maximus in den Kampf zu ziehen.«

»Bist du so sicher, daß ich noch der Pontifex Maximus bin, mein Sohn?«

Martellus runzelte die Stirn. »Was meint Ihr damit?«

»Seit meinem Verschwinden sind einige Wochen vergangen. Gewiß wurde eine Synode der Prälaten einberufen. Sofern man nicht von meinem abrupten Wiederauftauchen erfahren hat, ist es gut möglich, daß man einen neuen Pontifex gewählt hat, wie es dem Recht und der Pflicht der Prälaten entspricht.«

Mit einer kräftigen Hand winkte Martellus ab. »Sowohl nach Torunn als auch nach Charibon wurden Boten entsandt. Inzwischen dürfte man auf der ganzen Welt wissen, daß Macrobius der Vierte lebt und sich wohlbehalten in der Festung von Ormann aufhält.«

Die Ansprache des Pontifex Maximus vor den versammelten Truppen fand am nächsten Tag auf dem Exerzierplatz der Festung statt. Vereint kniete die Garnison nieder, dazwischen aber auch Tausende und Abertausende Flüchtlinge, die gekommen waren, um einen Blick auf den bedeutendsten Überlebenden von Aekir zu erhaschen. Sie sahen einen alten Mann mit einem weißen Verband, wo sich einst seine Augen befunden hatten, und sie neigten die Köpfe, um seinen Segen zu empfangen. Für einen Augenblick herrschte in der gesamten Festung Stille, als Macrobius das Heiligenzeichen über den Massen schlug und zu Ramusio und der Gemeinschaft der Heiligen um den Sieg im bevorstehenden Martyrium betete.

Nur wenige Stunden später kamen auf den Hügeln vor der Feste Ormann die ersten Vorboten der feindlichen Armee in Sicht.

Corfe befand sich mit Martellus und einigen ranghohen Offizieren auf der Brüstung des östlichen Wachturms. Sie beobachteten, wie die Vorhut des Feindes in loser Formation auseinanderströmte; sie begutachteten die langen Reihen der von Elefanten gezogenen Rollwagen dazwischen und die Regimenter der schweren Kavallerie – die berühmten *Ferinai* –, die sich an den Flanken verteilten. Roßhaarschmuck flatterte im Wind, und auf einem Hang, von dem aus man die Bewegung der Armee überblicken konnte, erspähte Corfe eine Gruppe von Reitern mit Standarten und Bannern. Shahr Baraz persönlich, und seine Generäle.

»Das sind die *Hraibadar*«, erklärte er Martellus. »Sie führen die Angriffe. Manchmal steigen die *Ferinai* ab und helfen ihnen, denn auch sie sind schwer bewaffnet. Sie sind die einzigen Truppen, die vollständig mit Feuerwaffen ausgerüstet sind. Der Rest begnügt sich mit Armbrüsten.«

»Wie weit hinter der Vorhut liegt der Haupttruppenverband?« wollte Martellus wissen.

»Der Hauptzug bewegt sich langsamer voran, weil er mit dem Gepäck und den Belagerungstürmen Schritt hält. Wahrscheinlich befindet er sich noch drei oder vier Meilen die Straße hinunter. Bis zum Einbruch der Dunkelheit wird er wohl eintreffen.«

»Shahr Baraz hält seine Männer ein gutes Stück außerhalb der Reichweite der Kulverinen«, stellte Andruw mürrisch fest, der junge Versorgungsoffizier und Verantwortliche für die schweren Geschütze des Wachturms.

»Seine leichte Reiterei hat mit dem Geplänkel gestern die Reichweite für seine Geschütze ermittelt«, bestätigte Martellus. »Also muß er keine wertvollen Truppen verschwenden, indem er schrittweise vorrückt, um das Schußfeld abzutasten. Ein umsichtiger Mann, dieser Shahr Baraz. – Fähnrich, wie hat die Belagerung von Aekir ausgesehen?«

»Sie ist ziemlich normal verlaufen. Die Kanonen waren in Batterien zu je sechs Geschützen angeordnet und durch Bollwerke geschützt, die mit Drahtschotterbehältern verstärkt waren. Dann gab es noch einen Graben und eine Rampe, beides von einem Palisadenzaun mit Schießscharten umgeben. Und einen rückwärtigen Palisadenzaun für den Fall, daß wir versucht hätten, den Belagerungsring zu durchbrechen.«

»Darüber muß er sich hier keine Gedanken machen«, meinte jemand mißmutig.

»Wie lange hat die Vorbereitung für den ersten Angriff gedauert?« erkundigte sich Martellus, der die Bemerkung überging.

»Drei Wochen. Aber vergeßt nicht, das war Aekir, eine riesige Stadt.«

»Ich weiß, Fähnrich. Was ist mit Minen, Belagerungstürmen und so weiter?«

»Wir haben ebenfalls Minen eingesetzt; daraufhin gab der Feind dies auf. Statt dessen benutzte er gewaltige Belagerungstürme, dreißig Meter hoch, jeder mit fünf oder sechs Hundertschaften besetzt. Und schwere Katapulte, um die Tore aufzubrechen. So hat der Feind sich Zugang zur östlichen Bastion verschafft: Er ließ sie mit Kanonen und Katapulten bombardieren und gleichzeitig über Leitern angreifen.«

»Dabei muß er doch Tausende von Männern verloren haben«, warf jemand ungläubig ein.

»Hat er auch«, entgegnete Corfe, ohne den Blick auch nur eine Sekunde von den Reitern der Merduks abzuwenden, die vom Hügel aus die anderen überwachten. »Aber er konnte es sich leisten. Bei jedem Angriff hat er etwa acht- oder neuntausend Mann eingebüßt, aber auch wir mußten schwere Verluste hinnehmen.«

»Also ein Zermürbungskrieg«, folgerte Martellus grimmig. »Wenn du nicht taktisch vorgehen kannst, dann greife einfach Hals über Kopf an. Nun – das dürfte ihm hier schwerfallen, schließlich muß er den Fluß überqueren und die Insel sowie die Festungsteile auf beiden Ufern attackieren.«

»Ich glaube, er wird ohne große Vorbereitung angreifen«, meinte Corfe. »Inzwischen weiß er um unsere Stärke. Außerdem hat ihn der Marsch auf der Straße nach Westen viel Zeit gekostet. Meiner Ansicht nach wird er sich mit allem, was er hat, auf uns stürzen, sobald der Truppenverband vollzählig eingetroffen ist. Gewiß will er die Feste vor dem ärgsten Winter in seinen Besitz gebracht haben.«

»Ho, der große Stratege spricht«, spottete einer der ranghohen Offiziere. »Da ist jemand auf Euren Posten aus, General.«

Martellus, der Löwe, grinste, doch die Geste wirkte freudlos. Die Eckzähne waren zu lang, das Gesicht zu katzengleich.

»Corfe ist der einzige von uns, der einen echten Angriff der Merduks aus nächster Nähe miterlebt hat. Es steht ihm zu, seine Meinung kundzutun.«

Der Feststellung folgte brummiges Gemurmel.

»Hat die Garnison von Aekir Ausfälle gemacht?« fragte der General den jungen Corfe.

»Zu Anfang schon. Die Ausfalltrupps haben den Feind attackiert, während er die Belagerungsgräben aushob. Aber die Merduks waren ständig bereit, einen Gegenangriff zu beginnen – vor allem durch die *Ferinai*. Wir haben bei den Ausfällen so viele Männer verloren und so wenig Schaden angerichtet, daß Mogen diese Angriffe schließlich einstellte. Statt dessen haben wir uns auf Gegengeschützarbeit und Minenlegung konzentriert. Mit den schweren Kanonen sind die Merduks nicht so geschickt wie wir; dafür haben sie mehr Geschütze. Rund um die Stadt haben wir zweiundachtzig Batterien mit je sechs Kanonen gezählt.«

»Bei allen Heiligen!« rief Andruw aus, der Kanonier. »Hier auf der Feste haben wir nicht einmal sechzig Stück, leichte und schwere Kanonen zusammengenommen. Und wir dachten, wir wären überbewaffnet!«

»Was ist mit Mörsern?« erkundigte sich Martellus. Jeder haßte die riesigen, gedrungenen Waffen, die ein schweres Geschoß nahezu senkrecht in die Luft schleudern konnten. Die stärksten Schutzwälle wurden durch die Mörser nutzlos. Weil diese Waffen darüber hinweg schossen.

»Keine. Jedenfalls hat der Feind vor Aekir keine Mörser benutzt. Wahrscheinlich sind sie zu schwer, um sie über die Berge von Thurian zu schaffen.«

»Das ist wenigstens etwas«, räumte Martellus ein. »Also nur direkt feuernde Waffen. Das bedeutet, wir können uns auf die Stärke der Mauern verlassen. Und auch die Flüchtlingslager können nicht bombardiert werden, solange die Mauern halten.«

»Die Flüchtlinge sollten unverzüglich aus der Festung gescheucht werden«, sprudelte Corfe hervor. »Es ist Wahnsinn, in einer derartigen Lage so viele Zivilisten in der Festung zu haben.«

Martellus blinzelte. »Unter diesen Zivilisten sind Krankenschwestern und Heiler, Pulver- und Munitionsträger, Feuerwehrleute, Arbeiter und vielleicht noch ein paar Soldaten. Ich werde sie nicht in Bausch und Bogen wegschicken, bevor ich überprüft habe, welche Leute ich gebrauchen kann.«

»Deshalb also habt Ihr die Anwesenheit der Flüchtlinge so lange gestattet.«

»Morgen werde ich ihnen befehlen, weiter nach Westen zu ziehen – mit Ausnahme derer, die sich freiwillig für eine der genannten Aufgaben melden. Ich bin bereit, jede Hilfe anzunehmen, Fähnrich.« Martellus' ranghohe Offiziere schienen nicht allzu erfreut über diese Neuigkeit, doch keiner wagte etwas zu sagen.

»Jawohl, General.« Die Gruppe schaute wieder auf die geschäftige Armee der Merduks hinunter. Die Elefanten wirkten wie bunt bemalte Türme, die durch die Reihen der Soldaten und Pferde stapften. Die gewaltigen Wagen mit zahlreichen Rädern, die von den grauen Riesen gezogen wurden, wurden rasch und planvoll entladen. Weitere Elefanten rückten heran, mit schwerrädrigen Kulverinen im Schlepptau, die sie in Geschützreihen aufstellten. Währenddessen eilten die Techniker der Merduks umher und markierten den Hügel mit weißen Bändern und Fähnchen. Ganze drei Meilen vor ihnen bedeckten Menschen, Tiere und Wagen den Hügel. Es war, als hätte jemand einen Termitenhaufen zertreten, dessen Bewohner nun herausstürzten, um nach ihrem Peiniger zu suchen.

»Morgen früh wird der Feind angreifen«, stellte Martellus mit nüchterner Bestimmtheit fest. »Wir müssen bei Morgengrauen mit der ersten Attacke rechnen. Zuerst wird er sich herantasten und die weniger wertvollen Truppen in die Schlacht werfen. Der erste Schlag wird hier erfolgen, auf den östlichen Wachturm.«

»Ich hätte angenommen, die Merduks würden mindestens einen oder zwei Tage für die Errichtung des Lagers brauchen«, meinte ein Offizier spitz.

»Nein, Isak. Er rechnet damit, daß wir genau das erwarten. Ich stimme mit unserem jungen Strategen hier überein. Shahr Baraz wird sofort zuschlagen, um uns aus dem Gleichgewicht zu bringen. Wenn er den Wachturm im ersten Sturm einnehmen kann, um so besser. Aber die Merduks lieben bewaffnete Zusammenstöße. Und das wird einer. Shahr Baraz wird beobachten, wie wir uns verteidigen und auf den Angriff reagieren. Dabei findet er unsere Stärken und Schwächen heraus.

Wenn er die kennt, wird er seine besten Truppen zum Einsatz bringen und versuchen, uns mit einem einzigen, gewaltigen Angriff vom Angesicht der Erde zu fegen.«

Martellus hielt inne und lächelte. »So sehe ich das, meine Herren. Fähnrich, du scheinst ein kluger Kopf zu sein. Hiermit ernenne ich dich zum Hauptmann. Du bleibst hier auf dem Wachturm und hältst dich an Andruw. Ich will einen vollständigen Bericht über den ersten Angriff, also gib gut auf dich acht!«

Es fiel Corfe unerwartet schwer zu sprechen. Also nickte er dem großen, katzengleichen General lediglich zu.

Die ranghohen Offiziere verließen die Brüstung. Corfe blieb mit Andruw zurück, einem Mann, der nicht viel älter sein konnte als Corfe selbst. Sein Haar war kurz geschoren und wies die Farbe alten Messings auf. Darunter leuchteten zwei lebhafte, blaue Augen. Die beiden Männer schüttelten einander die Hände.

»Also gebührt uns die Ehre, bei diesem unbedeutenden Gemetzel das erste Blut zu vergießen«, meinte Andruw fröhlich. »Komm mit mir hinunter, Hauptmann, dann feiern wir deine Beförderung mit einer Flasche gaderischen Weines. Wenn unser geschätzter General recht behält, haben wir ab morgen nicht mehr viel Zeit zum Trinken.«

17

12. Tag von Midorion, Jahr des Herrn 551.

Wind Nord-Nordost über Nord vom Steuerbordheck, drehend und auffrischend. Weiße Schaumkronen und fast zwei Meter hohe See. Kurs hart West bei sieben Knoten, obwohl wir, meiner Schätzung nach, alle zwölf Wegstunden eine Wegstunde leewärts abdriften.

Wir sind jetzt drei Wochen aus Abrusio, laut Koppelung etwa zweihundertachtundsechzig Wegstunden westlich des Nordkap in der hebrionischen See. Aevil Matusian, gemeiner Soldat, ging in der

Vormittagswache über Bord, von einer wilden See vom Bugspriet gespült. Mögen die Heiligen seiner Seele gnädig sein. Vater Ortelius hielt in der Nachmittagswache eine Predigt. In der ersten Hundewache ließ ich die Deckarbeiter zusätzliche Stagen anbringen und die Boote des Schiffes einholen. Wir haben Trossensäcke über den Kabellöchern angebracht und Planen über allen Luken. Schlechtes Wetter steht bevor. Die Gnade Gottes *zieht uns trotz aller Bemühungen Haukals davon. In der ersten Hundewache haben wir sie aus den Augen verloren. Ich bete, daß beide Schiffe den Sturm überstehen, den ich herannahen fühle.*

Es gibt so vieles, das die knappen Einträge ins Logbuch des Schiffes nicht übermitteln können, dachte Hawkwood, als er auf dem Achterdeck der *Osprey* stand, den Arm um den Besanschot geschlungen.

Die Stimmung an Bord eines Schiffes vermochte ein solches Logbuch nicht zu beschreiben; ebensowenig die kaum zu erklärenden Spannungen und Freundschaften, die Teilnehmer einer Schiffsreise zusammenschweißten oder entzweiten. Jedes Schiff besaß eine eigene Persönlichkeit – das war einer der Gründe, warum Hawkwood die bereitwillige, fleißige Karacke so liebte, als sie durch den weiß gefleckten Ozean schnitt und immer weiter nach Westen glitt, ins Unbekannte. Aber auch jede Schiffsgesellschaft nahm eine eigene Persönlichkeit an, war sie erst eine Zeitlang auf See. Und genau das bereitete ihm Kopfzerbrechen.

An Bord herrschte schlechte Stimmung. Die Gruppen der Seeleute und der Soldaten schienen sich in zwei bewaffnete gegnerische Lager verwandelt zu haben. Begonnen hatte alles mit diesem verdammten Ordensbruder, diesem Ortelius. Er hatte sich bei Hawkwood darüber beschwert, daß zwar die Soldaten regelmäßig seine Predigten besuchten – sogar die Offiziere –, die Seeleute jedoch nicht. Statt dessen gingen sie weiter ihrer Arbeit nach, als wäre er gar nicht da. Hawkwood hatte versucht, Ortelius zu erklären, daß die Seeleute ihre Arbeit erledigen *mußten*, daß der Betrieb eines Schiffes nicht einer Predigt wegen unterbrochen werden konnte, und daß die dienstfreien Matrosen vier Stunden wohlverdienten

Schlaf genossen – mehr bekamen sie aufgrund der Wachablösung nie an einem Stück. Ortelius jedoch begriff nicht, worauf Hawkwood hinauswollte. Es endete damit, daß er Hawkwood einen Ungläubigen nannte, dem es an Respekt vor der Kirche mangelte. Und das alles hatte sich beim Abendessen in Murads Kabine ereignet, während der narbengesichtige Adelige den Wortwechsel mit augenscheinlicher Belustigung verfolgte.

Aber es gab auch noch andere Probleme. Einige der Seemänner hatten sich an verschiedene Passagiere gewandt und um die Behandlung kleinerer Wunden gebeten – Verbrennungen durch Seile, Frostbeulen und Ähnliches. Die Ammenweiber heilten sie bereitwillig mit dem bißchen *Dweomer*, das sie besaßen. Folglich entwickelten sich Freundschaften zwischen den Seeleuten und den Passagieren. Schließlich saß ein Großteil der Besatzung sozusagen im selben Boot wie die *Dweomer*: Kirche und Behörden betrachteten sie mit Argwohn. Abermals beschwerte sich Ortelius, doch diesmal sprang Murad für den Kapitän in die Bresche – wohl mehr aus Boshaftigkeit denn aus echtem Antrieb, wie Hawkwood vermutete. Einem Schiff, auf dem die Anwendung des *Dweomer* gestattet war, könne nichts Gutes widerfahren, behauptete der Priester. Und da Seeleute nun mal einen abergläubischen Menschenschlag verkörperten, schien seither ein Leichentuch über der Besatzung zu hängen. Viele jedoch betrachteten den ramusischen Glauben lediglich als eine andere Form des *Dweomer* und hielten die freundschaftlichen Beziehungen zu den Fahrgästen aufrecht.

Billerand hatte Hawkwood erzählt, daß sich auch ein Wettermacher an Bord befand, einer jener seltenen *Dweomer*, die den Wind zu beeinflussen vermochten. Es handelte sich um einen unscheinbaren kleinen Mann namens Pernicus, der dem Kapitän des Schiffes seine Dienste anbot. Doch Hawkwood wagte nicht, die Fähigkeiten des Zauberers in Anspruch zu nehmen. Auch so gab es bereits genug Ärger mit dem Priester und den Soldaten. Außerdem segelte das Schiff nun etwas flotter, da der Wind sich gedreht hatte und von achtern her wehte. Über fünfundzwanzig Wegstunden legten sie täglich zurück – kein schlechter Schnitt für eine überladene Karacke. Sollte die *Osprey*, was Gott verhüten möge, auf eine Leeküste zudriften, würde Hawkwood nicht zögern, Pernicus' Dienste in Anspruch zu nehmen. Im Augenblick aber hielt er es für besser, den Dingen ihren natürlichen Lauf zu lassen.

Insbesondere nach dem heutigen Zwischenfall – dieser verdammte, blöde Soldat erledigte am Buspriet gerade sein Geschäft, als die Wellen über dem Vorschiff zusammenschlugen. Eine schäumende, wilde See spülte ihn aus dem Pferch, und sie konnten nicht beidrehen, um den Mann zu bergen – nicht bei dem Rückenwind, der über die Seite hereinblies. Murad war außer sich vor Zorn, insbesondere als er erfuhr, wie viele deftige Witze in den Quartieren der Mannschaft über den Vorfall gerissen wurden.

Der schlanke Adelige machte eine Veränderung durch, die Hawkwood nicht richtig zu beschreiben vermochte. Er veranstaltete zunehmend weniger Abendgesellschaften und überließ den Drill der Soldaten den Fähnrichen. Die meiste Zeit verbrachte er in der Kabine. An Bord eines weniger als fünfzig Meter langen Schiffes war es unmöglich, etwas geheimzuhalten; deshalb wußte Hawkwood, daß Murad zwei junge Mädchen aus den Reihen der Fahrgäste in sein Bett geholt hatte. Abgesehen von allem anderen, waren allein die Geräusche Bestätigung genug, die durch den Schott drangen, der als Kabinentrennung eingebaut wurde. Doch Hawkwood hatte auch das unter den Soldaten kursierende Gerücht aufgeschnappt, daß Murad in eines der beiden Mädchen verliebt war. In der Tat wies der Mann alle Symptome eines hoffnungslos Verliebten auf, sofern man den Geschichten der Minnesänger glauben durfte. Er zeigte sich aufbrausend, geistesabwesend, und das ohnehin fahle Gesicht wirkte kalkweiß. Wie Flecken breiteten sich dunkle Ringe unter den Augen aus. Wenn Murad die dünnen Lippen zusammenpreßte, konnte man die Konturen der Zähne dahinter erkennen.

Ein Gischtschwall sprühte an Bord und durchnäßte Hawkwoods Schultern, doch er fühlte es kaum. Der Wind wurde immer heftiger; außerdem zog eine häßliche kreuzende See auf. Die Wellen rollten entgegen der Windrichtung; wie Rauch lösten sich Gischtbänder von ihnen. Das Schiff schaukelte leicht, als es auf eine solche Woge traf. Mittlerweile stampfte es so sehr, wie es rollte. Zweifellos war das Batteriedeck voll von bleichen, sich übergebenden Passagieren.

Billerand erklomm die Leiter zum Achterdeck und kämpfte sich zu seinem Kapitän herüber.

»Wenn das so weitergeht, müssen wir die Marssegel einholen!« brüllte er gegen den anschwellenden Wind.

Hawkwood nickte und schaute hinauf, wo die Marssegel sich straff wie Trommelhäute spannten. Die Masten ächzten und stöhnten zwar, doch Hawkwood ging davon aus, daß sie noch eine Weile halten würden. So lange es ging, wollte er die unglaubliche Geschwindigkeit nutzen. Seiner Schätzung nach preschte die Karacke mit mindestens neun Knoten dahin – mit jeder zweiten Wendung des Glases neun lange Seemeilen nach Westen.

»Ein ganz schöner Regenguß ist auch unterwegs«, meinte Billerand, den Blick auf den zuziehenden Himmel gerichtet. Die Wolken hatten sich verdichtet; sie glichen einer riesigen, treibenden Masse aus schwerem Dampf, die sich unmittelbar über den Mastspitzen aufzutürmen schien. Vielleicht regnete es sogar schon. Mit Gewißheit ließ sich das unmöglich feststellen, denn überall peitschte Gischt durch die Luft, bedingt durch den Wind und die rasante Fahrt des Schiffes.

»Trommle die Wachmannschaft zusammen«, rief Hawkwood dem Ersten Maat zu. »Breitet eines der Ersatzmarssegel über den Mittelteil. Wenn schon ein Guß kommt, will ich versuchen, ein bißchen was davon aufzufangen.«

»Aye, Käpt'n«, brüllte Billerand und mühte sich zurück über das schwankende Achterdeck.

Auf Billerands wüstes Gebrüll hin stürmten die Wachhabenden aus ihren geschützten Winkeln und holten ein Segel aus dem Materialraum herauf. Gerade als die Wolken über ihren Köpfen aufbrachen, befestigten sie es über dem Mittelteil. In weniger als einer Minute umgab ein sintflutartiger

Schauer warmen Regens das Schiff, so dicht, daß man kaum atmen konnte. Wie Tausende kleiner Hämmer peitschten die dicken Tropfen hernieder und prallten vom Deck zurück. Nach kürzester Zeit war das Segel voller Wasser, und die Seeleute machten sich daran, kleine Fäßchen und Tonnen damit zu füllen. Es war widerliches Wasser, verschmutzt vom Teer und den Salzkrusten des Segels, doch in nicht allzu ferner Zukunft mochten sie vielleicht dankbar dafür sein. Andernfalls konnten sie es immer noch verwenden, um Kleidung darin aufzuweichen, die sich vom ständigen Waschen in Salzwasser rauh und kratzig anfühlte.

Der Wind nahm zu, als die Besatzung das Segel losmachte und es flatternd und wehend wie einen riesigen, verängstigten Vogel über den Mittelteil schleifte. Das Schiff machte einen Satz, woraufhin Hawkwood an seinem Posten ins Stolpern geriet. Er schaute zur Seite und stellte fest, daß die Wellen sich in gewaltige, schiefergraue Ungeheuer mit weißen Schaumkronen an den Spitzen verwandelten. Alle paar Sekunden tauchte die *Osprey* in tiefe Wellenschluchten ein, in denen Wasser die Wände bildete; dann stieg sie am Rand der nächsten Welle wieder empor, hoch und immer höher. Die schwere See schlug über dem Vorschiff zusammen und ergoß sich Schwall für Schwall über den gesamten Mittelteil. Und das Licht verschwand. Die Wolken am Himmel schlossen sich zu einer Decke, wodurch verfrühtes Zwielicht eintrat. Der Sturm, den Hawkwood erwartet und befürchtet hatte, umklammerte sie schon fast mit seinen Klauen.

»Alle Mann!« brüllte Hawkwood gegen den tosenden Wind. »Alle Mann an Deck!«

Billerand, der bis zur Hüfte von aufgewühltem Wasser umspült wurde, gab den Befehl in den Mittelteil weiter. Das Segel war derweil zusammengefaltet und wurde soeben hinuntergeschafft. Zwischen den Speigatts rollte ein vergessenes Fäßchen hin und her und schlug dabei gegen die Oberdeckkanonen. Hawkwood kämpfte sich zur Luke im Achterdeck hinüber, die zum Steuerdeck darunter reichte.

»Steuermann! Wie sieht's aus?«

Die Männer erstickten fast im Wasser, das nach achtern

strömte, und hatten alle Hände voll zu tun, die wilden Verrenkungen des Steuers unter Kontrolle zu halten.

»Wir sind einen Grad vom Kurs abgekommen, Käpt'n! Wir brauchen hier mehr Leute.«

»Sollt ihr haben. Bringt Haltetaue an, sobald ihr könnt, und dreht sie drei Grad nach Steuerbord. Wir müssen sie vor den Wind setzen.«

»Aye, Käpt'n!«

Männer schwirrten aus den Niedergängen und warteten auf Befehle.

»Alle Mann zum Segeleinholen!« gellte Hawkwood. »Holt die Marssegel ein, Leute. Billerand, vier Männer ans Steuer. Velasca, schick einen Trupp nach unten, um nachzusehen, ob die Kanonen fest verzurrt sind. Ich will nicht, daß sich eine losreißt.«

Die Besatzung zersplitterte in Gruppen, von denen jede an die entsprechende Aufgabe stürzte. Bald war die Takelung schwarz vor Männern, die über die Wanten zu den Toppmasten kletterten. Hawkwood spähte durch den Regen und die peitschende Gischt und versuchte festzustellen, wie stark die Belastung auf die Toppmasten sein mochte. Er wollte das Schiff vor den Wind setzen und unter baren Masten weiter dahinjagen. Dadurch würden sie zwar einige Meilen vom Kurs nach Westen abkommen und nach Südwesten getrieben werden, weg von der derzeitigen Höhe, aber das ließ sich nicht verhindern.

Ein reißendes Geräusch ertönte, durchdringend wie das Krachen einer Kanone. Das Fockmarssegel war von oben bis unten geteilt. Einen Augenblick später zerrte der Wind die beiden Hälften aus den Bolzenlöchern, und sie flogen in Fetzen vom Rah. Hawkwood fluchte.

Ein Mann, nur als aufschreiender dunkler Schemen erkennbar, stürzte von der Takelung und verschwand in der tosenden See.

»Mann über Bord!« brüllte eine verzweifelte Stimme. Es gab keine Möglichkeit beizudrehen, um jemanden zu bergen, nicht bei diesem Wind. Für die Männer in den Rahen bedeutete eine falsche Bewegung den unverzüglichen Tod.

Die Seeleute rückten hinaus auf die Marssegelrahen und beugten sich vor, um die wild flatternde Leinwand Hand um Hand einzuholen. Die Masten wölbten sich in weiten Bögen, wenn das Schiff abtauchte und wieder aufstieg, wodurch sie die Bäuche der Seemänner in einem Augenblick gegen das Holz der Rahen preßten, im nächsten aber schon wieder drohten, sie vom Schiff zu schleudern, hinaus in die tödlichen, felsengleichen Wogen.

Immer stärker wurde der Wind. Laut vernehmlich tobte er in der Takelage. Die Gischt, die gegen Hawkwoods Gesicht peitschte, fühlte sich hart wie Sand an. Langsam drehte sich der Bug des Schiffes, als die Männer am Steuer die *Osprey* nach steuerbord lenkten und versuchten, den Wind hinter sie zu bringen. Hawkwood brüllte in den Mittelteil hinunter.

»Du da! Mateo, ab nach achtern! Vergewissere dich, daß die Fensterläden in den großen Kabinen geschlossen sind.«

»Aye, Käpt'n.« Der Junge verschwand.

Sie mußten die Heckfenster abdichten, andernfalls bestand die Gefahr, daß eine überkommende See sie zerbarst und den Achterteil des Schiffes flutete. Hawkwood verfluchte sich selbst. So vieles war noch nicht erledigt! Doch er hatte nicht damit gerechnet, daß der Sturm so plötzlich über sie hereinbrechen würde.

Die Wellen um das Schiff herum schienen fast so hoch wie die Mastspitzen zu sein – wabernde Wasserberge, wild entschlossen, die Karacke wie ein Ruderboot unter sich zu begraben. Das Stampfen des Schiffes brachte selbst Hawkwoods an rauhe See gewöhnte Beine ins Taumeln. Er mußte sich an der Achterdeckreling festhalten, um nicht zu stürzen. Die Marssegel waren mittlerweile eingeholt. Langsam und vorsichtig tasteten die Männer sich über die Wanten zurück an Deck, wobei sie sich mit aller Kraft am rauhen Hanf festklammerten.

»Strecktaue, Billerand!« brüllte Hawkwood. »Laß sie vorne und achtern anbringen.«

Der bullige Erste Maat lief im Mittelteil auf und ab und brüllte den Matrosen in die Ohren. Der Lärm des Windes toste so gewaltig, daß Billerand sich nur mit Mühe verständlich machen konnte.

Immer noch drehte sich die *Osprey*. Nun trat sie in die gefährliche Phase ein. Einige Minuten lang würde die Karacke mit der Breitseite zum Wind stehen. Wenn sie in dieser Zeit von einer Woge getroffen wurde, konnte sie leicht kentern und mit Mann und Maus versinken.

Hawkwood wischte sich die Gischt aus den Augen und erblickte, was er befürchtet hatte – einen spiegelglatten Wasserkoloß, der unmittelbar auf die Seite des Schiffes zustürzte. Er beugte sich in die Luke zum Steuerdeck.

»Hart backbord!« brüllte er.

Die Männer unten warfen ihr ganzes Gewicht gegen das Steuer und kämpften gegen die Strömungen an, die um das Schiffsruder spülten, doch sie waren zu langsam. Die Welle würde sie erfassen.

»Gütiger Ramusio und alle Heiligen«, stöhnte Hawkwood in dem Augenblick, bevor die riesige Woge gegen die Breitseite des Schiffes krachte.

Die *Osprey* drehte sich immer noch nach backbord, als die gewaltige Schockwelle den gesamten Rumpf durchlief. Hawkwood beobachtete, wie die Welle über die Steuerbordseite hereinbrach, weiterrollte und den ganzen Mittelteil mit Wasser überflutete, das sich bis zur Achterdeckreling ergoß, an der er sich festklammerte. Eines der Beiboote des Schiffes brach los und schlitterte über die Seite. Daran festgekrallt, verschwand ein Mann mit einem stummen Schrei auf den Lippen im Chaos aus Wind und Wasser. Dann erblickte er Billerand, der wie ein Blatt im Sturm über das Deck geschwemmt wurde und gegen die Steuerbordreling krachte. Andere suchten krampfhaft Halt an den Kanonen. Schäumendes Wasser toste über ihre Köpfe hinweg und zerrte an den baumelnden Beinen der Matrosen. Doch gerade, als Hawkwood hinschaute, packte die Welle eine der Kanonen, riß sie von der Seite und fegte das zerstörerisch schwere Stück Metall quer über den Mittelteil des Schiffes. An der Steuerbordseite stürzte die Kanone ins Meer, wobei sie die Reling zerschmetterte und ein Loch in den oberen Rumpf des Schiffes riß. Selbst über das brüllende Toben des Wassers hinweg glaubte Hawkwood zu hören, wie das nachgebende Holz kreischte, als würde die Karacke vor Schmerz über die Verstümmelung aufjaulen.

Das Schiff war beinahe überflutet. Hawkwood spürte, wie träge die Karacke wurde, als hätte der Ballast sich mit Wasser verdoppelt. Das Deck neigte sich unter seinen Füßen wie das Dach eines Hauses.

Von oben ertönte ein markerschütterndes Krachen. Einen Augenblick später ging der Haupttoppmast über Bord; der ganze Mast mit all den Spieren und Rahen und Gordings krachte auf die Steuerbordseite hinunter. Tampen, Blöcke und Splitter geborstenen Holzes flogen Hawkwood um die Ohren. Irgend etwas schmetterte gegen seinen Kopf und riß ihn von den Beinen. Er schlitterte über das schiefe Deck und kam in den leewärtigen Speigatts zwischen einem Haufen Seilen zu liegen. Der umgestürzte Mast hatte das Achterdeck durchschlagen, ragte über die Reling hinaus und drückte die Karacke immer tiefer zur Seite. Flüchtig vernahm der Kapitän das schrille Wiehern von Pferden, ein schmerzerfülltes Wehklagen irgendwo unten im Bauch des Schiffes. Hawkwood schüttelte den Kopf. Blut strömte ihm über die Augen und Schläfen. Verzweifelt griff er nach einer der an Deck angebrachten Äxte. Dann begann er, auf die Masse geborstenen Holzes und verworrenen Tauwerks einzuschlagen, die das Schiff zum Kentern zu bringen drohte.

»An die Äxte!« rief er mit Donnerstimme. »Hackt dieses Ding ab, sonst reißt es uns alle mit sich!«

Männer mit Enteräxten erkämpften sich den Weg durch das schäumende Inferno im Mittelschiff. Hawkwood sah Velasca unter ihnen, doch von Billerand war keine Spur zu sehen.

Wie Besessene machten die Männer sich daran, auf den umgestürzten Toppmast einzudreschen. Die Karacke stieg am Kamm einer weiteren gewaltigen Welle empor, wodurch sie sich noch mehr neigte. Mit der nächsten Woge mußte sie kentern.

Der Toppmast verschob sich, während die Männer darauf

einschlugen. Dann ertönte ein Krachen und Bersten von Holz, das sogar den Wind, die grollenden Wellen und das stete Pochen der zuschlagenden Äxte übertönte. Der Mast bewegte sich, neigte sich, dann schlitterte er über die Seite des Schiffes ins Meer und riß eine Rüstbank mit sich.

Die Karacke, nunmehr von dem Gewicht befreit, das ihr Gleichgewicht gestört hatte, richtete sich auf. Augenblicklich stand das Deck wieder waagerecht. Dann neigte das Schiff sich erneut, diesmal jedoch von vorn nach achtern. Die *Osprey* hatte beigedreht. Das Schiff trieb vor dem Wind. Hawkwood schaute nach achtern über die Heckreling, wo er die nächste Welle erblickte, die wie ein Berg hinter der Karacke aufragte, als wolle sie das Schiff mit einem Hieb zerschmettern. Doch die *Osprey* stieg höher und höher, während die Wassermassen unter den Rumpf glitten und die Karacke in die Luft hoben. Dann ging es wieder abwärts – Hawkwood dankte Gott für das hohe Achterdeck, das sie davor bewahrte, gepoopt zu werden – , und das Schiff verhielt sich wieder wie ein berechenbares Wesen. Wie das Spielzeug eines Kindes ritt es auf den riesigen Wellen.

»Velasca!« rief Hawkwood und wischte sich Blut aus den Augen. »Sieh nach den Fockmastschoten. Ich glaube, der Toppmast hat eine zerstört. Wir wollen den Fockmast nicht auch noch verlieren.« Er blickte sich um. »Wo ist Billerand?«

»Wir haben ihn runtergebracht«, antwortete einer der Männer. »Hat sich die Schulter gebrochen.«

»In Ordnung. Velasca, du bist derweil Erster Maat. Phipio, Zweiter Maat.« Hawkwood betrachtete das wüste Durcheinander, die zerschmetterte Reling, den Stumpf des Hauptmastes, der wie ein amputiertes Glied aus dem Rumpf ragte. »Das Schiff ist übel zugerichtet, Leute. Es schwimmt zwar weiter, aber nur mit unserer Hilfe. Phipio, schick ein paar Mann runter, die sich nach Lecks umsehen. Und so rasch wie möglich müssen ein paar Männer an die Pumpen. Velasca, alle anderen sollen zusätzliche Stagen anbringen. Wir können die Toppmasten nicht einholen, nicht bei diesem Wetter, also müssen wir versuchen, die Masten zu verstärken. Das ist kein vorüberziehender Sturm. Wir müssen uns auf eine lange Tortur gefaßt machen.«

Die Männer stoben auseinander. Für den Augenblick überließ Hawkwood sie ihren Aufgaben – Velasca war ein fähiger Seemann. Über die ramponierten Reste der Leitern stieg er hinunter in den Mittelteil und trat durch den Niedergang hinab zum hinteren Teil des Schiffes.

Das Schwanken der Karacke warf ihn von einem Schott gegen den nächsten. Zudem stieß er im Niedergang auf Wasser, das ihm um die Waden spülte. Mühevoll kämpfte er sich vor zum Steuerhaus, wo sechs Männer sich abplagten, um das Steuer unter Kontrolle zu halten, das sich unter der peitschenden Kraft der Wellen gegen ihren Griff aufbäumte.

»Wie ist der Kurs, Leute?« brüllte Hawkwood. Selbst hier erwies der Wind sich als ohrenbetäubend; darüber hinaus ächzte und stöhnte der Rumpf der *Osprey*. Wie unter Schmerzen wimmerte sie, und noch immer wieherte irgendwo unter ihnen ein Pferd wie von Sinnen. Auf dem Batteriedeck jammerten Menschen. Aber das betrachtete Hawkwood im Augenblick nicht als sein Problem.

»Süd-Südwest, Käpt'n, direkt vor dem Wind«, meldete einer der Steuermänner, die sich am Ruder quälten.

»Sehr gut, haltet sie so. Ich will versuchen, euch beim Wachwechsel ablösen zu lassen, aber es könnte noch eine lange Plackerei werden.«

Masudi, verantwortlicher Steuermann und ehemaliger Korsar, setzte ein Grinsen auf, das strahlend weiße Zähne in dem dunklen Gesicht entblößte.

»Macht Euch um uns keine Sorgen, Käpt'n. Ihr haltet das alte Mädchen über Wasser, wir halten sie auf Kurs.«

In spontaner Freude grinste Hawkwood zurück; dann beugte er sich über das Kompaßhaus. Der Kompaß befand sich in einem Glaskasten, an dessen einer Seite eine Öllampe brannte, so daß die Steuermänner die Nadel ständig sehen konnten, ob Tag oder Nacht. Auch dies war eine von Hawkwoods Erfindungen, und er war ungeheuer stolz darauf. Als er sich über das gelb erleuchtete Glas beugte, tropfte sein Blut darauf und nahm die rubinrote Farbe von Wein an, den man vor Kerzenlicht stellt. Verärgert wischte er das Glas sauber. Süd-Südwest, genau. Der Sturm machte seine Koppelung zunichte. Wenn das Unwetter vorbei war, würden sie weit vom Kurs abgekommen sein. Wollten sie zurück auf die alte Höhe, mußten sie wochenlang entgegen dem Wind fahren. Eine mühevolle, zermürbende Aufgabe.

Leise stieß er wüste Flüche aus; dann richtete er sich auf. Wie mochte es wohl der *Gnade Gottes* ergehen? War Haukal ebenso unvorbereitet überrascht worden wie er selbst? Die Karavelle war ein kräftiges, wetterfestes kleines Schiff; dennoch ließ sich nicht verleugnen, daß sie noch nie eine derart stürmische See zu meistern gehabt hatte.

Auf dem Weg aus dem Steuerhaus winkte Hawkwood den Steuermännern zu und taumelte im auf und ab schwankenden Schiff voran. Er rutschte eine Leiter hinunter; dann stolperte er geradeaus weiter bis zum Batteriedeck. Dort hielt er inne und schaute über die Länge des Schiffes hinweg.

Was er sah, war ein heilloses Durcheinander. Die Matrosen hatten die Kanonen festgezurrt, so daß sie wie riesige, gefesselte Bestien gegen die Geschützpforten gepreßt standen. Dazwischen kauerten und krümmten sich Menschen im knietiefen Wasser, das mit jeder Bewegung des Schiffes über Deck spülte. Hawkwood erblickte Körper, die mit dem Gesicht nach unten im Wasser trieben. Vergessen schwammen die mitleiderregenden armseligen Besitztümer der Passagiere umher. Von den Frauen ging Gejammer aus, die Männer hingegen fluchten. Die Laternen hatte man glücklicherweise gelöscht. Das Deck glich dem düsteren, fiebrigen Alptraum eines visionären Eremiten; dem Bild einer unterirdischen Hölle.

Jemand torkelte zu Hawkwood herüber und packte ihn am Arm.

»Was ist, Kapitän, sinken wir?«

In der Stimme schwang keine Panik mit, eher sogar leise Ironie. Hawkwood vermeinte, in der Dunkelheit eine grob gekrümmte Nase auszumachen, kurz geschorenes Haar, die kräftige Gestalt eines Soldaten.

»Seid Ihr Bardolin, der Beschützer von Griella?«

»Aye.«

»Nun gut denn. Es besteht keine Gefahr, daß wir sinken, obwohl es ein paarmal ziemlich knapp war. Dieser Sturm dürfte noch eine Weile anhalten; also sorgt am besten dafür, daß die Fahrgäste es sich so bequem wie nur irgend möglich machen.«

Bardolin schaute zurück über die schwankende Länge des Batteriedecks.

»Was schätzt Ihr, wie viele Stunden der Sturm noch dauern wird?«

»Stunden? Wohl etwas mehr als das. Soweit ich es beurteilen kann, müssen wir mit einigen Tagen rechnen. Sobald wir alles ein wenig unter Kontrolle haben, kümmere ich mich darum, daß der Koch etwas zu essen bereitet. Es wird aber leider nur eine kalte Mahlzeit sein. Solange der Sturm anhält, kann ich in der Kombüse kein Feuer erlauben.«

Auf dem Gesicht des älteren Mannes erkannte er rasch überwundene Bestürzung.

»Braucht Ihr Hilfe?« erkundigte sich Bardolin.

Hawkwood lächelte. »Nein, das ist nur etwas für Matrosen. Kümmert Euch um Eure Leute. Beruhigt sie; macht es ihnen etwas leichter. Wie gesagt, der Sturm wird eine Weile dauern.«

»Habt Ihr Griella gesehen? Geht es ihr gut?« wollte Bardolin wissen.

»Wahrscheinlich ist sie bei Fürst Murad.«

Kaum hatte Hawkwood die Worte ausgesprochen, wünschte er schon, er hätte es nicht getan. Bardolins Züge wurden hart wie Stein, und die Augen verwandelten sich in zwei funkelnde Glassplitter.

»Danke, Kapitän. Ich werde sehen, was ich hier tun kann.«

»Noch etwas.« Hawkwood legte Bardolin eine Hand auf den Arm, als dieser sich wegdrehte. »Der Wettermacher, dieser Pernicus … In den nächsten Tagen werden wir ihn wahrscheinlich brauchen. Wie geht es ihm?«

»Angst und Seekrankheit haben ihm zugesetzt, ansonsten fehlt ihm nichts.«

»Gut. Dann achtet darauf, daß es so bleibt.«

»Der Geistliche, den wir an Bord haben, dürfte sich wohl kaum mit der Vorstellung eines von *Dweomer* angetriebenen Schiffes anfreunden können.«

»Um den Raben kümmere ich mich«, brummte Hawkwood und klopfte Bardolin auf die Schulter; dann verließ er mit tiefer Erleichterung das Batteriedeck.

Immer tiefer hinein in die Eingeweide des Schiffes drang er vor. Trotz des ungewöhnlich niedrigen Achterdecks war die *Osprey* ein geräumiges Fahrzeug. Unter dem Batteriedeck befand sich der Hauptfrachtraum, darunter wiederum die Bilge. Der Frachtraum selbst war in große Schotte unterteilt. Einer beherbergte Kabelwinden, an denen die Ankerketten aufgerollt wurden, einer Wasser und Proviant; ein kleines Kabuff diente als Pulverlager, und dann gab es da noch den neuen Schott, in dem die verdammten Pferde und anderes Viehzeug untergebracht waren.

Überall war Wasser. Es tropfte von der Decke über ihm; es spülte ihm um die Beine; es rann die Seiten des Rumpfes hinunter. Hawkwood fand eine Schiffslaterne und schaffte es, sie anzuzünden, nachdem er sich ein paar nervtötende Minuten mit feuchtem Zunder herumgeplagt hatte. Dann marschierte er noch weiter hinunter in den Leib des Schiffes.

Hier konnte man die Geräusche des Rumpfes noch deutlicher hören. Die Holzplanken der Karacke ächzten und stöhnten bei jedem Stampfen des Bugspriets. Der Lärm des Windes klang merklich gedämpft. Die Pferde waren verstummt, was in gewisser Weise ein Segen war. Hawkwood fragte sich, ob überhaupt eines der Tiere überlebt hatte. Er stieß auf eine Gruppe schuftender Seeleute, die Velasca hier heruntergeschickt hatte, um die Ladung zu sichern. Der Rumpf stand einen guten Meter hoch unter Wasser. Hüfttief wateten die Männer darin und mühten sich zwischen den durcheinandergeworfenen Fässern, Säcken und Kisten ab, alles festzuzurren, was während des heftigen Kampfes der Karacke gegen die mörderischen Wellen lose geworden war.

»Wieviel Wasser dringt ein?« fragte Hawkwood den Führer des Arbeitstrupps, einen Matrosen namens Mihal, der, wie er selbst, Gabrionese war.

»Etwa dreißig Zentimeter alle zwei Glaswendungen, Sir. Das meiste kommt von oben, von den Wellen, die über uns zusammenschlagen. Aber auch die Planken sind überbeansprucht und lassen Wasser durch die Fugen.«

»Zeig's mir.«

Mihal führte ihn zur Seite des Rumpfes. Dort sah Hawkwood, wie die Planken des Schiffes bebten und sich leicht verschoben. Jedesmal, wenn die Karacke sich mit den Wellen bewegte, öffneten die Planken sich ein wenig weiter, und noch mehr Wasser drang herein.

»Nirgends ein Leck?«

»Keins, das ich gefunden hätte, Käpt'n. Ich habe Leute zu den Kabelwinden und in die Pferche nach achtern geschickt – da hinten herrscht übrigens ein blutiges Durcheinander. Nein, das Schiff ist nur überbelastet, aber ich hoffe, Velasca hat starke Männer an den Pumpen.«

»Melde dich bei ihm, sobald du hier fertig bist, Mihal. Die Leute an den Pumpen und die Steuermänner müssen bald abgelöst werden.«

»Aye, Käpt'n.«

Hawkwood watete weiter durch das kalte Wasser. Gegen das Schwanken des Schiffes kämpfte er sich nach achtern und durchquerte die Schottluke, die den Frachtraum von den Pferchen in der Nähe des Hecks trennte.

Dort erblickte er Laternen und wurde vom ängstlichen Blöken einiger Schafe empfangen. Stroh und Dung verwandelten das Wasser in eine trübe Suppe. Überall trieben Tierkadaver. Hawkwood ging auf die Männer zu, die dort in Lederstiefeln arbeiteten – Soldaten also, keine Mitglieder seiner Besatzung.

»Wer ist da?« fuhr eine Stimme ihn an.

»Der Kapitän. Seid Ihr das, Sequero?«

»Hawkwood! Ja, ich bin's.«

Im Laternenschein erkannte Hawkwood fahle Gesichter und die schimmernden Flanken eines Pferdes. »Wie schlimm ist es?«

Wütend stapfte Sequero auf ihn zu. »Was seid Ihr eigentlich für ein Kapitän, Hawkwood? Niemandem wurde aufgetragen, die Pferde zu sichern, und dann hat sich das verdammte Schiff zur Seite geneigt. Sie hatten keine Chance. Warum habt Ihr meine Leute nicht rechtzeitig gewarnt?«

Schmutzig und völlig durchnäßt stand Sequero vor ihm. Irgend etwas hatte ihm die Stirn aufgerissen. Ein Hautfetzen hing herab, doch das Blut rann nur mehr langsam. Die Augen des Fähnrichs blitzten vor Zorn.

»Wir hatten keine Zeit«, erwiderte Hawkwood aufgebracht. »Um ein Haar hätten wir das Schiff verloren. Einige meiner Männer sind umgekommen, als sie darum kämpften. Wir hatten andere Sorgen, als uns um Eure verfluchten Gäule zu kümmern.«

Für einen Augenblick glaubte er, Sequero würde sich auf ihn stürzen, und machte sich kampfbereit. Dann aber sackten die Schultern des Fähnrichs herab, offensichtlich in völliger Erschöpfung.

»Ich bin kein Seemann, also kann ich nicht beurteilen, ob Ihr recht habt oder nicht. Wird das Schiff es überstehen?«

»Wahrscheinlich. Wie viele Tiere habt Ihr verloren?«

»Einen Hengst und eine weitere Stute. Sie haben sich die Beine gebrochen, als das Schiff kippte.«

»Was ist mit den anderen Tieren?«

Sequero zuckte die Schultern. Die gingen ihn nichts an.

»Na gut. Seht nach, was überlebt hat, und sichert es in den Ställen. Bindet die Viecher an die Pferche, wenn es sein muß. Der Sturm könnte lange dauern.« Allmählich fühlte Hawkwood sich wie ein Papagei, der seine Litanei vor jedem wiederholte, den er traf.

»Was ist mit den Soldaten? Wie geht es ihnen?«

»Die meisten sind betrunken. Einige der Älteren haben ihre Weinrationen aufgespart. Sie dachten, es ginge dem Ende zu und wollten wenigstens betrunken sterben, wenn's denn schon sein muß.«

Hawkwood lachte. »Ich habe schon schlechtere Einfälle gehört. Was ist mit Fürst Murad?«

»Was soll mit ihm sein? Der hat sich wie üblich mit seiner Bauernnutte eingeschlossen.«

Ein ungestümer Ruck des Schiffes warf sie beide in das stinkende Wasser. Spuckend und fluchend rappelten sie sich auf.

»Seid Ihr sicher, daß der Kahn nicht sinkt, Kapitän?« höhnte Sequero.

Doch Hawkwood befand sich bereits auf dem Weg zurück. Es war an der Zeit, sich wieder an Deck zu begeben, wo er hingehörte. Hier unten fühlte er sich blind.

Der Sturm hatte ein wenig nachgelassen, und die Wolken schienen wieder über Masthöhe aufgestiegen zu sein. Die Wellen jedoch türmten sich immer noch berghoch – riesige Hügel aus Wasser mit Tälern von einer viertel Meile Breite und Kuppen, so hoch wie die Toppmasten der Karacke. Mittlerweile trieben sie vor dem Wind. Die Wogen türmten sich um das Heck des Schiffes auf, hoben es hoch empor und rollten darunter hinweg, wodurch die *Osprey* fast ruhig in ihrer Lee lag. Dank ihrer Bauweise bestand kaum Gefahr, daß sie gepoopt wurde. Die Seeleute und Passagiere konnten nur abwarten, bis der Sturm sich ausgetobt hatte. Bis dahin mußten sie sich von ihm treiben lassen, wohin es ihm gefiel.

Velasca ließ Trossen zu den Mastspitzen hinaufbringen. Oben waren Männer zu sehen, die verzweifelt versuchten, die Taue anzubringen. Andere verdoppelten die Verzurrung der Kanonen im Oberdeck und der beiden übrig gebliebenen Boote, wenngleich das über Bord gegangene Geschütz Löcher in beide Seiten gerissen hatte. Sowohl Steuerbord als auch Backbord schossen dicke weiße Wasserstrahlen aus den Pumpen, während die Männer sich über ihnen auf und nieder beugten und versuchten, das Schiff zu entlasten.

»Steuermann da unten!« brüllte Hawkwood durch die Luke. »Wie läßt sie sich lenken?«

»Leichter, Käpt'n«, rief Masudi zurück. »Aber die Männer werden müde.«

»Mihal und seine Leute kommen gleich rauf, um euch abzulösen. Haltet sie auf Kurs, Masudi.«

»Aye, Käpt'n.«

Stunde um Stunde ritt die Karacke auf den gewaltigen Wellen und trieb vor dem Wind etwa in südwestliche Richtung, fort vom ursprünglichen Kurs und hinein in Gewässer, die selbst Tyrenius Cobrian unbekannt waren. Trotz der segellosen Rahen blieb die Geschwindigkeit gewaltig, als sie auf den glitzernden Rücken der riesigen Brecher vorwärtsschossen.

Die Wache wechselte. Erschöpfte Matrosen wurden von anderen, kaum weniger erschöpften abgelöst, doch die Männer hielten an Deck durch, Stunde um Stunde. Sie pumpten, spleißten, reparierten oder hielten sich einfach für den nächsten Notfall bereit.

Es wurde kälter. Nach Hawkwoods Schätzung hatte der Sturm sie etwa vierzig Wegstunden vom Kurs abgebracht. Die Luft verlor ihre Milde; das Wasser wirkte im sonnenlosen Morgengrauen des nächsten Tages schiefrig und eisig. Den ganzen Tag trieben sie weiter vor dem Wind, aßen, sofern sie konnten, Brot und rohes Pökelfleisch, spürten das Salz in den Kleidern auf der aufgeweichten Haut reiben und setzten unentwegt die scheinbar nicht enden wollenden Reparaturarbeiten fort.

Nach einer weiteren Nacht und einem weiteren Tag hatten sie vergessen, wie sich Wärme und Trockenheit anfühlten und was richtiger Schlaf war. Sie verloren einen weiteren Mann, der von den Rahen ins Meer stürzte, weil er aus völliger Erschöpfung den Griff lockerte. Außerdem warfen sie die Leichen von drei Fahrgästen über Bord, die den Verletzungen erlagen, die sie im ersten wüsten Toben des Sturmes erlitten hatten. Immer weiter trieben sie über den gewaltigen, unendlichen Westlichen Ozean nach Südwesten, wie ein Stück Holz voller emsiger Ameisen in einem Mühlbach. Und sie konnten nichts dagegen tun.

18

Sie kamen im Morgengrauen, wie Martellus vorausgesagt hatte. Wären die Vorposten nicht so wachsam gewesen, sie hätten wohl die Mauern erstürmt, so plötzlich brach der Angriff los. Denn die Merduks hatten beschlossen, auf einen vorherigen Beschuß der Feste zu verzichten und zogen es vor, auf das Überraschungsmoment zu vertrauen. Doch die aufmerksamen Wachen entzündeten Signalraketen und Fackeln, so daß der östliche Wachturm und der Fluß plötzlich von rauchenden roten Feuerkugeln erhellt waren, die schimmernde Bögen über den morgendlichen Himmel beschrieben und die wimmelnde Phalanx der herannahenden Truppen darunter in gespenstisches Licht tauchten.

Die Besatzung des Wachturms stürmte auf die Posten. Überall entlang der Mauern wurden Lunten entfacht und bereitgelegt. Soldaten schulterten ihre Hakenbüchsen. Pulver- und Munitionsträger rannten mit ihren explosiven Ladungen zu den Zinnen hinauf.

Die Merduks, nunmehr entdeckt, stürmten mit lautem Getöse heran, einer Mischung aus heiserem Gebrüll und donnerndem Getrampel, bei der sich Corfe die Nackenhaare sträubten. Wieder stand er einer brodelnden Armee der Merduks gegenüber, die an die Mauern brandete wie mit Seetang durchsetzte Wogen gegen einen Felsen.

Die Sonne ging auf. Weitere Signalraketen wurden entzündet. Diesmal dienten sie dazu, den Kanonieren das Zielen mit den Kulverinen zu erleichtern. Die wimmelnde Menge der Merduks war etwa zweihundert Meter von den Mauern entfernt, als Andruw die Lunte in die Pulverpfanne des ersten Geschützes steckte.

Donnernd stieß die Waffe zurück und spie eine Rauchwolke aus. Auf das Signal hin begannen auch die anderen schweren Kanonen der Festung zu feuern, bis der gesamte Wachturm in eine dichte Wolke aus beißendem Rauch gehüllt war, in der überall rote und gelbe Blitze aufzuckten.

Bevor der Rauch die herannahenden Horden verdeckte, erhaschte Corfe noch einen Blick auf die Folgen der ersten Salven. Die Torunnen verwendeten spätzündende Geschosse, die in der Luft explodierten und Metallsplitter in einem tödlichen Radius unter sich verteilten. Ganze Scharen der Merduks fielen oder wurden in die Luft geschleudert und in Stücke gerissen wie Getreidehalme, die ein unsichtbarer Wind umlegt. Dann aber stürmten sie weiter, ordneten die zerschlagenen Reihen und stimmten ihre heiseren Schlachtrufe an. Hunderte von Leitern hatten sie dabei, in Schulterhöhe getragen.

»Wie viele sind es, Corfe?« brüllte Andruw. »Was schätzt du?«

Wie sollte man dieser brodelnden Menschenmenge eine Zahl zuweisen? Doch Corfe war Berufssoldat. Im Geiste wog er Zahlen gegeneinander ab.

»Neun oder zehntausend in der ersten Angriffswoge«, rief er zurück. Der Rauch schmerzte ihn bereits in der Kehle. »Aber wie gesagt, das ist nur die erste Woge.«

Auf Andruws rußgeschwärztem Gesicht breitete sich ein Grinsen aus. »Also sind genug für alle da.«

Inzwischen waren die Merduks am Fuße der Mauern angelangt – eine tosende, Tieren gleich heulende Masse mit Sturmleitern. Die aufsteigende Sonne schien auf die entfernteren Hügel, durchbrach den wallenden Pulverrauch und verwandelte ihn in etwas Ätherisches und Wundervolles. Die Verteidiger wirkten wie flache Silhouetten in den beißenden Schwaden. Die Kanoniere der leichteren Geschütze drückten die Kanonen so weit es ging nieder und begannen, in die dicht gedrängte Menge hinunterzuschießen, während die Hakenbüchsenschützen sich zurückhielten und auf Andruws Kommando warteten.

Sturmleitern krachten gegen die Zinnen. Allein in Corfes Blickfeld rissen Dreganker, Seile und ein Pfeilhagel ein halbes Dutzend Männer um. Die Leitern erzitterten, als der Feind sie hinaufkletterte.

»Feuer halten, Hakenbüchsenschützen!« brüllte Andruw. Einige nervöse Soldaten schossen bereits ungestüm drauflos.

Gesichter, schwarz wie die Antlitze von Dämonen aus der Hölle, tauchten an den Leiterenden auf.

»Feuer!«

Eine krachende Reihe von Explosionen ertönte, als zweitausend Hakenbüchsen fast gleichzeitig losgingen. Viele Leitern, die durch den Todeskampf der Getroffenen aus dem Gleichgewicht gerieten, kippten zurück und hinunter in das

Menschenmeer. Andere verharrten, und immer mehr Feinde erklommen sie.

»Gabelträger, nach vorn!« erklang der Befehl, und Torunnen mit Gegenständen, die Heugabeln mit langen Griffen glichen, traten vor. Zwei oder drei Verteidiger drückten die Gabeln gegen die Sturmleitern. In weitem, anmutigem Bogen schwangen sie hinab und zerschellten samt den Männern darauf zwischen den unzähligen Soldaten am Fuße der Mauern in einem blutroten Trümmerhaufen.

Die Angreifer hielten inne, um die Lage zu überdenken. Der Lärm der gellenden und kreischenden Menschen, das Donnern der Kanonen und das Krachen der Hakenbüchsen war ohrenbetäubend.

»Haben die denn gar keine Strategie?« wandte Andruw sich an Corfe. »Die erinnern mich an eine Ramme, die gegen ein Tor wuchtet. Achten die Kerle überhaupt nicht auf ihre Verluste?«

»Das brauchen sie nicht«, erwiderte Corfe. »Erinnerst du dich, was Martellus gesagt hat? Zermürbung. Sie verlieren Tausende von Soldaten, wir Hunderte. Aber *sie* können sich Tausende von Toten leisten. Sie sind so zahlreich wie der Sand am Meer.«

Die beiden standen in der Nähe des Tores, das den Hauptzugang zu diesem Teil der Festung darstellte. Rasch ging die Sonne auf. Rosig-goldenes Licht ergoß sich über das Szenarium. Durch Lücken in den Rauchschwaden konnten Corfe und Andruw auf die Hügel blicken, wo bereits frische Truppen aufmarschierten.

Auch die Kanonen der Merduks wurden nun ins Spiel gebracht, doch sie zielten zu hoch. Die meisten Geschosse fielen in den Searil, wo sie Fontänen weißen, aufgewühlten Wassers hochpeitschten.

»Sie verwenden Explosivgeschosse«, meinte Andruw erstaunt.

Diese Waffen hatten die Ramusier erst zwanzig Jahre zuvor erfunden.

»Ja, und Brandbomben. Ich hoffe, wir haben genug Feuerwehrleute.«

»Um das Feuer brauchen wir uns die geringsten Sorgen zu machen. Da kommen sie schon wieder.«

Eine neue Streitmacht erreichte die Mauern. In einem dunklen Hagel jagten Armbrustpfeile in die Höhe und klirrten gegen die Zinnen. Schreiend stürzten Männer von den Katzensteigen.

Ein weiterer Angriff erfolgte. Wieder wurden von den Angreifern Leitern aufgestellt und von den Verteidigern umgeworfen. Der Boden vor der Festung war übersät mit Leichen und Trümmern.

»Mir gefällt das nicht«, meinte Corfe. »Es ist zu einfach.«

»Zu *einfach*!«

»Ja. Diese Angriffe sind völlig unüberlegt. Ich glaube, sie dienen als Ablenkungsmanöver für etwas anderes. Nicht einmal Shahr Baraz verschleudert das Leben seiner Männer für nichts und wieder nichts.«

Eine erschütternde Explosion ertönte, die unmittelbar unter den Füßen der beiden ihren Ursprung zu nehmen schien. Fast das gesamte Torhaus war in dichten Rauch gehüllt, durch den Flammen züngelten und flackerten.

»Sie haben das Tor gesprengt!« gellte Andruw.

»Ich kümmere mich darum! Bleib hier! Bestimmt folgt noch ein Angriff, um den Durchbruchtrupp zu decken!«

Corfe stürmte die breite Treppe zum Exerzierplatz und den Innenhöfen hinunter. Torunnische Soldaten und Zivilisten rannten durcheinander und trugen Pulver, Munition, Verwundete, Lunten und Wasser. Corfe stellte eine Gruppe von zwölf Mann zusammen, die noch Hakenbüchsen besaßen, und führte sie in den Schatten des Torhauses.

Unter dem Torbogen loderte ein Feuer. Die massiven Tore hingen schräg in den Angeln; in dem geborstenen Holz leuchteten weiße Narben. Die Techniker der Merduks kletterten bereits durch die Löcher; Hunderte weitere Soldaten drängten sich hinter ihnen. Sie glichen Maden, die sich in einer Wunde krümmen.

»Präsentiert die Waffen!« brüllte Corfe seinem bunt gemischten Trupp zu. Die Hakenbüchsen wurden angehoben. »Feuer!«

Der Kugelhagel schleuderte einige Merduks zurück, die durch die ramponierten Tore stiegen.

»Schwerter heraus! Folgt mir!« befahl Corfe und führte die Torunnen in einen Sturmlauf.

Sie stiegen über zappelnde, verstümmelte Menschen hinweg und begannen, im lodernden Zwielicht des Torbogens wie besessen um sich zu hauen und zu schlagen. Wenige Augenblicke später war im Torhaus kein Merduk mehr am Leben. Denjenigen, die sich einen Weg durch die zerstörten Portale zu bahnen versuchten, hieben die Verteidiger Gliedmaßen und Köpfe ab.

Das Feuer breitete sich aus. Flüchtig bemerkte Corfe Männer mit Eimern. Er hackte die Finger einer Hand ab, die am geborstenen Tor zerrte. Dann schleifte jemand ihn weg.

»Die Todeslöcher! Wir setzen sie ein. Weg vom Tor!«

Corfe ließ sich wegziehen, halb blind vor Schweiß und Rauch. Die Torunnen zogen sich zurück.

Unverzüglich drängte der Feind wieder durch die Tore. Innerhalb von Sekunden befanden sich ungezählte Merduks in der Festung; ununterbrochen strömten ihre Gefährten nach.

»*Jetzt!*« brüllte irgendwo eine Stimme.

Aus Löchern in der Decke des Torhauses ergoß sich ein goldener Strom auf die glücklosen Angreifer. Das Rinnsal schien nicht flüssig zu sein, doch sobald er die Männer unten traf, schrien diese schrill auf, rissen an den Rüstungen und ließen die Schwerter fallen. Minutenlang droschen sie mit schmerzverzerrten Gesichtern wild um sich, während ihre Kameraden draußen innehielten und in hilflosem Zorn beobachteten.

»Was ist das?« erkundigte sich Corfe. »Sieht aus wie …«

»Sand«, erklärte ihm ein grinsender Soldat. »Heißer Sand. Er rieselt in die Rüstung und grillt die Kerle. Billiger als flüssiges Blei, meinst du nicht?«

»Platz da!« Ein Kanoniersoffizier und einige pulvergeschwärzte Gestalten schleppten zwei *Falcons* – Geschütze mit breiten Mündungen – vor dem Tor in Stellung. Als der Sandstrom nachließ, begannen die draußen wartenden Merduks wieder hereinzudrängen, was in Corfes Augen von unbegreiflicher Dummheit oder verstandlosem Mut zeugte.

Die *Falcons* feuerten. Da sie mit Metallscherben geladen waren, fügten sie den Toren wenig Schaden zu, doch die Merduks im Torbogen wurden in Stücke gerissen. Blut, Fleischfetzen, Knochensplitter und Gehirnmasse verteilten sich über die Innenseite des Bogens.

»Sie ziehen sich zurück!« rief jemand.

Tatsächlich. Der Angriff auf das Tor wurde vorerst abgeblasen. Die Merduks zogen ab.

»Laß die Geschütze hier stehen und holt Techniker, die sich um die Tore kümmern«, befahl Corfe dem Kanonieroffizier, wobei er keinen Gedanken an dessen möglichen Rang verschwendete. »Sobald ich kann, schicke ich Männer von den Mauern als Verstärkung.«

Ohne eine Antwort abzuwarten, rannte er zu den Katzensteigtreppen, um wieder zu den Soldaten auf den Zinnen zu stoßen.

Ein weiterer Angriff – das Ablenkungsmanöver für den Durchbruchstrupp – war soeben zurückgeschlagen worden. Hektisch stopften die Männer frische Munition in die Kanonen, luden die Hakenbüchsen nach und verarzteten leichtere Wunden. Die Toten wurden wie Sandsäcke von der Zinne geworfen; für Trauerbekundungen blieb später Zeit.

Andruws Säbel war voller Blut, und die Augen im schmutzigen Gesicht des jungen Offiziers funkelten erregt. »Was ist mit dem Tor?«

»Es hält. Für den Augenblick jedenfalls. Die Merduks sind hartnäckige Bastarde, das muß man ihnen lassen. Etwa fünfzig haben wir zu ihrem Propheten geschickt, bevor die anderen sich zurückzogen.«

Andruw lachte grölend. »Beim heiligen Blute des gelobten Ramusio, die werden uns nicht überrennen, ohne ein oder zweimal dabei zu stolpern. War es in Aekir auch so knapp, Corfe?«

Mit ausdruckslosem, verzerrtem Gesicht wandte Corfe sich ab.

»Es war anders«, erwiderte er.

Martellus beobachtete den fehlgeschlagenen Angriff von seinem Posten hoch droben in der Zitadelle. Um ihn herum scharten sich die Offiziere – ernst, aber doch irgendwie in Jubelstimmung. Der Feind zog sich zurück wie ein knurrender Hund, der einen Hieb auf die Schnauze hatte hinnehmen müssen. Über dem gesamten östlichen Wachturm des Festungsteils am gegenüberliegenden Ufer des Flusses wirbelte eine gewaltige Rauchwolke, durchsetzt mit Flammen. Sogar hier, über eine Meile entfernt, hörte man noch das heisere Gebrüll einer aufgewühlten Menschenmasse; ein unregelmäßiges brandungsähnliches Tosen, das dem rollenden Donner der Kanonen als Hintergrund diente.

»Er hat Tausende von Soldaten verloren«, stellte einer der ranghohen Offiziere fest. »Was denkt er sich eigentlich dabei, seine Truppen völlig unüberlegt gegen eine vorbereitete Festung wie diese zu werfen?«

Ein Bote mit rußgeschwärztem Gesicht traf völlig außer Atem vom östlichen Ufer ein. Mit zusammengekniffenen Lippen las Martellus die Nachricht; dann entließ er den Mann. »Das Tor ist beschädigt. Wir hätten es verloren, wäre mein neuer Adjutant nicht gewesen. Andruw schätzt unsere Verluste auf weniger als dreihundert Mann.«

Einige der Offiziere grinsten und stampften mit den Füßen. Andere wirkten eher nachdenklich. Gemeinsam beobachteten sie den Rückzug der angreifenden Regimenter der Merduks, der trotz des Kugelhagels der torunnischen Kanonen geordnet verlief. Dann lenkten sie die Blicke hinauf zu den Hügeln, wo die Tausendschaften des feindlichen Haupttruppenverbandes lagerten und wo schweigend und bedrohlich die Batterien der Merduks angeordnet waren.

»Shahr Baraz spielt mit uns«, meinte jemand. »Den ganzen Tag hätte er den Angriff weiterführen können, ohne wegen seiner Verluste auch nur mit der Wimper zu zucken.«

»Ja«, pflichtete Martellus bei. Das Licht des frühen Morgens erfüllte seine Augen mit goldgelbem Feuer und ließ die weißen Strähnen in seinem Haar glitzern. »Das war nicht mehr als ein bewaffnetes Aufeinandertreffen, wie ich es vorausgesehen habe. Nun kennt er die Stellung unserer Kanonen und die Zusammensetzung der östlichen Garnison. Morgen wird er wieder angreifen. Dann aber wird es keine überstürzte, unvorbereitete Attacke mehr sein. Morgen erleben wir einen ernsthaften Angriff von Shahr Baraz.«

Hunderte von Meilen entfernt im Westen. Entlang des Flusses Torrin Richtung Norden, wo sich die Kluft zwischen den Bergen von Cimbric und dem Thurian-Gebirge erstreckt. Weiter über den glitzernden See Tor mit seinen dunklen Flotten von Fischerbooten und den am Ufer verstreuten Küstendörfern. Dort, in den Hügeln am Fuße der westlichen Cimbrics, thront das majestätische Profil von Charibon, wo die Glocken des Doms zur Vesper rufen und die Abendluft sich im Schatten der Türme zur anbrechenden Nacht abkühlt.

In den Räumlichkeiten, die man für Himerius zurechtgemacht hatte, den neuen Pontifex Maximus, hielten sich nur der große Mann selbst und Betanza auf, Generalvikar des Ordens der Brüder vom Ersten Tage. Die übrigen Geistlichen hatte man entlassen. Den schlammverdreckten, von der Reise gezeichneten Mann, der noch vor wenigen Minuten bei ihnen weilte, hatte man zu einem wohlverdienten Bad und Bett geführt.

»Nun?« meinte Betanza.

Himerius' Augen waren abgewandt, das Gesicht ein von der Adlernase beherrschtes Labyrinth aus Furchen. Als Pontifex Maximus trug er Gewänder in sattem Violett. Ihm allein auf der Welt stand das Recht zu, sich so zu kleiden, sofern nicht die fimbrischen Eroberer zurückkehrten.

»Das alles ist doch völliger Blödsinn.«

»Seid Ihr da so sicher, Heiligkeit?«

»Natürlich! Macrobius starb in Aekir. Glaubt Ihr, die Merduks hätten eine solche Beute fahren lassen? Dieser augenlose Kerl ist ein Betrüger. Der General an der Feste von Ormann, dieser Martellus, hat die Geschichte offensichtlich in Umlauf gebracht, um die Moral der Truppen zu heben. Ich muß sagen, ich kann den Mann nicht einmal gänzlich verurteilen – er muß unter gewaltigem Druck stehen –, aber es ist nun einmal unentschuldbar. Falls er den Angriff auf die Feste überlebt, sorge ich dafür, daß er wegen Ketzerei vor ein kirchliches Gericht gestellt wird.«

Betanza lehnte sich in dem weich gepolsterten Stuhl zurück. Beide saßen sie vor dem breiten Kamin, in dem dicke Scheite gemütlich knisterten und den hochwandigen Raum als einziges Licht erhellten.

»Diesem Boten nach zu urteilen«, meinte Betanza vorsichtig, »hat man auch Torunn informiert. Achtzehn Tage hat er bis hierher gebraucht, sagt er, und vier Pferde. In Torunn kennt man die Neuigkeiten bestimmt schon seit fast zwei Wochen.«

»So? Dann schicken wir unsere eigenen Boten aus und bestreiten die Richtigkeit der Behauptungen des Generals. Das ist doch einfach lächerlich, Betanza!«

Das hochrote Gesicht des Generalvikars wurde in Dunkelheit getaucht, als er sich aus dem Feuerschein zurücklehnte.

»Wie könnt Ihr so sicher sein, daß Macrobius tot ist?« fragte er.

Himerius' Augen funkelten. »*Er ist tot.* Darüber besteht kein Zweifel. Ich bin der Pontifex Maximus, und kein torunnischer Heerführer wird mir widersprechen.«

»Was habt Ihr nun vor?«

Himerius verschränkte die Finger vor dem Kinn.

»Wir senden unverzüglich, noch heute nacht, Reiter an jeden Hof in Normannien – in alle fünf Königreiche. Sie werden ein päpstliches Dekret überbringen, in welchem ich diesen Betrüger anklage, ebenso den Mann, der ihn unterstützt – diesen Martellus, den Löwen von Ormann.«

Himerius lächelte.

»Außerdem schicke ich einen persönlichen Brief an König Lofantyr von Torunna, in dem ich meinem Zorn über den ketzerischen Vorfall Ausdruck verleihe und ihm mitteile, daß ich nicht willens bin, unsere Glaubensritter zur Verteidigung seines Königreiches zur Verfügung zu stellen, solange selbiges Königreich einen Hochstapler beherbergt, der meinen Rang beansprucht. Dies betrachte ich als Beleidigung des Hohen Amtes, das ich bekleide; als Gestank in Gottes Nase.«

»Also haltet Ihr die Truppen zurück, die Ihr Bruder Heyn versprochen habt«, stellte Betanza fest. Seine Stimme klang müde.

»Ja. Solange diese Angelegenheit nicht bereinigt ist, erhält Torunna keine materielle Unterstützung von Seiten der Kirche.«

»Und die Festung Ormann?«

»Was ist damit?«

»An der Feste braucht man diese Männer, Heiligkeit. Ohne sie fällt Ormann mit Sicherheit.«

»Dann fällt die Feste eben. Der Befehlshaber hätte daran denken müssen, bevor er anfing, blinde alte Männer in den Rang des Pontifex Maximus zu erheben.«

Betanza schwieg. Da die Glaubensritter ihr Quartier in Charibon hatten, unterstanden sie offiziell dem Befehl der Führer der Brüder vom Ersten Tage. Doch noch nie seit Menschengedenken hatte ein Generalvikar den Wünschen seines Pontifex widersprochen.

»Die Männer sind bereits unterwegs«, meinte Betanza. »Inzwischen müssen sie schon die halbe Strecke nach Torunna hinter sich gebracht haben.«

»Dann ruft sie zurück«, fuhr Himerius ihn an. »Torunna bekommt von mir gar nichts, solange dieser Heuchler nicht beseitigt ist.«

»Ich bitte Euch zu bedenken, Heiligkeit ... Was, wenn dieser Mann tatsächlich der ist, der zu sein er vorgibt?«

»Unmöglich, glaubt mir. Stellt Ihr mein Urteil in Frage, Bruder?«

»Nein. Ich will nur nicht, daß Ihr einen Fehler begeht.«

»Der heilige Ramusio selbst inspiriert mich als seinen unmittelbaren Vertreter auf Erden. Vertraut mir. Ich weiß es.«

»Nach dem Gesetz müßten wir die Synode noch einmal einberufen und die Angelegenheit den versammelten Kollegien und Prälaten vortragen.«

»Mittlerweile befinden sich alle frohen Mutes auf dem Heimweg. Es würde zuviel Zeit kosten. Sie werden schon noch rechtzeitig davon in Kenntnis gesetzt. Was ist bloß los mit Euch, Bruder Betanza? Zweifelt Ihr am Worte Eures Pontifex?«

Eine der Befugnisse, die das Amt des Pontifex Maximus mit sich brachte, war die Nominierung oder Absetzung des Generalvikars der Brüder vom Ersten Tage. Betanza blickte seinem Vorgesetzten in die Augen.

»Selbstverständlich nicht, Heiligkeit. Ich versuche nur, die Sache aus allen möglichen Blickwinkeln zu betrachten.«

»Ich bin froh, das zu hören. Es ist immer am besten, wenn der Generalvikar und der Pontifex eine gute Arbeitsbeziehung unterhalten. Alles andere kann sich als katastrophal erweisen. Denkt nur an Baliaeus.«

Baliaeus war im vorigen Jahrhundert ein Pontifex gewesen, der sich mit dem Generalvikar zerstritt, den Mann seines Amtes enthob und den Posten selbst übernahm, zusätzlich zu dem des Pontifex. Das Ereignis erschütterte die ramusische Welt, doch niemand hatte danach getrachtet, den bedauernswerten Führer der Brüder des Ersten Tages wiedereinzusetzen. Der Mann starb als zurückgezogen lebender Eremit in einer Zelle hoch droben in den Bergen von Cimbric.

»Aber Ihr seid nicht Baliaeus, Heiligkeit«, meinte Betanza lächelnd.

»Nein, der bin ich nicht. Alter Freund, wir haben zu hart gearbeitet und uns zu lange bemüht, um uns nun alles wieder aus den Händen reißen zu lassen.«

»In der Tat.« Wenn also Himerius gehen mußte, so mußte auch Betanza gehen. Zumindest soviel stand nun fest.

»Wie auch immer«, fuhr Himerius liebenswürdig fort. »Vielleicht machen wir uns völlig umsonst Sorgen. Ihr selbst habt gesagt, daß die Feste einfach fallen *muß*. Wenn dem so ist, fällt dieser Hochstapler mit ihr – und ebenso all jene, die dort an ihn glauben. Damit wäre unser Problem ein für allemal gelöst.«

Mit offenem Mund starrte Betanza ihn an.

»Das ist soweit alles, geschätzter Generalvikar. Laßt mir die Schreiberlinge schicken, wenn Ihr hinausgeht. Noch heute abend diktiere ich die Botschaften. Wir müssen das Eisen schmieden, solange es heiß ist.«

Betanza erhob sich, beugte sich hinunter und küßte den Ring des Pontifex Maximus. Ohne ein weiteres Wort verließ er den Raum.

Bruder Rogien wartete bereits auf Betanza, als dieser aus dem Zimmer kam. Rogien an seiner Seite, schritt Betanza über die verschlungenen Gänge von Charibon. Aus einem halben Dutzend Kollegiumskapellen vernahm er, wie die Vespern gesungen wurden. Außerdem stiegen ihm die verlockenden Düfte aus den Küchen des Klosters in die Nase.

Rogien war ein älterer Mann mit breiten Schultern, leicht krummem Rücken und einer Haarpracht, so weiß und weich wie das Federkleid eines wenige Tage alten Kükens. Er fungierte als Betanzas Stellvertreter und verfügte als solcher über hinreichend Erfahrung, was die verschiedensten Intrigen der Brüder des Ordens vom Ersten Tage betraf.

»Er will es noch nicht einmal überprüfen!« platzte Betanza schließlich wütend hervor, während er mit hastigen, zornigen Schritten weiterging.

»Was hast du erwartet? Daß er stillschweigend zurücktreten und es akzeptieren würde?« fragte Rogien in bissigem Tonfall. »Sein ganzes Leben lang begehrte er das Amt, das er nun bekleidet. Er ist mächtiger als jeder König. So etwas gibt man nicht ohne weiteres auf.«

»Aber die Art, wie er das Problem anpackt! Er will die Glaubensritter zurückrufen, die er Torunna versprochen hat. Dadurch verscherzt er es sich mit Heyn und dem torunnischen König. Lieber sieht er die Feste von Ormann fallen, als die eigene Position zu gefährden.«

»Und? Du hast doch gewußt, daß so etwas passieren würde.«

»Ich war selbst einmal Soldat, Rogien. In meiner Jugend habe ich Männer befehligt. Vielleicht sehe ich die Sache deshalb etwas anders. Aber glaub mir, dieser Mann ließe den Westen in Schutt und Asche versinken, wäre er der Meinung, es könnte seine Pläne auch nur um eine Winzigkeit voranbringen.«

»Du hast dich an ihn gebunden«, stellte Rogien vorwurfsvoll fest. »Sein Schicksal ist auch das deine. Du hast ihn unterstützt, damit er Pontifex wurde, und er hat dir zu deinem Amt verholfen. Du kannst dich jetzt nicht einfach von ihm abwenden und ihn im Stich lassen. Das wäre dein Untergang.«

»Ja, ich weiß!«

Sie erreichten die Gemächer des Generalvikars, entließen die vor der Tür postierten Glaubensritter, betraten den Raum und zündeten Kerzen an.

»Ohne ihn wärest du niemals Ordensführer geworden«, fuhr Rogien fort. »Dein Alter und deine späte Berufung haben gegen dich gesprochen. Nur Himerius' Fürsprache konnte die Kollegien umstimmen. Du bist seine Schöpfung, Betanza, sein *Geschöpf*.«

Der Generalvikar schenkte sich Wein aus einer Kristallkaraffe ein, schlug mit geballter Faust auf das Heiligenzeichen vor der Brust und leerte den Becher in einem Zug.

»Ja, sein Geschöpf. Wird das in den Geschichtsbüchern stehen? Daß Betanza dabei zuschaute, wie sein Pontifex den Westen in den Untergang trieb? Kann der Mann denn wirklich so engstirnig sein, daß er nicht erkennt, was er anrichtet? Natürlich sollte man den Betrüger anklagen. Aber auch noch die Verstärkung für die Torunnen zurückhalten? Das sieht mir sehr nach Verfolgungswahn aus.«

Rogien zuckte die Schultern. »Er will eben kein Risiko eingehen. Natürlich weiß er, daß Lofantyr sich dadurch schneller beugt als durch alles andere. Und du mußt gestehen, daß es ein merkwürdiges Bild abgäbe, würde der Pontifex Maximus Truppen aussenden, um eine Garnison zu unterstützen, die einen zweiten Pontifex Maximus aufgestellt hat.«

»Ich würde sagen, das ist ein stichhaltiges Argument.« Betanza lächelte ironisch und schenkte seinem Kollegen und sich selbst Wein nach. »Vielleicht verliere ich meine Begabung für das Spiel der Brüder vom Ersten Tage.«

»Du fügst ihr nur die Weisheit eines Mannes hinzu, der nicht sein ganzes Leben lang die schwarze Kutte getragen hat. Einst warst du Aristokrat, ein Lehnsherr. Aber das liegt weit in der Vergangenheit. Willst du überleben und vorwärtskommen, mußt du lernen, durch und durch wie ein Bruder vom Ersten Tage zu denken. Der Orden darf seine Vormachtstellung nicht verlieren. Sollen sich doch die Könige über die Verteidigung des Westens den Kopf zerbrechen. Das ist ihre Domäne. Wir müssen uns um das spirituelle Wohlbefinden der ramusischen Welt kümmern – bedenke nur die Folgen, gäbe es zwei Pontifexe. Chaos. Anarchie. Eine Spaltung, die zu kitten Jahre in Anspruch nehmen könnte. Denke darüber nach, Bruder.«

Mit einem bitteren Lächeln auf den Lippen betrachtete Betanza seinen Untergebenen.

»Manchmal glaube ich, du würdest besser in meinen Stuhl und ich besser in die Rüstung eines Soldaten vor der Feste Ormann passen, Rogien.«

»So wie du Himerius' Schöpfung bist, bin ich die deine, Vikar.«

»Ja«, stimmte der Generalvikar leise zu. »Das bist du allerdings.«

Er stürzte den Wein hinunter. »Schicke ein halbes Dutzend der flinksten Schreiber in die Gemächer des Pontifex Maximus. Er will die Botschaften umgehend diktieren. Und bereite eine Schwadron unserer Boten für eine lange Reise vor.«

Rogien verneigte sich. »Sonst noch etwas? Soll ich dir dein Essen bringen lassen, oder speist du in der Halle?«

»Ich bin nicht hungrig. Ich möchte nur eine Weile allein sein. Ich muß nachdenken und beten. Das ist alles, Rogien.«

»Jawohl, Vikar.« Der ältere Mann verließ den Raum.

Betanza trat ans Fenster und zog die schweren Balken auf. Kalte, nach Schnee riechende Luft strömte in das düstere Zimmer. Er schaute hinaus in die Ferne, wo die majestätischen Berge von Cimbric über dem Ufer des Tor-Sees thronten. Die letzten Strahlen der Sonne streiften über die weißen Gipfel, während der Rest der Welt in Schatten versank. Achtzehn Tage hatte die Reise des Boten in Anspruch genommen. Aller Wahrscheinlichkeit nach war die Feste Ormann längst gefallen, und all seine Sorgen waren rein akademischer Natur. Die größte Armee aller Zeiten marschierte vielleicht schon weiter nach Westen, während er hier mit einem egozentrischen Geistlichen Haarspaltereien frönte.

Er lächelte. Welcher Bruder vom Ersten Tage war nicht egozentrisch, ehrgeizig, herrschsüchtig? Sogar die Novizen führten sich wie Prinzen auf, wenn sie durch die Straßen der Fischerdörfer stolzierten.

Ärger stand bevor, das spürte er in allen Knochen. Und dabei handelte es sich nicht nur um den Krieg gegen die Merduks. Noch etwas anderes hing heute abend in der Luft. Schon sehr bald würde das Konklave der Könige zusammentreten. Danach würde er mehr wissen. Betanza hatte seine Informanten am Ort des Geschehens postiert.

Eine Zeit der Veränderung bahnte sich an. Haltungen wandelten sich – nicht nur unter dem gewöhnlichen Volk, nein, auch unter Königen und Prinzen. Himerius erweckte bereits den Eindruck eines Mannes in der Defensive. Wahrscheinlich würden auch seine Bemühungen nicht erfolgreicher sein als jene der bemitleidenswerten Soldaten, die im Augenblick am Searil kämpften und starben. Die Stimmung einer ganzen Epoche ließ sich nicht von ein paar Ehrgeizlingen um hundertachtzig Grad drehen, nicht einmal von so mächtigen Männern wie dem Pontifex Maximus.

Betanza fragte sich, ob Macrobius wirklich noch am Leben sein könnte. Natürlich war die Wahrscheinlichkeit gering. Die einleuchtendste Erklärung für die Botschaft, die sie heute nachmittag erhalten hatten, war jene, die von Himerius stammte. Aber selbst wenn es sich bei dem Betrüger um den alten Pontifex handelte, hegte Betanza erhebliche Zweifel, ob Himerius zurücktreten würde. Eher würde es eine Spaltung geben: zwei Pontifexe und einen geteilten ramusischen Kontinent, an dessen Grenzen die Merduks heulten. Es war alles andere als angenehm, sich ein solches Szenarium vorzustellen.

Betanza trat vom Fenster zurück und sperrte die kalte Luft und den Anblick der ins Licht des Sonnenuntergangs getauchten Berge aus. Dann kniete er sich auf den Steinboden und begann zu beten.

19

Unendlich weit erstreckt sich der Ozean, blau wie der Himmelsbogen, der sich herabwölbt, um darin zu zerfließen, und gerade und glatt an allen Horizonten. Grenzenlos wie der Raum zwischen den Sternen.

Und auf diesem spiegelglatten Ozean trieb ein winziger Fleck, ein kleines Stück Treibgut, umgeben von den Elementen. Ein Schiff und die Seelen hinter dessen hölzernen Wänden.

Die *Osprey* befand sich in einer Flaute. Nach drei Tagen und Nächten war der Sturm nach Nordwesten weitergezogen. Er hatte die Karacke unzählige Meilen vom Kurs abgetrieben. Dann erstarb der Wind, und die See wurde so spiegelglatt wie das Wasser eines Mühlteichs an einem ruhigen Sommertag. Die Menschen an Bord schauten den in der Entfernung verschwindenden, schwarzen Wolkentürmen des Sturmes nach, der die Dunkelheit und Kälte mit sich nahm. Zurück blieb eine unheimliche Stille, ein Fehlen von Geräuschen, das man sich zunächst nicht recht erklären konnte, bis man sich bewußt wurde, daß der Wind erstorben war.

Die *Osprey* glich einem ramponierten Skelett, einem Relikt jenes stolzen Schiffes, das vor kaum einem Monat den Hafen von Abrusio verlassen hatte. Der Haupttoppmast war gebrochen und hatte auf dem Weg ins Meer ziemlich große Stücke aus dem Achtersteven gerissen. Die Kanone, die ins Meer geschleudert wurde, hatte zudem ein Loch in die Seite des Schiffes geschlagen; die Karacke sah aus, als hätte ein riesiges Ungeheuer darauf herumgekaut. Überall baumelten Racks und lose Tauenden herab. Die sonst so straff gespannten Seile, aus denen sich die eigentliche Takelage zusammensetzte, waren verworren und hingen durch, nachdem sie während des Sturmes unzählige Male geknotet und gespleißt worden waren.

Das Schiff trieb in einer schmierigen Kloake des eigenen Drecks. Um den Rumpf spülten menschliche Ausscheidungen und Abfall, Holztrümmer und Hanf, ja, sogar die aufgedunsenen Kadaver zweier Schafe. Die Ausdünstungen des unbewegten Wassers vermengten sich mit dem vertrauten Gestank der Bilge, der im Augenblick durch die Tonnen von Wasser, die in das Schiff gedrungen waren und während des Sturmes ausgepumpt worden waren, ein wenig schwächer und langsamer moderte. Die Beiboote des Schiffes präsentierten sich gespickt mit Löchern, so daß die Besatzung die Karacke nicht einmal aus dem Gebiet abschleppen konnte. Und ständig herrschte die erbarmungslose Hitze einer Sonne, die aus geschmiedetem Metall gefertigt schien. In den Fugen der Bretter blubberte das Pech, und als das Oberdeck trocknete, öffneten sich die Planken und ließen Wasser ins Schiff sickern, das alles durchweichte. Allmählich gewöhnten die Menschen an Bord sich daran, Schimmel und seltsame Pilze in den unwahrscheinlichsten Ecken und Winkeln der Karacke zu entdecken.

19. Tag von Midorion, Jahr des Herrn 551.

Völlige Windstille. Der vierte Tag ohne Wind. Immer noch befindet sich das Schiff im Kalmengürtel. Nach meiner Schätzung wurden wir etwa hundertachtzig Wegstunden nach Südwest oder Süd-Südwest vom Kurs abgetrieben. Aus Beobachtungen mit dem Winkelkreuz schließe ich, daß wir ungefähr auf der Höhe von Gabrion sind, doch meine Berechnungen beruhen zwangsläufig überwiegend auf Vermutungen. Mitten im schlimmsten Sturm wurde das Glas fast eine halbe Wache lang vernachlässigt; deshalb müssen wir die Zeitmessung von vorn beginnen, wodurch Koppelungen noch unzuverlässiger werden.

Nur einen Ausweg sehe ich, die verlorene Höhe wettzumachen, und das ist Pernicus, der Wettermacher. Wenn wir ihn dazu bewegen können, einen günstigen Wind herbeizurufen, können wir es noch schaffen, Land zu erreichen, bevor die Winterstürme einsetzen. Doch ich bin mir bewußt, welch Vorurteile eine solche Vorgehensweise heraufbeschwören würde. Ich muß mit diesem Bardolin reden, der sich seit dem Sturm zu einer Art Sprecher für die Fahrgäste entwickelt zu haben scheint, und natürlich mit Murad. Aber ich will bis in alle Ewigkeit verdammt sein, wenn ich mein Schiff wegen des religiösen Wahns eines verfluchten Rabens, den eigentlich niemand an Bord haben wollte, noch weiter in Gefahr bringe.

Hawkwood betrachtete, was er geschrieben hatte; dann löschte er den letzten Satz unter leisen Flüchen energisch aus und tauchte den Federkiel erneut in die Tinte.

Gewiß sieht Ortelius die Notwendigkeit ein. Wir haben die Wahl, uns die Fähigkeiten des Wettermachers zunutze zu machen oder die Reise – im besten Fall – um gute zwei Monate zu verlängern. Im schlimmsten Fall könnte es unser aller Tod bedeuten.

Die Mannschaft ist mit Reparaturen am Schiff beschäftigt. In der ersten Hundewache setzen wir einen neuen Toppmast; dann beginnen wir mit der Instandsetzung der Beiboote. Ich muß den Tod von Rad Misson, Essen Maratas und Heirun Japara berichten, allesamt fähige Seeleute. Möge die Gemeinschaft der Heiligen einen Platz für ihre ungläubigen Seelen finden und der Prophet Ahrimuz den armen Heirun in seinen Garten aufnehmen.

Vier Männer, einschließlich Erstem Maat Billerand, sind mit Verletzungen, die sie während des Sturmes erlitten haben, an die Kojen gefesselt. Velasca Ormino übernimmt vorübergehend die Funktion des Ersten Maates.

Des weiteren muß ich den Tod dreier Passagiere berichten, deren sterbliche Überreste noch während des Sturmes der See überantwortet wurden. Es handelt sich um Geraldina Durado, Ohen Durado und Cabrallo Schema. Möge Gott sich ihrer Seelen erbarmen. Bruder Ortelius hat heute einen Gedenkgottesdienst für die Verstorbenen abgehalten und eine Predigt über die Folgen von Ketzerei und Ungläubigkeit gehalten.

»Dieser Bastard«, sagte Hawkwood laut.

Kein Zeichen von Haukal und der Gnade Gottes. *Ich kann nicht glauben, daß ein derart robustes Schiff unter der Führung eines so fähigen Kapitäns gekentert ist, nicht einmal in dem Unwetter, das wir zu überstehen hatten.*

Außer, dachte Hawkwood mit diesem hartnäckigen, flauen Gefühl im Magen, sie wurden gepoopt und haben Schlagseite erlitten, als sie vor den mächtigen Wellen trieben. Das Heck der *Gnade* war nicht so hoch wie jenes der Karacke. Eine Welle könnte darüber zusammengeschlagen haben, während Haukal sie vor den Wind setzte. Außerdem waren die Lateinersegel unhandlicher als die vollgetakelten der Karacke. Ständig wurden Segel eingeholt, indem man die Rahen aufs Deck herabließ, und bei so hoher See blieb vielleicht einfach nicht genug Zeit dafür.

Rund um die Uhr saß ein Mann im Fockmast, von wo der Ausguck mindestens sieben Wegstunden weit in jede Richtung spähen konnte, obwohl der Dunst der zunehmenden Hitze allmählich den Horizont verschleierte. Doch es kam keine Meldung.

Hawkwood blickte vom Schreibpult auf. Draußen vor den Heckfenstern sah er die funkelnde reglose See. Am nördlichen Horizont waren die letzten Ausläufer des Sturms zu erkennen. Man hatte die Fenster geöffnet, um die Luft zum Zirkulieren zu bringen, doch es erwies sich als fruchtlose Geste. Die Hitze und der Gestank hingen jedem in der Kehle, der sich an Bord befand. Der Frachtraum glich einem erdrückend heißen Glutofen, feucht wie die Dschungel von Macassar. Hawkwood mußte die Tiere eine Weile herausholen und ein Windsegel setzen lassen, um ein wenig frische Luft unter Deck zu schleusen. Sofern es genug Wind gab, das Segel zu füllen.

Ein Klopfen ertönte an der Kabinentür.

»Herein.«

Erstaunt erblickte er Ortelius, den Geistlichen, an der Tür, als er sich umdrehte.

»Habt Ihr einen Augenblick Zeit, Kapitän?«

Fast war Hawkwood geneigt, mit ›Nein‹ zu antworten, doch er nickte bloß und deutete auf den Stuhl hinter der Tür. Rasch schlug er das Schiffslogbuch zu, wobei er sich absurderweise schuldig fühlte.

Der Geistliche zog den Stuhl hinter der Tür hervor und nahm Platz. Offensichtlich behagte ihm der niedrige Hocker ganz und gar nicht.

»Was habt Ihr mir zu sagen, Vater? Ich fürchte, ich habe nicht lange Zeit für Euch. In ein paar Minuten stellen wir den neuen Toppmast auf.«

Ortelius hatte abgenommen. Die Wangen wirkten eingefallen; die Furchen um die Nasenflügel waren tief wie Narben.

»Es geht um die Reise, mein Sohn.«

»Was ist damit?« fragte Hawkwood überrascht.

»Sie ist verflucht – eine Beleidigung Gottes und des Heiligen Geistes. Das kleinere Schiff ist bereits verloren, und gleiches wird bald mit diesem hier geschehen, falls wir nicht umkehren und die Segel für Länder setzen, die vom Licht des Glaubens erhellt sind.«

»Jetzt hört aber mal ...«, begann Hawkwood hitzig.

»Ich weiß, Ihr seid Gabrionese, Kapitän. Ihr stammt also nicht aus einer der fünf ramusischen Bastionen, den Königreichen Gottes, aber das sage ich Euch: Falls Ihr auch nur einen Funken Frömmigkeit im Herzen tragt, werdet Ihr auf meine Worte hören und das Schiff beidrehen.«

Hawkwood hätte schwören können, daß der Mann es ernst meinte – mehr noch, daß er echte Angst hatte. Schweiß troff dem Pfaffen in perlendicken Tropfen von der Stirn, und das Kinn bebte. Ein merkwürdiges Funkeln trat in die Augen, das Hawkwood unheimlich war – so, als läge dahinter irgend etwas auf der Lauer. Für einen Augenblick verspürte er das Verlangen, dem verzweifelten Priester zuzustimmen, doch sogleich verwarf er diesen Gedanken und schüttelte den Kopf.

»Vater, welche Gründe könnt Ihr mir für Eure Behauptung nennen – abgesehen von der üblichen Unruhe eines Landbewohners auf hoher See? Von Zeit zu Zeit überkommt es jeden von uns: kein Land, so weit das Auge reicht, die scheinbare

Unendlichkeit des Ozeans. Aber Ihr werdet Euch daran gewöhnen, glaubt mir. Und es gibt keinen Grund anzunehmen, die Karavelle sei verloren. Sie ist ein ebenso seetüchtiges Schiff wie dieses, und es sollte mich überraschen, müßten wir während der weiteren Reise über den Westlichen Ozean einem noch schlimmeren Sturm als dem letzten trotzen.«

»Auch wenn wir bei Winterbeginn noch auf See sind?« bohrte der Ordensbruder nach. Mit einer Hand umklammerte er das Heiligensymbol so fest, daß die Knöchel weiß hervortraten.

»Wie kommt Ihr darauf, daß wir bis dahin noch auf See sein sollten?« fragte Hawkwood leichthin.

»Wir wurden vom Kurs abgetrieben. Jeder Narr kann das erkennen. Seid Ihr überhaupt in der Lage, uns zu sagen, wo wir uns befinden, Kapitän? Wäre *irgend jemand* dazu in der Lage? Vielleicht sind wir noch so lange unterwegs, daß uns die Vorräte ausgehen.« Immer fester umklammerte die Hand das Symbol an der Brust, bis Hawkwood vermeinte, das zarte Gold knirschen zu hören. »Dann verhungern oder verdursten wir. Das Schiff wird ein treibender Friedhof auf diesem verfluchten Meer. Ich sage Euch, Kapitän, es kommt der schieren Gotteslästerung gleich, sich anzumaßen, man könnte den Westlichen Ozean überqueren. Er stellt die Grenze der Welt dar, errichtet durch Gottes Hand. Kein menschliches Wesen vermag sie zu überschreiten.«

Dabei wandte er den Blick ab, und Hawkwood hätte schwören können, der Ordensbruder wüßte, daß die Worte falsch waren.

»Ich kann den Abbruch der Reise nicht genehmigen«, stellte Hawkwood in gemessenem Tonfall fest, hinter dem er die Verzweiflung verbarg, die er empfand. »Denn nicht ich bin es, der die höchste Verantwortung trägt. Solange die Schiffe schwimmen und für die Weiterfahrt tauglich sind, bleiben derart schwerwiegende Entscheidungen dem Fürsten Murad überlassen. Ich kann ihn nur übergehen, wenn ich fühle, daß mein technisches Wissen meinen Entscheidungen mehr Gültigkeit verleiht als den seinen. Sobald wir die Reparaturen ausgeführt haben, *kann* das Schiff weiterfahren. Deshalb liegt die Entscheidung, ob wir umkehren, nicht bei mir, sondern bei Fürst Murad. Ihr seht also, Vater, Ihr sprecht mit dem falschen Mann.«

Soll Murad diesen Geistlichen doch zum Schweigen bringen, dachte er. *Der frömmlerische Bastard hält mich für gemeinen Abschaum, der den Befehlen kirchlicher Adeliger widerspruchslos Folge zu leisten hat. Nun, ich will ihm diesen Glauben nicht nehmen. Soll er doch zu Murad gehen, um sich eine Abfuhr zu holen. Vielleicht verkraftet er sie besser, wenn sie ihm jemand gleichen Ranges erteilt.*

»Ich verstehe«, meinte der Ordensbruder und senkte den Kopf, so daß Hawkwood die Augen nicht sehen konnte.

Vom Deck her vernahm er die Rufe der Seemänner, das Knarren von Tauen und das Quietschen von Seilzügen. Die Besatzung mußte gerade dabei sein, den neuen Toppmast aus dem Frachtraum zu hieven. Hawkwood brannte darauf, hinauszugehen, doch der Ordensbruder verharrte mit geneigtem Haupt.

»Vater …«, setzte Hawkwood an.

»Ich sage Euch, auf diesem Schiff und allen an Bord lastet ein Fluch!« platzte der Kuttenträger heraus. »Ehe wir diesen sagenumwobenen Westlichen Kontinent erreichen, bleicht die Sonne unsere Knochen auf dem Deck!«

»Beruhigt Euch, Mann! Wüste Behauptungen dieser Art helfen niemandem. Wollt Ihr eine Panik unter den Fahrgästen auslösen?«

»Die Fahrgäste!« höhnte Ortelius. »*Dweomer*! Die Welt wäre ohne sie besser dran. Wissen die überhaupt, wohin sie segeln? Sie sind wie Rinder, die man zur Schlachtbank führt!«

Damit sprang er vom Stuhl empor, riß die Kabinentür auf und stürmte hinaus auf den Niedergang. Am Sturmsüll schlug er sich das Schienbein an, fiel der Länge nach hin, rappelte sich wieder hoch und stapfte davon, hinaus in das grelle Tageslicht an Deck. Verwundert und beunruhigt starrte Hawkwood der flatternden Kutte nach. Das überaus merkwürdige Gefühl beschlich ihn, daß der Ordensbruder mehr als er selbst über das Ziel der Reise wußte.

»Der alte Rabe verliert den Verstand«, murmelte er vor sich

hin, während er die Spundwandtür zuwarf und ein wenig nervös lachte.

Abermals klopfte es an der soeben verschlossenen Tür, doch bevor Hawkwood etwas erwidern konnte, war sie schon offen, und Murad stand vor ihm.

»Ich habe alles gehört«, teilte der Adelige ihm mit.

»Dünne Spundwände. An Bord eines Schiffes gibt es kaum Geheimnisse«, bestätigte Hawkwood verärgert.

»Na gut. Ein Feind, den man kennt, ist nur ein halber Feind, lautet ein Sprichwort.« Lässig ließ Murad sich am Rand von Hawkwoods Schreibpult nieder. Die Lederbekleidung hatte er abgelegt. Statt dessen trug er ein weites Leinenhemd und Hosen. Vom Gürtel hing ein Dolch, der in einer Scheide steckte.

»Glaubt Ihr ihm?« fragte Murad.

»Nein. Matrosen mögen abergläubisch sein, aber sie sind keine Narren.«

»Müssen wir den Winter wirklich auf hoher See verbringen, wenn wir versuchen, wieder auf den alten Kurs zu gelangen?«

»Nicht unbedingt«, räumte Hawkwood ein. Murad bot einen erbärmlichen Anblick. Keiner sah nach dem Sturm besonders gut aus. Die meisten Matrosen liefen wie halbherzig wiederbelebte Untote umher, doch Murad war dürr wie ein abgenagter Knochen. Unter den Augen prangten schlaff herabhängende Tränensäcke; rote Äderchen durchzogen die Hornhaut. Er glich einem Mann, der vergessen hat, wie man schläft.

»An Bord befindet sich ein Wettermacher. Ich nehme an, Ihr habt davon gehört.«

»Die Soldaten reden von ihm.«

»Also, wir haben die Wahl. Wir können auf günstigen Wind warten und dann versuchen, nach Nordwesten zu segeln, was uns laut Tyrenius' Schiffstagebuch – zumindest nach dem, was ich davon lesen durfte – genau in den Rachen der dort vorherrschenden Nordwester führen würde.«

»Was würde das bedeuten?« fragte Murad.

»Es würde zusätzliche Monate auf See bedeuten. Halbe

Rationen, den Verlust der restlichen Pferde. Wahrscheinlich den Tod der schwächsten Passagiere.«

»Und die Alternative?«

»Wir bitten den Wettermacher, seine Fähigkeiten anzuwenden.«

»Seine Hexerei«, knurrte Murad.

»Nennt es, wie Ihr wollt. Jedenfalls könnte er uns mit Leichtigkeit zurück auf den alten Kurs bringen.«

»Seid Ihr schon einmal mit einem Wettermacher gesegelt, Hawkwood?«

»Nur einmal, in der Levangore. Die Merduks setzen sie stets auf Galeerenflotten ein, um Windstille zu erzeugen, wenn sie vorbeikreuzende Schiffe angreifen. Der, den ich getroffen habe, arbeitete als Cheflotse im Hafen von Alcaras in Calmar. Ihre Magie wirkt, Murad.«

»Ihre Magie, ja.« Der Adelige schien tief in Gedanken versunken. »Ist Euch bewußt, daß Ortelius ein Spion ist, der geschickt wurde, um die Reise für seinen Herrn zu beobachten, den Prälaten von Hebrion?«

»Der Gedanke ist mir schon in den Sinn gekommen.«

»Es ist schlimm genug, daß Eure halbe Mannschaft aus Merduks besteht und die Hälfte der Fahrgäste aus Hexern. Jetzt sollen wir diese Hexerei auch noch dazu benutzen, das Schiff anzutreiben.«

»Das Schiff steht doch unter dem Schutz des Königs. Der Prälat würde es nicht wagen …«

»Ich denke an die Kolonie. Wir wollen im Westen eine hebrionische Kolonie errichten, Hawkwood. Doch wenn der Prälat von Hebrion ihr feindlich gesinnt ist, könnte sie zu einem bloßen Exil für Unerwünschte verkommen.«

Hawkwood mußte lachen. »Ich sehe es schon vor mir: Murad, Fürst der Hexen und Diebe.«

»Und Hawkwood, Admiral der Gefangenenkähne«, konterte Murad.

Die beiden funkelten einander an. Spannung knisterte zwischen ihnen in der Luft.

»Es ist Eure Entscheidung«, meinte Hawkwood schließlich. »Doch als Kapitän der *Osprey* fühle ich mich verpflichtet,

Euch darauf hinzuweisen, daß wir unsere eigene Pisse saufen werden, ehe wir Land sichten, sofern wir nicht auf Hexerei zurückgreifen, um die Segel zu füllen.«

»Ich lasse es mir durch den Kopf gehen«, sagte Murad und schritt zur Tür.

»Noch etwas«, bremste Hawkwood ihn, der bereits um den Leichtsinn seiner nächsten Äußerung wußte.

»Ja?«

»Dieser Bardolin. Er hat mich gebeten, mit Euch über das Mädchen zu reden. Diese Griella.«

Murad fuhr auf dem Absatz herum. »Was ist mit ihr?«

»Ich nehme an, Bardolin möchte, daß Ihr sie in Ruhe laßt. Vielleicht findet sie keinen Gefallen an Eurer Zuwendung, Fürst Murad.«

Bevor Hawkwood auch nur blinzeln konnte, funkelte die blanke Klinge von Murads Dolch an seiner Kehle.

»Meine Herzensangelegenheiten stehen nicht zur Diskussion, Kapitän. Niemals.«

Aus Hawkwoods Augen schossen Blitze. »Die Passagiere unterstehen meiner Verantwortung, ebenso wie das Betreiben des Schiffes.«

»Was ist los mit Euch, Kapitän? Seid Ihr eifersüchtig? Habt Ihr vielleicht die Freude an Knaben verloren?«

Der Dolch bohrte sich in Hawkwoods Haut.

»Ich halte nichts von Vergewaltigung«, erwiderte Hawkwood ungerührt. »Man sagt, dieser Bardolin sei ein Magier. Also ist es besser, sich nicht leichtfertig mit ihm anzulegen.«

»Auch mit mir legt man sich nicht leichtfertig an, Kapitän.« Die Klinge entfernte sich von Hawkwoods Kehle und verschwand wieder in der Scheide. »Findet diesen Wettermacher, und laßt ihn seinen Zauber wirken. Wir können doch nicht zulassen, daß ein Mann wie unser Ordensbruder den eigenen Urin trinken muß.«

»Was wollt Ihr ihm sagen?«

»Nichts. Er sieht doch ziemlich mitgenommen aus, was meint Ihr? Vielleicht hat der Wahnsinn ihn gepackt, weil er die Anspannung der letzten Tage nicht verkraftet hat. Es wäre eine Schande, wenn ihm etwas zustoßen würde, bevor wir Land sichten.«

Hawkwood erwiderte nichts. Statt dessen rieb er sich die Kehle an der Stelle, wo die Dolchspitze ihm die Haut aufgeritzt hatte.

Pernicus erwies sich als kleiner Mann mit roten Haaren und schlechten Augen. Die Nase war so lang, daß sie ihm bis über die Oberlippe reichte; sein Gesicht war blaß wie Pergament, und ein Bluterguß am Stirnansatz erinnerte noch an den Sturm, den sie durchgemacht hatten.

Wie auf einem Schafott stand er auf dem Achterdeck, leckte sich die trockenen Lippen und blickte abwechselnd zu Hawkwood und Murad, wie ein Hund, der nach seinem Herrchen Ausschau hält. Ermutigend lächelte Hawkwood ihm zu.

»Kommt, Meister Pernicus. Zeigt uns Eure Kunst.«

Der Mittelteil des Schiffes war voll von Leuten. Die meisten Fahrgäste hatten erfahren, was vor sich ging, und schleppten sich aus dem übelriechenden Batteriedeck nach oben. Auch Bardolin befand sich unter ihnen, ernst wie ein Waffenmeister. Neben ihm weilte Griella. Der Großteil der Mannschaft kauerte in den Wanten oder hielt sich an den Geitauen und Brassen bereit und wartete darauf, die Rahen zu trimmen, sobald der Wind aufbriste. Soldaten scharten sich entlang des Vorschiffs und der Fallreeps. Von den glimmenden Lunten der Hakenbüchsen stiegen Rauchfähnchen auf, die in der klaren Luft hingen. Sequero und di Souza hatten die Schwerter gezogen.

Doch vor allen anderen, am Fuße der Achterdeckleiter, stand Ortelius, die Augen starr auf den kleinwüchsigen Wettermacher vor ihm gerichtet. Im grellen Sonnenlicht wirkte das Antlitz des Geistlichen wie ein Totenschädel; die Augen waren nur als düsteres Glitzern in tiefen Höhlen erkennbar.

»Mach schon, Mann!« brüllte Murad ungeduldig. Pernicus hüpfte wie ein Frosch, was Gelächter bei den Soldaten auf dem Vorschiff hervorrief. Dann, als die beiden Fähnriche in die Runde blickten und Unteroffizier Mensuardo seine Mannen mit einer diskreten Geste zur Ordnung rief, kehrte wieder Ruhe ein. Träge flatterten die Segel über den Häuptern der Versammelten. Reglos verharrte das Schiff unter der prallen Sonne wie ein Insekt, das auf eine Nadel gespießt war. Pernicus schloß die Augen.

Minuten verstrichen. Unruhig traten die Soldaten von einem Bein aufs andere. Dreimal wurde die Glocke in der Nachmittagswache geschlagen. Laut wie ein Kanonenschuß durchbrach das Geläut die Stille. Stumm bewegten sich Pernicus' Lippen.

Das Hauptmarssegel bauschte sich einmal, zweimal. Hawkwood vermeinte, einen zarten Lufthauch auf der Wange zu spüren, doch es konnte ebensogut Wunschdenken gewesen sein. Schließlich murmelte Pernicus mit erstickter Stimme:

»Es ist schwer. Meilenweit gibt es nichts, womit ich arbeiten kann … aber Moment, ich glaube, jetzt habe ich etwas gefunden. Ja. Ich glaube, das funktioniert.«

»Das will ich dir auch raten«, murmelte Murad in leisem, drohendem Tonfall.

Die Sonne kannte kein Erbarmen. Gnadenlos heizte sie die Decks auf und brachte den Teer in der Takelage zum Schmelzen, so daß er auf die Versammelten heruntertropfte und die Rüstungen der Soldaten befleckte. Schließlich seufzte Pernicus und rieb sich die Augen. Dann wandte er sich um und schaute zu Hawkwood. »Es ist vollbracht, Kapitän. Ihr werdet Euren Wind haben. Er ist unterwegs.«

Damit verließ er das Achterdeck. Diejenigen, die nie zuvor einen Wettermacher bei der Arbeit erlebt hatten, starrten ihm fassungslos nach, als er unter Deck verschwand.

»Das war's?« fauchte Murad. »Ich lasse diesen Scharlatan das Schiff rauf und runter prügeln!«

»Wartet«, sagte Hawkwood.

»*Nichts* hat sich getan, Kapitän!«

»Wartet, verflixt noch mal!«

Die Menschenmenge im Mittelteil löste sich bereits aufgeregt murmelnd auf. Die Soldaten zogen von den Fallreeps ab, klopften die Lunten an der Schiffsreling aus und lachten schallend über die eigenen Witze. Ortelius verharrte regungslos, ebenso Bardolin.

Eine Brise fuhr Hawkwood durchs Haar und ließ die Segel flattern und wallen.

»Haltet euch bereit, Leute!« rief er den Matrosen zu, die geduldig an ihren jeweiligen Positionen ausharrten.

Das Licht schwand. Alle schauten gleichzeitig zum Himmel, wo sich Wolkenfetzen vor die Sonne schoben. Südöstlich des Schiffes kräuselte sich die Meeresoberfläche plötzlich wie zerknitterte Seide.

»Auf geht's! Haltet euch an den Brassen bereit. Steuermann, Kurs Nord-Nordwest!«

»Aye, Käpt'n!«

Die Brise wurde stärker. Mit einem Schlag füllten und bauschten sich die Segel. Die Masten knarrten unter der plötzlichen Belastung. Die Karacke neigte sich. Der Bug tauchte ab, als der Wind die *Osprey* am Heck packte. Dann setzte sie sich in Bewegung, langsam zuerst, dann immer schneller.

»Braßt die Marssegel herum, ihr verdammten Narren! Ihr verschwendet Wind! – Velasca, mehr Männer auf den Fockmast. Und setzt Bonnets auf die Untersegel.«

»Aye, Käpt'n!«

»Wir fahren!« rief jemand im Mittelteil, und als die Karacke schließlich flott über das Wasser glitt, brachen die Passagiere in Gelächter und Jubelrufe aus. »Guter alter Pernicus!«

»Bootsmann an die Vorschiffketten!« brüllte Hawkwood grinsend. »Wollen mal sehen, was sie macht.«

Die Karacke war zu neuem Leben erwacht. Jetzt glich sie nicht mehr dem gestrandeten, ramponierten Gebilde der letzten Tage. Hawkwood empfand unglaubliche Freude, als er fühlte, wie das Schiff sich unter seinen Füßen regte und als er wieder Schaum im Fahrwasser hinter der *Osprey* erblickte.

»Da haben wir ihn, unseren Wind«, meinte Murad ein wenig teilnahmslos. »Ich muß zugeben, so etwas habe ich noch nie gesehen.«

»Ich schon«, bemerkte Bruder Ortelius, der mit versteinertem Gesicht zum Achterdeck heraufstieg. »Möge Gott euch beiden – und dieser erbärmlichen *Dweomer*-Kreatur – verzeihen, was ihr heute hier getan habt.«

»Langsam, Vater ...«, setzte Hawkwood an.

»Bruder Ortelius«, fiel Murad ihm mit eisiger Stimme ins Wort, »ich muß Euch auffordern, Abstand von Äußerungen zu nehmen, die sich nachteilig auf die Moral der Leute an Bord auswirken könnten. Wenn Ihr jemand Eure Meinung kundtun wollt, dann mir oder Kapitän Hawkwood, und zwar unter vier Augen. Ansonsten behaltet Ihr sie für Euch. Offensichtlich geht es Euch nicht gut. Ich ließe einen Mann Eures Ranges nur ungern unter Stubenarrest stellen, aber ich würde es nötigenfalls tun. Einen schönen Tag noch, mein Herr.«

Ortelius sah aus, als stünde er kurz vor der Explosion. Sein Gesicht lief hochrot an; der Mund bewegte sich stumm. Einige Matrosen wandten sich ab, um ihr schadenfrohes Grinsen zu verbergen.

»Ihr könnt mir nicht den Mund verbieten, mein Herr!« spie Ortelius schließlich giftig hervor. »Ich bin ein Adeliger der Kirche! Außer meinen geistlichen Vorgesetzten bin ich keiner Instanz unterstellt! Nur ihnen gehorche ich, sonst niemandem!«

»Solange Ihr Euch an Bord dieses Schiffes befindet, gehorcht Ihr mir und Kapitän Hawkwood. Die oberste Verantwortung und Befehlsgewalt haben wir. Geistlicher oder nicht – wenn ich erfahren muß, daß Ihr weiteren abergläubischen Unfug predigt, lasse ich Euch im Kielraum in Ketten legen. Und nun verschwindet unter Deck, Mann, bevor ich etwas tue, das ich später vielleicht bereuen könnte.«

»Das habt Ihr bereits getan, mein Herr, glaubt mir«, zischte Ortelius mit rot geflecktem Gesicht. Die Augen funkelten wie die einer Schlange. Dann fuchtelte er das Heiligenzeichen, als wollte er einen Fluch auf den dürren Aristokraten schleudern.

»Ich sagte, Ihr sollt unverzüglich unter Deck verschwinden. Oder wollt Ihr, daß ich Euch von zwei Soldaten abführen lasse?«

Der schwarz gewandete Ordensbruder verließ das Achterdeck. Einer der Matrosen in den Rahen stimmte ein schallendes Gelächter an, das er jedoch rasch unterdrückte.

»Ich weiß nicht, ob das klug war«, meinte Hawkwood leise.

»Ich auch nicht. Aber Gott ist mein Zeuge, Hawkwood, ich habe es genossen. Diese schwarzen Geier glauben, die Welt gehört ihnen. Es ist ganz gut, sie ab und zu dieser irrigen Vorstellung zu berauben.« Murad lächelte, und einen Augenblick mochte Hawkwood ihn beinahe. Der Kapitän wußte, daß er selbst sich niemals in dieser Form gegen den Geistlichen hätte erheben können. Ganz gleich, wie sehr er die Raben haßte – ihre Autorität war tief in Hawkwoods Bewußtsein verwurzelt, so wie bei jedem Proletarier. Wahrscheinlich mußte man Adeliger sein, um den Menschen hinter dem Symbol zu erkennen.

»Trotzdem ist da etwas, auf das ich mir keinen Reim machen kann«, sinnierte Murad.

»Was?«

»Ortelius. Er war wütend, ja, außer sich vor Zorn. Aber ich könnte schwören, daß sein Gefühlsausbruch noch andere Gründe hatte. Angst. Das ist seltsam. Unerklärlich.«

»Ich glaube, er weiß mehr, als es den Anschein hat«, murmelte Hawkwood mit gedämpfter Stimme. Zusammen gingen Murad und er an die Backbordreling, um von der Mannschaft nicht gehört zu werden.

»Das glaube ich auch«, pflichtete der narbengesichtige Aristokrat ihm bei.

»Seid Ihr sicher, daß der Prälat von Hebrion ihn geschickt hat?«

»Fast sicher, ja. Obwohl ich ihn noch nie getroffen habe, und ich kenne die meisten Pfaffen, die an Abeleyns Hof und beim Prälaten umherschleichen.«

»Gibt es denn gar keinen Hinweis auf seine Herkunft?«

»Oh, er muß der Sproß einer Familie niedrigen Adels sein – wie alle Brüder des Ordens vom Ersten Tage. Wahrscheinlich erwartet ihn der eine oder andere hübsche Posten als Gegenleistung für seine Dienste auf dieser Reise.«

»Ihr scheint mir nicht allzu besorgt darüber, was er der Kirche bei seiner Rückkehr nach Abrusio berichten könnte.«

Mit ausdruckslosem Gesicht starrte Murad den Kapitän

an. »Vor uns liegen noch viele, lange Wegstunden Seereise, Kapitän, und ein unbekannter Kontinent, der unserer Ankunft harrt. Vieles kann sich ereignen, bevor einer von uns wieder Hebrion erreicht. Gefährliche Dinge. Tödliche Dinge.«

»Das könnt Ihr nicht tun, Murad! Schließlich handelt es sich um einen Priester!«

»Er ist ein Mensch, und sein Blut hat dieselbe Farbe wie das meine. Als er beschlossen hat, seinen Willen gegen meinen zu erheben, hat er sein Schicksal besiegelt. Mehr ist dazu nicht zu sagen.«

Die Endgültigkeit in Murads Stimme ließ Hawkwood frösteln. Er hatte Schlachten miterlebt – Bordgefechte gegen die Korsaren, bei denen das Blut nur so über Deck spülte und Männer durch Feuerwaffen und Klingen verstümmelt wurden. Doch diese kaltblütige, berechnende Entscheidung über den Tod eines anderen Menschen brachte ihn aus der Fassung. Er überlegte, was er wohl tun mußte, um von dem durchtriebenen Aristokraten dieselbe Behandlung zu erfahren.

Hawkwood verließ die Backbordreling und trat an die Brüstung des Achterdecks, weil er Abstand zwischen sich und Murad bringen wollte. Die Karacke preschte voran; Gischt sprühte Hawkwood kühlend auf die Augenbrauen. Der dritte Bootsmann, der an der Heckreeling postiert stand, hielt das triefende, geknotete Seil mit dem dicken Holzfaggot am Ende hoch.

»Sechs Knoten, Käpt'n, und sie wird immer schneller!«

Hawkwood zwang sich, auf den fröhlichen Ruf des Bootsmannes zu antworten, wenngleich Murad ihm jedwede Freude, die er über die Weiterfahrt des Schiffes empfunden haben mochte, gänzlich vermiest hatte.

»Miß nur weiter, Borim. Wollen doch mal sehen, ob sie nicht acht Knoten schafft, wenn wir erst die Bonnets gesetzt haben.«

»Aye, Käpt'n!«

Ohne ein weiteres Wort verließ Murad das Achterdeck. Hawkwood schaute ihm mit der Gewißheit nach, daß der Adelige an Bord seines Schiffes einen Mord plante.

Bardolin lehnte sich auf die Vorschiffsreling und starrte hinab in den aufpeitschenden Schaum am Bug der Karacke. Mit herzerfrischender Geschwindigkeit segelten sie voran; der kühle Fahrtwind erwies sich nach der drückenden Hitze des Kalmengürtels als Segen.

Die Soldaten hatten die überlebenden Pferde aus dem Frachtraum gehievt und verschafften ihnen Auslauf, indem sie die Tiere auf dem Deck im Kreis herum führten. Die armen Viecher waren mit Wunden übersät; die Rippen standen wie die Dauben eines Fasses hervor. Bardolin fragte sich, ob die Tiere lange genug leben würden, um die Hufe auf den neuen Kontinent zu setzen, der sie im Westen erwartete.

Ein fähiger Mann, dieser Pernicus. Bardolin war es gewesen, der ihn überredet hatte, seine Kräfte anzuwenden, um einen Wind herbeizurufen. Nun hielt der Wettermacher sich unter Deck auf und konzentrierte sich. In der Gegend gab es nur wenige brauchbare Luftsysteme; deshalb mußte er ständig jenes aufrechterhalten, das die *Osprey* vorantrieb. Für gewöhnlich suchte ein Wettermacher sich ein in der Nähe befindliches, geeignetes System, brachte es in die rechte Stellung und ließ die Luftmassen die Arbeit für sich erledigen. Hier jedoch mußte Pernicus den Zauber ununterbrochen wirken lassen, damit der magische Wind nicht erschlaffte.

Ein gottverlassener Ozean war das. Sie kreuzten zu weit vom Land entfernt, um irgendwelche Vögel zu sichten, und die einzigen Meerestiere, die Bardolin zu Gesicht bekam, waren ein paar Bonitoschwärme, die über die Wellen hüpften. Außerdem erspähte er eine Tiefseequalle. Die Matrosen nannten diese Geschöpfe Höllenpilze. Die Qualle, die er gesehen hatte, maß sechzig Zentimeter im Durchmesser. Mit wabernden Tentakeln von der halben Länge des Schiffes schimmerte sie unten im dunkleren Wasser, während sie sich ihren geheimnisvollen Weg durch die Tiefen bahnte.

Der Kobold zirpte aufgeregt und lugte aus dem Mantel Bardolins hervor. Seine Augen leuchteten, als er beobachtete, wie der Kiel durch das Wasser schnitt und er die kühle Brise des Fahrtwinds spürte. Das kleine Wesen wurde zunehmend zappeliger, weil es sich ständig verborgen halten mußte. Bardolin ließ ihn ausschließlich nachts frei, wenn die zierliche Kreatur Ratten das Schiff hinauf und hinunter jagte.

Der Magier hatte schon mit dem Gedanken gespielt, den Kobold zu Murad in die Kabine zu schicken, um den Adeligen und Griella zu beobachten, doch allein der Gedanke erfüllte ihn mit Scham.

Als hätte seine Grübelei sie herbeibeschworen, tauchte Griella an seiner Seite auf. Neben dem Zauberer lehnte sie sich auf die Reling und kraulte den Kobold am Ohr, woraufhin dieser ein genießerisches Gurgeln anstimmte.

»Jetzt haben wir also unseren Wind«, stellte sie fest.

»Scheint so.«

»Wie lange kann Pernicus ihn aufrechterhalten?«

»Ein paar Tage. Bis dahin sollten wir eigentlich einen bestehenden Wind außerhalb des Kalmengürtels erwischen.«

»Du redest fast schon wie ein Seemann, Bardolin. Als nächstes erzählst du mir noch von Decks und Niedergängen und Häfen ... Warum gehst du mir aus dem Weg?«

»Tu' ich nicht«, widersprach Bardolin, ohne den Blick von den tänzelnden Wellen zu lassen.

»Bist du eifersüchtig auf den Adeligen?«

Der Magier antwortete nicht.

»Ich dachte, ich hätte es dir erklärt: Ich schlafe mit ihm, um uns zu beschützen. Sein Wort ist hier Gesetz, hast du das vergessen? Ich konnte mich ihm nicht verweigern.«

»Ich weiß«, entgegnete Bardolin gereizt. »Außerdem bin ich nicht deine Mutter.«

»Du *bist* eifersüchtig.«

»Ich habe Angst.«

»Wovor? Daß er mich zu seiner Fürstin machen könnte? Das glaube ich kaum.«

»Unter der Besatzung und den Soldaten ist es ein offenes Geheimnis, daß er ... besessen von dir ist. Und jeden Tag betrachte ich sein Gesicht und sehe die Veränderungen darin. Was treibst du für ein Spiel, Griella?«

Sie lächelte. »Ich glaube, ich verursache ihm schlimme Träume.«

»Du spielst mit dem Feuer und wirst dich verbrennen.«

»Ich weiß, was ich tue. Ich lasse ihn für seinen Rang büßen.«

»Gib acht, mein Kind. Wenn man herausfindet, was du wirklich bist, ist dein Leben verwirkt – besonders, da wir diesen fanatischen Geistlichen an Bord haben. Sogar die *Dweomer* hegen keine allzu große Liebe für Gestaltwandler. Du würdest ganz allein dastehen.«

»Allein, Bardolin? Würdest du denn nicht zu mir halten?«

Der Magier seufzte tief. »Natürlich. Das weißt du doch. Obwohl es uns beiden nichts nützen würde.«

»Aber du magst kein Blutvergießen. Wie würdest du mich beschützen?« erkundigte sie sich neckisch.

»Genug davon, Griella. Ich bin nicht in der Stimmung für solche Mätzchen.« Nach einer Pause stellte er schließlich die Frage, für die er sich selbst haßte: »Steigst du *gern* zu ihm ins Bett?«

Griella warf den Kopf zurück. »Manchmal vielleicht. Zum ersten Mal in meinem Leben übe ich Macht aus, Bardolin. Er liebt mich.« Griella lachte. Der Kobold grinste sie an, daß die Mundwinkel bis an die Ohren reichten.

»Er wird Vizekönig dieser Kolonie, die wir im Westen gründen sollen, und er liebt mich.«

»Hört sich an, als ob du *doch* erwartest, seine Gattin zu werden.«

»*Irgend etwas* werde ich sein – nicht bloß ein Bauerntrampel mit der schwarzen Krankheit. Nein, ich werde etwas Besseres sein, wenn auch nicht unbedingt seine Gattin.«

»Ich habe mit dem Kapitän über dich gesprochen.«

»Was?« stieß sie entgeistert hervor. »Warum? Was hast du gesagt?«

Bardolins Stimme nahm einen harten Klang an. »Zu der Zeit dachte ich noch, du wärst nicht so begeistert darüber, mit dem Kerl unter die Laken zu schlüpfen. Ich habe den Kapitän gebeten einzuschreiten. Das hat er auch versucht, aber er sagte, Murad wollte davon nichts wissen.«

Griella kicherte. »Der arme Mann ist jetzt mein Leibeigener.«

»Das kann nicht gut enden, Mädchen. Hör auf damit.«

»Nein. Du bist wie eine Glucke über ihrem Ei, Bardolin. Laß mich zufrieden.« In ihrem Tonfall lag ein Hauch Drohung. Bardolin wandte sich um und blickte ihr ins Gesicht.

Es war beinahe vier Schläge in der letzten Hundewache. Der Himmel verfinsterte sich. Die Laternen am Heck und an den Mastspitzen hatte man bereits angezündet, in der Hoffnung, das andere Schiff würde sie erblicken. Dann wäre die winzige Flotte wieder vereint. Im schwindenden Licht glich Griellas Gesicht einer wutverzerrten Fratze; ihr goldbraunes Haar wirkte dunkel. Doch in den Augen entdeckte Bardolin ein Leuchten, ein Lodern, das ihm nicht gefiel.

»Sonnenaufgang und Sonnenuntergang sind die schwersten Augenblicke, findest du nicht?« fragte er leise. »Es sind die natürlichen Zeiten der Jagd. Je länger wir auf See sind, Griella, um so schwerer wird es, die Bestie zu bändigen. Laß deine Quälerei dieses Mannes nicht außer Kontrolle geraten, sonst überkommt dich die Veränderung, bevor du es bemerkst.«

»Ich habe alles im Griff«, erwiderte sie mit einer Stimme, die tiefer klang als zuvor.

»Ja. Aber irgendwann, im letzten Tageslicht oder in der dunklen Stunde vor dem Sonnenaufgang, überrascht dich die Verwandlung. Die Bestie strebt stets nach Befreiung, aber du darfst sie nicht herauslassen, Griella!«

Sie wandte das Gesicht von ihm ab. Vier Schläge ertönten. Die Wache wechselte. Ein gähnender Trupp Matrosen kam von unter Deck herauf, und die Wachhabenden verließen die Posten, um sich in die schaukelnden Hängematten unter Deck zu begeben.

»Ich bin kein Kind mehr, Bardolin. Ich brauche deinen Rat nicht. Eigentlich wollte ich dir helfen.«

»Hilf dir lieber erst selbst«, gab er zurück.

»Das tue ich. Ich komme allein zurecht.«

Ohne ihn noch einmal anzublicken, verließ sie das Vorschiff. Er beobachtete, wie die zierliche, wohlgeformte Gestalt über den Mittelteil marschierte – die Matrosen hatten inzwischen begriffen, daß es besser war, sie nicht zu belästigen –, und das Achterdeck betrat, wo sich die Offizierskabinen befanden.

Bardolin schaute wieder ins Wasser, während der Kobold fragend an seiner Brust zirpte. Er war hungrig und wollte für die nächtliche Suche nach Ratten freigelassen werden.

»Bald, mein kleiner Freund, bald«, beruhigte Bardolin den Winzling.

Der Zauberer lehnte sich auf die Reling und beobachtete, wie die Sonne langsam im Westlichen Ozean versank – eine riesige safrangelbe Scheibe hinter einer feuerroten Wolke. Sie verlieh dem Meer am westlichen Horizont das Aussehen frisch vergossenen Blutes.

Bereitwillig segelte die Karacke voran, angetrieben vom magischen Wind. Im letzten Licht des Sonnenuntergangs glichen die Segel Pyramiden aus rosaroter Leinwand. Die Laternen dazwischen schimmerten wie Sterne, die zur Erde gefallen waren. Das Schiff war allein auf dem Antlitz des Wassers. So weit das Auge reichte, ließ sich im Schein des aufgehenden Mondes kein anderes Zeichen von Leben erkennen.

20

Die Feste Ormann.

Der rollende Donner des Beschusses schien kein Ende nehmen zu wollen. Mittlerweile hatte man sich daran gewöhnt und verlor kein Wort mehr darüber.

»Was sich hinter der nächsten Hügelkuppe abspielt, können wir praktisch nur vermuten«, stellte Martellus vor den versammelten Offizieren fest. »Drei verschiedene Spähtrupps habe ich losgeschickt, keiner ist zurückgekommen. Die Sicherheitsvorkehrungen der Merduks sind ausgezeichnet. Deshalb wissen wir nur, was wir sehen – ein Minimum an Belagerungsmaschinerie, der Einsatz der Batterien an der Front ...«

»Und bienenschwarmartige Aktivitäten dahinter«, beendete der alte Isak den Satz.

»Genau. Der östliche Wachturm hat einen gewaltigen Schlag erlitten, und die Kanonenschlacht ist noch lange nicht ausgestanden. Schon sehr bald wird der Feind wieder angreifen.«

»Wie viele Geschütze besitzen wir noch, die über den Fluß feuern?« erkundigte sich einer der Männer.

»Weniger als ein halbes Dutzend, und das sind die geheimen, die Andruw für den Schluß aufheben will.«

»Wir dürfen die Ostseite der Brücke nicht kampflos aufgeben«, meinte ein Offizier.

»Dem stimme ich zu.« Martellus blickte in die Runde der Torunnen. »Die Techniker haben die Nacht durchgearbeitet. Sie haben Sprengladungen unter den restlichen Pfeilern angebracht. Wir können die Brücke über den Searil innerhalb von Sekunden in die Luft jagen, aber erst will ich den Merduks noch mal die Nase blutig schlagen. Ich will, daß sie den Wachturm angreifen.«

»Was noch davon übrig ist«, murmelte jemand.

Drei Tage waren seit dem ersten, überstürzten Angriff der Armee der Merduks vergangen. Entgegen Martellus' Voraussagen hatte es in diesen drei Tagen keine unmittelbare Attacke auf die östlichen Befestigungen gegeben. Statt dessen ließ Shahr Baraz die schweren Geschütze auffahren, brachte sie hinter dicken Schutzwällen in Stellung und lieferte sich seither ein Artilleriegefecht mit den Kanonen im östlichen Wachturm. Beim ersten Schlagabtausch mußte er schwere Verluste an Männern und Material hinnehmen. Doch sobald seine Geschütze ausgerichtet waren, machte sich die zahlenmäßige Überlegenheit der schweren Kulverinen der Merduks durch einen Kugelhagel sondergleichen bemerkbar, der auf die torunnische Festung am Ostufer niederging. Sechsunddreißig Stunden hielt die Kanonade unvermindert an. Die meisten von Andruws Kanonen waren verstummt. Der östliche Wachturm wies an mehreren Stellen Löcher und Bruchstellen auf. Nur noch eine notdürftige Garnison verteidigte den Turm. Die übrigen Männer hatten sich über den Searil auf die Insel zurückgezogen, jene kleine Festungsanlage in der Flußmitte.

»Die schweren Geschütze sind in Stellung. Wenn die Merduks die östliche Festung einnehmen, werden sie eine Überraschung erleben. Aber wir müssen sie erst zum Angriff bringen – und sie dann dafür büßen lassen. Um das zu erreichen, müssen wir dort Truppen belassen, die sie anlocken«, meinte Martellus voller Rachegelüste.

»Und wer leitet dieses Himmelfahrtskommando?« wollte ein Offizier wissen.

»Der junge Corfe, mein Adjutant. Der Mann aus Aekir. Andruw wird alle Hände voll zu tun haben, die verbleibende Artillerie zu beaufsichtigen. Der magere Rest der Truppe untersteht Corfe.«

»Hoffen wir, daß er nicht den Schwanz einzieht, wie er es in Aekir getan hat«, brummte jemand.

In Martellus' Augen trat dieser blasse, unmenschliche Schimmer, der seine Untergebenen stets zum Verstummen brachte.

»Er wird seine Pflicht erfüllen.«

Jan Baffarin, der oberste Techniker, trippelte wie eine Krabbe durch den niedrigwandigen Schutzbunker zu Corfe und Andruw.

»Wir haben die Pulverbahnen in Ordnung gebracht. Jetzt dürfte es damit keine Probleme mehr geben.«

Ohne sich dessen bewußt zu sein, schrie er, so wie sie alle seit dem vergangenen Tag. Der unglaubliche Lärm des Bombardements über ihnen stellte nichts Außergewöhnliches mehr dar; mittlerweile gehörte er zum gewohnten Lauf der Dinge.

Der Bunker war groß, niedrig und mit massiven Strebepfeilern abgestützt. Fünfhundert Soldaten kauerten darin, während über ihren Köpfen Geschosse und Kugeln auf die Festung niederprasselten. Staub und Splitter von losen Steinen rieselten bei besonders nahen Treffern von der Decke; die Luft schien im Licht der tänzelnden Öllampen zu vibrieren und zu flackern. Die Truppen hatten den Schutzraum auf den ironischen Namen ›Die Katakomben‹ getauft, der durchaus nicht unangebracht war. Überall krochen und lümmelten Männer herum; manche schliefen sogar, trotz des unaufhörlichen Lärms und der endlosen Erschütterungen. Der Anblick erinnerte an eine Pestepidemie – an eine Szene aus einem fiebrigen Alptraum.

Mühevoll schüttelte Corfe die Benommenheit ab, in die er sich geflüchtet hatte.

»Was ist mit den Kanonen?«

»Die Kasematten sind noch intakt, aber nie zuvor habe ich Geschosse eines schwereren Kalibers gesehen, bei Gott! Das Torhaus gleicht einem Trümmerhaufen, und die Mauern sind in Stücke gerissen. Die müssen uns gar nicht angreifen. Wenn sie so weitermachen, legen sie Ormann in Schutt und Asche, ohne jemals einen Fuß in die Festung zu setzen.«

Andruw schüttelte den Kopf. »Soviel Munition und Pulver können sie gar nicht haben, nicht bei einer so langen Versorgungslinie. Ich wette um eine Flasche guten candelarischen Weins, daß ihr Vorrat sich schon jetzt dem Ende zuneigt. Dieser Geschoßhagel ist doch nur Prahlerei, sonst nichts. Wahrscheinlich wollen sie uns damit einschüchtern, auf daß wir uns ergeben.«

Eine besonders nahe Detonation ließ sie zusammenzucken und sich instinktiv ducken. Die Granitdecke schien unter dem Einschlag zu stöhnen.

»Ziemlich überzeugende Prahlerei«, meinte Baffarin düster.

»Deine Männer kennen die Taktik«, sagte Corfe. »Sobald die Nachhut die Brücke überquert hat, zündest du die Sprengsätze, sowohl an der Brücke selbst wie auch im Wachturm. Wir jagen die ganze verdammte Meute in die Luft, auf daß sie bis in die Berge von Thurian fliegt. Das wird eine überzeugende Prahlerei.«

Der Techniker kicherte.

Das Bombardement brach ab.

Vereinzelt ertönten noch ein paar Explosionen verspätet eingeschlagener Geschosse; dann senkte sich eine so vollkommene Stille über sie, daß Corfe erschrak, weil er für einen Augenblick glaubte, taub geworden zu sein. Jemand hustete. In der plötzlichen Ruhe wirkte das Geräusch unnatürlich laut. Langsam erhoben sich die schlafenden Männer, starrten einander an und rüttelten sich gegenseitig wach.

»Auf die Beine!« rief Corfe. »Kanoniere an die Geschütze! Hakenbüchsenschützen auf die Plätze! Der Feind ist unterwegs, Leute!«

Die Katakomben verwandelten sich in ein schattiges Durcheinander umherlaufender Soldaten. Baffarin ergriff Corfes Arm.

»Ich sehe dich auf der anderen Seite des Flusses«, sagte er und rannte los.

Die Verwüstung war ehrfurchteinflößend. Der östliche Wachturm glich einer Sandburg, über die eine Flutwelle hinweggespült hatte. In den Mauern gähnten Löcher; überall lagen Stein- und Geröllhaufen herum; brennendes Holz knackte und glomm in der stauberfüllten Luft. Corfes spärlicher Trupp verteilte sich auf die zuvor festgelegten Positionen, während Andruws Kanoniere die verbleibenden Kulverinen in Schußposition zu ziehen begannen.

Corfe erklomm die Ruine des Torhauses und warf einen prüfenden Blick auf die feindlichen Stellungen. Rauchwolken nebelten die Batterien ein, doch ein kühler Nordwind riß die dichten Pulverwolken immer weiter auf. Durch die Schwaden erblickte Corfe massive Truppenbewegungen, Elefanten, Kavallerieschwadrone und rumpelnde, schwer beladene Wagen. Auf den Hügeln wimmelte es nur so vor Aktivitäten, geordneten und weniger geordneten.

Eine Kanone feuerte. Nach dem Donnergrollen der schwerkalibrigen Geschütze klang das Geräusch hohl wie ein Handschlag. Sogleich durchlief eine Art Schauder die Reihen hinter dem Rauch. Sie setzten sich in Bewegung. Kurz darauf erkannte Corfe drei Armeen, die auf den Fluß zumarschierten. Eine nahm unmittelbar die Ruine des Wachturms ins Visier, die übrigen beiden wandten sich nach Norden und

Süden, offenbar in Richtung des Flusses. Sie trugen eine unmäßig schwere Ladung bei sich. Mitten unter ihnen rollten von Elefanten gezogene Wagen.

Die fünfhundert Torunnen – die letzten Verteidiger des Wachturms – nahmen entlang der ramponierten Zinnen Aufstellung, die Hakenbüchsen im Anschlag. Der Befehl lautete, sich als Köder gut sichtbar zu postieren, um so viele Feinde wie möglich in die Festung zu locken. Danach sollten sie sich allmählich zurückziehen und letztlich über die Brücke die Flucht über den Searil antreten. Diesen kämpfenden Rückzug einigermaßen geordnet durchzuführen, versprach ein heikles Unterfangen zu werden. Corfe empfand keine Furcht bei dem Gedanken an den bevorstehenden Angriff, mögliche Verletzungen oder gar den Tod, doch er hatte entsetzliche Angst, seine Aufgabe nicht zu erfüllen. Diese fünfhundert Mann waren *sein* Kommando, das erste seit Aekirs Fall. Ihm war durchaus bewußt, daß viele Torunnen ihn immer noch als den Mann betrachteten, der John Mogen im Stich gelassen hatte. Corfe war fest entschlossen, sich heute tapfer zu schlagen.

Die Wärme der Sonne war ermutigend und angenehm. Die Männer bohrten sich die Finger in die Ohren, um das Summen loszuwerden, das noch vom Artilleriebeschuß herrührte. Dann legten sie die Waffen auf den herannahenden Feind an.

»Nur die Ruhe!« rief Corfe aus. »Wartet auf meinen Befehl.«

In einer der oberen Kasematten krachte eine Kanone los. Eine Sekunde später riß das Geschoß einen Krater in den Hang vor den Formationen der Merduks. Andruw überprüfte die Reichweite.

In langsamem Gleichschritt nahten die Feinde heran. Die hohen, von Elefanten gezogenen Wagen rollten in ihrer Mitte. Die nach Norden und Süden strömenden Truppenverbände waren von einer größeren Zahl dieser Fahrzeuge begleitet als jene, die auf den Wachturm zusteuerten. Corfe kniff die Augen zusammen, um die seltsame Ladung der Wagen erkennen zu können, dann stieß er einen Pfiff aus.

»Boote!« Die Wagen waren mit flachen, schlanken, übereinandergestapelten Booten beladen. Die Merduks hatten vor, den Searil nördlich und südlich der Festung zu überqueren und gleichzeitig die Garnison am Ostufer zu beschäftigen.

»Da werden sie nicht viel Glück haben«, meinte ein Soldat neben Corfe und spuckte über die beschädigte Mauer. »Der Searil ist nach dem Regen angeschwollen. Er prescht dahin wie ein Pferd in rasendem Galopp. Hoffentlich haben sie starke Arme, sonst spült der Fluß sie runter bis in die kardische See.«

Die Bemerkung rief entlang des Schutzwalls kurzes Gelächter hervor.

Eine nach der anderen spien Andruws Kanonen Feuer. Der junge Kanoniersoffizier hatte die fünf genauesten Geschütze auf dieser Seite des Flusses behalten. Nun stellte er persönlich die Traverse und Elevation ein. Nacheinander jagten die Geschütze Explosivgeschosse in die Vorhut der zentralen Feindformation, wo sie ein schreckliches Gemetzel anrichteten. Corfe beobachtete, wie ein Elefant von den Beinen gerissen wurde, als ein Geschoß unmittelbar unter ihm explodierte. Ein weiteres traf einen der hochbeladenen Wagen – tödliche Holzsplitter sirrten wie Speere auf die Eskorte des Wagens. Verwirrung machte sich breit. Männer rannten durcheinander; von Panik gepackte Tiere trampelten wild umher und trompeteten wie von Sinnen. Schadenfroh beobachteten die Torunnen das Schauspiel, voller Genugtuung, den Merduks das erbarmungslose Bombardement der letzten Tage mit gleicher Münze heimzahlen zu können.

Doch die Ränge formierten sich neu und kamen nun schneller heran, in zügigem Trott. Die Wagen ließ der Feind achtlos zurück. Corfe erkannte, daß die Soldaten der vordersten Reihen glänzende Halbbrüstungen und Kettenhemden trugen. Das waren die *Hraibadar*, die Sturmtruppen von Shahr Baraz.

Die Formation brach auseinander und verteilte sich, so daß die Geschosse weniger Schaden anrichteten. Während die Merduks immer näher herantrabten, brüllte Corfe aus vollem Halse Befehle, damit man ihn über den krachenden Lärm der torunnischen Armee hinweg hören konnte.

»Macht die Büchsen bereit!«

Die Männer steckten die glimmenden Lunten in die Pulverpfannen der Hakenbüchsen.

»Legt an!«

Corfe hob den Säbel. In den Reihen des herannahenden Feindes erblickte er nun einzelne Gesichter, Roßhaarschmuck und schnaufende Männer unter den großen Helmen.

Er ließ den Säbel herabsausen. »Feuer!«

Die Mauern verwandelten sich in eine Linie aus Rauch und Flammen, als fast fünfhundert Hakenbüchsen gleichzeitig loskrachten. Der kaum noch hundert Meter entfernte Feind wurde wie von einem plötzlichen Windstoß zurückgestoßen. Die vordersten Reihen lösten sich in eine Masse zappelnder, kriechender Männer auf, die Nachfolgenden zögerten einen Augenblick, dann marschierten sie weiter.

»Nachladen!« brüllte Corfe. Nun war Andruw an der Reihe.

Die fünf Kanonen der verbliebenen torunnischen Batterie warteten, bis die Merduks auf weniger als fünfzig Meter herangekommen waren, dann feuerten sie gleichzeitig. Man hatte sie mit tödlicher Munition bestückt, nämlich mit hohlen Dosen aus dünnwandigem Metall, die Tausende von Hakenbüchsenkugeln enthielten. Fünf Rauchfahnen stiegen empor, und abermals rissen die Geschosse abscheuliche, verheerende Lücken in die Reihen der Merduks.

Dann wurde der Rauch zu dicht, als daß man noch hätte zielen können. Corfe brüllte aus voller Kehle und schwang den Säbel. »Runter von den Mauern! Zweite Stellung, Leute! Mir nach!«

Die Torunnen stürmten von den ramponierten Zinnen und bildeten unten eine zweireihige Linie. Die Unteroffiziere und Fähnriche brachten die Männer in Stellung; dann verharrten sie gefechtsbereit.

Die Kanoniere verließen die Geschütze, nachdem sie die Pulverpfannen zerstört hatten. Corfe erblickte Andruw, der lachend mit den anderen rannte. Als sich auch der letzte Kanonier hinter der Reihe der Hakenbüchsenschützen befand, gab er den Befehl.

»Die Büchsen feuerbereit machen!«

Jetzt strömten Hunderte von brüllenden Gestalten durch die Löcher in den Mauern.

»Vorderste Reihe, legt an!«

Noch dreißig Meter. Konnte man sie aufhalten? Es schien unmöglich.

»Feuer!«

Ein krachender Kugelhagel verbarg den Feind hinter dunklen Rauchwolken.

»Vorderste Reihe zurückfallen. Zweite Reihe, gebt Feuer!«

Die erste Reihe lief nach hinten durch die Festung zur Brücke, wo Baffarin und seine Techniker warteten. Es würde äußerst knapp werden.

Die zweite Salve durchbrach den Rauch und riß weitere der vorpreschenden Merduks nieder, doch auch unter Corfes Männern wütete mittlerweile der Tod, denn auf den Zinnen hockten Hakenbüchsenschützen der Merduks, die blindlings in die Reihen der Torunnen schossen.

Wie aus der Hölle katapultierte Dämonen stürmten wild grölende Gestalten aus den dichten Rauchschwaden hervor.

Einige Waffen feuerten noch in einem abgerissenen Kugelstoß. Dann entbrannte die ganze Reihe entlang ein ungestümes Handgemenge. Die Hakenbüchsenschützen ließen die Waffen fallen und zogen die Säbel, sofern ihnen Zeit dazu blieb. Andere schlugen mit dem Kolben der Feuerwaffe um sich. Corfe stieß einen aufheulenden Merduk den Säbel in den Magen, schwang ihn über das Gesicht eines weiteren, schlug den spitzen Knauf in den Kiefer eines dritten.

»Zurückfallen! Zurückfallen zur Brücke!«

Sie wurden überrannt. Die Merduks brandeten nur so herein – wahrscheinlich Tausende von ihnen. Überall auf dem mit Geröll und Einschlaglöchern übersäten Exerzierplatz sah Corfe, wie die Reihe seiner Leute zersplitterte und sich in kleine Grüppchen und Einzelkämpfer auflöste, als die Merduks über sie herfielen. Wer Gelegenheit dazu hatte, zog sich zurück. Andere schwangen die Waffen wie von Sinnen, starben aber trotz verzweifelter Gegenwehr unter den Hieben der Krummschwerter.

Corfe fing einen solchen Hieb ab, brachte den Mann mit

einem Stoß des Ellenbogens aus dem Gleichgewicht, schwang den Säbel gegen einen anderen, fuhr wieder zum ersten herum und schlitzte ihm den Arm auf. Sie waren überall um ihn herum. Ziellos hieb und schlug und stach Corfe um sich. Der Knoten löste sich auf. Er hatte wieder Platz zum Atmen und erblickte ein wimmelndes Durcheinander brüllend herumlaufender Gestalten. Wohin er auch schaute, überall sah er Tod und Verderben und Ströme von Blut, die sich über alles und jeden ergossen.

Jemand zog ihn hektisch am Arm. Er fuhr herum und hätte beinahe Andruw enthauptet. Quer über das Gesicht des Kanonieroffiziers zog sich eine Wunde; ein Fleischfetzen hing über ein Auge.

»Zeit, zu verschwinden, Corfe. Wir können sie nicht länger aufhalten.«

»Wie viele sind an der Brücke?«

»Genug. Du hast deine Pflicht erfüllt, also komm jetzt. Sie bereiten gerade die Sprengladungen vor.«

Corfe ließ sich fortzerren und folgte Andruw aus der Festung. Unterwegs rief er die letzten seiner Männer zu sich, ihm zu folgen.

Die Brücke stand nur noch auf wenigen Steinpfeilern. Der Rest war weggemeißelt und gesprengt worden. Baffarin erwartete Corfe und die anderen mit einem Grinsen im Gesicht. »Bin froh, dich zu sehen, Hauptmann. Wir dachten schon, wir hätten dich verloren. Du bist einer der letzten.«

Corfe und Andruw rannten über die lange, verlassene Brücke. Die vordersten feindlichen Soldaten befanden sich kaum fünfzig Meter hinter ihnen. Hakenbüchsenkugeln rissen rund um ihre Beine Splitter aus dem Stein, während sie zum Westufer liefen, wo sich die Überlebenden von Corfes Kommando hinter den Schutzwällen der Insel verschanzt hatten. Wer noch eine Feuerwaffe besaß, schoß methodisch in den Pulk der heranstürmenden Merduks. Als die Männer Corfe und Andruw erblickten, stimmten sie heisere Jubelrufe an.

Mit Lunten entzündeten Baffarins Techniker zusammengeknotete Stoffetzen. Eine Kanone schleuderte ein Geschoß über die Brücke, das den Ansturm der Merduks bremste. Im Schutz der Erdwälle hinter der Brücke sank Corfe mit bebender Brust auf die Knie. Er fühlte sich, als hätte jemand in seiner Rüstung ein Feuer entfacht. Das schwarze Metall kam ihm unerträglich schwer vor, obwohl er das Gewicht beim Laufen gar nicht bemerkt hatte.

»Nur noch ein paar Sekunden«, verkündete Baffarin. Immer noch grinste er, doch seine Züge verrieten keine Belustigung. Sein Gesicht glich einer angespannten Fratze. Schweißtropfen gruben Rinnen in die dreckverschmierten Schläfen.

Dann explodierten die Sprengsätze.

Es war kein Lärm, nur ein Blitz, ein enormer … Eindruck eines ungeheuerlichen Ereignisses, das zu verarbeiten das Gehirn nicht imstande war. Corfe schlug die Augen zu und vergrub das Gesicht in den Armen, doch wie aus weiter Ferne hörte er die Folgeexplosionen, als wäre er durch dickes Glas von ihnen getrennt. Dann setzte um ihn herum ein Hagel aus Geröll, Holz und anderen, gräßlichen Dingen ein. Etwas Schweres prallte von seinem Rückenpanzer. Etwas anderes traf die Hand, mit der er den Hinterkopf umfaßte, so hart, daß sie taub wurde. Bebende Erschütterungen, ein aufbrüllendes Grollen. Wasser prasselte herab, Männer stöhnten. Das Echo der Detonationen hallte als vielschichtiger Donner von den Hügeln zurück, bis es sich allmählich verlor.

Corfe schaute auf. Die Brücke war verschwunden, die Erde selbst wirkte verändert. Vom östlichen Wachturm, jener großartigen Festung mit den hohen Mauern, war kaum etwas übrig geblieben. Nur Stümpfe und rauchende Geröllhaufen inmitten zahlloser Krater. Die Katakomben lagen offen unter dem rauchgeschwärzten Himmel. Feuer prasselte. Der Geruch von Pulver, Blut und aufgerissener Erde hing in der Luft, ein so penetranter Gestank, wie Corfe ihn nie zuvor erlebt hatte, nicht einmal in Aekir.

»Heiliger Himmel!« stieß Andruw neben ihm hervor.

Die Hänge, die zur Seite des Wachturms hinabführten, waren schwarz vor Männern. Einige lebten und krümmten sich, andere waren bereits tot. Es war, als hätten sie eine gemeinsame Offenbarung erlebt, etwa so, als wären sie Zeugen der Erscheinung ihres Propheten geworden. Die Kadaver der Elefanten ragten wie graue Felsnasen auf; nur jene Körperteile, die abscheulich verstümmelt waren, trübten den Eindruck. Das gesamte Schlachtfeld schien im Schock erstarrt.

»Ich wette, das hat man bis Torunna gehört«, meinte Baffarin, der das Ende der Lunte immer noch so fest umklammert hielt, daß die Knöchel seiner Hand weiß hervortraten.

»Ich wette, das hat man sogar im verdammten Hebrion gehört«, fügte ein Soldat hinzu, was vereinzeltes, freudloses Kichern hervorrief. Die Männer waren einfach zu geschockt.

Die Luft brannte in Corfes Kehle. Er ergriff das Wort und war erstaunt darüber, wie fest seine Stimme klang.

»Wen haben wir hier? Tove, Marsen. Gut. Sagt den Männern, sie sollen entlang der Erdwälle ausschwärmen. Ich will, daß die Waffen schußbereit gemacht werden. Ridal, du läufst zur Zitadelle und erstattest Martellus Bericht. Sag ihm – sag ihm, der östliche Wachturm und die Brücke wurden gesprengt ...«

»Falls er es nicht bemerkt hat«, warf jemand ein.

»Und sag ihm, ich habe ...« Er warf einen Blick in die Runde. Großer Gott! Nur so wenige? »Ich habe etwa zweihundert Mann zur Verfügung.«

Die Überlebenden von Corfes Kommando machten sich daran, die Befehle auszuführen.

»Sie kämpfen entlang des Flusses«, sagte jemand, der neben ihnen stand und nach Norden schaute. Das Donnern von schwerer Artillerie und das Krachen von Hakenbüchsenschüssen durchbrach die vorübergehende Stille.

»Das ist deren Kampf. Wir haben hier eine Aufgabe zu erfüllen«, erwiderte Corfe barsch. Dann setzte er sich hastig mit dem Rücken zum Schutzwall hin, ehe die gummiweichen Beine ihn im Stich lassen und unter ihm zusammenknicken konnten.

Martellus beobachtete den Höhepunkt der Schlacht von seinem üblichen Aussichtspunkt hoch droben auf der Zitadelle. Er war nicht geschaffen dafür, sich ins Schlachtgetümmel zu begeben und seine Männer aus der Mitte des Geschehens heraus zu führen. Dafür hatte John Mogen sich als der richtige Mann erwiesen. Nein, Martellus zog es vor, sich hinter den Linien zu halten, die Struktur des sich entwickelnden Konfliktes zu studieren und seine Entscheidungen auf Logik und die Meldungen zu gründen, die er alle paar Minuten von rußigen, blutüberströmten Kurieren erhielt. Ein General konnte das Geschehen am besten aus der Ferne lenken, abseits des tobenden Wirbels der Schlacht. Gewiß, manch einer vermochte eine Armee zu befehligen, während er selbst in den vordersten Reihen focht, doch dabei handelte es sich um seltene Genies. Unweigerlich mußte Martellus wieder an Mogen denken.

Das Grollen der Explosion präsentierte sich als entferntes Echo eines Donners, das zwischen den Hügeln davontoste. In der Mitte des Schlachtfeldes – an der Stelle, wo einst der östliche Wachturm gestanden hatte – erhob sich eine gewaltige Rauchwolke. Dort war der Angriff zurückgeschlagen, wahrscheinlich sogar zerschmettert worden. Der junge Corfe hatte gute Arbeit geleistet. Trotz des dunklen Schattens, der über seiner Vergangenheit hing, war er ein Mann, den man sich merken mußte.

Doch im Norden und Süden der Rauchwolke hatten sich zwei weitere Formationen der Merduks dem Fluß genähert, jede etwa fünfundzwanzigtausend Mann stark. Die Artillerie auf der Langen Mauer und der Insel schleuderte Geschoß um Geschoß in die Reihen des Feindes, doch dieser marschierte unbeirrt voran. Nun luden sie die flachen, schlanken Boote von den Elefantenwagen und bereiteten sich darauf vor, den schäumenden Strom des angeschwollenen Searil herauszufordern.

Wenn es ihnen gelingt, den mächtigen Fluß zu überqueren, dachte Martellus, *ist es nur noch eine Frage der Zeit, bis wir unterliegen. Wir können sie zu Tausenden vernichten, während sie herankommen, doch aufhalten können wir sie nicht. Der Fluß stellt unsere beste Verteidigung dar, zumindest solange er eine derart starke Strömung aufweist.*

Er wandte sich an einen Adjutanten.

»Steht Ranafast mit dem Ausfalltrupp bereit?«

»Jawohl, General.«

»Dann geh zu ihm. Überbringe ihm meine besten Empfehlungen und sag ihm, er soll mit seinem Kommando sofort zur Insel reiten. Zusätzlich kann er noch jeden vierten Mann von der Mauer abziehen, mit Ausnahme der Kanoniere. Alle sollen mit Hakenbüchsen bewaffnet werden. Ranafast muß die Überquerung des Flußes verhindern. Ist das klar?«

»Jawohl, General.«

Ein Schreiberling, der neben den beiden Männern stand, kritzelte hektisch vor sich hin. Nachdem Martellus seine Unterschrift unter das Dokument gesetzt hatte, wurde es dem Adjutanten übergeben. Sogleich stürmte dieser damit zur Langen Mauer los.

Viel Zeit blieb Ranafast nicht, um seine Einheit zusammenzukratzen und Stellung zu beziehen. Martellus verfluchte sich selbst. Warum nur hatte er nicht an eine Massenüberquerung des Flusses mit Booten gedacht? Die Techniker der Merduks mußten in der Zeit, als sie in Aekir festsaßen, alles andere als untätig gewesen sein.

Die ersten Boote wurden bereits über das Ostufer hinunter ins Wasser gezogen. Sie waren schwer und primitiv und wurden von den Paddeln der Insassen angetrieben. Mindestens achtzig Mann fanden in einem solchen Kahn Platz. Martellus zählte über hundert Boote, die das Ostufer säumten wie Flußeidechsen, die sich die Tropensonne auf den Bauch scheinen lassen. Krachend explodierten Geschosse wie kurz aufblühende Pilze in ihrer Mitte, zerschmetterten Boote, schleuderten Männer in die Luft und versetzten die Elefanten in Panik.

An der Festung wies der Searil eine Breite von dreihundert Metern auf – ein mächtiger brauner Fluß, der an manchen Stellen wild und weißschäumend toste und mit Geröll aus dem Quellgebiet durchsetzt war. Nicht einmal unter günstigsten Bedingungen stellte die Überquerung des Flusses eine leichte Aufgabe dar. Dies auch noch unter Kanonenbeschuß zu versuchen ... Martellus kam nicht umhin, diesen Männern Bewunderung zu zollen, auch wenn er sich gerade damit beschäftigte, ihre Vernichtung zu planen.

Die erste Angriffswelle legte ab. Nördlich und südlich der eingestürzten Brücke füllte der Searil sich plötzlich mit großen flachen Booten, wie ein Bach voller Herbstblätter an den Ufern. Das Donnern von Hufen ertönte. Ranafast führte seine Reiter – die Vorhut seines Kommandos – über die Brücken auf die Insel. Hinter der Reiterei folgte ein Trupp Infanterie. Mit ein bißchen Glück würden mehr als siebentausend Soldaten am Westufer sein, um die Überquerung des Flusses mit Unterstützung der Artillerie von den Mauern zu verhindern.

Und dennoch – wenn er die Stärke des Feindes betrachtete, diese wimmelnde Menge, die sich am Ostufer tummelte, überkam Martellus tiefe Verzweiflung. Meilenweit entlang des Searil scharten sich feindliche Soldaten, Boote, Elefanten, Pferde und Wagen. Und das war nur die Angriffsstreitmacht. Hinter den Hügeln verdunkelten die Reservetruppen, die Kavallerie, die Artillerie und die unzähligen Marketender das Antlitz der Erde wie Braunfäule. Es schien unvorstellbar, dem vereinten Willen einer derartigen Masse standhalten zu können.

Trotzdem mußte er es schaffen – er *würde* es schaffen. Er würde es den Schwarzsehern, den Möchtegern-Generälen und all den anderen zeigen. Bis zum letzten Atemzug wollte er die Festung halten und die Armeen der Merduks dabei ausbluten lassen.

Rauchwölkchen, die wegen der Entfernung winzig wirkten, stiegen entlang der Mauern auf. Einige Sekunden später drang der Donner der Kanonensalven zur Zitadelle empor; bald darauf feuerten auch die Geschütze der Festung selbst. Der Lärm schien allumfassend, ebenso wie der Geruch von Schießpulver, der das Blut in Wallung versetzte.

Weiße Fontänen aufpeitschenden Wassers spritzten zwischen den Booten der Merduks in die Höhe. Martellus konnte die Männer in den Fahrzeugen erkennen, die in wilder Hektik, dabei aber trotzdem im Einklang paddelten. Die Köpfe waren eingezogen, die Schultern nach vorn gebeugt, als würden sie gegen einen starken Regenschauer ankämpfen. Martellus kannte diese Körperhaltung; die meisten Männer, die unter schwerem Beschuß vorrückten, nahmen sie an. Es mußte sich um eine Art Instinkt handeln.

Eines, ein zweites, dann ein drittes Boot wurden in rascher Folge getroffen, als die torunnische Artillerie die Ziele in Reichweite bekam. Martellus hatte die besten Kanoniere der Welt hier an der Festung; nun rechtfertigten sie das Vertrauen, das der General in sie setzte.

Die Männer aus den getroffenen Booten versanken sogleich in der Tiefe, hinabgesogen von ihren Rüstungen. Doch selbst ohne diese Wehr hätte der reißende Strom niemandem eine Chance gelassen.

Während die eigenen Geschosse über ihn hinwegflogen, verteilte Ranafast seine Leute entlang des Westufers. Auch ein paar Kanonen hatte er bei sich. Doch die Reihen seiner Männer waren beängstigend dünn. Jetzt sah Martellus, daß die mittlere Formation der Merduks einen Angriff auf Corfes Stellung machte, indem sie die Boote durch das Geröll der zersprengten Brücke lenkten, ständig unter schwerem Beschuß durch die Überlebenden aus Corfes Kommando und die übrigen Verteidiger, die dort postiert waren. Gewiß würde Ranafast die Gefahr erkennen. Und tatsächlich brachte der Kavalleriekommandant seine beiden leichten Geschütze zu Corfes Stellung hinüber. Kurz darauf spien sie auf kurze Entfernung Geschosse in die Reihen der Merduks, die dort den Fluß zu überqueren suchten. Es war ein erbittertes kleines Geplänkel. Die Hauptschlacht jedoch spielte sich nach wie vor an den Flanken ab.

Die auf dem Wasser befindlichen Merduks gerieten in Schwierigkeiten. Immer mehr Boote wurden von den Kanonenkugeln der Torunnen getroffen und, sofern sie nicht auf der Stelle versanken, von der Strömung erfaßt, die sie wie Stöckchen in einem Mühlbach flußabwärts fortwirbelten, wo sie gegen andere Boote krachten und diese mitrissen. Bald strudelten und wirbelten ungezählte Boote mitten auf dem Fluß; Holztrümmer und Leichen trieben im Wasser, und überall, wo Geschosse einschlugen, spritzten gewaltige Fontänen in die Höhe.

Einige Boote schafften es ans Westufer, wurden jedoch sogleich von den Hakenbüchsenschützen mit einem Kugelhagel in Empfang genommen. Die Besatzungen schleppten sich an Land, wo sie von Ranafasts Männern regelrecht abgeschlachtet wurden. Ein Leichenberg türmte sich am Westufer auf, während die Torunnen methodisch nachluden und Salve um Salve auf die armen Teufel abfeuerten, die aus dem Wasser torkelten.

Rasch verwandelte sich die Schlacht in ein einseitiges Gemetzel. Aus den feindlichen Linien ertönten Signalschüsse, mit denen die Attacke abgeblasen wurde. Die Soldaten am Ostufer, die gerade eine weitere Angriffswelle von Booten zu Wasser lassen wollten, hielten inne. Die Unglückseligen, die sich bereits auf dem Fluß befanden, versuchten beizudrehen und umzukehren, was sich jedoch im Strudel aus Kugeln, Geschossen und reißendem Wasser als unmöglich erwies. Fast bis auf den letzten Mann kamen sie um.

Der Angriff gelangte zu einem blutigen und fruchtlosen Ende. Einige Merduks verharrten am Ufer des Flusses, um jenen zu helfen, die noch versuchten, sich an Land zu retten; die meisten jedoch traten mißmutig den Rückzug ins Lager auf den Hügeln an. Ohne Unterlaß feuerte ihnen die torunnische Artillerie unversöhnlich und triumphierend Geschosse nach. Der Angriff war nicht bloß fehlgeschlagen – er war zerschmettert worden, bevor er richtig beginnen konnte.

»Holt noch eine Batterie Geschütze von den Mauern und bringt sie zu Corfes Stellung«, befahl Martellus kurz angebunden. »Schickt ihm außerdem noch drei Hundertschaften; er befindet sich dem Feind am nächsten. Die Insel muß einfach halten.«

Ein Adjutant preschte davon, um den Befehl weiterzuleiten. Martellus' Offiziere lachten und grinsten. Sie wagten kaum, ihren Augen zu trauen.

Meilenweit entlang des Flusses hing Pulverrauch in dichten Schwaden in der Luft. Beide Ufer waren mit den Trümmern einer zerschlagenen Armee übersät: Menschen, Boote,

Tiere, Waffen, die wie zu Boden gefallene Früchte in einem vernachlässigten Garten verstreut lagen. Der Fluß selbst war voller halb unter Wasser stehender Boote, an denen sich noch ein paar Gestalten festklammerten. Hilflos trieben sie flußabwärts außer Sicht.

»Er hat mindestens zehntausend Soldaten verloren«, meinte der alte Isak. »Außerdem einige seiner besten Truppen. Gütiger Himmel, noch nie habe ich ein solches Blutbad erlebt. Shahr Baraz verschleudert seine Männer, als wären sie Spreu.«

»Er hat sich verschätzt«, entgegnete Martellus. »Wäre der Fluß nicht so angeschwollen, hätte er die Festung längst eingenommen. Mit diesem Angriff wollte er bis an die Mauern vorrücken, auf denen wir jetzt stehen. Der Rückschlag gibt ihm gewiß zu denken, aber wir dürfen nicht vergessen, daß er auf den Hügeln immer noch fünfzigtausend Mann hat, die noch nicht unter Beschuß waren. Er wird es noch einmal versuchen.«

»Dann wird das gleiche noch einmal passieren«, beharrte Isak.

»Möglich. Nur haben wir unsere Überraschungen inzwischen aufgebraucht, nehme ich an. Shahr Baraz weiß jetzt, was wir aufbieten können, und sucht nach Lücken in unserer Verteidigung.«

»Nach diesem Debakel wird er bestimmt eine Zeitlang nicht angreifen.«

»Kann sein, aber unterschätzt Shahr Baraz nicht. In Aekir ist er wegen des Preises, der auf dem Spiel stand, großzügig mit dem Leben seiner Männer umgegangen. Ich nahm an, er würde hier vorsichtiger sein, und sei es nur wegen der natürlichen Stärke der Festung. Es könnte sein, daß eine höhere Instanz ihn zu weniger gut durchdachten Angriffen drängt. Aber wir dürfen nicht übermütig werden. Wir müssen auf unsere Flanken achten. Nach dem heutigen Fehlschlag wird Shahr Baraz wohl weiter oben und unten am Searil nach einer Überquerungsmöglichkeit suchen.«

»Er wird keine finden. Der Searil strömt mit der Gewalt eines Wasserfalls dahin, und ab hier sind die Ufer tückisch – überwiegend Klippen und Schluchten.«

»Das wissen wir, er hingegen nicht.« Plötzlich sackten Martellus' Schultern herab. »Ich glaube, vorerst haben wir gesiegt. Es wird keine überstürzten Attacken mehr geben. Wir haben eine Atempause herausgeschunden. Nun liegt es an den Königen der Welt, uns zu helfen. Gott weiß, daß wir nach dieser Verteidigung ein wenig Unterstützung verdienen.«

»Der junge Corfe hat sich wacker geschlagen.«

»Ja, das hat er. Ich habe die Absicht, ihm ein größeres Kommando zu übertragen. Fähig genug dafür ist er. Außerdem arbeiten er und Andruw hervorragend zusammen.«

Aus den torunnischen Linien ertönten noch ein paar vereinzelte Kanonenschüsse, dann senkte sich Stille über das Tal. Wie durch einen gemeinsamen Beschluß ließen die beiden Armeen voneinander ab. Ohne weitere Angriffsgelüste retteten die Merduks die bedauernswert wenigen Überlebenden der versuchten Flußüberquerung und luden sie auf Wagen, um sie zurück in die Sicherheit des Lagers zu schaffen. Einige am Ostufer zurückgelassene Boote brannten lichterloh. Die Kanonen verstummten.

Vor weniger als einer Stunde war die Offiziersbesprechung zu Ende gegangen. Shahr Baraz hielt sich allein in seinem verdunkelten Zelt auf. Es war spärlich wie eine Mönchszelle ausgestattet. Lediglich ein mit Armeedecken versehenes, hölzernes Feldbett, ein mit Papieren übersäter Klapptisch, ein Stuhl und ein paar Lampenstellplätze befanden sich darin.

Und noch ein weiterer Gegenstand. Der alte General stellte ihn auf den Schreibtisch und zog den Vorhang beiseite, der darüberhing. Es handelte sich um einen kleinen Käfig, in dem irgend etwas zappelte und zornig hüpfte.

»Also, Coleg«, meinte Shahr Baraz mit leiser Stimme. Er tippte an das Gitter des Käfigs und betrachtete den Insassen mit gewohnter Abscheu.

»Ha! Männerfleisch ist zu zäh für Coleg. Will ein Kind, ein junges, süßes Ding frisch aus dem Schoß der Mutter.«

»Ruf deinen Meister herbei. Ich muß ihm Bericht erstatten.«

»Will süßes Fleisch!«

»Tu, was ich sage, du Scheußlichkeit, oder ich lasse dich in diesem Käfig verrotten.«

Bösartig funkelten zwei kleine Lichter in den Schatten hinter dem Gitter. Zwei winzige Klauen umfaßten die Stäbe und rüttelten daran.

»Ich kenne dich. Du bist zu alt. Bald bist du Aas für Coleg.«

»Ruf deinen Meister herbei.«

Die beiden Lichter verblaßten. Vorübergehend trat Stille ein, nur vom Lärm des Lagers draußen und dem Wiehern der Pferde der Kavallerie durchbrochen. Wie aus Stein gemeißelt, saß Shahr Baraz am Tisch.

Endlich ertönte eine tiefe Stimme: »Nun, General?«

»Ich muß Bericht erstatten, Orkh. Laß mich mit dem Sultan sprechen.«

»Gute Nachrichten, hoffe ich.«

»Das zu beurteilen, bleibt ihm selbst überlassen.«

»Also ist der Angriff fehlgeschlagen?«

»Er ist fehlgeschlagen. Ich will mit meinem Gebieter reden. Zweifellos kannst du ohnehin lauschen.«

»Da hast du recht. Alle meine kleinen Kreaturen gehorchen mir – aber das wißt ihr beide natürlich, du und Aurungzeb.« Wieder eine Pause. »Der Sultan ist gerade mit einer seiner neuen Konkubinen beschäftigt, mit dieser schwarzhaarigen ramusischen Schönheit. Ah, sie ist entzückend. Ich beneide ihn. Hier ist er, Khedive. Möge das Glück des Propheten mit dir sein.«

Mit dieser leichten Blasphemie verstummte Orkh. Stattdessen hallte Aurungzebs ungeduldige Stimme durch das Zelt.

»Shahr Baraz, mein Khedive! General der Generäle! Ich brenne vor Neugier. Sag rasch: Was ist passiert?«

»Der Angriff ist fehlgeschlagen, Majestät.«

»*Was?* Wie? Wie konnte das geschehen?«

Der alte Soldat versteifte sich auf dem Stuhl, als würde er einen Schlag ins Gesicht erwarten.

»Der Angriff erfolgte überhastet, war schlecht durchdacht und unzureichend vorbereitet. Wir haben den östlichen

Wachturm der Festung eingenommen, doch er war vermint. Zweitausend Männer habe ich verloren. Als die Torunnen ihn in die Luft sprengten, habe ich zweitausend Männer verloren. Zudem war die Strömung des Flusses zu stark, als daß unseren Booten eine rasche Überfahrt hätte gelingen können. Die wenigen, die es ans Westufer geschafft haben, starben im Kugelhagel der Torunnen.«

»Wie viele?«

»Wir haben etwa sechstausend Soldaten der *Hraibadar* verloren – die Hälfte der noch zur Verfügung stehenden –, und weitere fünftausend Mann der Miliz.«

»Und der Feind?«

»Ich glaube kaum, daß er mehr als tausend Mann eingebüßt hat.«

Als die Stimme des Sultans wieder ertönte, schien sie verändert.

Nun, da er den Schock überwunden hatte, klang sie hart wie thurischer Granit.

»Du behauptest, der Angriff war schlecht durchdacht. Erkläre das genauer.«

»Erinnert Euch bitte, Majestät, daß ich diesen Angriff nicht durchführen wollte. Ich habe Euch um mehr Zeit gebeten, um eine Belagerung aufzubauen, um unsere Möglichkeiten sorgfältiger zu durchdenken …«

»Zeit! Du hattest Zeit. Wochenlang hast du in Aekir herumgetrödelt. Dasselbe hättest du in Ormann getan, hätte ich dich nicht angetrieben. Ormann ist eine armselige Festung! Du selbst hast gesagt, die Garnison sei weniger als zwanzigtausend Mann stark. Dies ist nicht Aekir, Shahr Baraz. Die Armee sollte in der Lage sein, die Befestigungen zu überrollen wie ein Elefant, der einen Frosch zerstampft.«

»Es ist die stärkste Festung, die ich je gesehen habe, die Mauern von Aekir mit eingeschlossen«, widersprach Shahr Baraz. »Ich kann meine Männer nicht einfach dagegen schleudern, als wäre es die Blockhütte eines Banditenführers. Dieser Feldzug könnte sich als ebenso schwierig erweisen wie der letzte …«

»Das könnte er, wenn der berühmte Khedive *meiner*

Armee – *meiner* Armee, General – seine Begeisterung für Feldzüge verloren hat.«

Baraz' Züge versteinerten. »Ich habe auf Euren Befehl hin angegriffen, gegen mein eigenes Urteil. Dieser Fehler hat uns elftausend Soldaten gekostet, die entweder tot oder so verstümmelt sind, daß sie nie wieder in den Kampf ziehen können. Ich werde diesen Unsinn nicht wiederholen.«

»Wie kannst du es wagen, so mit mir zu reden! Ich bin dein Sultan, alter Mann. Du wirst mir gehorchen, oder ich finde jemand anderen, der es tut.«

»Wie Ihr meint, mein Sultan. Aber ich will mich an keiner halbherzigen Strategie mehr beteiligen. Entweder gebt Ihr einem anderen meinen Posten, oder Ihr laßt mich diesen Feldzug ungehindert weiterführen. Ihr habt die Wahl und die Verantwortung.«

Langes Schweigen. Die Augen des Homunkulus funkelten im Schatten des Käfigs. Shahr Baraz verharrte regungslos. *Für Diplomatie bin ich zu alt,* dachte er. *Ich werde als das enden, was ich immer war – als Soldat. Aber ich werde nicht dabei zusehen, wie meine Männer in meinem Namen hingeschlachtet werden. Sie sollen ruhig wissen, wer den Angriff befohlen hat. Sie sollen ruhig wissen, wie hoch der Sultan den Wert ihres Lebens einschätzt.*

»Mein Freund«, meinte Aurungzeb schließlich mit einer Stimme, so weich wie geschmolzene Schokolade. »Wir haben beide unüberlegt gesprochen. Unsere Sorge um die Männer und unser Land gereicht uns zur Ehre, aber sie verleitet uns auch zu leidenschaftlichen Äußerungen, die wir vielleicht später bereuen.«

»Dem stimme ich zu, Majestät.«

»Ich gebe dir also noch eine Gelegenheit, deine Loyalität meiner Familie gegenüber unter Beweis zu stellen – eine Loyalität, die seit den Tagen meines Großvaters ungebrochen andauert. Du wiederholst den Angriff auf die Feste Ormann unverzüglich, mit allen Streitkräften, die dir zur Verfügung stehen. Du wirst die Festung überrennen und dann nach Süden zur torunnischen Hauptstadt weiterziehen.«

»Ich bedauere, Euren Wünschen nicht entsprechen zu können, Majestät.«

»Wünschen? Wer redet denn hier von Wünschen? Meinen *Befehlen* wirst du gehorchen, alter Mann!«

»Das kann ich nicht. Tut mir leid.«

»Und warum nicht?«

»Weil es den Untergang für diese Armee bedeuten würde, und das lasse ich nicht zu.«

»Bei den Augen des Propheten! Du wagst es, dich mir zu widersetzen?«

»Ja, Majestät.«

»Dann betrachte dich nicht länger als meinen Khediven. So wahr im Paradies der Herr der Siege regiert, ich habe deine senilen Unverschämtheiten gründlich satt! Übergib das Kommando an Mughal. Er soll auf meine schriftlichen Befehle warten – und auf einen neuen Khediven!«

»Und ich, Majestät?«

»Du? Du stehst unter Arrest, Shahr Baraz. Du wartest auf die Ankunft meiner Offiziere aus Orkhan.«

»Ist das alles?«

»Beim Gott der Kriege, ja – das ist alles!«

»So gehabt Euch denn wohl, Majestät«, sagte Shahr Baraz gelassen. Er stand auf, hob den Käfig samt seinem monströsen Bewohner hoch und schleuderte ihn zu Boden. Der Homunkulus kreischte, und in dem Schrei erkannte Shahr Baraz die Schmerzen von Orkh, dem magischen Gebieter des Wesens. Mit grimmigem Lächeln stampfte er mit dem schweren Stiefel auf das Gehäuse und zermalmte Metall und Knochen zu einem Brei aus Eiter und faulig stinkendem Fleisch. Dann klatschte er nach seinen Dienern.

»Bringt diese Abscheulichkeit weg und verbrennt sie«, befahl er, und sie schraken vor dem Feuer in seinen Augen zurück.

21

Es war ein Schrei, der Murad in der Hängematte hochfahren ließ. Reglos verharrte er und lauschte. Nichts als das Knarren der Schiffsplanken war zu hören, das Plätschern des Wassers gegen den Rumpf, das sanfte Wogen und Gurgeln, das untrennbar zum Meer gehörte.

Ein Traum. Murad entspannte sich und legte sich wieder hin. Das Mädchen war wie üblich verschwunden und ließ ihn – ebenfalls wie üblich – mit einem grauenhaften Traum zurück. Immer mit demselben Traum. Er zog es vor, den Gedanken zu verdrängen.

Aber das konnte er nicht. Sie war eine Hexe, soviel stand fest – sonst befände sie sich nicht als Passagier an Bord dieses Schiffes. Vielleicht war sie Bardolins Lehrling. Bei dem Mann handelte es sich um irgendeinen Magier. Wahrscheinlich hatte sie ihn, Murad, mit einem schwarzen Zauber belegt, vielleicht mit einer Art Liebesbann.

Doch das bezweifelte er. Ihre körperliche Liebe schien zu wirklich, zu heftig und zu echt, um das Ergebnis eines Zaubers zu sein. Es schien fast so, als wäre dieses Mädchen wie trockener Zunder gewesen, der nur auf einen Funken gewartet hatte. In seinen Armen erwachte sie zum Leben. Ihre Vereinigung glich einer nächtlichen Schlacht, einem Kampf um die Herrschaft. Und er hatte sie unterworfen; da war Murad sicher. Während er zur Decke hinauflächelte, durchlebte er noch einmal das wohlige Gefühl, in sie einzutauchen und zu spüren, wie ihr Körper bebend antwortete. Sie war ein wundervolles süßes Ding. Wenn sie erst die Kolonie errichtet hatten, würde er eine Stelle für sie finden und sie bei sich behalten. Heiraten konnte er sie nicht – allein der Gedanke war so absurd, daß er darüber kichern mußte –; aber er würde diskret dafür sorgen, daß es ihr an nichts mangelte.

Murad mußte sie einfach behalten. Er brauchte sie. Er verging vor Verlangen nach ihrem nächtlichen Liebesspiel. Manchmal fragte er sich, ob ihn jemals wieder eine andere Frau interessieren konnte.

Warum verließ sie ihn jedesmal vor Sonnenaufgang? Und

dieser alte Mann – was stellte sie für ihn dar? Gewiß keine Geliebte.

Murad kniff die Lippen zusammen und umklammerte mit den Fäusten die Bettdecke.

Sie ist mein, dachte er. *Ich werde ihr keinen anderen Mann erlauben. Ich muß sie behalten.*

Aber diese Träume – jede Nacht kehrten sie wieder, und es waren jede Nacht dieselben. Diese erstickende Hitze, das Gewicht und das kratzige Fell der Bestie auf ihm. Diese Augen, die ihn mit unverhohlener Bösartigkeit anfunkelten. Was mochte das alles bedeuten?

In letzter Zeit fühlte er sich ständig müde, dauernd erschöpft. Er war ein Narr gewesen, den Geistlichen derart in die Schranken zu weisen – nun mußte der Mann sterben, denn er verkörperte einen allzu mächtigen Feind. Bestimmt würde Abeleyn die Notwendigkeit einsehen.

Murad rieb sich die dunklen Ringe unter den Augen und hatte den Eindruck, er könne die Müdigkeit niemals gänzlich daraus vertreiben.

Er wollte das Mädchen bei sich haben, wollte ihre Wärme spüren, wollte fühlen, wie sie sich in seinen Armen wand. Für einen Augenblick beunruhigte ihn die Kraft dieses Verlangens.

Abermals setzte er sich auf. Irgend etwas an dem Schiff kam ihm seltsam vor – etwas, worüber er eine Weile nachdenken mußte, bevor er es begriff. Dann jedoch traf es ihn wie ein Schlag.

Die Karacke bewegte sich nicht mehr.

Murad sprang aus der Hängematte, so daß sie schaukelte und gegen die Spundwand prallte, zog sich hastig an und ergriff den Rapier mitsamt dem Gurt. Gerade als er die Tür erreichte, klopfte es laut. Er riß sie auf und erblickte den Schiffsjungen, Mateo, der mit kalkweißem Gesicht davorstand.

»Kapitän Hawkwoods Empfehlungen, Herr. Er bittet Euch, zu ihm in den Frachtraum zu kommen. Da ist etwas, das Ihr sehen solltet.«

»Was? Warum fahren wir nicht mehr?«

»Er meinte … Ihr müßt es selber sehen, Herr.« Der Junge sah aus, als müsse er sich jeden Augenblick übergeben.

»Dann geh schon voraus, verdammt noch mal. Ich hoffe, es ist etwas Wichtiges.«

Das ganze Schiff schien auf den Beinen. Die Fahrgäste liefen auf dem Batteriedeck umher, und die Soldaten waren mit glimmenden Lunten und gezogenen Schwertern an jeder Luke und jedem Niedergang postiert. Auf dem Weg in die Tiefen der Karacke lief Murad dem umherstreifenden Unteroffizier Mensuardo über den Weg.

»Unteroffizier! Auf wessen Befehl wurden diese Wachen postiert?«

»Auf Fähnrich Sequeros Befehl, Herr. Er ist unten im Frachtraum. Wir haben Befehl, außer den Schiffsoffzieren niemanden durchzulassen.«

Murad war drauf und dran, sich zu erkundigen, was sich ereignet hatte; doch damit hätte er ein trauriges Bild von seiner Kenntnis der Lage gezeichnet. Also nickte er bloß und meinte: »Weitermachen.« Dann folgte er Mateo hinunter durch die dunklen Luken in den Frachtraum.

Wasser gluckerte zwischen den hohen Stapeln aus Kisten, Fässern und Säcken. Ratten huschten am Boden umher. Von der kleinen Handlaterne abgesehen, die Mateo trug, war es stockfinster. Doch als sie durch eine der Schottspundwände schritten, erblickte Murad eine weitere flackernde Lichtquelle und Männer, die sich in einer Gruppe darum scharten.

»Fürst Murad«, sagte Hawkwood und richtete sich aus der Hocke auf. Sequero war da, ebenso di Souza und der verletzte Erste Maat, Billerand, mit dem Arm in der Schlinge und schmerzverzerrtem Gesicht.

Sie traten beiseite, und der Adelige erkannte die im Wasser liegende Gestalt, den dunklen Schimmer von Blut und Eingeweiden, die verrenkten Gliedmaßen.

»Wer ist das?«

»Pernicus. Billerand hat ihn vor einem halben Glas gefunden.«

»Ich bin herumspaziert und habe die Ladung überprüft«, bestätigte der Erste Maat mit dem prächtigen Schnurrbart. »Zu mehr tauge ich zur Zeit nicht.«

Murad kniete nieder und betrachtete die Leiche genauer. Pernicus' Augen waren weit aufgerissen, der Mund in einem letzten Schrei verzerrt.

Hatte er *ihn* gehört? Oder hatte es sich lediglich um einen Teil seines Traumes gehandelt?

Der Hals des Mannes war fast völlig durchgebissen. Murad konnte den feuchten Schlauch der Luftröhre sehen, die ausgefransten Enden von Arterien, einen gesplitterten Rückenwirbel.

Weiter unten ragten die Eingeweide wie eine Masse fettigen Tauwerks aus dem Leibe. Ganze Stücke fehlten am Körper. Deutlich waren die Male von Zähnen zu erkennen.

»Heiliger Ramusio!« flüsterte Murad. »Was mag das bloß gewesen sein?«

»Irgendeine Bestie«, erwiderte Hawkwood mit fester Stimme. »Irgend etwas kam während der Mittelwache hier herunter – ein Besatzungsmitglied glaubt, es flüchtig gesehen zu haben. Pernicus hat gern im Frachtraum gearbeitet, weil es hier ruhiger ist als auf dem Batteriedeck oder im Mittelteil. Das Ding kam herunter, um ihn sich zu holen.«

»Konnte der Matrose beschreiben, wie das Wesen aussah?« erkundigte sich Murad.

»Groß und schwarz. Mehr wußte er nicht zu berichten. Er dachte, er hätte es sich bloß eingebildet. So etwas gibt es nicht an Bord des Schiffes.«

Ein Traum, nein, ein Alptraum, der von einem großen Ungetüm mit schwarzem Fell handelt. Konnte der Traum denn Wirklichkeit sein?

Murad verbarg seine Verwirrung und erhob sich aus dem fauligen Wasser.

»Glaubt Ihr, das Wesen befindet sich noch an Bord?«

»Ich weiß es nicht. Ich werde eine gründliche Durchsuchung des Schiffes anordnen. Was auch immer das getan hat – falls es noch an Bord ist, werden wir es finden und töten.«

Murad erinnerte sich an das Logbuch der *Cartigellan Faul-*

con. Es konnte nicht sein. Dasselbe konnte nicht noch einmal geschehen. So etwas war einfach nicht möglich.

»Ich habe jemanden losgeschickt, um den Magier zu holen, diesen Bardolin. Vielleicht kann er uns mehr darüber erzählen«, fügte Hawkwood hinzu.

»Wissen die Passagiere, was vor sich geht?«

»Sie wissen, daß Pernicus tot ist. Ich konnte nicht verhindern, daß es durchsickerte – vor allem, weil der Wind verschwunden ist. Aber die Fahrgäste wissen nicht, auf welche Weise Pernicus starb.«

»Dabei soll es auch bleiben. Wir wollen keine Panik an Bord.«

Eine Zeitlang verharrten die vier Männer schweigend um die Leiche. Ihnen allen drängte sich plötzlich der Gedanke auf, daß die Bestie in diesem Augenblick hier unten bei ihnen sein konnte, irgendwo in den Schatten verborgen. Di Souza trat nervös von einem Bein aufs andere; das gezogene Schwert funkelte im Licht der Laterne.

»Da ist jemand«, flüsterte er. Ein weiterer Lichtkreis näherte sich ihnen; zwei Männer stiegen über die Ladung hinweg auf sie zu.

»Das ist nahe genug, Masudi!« rief Hawkwood. »Geh zurück. Bardolin, Ihr kommt allein her.«

Der Magier stapfte auf ihn zu. Sie beobachteten, wie Masudis Laternenschein in der Dunkelheit verblaßte, als er den Weg zurück verschwand, den er gekommen war.

»Seid gegrüßt, meine Herren«, sagte Bardolin; dann beugte er sich, wie zuvor Murad, zu der Leiche hinab.

»Nun, Magier?« fragte Marud gelassen, der mittlerweile die Fassung wiedererlangt hatte.

Bardolins Gesicht war bleich wie zuvor Mateos Antlitz. »Wann ist das passiert?«

»Kurz vor Sonnenaufgang, vermuten wir«, teilte Billerand ihm kurz angebunden mit. »Ich habe ihn hier gefunden, so wie er da liegt.«

»Was war das?« wollte Murad wissen.

Der Magier verdrehte die Gliedmaßen der Leiche und begutachtete das zerfetzte Fleisch mit einer Gründlichkeit, die für die zarter Besaiteten unter den Zuschauern nervenaufreibend war. Sequero wandte den Blick ab.

»Wie haben die Pferde sich letzte Nacht verhalten?« erkundigte sich Bardolin.

Sequero runzelte die Stirn. »Sie waren ein bißchen aufgeregt. Es hat lange gedauert, bis sie sich beruhigten.«

»Die Tiere haben es gerochen«, erklärte der Magier. Mit leisem Stöhnen richtete er sich auf.

»Was haben sie gerochen?« erkundigte Murad sich ungeduldig. »Was war das, Bardolin? Was für eine Bestie? Es war kein Mensch, soviel steht fest.«

Bardolin schien mit sich zu hadern. Mit versteinerter Miene starrte er auf die verstümmelte Leiche hinab.

»Es war kein Mensch, und doch war es einer. Es war beides und nichts davon.«

»Was soll dieses Kauderwelsch bedeuten?«

»Es war ein Werwolf, Fürst Murad. An Bord dieses Schiffes hält sich ein Gestaltwandler auf.«

»Der Herr steh uns bei!« entfuhr es di Souza in die Stille hinein.

»Seid Ihr sicher?« fragte Hawkwood nach.

»Ja, Kapitän. Ich habe solche Wunden schon gesehen.« Bardolin wirkte niedergeschlagen und seltsam verbittert, fiel Murad auf. Und nicht so schockiert, wie er hätte sein müssen.

»Also ist es nicht bloß ein Tier«, stellte Hawkwood fest, »sondern verwandelt sich vom Menschen zum, Tier, und umgekehrt. Jeder könnte es sein – jeder an Bord des Schiffes.«

»Ja, Kapitän.«

»Was sollen wir jetzt tun?« jammerte di Souza.

Niemand antwortete.

»Sprich, Magier«, knirschte Murad. »Was können wir unternehmen, um die Bestie zu finden und zu töten?«

»Wir können gar nichts tun, Fürst Murad.«

»Was soll das heißen?«

»Gewiß trägt das Ungeheuer jetzt wieder sein menschliches Gesicht. Wir können nur wachsam sein und darauf warten, daß es erneut zuschlägt.«

»Was soll das denn für ein Plan sein?« fuhr Sequero ihn an. »Sind wir Rinder, die auf den Schlächter warten?«

»Ja, Fähnrich Sequero, das sind wir. Genau das sind wir für dieses Ungeheuer.«

»Gibt es keine Möglichkeit herauszufinden, wer der Werwolf ist?« wollte Billerand wissen.

»Nicht, daß ich wüßte. Wir können nur die Augen offenhalten und einige Vorsichtsmaßnahmen treffen.«

»In der Zwischenzeit sitzen wir wieder fest«, bemerkte Hawkwood.

»Pernicus' Wind starb mit ihm. Das Schiff liegt wieder im Kalmengürtel.«

Schweigend standen sie da und schauten auf die verstümmelten Überreste des Wettermachers hinab.

»Ich glaube, das war kein wahlloser Mord«, meinte Bardolin schließlich. »Pernicus wurde bewußt ausgewählt. Was immer dieses Ding antreibt, es will nicht, daß diese Expedition den Westlichen Kontinent erreicht.«

»Dann handelt es also willkürlich, auch in Gestalt der Bestie?« erkundigte Hawkwood sich beunruhigt.

»O ja. Werwölfe bewahren sich die Identität ihrer menschlichen Gestalt. Es ist einfach so, daß ihr ... Instinkt bloßgelegt und unkontrollierbar wird, und daß dadurch ...«

»Bardolin, Kapitän – ich möchte in meiner Kabine mit Euch sprechen«, unterbrach Murad ihn abrupt. »Fähnriche, ihr sorgt dafür, daß Pernicus' Leiche verschwindet. Gebt acht, daß niemand euch dabei sieht. Der Mann wurde ermordet; mehr brauchen die anderen an Bord nicht zu wissen. Sequero, sorg dafür, daß an jeder Luke, die in den Frachtraum führt, Wachen postiert bleiben. Das Ding könnte immer noch hier unten sein.«

»Habt ihr Eisenkugeln für die Hakenbüchsen?« fragte Bardolin.

»Nein, wir verwenden Blei. Warum?«

»Eisen und Silber fügen diesen Kreaturen den größten Schaden zu. Selbst der Stahl eurer Schwerter kann ihnen nicht viel anhaben. Am besten laßt ihr so schnell wie möglich Eisenkugeln gießen.«

»Ich setze den Schiffsschmied darauf an«, sagte Billerand.

Sie überließen Sequero und di Souza ihrer gräßlichen Aufgabe und gingen zurück durch das Schiff.

»Bist du sicher, daß du nicht in der Koje sein solltest?« wandte sich Hawkwood an Billerand. Der Erste Maat stöhnte und keuchte bei jedem Schritt, als sie die Niedergänge hinaufstiegen.

»Es braucht schon mehr als ein paar gebrochener Knochen, um mich von meiner Pflicht abzuhalten, Kapitän. Außerdem habe ich so ein Gefühl, daß wir bald jeden Schiffsoffizier brauchen, den wir kriegen können.«

»Aye. Geh zum Kanonier, Billerand. Ich will, daß jeder eine Waffe bekommt. Hakenbüchsen, Enteräxte, Entermesser, irgend etwas. Sollte jemand übermäßig neugierig werden, erfinde eine Geschichte über Piraten.«

Verkniffen lächelte Billerand unter dem zottigen Schnurrbart. »Die würden sich wünschen, es wäre wahr!«

»Am besten stellst du auch achtern Wachen auf, um das Bild zu vervollständigen. Wenn es uns gelingt, jeden davon zu überzeugen, daß die Bedrohung von außerhalb kommt und menschlich ist, hält sich die Gefahr einer Panik in Grenzen.«

»Lassen wir doch durchsickern, daß sich ein Spion an Bord befindet, der Pernicus ermordet hat«, schlug Bardolin vor.

Murad lachte freudlos. »Es *ist* ein Spion an Bord.«

Hawkwood, Bardolin und Murad versammelten sich in der Kabine des Adeligen, während sich hinter ihnen Tumult auf dem Schiff erhob. Von den Decks ertönte Donnergrollen, als die Kanonen ausgefahren wurden. Die Seeleute wurden bewaffnet, die Passagiere in enge Winkel zusammengetrieben. Im dem Durcheinander sollte es für Murads Offiziere einfach sein, Pernicus' Leiche heimlich über Bord zu werfen.

»Nehmt Platz, meine Herren«, forderte Murad sie mit düsterer Miene auf und deutete auf das Bett und den freien Stuhl. Nun, da der Wind ausblieb, begann sich Hitze unter

Deck zu stauen. Schweiß glänzte auf den Gesichtern. Dennoch öffnete Murad die Heckfenster nicht.

»Der Radau wird unser Gespräch übertönen«, meinte er und wies mit dem Daumen auf die Kabinentür, durch die der Lärm drang, der an Bord des Schiffes herrschte. »Gut so.«

Er öffnete eine Schublade des Schreibpults und holte ein in Öltuch gewickelte Paket hervor. Es war rechteckig, die Hülle ziemlich abgegriffen. Als er es auspackte, kam ein dickes, zerfleddertes Buch zum Vorschein.

»Das Schiffstagebuch«, keuchte Hawkwood.

»Ja. Ich halte es nunmehr für angemessen, Euch den Inhalt zu offenbaren, Kapitän. Ebenso Euch, Bardolin, da ich das Gefühl habe, daß Ihr Euch mit derlei Dingen auskennt.«

»Ich verstehe nicht recht«, erwiderte der Magier. Der Kobold regte sich an seiner Brust, was jedoch niemand bemerkte.

»Wir sind nicht die erste Expedition, die nach dem Westlichen Kontinent sucht. Vor der unseren gab es schon eine – eigentlich zwei. Beide endeten in einer Katastrophe. Die zweite Expedition deshalb, weil sich ein Werwolf an Bord des Schiffes befand.«

Eine Pause trat ein. Der Lärm und Trubel auf der Karacke setzten sich draußen unvermindert fort.

»Davon habt Ihr mir nie etwas erzählt«, stellte Hawkwood frostig fest.

»Ich hielt es nicht für notwendig. Aber so wie die Dinge jetzt stehen, hab ich meine Meinung geändert. Expeditionen in den Westen scheint stets ein ähnlicher Weg ins Verderben beschieden zu sein.«

»Erklärt Euch, bitte«, warf Bardolin ein. Schweiß rann ihm über die Schläfen und tropfte von der krummen Nase.

Rasch erzählte Murad den beiden von dem mehr als ein Jahrhundert zurückliegenden Schicksal der *Cartigellan Faulcon.* Außerdem berichtete er ihnen von den Hinweisen auf eine noch frühere Reihe in den Westen, die das Buch enthielt – die Reise einer Gruppe von Magiern, die versucht hatten, der Verfolgung in den ramusischen Königreichen zu entkommen.

»Die Angaben sind bruchstückhaft und verschleiert, aber ich habe mich bemüht, so viel wie möglich daraus zu entnehmen«, fuhr Murad fort. »Was mich beunruhigt, sind die Ähnlichkeiten zwischen den drei Reisen. Werwölfe, *Dweomer.* Tod an Bord der Schiffe.«

»Und ein schreckliches Ende«, fügte Hawkwood hinzu. »Wir sollten Kurs zurück auf Abrusio nehmen, die Boote zu Wasser lassen und das Schiff in einen Wind schleppen. Der Ordensbruder, den wir an Bord haben, hat recht: auf der Reise lastet ein Fluch.«

Mit dumpfem Dröhnen ließ Murad die Faust auf den Tisch krachen. Staub wirbelte von den Seiten des antiken Buches auf.

»Wir kehren nicht um. Welcher Dämon auch immer sich mit uns eingeschifft hat – genau das entspricht seinem Wunsch. Ihr habt gehört, was Bardolin gesagt hat. Irgend jemand oder irgend etwas sabotiert seit mindestens drei Jahrhunderten Expeditionen in den Westen. Ich habe die Absicht, den Grund dafür herauszufinden.«

»Also glaubt Ihr, der Westliche Kontinent ist bewohnt?« fragte Bardolin.

»Ja, das glaube ich.«

»Was ist mit der *Gnade Gottes*?« warf Hawkwood plötzlich ein. »Könnte auch ihr Verschwinden auf Sabotage zurückzuführen sein?«

»Vielleicht. Wer weiß?«

Hawkwood stieß einen bitteren Fluch aus.

»Wenn die Karavelle verloren ist, Kapitän, wollt Ihr denn nicht erfahren, wie und warum es passiert ist? Und wer Euer Schiff zerstört und Eure Besatzung getötet hat?« Murad sprach zwar leise, doch seine Stimme klang eiskalt.

»Nicht um den Preis dieses Schiffes und des Lebens der Menschen an Bord«, gab Hawkwood zur Antwort.

»Das muß nicht geschehen, wenn wir wachsam genug sind. Durch das Schicksal der früheren Schiffe sind wir gewarnt. Wir müssen nicht auch so enden.«

»Und wie sollen wir dieses Wesen aufspüren? Ihr habt Bardolin gehört – es gibt keine Möglichkeit festzustellen, wer der Gestaltwandler ist.«

»Vielleicht kann der Ordensbruder es uns sagen. Ich habe

gehört, daß Geistliche eine Nase für dergleichen Dinge haben.«

»Nein«, widersprach Bardolin hastig. »Das ist ein Irrglaube. Der einzige Weg, einen Gestaltwandler zu entlarven, besteht darin zu warten, bis er sich verwandelt, und darauf vorbereitet zu sein.«

»Was bringt ihn dazu, sich zu verwandeln?« wollte Hawkwood wissen. »Ihr habt doch gesagt, selbst in Gestalt der Bestie handelt er noch in gewisser Weise vernunftbestimmt.«

»Ja. Aber ich habe auch gesagt, daß er dann impulsiv und unkontrollierbar ist. Denn wenn wir umkehren, so glaube ich, hat er erreicht, was er wollte, und verspürt vielleicht keine Notwendigkeit mehr, sich neuerlich zu verwandeln. Wenn wir hingegen ankündigen, daß wir den Kurs beibehalten, könnte er sich gezwungen fühlen, uns vom Gegenteil zu überzeugen.«

»Hervorragend«, meinte Murad. »Da habt Ihr es, Kapitän. Wir müssen nach Westen weitersegeln, wenn wir dieses Ding dazu bringen wollen, sich zu verraten.«

»Nach Westen weitersegeln!« Hawkwood lachte auf. »Im Augenblick segeln wir nirgends hin. Die Segel sind leer wie die Geldbörse eines Bettlers. Das Schiff steht still.«

»Es *muß* einfach etwas geben, das wir unternehmen können«, beharrte Murad gereizt. »Bardolin, Ihr seid Magier. Könnt Ihr denn nicht einen Wind herbeizaubern?«

»Ein Magier beherrscht nur vier der Sieben Disziplinen«, klärte Bardolin ihn auf. »Wettermachen gehört nicht zu meinen Fähigkeiten.«

»Was ist mit den anderen Passagieren? Bis auf den letzten Mann sind es Magier und Hexen, sonst wären sie nicht hier. Einer von ihnen muß uns doch helfen können.«

Bardolin lächelte ironisch. »Pernicus war der einzige, der über diese spezielle Gabe verfügte. Vielleicht solltet Ihr Bruder Ortelius auffordern, um einen Wind zu beten, Fürst Murad.«

»Werdet bloß nicht unverschämt«, herrschte Murad ihn an.

»Ich wollte nur darauf hinweisen, daß der Abschaum der

ramusischen Gesellschaft in Notlagen plötzlich sehr gefragt zu sein scheint.«

»Nur deshalb, weil einer davon mit seiner höllischen Hexerei die Sicherheit des gesamten Schiffes gefährdet«, gab Murad schneidend zurück. »Man braucht einen Dieb, um einen Dieb zu fangen, sagt man.«

Die Augen im Gesicht des einstigen Soldaten funkelten. »Nun, dann will ich Euch Euren Dieb fangen. Aber ich werde es nicht ohne Gegenleistung tun.«

»Aha! Da also liegt der Hase im Pfeffer. Und was genau erwartet Ihr Euch dafür, Magier?«

»Das lasse ich Euch zu angemessener Zeit wissen. Sagen wir vorläufig, Ihr schuldet mir einen Gefallen.«

»Noch haben wir das verfluchte Ungeheuer nicht gefaßt«, gab Hawkwood leise zu bedenken. »Über Verbindlichkeiten könnt ihr euch dann den Kopf zerbrechen, wenn wir den Schädel der Bestie auf einer Lanze stecken haben.«

»Klug gesprochen, Kapitän«, stimmte Murad zu. »Da habt Ihr.« Er warf Hawkwood das Schiffstagebuch in den Schoß. »Lest es in Eurer Freizeit. Vielleicht kann es Euch von Nutzen sein.«

»Das bezweifle ich. Wir sind weit vom Kurs abgetrieben, Murad. Das Schiffstagebuch hilft mir jetzt auch nicht weiter. Von nun an segeln wir in Gewässern, über die keine Aufzeichnungen vorliegen, sofern wir nicht zurück auf unsere frühere Höhe gelangen – was ohne einen künstlichen Wind nahezu unmöglich ist. Nach allem, was Ihr mir erzählt habt, scheint die *Faulcon* nie so weit in den Süden vorgedrungen zu sein. Ich beabsichtigte, einen Kurs hart West einzuschlagen, parallel zum alten. Ein Versuch, wieder die frühere Höhe zu erreichen, hat keinen Sinn.«

»Was ist, wenn wir südlich am Westlichen Kontinent vorbeifahren?« wollte Murad wissen.

»Wenn er nur halb so groß ist wie Normannien, muß er auch auf dieser Höhe noch vorhanden sein. Aber wie auch immer – der Versuch, nach Norden zurückzusegeln, käme glattem Selbstmord gleich. Das sagte ich Euch schon, bevor wir Pernicus' Dienste in Anspruch genommen haben.«

Murad zuckte die Schultern. »Mir ist das alles eins, solange wir am Ende Land sichten und noch fähig sind, es zu betreten.«

»Darum kümmere ich mich. Eure Angelegenheit ist die Bestie, die das Schiff heimsucht.«

Bis zum Ende der Morgenwache waren die Kanonen wieder verstaut worden. Das Gerücht hatte sich wie eine Seuche verbreitet: Pernicus war von einem Spion ermordet worden, der als blinder Passagier an Bord gegangen war, und der Mörder verbarg sich noch unerkannt auf dem Schiff. Allmählich vermittelte die Karacke den Eindruck einer belagerten Festung. Überall stieß man auf Soldaten, die Fahrgäste ausfragten; die Besatzung war bewaffnet, und die Schiffsoffiziere brüllten ringsum Befehle durch die Gegend. Die zusammengeflickten Boote wurden zu Wasser gelassen, und Matrosentrupps begannen, die Karacke nach Westen zu schleppen, hinaus aus dem Kalmengürtel. In der unbewegten Hitze des Tages war dies eine mörderische Aufgabe.

Trotz der Angst und Ungewißheit wurden die letzten Schäden behoben, die der Sturm verursacht hatte, und nach und nach glich das Schiff seinem alten Ich – mit neuen Planken rund um das Achterdeck und Mittelschiff und neuen Tauen an den Marsen. Die Segel jedoch blieben unverändert schlaff und leer, und das Meer präsentierte sich beharrlich reglos wie die Oberfläche eines grünen Spiegels, während die Sonne von einem wolkenlosen Himmel brannte.

Auf dem Fockmars begab es sich, daß Bardolin und Griella endlich ungestört miteinander sprechen konnten. Die dicke Marsstenge im Rücken, kauerten sie auf der Plattform, umgeben von einem niedrigen Saum und spinnennetzähnlicher Vertäuung.

Bardolin, dessen Gesicht vom Erklimmen der Wanten bei dieser Hitze noch gerötet war, ließ den Kobold heraus. Freudig quiekend sprang er auf die Brüstung, starrte auf das tief unter ihnen liegende Deck und schaute hinaus auf den verschwommenen Horizont.

»Du hast davon gehört, nehme ich an?« erkundigte Bardolin sich kurz angebunden.

»Von Pernicus? Ja. Warum hat jemand so etwas getan? Er war doch so ein harmloser kleiner Mann!« Griella trug die übliche Kleidung und ein Leinenhemd, das wohl einst Murad gehört hatte, wie Bardolin vermutete. Der Kragen war mit Borten besetzt; die weiten Ärmel hatte sie bis zu den Ellbogen hochgerollt, wodurch sie braune Unterarme mit goldenen Härchen entblößte.

»Pernicus wurde von einem Gestaltwandler ermordet, Griella«, teilte der Magier ihr mit frostiger Stimme mit.

Ihre blassen Augen weiteten sich, bis er den seltsamen, gelb-goldenen Schimmer um die Pupillen erkennen konnte. »Bardolin! Bist du sicher?«

»Dir ist bestimmt nicht entfallen, daß ich schon gesehen habe, wie Gestaltwandler töten.«

Sie starrte ihn an. Ihr Mund öffnete sich. Endlich brachte sie es heraus:

»Aber du glaubst doch nicht – doch, du glaubst es *wirklich*! Du glaubst, ich war es!«

»Nicht du, sondern die Bestie, die in dir haust.«

Griellas Augen funkelten; der gelbe Schimmer wurde stärker, bis sie kaum noch menschlich wirkten. »Wir sind eins, die Bestie und ich, und ich sage dir, *ich* habe Pernicus nicht getötet.«

»Erwartest du, daß ich glaube, zwei Gestaltwandler wären an Bord dieses Schiffes?«

»So muß es wohl sein, sonst hast du dich eben geirrt. Vielleicht hat jemand Pernicus auf eine Weise getötet, daß es *aussieht*, als hätte es eine Bestie getan.«

»Ich bin kein Narr, Griella. Ich habe dich schon öfters gewarnt. Nun ist es passiert.«

»*Ich* war es *nicht!* Bitte, Bardolin, du mußt mir glauben!«

Der Schimmer in den Augen wich wieder. Nur das Licht der erbarmungslosen Sonne ließ die Tränen darin glitzern. Griella war wieder ein kleines Mädchen, das an Bardolins Knie rüttelte. Entgeistert beobachtete der Kobold die beiden.

»Warum sollte ich?« fragte Bardolin barsch, wenngleich er

sich nichts sehnlicher wünschte, als sie in die Arme zu nehmen, ihr zu sagen, daß er ihr glaubte, daß alles wieder gut würde.

»Kann ich dich nicht durch irgend etwas überzeugen?«

»Wie willst du das anstellen, Griella?«

»Ich könnte dich in meinen Geist schauen lassen, so wie damals, als ich kurz davor war, mich in die Bestie zu verwandeln, und du mich aufgehalten hast. Damals hast du in mein Inneres geblickt, Bardolin. Das kannst du doch noch einmal tun.«

»Ich …«

Mittlerweile fühlte er sich nicht mehr so selbstsicher. Er hatte die Absicht gehabt, Griella ein Geständnis zu entlocken. Weiter hatte er noch nicht gedacht. Natürlich hätte er Murad das Mädchen niemals ausgeliefert – gewiß hätte er irgendeinen Handel schließen, irgendeinen Kompromiß herausschinden können. Nun aber wußte Bardolin nicht mehr, wie er vorgehen sollte.

Denn er glaubte ihr tatsächlich.

»Laß mich in deine Augen schauen, Griella. Sieh mich an.«

Gehorsam hob sie den Kopf. Die Sonne stand hinter ihm, so daß sein Schatten auf sie fiel. Tief, ganz tief blickte er in die deutlich veränderten Augen, und die Mars, der Mast, das Schiff und der riesige Ozean verschwanden.

Ein Herzschlag, laut und regelmäßig. Doch während er lauschte, änderte sich der Rhythmus. Er wurde ungleichmäßig, geriet aus dem Takt. Es dauerte einen Augenblick, bis Bardolin begriff, daß er zwei Herzen hörte, die nicht völlig im Einklang schlugen.

Bilder und Visionen flackerten wie ein Regen bunter Blätter an ihm vorbei. Auch sich selbst erspähte er, doch er scheute vor dem Anblick zurück. Er sah die abgerissenen braunen Gipfel des Hebros-Gebirges, dort, wo Griella zu Hause gewesen sein mußte. Dann erblickte er rot getünchte Bilder von Mord und Totschlag, die in rascher Folge vorüberzogen.

Zu weit in der Vergangenheit. In seiner Ungeduld war er zu tief vorgedrungen. Er mußte ein wenig zurückweichen.

Der zweite Herzschlag wurde lauter, übertönte den ersten. Der Magier vermeinte, die Hitze der Bestie und das kratzige Fell auf seiner Haut zu spüren.

Da! Ein Schiff auf den unendlichen Weiten des Meeres – und in den dunklen Stunden an Bord das Bild zweier ineinander verschlungener Körper; zerknitterte Leinendecken; das Spiel von Licht und Schatten. Ein ekstatisches, schmales Gesicht in der Dunkelheit, das herabstarrt – Bardolin erkennt es als das Gesicht Murads.

Dann wieder die Bestie, diesmal sehr nahe. Bardolin fühlt ihre Wut, ihren Hunger. Den unversöhnlichen Zorn darüber, eingesperrt zu sein.

Aber sie ist nicht eingesperrt. Sie ist frei und liegt neben dem nackten Mann in der schaukelnden Hängematte; die starken Halteseile quietschen unter dem Gewicht. Sie will töten, will die Nacht in ein blutrotes Inferno verwandeln. Aber sie tut es nicht. Sie liegt neben dem schlafenden, von Alpträumen geplagten Mann und beschützt ihn in den Nächten.

Sie will töten, doch sie kann nicht. Irgend etwas hindert sie daran – etwas, das die Bestie nicht begreifen, aber auch nicht ignorieren kann.

Sonst war da nichts. Ein paar flüchtige Bilder. Er selbst, der Kobold, das entsetzliche Wüten des Sturmes. Sonst nichts. Keine Erinnerung an Mord – nicht auf diesem Schiff, nicht seit Abrusio. Griella hatte die Wahrheit gesagt.

Einen Augenblick noch verharrte Bardolin und schaute sich in den verschlungenen Fugen der Erinnerung Griellas um, wo er da und dort die Verbindung zwischen Wolf und Frau erkannte – die Bereiche, wo sie einander bekämpften, wo die Kontrolle am schwächsten war. Mit einem Gefühl der Erleichterung, zugleich aber auch der Trauer, zog er sich zurück. Sie liebte Murad tatsächlich – auf eine perverse Art und Weise, die selbst die Bestie nicht begriff. Und indem sie ihn liebte, übte sie eine Gewalt gegen sich selbst aus, die Bardolin einfach nicht zu ergründen vermochte.

Auch den alten Magier liebte Griella – aber nicht auf dieselbe Weise, ganz und gar nicht. Bardolin schalt sich einen

Narren ob des unerwartet heftigen Gefühls der Trauer, das diese Erkenntnis hervorrief.

Die Sonne brannte auf sie hinunter. Griellas Augen wirkten glasig. Sanft tätschelte Bardolin ihr die Wange, bis sie blinzelte und lächelte.

»Nun?«

»Du hast die Wahrheit gesagt«, brachte er mühsam hervor.

»Das scheint dich nicht übermäßig zu freuen.«

»Du hast Pernicus zwar nicht getötet, aber du treibst ein überaus gefährliches Spiel mit Murad, mein Kind.«

»Das ist meine Sache.«

»Stimmt. Aber das Unmögliche scheint wahr zu sein. Ein zweiter Gestaltwandler befindet sich an Bord des Schiffes.«

»Ein zweiter Gestaltwandler? Wie kann das sein?«

»Keine Ahnung. Dir ist nicht zufällig irgendwas aufgefallen? Hast du irgendeinen Verdacht?«

»Gott, nein. Ich habe noch nie im Leben einen Leidensgenossen getroffen, obwohl die Leute behaupten, daß es in Hebros sehr viele gibt.«

»Dann können wir wohl nichts unternehmen, bis er beschließt, sich zu zeigen.«

»Warum sollte sich ein zweiter Gestaltwandler mit uns einschiffen?«

»Vielleicht, um die Reise zu sabotieren. Deshalb hat er auch Pernicus getötet. Murad hat mir heute etwas anvertraut, das mir keine Ruhe läßt. Ich muß hinunter und in meinen Büchern nachschlagen.«

»Sag schon, Bardolin! Was ist los?«

»Ich weiß es selber noch nicht. Halte die Augen offen. Und noch was, Griella: Laß die Bestie eine Weile nicht frei, auch nicht in Murads Kabine.«

Sie errötete. »Das also hast du gesehen! Du hat uns nachspioniert!«

»Ich hatte keine Wahl. Der Mann ist schlecht für dich, Kind, und du bist schlecht für ihn. Vergiß das nicht.«

»Ich bin kein Kind, Bardolin. Also behandle mich auch nicht wie eines.«

Sanft streichelte er ihr über die weichen Wangen, fuhr mit

den Fingern über die braunen Sommersprossen und die sonnengebräunte Haut.

»Sei mir nicht böse, Griella. Ich bin nur ein alter Mann, der sich Sorgen um dich macht.«

»So alt bist du gar nicht, und ich bedauere, daß du dir Sorgen machst.«

Bardolin wandte sich ab und hob den Kobold auf, der fasziniert um sich blickte.

»Komm. Schauen wir, ob es der gar nicht so alte Mann durch dieses Seillabyrinth bis nach unten schafft, ohne sich dabei den grauhaarigen Schädel auf dem Deck aufzuschlagen.«

Langsam quälte die Karacke sich nach Westen, gezogen von den Männern, die sich in Beibooten des Schiffes abrackerten. Kaum zwei Wegstunden schafften sie an einem Tag. Die Matrosen wurden immer erschöpfter, obwohl die Besatzungen der Boote sich stündlich abwechselten. Hawkwood begann, das Trinkwasser so streng zu rationieren, als würde es sich um Gold handeln. Soldaten mit Eisenkugeln in den Läufen ihrer Hakenbüchsen bewachten Tag und Nacht die Wasserfässer im vorderen Teil des Frachtraums. Die Menschen an Bord wurden still und mißtrauisch. Salzrauen bildeten sich auf jedermanns Haut, da es kein Frischwasser mehr zum Waschen gab und das Salz in den Stoffen allmählich die Haut aufschürfte. Und ununterbrochen brannte die Sonne von einem wolkenlosen Himmel. Im klaren grünen Wasser unter dem Kiel wuchs beständig der Schatten von hängendem Tang, der sich am Rumpf der Karacke bildete.

Die Matrosen bemühten sich eifrigst, die Vorräte an Bord aufzubessern. Sie fingen Heringe auf ihrem Zug nach Westen, und Thunfische, und riesige, schlauchförmige Moränen, manchmal sogar Oktopusse mit sich windenden, schleimigen Tentakeln, von denen einige so lang waren, daß sie die kleineren Beiboote beinahe umfassen konnten.

Immer häufiger sichteten sie Seetang, der sich in verfilzten Feldern über die Meeresoberfläche erstreckte. Auf dem Tang befanden sich Kolonien rosaroter und scharlachroter Krabben, die auf der Suche nach Aas dahintrippelten. Die Tangbeete stanken bestialisch und erwiesen sich als übersät mit Seeläusen und anderem Ungeziefer. Es war unvermeidbar, daß einige davon an Bord gelangten; schon bald hatte der Großteil der Besatzung und der Passagiere ihre liebe Not mit lästigen roten Bissen, die ein unangenehmes Jucken im Haar und an den Weichteilen hervorriefen.

In der Dunkelheit einer Mittelwache erhob sich ein riesiger, glitzernder Rücken wie ein im Entstehen begriffener Hügel neben der Karacke aus dem Meer – eine Masse, deren Größe der des Schiffes nahezu gleichkam. Ein langhalsiger Kopf mit einem hornigen Schnabel beobachtete die erstaunte Schiffswache, bevor das Wesen in einem Wirbel aus weißem Schaum wieder untertauchte. Eine Hügelrückenschildkröte. Die Matrosen kannten sie aus alten Legenden und Seemannsgarn. Doch man hatte stets angenommen, daß landhungrige Seeleute, fern der Heimat, die Tiere mit Inseln verwechselt hätten. Die Besatzung schlug das Heiligenzeichen vor der Brust. Am folgenden Tag wurde Bruder Ortelius' Predigt besser besucht als je zuvor, was dem Geistlichen ein verschmitztes Lächeln stiller Freude entlockte. Er nannte die Reise eine Flucht vor dem Antlitz Gottes, und unter Murads düsteren Blicken erklärte er, daß Gottes Diener sich nicht durch Drohungen oder Einschüchterungen den Mund verbieten ließen. Letzten Endes würde Gottes Wille ja sowieso geschehen.

Am selben Abend ließ Hawkwood zwei Männer auspeitschen, weil sie die Befehle der Schiffsoffiziere in Frage gestellt hatten.

Die Männer in den Booten ruderten durch schwüle Nächte, Wache für Wache. Mühevoll plagten sich die Riemen durch den stinkenden, verfilzten Tang mit all den Krabben und Würmern und Läusen. Auf dem Batteriedeck kreisten die Gespräche um Pernicus' Tod und den möglichen Mörder. Wilde Theorien wurden gesponnen und machten die Runde. Bardolin konnte nicht mehr tun, als die *Dweomer* ruhigzuhalten.

Mittlerweile offenbarten sich immer häufiger Anzeichen

von Magie. Einige der Ammenweiber vermochten geringe Mengen Salzwasser in Süßwasser zu verwandeln, während andere die Salzkrusten auf der Haut behandelten, an denen jedermann litt. Viele erschufen weiße Irrlichter, die sie die Nacht hindurch brennen ließen, aus Angst vor dem, was in den dunklen Stunden über das Deck kriechen konnte.

Und dann – acht zermürbende, windlose, auszehrende Tage nachdem Pernicus seinem Schöpfer gegenübergetreten war – blies ein Wind über die Oberfläche der spiegelglatten See. Es war ein Nordoster, der im Laufe der Morgenwache an Kraft zulegte, bis die Segel der Karacke sich wieder bauschten und sich weißer Schaum unter dem Bug brach. Ein vereinter Seufzer der Erleichterung entfuhr den Menschen an Bord, als das Fahrwasser hinter dem Heck immer breiter wurde und die *Osprey* den Bugspriet wieder unmittelbar gen Westen richtete.

Von jenem Zeitpunkt an setzte das eigentliche Töten ein.

22

Vol Ephrir, Hauptstadt von Perigraine. Für viele die schönste Stadt der Welt.

Sie war auf einer Insel inmitten des mächtigen Flusses Ephron gelegen. Hier, dreihundert Meilen von seinem Quellgebiet entfernt, präsentierte der Ephron sich als glitzerndes blaues Wasserband mit einer Breite von über einer Meile. Die Insel Ephrir war ein langer, flacher Landstreifen, der sich über fast drei Wegstunden hinweg entlang dem Mäander des Ephron wand. Vor Jahrhunderten errichteten die Fimbrier Mauern rund um die Insel als Schutz gegen die ständigen Überflutungen durch den Fluß. Außerdem schütteten sie mitten im Lauf des Ephron einen künstlichen Hügel auf, um eine Zitadelle darauf zu bauen. Um diese Festung herum entstand die Stadt. Fischerdörfer schlossen sich zu Bezirken zusammen; Anlegestellen für Handelsschiffe nahmen immer größere Flächen am Flußufer ein; schöne Häuser und Türme wuchsen weiter im Stadtinnern aus dem Boden – bis eines Tages die gesamte Insel verbaut war, ein Gewirr aus Häusern und Villen und Lagern und Tavernen und Geschäften und Märkten, ohne jede Ordnung, ohne jeden Plan. Deshalb erließ ein längst verstorbener König von Perigraine ein Dekret, demzufolge die Stadt besser eingeteilt werden mußte. Die Fischerbaracken wurden abgerissen, die Straßen verbreitert und mit Kopfsteinpflaster ausgelegt und die Häfen neu und größer gebaut, damit sie auch die tiefbauchigen Getreidefrachtkähne aufnehmen konnten, die flußaufwärts aus Candelaria kamen.

Der Umbau der Stadt erfolgte entsprechend einem architektonischen Ideal, wodurch sie für den Großteil der westlichen Welt zu einer Art Wunder wurde: die perfekte Stadt. Und anders als zahlreiche der anderen ramusischen Hauptstädte war Vol Ephrir noch nie Schauplatz eines Krieges oder einer Belagerung gewesen.

Der Ort strahlt eine seltsame Unschuld aus, ging es Abeleyn durch den Kopf, als er die breiten Straßen entlangritt und den Duft der Gärten in sich aufnahm. Vielleicht lag es an der Milde des Klimas. Wenngleich man im Osten, kaum dreißig Wegstunden entfernt, die vom frühen Schnee weißen Berge von Cimbric erblickte, fühlte die Luft im Tal von Perigraine sich weder warm noch kalt an. Zwar konnte es im Winer durchaus bitterkalt sein, doch der gemächliche Übergang in den Herbst stand der Stadt gut, genauso wie die Millionen roter und gelber Birken- und Ahornblätter, die in den Teichen Vol Ephrirs und auf der Oberfläche des mächtigen Ephron trieben. Das dahintreibende Laub verstärkte noch den Eindruck der Friedlichkeit, denn wenngleich Vol Ephrir ein geschäftiger, lebendiger Ort war, so strahlte er doch Gediegenheit und Würde aus. Ein richtiges Schmuckstück eben. Die Bevölkerung von einer Viertelmillion Einwohner entsprach fast der Größe von Abrusio, doch Abeleyns Heimatstadt hatte etwas Hektischeres an sich. Wahrscheinlich dieses farbenprächtige Gewimmel, dieses vibrierende, dicht gedrängte Durcheinander. Vol Ephrir war wie eine gesetzte alte Dame, die ihre Gäste in königlicher Pracht empfing, während Abrusio wie eine derbe alte Hure war, die für die Welt die Beine spreizte.

König Abeleyn von Hebrion befand sich seit zwei Tagen in der perigrainischen Hauptstadt. Er hatte bereits an einem Bankett des jungen Königs Cadmost teilgenommen und sich an der Jagd auf den Vareg versucht, jenen bösartigen, mit Stoßzähnen bewehrten Pflanzenfresser, der in den Wäldern am Fluß sein Unwesen trieb. Nun wartete Abeleyn mit Ungeduld auf den Beginn des Konklave. Die bedeutendsten Herrscher waren bereits angekommen: Mark von Astarak, das geheime Bündnis der beiden im Gepäck; der weißhaarige, jähzornige Haukir von Almark, den Berater vom Orden der Brüder des Ersten Tages wie Geier umflatterten, die ein lahmes altes Schlachtroß erblickten; Skarpathin von Finnmark, ein junger Mann, der den Thron unter recht geheimnisvollen und blutigen Umständen erlangt hatte; Herzog Adamir von Gabrion, der Inbegriff eines brummigen Seebären; und Lofantyr von Torunna, der ausgezehrt und älter als die zweiunddreißig Jahre wirkte, die er tatsächlich zählte.

Natürlich gab es noch andere. Die Herzöge der Grenzlehen waren ebenfalls schon anwesend: Gardiac, Tarber und sogar das abgeschiedene Kardikia hatten je einen Abgesandten geschickt, wenngleich Herzog Comorin nicht persönlich erscheinen konnte. Seit Aekirs Fall war Kardikia vom Rest der ramusischen Welt abgeschnitten. Die einzige Verbindung zu anderen westlichen Mächten bot der Seeweg.

Auch der Herzog von Touron und der selbsternannte Prinz von Fulk gaben sich die Ehre. In Abeleyns eigenem Gefolge reiste ein Vertreter von Narbukir, jenem fimbrischen Kurfürstentum, das sich vor fast achtzig Jahren von den übrigen losgesagt hatte. Für ihn war am Versammlungstisch kein Platz vorgesehen. Der narbukische Gesandte sollte zu angemessener Zeit vorgestellt werden. Von den fimbrischen Kurfürstentümern selbst hatte Abeleyn noch nichts gehört und keine Antwort auf seine Vorschläge erhalten. Etwas anderes hatte er auch nicht erwartet, trotz Golophins Optimismus.

Die Herrscher der ramusischen Königreiche waren überwiegend junge Männer. Es schien, daß eine ganze Generationen älterer Könige binnen weniger Jahre nacheinander die Macht aus der Hand gegeben hatte, auf daß die Söhne den Thron des Vaters im Alter von Mitte Zwanzig oder Anfang Dreißig besteigen konnten.

Auch drei Prälaten weilten in der Stadt, soeben von der Synode zu Charibon eingetroffen. Escriban von Perigraine, der Prälat des gastgebenden Königreiches; Heyn von Torunna, der mehrere Stunden bei einem Gespräch unter vier Augen mit König Lofantyr verbracht hatte; und Merion von Astarak, der König Mark seine Zeit in ähnlicher Weise gewidmet hatte. Der alte Marat, der Prälat von Almark, bevorzugte den kürzesten Weg nach Hause, doch sein Monarch, Haukir wurde dermaßen von geistlichen Beratern umschwirrt, daß er die Anwesenheit seines Prälaten wahrscheinlich als verzichtbar betrachtete, wie es Abeleyn säuerlich durch den Kopf ging.

Das erste Treffen des Konklave fand in einem Gemurmel von Gerüchten und Spekulationen statt. Es gab Berichte, denen zufolge die ersten Angriffe auf die Feste Ormann bereits stattgefunden hatten und daß – wenngleich ein Teil des Festungskomplexes gefallen war – der Rest noch hielt und sich einem Heer Merduks von über einer halben Million Mann Stärke gegenübersah. Dank Golophins Gerfalken wußte Abeleyn bereits besser Bescheid. Obgleich die Ereignisse sich erst vor wenigen Tagen und eine Monatsreise entfernt abgespielt hatten, wußte er vom fehlgeschlagenen Angriff über den Fluß und der derzeitigen Reglosigkeit des Feindes. Im Augenblick jedoch vermochte er mit diesem Wissen nichts anzufangen.

Zumindest aber war das Wunder bestätigt: Die Festung hielt noch. Vielleicht bestand nun die Möglichkeit, Verstärkung zu schicken. Es hieß, daß gerade jetzt, während die Könige zu ihren Beratungen in Vol Ephrir zusammentraten, fünftausend Glaubensritter aus Charibon unterwegs wären, um die Feste zu verstärken.

Doch es gab eine weitere Neuigkeit, in die nur Abeleyn

und einige wenige andere eingeweiht waren. Die Bestätigung lag vor, daß Macrobius am Leben war und sich wohlbehalten an der Feste Ormann aufhielt, erblindet zwar, doch im Vollbesitz seiner geistigen Kräfte. Himerius' Beförderung zum Pontifex war somit null und nichtig – die erfreulichsten Nachrichten, die Abeleyn seit Wochen erhalten hatte. In besserer Stimmung, als eigentlich zu erwarten gewesen wäre, lehnte er sich auf dem ledergepolsterten Stuhl am Versammlungstisch in der Königshalle von Vol Ephrir zurück.

König Cadamost von Perigraine rief die Versammlung zur Ordnung, wie es seinem Status als Gastgeber gebührte.

Die mächtigsten Männer der Welt befanden sich in einem runden Raum im höchsten Turm des Palastes. Den Boden, über den die Stühle schabten, zierte ein erlesenes Mosaik der Waffen und Flaggen der königlichen Häuser Normanniens. Riesige Fenster aus buntem Glas färbten das Sonnenlicht sechs Meter über den Köpfen der versammelten Könige. Schlaff hingen perigrainische Kriegsbanner von den Dachsparren. In dem riesigen Saal weilten keine Wachen; sie waren draußen im Treppenhaus postiert. Der runde Tisch, um den die Herrscher saßen, war übersät mit Federkielen und Papier. Wer sich als zu erhaben betrachtete, um selbst zu lesen oder zu schreiben, hatte einen Schreiberling mitgebracht.

Man tauschte Höflichkeiten aus, übermittelte Grüße, tat dem Protokoll mit einer endlosen Reihe von Ansprachen Genüge, in denen die eingeladenen Könige ihre Dankbarkeit gegenüber dem Gastgeber zum Ausdruck brachten. Tatsächlich stellte die Ausrichtung des Konklave, selbst für eine große Stadt wie Vol Ephrir, keine leichte Aufgabe dar. Jeder anwesende Herrscher brachte in seinem Gefolge mehrere hundert Begleiter mit, die in gewissem Stil untergebracht werden mußten, wie auch die Monarchen selbst. Es mußte für Unterhaltung in Form von Banketten und Turnieren gesorgt werden, um den gekrönten Häuptern Zerstreuung zu bieten, wenn sie nicht am Versammlungstisch saßen. Köstlichkeiten mußten bereitgestellt werden, um den Appetit der Majestäten zu stillen, und Bier, Wein und andere geistige Getränke, um ihnen beim Entspannen zu helfen. Alles in allem, dachte Abeleyn verbittert, hätte Cadamost mit dem Geld, das er dafür ausgab, den großzügigen Gastgeber für die anderen Monarchen zu spielen, eine ansehnliche Armee aus dem Boden stampfen und ausrüsten können. Aber das war nun mal der Lauf der Welt.

Nachdem das Vorgeplänkel sich dem Ende zuneigte, erhob sich Cadamost aus dem Stuhl, um sich an die Männer zu wenden, die um den Tisch vereint waren. Mit Spannung harrte man seiner Worte. Einige Sitze waren noch leer, und man brannte darauf zu erfahren, ob noch jemand Platz nehmen würde oder nicht, und um wen es sich handelte.

»Dies ist eine Zeit der Herausforderung für die ramusischen Staaten der Welt«, verkündete Cadamost. Er war ein schlanker Mann mittlerer Größe und wirkte eher wie ein Gelehrter denn wie ein König. Aufgrund einer Hornhauterkrankung umrahmten rote Ringe seine Augen. Ständig blinzelte er vor Schmerz, doch wie als Ausgleich dafür klang seine Stimme melodiös wie die eines Barden.

»In der Vergangenheit wurden Konklaven einberufen, um sich mit Problemen zu befassen, denen sich die Königreiche und Fürstentümer Normanniens ausgesetzt sahen. Konklaven sollen gleichermaßen als Schiedsrichter wie als Mittel zur Beilegung von Streitigkeiten dienen. Jedes der hier vertretenen Königreiche hat schon einmal gegen ein anderes Krieg geführt – und doch sitzen nun alle Monarchen friedlich Seite an Seite, vereint durch eine gemeinsame Krise, einen Feind, der uns alle bedroht.

In der Vergangenheit gab es stets eine Macht auf dem Kontinent, die bei unseren Treffen nicht anwesend war und sich weigerte, an unseren Versammlungen teilzunehmen. Diese Macht beherrschte einst Normannien, lebt nunmehr jedoch zurückgezogen. Sie hat sich abgekapselt, sich abgewandt vom Verlauf üblicher Diplomatie und internationaler Beziehungen. In freue mich, ankündigen zu dürfen, daß der Stand der Dinge sich geändert hat. Erst heute morgen trafen Gesandte aus diesem Staat ein. Liebe Kollegen, bitte heißt die Vertreter Fimbriens herzlich willkommen.«

Wie auf ein Stichwort öffnete sich ein Doppelportal in der

Wand. Zwei Männer standen dort, ganz in Schwarz gekleidet.

»Ich heiße euch willkommen, werte Herren«, ließ Cadamost die beiden mit seiner singenden Stimme wissen.

Die Männer marschierten in den Raum und nahmen wortlos am Versammlungstisch Platz. Hinter ihnen fielen die Türen scheppernd ins Schloß, als wollten sie die Endgültigkeit ihres Eintritts unterstreichen.

»Ich darf Ihnen die Marschalle Joankait und Markus von Neyr und Gaderia vorstellen, die in dieser Instanz auch ermächtigt sind, für die Kurfürstentümer Tulm und Amarlaine zu sprechen. Praktisch entsprechen die beiden der Stimme Fimbriens.«

Die anderen Monarchen saßen erstaunt da, insbesondere Abeleyn. Seine eigenen Gesandten waren mit leeren Händen von den rätselhaften Kurfürstentümern aus Fimbrien zurückgekehrt. Doch die vier Kurfürstentümer hatten sich zusammengeschlossen und zwei Vertreter zum Konklave geschickt. So etwas war beispiellos. Einer der Gründe für den Fall der fimbrischen Hegemonie war die erbitterte Rivalität zwischen den Kurfürstentümern gewesen. Was mochte diesen Gesinnungswandel bewirkt haben?

Cadamost stellte ein selbstgefälliges Lächeln zur Schau. Obwohl die anderen Monarchen ihn als politisches Leichtgewicht betrachteten, war ihm doch ein gewaltiger diplomatischer Coup geglückt. Abeleyn musterte die rotgeränderten Augen und das unscheinbare Äußere des Königs von Perigraine. Offenbar hatte er mehr zu bieten als nur eine melodiöse Stimme.

Die Fimbrier saßen regungslos da, zwei kräftige Männer mit extrem kurz geschorenem Haar und hohlwangigen Gesichtern, die unglaubliche körperliche Belastbarkeit erahnen ließen. Sie trugen das traditionelle fimbrische Schwarz – den Stoff, in den sich seit dem Ende der Hegemonie und dem Tod des letzten Imperators alle Männer von gewissem Rang kleideten. Das torunnische Schwarz und Rot von Lofantyrs Tracht stellte eine Ableitung der fimbrischen Farben dar. Schließlich waren es auch die Torunnen, die von den Fimbriern den Ruf der militärischen Hauptmacht auf dem Kontinent geerbt hatten. Doch wer konnte schon wissen, was die Fimbrier derzeit im Schilde führten? Gewiß, das narbukische Fimbrien öffnete sich der Welt nach der Abspaltung von den übrigen Kurfürstentümern, doch die Folge war, daß man es nicht mehr als wirklich fimbrisch betrachtete.

»Wir sind auf Geheiß zweier Könige hier«, verkündete Jonakait. »Wir, die wir im Namen der Kurfürstentümer sprechen, sind uns bewußt, daß der Westen sich der größten Bedrohung seit den Religionskriegen gegenübersieht. Fimbrien, einst stärkste Macht der Welt, will sich den alltäglichen diplomatischen Beziehungen nicht länger verschließen. Man hat mich ermächtigt, Abkommen und Verträge mit den anderen Monarchen von Normannien abzuschließen. Ebenso bin ich berechtigt, militärische Hilfe zu versprechen, falls man danach verlangt.«

»Warum sind eure Kurfürsten nicht persönlich erschienen?« erkundigte Lofantyr sich scharf, womit er deutlich zu erkennen gab, daß ihm die Wendung ›stärkste Macht der Welt‹ ganz und gar nicht gefiel.

Jonakait blinzelte. »Markus und ich sind ermächtigt, an ihrer Statt zu handeln. Wir sind mit der Befehlsgewalt der Kurfürstentümer ausgestattet. Praktisch sitzen wir hier als die wahren Herrscher Fimbriens und sind zu jedweder Handlungsweise befugt, die wir für angemessen halten.«

Also hat die Lage in Fimbrien sich gewandelt, ohne daß es überhaupt jemand bemerkte, dachte Abeleyn. Irgendwie hatten die Kurfürstentümer ihre Streitigkeiten beigelegt und handelten nun vereint. Fraglich blieb für ihn nur, über wieviel Befehlsgewalt die beiden Männer tatsächlich verfügten.

»Könnt Ihr die Bereitstellung von fimbrischen Truppen genehmigen?« erkundigte Lofantyr sich mit augenscheinlicher Gier.

»Das können wir.«

Der torunnische König lehnte sich zurück. »Man könnte Euch beim Wort nehmen, Marschall.«

Kaum merklich zuckte der Fimbrier die Schultern.

Abeleyn jedoch überlegte, wer von den am Tisch versammelten Herrschern wohl tatsächlich gestatten würde, daß fimbrische Hundertschaften neuerlich durch Normannien marschierten. Er hatte sich stets für aufgeschlossen gehalten, frei von jedweden, in der Vergangenheit verwurzelten Vorurteilen, doch selbst er fühlte bei diesem Gedanken einen kalten Schauder über den Rücken laufen. Die Erinnerung saß tief. Kein Wunder, daß zahlreiche Gesichter am Tisch nicht bloß Erstaunen, sondern im selben Maße Ablehnung verrieten.

Cadamost ergriff wieder das Wort, um das Treffen trotz des sensationellen Auftretens der beiden Fimbrier voranzutreiben.

»Diesmal stehen dringende Fragen an, und es ist unabdinglich, daß wir die Probleme besprechen, die ihnen zugrunde liegen. Falls der Westen mit einer einheitlichen Politik auf die Krise im Osten und andere Ereignisse reagieren soll, müssen wir, als Führer unserer Nationen, innerhalb dieser Mauern einige wichtige Entscheidungen fällen.«

»Gehen wir dabei von Gerüchten oder von Tatsachen aus, Vetter?« wollte Haukir wissen. Der weiße Bart knisterte. Man munkelte, daß er und sein Prälat, Marat, miteinander verwandt wären, und zwar näher, als man vermuten mochte. Gerüchten zufolge wurde der almarkanische Prälat im königlichen Haus geboren, jedoch auf der falschen Seite der Decke. Tatsächlich wirkten beide so schroff und stur, daß sie Zwillinge hätten sein können.

»Was meinst du damit, Vetter?« gab Cadamost zurück.

»Diese Gerüchte, daß Macrobius am Leben und in der Feste Ormann ist, zum Beispiel. Solches Gerede muß aus der Welt geschafft werden, bevor es Unheil anrichtet.«

»Dem stimme ich zu«, warf Abeleyn ein. »Man sollte es eingehend überprüfen – für den Fall, daß sich doch ein Körnchen Wahrheit dahinter verbirgt.«

»Pieter Martellus in Ormann behauptet steif und fest, daß Macrobius sich dort aufhält«, erklärte Lofantyr.

Haukir grunzte. »Du glaubst ihm? Der versucht doch nur, ein wenig Rückgrat in seine Garnison zu bekommen, mehr nicht.«

»Ich habe noch nie gehört, daß es torunnischen Soldaten an Rückgrat mangelt«, brauste Lofantyr auf. »Ich dachte eigentlich, das Verhalten meiner Männer in Aekir hätte ausreichend Zeugnis von ihrem Mut gegeben. Meine Landsleute sterben zu Zehntausenden, damit die Königreiche, die hinter ihren Schilden Schutz suchen, nachts ruhig schlafen können. Also erzähl mir nichts von *Rückgrat*, Vetter.«

Bravo! dachte Abeleyn schadenfroh, als Haukirs Gesicht sich verfinsterte und der almarkanische Monarch vor Wut zu schäumen begann.

Doch Lofantyr war noch nicht fertig.

»Man hat mir zur Kenntnis gebracht, daß die fünftausend Glaubensritter, die der Generalvikar der Brüder vom Ersten Tage meinem Prälaten versprochen hat, auf dem Weg nach Ormann kehrt gemacht haben und wieder unterwegs nach Charibon sind. Soviel zur Unterstützung der Kirche. Himerius schlägt in dieselbe Kerbe wie du, Haukir: Er urteilt überhastet, ohne sich Beweise für oder gegen das Gerücht anzuhören. Ich hingegen neige dazu, mich nach keiner Seite hin zu verschließen. Sollte Macrobius tatsächlich noch am Leben sein, so ist dies gewiß ein Zeichen Gottes, daß die Flut der Merduks sich in eine Ebbe verwandelt. Die Neuigkeiten aus Ormann bestätigen dies.«

Abeleyn wechselte einen Blick mit Mark von Astarak. Da war es nun. Die Erfolge in Ormann verschafften Lofantyr den nötigen Rückhalt, um sich dem neuen Pontifex zu widersetzen. Aber, vermutete Abeleyn, wohl auch der Umstand, daß Fimbrier am Tisch saßen, die Versprechen über Truppen abgaben. Der torunnische König mußte sich nicht mehr auf kirchliche Streitkräfte verlassen. Lofantyr stand wieder auf eigenen Beinen, und das war gut so.

»Für Anschuldigenden und Gegenanschuldigungen ist bei dieser Versammlung kein Platz«, mischte Cadamost sich ein, der die Hand hochhielt, um Haukirs Ausbruch vorzubeugen.

»Also widersetzen wir uns dem päpstlichen Dekret des neuen religiösen Führers der ramusischen Welt?« erkundigte sich Skarpathin von Finnmark leichthin. Auf dem Gesicht des meuchelnden Thronräubers blitzte ein sardonisches Lächeln.

Cadamost schwieg, was Abeleyn nützte, um das Wort zu ergreifen.

»Vielleicht ist der Pontifex nicht hinreichend informiert. Er hat wohl nach bestem Wissen und Gewissen gehandelt, um in dieser ereignisreichen Zeit Chaos und Verwirrung – vielleicht sogar eine Spaltung – innerhalb der Kirche zu vermeiden. Aber auch wenn wir uns dem Wortlaut des Dekrets unterwerfen, können wir uns doch wie gerechte Menschen verhalten und dem Ergebnis weiterer Nachforschungen aufgeschlossen entgegenblickten.«

Gemurmel erhob sich, jedoch kein offener Widerspruch. Jeder wußte, daß der hebrionische König und sein einstiger Prälat stets auf Kriegsfuß miteinander gestanden hatten. Mißtrauisch schielte Haukir zu Abeleyn hinüber. Er war der gottlose Knabenkönig, der Rebell. Irgend etwas mußte er im Schilde führen. Sorgsam achtete Abeleyn darauf, durch keine Regung etwas zu verraten.

Cadamost warf Abeleyn einen dankbaren Blick zu. In der Tat hatte der perigrainische König als Gesprächsleiter eine undankbare Aufgabe zu bewältigen.

»Nun, die meisten Diskussionsthemen sind somit angesprochen«, meinte er. »Dieses Gerücht über Macrobius, die Verteidigung der Feste Ormann und die anderen Truppenbewegungen im Osten. Außerdem die Teilnahme unserer neuen Kollegen, der Fimbrier.«

»Es gibt noch andere Themen, Vetter«, meldete Mark von Astarak sich zu Wort.

»Zum Beispiel?«

»Zum Beispiel diese verdammten Verbrennungen, die in Hebrion durchgeführt werden und sich anscheinend auf jeden ramusischen Staat des Kontinents ausweiten sollen.«

»Das ist eine Angelegenheit, über die ausschließlich die Kirche zu befinden hat«, widersprach Haukir.

»Es ist ein Eingriff in die Befehlsgewalt der Krone und wird als solcher von dieser Versammlung diskutiert«, schaltete Abeleyn sich ein. Nun erinnerte nichts mehr an den Knaben. Die dunklen Augen funkelten wie Glas, in dem sich die Sonne spiegelt.

Die anderen Herrscher beäugten Mark und Abeleyn; sie spürten etwas zwischen den beiden, eine geheime Vereinbarung. Doch bis zur Enthüllung des hebro-astaranischen Bündnisvertrages war noch Zeit. Sowohl Abeleyn als auch Mark hatten Kopien davon bei sich, die sie im richtigen Augenblick hervorzuholen gedachten.

»Also gut«, meinte Cadamost. »Das Thema Säuberungsaktionen wird ebenfalls auf den Tisch gebracht, obwohl ich nicht weiß, was gediegene Herrscher dagegen unternehmen können. Mir scheint es sich in diesem Fall um eine Angelegenheit zu handeln, die ausschließlich die Kirche etwas angeht.«

»Sagen wir, ich habe so meine Zweifel, was die Motive betrifft, die dahinterstehen«, erwiderte Abeleyn.

»Stellst du das Urteil des Pontifex Maximus in Frage?« erkundigte sich Lofantyr, wobei er den Umstand außer Acht ließ, daß er selbst genau dies vor wenigen Augenblicken getan hatte.

»Als er diese Entscheidung traf, war er noch nicht Pontifex. Er war Prälat von Hebrion. Somit fallen seine Handlungen aus dieser Zeit in die Zuständigkeit der hebrionischen Krone.«

»Spitzfindigkeiten!« schnaubte Haukir.

»Diese Spitzfindigkeiten könnten sich als bedeutsam erweisen, wenn die Angelegenheit einer königlichen Kommission vorgetragen wird«, entgegnete Abeleyn.

»Du kannst den Pontifex Maximus nicht vor Gericht stellen«, warf Skarpathin von Finnmark ein, der trotz seiner Jugend und der blutigen Methoden, mit denen er sich den Thron erobert hatte, als Konservativer galt.

»Nein, aber vielleicht ist er gar nicht der Pontifex Maximus, sofern Macrobius noch lebt. Außerdem wurde die Säuberungsaktion von einem Prälaten angeordnet, nicht von einem Pontifex. Noch gibt es kein päpstliches Dekret, das die Ausweitung derselben offiziell gebietet.«

»Wie ich höre, befinden sich zweitausend Glaubensritter kurz vor der hebrionischen Grenze. Das hat nicht zufällig etwas mit der Eile zu tun, mit der du das Thema auf den Tisch bringen willst?« erkundigte sich Haukir mit boshaftem Lächeln.

»Ich weiß durchaus zu schätzen, daß die Kirche mich so

reich mit ihren Gaben überhäuft. Aber wie Lofantyr bin auch ich der Meinung, daß sie andernorts sinnvoller eingesetzt werden könnten.«

»Man braucht Männer, um gegen die Merduks zu kämpfen, keine Worte«, pflichtete Markus, der fimbrische Marschall, spontan bei, mit geradezu beunruhigender Unverblümtheit. »Ihr könnt euch nicht länger auf die Truppen der Kirche verlassen, soviel ist offensichtlich. Der Pontifex und die Prälaten kochen ihr eigenes Süppchen. Die kümmern sich einen Dreck um das Schicksal der Feste Ormann. Vielleicht freut es sie sogar, das Bollwerk fallen zu sehen, wenn sie dadurch gleichzeitig den zweiten Pontifex loswerden.« Es war unverzeihlich, die Wahrheit so offen auszusprechen. *Durch die Abkapselung ist den Fimbriern wohl jedweder Sinn für diplomatisches Feingefühl, den sie einst besessen haben mögen, abhanden gekommen,* dachte Abeleyn.

Haukir schien kurz vor einem weiteren Ausbruch zu stehen, doch der Fimbrier fuhr mit dieser gleichmäßigen, tonlosen Stimme fort:

»Die fimbrischen Kurfürstentümer haben beschlossen, dem Westen ihre Streitkräfte zur Verfügung zu stellen. In Fimbrien stehen derzeit sechshundert bewaffnete Hundertschaften bereit. Diese Truppen wurden für mögliche Einsätze außerhalb der Grenzen der Kurfürstentümer abgestellt. Jeder Monarch, der sie benötigt, kann sie bekommen.«

Alle am Tisch Versammelten schwiegen verblüfft. Sechshundert Hundertschaften! Über sechzigtausend Mann. Sie hatten eine Schimäre in ihrer Mitte gehabt, ohne es zu wissen.

»Unter wem werden diese Hundertschaften dienen?« fragte Lofantyr.

»Sie verfügen über eigene Offiziere, und jede Expeditionsstreitkraft wird von einem fimbrischen Marschall kommandiert, der seinerseits Befehle von dem König entgegennimmt, der ihn beschäftigt und ...«

»*Beschäftigt?*« unterbrach Cadamost. Seine roten Augen verengten sich. »Sagt, Marschall, wer kommt für den Sold dieser Männer auf?«

Zum ersten Mal wirkte Markus nicht völlig teilnahmslos.

»Für die Kosten muß natürlich der Monarch aufkommen, unter dem sie dienen.«

Nun also war es heraus. Die Fimbrier schlugen zwei Fliegen mit einer Klappe. Jetzt, da die Kurfürstentümer offenbar ihre Streitigkeiten beigelegt hatten, verfügten sie über ein wahres Füllhorn arbeitsloser Soldaten. Was sollte man mit ihnen anstellen, mit diesen furchtlosen Kriegern? Man verleihe sie an die anderen westlichen Staaten, erleichterte dadurch die zweifelsfrei schwer belastete Wirtschaft – und vergrößere gleichzeitig den fimbrischen Einfluß. Das fimbrische Stöckchen konnte sich eines Tages in einen Prügel verwandeln. Eine kluge Strategie. Abeleyn fragte sich, ob Lofantyr verzweifelt genug sein mochte, um in den sauren Apfel zu beißen. Gewiß mußte er die Konsequenzen erkannt haben.

»Ich möchte nach der heutigen Sitzung unter vier Augen mit Euch sprechen, Marschall«, erklärte der torunnische König schließlich.

Markus verneigte sich leicht, und Abeleyn sah den Glanz des Triumphes in seinen Augen.

»Dieser verdammte Narr!« tobte Mark. »Sieht er denn nicht, was er da macht? Die Fimbrier legen ihm eine Leine um den Hals und führen ihn herum wie einen Hund.«

»Er ist in einer schwierigen Lage«, erwiderte Abeleyn, der Wein trank und eine schwarze Olive auf dem Tisch herumrollte, mit der er das Sonnenlicht einzufangen versuchte. »Die Verstärkung durch die Kirche wurde ihm verwehrt, also muß er von woanders Männer bekommen. Der fimbrische Geheimdienst muß in der Tat wirkungsvoll arbeiten. Der Zeitpunkt für das Angebot ist perfekt gewählt.«

»Glaubst du, sie streben wieder ein Imperium an?«

»Natürlich. Was sonst hätte die Kurfürstentümer überzeugen können, ihre inneren Streitereien beizulegen? Mein Trick, den narbukischen Gesandten mitzubringen, wirkt inzwischen platter als eine aufgestochene Blase. Schon merkwürdig. Golophin muß vermutet haben, daß sich in Fimbrien etwas rührt, denn er war es, der mir geraten hat, die

Kurfürstentümer auszuhorchen. Aber ich glaube kaum, daß er sich so etwas vorgestellt hat, nicht in seinen wildesten Träumen.«

»Oder Alpträumen. Im Vergleich zu diesen Neuigkeiten wirkt unser Bündnis wie schales Bier.«

»Im Gegenteil, Mark. Es wird dadurch wichtiger denn je. Cadamost hat ein geheimes Abkommen mit den Marschällen geschlossen, da bin ich mir ganz sicher. *Seiner* Einladung haben sie Folge geleistet, meiner hingegen nicht. Und Torunna braucht Truppen. Wie gelangt man von Torunna nach Fimbrien? Über Perigraine! Cadamost treibt ein überaus raffiniertes Spiel. Wer hätte ihm das zugetraut?«

Die beiden Könige saßen in einer Taverne an einer der Hauptdurchzugsstraßen der Stadt. Unentwegt polterten Wagen und Karren vorüber. Um sie rankte sich der rot-goldene Schimmer der herbstlichen Bäume, die in langen Alleen fast jede Straße in Vol Ephrir säumte. Scharlachrotes und bernsteinfarbenes Laub lag auf dem Boden verstreut wie ein knisternder Teppich; ein kühler Wind wehte. Wenn sie aufblickten, vorbei an den solide errichteten Gebäuden auf der gegenüberliegenden Straßenseite, konnten sie die in weißem Marmor leuchtenden Palasttürme von Vol Ephrir sehen. Abeleyn erhob das Glas auf sie beide und trank. Es war candelarischer Wein. Die Hälfte der gesamten Exporte aus Cadelaria ging nach Perigraine.

»Wir müssen mit Lofantyr sprechen«, meinte Abeleyn. »Wir müssen ihm klarmachen, was er tut. Ausreden können wir ihm wohl nicht, auf fimbrische Truppen zurückzugreifen, aber er muß sie zumindest sparsam einsetzen. Ein Gutes hat die Sache ja: Nun ist er unabhängig von der Kirche, und dadurch könnte sichergestellt sein, daß Macrobius wieder als Pontifex anerkannt wird. Lofantyr wird ihm auf jeden Fall die Stange halten. Er hat nichts zu verlieren, aber viel zu gewinnen durch einen Pontifex, der sich leicht in eine torunnische Marionette verwandeln ließe.«

»Falls Himerius zurücktritt«, warf Mark düster ein.

»Ein sehr interessanter Einwand, Vetter. Wer würde ihn wohl unterstützen, sollte er sich weigern? Almark natürlich, und Finnmark – die meisten der Herzogtümer im Grenzgebiet.«

»Vielleicht auch Perigraine.«

»Vielleicht. Ich werde einfach nicht recht schlau aus diesem Königreich. Cadamost hat mich ziemlich überrascht – überwiegend negativ.«

Jemand löste sich aus dem Menschenstrom, der die Straße hinauf- und hinunterfloß, und gesellte sich an ihren Tisch. Die Frau verbeugte sich vor den beiden Königen, dann trank sie Wein aus Abeleyns Glas.

»Fürstin Jemilla«, meinte der hebrionische Monarch beiläufig. »Bestimmt hat Euch der Gang durch die Stadt gefallen?«

»Es ist ein seltsamer Ort, Majestät, so ganz anders als unser übervölkertes altes Abrusio. Wie eine Stadt aus einer der alten Hofsagen.«

»Ihr seid blaß. Geht es Euch gut?«

Jemilla trug ein weites dunkelrotes Keid, verziert mit Perlen und Goldzwirn. Das dunkle Haar war mit weiteren perlenbesetzten Nadeln hochgesteckt, das Gesicht weiß wie ein sonnengebleichter Knochen.

»Ganz gut, Majestät. Ich bin nur ein bißchen müde.«

Mark schenkte ihr keine Beachtung. Er hatte sich einigermaßen schockiert darüber gezeigt, daß Abeleyn sie mit zum Konklave brachte, insbesondere seit der hebrionische König offiziell, wenn auch geheim, mit seiner Schwester verlobt war.

»Ihr solltet nicht in die Sonne gehen. In diesem Teil der Welt scheint sie überaus grell. Hier gibt es keinen Staub, der die Strahlen dämpft.«

»Ich warte auf mein Kutsche, Majestät. Wollt Ihr mich bis zur Ecke begleiten? Meine Zofen scheinen mich vorübergehend verlassen zu haben.«

»Mit dem größten Vergnügen, gnädige Dame. Würdest du wohl einen Augenblick auf mich warten, Vetter?«

Allzu freundlich winkte Mark mit der Hand und vergrub die Nase im Glas.

»Er mag mich nicht«, meinte Jemilla, als die beiden sich außer Hörweite befanden.

»Mark fühlt sich zu Euch hingezogen, aber er kann recht prüde sein. Er liebt seine Frau und neigt zu Schuldgefühlen.«

»Ihr beide benehmt euch wie ein Paar Fähnrichslehrlinge auf dem Zug durch die Stadt. Habt ihr keine Diener bei euch?«

Abeleyn lachte. »Meine Leibwächter – und die von Mark – sind durchaus diskret. Auch Cadamost läßt uns zweifellos von seinen Leuten beobachten. In Vol Ephrir braucht Ihr Euch um meine Sicherheit nicht zu sorgen. Sollte mir hier etwas zustoßen, hätte dies schlimme Folgen für Perigraines König.«

Jemilla stützte sich auf seinen Arm. Sie ging langsamer als üblich.

»Ist etwas nicht in Ordnung, gnädige Dame?«

»Ich trage ein Kind in mir.«

Mitten auf der Straße hielten sie inne, wodurch sie neugierige Blicke der Passanten auf sich zogen.

»Seid Ihr sicher?« fragte Abeleyn mit plötzlich tonloser, kalter Stimme.

»Ja, Majestät. Es ist Euer Kind. Seit wir zusammen sind, gab es keinen anderen.«

Abeleyn starrte sie an. Das grelle Sonnenlicht hob die Fältchen um die Ränder ihrer Augen hervor, unterstrich die Blässe der Haut und die Schatten unter den Wangenknochen.

»Ihr seht nicht gut aus, gnädige Dame«, murmelte er.

»Ich kann nichts im Magen behalten. Aber das geht vorüber.«

»Weiß es sonst noch jemand?«

»Meine Zofe wird es wohl erraten haben.« Über dem dicken, weiten Kleid strich Jemilla sanft über ihren Bauch. »Noch merkt man es kaum, aber meine Tage sind schon …«

»Genug, genug! Ich will nichts hören von Euren weiblichen Mechanismen.« Wie die meisten Männer wußte Abeleyn über dieses spezielle Thema äußerst wenig, und noch weniger interessierte er sich dafür. Es war ein schlechtes Omen, während dieser Zeit mit einer Frau zu schlafen, ein Vergehen vor Gott. Mehr brauchte und wollte er nicht darüber wissen.

»Seid Ihr sicher, daß das Kind von mir ist, Jemilla?« fragte er mit leiser Stimme und ergriff ihre Hände.

Tränen traten ihr in die Augen. »Ja, Majestät.« Dann neigte sie den Kopf und begann, leise zu weinen.

»Bei allen Heiligen! Wo bleibt dieser verdammte Karren? Trocknet Eure Augen, Frau, um Himmels willen!«

Die überdachte Kutsche rollte die Straße herab, und Abeleyn hielt sie an.

»Kommt Ihr zurecht?« erkundigte er sich, als er ihr hineinhalf. Nie zuvor hatte er sie weinen gesehen; nun beunruhigte es ihn.

»Ja, Majestät, mir geht es gut. Aber ich kann – kann Euch nicht dieselben Dienste erweisen wie bisher.« Abeleyn errötete. »Macht Euch darüber keine Gedanken. Ich lasse Euch auf dem Seeweg zurück nach Hebrion bringen. In Eurem Zustand werdet Ihr nicht über die Malvennor-Berge klettern. Ich muß einige Dinge in die Wege leiten. Man wird sich um Euch kümmern, Jemilla.«

»Majestät, ich muß Euch sagen – ich will dieses Kind behalten. Ich will es nicht wegmachen lassen.«

Abeleyn versteifte sich. Für einen Augenblick wies er eine geradezu unheimliche Ähnlichkeit zu seinem gestrengen, frömmlerischen Vater auf.

»Der Gedanke ist mir überhaupt nie in den Sinn gekommen. Wie ich schon sagte, für Euch wird gesorgt, und für das Kind ebenso.«

»Danke, Majestät. Ich habe nie daran gezweifelt.«

Er schloß die Tür, und die Kutsche brauste los zum Palast, wo Jemilla eine eigene Zimmerflucht bewohnte. Mit grimmigen Gesicht blickte er dem davonpreschenden Gefährt nach.

Ein uneheliches Kind. Noch dazu keines von einer dahergelaufenen Hure, sondern von einer Dame aus noblem Hause. Das konnte Probleme verursachen. Er mußte vorsichtig sein.

»Irgend etwas nicht in Ordnung?« erkundigte sich Mark, als Abeleyn sich wieder zu ihm gesellte.

»Nein. Weibische Neugierde. Ich habe sie weggeschickt.«

»Eine hübsche Frau, wenn auch schon der reiferen Gattung zuzuordnen.«

»Ja. Sie ist Witwe.«

»Und von edler Geburt«, bemerkte Mark, ohne zu lächeln.

Abeleyn warf ihm einen stechenden Blick zu. »Nicht edel genug, Vetter, glaub mir. Nicht edel genug. Bestell doch noch Wein, ja? Ich fühle mich trockener als eine Wüste im Hochsommer.«

In der überdachten Kutsche nahm das Gesicht Jemillas strahlende und harte Züge an; die Tränen versiegten. Die Kutsche erwies sich als gut gefedert. Man spürte nur ein leichtes Rütteln, wofür Jemilla dankbar war. Noch nie hatte sie ein Kind ausgetragen. Sie war nicht sicher, was genau sie erwartete. Aber das spielte keine große Rolle.

Er hatte ihr geglaubt – das war die Hauptsache. Was würde er jetzt wohl tun? Welche Aussichten hatte ein unehelicher Sohn eines hebrionischen Königs? Das blieb abzuwarten. Es gefiel ihr nicht, wie freundschaftlich Abeleyn sich gegenüber Mark von Astarak verhielt. Als Junggeselle wäre es ihm möglich, unter strikter Geheimhaltung einen Sohn anzuerkennen, selbst einen von der falschen Seite der Decke. Sollte er jedoch heiraten und eine astaranische Prinzessin zu seiner Königin machen … Natürlich war es nicht Abeleyns Kind, sondern das von Richard Hawkwood. Und es würde ein Junge werden; das fühlte Jemilla. Doch zweifelsohne war Hawkwood mittlerweile tot und lag aufgedunsen in den Tiefen eines unendlichen Ozeans. Und selbst wenn er noch lebte – er war nicht von edler Geburt. Niemals durfte er erfahren, daß er einen Sohn hatte. Nein, dieses Kind sollte als Sohn eines Königs aufwachsen. Und eines Tages würde sie dafür sorgen, daß er beanspruchte, was ihm zustand. Er würde nicht um sein Geburtsrecht betrogen werden – und wenn er es einforderte, würde seine Mutter zur Stelle sein, um ihm beizustehen.

23

Man fand Billerand im Verlauf der Mittelwache, unten in den Kabelkammern im vorderen Teil des Frachtraums. Er war hinuntergegangen, um die Acht-Zoll-Kabel zu überprüfen, an denen die Anker hingen. Der Schiffsjunge, Mateo, hatte ihn begleitet. Von dem Jungen fehlte jede Spur. Die Soldaten berichteten, sie hätten nichts gehört.

Da Billerand einst Soldat gewesen war, feuerte ein Garde der Hakenbüchsenschützen ihm zu Ehren eine Salve ab, als die sterblichen Überreste über die Seite des Schiffes geschoben wurden. Dann kehrten die Männer auf ihre Posten zurück, nunmehr zu viert statt paarweise; außerdem brannten überall im Frachtraum Laternen, welche die Schatten vertreiben sollten. Hawkwood und Murad verbrachten den Rest der Nacht in der Kabine des Adeligen, tranken guten Branntwein und zermarterten sich das müde Gehirn darüber, was sie tun konnten, suchten nach einer vernünftigen Möglichkeit, etwas zu unternehmen. Hawkwood schlug sogar vor, Ortelius um Hilfe zu bitten, doch Murad lehnte entschieden ab. Schlimm genug, daß der Geistliche unter den Soldaten und Seeleuten zunehmend an Einfluß zu gewinnen schien; daß jedoch die Schiffsoffiziere zu ihm krochen, um Hilfe zu erbitten, kam überhaupt nicht in Frage.

Bardolin stieß zu ihnen. Schlechte Neuigkeiten standen ihm ins Gesicht geschrieben.

»Ortelius hat eine Art Versammlung auf dem Batteriedeck einberufen«, berichtete er den beiden.

»Das Batteriedeck!« rief Murad aus.

»Ja. Anscheinend hat er es sich zur Aufgabe gesetzt, die armen, verlorenen Seelen der *Dweomer* von seiner Denkungsart zu überzeugen. Auch viele Soldaten sind da, sogar ein paar Matrosen.«

»Ich sage Sequero, er soll die kleine Feier beenden«, meinte Murad, der sich schon halb aus dem Stuhl erhoben hatte.

»Nein, Fürst Murad, ich flehe Euch an, tut das nicht. Dadurch wird alles nur schlimmer. Noch sind die meisten Eurer Männer auf dem Posten, ebenso der Großteil der Seeleute, Kapitän, aber mir ist einer eurer Schiffsoffiziere aufgefallen, dieser Velasca. Er ist dort bei den anderen.«

»Velasca?« brauste Hawkwood auf. »Dieser ungehorsame Hund!«

»Es hat den Anschein«, begann Murad schleppend, »daß unsere Untergebenen aufmüpfig werden. Nimm dir Branntwein, Magier. Und laß dieses Ding aus deinem Mantel, um Himmels willen. Ich habe schon früher Hausgeister gesehen.«

Bardolin ließ den Kobold heraus. Er sprang auf den Tisch, schnupperte am Hals der Branntweinkaraffe; dann grinste er, als Murad ihn sanft unter dem Kinn kraulte.

»Ein Kobold an Bord eines Schiffes bringt Glück«, erklärte Hawkwood leise.

»Ja«, erwiderte Bardolin. »Ich erinnere mich, daß Billerand mir das einmal gesagt hat, damals in Abrusio.«

Betretene Stille trat ein. Hawkwood schüttete den Branntwein hinunter, als handle es sich um Wasser. »Was habt Ihr herausgefunden?« fragte er den Zauberer schließlich, und seine Augen tränten vom starken Alkohol.

»Ich habe gelesen. Über Werwölfe. Meine Sammlung thaumaturgischer Werke ist in einem bemitleidenswerten Zustand – mein Heim wurde zerstört, bevor wir Hebrion verließen –, und ich mußte diskret vorgehen, als ich Erkundigungen anstellte, ob einer der anderen Passagiere ähnliche Werke besitzt, Ihr versteht. Aber die Ergebnisse der spärlichen Nachforschungen, die ich durchführen konnte, besagen, daß Gestaltwandler zweierlei Einschränkungen ganz und gar nicht mögen. Gregory von Touron hat folgendes festgestellt: Je länger der Mensch, der den Gestaltwandler beherbergt, seine menschliche Form aufrechterhält, desto gewalttätiger schlägt die Bestie zu, sobald dieser Mensch sich verwandelt. Wenn Gestaltwandler also nicht wollen, daß sie völlig Amok laufen, sobald sie ihre tierische Form annehmen, müssen sie sich regelmäßig hin und her verwandeln, auch wenn sie in Gestalt der Bestie nur regungslos daliegen. Es ist wie das Aufstechen einer Beule. Von Zeit zu Zeit muß man den Eiter herauslassen. Die Bestie muß atmen.«

»Worin besteht die zweite Einschränkung?« erkundigte Murad sich ungeduldig.

»Das ist einfach. Jede längere Periode der Eingeschlossenheit in enge Räumlichkeiten, wie beispielsweise in einem Haus, einem Keller …«

»Oder auf einem Schiff«, unterbrach ihn Hawkwood.

»Auch das, Kapitän.«

»Hervorragend«, mischte Murad sich mit ätzendem Tonfall wieder ins Gespräch. »Und was bringen uns diese ach so wertvollen Wissensbrocken, alter Mann?«

»Sie bestätigen uns, daß dieser Gestaltwandler doppelt leidet. Zum einen, weil er sich im begrenzten Raum eines Schiffes befindet, zum anderen, weil er sich nicht so regelmäßig verwandeln kann, wie er es vielleicht gern möchte. Deshalb stauen sich Druck und Verzweiflung auf.«

»Ihr hofft, daß er einen Fehler begeht, indem er die Kontrolle verliert«, meinte Hawkwood.

»Genau. Bisher verhielt er sich überaus vorsichtig. Er hat unseren Wettermacher getötet und uns verschont – wahrscheinlich, weil er annahm, das würde reichen. Aber der Wind ist wieder aufgezogen und treibt das Schiff weiter nach Westen. Also schlägt er wieder zu – diesmal bei einem Schiffsoffizier. Mittlerweile streut er die Saat der Panik.«

»Inzwischen ist bekannt geworden, daß es ein Gestaltwandler war, der Pernicus getötet hat«, erklärte Murad. Die Augen in dem blassen Gesicht waren nur als Schlitze erkennbar. »Schwer zu sagen, wer verängstigter ist – die Soldaten oder die Passagiere.«

»Vielleicht hofft er, eine Meuterei heraufzubeschwören«, sinnierte Hawkwood.

»Gut möglich. Aber Gregory schreibt noch etwas Interessanteres: Ein Gestaltwandler, der vor kurzem getötet hat, ist nicht gesättigt – tatsächlich verhält es sich genau umgekehrt. Oft ist es so, daß er immer und immer wieder töten muß, insbesondere, wenn er den zuvor erwähnten Einschränkungen unterliegt. Er verliert zunehmend die Kontrolle, bis der vernünftige Teil seines Selbst sich gänzlich auflöst und die verstandlose Bestie das Ruder an sich reißt.«

»Wahrscheinlich ist genau das mit dem Gestaltwandler an Bord der *Faulcon* geschehen«, warf Hawkwood ein.

»Ich fürchte, ja.«

»Die *Faulcon* beförderte aber keinen Trupp hebrionischer Soldaten. Außerdem hatte man damals keine Hakenbüchsen mit Eisenkugeln«, beharrte Murad. »Nein, ich würde sagen, dieses Wesen bekommt es einfach mit der Angst zu tun. Wenn der Zauberer recht hat, unterwirft der Gestaltwandler sich allmählich den bestialischen Instinkten. Das könnte sich als Vorteil für uns erweisen.«

»Und in der Zwischenzeit warten wir, bis wieder jemand getötet wird?« fragte Hawkwood.

»Ja, Kapitän. Ich glaube, uns bleibt nichts anderes übrig«, antwortete Bardolin.

»Ich halte nicht viel von dieser Strategie, Magier. In diesem Fall würden wir uns wie Schafe verhalten, an die sich der Wolf heranpirscht.«

»Etwas anderes fällt mir nicht ein.«

»Gibt es kein Merkmal, kein Zeichen, an dem man die Bestie auch in menschlicher Gestalt erkennen kann?«

»Manche Ammenweiber meinen, an den Augen sei etwas Seltsames. Oft wirkten sie sonderbar, nicht ganz menschlich.«

»Das ist nicht gerade viel.«

»Mehr haben wir nicht.«

»Wo wird er das nächste Mal zuschlagen, was glaubt Ihr?« wollte Murad wissen.

»Ich glaube dort, wo er das Zentrum des Widerstandes und die Quelle der Befehlsgewalt sieht. Ich glaube, das nächste Mal wird er sich auf einen der an diesem Tisch Sitzenden stürzen.«

Murad und Hawkwood starrten einander mit leerem Blick an. Schließlich brachte der narbengesichtige Aristokrat ein gezwungenes Lachen zustande.

»Ihr habt das Talent, einem den Geschmack an gutem Branntwein zu verderben, Magier. Jetzt fühlt er sich in meinem Mund wie Essig an.«

»Seid auf der Hut!« beharrte Bardolin. »Unter keinen Umständen dürft Ihr auch nur eine Minute allein anzutreffen sein. Außerdem müßt Ihr stets eine Waffe bei Euch tragen, die das schwarze Fleisch zu durchdringen vermag.«

Die Karacke segelte mit der doppelten Ladung aus Angst und Unzufriedenheit weiter. Hawkwood bemerkte, daß Velasca Befehle nur widerwillig befolgte und fortwährend einen freudlosen Eindruck machte, obwohl der Nordoster beständig anhielt, über Steuerbord achtern hereinwehte und das Schiff mit guten sechs Knoten vorantrieb. Zwei Wegstunden alle zwei Stundenglaswendungen, hundertvierzig Seemeilen täglich. Und nach Westen, immer nach Westen. Der Bugspriet der Karacke teilte bei jedem flammenden Sonnenuntergang die sinkende Scheibe, als wollte das Schiff mitten hineinsegeln. In solchen Augenblicken liebte Hawkwood die *Osprey* mehr denn je – wenn sie seinen Befehlen, seinem guten Zuspruch gehorchte und darauf reagierte, wie Segel um Segel gesetzt wurde. Unbeeinträchtigt von der Stimmung an Bord, schnitt die *Osprey* durch die Wellen wie ein bereitwilliges Pferd, das den heimatlichen Stall vor sich wittert.

2. Tag von Endorion, Jahr des Herrn 551.

Wind Nordost, frisch und beständig. Kurs hart West. Geschwindigkeit sechs Knoten mit einer Brise von Steuerbord achtern. Untersegel, Marssegel und Bonnets.

Seit sechs Wochen aus dem Hafen von Abrusio, meiner Schätzung nach achthundert Wegstunden westlich des Nordkap an den Hebrionesen, etwa auf Höhe von Gabrion, der wir folgen, bis wir im Westen auf Land stoßen.

In der Vormittagswache ließ Fürst Murad drei Soldaten wegen Befehlsverweigerung am Hauptnock aufknüpfen. *Während ich hier schreibe, kümmern sich Bruder Ortelius und ein paar Ammenweiber auf dem Batteriedeck um sie. Ein merkwürdiges Gespann.*

Hawkwood betrachtete den Eintrag mit gerunzelter Stirn; dann zuckte er die Schultern und tauchte den Federkiel neuerlich in das Tintenfaß.

In den fünf Tagen, seit wir den Ersten Maat Billerand und den Schiffsjungen Mateo verloren haben, gab es keine weiteren Todesfälle. Dennoch hat sich die Stimmung an Bord nicht gebessert. Ich habe mich mit dem vorläufigen Ersten Maat Velasca unterhalten; er scheint nicht glücklich über unseren Kurs und die Reise an sich. Ich habe ihm gesagt, daß ich erwarte, innerhalb von drei Wochen Land zu sichten, was sowohl seine als auch die Moral der Besatzung zu heben schien. Die Soldaten jedoch werden jeden Tag unruhiger; trotz aller Bemühungen der jungen Offiziere Murads weigern sie sich, im Frachtraum Posten zu beziehen. Irgend etwas sei dort unten, sagen sie, und sie würden ausschließlich Arbeitstrupps bewachen, die Proviant heraufholen.

Billerands Verlust schmerzt entsetzlich.

Hawkwood rieb sich die müden Augen, während das flackernde Licht der Tischlaterne über die Seiten des Logbuchs flimmerte. Neben der Laterne saß mit gekreuzten Beinen Bardolins Kobold auf dem Schreibtisch und beobachtete fasziniert die Schwünge des Federkiels. Das kleine Wesen war über und über mit Tinte bekleckst; offenbar gefiel es ihm außerordentlich, sich damit zu beschmieren.

Auf einem Stuhl neben der Tür saß sein Herr und Meister in sich zusammengesunken und schlief. Eine Hand des Magiers umfaßte mit lockerem Griff eine Eisenspitze; der Kopf war nach vorn auf die Brust gesunken. Leise schnarchte er vor sich hin.

Sie alle hatten sich Bardolins Rat zu Herzen genommen. Keiner von ihnen blieb mehr allein, am allerwenigsten in der Nacht.

Wenn Hawkwood innehielt und lauschte, konnte er das Ächzen und Knarren der Schiffsplanken hören, das Zischen und Rauschen der See, in der sich der Bug des Schiffes hob und senkte, und die Stimmen der Männer an Deck über ihm. Von der anderen Seite der Spundwand her, aus Murads Kabine, vernahm er leises Stöhnen und dumpfe Schläge. Auch Murad war nicht allein. Bei ihm weilte das Mädchen, Griella.

Es war spät. Hawkwood hatte das Gefühl, das Logbuch vernachlässigt zu haben. Der Kapitän verspürte das Verlangen, die nüchternen Einträge ein wenig auszuschmücken, vielleicht um für die Nachwelt etwas Dramatisches zu hinterlassen. Der Gedanke entlockte ihm ein ironisches Lächeln. Vielleicht würden eines Tages ein paar Fischer das Buch in seiner knochigen Hand entdecken.

Abermals betrachtete er den letzten Satz, den er geschrieben hatte, und das Lächeln verflog.

Billerands Verlust schmerzt entsetzlich.

Aye. Nie war er sich wirklich im klaren darüber gewesen, wie sehr ihm der kahlköpfige Ex-Soldat mit dem prachtvollen Schnurrbart ans Herz gewachsen war. Er und Julius Albak hatten sich als die beiden unverrückbaren Stützpfeiler an Bord des Schiffes erwiesen. Hervorragende Kameraden zur See, die besten Freunde, die man sich wünschen konnte.

Nun waren sie beide dahingeschieden. Julius durch die Hände der Ordensbrüder – *sie* hatten ihn getötet, auch wenn es die Hakenbüchse eines Soldaten der Küstenwache war, die sein Herz zum Stillstand brachte – und Billerand durch die Zähne eines Werwolfs. Hawkwood fühlte sich auf seltsame Weise einsam. Die ganze Bürde der Verantwortung für die Expedition lastete nun auf ihm, besonders seit die *Gnade Gottes* unterging, wovon Hawkwood zunehmend überzeugt war. Er, und nur er konnte den Bugspriet der *Osprey* in die richtige Richtung lenken.

Dieses Wissen machte ihm schwer zu schaffen. Er hatte Velasca erzählt, daß sie innerhalb von drei Wochen Landfall machen würden, doch diese Aussage kam nicht mehr als einem Mittel zur Beschwichtigung der Angst des Mannes gleich. Hawkwood hatte keine Ahnung, wie lange sie noch segeln mußten, bevor der sagenumwobene Westliche Kontinent am Horizont auftauchte.

Er hörte die Schiffsglocke zweimal läuten. Zwei Schläge in der Mittelwache, eine Stunde nach Mitternacht. Er wollte noch ein wenig frische Luft an Deck schnappen, den Trimm der Segel überprüfen, und sich dann in die Koje begeben.

Über den leise schnarchenden Bardolin breitete Hawkwood eine Seedecke; dann schlich er zur Tür. Schmeichlerisch zirpte der Kobold ihm zu, woraufhin er sich umdrehte.

»Was ist denn, Kleiner?«

Mit einem Satz sprang das zierliche Wesen vom Schreibpult, landete auf der Schulter des Kapitäns und beschnupperte dessen Ohr. Hawkwood lachte.

»Also gut. Willst wohl auch noch an die frische Luft, was?«

In der Annahme, Bardolin käme ein paar Minuten allein zurecht, verließ er die Kabine und stieg hinauf zum Achterdecke. Mihal war mit der Wache dran, ein gutmütiger, kräftige Kerl, Gabrionese wie Hawkwood. Zwei Soldaten, anscheinend auf Wachposten, lehnten sich an die Brüstung des Decks, rauchten Pfeife und spuckten über die Reling. Hawkwood machte ein finsteres Gesicht. Die Disziplin ließ in letzter Zeit schwer zu wünschen übrig.

Einen Augenblick starrte Mihal überrascht auf den Kobold; dann meldete er gewohnheitsgemäß:

»Beständig Nordwest, Käpt'n. Kurs hart West mit allem, was sie tragen kann.«

»Gut. In einem oder zwei Glas kannst du die Untersegel einrollen lassen. Wir wollen schließlich nicht mitten in der Nacht gegen den Westlichen Kontinent krachen.«

Mihal grinste. »Aye, Käpt'n.«

»Wo ist der Rest der Wache?«

»Die meisten sind im Logis. Zwei Männer sind am Ruder. Im Augenblick läßt sie sich ziemlich leicht steuern.«

»Sehr gut, Mihal.«

Hawkwood lehnte sich auf die luvseitige Reling und schaute hinaus auf die nächtliche See, die sich so schwarz wie die Tinte auf seinem Schreibpult präsentierte. Der Himmel zeigte sich nahezu klar, und mächtige Bänder funkelnder Sterne spannten sich von Horizont zu Horizont. Die meisten kannte Hawkwood; schon seit zwanzig Jahren dienten sie ihm zur Orientierung. Wie alte Freunde waren sie für ihn – das einzig Vertraute an diesem endlosen Ozean.

Der Kobold gab ein Geräusch von sich, und Hawkwood blickte hinunter in den Mittelteil, wo er eine Gestalt mit einer schwarzen Kutte im Achtersteven verschwinden sah. Ortelius, aller Wahrscheinlichkeit nach. Was konnte er um diese Zeit noch dort wollen?

»Weck mich, wenn der Wind sich dreht«, meinte er an Mihal gewandt; dann ging er zurück und hinunter durch den Niedergang.

Der Kobold wimmerte und zappelte sichtlich aufgeregt auf seiner Schulter. Hawkwood versuchte, ihn zu beruhigen. Doch als er in die Dunkelheit des Achterstevens vordrang, wußte er, daß irgend etwas nicht in Ordnung war.

Ein goldener Streifen Laternenlicht drang aus der Tür zu seiner Kabine – aber er hatte sie hinter sich geschlossen.

Hawkwood zog den Dolch und schlüpfte hastig durch die Tür. Bardolin schlief noch auf dem Stuhl, doch die Decke war zu Boden geglitten. Der Kobold hüpfte von Hawkwoods Schulter auf die seines Meisters, wobei er unentwegt aufgeregt zirpte.

Die Tür wurde hinter Hawkwood zugeworfen.

Er fuhr herum. Vor Überraschung klappte ihm der Kiefer nach unten.

»Mateo!«

»Was für ein glücklicher Zufall, Kapitän«, meinte die Gestalt mit einem grauenerregenen Lächeln auf den Lippen.

Der Schiffsjunge war schmutzig und blutverschmiert; im Haar krochen Läuse, und die Fingernägel waren lang und schwarz. In den Augen schimmerte ein Licht, bei dessen Anblick sich Hawkwoods Nackenhaare wie Draht aufrichteten.

»Mateo, wir dachten, du wärst tot!«

»Aye, das habe ich auch geglaubt, Kapitän.« Die Stimme, die vor seinem Verschwinden an der Schwelle zum Stimmbruch gestanden hatte, klang nun tief und voll wie die eines Mannes. »Und hättet Ihr Euch nicht gewünscht, ich wäre tot? – Der dumme Junge, den benutzt zu haben Ihr Euch so geschämt habt? Ist es nicht so, Kapitän? Aber ich bin nicht tot. Jetzt bin ich wieder hier, verändert zwar, aber doch derselbe.«

»Wovon sprichst du, Mateo, um alles in der Welt?« fragte Hawkwood. Wie eine umherstreifende Katze umkreiste ihn der Junge. Nun befand er sich zwischen Hawkwood und dem schlafenden Magier. Der Kobold verharrte reglos, wie vor Schreck erstarrt, und beäugte Mateo, als würde es sich um den Leibhaftigen selbst handeln. Dann kam auch Hawkwood der entsetzliche Gedanke.

»Du warst es«, keuchte er. *»Du* bist der Werwolf. Du hast Pernicus und Billerand getötet.« Seine Stimme bebte, als er sprach. Er überlegte, wer einen Schrei wohl hören konnte und wieviel Zeit er hatte.

Mateo grinste, wodurch Hawkwood einen Blick auf die wachsenden Hauer erhaschte; schwarze Haarbüschel schossen wie ein Ausschlag seitlich am Gesicht aus der Haut.

»Falsch, Kapitän. Ich war es nicht. Es war mein neuer Meister – ein Mann, der mich zu schätzen weiß, wie Ihr es nie getan habt.«

»Dein …? Wer ist es?«

»Ein Mann hohen Ranges unter Seinesgleichen, und auch sonst sehr angesehen. Er hat mir viel versprochen und mir bereits viel gegeben. Aber ich habe genug von den Ratten und dem bißchen Fleisch, das er mir von Billerand gelassen hat. Ich will selbst töten. Und zwar Euch, den ich geliebt habe, und der Ihr mich wie ein ausgelaugtes Pferd verstoßen habt. Euch, Richard.«

»Bardolin!« brüllte Hawkwood, als Mateo auf ihn lossprang.

Murad fuhr hoch und erblickte Griella, die wach neben ihm lag. Ihre Augen leuchteten in der Dunkelheit. Irgend etwas an ihrer Silhouette wirkte seltsam. Handelte es sich wieder um einen Traum?

»Ich dachte, ich …«

Sie schüttelte den Kopf und nickte in Richtung der Kabinentür. Dort kauerte eine riesige, schwarze Gestalt, mit Ohren so lang wie Hörner und zwei gelbfunkelnden Augen. Im Schatten um die Füße des Wesens lag eine verknitterte schwarze Kutte.

»Fürst Murad«, meinte die Bestie, wobei sie lange, funkelnde Zähne entblößte. »Es ist Zeit für Euch zu sterben.«

Im selben Augenblick hörte Murad, wie Hawkwood auf der anderen Seite der Trennwand Bardolins Namen brüllte. Ein Krachen und Poltern ertönte. Die Bestie legte den massigen Schädel auf die Seite.

»Er muß noch viel lernen«, sagte sie, offenbar belustigt.

Dann sprang sie.

Das Ding war auf ihm. Übelriechender Atem wehte ihm ins Gesicht. Noch konnte man das Antlitz als jenes von Mateo erkennen, doch die Züge veränderten sich. Während Hawkwood mit dem Wesen kämpfte, wurde die Nase breiter und wölbte sich zu einer Schnauze. In den Augen flimmerte safrangelbes Licht; die Hitze, die von der Bestie ausging, ließ Hawkwood nach Luft ringen.

Dann neigte das Ungeheuer die noch immer wachsende Schnauze und biß kraftvoll zu.

Hawkwood kreischte vor Schmerz, als die Kiefer sich ins Fleisch gruben. Der Dolch prallte vom dichten Fell ab, das nun den Körper des Jungen bedeckte, und rutschte ihm aus der gefühllosen Hand. Die beiden rollten quer über den Kabinenboden. Blut schoß aus Hawkwoods zerfetzter Schulter. Dann stießen sie gegen den Tisch und warfen ihn um. Tinte ergoß sich über die beiden; die losen Seiten des Logbuches flatterten wie fahle Vögel umher; die Tischlaterne zerschellte am Boden und versprühte brennendes Öl in alle Richtungen.

Die Hitze, diese entsetzliche Hitze! Nun war die Verwandlung vollzogen, und die Bestie bedeckte ihn wie ein keuchender Teppich. Hawkwood lag still; die Kraft verließ ihn mit jedem dicken Blutstrahl, der aus den zerrissenen Venen pulsierte.

»Ich liebe dich, Richard«, knurrte der Werwolf; die wahnsinnigen Augen starrten ihn über der blutbenetzten Schnauze an. Abermals stieß der Rachen hernieder.

Plötzlich ließ die Bestie von ihm ab und heulte auf vor Schmerz und Wut. Die Kabine glich einem wüsten, flackernden Durcheinander aus Schatten und Flammen. Das Holz des Bodens und der Spundwand brannte lichterloh. Der immer noch heulende Werwolf zog sich eine schwarze Spitze aus dem Hals.

Bardolin stand da. Die Flammen erhellten sein Gesicht und füllten die Augen des Kobolds mit Licht, als dieser sich auf der Schulter des Magiers niederkauerte. Flüchtig nahm Hawkwood andere Stimmen wahr, die irgendwo auf dem Schiff brüllten, außerdem ein Knurren und Poltern von der anderen Seite der Spundwand und Murads angstverzerrte Stimme.

»Hinfort mit dir«, befahl Bardolin leise, beinahe gelassen, und richtete die kräftige Hand auf die sich windende Bestie.

Blaues Feuer schoß knisternd wie ein Blitz aus den Fingern und fraß sich ins schwarze Fell des Ungeheuers.

Der Werwolf kreischte. Der Kopf fuhr auf und nieder. Er taumelte nach hinten, wo die Flammen über die Kabinenwand leckten. Blaues Feuer loderte aus dem Rachen. In der Luft breitete sich der Geruch verbrannten Fleisches aus.

Dann brach die gesamte Kabinenwand neben dem Wesen in sich zusammen.

Zwei riesige schwarze Gestalten krachten auf die Spundwand und fielen ineinander verschlungen auf den Boden. Kraftlos schleppte Hawkwood sich von den Flammen und den um sich schlagenden Bestien fort und sackte an der gegenüberliegenden Wand zusammen. Voller Entsetzen und Erstaunen beobachtete er die Szene.

Murad verharrte mit einem langen Messer in der Hand im Loch der zerborstenen Trennwand, während sich auf dem Boden zwischen den aufzüngelnden Flammen *drei* Werwölfe wälzten. Hawkwood sah, wie sich aus dem Gerangel einer löste, aus dessen Augen und Nüstern himmelblaues Licht sprühte. Er warf sich gegen die Heckfenster, die unter dem Gewicht zerbarsten – Glas, Rahmen, Planken. Er stürzte hinaus in die dunkle Nacht und fiel ins schäumende Fahrwasser der Karacke. Ein aquamarinfarbener Blitz zuckte auf, so grell, daß er sogar das Feuer an Bord überschattete. Dann folgte eine Erschütterung, die das gesamte Heck erbeben ließ und das Meer in ein Wirrwarr aus Explosionen und grell von unten erleuchteten Wasserfontänen verwandelte.

Im gesamten hinteren Ende der Kabine klaffte ein gähnendes, loderndes Loch, in dem zwei Silhouetten im Feuerschein miteinander kämpften. Ihr Fell brannte lichterloh; die Augen leuchteten in denselben Farben wir die Flammen. Die Heftigkeit der Schlacht brachte das ganze Schiff zum Erzittern; die verkohlten Planken ächzten und stöhnten unter dem Aufprall der klauenbewehrten Füße, während das Geheul der Kreaturen Hawkwood in den Ohren schmerzte.

Die Kabinentür schwang auf. Fähnrich Sequero stürmte herein, hinter ihm eine Gruppe Soldaten mit glimmenden Hakenbüchsen. Einen Augenblick starrte er ausdruckslos auf die abscheuliche Szene, dann brüllte er einen Befehl. Die Soldaten schoben ihre Waffen durch die Tür.

»Nein!« gellte Bardolin.

Eine Salve von Schüssen, aufsteigende Rauchbänder – und Feuer schoß aus den Waffen. Hawkwood sah, wie Fellfetzen aus den kämpfenden Bestien stoben und Blut auf Wände und Decke spritzte.

Einer der Werwölfe riß sich los und stürzte brüllend auf die Soldaten zu; das Fell stand in Flammen, und Blut quoll aus den Wunden. Das Ungeheuer fegte Sequero beiseite, schnappte sich die Hakenbüchse eines entsetzten Soldaten und schlug so heftig auf einen weiteren ein, daß der Waffenstock zerschellte. Für einen Augenblick schien es, als könnte das Monster entkommen.

Dann aber sprang der zweite Werwolf ihm auf den Rücken. Hawkwood beobachtete, wie die Kiefer des Untiers tief in Fell und Muskeln versanken und sich mit einem Fetzen blutigen Fleisches zwischen den Zähnen wieder losrissen.

Jemand zog den Kapitän weg. Es war Murad. Er schleifte Hawkwood aus der Kabine hinaus in den Niedergang.

»Griella, es ist Griella«, stammelte er. »Sie ist eine von ihnen. Sie ist auch ein Gestaltwandler.«

»Das Feuer«, krächzte Hawkwood. »Löscht das Feuer, sonst ist das Schiff verloren.« Doch Murad war schon wieder fort.

»Velasca!« brachte Hawkwood mühsam hervor.

»Kapitän! Was, um alles in der Welt …«

»Das Schiff brennt. Laß die Soldaten ihre Arbeit erledigen und stell einen Löschtrupp zusammen.«

»Kapitän, Eure Schulter ...«

»Tu, was ich dir sage, du ungehorsamer Bastard, oder ich lasse dich über Bord werfen!«

»Aye, Käpt'n.« Mit kalkweißem Gesicht verschwand Velasca.

Hawkwood vernahm Bardolins wutentbrannte Stimme, die auf die Soldaten einbrüllte, sie mögen das Feuer einstellen. Er kämpfte sich auf die Beine, wobei er eine Hand auf die blutige Masse seiner Schulter preßte. Unter der Hand spürte er die Enden des Schlüsselbeins – Knochensplitter bohrten sich wie Nadeln in die Handfläche.

»Heiliger Ramusio!« stöhnte er.

Der Kapitän taumelte zurück in den Trümmerhaufen der Heckkabine und stieß die Hakenbüchsenschützen beiseite. Der Raum war mit dichtem Rauch verhangen und vom Gestank nach Blut und Pulver erfüllt. Der flackernde Schein des Feuers spielte auf dem Boden und den Spundwänden.

Am Sturmsüll sank Hawkwood auf die Knie. Sein Kopf fühlte sich merkwürdig leicht an; übermäßig starke Schmerzen empfand er jedoch bislang nicht. Er konnte sich nicht mehr auf den Beinen halten.

Männer schrien. Ein Wasserguß drang durch das gähnende Loch im Heck des Schiffes. Flammen fraßen sich in das wertvolle Holz. Seine arme *Osprey*!

Bardolin und Murad standen regungslos wie Statuen. Das stählerne Messer baumelte nutzlos in der Hand des Adeligen. Der Kobold hatte das kleine Gesicht im Hals seines Meisters vergraben.

Und inmitten der Flammen wälzten sich zwei massige, ramponierte Gestalten. Blut ergoß sich aus den Wunden. Streifen blanken, blasenübersäten Fleisches leuchteten, wo das Fell weggebrannt war. Ein Werwolf preßte die Pfote in ähnlicher Weise an die Brust, wie Hawkwood die Hand auf die Schulter. Die schwarzen Lippen verzerrten sich zur Parodie eines Lächelns.

»Euer Eisen hat mich doch noch geschafft«, knurrte das

Wesen. »Wer hätte das gedacht? Das Mädchen ist ein Leidensgenosse. Kleine Dame, wir hätten miteinander reden können, du und ich.«

Die andere Bestie schien kaum noch bei Bewußtsein. Mit schwacher Stimme grollte sie; das Licht in den Augen wurde mit jeder verstreichenden Sekunde schwächer.

Immer mehr Wasser sprudelte von oben herein. Die Seemänner hatten die Handpumpen vertäut und pumpten wie besessen das Wasser aus dem Schiff.

»Niemals werdet Ihr in den Westen gelangen«, sagte der Werwolf zu Hawkwood, dessen Augen vor Rauch und Schmerzen brannten. Die Bestie, die einst Ortelius gewesen war, konnte er nur noch als verzerrten Schatten ausmachen, der von hinten durch die züngelnden Flammen und die grell erleuchteten Wasserschwälle erhellt wurde. »Besser für Euch und Euresgleichen, wenn Ihr den Erdteil nicht findet. Es gibt dort Dinge, von denen die Menschen Normanniens sich besser fernhalten. Wendet das Schiff, sofern es seetüchtig bleibt, Kapitän. Ich bin nur ein Bote; es gibt weit Mächtigere als mich, die Euch schlecht gesinnt sind. Ihr könnt nicht überleben.«

Mit erschreckender Behendigkeit sprang der Werwolf auf die Beine. Am vorderen Ende der Kabine beobachtete die an der Tür stehende Menschenschar starr vor Entsetzen, wie das Ungeheuer sich lachend aus dem geborstenen Heck warf und im Meer dahinter verschwand.

Eine Salve von Schüssen folgte dem Wesen ins Wasser und wirbelte die See auf. Es war verschwunden.

»Griella«, krächzte Murad und wollte sich ins Feuer stürzen.

Bardolin hielt ihn zurück.

»Laß sie lieber brennen«, meinte er überaus sanft. »Sie kann nicht überleben.«

Die Männer beobachteten, wie die Gestalt in den Flammen immer kleiner und heller wurde. Die Ohren schrumpften, das Fell zog sich zurück, die Augen verblaßten. Wenige Sekunden später lag ein nacktes Mädchen im Feuer; der Körper war mit entsetzlichen Wunden übersät. Bevor das Ende eintrat, drehte sie ihnen den Kopf zu, und Hawkwood glaubte, ein Lächeln zu erkennen. Dann wurde ihr Körper schwarz, als versagten plötzlich die schützenden Kräfte, und die Flammen züngelten um einen verkohlten Leichnam.

Murads Antlitz war aschfahl.

»Sie hat mir das Leben gerettet. Sie hat es für mich getan. Sie hat mich geliebt, Bardolin.«

»Leitet hier mehr Wasser rein«, keuchte Hawkwood, »sonst verlieren wir das Schiff. Hört ihr mich? Steht nicht herum!«

Murad schleuderte ihm einen haßerfüllten Blick zu; dann stürmte er an den gaffenden Soldaten vorbei.

»Das Schiff. Ihr müßt das Schiff retten«, beharrte Hawkwood, doch das Feuer, die Spundwände und die Gesichter schlitterten in einem geräuschlosen Tunnel von ihm weg. Er konnte die Szenerie nicht fixieren. Männer kamen und gingen. Man hob ihn hoch. Er glaubte, Bardolins Gesicht dicht an dem seinem zu erkennen; die Lippen des Magiers bewegten sich stumm. Doch der Tunnel wurde immer länger, bis er schließlich jedes Licht ausschloß und die Bilder verblaßten. Die Gesichter und der zunehmende Schmerz verschwanden in der wachsenden Entfernung. So lange er konnte, hielt Hawkwood sich wach, bis er hörte, wie die Pumpen überall um ihn herum Wasser versprühten. Sein armes Schiff.

Dann stürzten sich Schatten auf seinen erschöpften Verstand und trugen ihn mit sich an einen von gräßlichem Geheul erfüllten Ort der Dunkelheit.

24

»Shahr Indun Johor«, verkündete der Wesir.

Aurungzeb, der Goldene, winkte mit der Hand. »Schick ihn herein.«

Rasch küßte er noch einmal die Brustwarze der schwarzhaarigen ramusischen Konkubine; dann warf er ein Seidenlaken über den nackten Körper.

»Du bleibst hier«, befahl er in ihrer barbarischen Sprache, »aber du verhältst dich wie eine Statue. Hast du verstanden?«

Heria nickte und verbeugte den Kopf. Er zog das Laken hoch, bis sie gänzlich verhüllt war; dann streifte er sich den Hausmantel über und zurrte den Gürtel darum fest. Den schmucklosen Dolch steckte er in die Schärpe. Als er wieder aufschaute, kniete Shahr Johor da, mit zu Boden geschlagenen Augen.

»Auf, auf«, befahl Aurungzeb ungeduldig und zeigte auf einen niedrigen Stuhl, während er selbst auf dem seidengepolsterten Diwan an der Wand Platz nahm.

Aus den Gärten draußen vor dem Serail vernahmen sie Vogelgesang und das Plätschern von Wasser in den Springbrunnen. Dieser Raum stellte einen der am strengsten bewachten des gesamten Palastes dar, wo Aurungzeb sich an seinen auserlesensten Schätzen erfreute – wie an dem Mädchen, das auf dem Bett an der gegenüberliegenden Wand weilte. Das Laken, das sie bedeckte, erbebte jedesmal, wenn sie atmete. Das Zimmer verfügte über dicke Mauern und lag abgeschieden vom Labyrinth des übrigen Komplexes. In diesen Wänden konnte man brüllen, bis die Lungen zu zerplatzen drohten, ohne dabei gehört zu werden.

»Weißt du, weshalb du hier bist?« erkundigte sich der Sultan von Ostarbar und Aekir.

Shahr Johor war ein junger Mann mit gepflegtem schwarzen Bart und Augen so dunkel wie poliertes Ebenholz.

»Ja, Majestät.«

»Gut. Was hältst du von deiner neuen Aufgabe?«

»Ich will versuchen, Eure Wünsche und Pläne unter Einsatz all meiner Fähigkeiten zu erfüllen, Majestät. Ich erwarte Eure Befehle.«

»Das ist gut«, entgegnete der Sultan nachdrücklich. »Dein Vorgänger, der geschätzte Shahr Baraz, ist unter der Last der Jahre schwach geworden. Ein hervorragender Soldat, aber man hat mir berichtet, daß seine Fähigkeiten nicht mehr das sind, was sie einst waren – daher auch unser Fehlschlag vor dieser lächerlichen ramusischen Festung. Du machst dort weiter, wo Baraz aufgehört hat. Du sollst die Feste Ormann einnehmen. Zuvor aber wirst du die Armee neu organisieren. Meine Informanten berichten, daß es mit der Moral der Truppen nicht zum Besten steht. Der Winter naht, die thurischen Pässe sind unüberquerbar, und deine einzige Versorgungslinie ist der Ostian. Nach deiner Ankunft an der Feste bringst du die Armee in Winterquartieren unter. Sobald das Wetter sich bessert, greifst du Ormann an. In der Zwischenzeit werden sich die verfluchten Ramusier mit Küstenüberfällen von unseren neuen Verbündeten herumschlagen müssen, den Sultanaten von Nalbeni und Danrimir, so daß sie die Feste nicht verstärken können. Du wirst die Festung erstürmen, sobald der Winterschnee zurückweicht.«

»Also soll ich nicht sofort angreifen, Majestät?«

»Nein. Wie gesagt, die Armee braucht eine … eine Neuorganisation. Der derzeitige Feldzug ist vorüber. Du wirst für eine bessere Verbindung zwischen dem Lager und den Versorgungsdepots in Aekir sorgen. Ich glaube, Baraz hat eine Straße bauen lassen – einer der letzten seiner sinnvollen Pläne. Alles muß vorbereitet werden, auf daß die Armee im Frühling für den Weitermarsch gerüstet ist. Die Festung wird zerstört; dann ziehst du weiter nach Torunn. Bis dahin steht dir ein neuer Truppenverband zur Verfügung. Irgendwelche Fragen?«

Shahr Johor, neuer Oberbefehlshaber der Armee der Merduks von Ostrabar, zögerte einen Augenblick, ehe er antwortete:

»Nur eine, Majestät. Warum wurde ich für diese besondere Ehre auserwählt? Shahr Baraz' Stellvertreter Mughal ist gewiß besser dafür qualifiziert.«

Aurungzebs braunes Gesicht verfinsterte sich. Die Finger spielten am Griff des Dolches.

»Mughal hegt eine gewisse absurde Sympathie für Shahr Baraz. Ihn dort zu belassen wäre sinnlos. Er wird woanders hin versetzt, wie die meisten der bisherigen Stabsoffiziere. Ich will einen ganz neuen Anfang. Der alte *Hraib* hat uns schon viel zu lange behindert. Die Welt tritt in ein neues Zeitalter ein, in dem ein derart überholter Kodex eher ein Hindernis denn eine Hilfe darstellt. Du bist jung und hast die neuen Methoden der Kriegsführung studiert. Ich will, daß du dein

Wissen in den bevorstehenden Feldzügen anwendest. Während wir uns hier unterhalten, ist ein Schiff mit einer Ladung von vierzigtausend Hakenbüchsen den Ostian flußabwärts unterwegs. Damit wirst du die besten Truppen ausrüsten und sie in den Taktiken unterweisen, mit denen die Torunnen in der Vergangenheit gegen uns ins Feld gezogen sind. Wir werden nicht länger mit Stahl, Muskelkraft und blankem Mut gegen Feuerwaffen anstürmen. Krieg ist eine Wissenschaft geworden. Du bist der erste General meines Volkes, der diesen Krieg gemäß den neuen Regeln führen soll.«

Shahr Johor warf sich auf den Boden.

»Ihr ehrt mich über alle Maßen, mein Sultan. Mein Leben gehört Euch. Ich schicke Euch die Reichtümer aller ramusischen Königreiche. Der Westen soll zum wahren Glauben bekehrt werden, so Ahrimuz es will.«

»Er will es«, bestätigte Aurungzeb scharf. »Und ich ebenso. Vergiß das nicht.« Er winkte mit der Hand. »Du kannst gehen.«

Unter etlichen Verbeugungen zog Shahr Johor sich zurück. Noch lange nachdem er gegangen war, stand Aurungzeb regungslos da; dann rief er unvermittelt: »Setz dich auf!«

Heria richtete sich auf, wodurch ihr das Seidenlaken wie Wasser von den Schultern glitt.

»Heb den Kopf.«

Sie tat, wie ihr geheißen, und starrte auf einen Punkt an der reich verzierten Decke.

Aurungzeb schlenderte zu ihr hinüber. Obwohl er zur Dickleibigkeit neigte, bewegte er sich lautlos wie eine Katze. Gierig sogen seine Augen die Frau in sich auf. Eine braune, mit Ringen gespickte Hand strich über ihren Körper. Reglos wie Marmor verharrte sie, wie eine liebliche Statue, geschaffen von einem Bildhauergenie.

»Ich muß dir einen Namen geben«, flüsterte der Sultan. »Du mußt einen Namen haben. Ich weiß – ich nenne dich Ahara. Das ist der alte Name für den Wind, der jedes Jahr westwärts über die Steppen von Kambaksk und Kurasan fegt. Mein Volk ist diesem Wind gefolgt, und mit meinem Volk wanderte der Glaube. Ahara. Sag es.«

Verständnislos starrte sie ihn an. Er stieß einen Fluch aus

und begann, gebrochenes Normannisch zu sprechen, die Sprache der Westlichen Königreiche.

»Dein Name ist Ahara. Sag es.«

»*Ahara.*«

Ein breites Grinsen leuchtete in seinem Gesicht auf, wodurch die Zähne als strahlender Halbmond im Bart blitzten.

»Man wird dich unsere Sprache lehren, Ahara. In unserer Hochzeitsnacht will ich sie aus deinem Munde hören.«

Immer noch verrieten ihre Augen nichts. Er lachte.

»Ich rede wohl mit mir selbst, was? Ihr Ramusier … Natürlich muß man dich noch in die Religion des Propheten einweihen. Und du bist zu dünn. Man sieht dir noch die lange Reise an. Aber ich werde dich schon aufpäppeln, damit du mehr Fleisch auf die Knochen bekommst. Du wirst mir prächtige Söhne gebären, und sie werden soviel Zeit damit verbringen, einander zu meucheln, daß ihr grauer Vater auf seine alten Tage Ruhe findet.« Aurungzeb legte ihr die Decke um. »Du wirst Gemahlin Nummer sechsundzwanzig. Eigentlich sollte ich mehr Frauen haben, aber ich bin nun mal ein bescheidener Mann.«

Aurungzeb steckte den Arm zur Tür aus. »Geh«, befahl er auf normannisch.

Heria tippelte aus dem Raum, wobei ihr die Seidendecke wie ein paar Flügel um die Schultern wehte. Auf dem Marmor und Porphyr des Bodens draußen hörte man die Füße tappen. Aurungzeb lächelte im leeren Zimmer. Er war guter Dinge. Er hatte eine wunderbare neue Frau gefunden, und er wollte sie heiraten, trotz der unvermeidbaren Einwände. Für eine bloße Konkubine stellte sie ein viel zu kostbares Juwel dar.

Außerdem hatte er sich von diesem Relikt aus der Vergangenheit befreit – von Shahr Baraz. Die Befehle wurden durch einen Sonderboten überbracht. Mit ihm reiste ein ausgewählter Trupp der Palastwache, der die Anordnungen in die Tat umsetzen sollte. Bald schon würde der Kopf des alten Mannes in einem mit Essig gefüllten Glasbehälter auf dem Weg nach Orkhan sein. Shahr Baraz hatte sich zwar als treu ergebener Diener und ausgezeichneter Soldat erwiesen, aber nun, da Aekir gefallen und das Unmögliche erreicht war, brauchte Aurungzeb den greisen General nicht mehr. Abgesehen davon wurde er auf gefährliche Weise ungehorsam. Shahr Johor war anders. Zum einem sprühte er vor Optimismus, zum anderen würde er es sich nach dem Exempel an Baraz zweimal überlegen, ehe er seinem Sultan die Gefolgschaft verweigerte.

Aurungzeb legte sich zurück auf das zerknitterte, nach Körperflüssigkeiten riechende Bett.

Schade, daß die Feste Ormann nun doch nicht unmittelbar nach Aekir eingenommen werden konnte. Ein solcher Feldzug wäre in der Tat eine gewaltige Leistung gewesen. Aber es spielte keine wesentliche Rolle, daß sie den Winter abwarten mußten. Dadurch bot sich Aurungzeb die Gelegenheit, die neuen Bündnisse mit Nalbeni und Danrimir zu festigen.

Die meisten Ramusier, das wußte er, hielten die Sieben Sultanate für einen vereinten Machtblock der Merduks; die Wirklichkeit jedoch sah anders aus. Es gab Streitigkeiten und Intrigen, sogar kleinere Kriege zwischen den verschiedenen Sultanaten. Danrimir kam praktisch einem Tochterstaat von Ostrabar gleich, so eng war die Beziehung zu Orkhan in den letzten Monaten geworden. Mit Nalbeni hingegen verhielt es sich anders.

Als ältestes Land der Merduks war es noch vor dem Ende der fimbrischen Hegemonie gegründet worden. Hauptsächlich stellte Nalbeni eine Seemacht dar, und die Hauptstadt des Reiches, Nalben, galt als größter Hafen der Welt, abgesehen vielleicht von Abrusio in Hebrion im Westen. Aurungzeb mißtraute dem am Nordufer der Kardischen See gelegenen Emporkömmling unter den Staaten; daher hatte er sich logischerweise mit ihm verbündet, um die dortigen Entwicklungen besser im Auge behalten zu können. Das Bündnis bot eine einfache Möglichkeit, Aurungzebs Hof bei nalbenischen Diplomaten beliebt zu machen. Diplomaten mit neugierigen Lauschern und hungrigen Geldbeuteln zwar, aber das entsprach nun mal dem Lauf der Welt. Ostrabar brauchte Nalbeni, um den Druck auf Torunna aus einer anderen Richtung aufrechtzuerhalten, damit Shahr Johor, wenn er im Frühling die Feste Ormann angreifen würde, sie nicht mit sämtlichen Armeen Torunnas bemannt vorfand.

Dieser Krieg neigte sich nicht dem Ende zu – er fing erst richtig an. *Bevor ich fertig bin,* dachte Aurungzeb, *tanzen alle sieben Sultanate nach meiner Pfeife, und Armeen der Merduks marschieren bis an den Rand des Westlichen Ozeans. Charibon lasse ich in Brand stecken, die schwarzen Priester zu Tausenden kreuzigen. Überall auf dem Kontinent sollen Tempel des Wahren Glaubens errichtet werden. So es der Wille des Propheten ist.*

Ein Schatten tauchte an der Tür auf. Unvermittelt setzte Aurungzeb sich auf.

»Akran?«

»Nein, Sultan. Ich bin es, Orkh.«

»Du wurdest nicht angekündigt.«

»Niemand hat mich gesehen.«

Der Schatten glitt in den Raum und entpuppte sich tatsächlich als bloßer Schatten: ein Fehlen von Licht, eine schlichte Silhouette.

»Was willst du?«

»Mit Euch reden.«

»Dann sprich. Und zeig dich. Ich habe genug von diesem Geister-Unfug.«

»Euch wird nicht gefallen, was Ihr seht, Sultan.«

»Zeig dich! Ich befehle es!«

Der Schatten nahm Gestalt an, eine andere Dimension. Einen Augenblick später stand da ein Mann in langen graubraunen Gewändern. Oder was einst ein Mann gewesen sein mochte.

»Beim Barte des Propheten!« keuchte Aurungzeb.

Das Ding lächelte; die Lichter, die es statt der Augen besaß, verwandelten sich in schimmernde Schlitze.

»Ist das mit dir geschehen, als …«

»Als Baraz meinen Homunkulus getötet hat? Ja. Ich habe Eure Stimme durch ihn geschleust, habe als eine Art Leiter fungiert, deshalb konnte ich mich nicht gegen … gegen die Folgen wehren, bis es zu spät war.«

»Aber warum ist das mit dir passiert?«

»Der Ausbruch der Macht glich der Explosion einer

Kanone, deren Lauf verstopft ist. Ein Teil des *Dweomer,* der bei der Herstellung des Homunkulus verwendet wurde, schoß durch mich zurück, und wegen meiner Rolle als Vermittler bei dem Gespräch hatte ich keine Schutzbarrieren errichtet. Es hat mich verändert. Ich arbeite gerade an einem Mittel gegen die unglückseligen Folgen.«

»Jetzt verstehe ich, weshalb du wie ein Schatten durch den Palast geisterst.«

»Ich will Eure Konkubinen nicht erschrecken – besonders nicht eine so wunderschöne wie jene, die mir gerade auf dem Gang begegnet ist.«

»Was wolltest du eigentlich, Orkh? Ich treffe mich gleich mit den nalbenischen Botschaftern.«

»Trotz des Leidens, das mich befallen hat, bin ich Augen und Ohren für Euch, Majestät. In jeder Stadt des Westens verfüge ich über Agenten. Das Sultanat verdankt seine Vormachtstellung teilweise diesem Netz von Informanten. Entspricht das den Tatsachen?«

»Da könnte was dran sein«, billigte Aurungzeb dem Zauberer griesgrämig zu. Es gefiel ihm nicht, daran erinnert zu werden, wie sehr er von dem Hexer abhing – oder überhaupt von jemandem.

»Nun, ich habe da eine interessante Information, die ich Euch anvertrauen möchte. Sie hat nichts mit dem derzeitigen Krieg zu tun, sondern betrifft ein Ereignis viel weiter westlich in einem der ramusischen Staaten.«

»Fahre fort.«

»Anscheinend ist im Königreich Hebrion eine Säuberungsaktion im Gange, durch die das Land von seinen exotischen Elementen befreit werden soll. Zwei meiner besten Leute habe ich durch die verdammten Scheiterhaufen verloren. Die Hauptziele der Säuberungsaktion aber sind offenbar Ammenweiber, Kräuterdoktoren, Wettermacher, Thaumaturgen und Telepathen – kurz, jeder der einen Hauch *Dweomer* in sich trägt.«

»Interessant.«

»Meine Informanten – diejenigen, die noch am Leben sind – berichten mir jedoch, daß die Säuberungsaktion von den verfluchten Brüdern vom Ersten Tage ins Leben gerufen wurde – das sind diese schwarzen Priester des Westens – und daß sie bei König Abeleyn auf wenig Zustimmung stößt.«

»Warum befiehlt er dann nicht, damit aufzuhören?« fragte Aurungzeb schroff. »Ist ein König denn nicht Herrscher in einem eigenen Land?«

»Nicht im Westen, Majestät. Die Kirche dort verfügt in jedem Königreich über großen Einfluß.«

»Narren! Was sind das nur für Herrscher? Aber ich habe dich unterbrochen. Fahr fort, Orkh.«

»Wie man mir berichtet, hat Abeleyn eine kleine Flotte angeheuert. Bis zum Rand hat er sie vollgestopft mit flüchtenden Hexen und dergleichen. Dann wurden die Schiffe mit dem Auftrag losgeschickt, nach Westen zu segeln.«

»Wohin? Hebrion ist das westlichste Königreich der Welt.«

»Ganz recht, Majestät. Wohin? Soviel ich weiß, haben sie in keinem anderen ramusischen Staat angelegt. Es wäre möglich, daß sie die Brenn-Inseln oder die Hebrionesen angelaufen sind, aber in der hebrionischen Hauptstadt kursieren Gerüchte.«

»Was für Gerüchte?«

»Man sagt, die Flotte sei mit einem königlichen Patent für die Errichtung einer neuen Kolonie ausgestattet. Außerdem, daß sie zusätzlich zu den Passagieren ein Aufgebot Soldaten befördere – alles, was man für die Gründung einer Siedlung in einem bislang unbewohnten Land benötigt.«

»Orkh! Willst du damit andeuten …«

»Ja, mein Sultan. Die Ramusier haben im äußersten Westen, irgendwo im großen Westlichen Ozean, ein Land entdeckt, das sie für sich allein beanspruchen wollen.«

Aurungzeb sank aufs Bett zurück. Orkh ließ seinen Sultan eine Weile ruhig sitzen. Beinahe konnte er sehen, wie die grauen Zellen arbeiteten.

»Wie zuverlässig ist die Information, Orkh?« erkundigte der Sultan sich schließlich.

»Ich hausiere nicht mit Auskünften, die nur dem Hörensagen entspringen, Majestät. Meine Spitzel sind sich bewußt, daß es keinen besseren Weg zum sicheren Ende gibt, als mir falsche Informationen zuzuspielen. Die Gerüchte haben Substanz.«

Eine weitere Pause.

»Das können wir natürlich nicht auf sich beruhen lassen«, meinte der Sultan gedankenverloren. »Wir müssen diese Gerüchte auf ihren Wahrheitsgehalt hin prüfen. Wenn sie soviel Substanz haben, wie du behauptest, rüsten wir eine eigene Expedition aus, um unseren Anspruch geltend zu machen. Aber Ostrabar ist keine Seemacht. Wir haben keine Schiffe.«

»Nalbeni?«

»Denen vertraue ich noch weniger als den Ramusiern. Nein, es muß weiter weg von zu Hause sein. Die See-Merduks von Calmar. Ja. Ich beauftrage sie, eine Flotte in den Westen zu schicken, die natürlich von meinen eigenen Offizieren kommandiert wird.«

»Das wird teuer, mein Sultan.«

»Nach der Eroberung Aekirs bekomme ich überall Kredit«, erwiderte Aurungzeb kichernd. »Du hast Agenten in Alcaras. Veranlasse alles Nötige, Orkh. Die Offiziere für die Expedition wähle ich persönlich aus.«

»Wie Ihr wünscht, Sultan. Um einen Gefallen möchte ich Euch dennoch bitten.«

»Frag! Deine Information verdient eine Belohnung.«

»Ich möchte bei dieser Erkundungsfahrt dabei sein. Ich will in den Westen segeln.«

Eingehend musterte Aurungzeb das gräßliche, unmenschliche Antlitz seines Hofmagiers. »Ich brauche dich hier.«

»Mein Lehrling Batak, den Ihr ja kennt, ist sehr gut in der Lage, meinen Platz einzunehmen. Außerdem weist er nicht diese Behinderung auf, die mich einschränkt.«

»Suchst du im Westen Heilung oder Vergessenheit, Orkh?«

»Heilung, falls ich sie finde – Vergessenheit, falls nicht.«

»Also gut. Du sollst mit der Expedition segeln.«

Orkh verwandelte sich wieder in einen nebelhaften Schatten, als der Wesir den Raum betrat und sich mit abgewandten Augen tief verbeugte.

»Mein Sultan, die nalbenischen Botschafter sind hier. Sie erwarten Euer unvergleichliches Erscheinen.«

Aurungzeb winkte mit der Hand. »Ich komme gleich.«

Immer noch verbeugt, verließ der Wesir den Raum. Aurungzeb schaute sich im Zimmer um.

»Orkh? Bist du hier, Orkh?« Doch er bekam keine Antwort. Der Magier war verschwunden.

Im Tal des Searil setzten die ersten Schneefälle ein. Shahr Baraz fühlte sie schon in den müden alten Knochen, noch bevor er die warmen Felle ablegte. Sein Kopf schmerzte. Es war schon zu lange her, seit er zuletzt unter freiem Himmel geschlafen hatte wie seine Vorfahren, die Häuptlinge der östlichen Steppen.

Mughal hatte bereits ein Feuer entfacht. In dem strahlenden Morgenlicht und dem schimmernden Schnee schien es beinahe farblos. Geschmolzener Matsch brutzelte um das brennende Holz.

»Der Winter bricht in diesem Jahr früh an«, bemerkte Mughal.

Shahr Baraz mühte sich auf die Beine. Dunkelheit umrandete sein Blickfeld, bis er sie fortblinzelte. Beinahe vierundachtzig Jahre war er alt.

»Gib mir den Trinkbeutel, Mughal. Mein Blut braucht ein bißchen innere Wärme.«

Er trank drei Schluck glühend heißen Stutenmilchgeist, woraufhin die Glieder zu zittern aufhörten. Endlich war ihm wieder warm.

»Als die Sonne herauskam, habe ich über den Hügel gespäht«, berichtete Mughal. »Sie haben das Lager an die hinteren Hügel verlegt und verschanzen sich dort gerade.«

»Ein Winterlager«, meinte Shahr Baraz. »Der Feldzug ist für dieses Jahr vorbei. Bis zum Frühling tut sich nichts mehr.«

»Jaffans Ergebenheit gilt ausschließlich dir, mein Khedive.«

»Jaffan sollte lieber den Befehlen aus Orkhan gehorchen, sonst steckt sein Kopf sehr rasch auf einer Speerspitze. Das

Kommando wird ihm ohnehin bald entzogen, denn er stand mir zu nahe. Nein, man wird einen anderen Khediven schicken. Ich hoffe nur, Jaffan muß nicht dafür büßen, daß er zwei alte Männer in die Nacht entkommen ließ.«

»Wer wird der neue Khedive? Was glaubst du?«

»Wer weiß? Irgendein Lakai von Aurungzeb, der besser formbar ist als ich. Einer, der den persönlichen Ehrgeiz über das Leben seiner Männer stellt. Ehe wir diese Festung einnehmen, färbt der Searil sich blutrot, Mughal.«

»Aber im Frühling wird die Feste fallen. Bestimmt wird sie fallen. Und wo sind wir dann?«

»In einem Filzzelt in den Steppen beim Joghurtessen.«

Schallend lachte Mughal auf; dann beugte er das Gesicht zum Feuer und schob den Kessel über die Flammen. Bevor sie das Lager abbrechen und die Reise fortsetzen würden, wollten sie noch dampfenden *Kava* essen, um sich aufzuwärmen.

»Fällt es dir denn leicht, all dem den Rücken zuzukehren?« fragte Mughal.

Lange Zeit schwieg Shahr Baraz.

»Ich gehöre zum alten *Hraib*«, meinte er schießlich. »Der Krieg, den wir begonnen haben, führt die Welt in eine neue Ära. Männer wie John Mogen und ich waren nicht als Führer für die Zeiten bestimmt, die uns bevorstehen. Die Welt hat sich verändert, und sie verändert sich immer weiter. Die Merduks gleichen nicht mehr den wilden Steppenkosaken meiner Jugend. Ihr Blut ist vermischt mit dem von einstigen Ramusiern. Die alten Nomadenzeiten sind nur noch Erinnerung.

Selbst das eigentliche Wesen der Krieger verändert sich. Schießpulver gilt mehr als Mut. Hakenbüchsenkugeln töten ohne Rücksicht auf Rang und Namen. Ehre zählt immer weniger. Bald werden Generäle mehr Handwerker und Techniker sein als Soldaten; dann ist der Krieg nur noch eine Sache von Gleichungen und Mathematik. So habe ich ihn nie geführt, und das werde ich nie.

Deshalb kehre ich all dem den Rücken zu, Mughal. Ich überlasse es den jüngeren Männern, die nach mir kommen. Ich habe einen Truppenverband der Merduks durch die Straßen von Aekir ziehen sehen. Mein Platz in der Geschichte ist gesichert. Den kann mir niemand nehmen. Nun reite ich nach Osten ins Land meiner Väter, um noch einmal die unendlichen Weiten von Kambaksk und Kolchuk anzuschauen, die Geburtsstätte unserer Nation. Dort will ich dereinst begraben sein.«

»Ich würde dich gern begleiten, wenn ich darf«, meinte Mughal.

Der grausame alte Mann lächelte unter den beiden herabhängenden Schnurrbartenden.

»Das würde mich freuen. Ein Gefährte verkürzt eine Reise, sagt man. Und es wird eine lange Reise.«

»Aber es ist die letzte Reise«, murmelte Mughal und schenkte ihnen beiden dampfenden *Kava* ein.

»Sag mir, was du siehst«, bat Macrobius.

Sie standen auf den Zinnen der Feste von Ormann – eine Gruppe aus Offizieren, Soldaten und einem alten Mann ohne Augen. Corfe schaute hinaus auf das weiße, leere, schneebedeckte Land jenseits des funkelnden Bandes des Searil.

»Da ist nichts. Das Lager ist verlassen. Selbst die Schützengräben und Wälle, die sie aufgeschüttet und errichtet haben, sind unter dem Schnee kaum zu erkennen – bloße Schatten, die sich über die Hügel ziehen. Hie und da kann man die zertrümmerten, schneebedeckten Reste eines Zeltes erkennen. Sie sind fort, Heiligkeit.«

»Was ist das denn für ein Geruch in der Luft?«

»Sie haben während des Beerdigungswaffenstillstandes ihre Toten eingesammelt und sie auf einem Scheiterhaufen in einem der entfernteren Täler verbrannt. Er raucht immer noch, dieser Aschehügel.«

»Wohin sind sie gegangen, Corfe? Wohin ist diese gewaltige Armee marschiert?«

Corfe blickte zu seinem Kommandeur. Martellus zuckte die Schultern.

»Sie haben sich in ein Winterlager zurückgezogen, eine Wegstunde oder mehr von den Mauern entfernt.«

»Dann haben wir sie besiegt. Die Festung ist in Sicherheit.«

»Vorübergehend, ja. Im Frühling, wenn der Schnee schmilzt, kommen sie wieder. Dann aber werden wir auf sie vorbereitet sein. Wir schleudern sie zurück über den Ostian und befreien Aekir wieder von ihnen.«

Der Pontifex Maximus neigte das geschundene Haupt; das weiße Haar flatterte in der eisigen Brise. »Dank sei Gott und dem Heiligen Geist.«

»Und Ihr, Heiligkeit, habt Eure Pflicht hier erfüllt. Ihr habt sie hervorragend erfüllt«, stellte Martellus fest. »Es ist Zeit für Euch, abzureisen, um den Euch rechtmäßig zustehenden Platz einzunehmen.«

»Ihr meint, es steht mir rechtmäßig zu?« erwiderte Macrobius. »Vielleicht. Ich bin nicht mehr sicher. Gibt es Kunde aus Charibon?«

»Nein«, log Martellus. »Schon sehr bald kehrt König Lofantyr aus Vol Ephrir zurück. Am besten begebt Ihr euch nach Torunn, um Euch dort mit ihm zu treffen. Für ihn und Euch gibt es viel zu besprechen. Corfe wird Euch begleiten. Inzwischen ist er Oberst. Er hat sich tapfer geschlagen. Corfe ist der einzige Torunne, der Aekir überlebt hat, und kann somit alle Fragen des Königs beantworten.«

»Seid Ihr sicher, daß die Merduks nicht wieder angreifen, General?«

»Das bin ich. Sie haben die Artilleriestellungen zurückgelassen und werden kämpfen müssen, um die Batterien wieder einzurichten. Nein – meine Späher berichten, daß sie für den Nachschubtransport eine große neue Straße zwischen hier und Aekir fertigstellen. Außerdem erkunden kleine Gruppen den Ober- und Unterlauf des Searil, um eine Möglichkeit zu finden, die Festung von den Flanken her anzugreifen. Aber eine solche Möglichkeit gibt es nicht. Die Fimbrier haben sich schon etwas dabei gedacht, als sie diesen Platz für die Errichtung der Festung auswählten. Für dieses Jahr ist der Feldzug beendet. In Torunn könnt Ihr den Winter angenehmer verbringen als hier, Heiligkeit. Außerdem seid Ihr uns dort von größerem Nutzen.«

»Inwiefern?« erkundigte sich Macrobius.

»Ich möchte, daß Ihr und Corfe unseren König Lofantyr

bearbeitet. Die Feste Ormann muß Verstärkung bekommen, ehe der Schnee schmilzt. Die Merduks haben auf Führungsebene personelle Probleme – einer der Gründe, warum es uns noch gibt. Doch sobald der Frühling anbricht, werden sie uns wieder an den Kragen gehen, mit einem neuen Feldherrn an der Spitze, falls man den Gerüchten Glauben schenken darf …«

Macrobius schreckte hoch. »Demnach ist Shahr Baraz tot?«

»Tot oder durch einen anderen ersetzt – es spielt keine große Rolle. Aber es heißt, der Ostian sei schwarz von Versorgungsbarken, von denen viele mit Feuerwaffen beladen sind. Wenn die Merduks erneut angreifen, werden sie eine neue Taktik anwenden, und wir haben den östlichen Wachturm verloren. Unser aller Schicksal hängt an einem seidenen Faden, trotz der Narren in den Flüchtlingslagern, die schon feiern – übrigens auch ein Thema, das Corfe zur Sprache bringen soll, wenn er mit dem König zusammentrifft.«

Den blinden Blick auf Corfe gerichtet, lächelte Macrobius ironisch.

»Du hast es weit gebracht, mein Freund, seit wir auf der Straße nach Westen verkohlte Rüben teilten. Aus dir ist ein Mann geworden, der sich mit Königen und Pontifizes trifft. Dabei ist dein Stern noch gar nicht vollends aufgegangen, das fühle ich.«

»Dreißig von Ranafasts Leuten reisen als Eskorte mit Euch«, warf Martellus ein wenig verärgert ein. »Mehr kann ich nicht entbehren; aber es dürfte reichen. Noch ist die Straße in den Süden offen, aber Ihr müßt Euch so bald wie möglich auf den Weg begeben.«

»Ich reise nicht mehr in Prunk und Pomp, General«, erwiderte Macrobius. »Alles, was ich besitze, trage ich bei mir. Ich kann losziehen, wann immer Ihr es wünscht.«

»Es ist an der Zeit, daß die Welt Macrobius wiedersieht und von den Ereignissen erfährt, die sich hier zugetragen haben. Wir haben uns wacker geschlagen, doch das war nur die erste Schlacht eines langen Krieges.«

Das Jahr neigte sich dem Ende zu. Auch in Vol Ephrir schwand die Milde aus der Luft, und die bunten Bäume wurden mit jedem Tag kahler. Schier endlos tagte das Konklave der Könige weiter, während sich ein früher Winter über das Land senkte, ein bitterkalter Winter, der die Berge bereits unpassierbar gemacht hatte. Diese dunkle Jahreszeit versprach lang und hart zu werden, besonders für jene Länder, über denen drohend der Schatten von Invasion und Krieg lag.

Der Pontifex Maximus in Charibon, Himerius II, erließ ein päpstliches Dekret, worin der alte blinde Mann, der angeblich Macrobius sein sollte und in der Feste Ormann weilte, als Betrüger und Ketzer angeklagt wurde. Sein Fürsprecher, der torunnische General Pieter Martellus, der die Festung erfolgreich gegen die Armee des Shahr Baraz verteidigt hatte, wurde in Abwesenheit der Ketzerei schuldig gesprochen. Boten wurden nach Torunna entsandt, um seinen Rücktritt und seine Bestrafung zu fordern.

Ein zweites Dekret ermächtigte die kirchlichen Behörden aller fünf ramusischen Königreiche des Westens sowie der Herzogtümer und Fürstentümer, Personen zu verhaften und in Gewahrsam zu nehmen, die sich Schwarzer Magie bedienten, in einem Staat außerhalb des ramusischen Einflußgebietes geboren wurden oder sich öffentlich gegen die Ergreifung zuvor Genannter aussprachen. Die Besitztümer solcher Personen waren als beschlagnahmt zu betrachten und zwischen der Kirche und den weltlichen Behörden der Region aufzuteilen. Die Personen selbst waren unter Arrest zu stellen, bis sie einem kirchlichen Tribunal vorgeführt wurden.

Etwa zur selben Zeit erreichten zweitausend Glaubensritter Abrusio im Königreich Hebrion, wo sie mit Vertretern des Ordens der Brüder vom Ersten Tage zusammentrafen. Die Stadt Abrusio wurde unter theokratisches Recht gestellt und von einem Gremium aus Ordensbrüdern und Adeligen regiert, die ausschließlich dem Pontifex Maximus und dem hebrionischen König Rechenschaft schuldeten – letzterer jedoch weilte unglücklicherweise im fernen Vol Ephrir. Den ersten Tag der neuen Regelung kennzeichnete die Verbrennung von siebenhundertdreißig Menschen, wodurch sich die

Katakomben für den Strom neuer Ketzer und Ausländer leerten, die von den Glaubensrittern in der Stadt und im ganzen Königreich zusammengetrieben wurden.

Doch die Krise, die am nachhaltigsten zur Gestaltung der künftigen Weltordnung beitragen sollte, entflammte in Vol Ephrir, wo die versammelten Könige sich trafen, um die Dekrete von Himerius sowie die übrigen Probleme zu diskutieren, denen der Westen sich gegenübersah.

»Allem Anschein nach haben wir zwei Pontifizes«, stellte Cadamost schlicht fest. »So darf es nicht weitergehen. Andernfalls kommt es unweigerlich zur Anarchie.«

»Dank Himerius blüht und gedeiht die Anarchie bereits in allen fünf Königreichen«, knurrte Abeleyn. Golophins Gerfalke hatte ihm von der Lage in Hebrion berichtet; nun brannte er darauf, von hier fortzukommen, um sich sein Königreich zurückzuholen und den Grausamkeiten ein Ende zu bereiten.

»Du wandelst am Rande der Ketzerei, Vetter«, bemerkte Skarpathin von Finnmark mit einem unfreundlichen Lächeln auf den Lippen.

»Ich bewege mich auf dem Boden des gesunden Menschenverstandes, während ihr Narren Argumente auf Nadelspitzen reitet. Seht ihr denn nicht, was vor sich geht? Himerius erkennt, daß er der Betrüger ist – der unrechtmäßig gewählte Pontifex –; also schlägt er als erster zu, um seine Befehlsgewalt mit Feuer und Blut auf den Kontinent zu stempeln.«

»Was auch sein gutes Recht ist«, warf Haukir von Almark lautstark ein. »Es wird Zeit, daß die Kirche endlich mit starker Hand regiert. Macrobius, der zweifelsfrei tot ist, war ein altes Waschweib und ließ den Dingen freien Lauf. Himerius ist genau der Mann, den wir auf dem Thron des Pontifex brauchen – jemand, der sich nicht scheut zu handeln. Eine starke Hand am Steuer.«

»Erspare mir die Lobrede, Vetter«, fauchte Abeleyn. »Jeder weiß, daß die Brüder vom Ersten Tage Almark seit Jahren in der Kuttentasche haben.«

Haukir wurde kalkweiß. »Auch für Könige gibt es Grenzen«, sagte er mit ungewohnt dumpfer Stimme. »Selbst Könige können über die Stränge schlagen. Deine Worte verdammen dich, Junge. Die Kirche beherrscht bereits deine Hauptstadt. Wenn du nicht aufpaßt, herrscht sie bald über dein ganzes Königreich, und du stirbst als Exkommunizierter.«

»Dann sterbe ich wenigstens als freier Mann und nicht als Marionette machthungriger Raben!« brüllte Abeleyn.

Schweigen trat ein. Die Staatsoberhäupter waren entsetzt von dem Wortwechsel. Die Fimbrier hingegen beobachteten die beiden Kontrahenten mit mäßigem Interesse, als hätte das alles nichts mit ihnen zu tun.

»Ich weigere mich, den Dekreten von Himerius Folge zu leisten«, verkündete Abeleyn mit wesentlich ruhigerer Stimme. »Ich erkenne ihn nicht als Pontifex an, sondern nenne ihn einen Betrüger und Usurpator. Der wahre Pontifex ist Macrobius. Ich widersetze mich der Autorität von Charibon, da sie auf Falschheit beruht, und ich lasse mein Königreich nicht von grausamen Mördern in Stücke reißen, die sich hinter der Maske der Geistlichkeit verbergen!«

Cadamost wollte das Wort erreifen, doch Abeleyn hielt ihn mit einem einzigen Blick zurück. Inzwischen hatte er sich erhoben, und alle Augen im Raum waren auf ihn gerichtet. In der Stille konnte man die Vögel in den höchsten Bäumen rund um die Palasttürme zwitschern hören.

»Hiermit sage ich Hebrion aus der Gemeinschaft all jener ramusischen Königreiche los, die den Prälaten Himerius als Pontifex Maximus anerkennen. Seine unmenschlichen Edikte betrachte ich als nichtig, seine Anhänger lasse ich meines Reiches verweisen. Ich stehe hier und frage euch: Wer sonst ist in dieser Angelegenheit meiner Meinung? Wer sonst anerkennt Macrobius als den wahren Führer der Kirche?«

Nach einer kurzen Pause erhob sich langsam und schwerfällig auch Mark von Astarak. Der Widerwille stand ihm deutlich ins Gesicht geschrieben, doch er blickte den anderen Herrschern fest in die Augen.

»Astarak und Hebrion sind in dieser Angelegenheit verbündet. Abeleyn ist mit meiner Schwester verlobt. Ich stehe zu ihm. Auch ich widersetze mich Himerius, dem Usurpator.«

Stimmengewirr erhob sich im Raum. Das Schaben eines weiteren Stuhles über den wundervoll verzierten Boden brachte das Gemurmel zum Verstummen.

Lofantyr von Torunna war aufgestanden.

»Ganz allein trotzt Torunna der Bedrohung aus dem Osten. Wir haben von keinem Staat aus dem Westen Hilfe erhalten, und als Pontifex hat Himerius uns die Unterstützung verweigert, die uns zusteht. Ich glaube meinem General, Martellus, dem Löwen von Ormann. Macrobius lebt und ist der Pontifex Maximus. Ich stehe in dieser Angelegenheit zu Hebrion und Astarak.«

Niemand sonst erhob sich; niemand sonst ergriff das Wort. Die ramusischen Königreiche waren unwiderruflich in der Mitte gespalten, und der Kontinent besaß zwei Pontifizes, wahrscheinlich sogar zwei Kirchen. Die Luft im Raum war erfüllt von einer dunklen Ahnung, einem Verständnis von der Tragweite des Geschehens.

Cadamost räusperte sich. Als er sprach, klang er heiser wie eine Krähe. Die Sangesstimme war verschwunden.

»Ich flehe euch an, bedenkt, was ihr tut! Ihr regiert drei der größten Königreiche des Westens. Zu einer Zeit, da der Feind an den Grenzen heult, können wir uns ein derartiges Zerwürfnis nicht leisten. Wir dürfen nicht zulassen, daß der Glaube, der uns alle stützt, zur Waffe wird, die unsere Reihen auseinanderreißt.«

»Ihr seid Ketzer, alle drei«, stellte Haukir mit kaum verhohlener Zufriedenheit fest. »Nun wirst du überhaupt keine Hilfe bekommen, Lofantyr. Du hast soeben das Todesurteil für dein Königreich unterschrieben. Und Hebrion und Astarak können nicht allein gegen die anderen Staaten des Westens bestehen.«

Abeleyn betrachtete sie, wie sie da saßen: Könige, Herzöge und Prinzen. Almark und Perigraine, Finnmark und Candelaria, Tarber und Gardiac, Tourun und Fulk. Sogar Gabrion, bekannt für seine lange Tradition der Unabhängigkeit. Was aber war mit den beiden Männern in Schwarz, die schweigend in ihrer Mitte saßen? Was war mit den Fimbriern?

»Haben die Kurfürstentümer etwas dazu zu sagen, oder folgen sie dem Beispiel der Mehrheit?« fragte er.

Kaum merklich zog Marschall Jonakait die Augenbrauen hoch.

»Fimbrien hat noch nie die Befehlsgewalt einer Macht außerhalb seiner Grenzen anerkannt, einschließlich der des Pontifex. Auch wir sind ein ramusisches Land; die Brüder des Ordens vom Ersten Tage leben und arbeiten innerhalb unseres Hoheitsgebiets, aber die Kurfürsten fühlen sich nicht an die Dekrete oder Edikte des Kirchenoberhaupts gebunden.«

Hoffnung keimte in Abeleyn auf. »Dann gilt Euer Angebot über Truppen also noch?«

Ein Ausdruck, der einem Lächeln ähnelte, huschte über die harten Züge des Marschalls und war sogleich wieder verschwunden.

»Wir stellen keinem ramusischen Staat Truppen zur Verfügung, der Krieg gegen einen anderen führt, aber wir stellen Soldaten zur Bekämpfung der Merduks bereit.«

Cadamost sprang auf. »Das könnt Ihr nicht tun! Damit helft Ihr Ketzern, deren Seelen verflucht sind wie die der Merduks!«

Jonakait zuckte die Schultern. »In Euren Augen vielleicht. In den Augen unserer Vorgesetzten hat der Kampf im Osten Vorrang vor allem anderen. Sollte jemand nicht einverstanden sein, so hat er seine Argumente vorzubringen, auf daß wir sie überdenken. Aber kein Fimbrier wird als Söldner in einen religiösen Bruderkrieg entsandt.«

»Das ist doch absurd!« rief Haukir. »Noch vor kurzem habt Ihr Truppen versprochen – für jeden, der sie will. Was ist das anderes als die Aussendung Eurer Soldaten als Söldner?«

»Jeder Fall wird gesondert betrachtet. Mehr kann ich nicht zusagen.«

Natürlich konnten die Fimbrier sich hier und jetzt nicht festlegen. Der Westen war in der Mitte gespalten. In Wahrheit mußten die Kurfürstentümer Lofantyr Truppen zur Verfügung stellen – er hatte bereits darum gebeten, das wußte

Abeleyn. Doch sie würden abwarten, wie die Dinge sich entwickelten, bevor sie jemand anderem gegenüber Verpflichtungen eingingen. Ohne jeden Zweifel fielen sich die beiden Marschälle sich bei der Vorstellung eines geteilten Westens in Gedanken schadenfroh um den Hals – ein Westen, in dem sich die fünf Königreiche einander an die Gurgeln sprangen. Für einen möglichen Versuch der Fimbrier, die vor Jahrhunderten eingebüßte Hegemonie wiederzuerrichten, konnte sich das nur als Vorteil erweisen. Im Augenblick aber war wichtiger, daß Lofantyr seine Verstärkung erhielt – obwohl die Truppen eine lange Reise vor sich hatten, sofern sie nicht durch Perigraine marschieren durften, um die Feste Ormann zu erreichen.

Die Rechnung war aufgegangen. Mark und Lofantyr hatten ihre Rollen gut gespielt; aber schließlich hatte Abeleyn in den Tagen, seit die Neuigkeiten aus Charibon eingetroffen waren, ausgiebig mit den beiden geübt.

Haukir starrte die drei abtrünnigen Monarchen an.

»Ich werde persönlich Sorge dafür tragen, daß der Pontifex Maximus euch exkommuniziert. Und es wird Krieg geben – Ramusier gegen Ramusier. Möge Gott euch vergeben, was ihr heute getan habt.«

Abeleyn beugte sich über den Tisch vor. Seine Augen glichen zwei schwarzen Löchern.

»Wir haben heute nichts anderes getan, als das Joch des Ordens der Brüder vom Ersten Tage abzuschütteln, das seit Jahren zunehmend schwerer auf dem Rücken jeden Landes lastet. Wir haben unsere Königreiche vor dem Schrecken der Scheiterhaufen errettet.«

»Ihr habt den Westen in einen Krieg gestürzt, und das zu einer Zeit, da er bereits um sein Leben ringt«, entgegnete Cadamost.

»Nein«, widersprach Lofantyr aufgebracht. »Torunna ringt um sein Leben. Mein Königreich, mein Volk – wir sind diejenigen, die an der Front sterben. Ihr alle hier wißt nichts von dem, was wir erleiden, und noch weniger habt ihr euch darum gekümmert. Der wahre Pontifex befindet sich in der Feste Ormann, im Herzen des Krieges zur Verteidigung des

Westens. Er sitzt nicht in Charbion und erläßt Edikte, die Tausende von Menschen zum Tod auf den Scheiterhaufen verdammen. Eins sage ich euch: Bevor ich fertig bin, werde ich noch erleben, wie Himerius auf demselben Scheiterhaufen verbrennt, der schon so viele Unschuldige das Leben gekostet hat.«

Beklommene Stille trat ein. Die um den Tisch sitzenden Männer machten einen ungläubigen Eindruck, als könnten sie nicht recht begreifen, was sie gerade vernommen hatten.

»Verlaßt diese Stadt«, forderte Cadamost sie schließlich auf. Sein Gesicht war weiß wie Papier; die Augen glichen zwei rotgeränderten Kugeln. »Verlaßt sie in gebührendem Prunk als Könige, denn sobald Charibon hiervon erfährt, seid ihr keine Mitglieder der Kirche mehr, und die Hand eines jeden rechtschaffenen Menschen wendet sich gegen euch. Euer gesalbtes Recht zu herrschen wird euch entzogen; eure Königreiche werden zu abtrünnigen Staaten erklärt. Kein orthodoxer Regent muß Vergeltung fürchten, wenn er in eure Gebiete einmarschiert. Unsere Gesichter sind von euch abgewandt. Geht.«

Die drei Könige verließen ihre Plätze und nahmen gemeinsam Aufstellung. Bevor sie auf die Tür zuschritten, drehte Abeleyn sich noch einmal um.

»Wir stellen uns nur gegen Himerius. Gegen keinen anderen Staat oder Herrscher hegen wir böse Absichten ...«

Haukir prustete höhnisch.

»... aber sollte jemand versuchen, uns ohne guten Grund zu verletzen, schwöre ich euch allen eins: Unsere Armeen werden das Blut eurer Untertanen über die Erde vergießen, unsere Flotten werden eure Küsten in flammende Infernos verwandeln, und wir werden für unsere Feinde weniger Gnade aufbringen als der schwärzeste Sultan der Merduks. Ihr sollt den Tag und die Stunde bereuen, da ihr die Schwerter mit Hebrion, Astarak oder Torunna gekreuzt habt. – Ich wünsche euch noch einen guten Tag, meine Herren.«

Die drei Männer, allesamt Könige, wandten sich um und verließen zusammen den Raum. In der darauf einsetzenden Stille starrten die Himerischen Könige, wie man sie später nennen sollte, auf den runden Tisch, der Zeuge des Konklave und der Zersplitterung der fünf Königreiche geworden war. Der Pfad der Geschichte war beschritten. Sie konnten nichts anderes mehr tun, als ihm zu folgen und Gott und den heiligen Ramusio um Geleit auf der Reise anzuflehen.

25

Der Nordoster blieb ihnen erhalten, beständig und angenehm wie der hebrionische Passat. Hawkwood fühlte, wie die Kraft des Windes unentwegt am Schiff zerrte, als wirke sie geradewegs auf sein eigenes Knochenmark. Die *Osprey* war am Leben, war wieder flott, trieb vor dem Wind. Hawkwoods Verstand entspannte sich und driftete wider einmal ab an jenen anderen Ort.

Er war wieder ein Junge, zum ersten Mal auf hoher See, auf der trägen Karavelle, dem ersten Schiff, das die Hawkwoods je besessen hatten. Sein Vater war da und brüllte die schuftenden Matrosen an und überschüttete sie mit Schimpfworten; die weiße Gischt sprühte schwallweise an Bord, während das Schiff auf den gelblich-grünen Wogen der Levangore vor dem Wind segelte. Wenn der junge Hawkwood nach achtern schaute, konnte er die blasse, staubfarbene Küste Gabrions erkennen, mit den dunkleren Wäldern auf den Hügeln weiter im Landesinnern. Backbord befanden sich die ersten Inseln des Malacar-Archipels, die in der Hitze, die sich am Horizont eingenistet hatte, wie gestaltlose Geister flimmerten.

Auf und nieder, auf und nieder wogte der Bug der Karavelle. Wie glitzernde Wände tauchten die grünen Wellen auf und verschwanden wieder. Die Möwen kreischten und krächzten und ließen Guano aufs Deck fallen. Die Takelung ächzte und stöhnte im Gleichklang mit den knarrenden Planken des Schiffes. Der günstige Wind, den sie sich zunutze machten, bauschte die flatternden, wallenden Segel.

Das, hatte er damals gedacht, war die *See.* Und niemals hatte er sein Recht in Frage gestellt, sie zu befahren. Statt dessen empfand er für sein Schiff dieselben Gefühle, wie ein Mann sie für seine Frau empfindet.

Hawkwood konnte sich nicht rühren. Schweißgetränkt und unbeweglich wie eine Marmorkaryatide lag er da und merkte, wie ihm ein ungewohnter Geruch in die Nase stieg. Feuer.

Eine gewaltige Erschütterung, als die beiden Schiffe zusammenkrachten und Rumpf gegen Rumpf prallte.

»Feuer!« brüllte Hawkwood, und entlang des Decks steckten die Männer die glimmenden Lunten in die Pulverpfannen der Kanonen. Wie rollender Donner spien sie nacheinander los und sprangen wie furchterfüllte Ochsen auf den Lafetten zurück. Gewaltiger, mit nichts zu vergleichender Lärm erhob sich. Lauter als eine stürmische See, die gegen ein felsiges Ufer peitscht, lauter als ein Orkan hoch droben in den Bergen von Hebros. Die gesamte Steuerbordseite des Schiffes verschwand in Rauch und Feuer. Nur die Schreie von Männern und das Knirschen von berstendem Holz waren in dem Getöse zu hören.

Die Korsaren feuerten ihrerseits eine Breitseite ab, wobei die Mündungen ihrer Kulverinen die Seite der Karacke berührten. Sie hoben die Mündungen an, auf daß der Schuß nach oben durch das Deck schlug. Die Luft explodierte, war plötzlich voll von spitzen Holzsplittern, die sich in die Leiber der Männer bohrten, so daß sie über Deck geschleudert wurden. Hawkwood erklomm die steuerbordseitige Achterdeckreling und hob das schwere Entermesser über den Kopf. »*Jetzt*, Leute! Auf sie! Enterkommando los!«

Dann sprang er hinein in das wimmelnde Gemetzel auf dem feindlichen Schiff.

»Richard!« schrie sie, als er in sie eindrang, sich völlig verausgabte, ihren Rücken in die weiche Matratze des Bettes preßte. Schweiß tropfte ihm vom Gesicht, landete auf ihrem Schlüsselbein und rann zwischen den Brüsten hinab. Wild grinste Jemilla zu ihm hoch, während ihr Körper dem seinen antwortete, sich gegen ihn aufbäumte. Wie glitschiger Leim klebte der Schweiß zwischen ihnen, so daß die Haut flutschte und schmatzte, als die Körper zusammen und wieder auseinander schnellten; wie ein Schiff, das durch schweren Wellengang schneidet und sich mit dem Kiel in jede Welle bohrt.

Aber die Hitze. Sein Körper stand in Flammen, lag in einem Teich aus flüssigem Metall. Jede Bewegung verursachte Höllenqualen; aus jeder Pore quoll seine Lebenskraft. Die Hitze preßte das Wasser aus ihm heraus, bis er trocken und welk war wie der Pökelfisch, der im Frachtraum in Fässern lagerte. Wenn er sich regte, würde er knistern und krachen und in kleine Brocken zerbröseln, so fein und trocken wie Asche.

»Richard.«

Er schlug die Augen auf.

Bardolin lächelte. »Endlich seid Ihr von Eurer Reise zurück.«

Das Schiff um ihn herum vollführte gleichmäßige, beruhigende Bewegungen. Er fühlte den Wind kräftig und beständig vom Heck her wehen – eine frische Brise, die sie unentwegt nach Westen trieb. In der nahezu vollkommenen Stille hörte er die Schiffsglocke dreimal läuten. Das Geräusch war unglaublich angenehm, wie der Klang einer vertrauten Stimme.

Hawkwood wandte das Gesicht zur Seite, was sofort mit Schmerz bestraft wurde, einem dumpfen Pochen, das seinen Ursprung in der rechten Schulter hatte. Unwillkürlich stöhnte er auf.

»Langsam.« Die kräftigen Finger des Magiers packten ihn am Kinn und hielten den Kopf fest.

»Das Feuer«, krächzte Hawkwood.

»Wir haben es unter Kontrolle gebracht. Das Schiff ist in Sicherheit, Kapitän. Und wir kommen gut voran.«

»Helft mir aufsitzen.«

»Nein. Ihr ...«

»Helft mir auf!«

Der Schmerz kam und ging in krampfartigen Schwällen, doch er blinzelte und biß die Zähne zusammen, bis die Qualen so erträglich wurden, daß er damit leben konnte.

Die Umgebung war ihm nicht vertraut. Er befand sich in einer kleinen Kabine, in der eine Kulverine an der Wand stand.

»Wo bin ich?«

»Auf dem Batteriedeck. Der Tischler hat Trennwände für Euch eingebaut. Ihr hattet die Ruhe nötig.«

Aha. Jetzt erkannte er es, doch es schien seltsam ruhig, als wäre das Deck nahezu verlassen. Über seinem Kopf hörte er das Getrampel zahlreicher Füße, das Gemurmel von Stimmen.

»Das Feuer. Die Heckkabine ...«

»Mehr oder weniger wieder zusammengeflickt. Chips hat wie ein Besessener daran gearbeitet. Aber wir haben kein neues Glas für die Heckfenster, deshalb müssen sie die meiste Zeit verschlossen bleiben.«

»Das Logbuch. Bardolin, konnte das Logbuch gerettet werden?«

Der Magier setzte eine finstere Miene auf. »Nein. Es wurde zum Raub der Flammen, wie auch die meisten Seekarten und das alte Schiffstagebuch.«

»Griella?«

»Sie hat ihren Frieden gefunden. Es war ein Fehler von mir, sie überhaupt mit auf die Reise zu nehmen. Dennoch hat sie unser aller Leben gerettet, glaube ich. Auf jeden Fall das von Murad. Schwer zu begreifen. Sie hat eine selbstlose Entscheidung gefällt.«

»Sie hat ihn geliebt.« Hawkwoods Worte konnten gleichermaßen Frage wie Feststellung sein.

»Auf ihre Art, ja. Aber das hätte zu nichts geführt. Letzten Endes hätten die beiden einander zerstört. Vielleicht ist es besser so.« Der überraschend starke Arm des Magiers hielt Hawkwood fest, als er taumelte. »Seid vorsichtig, Kapitän. Wir wollen doch nicht, daß die Naht wieder aufreißt.«

»Ortelius«, keuchte Hawkwood, ohne auf die Worte des Zauberers zu achten. »Ich kann es immer noch nicht fassen.«

»Ja, wer hätte das gedacht? Ein Bruder des Ordens vom Ersten Tage als Werwolf! Das wirft viele Fragen auf, Kapitän, sowohl für uns hier an Bord als auch für die Großen und Guten zu Hause. Ich habe das Gefühl, daß wir in unserem Stolz und unserer Weisheit etwas übersehen haben. Tief in unserer Gemeinschaft wurzelt etwas, auf das zu stoßen wir nicht erwartet hätten. Etwas Gräßliches.«

»Bevor Mateo sich verwandelte, hat er gesagt, sein Meister stünde hoch im Ansehen einer Gemeinschaft. Ich glaube nicht, daß er die menschliche Gemeinschaft meinte.«

»Ich nehme an, im Westen könnten wir auf einige Antworten treffen. Ich betrachte dies nicht mehr als Entdeckungsreise, Kapitän, auch nicht als Versuch der Errichtung einer Kolonie. Vielmehr dürfte alles auf ein bewaffnetes Aufeinandertreffen hinauslaufen. Murad stimmt mir da zu.«

»Der Westen. Ihr glaubt …«

»Daß er bewohnt ist? Ja, aber von welcher Art Mensch oder Bestie wissen wir beide nicht.«

Hawkwood schwang die Beine aus der schaukelnden Hängematte. Mittlerweile wurde er mit dem Schmerz fertig. Er kam und ging wie die Gezeiten. Der rechte Arm war fest an die Brustseite gebunden und beeinträchtigte Hawkwoods Gleichgewichtssinn.

»Wie schlimm ist es?«

»Das Ungeheuer hat Euer Schlüsselbein durchgebissen und die Knochenenden gebrochen. Ich habe die Wunde gereinigt und die Splitter entfernt. Einige Ammenweiber sind mir zur Hand gegangen und haben die Entzündung in Grenzen gehalten. Die Wunde sieht den Umständen entsprechend gut aus, doch Ihr werdet eine gräßliche Narbe und einen Knoten behalten. Außerdem wird der rechte Arm nie wieder so stark sein wie früher.« *Aber ich lebe noch,* dachte Hawkwood. *Das ist immerhin etwas. Und mein Schiff ist seetüchtig. Das ist noch mehr wert.*

Der Kapitän trug nur ein Leinenhemd um die Lenden. Die Beine kamen ihn entsetzlich blaß vor, und die Füße schienen unglaublich weit entfernt zu sein. Abwesend betrachtete er sie; dann durchzuckte ihn plötzlich ein beängstigender Gedanke.

»Bardolin, die Bestie hat mich gebissen. Heißt das, auch ich leide jetzt an dieser Krankheit? Werde ich mich verwandeln?«

»Die schwarze Krankheit ist nicht ansteckend, wie die meisten Leute glauben. Durch einen Biß kann sie nicht übertragen werden.«

»Aber Ortelius hat aus Mateo einen Werwolf gemacht.«

»Ja. Ich muß gestehen, das verwirrt mich. Aber fürchtet Euch nicht, Kapitän. Welch düstere und blutige Zeremonie auch immer aus dem Schiffsjungen einen Gestaltwandler werden ließ, an Euch wurde sie nicht vollzogen. Durch einen Biß können Menschen sich das Werwolfsyndrom nicht zuziehen, egal, was der Aberglaube besagt. Gregory bestätigt dies, und auch Golophin, mein früherer Meister, ist davon überzeugt. Gestaltwandler unterliegen sehr komplizierten Gesetzen, die wir bislang noch nicht begreifen.«

Sichtlich erleichtert, entspannte sich Hawkwood. »Warum hat er es getan? Warum hat er das dem armen Mateo angetan?«

»Ich vermute, er brauchte Hilfe. Ortelius hat erkannt, wie entschlossen wir waren, weiter nach Westen zu segeln, und er wollte uns alle drei auslöschen – Euch, Murad und mich. Um dies rasch und auf einen Schlag zu erledigen, brauchte er einen Komplizen. Vielleicht fühlte er sich auch nur ... einsam. Wer weiß? Ich kann nicht behaupten, besonders viel über das Seelenleben von Gestaltwandlern zu wissen, obwohl ich Griella besser als die meisten kannte. Solche Wesen tragen ein Geheimnis in sich, das etwas mit der Beziehung zwischen Mann – oder Frau – und Bestie zu tun hat.« Ironisch lächelnd, hielt er inne. »Verzeiht. Ich wollte Euch nicht mit einem Vortrag überfallen.«

»Ihr habt gewußt, was Griella war, bevor sie auf das Schiff kam.«

»Ich wußte es, möge Gott mir vergeben. Auch ich war ein wenig in sie verliebt, müßt Ihr wissen. Ich dachte, ich hätte sie unter Kontrolle. Insgeheim bildete ich mir sogar ein, ich könnte sie heilen. Aber das ist vorbei. Nun muß ich damit leben.«

»Schon gut. Wie Ihr sagt – es ist vorbei, und wahrscheinlich ist es besser so. Wieviel Zeit ist seit dem Feuer und all dem verstrichen? Wie lange liege ich hier schon nutzlos herum?«

»Acht Tage.«

»Acht Tage! Bei allen Heiligen! Helft mir auf die Beine, Bardolin. Ich muß mit Velasca reden und den Kurs überprüfen.«

Sanft, aber unerbittlich drückte Bardolin ihn zurück in die Hängematte.

»Ich habe den Eindruck, Velasca weiß sehr gut, wie man hart West segelt. Außerdem ist der Wind so beständig, wie man es sich nur wünschen kann. Wenn Ihr wollt, schicke ich Velasca herunter, aber Ihr geht nirgendwo hin. Jedenfalls vorerst nicht.«

Hawkwood sank wieder zurück auf die Laken. In seinem Kopf drehte sich alles.

»Also gut. Schickt ihn gleich herunter und holt mir jemanden, der mir beim Anziehen hilft. Und schickt mir auch Chips. Ich will mit ihm über die Reparaturen sprechen.«

»In Ordnung, Kapitän. Ich sage den beiden Bescheid, sobald ich kann.«

Bardolin verließ den stirnrunzelnden Hawkwood.

Acht Tage. Sofern Velasca den Kurs beibehalten hatte, dürften sie sich nur noch etwa zwei Wochen vom Land entfernt befinden. Sie würden es schaffen. Hawkwood fühlte es in den geschundenen Knochen. Er fühlte das Land, das da draußen an einem imaginären Horizont lag, den nur die Vorstellungskraft eines Seefahrers zu spüren vermochte. Das Land war da, und mit jeder Stunde, die das Schiff vor dem gottgegebenen Wind trieb, näherten sie sich ihm.

Murad stand am Rand des Achterdecks, flankiert von seinen beiden Offizieren. Ohne bewußtes Zutun paßten sich die Beine dem Rollen des Schiffes an. Das lange dünne Haar des Adeligen wehte im Wind. Er trug schwarzes Reitleder. Das Rapier hing in der Scheide an seiner Seite. Die Narbe, die sich über die eingefallene Wange im kalkweißen Gesicht wand, hatte der Wind in leuchtendes Karmesinrot gefärbt. Die Augen wirkten dunkel wie Schlehen.

Der Mittelteil der *Osprey* war gerammelt voll mit Menschen; an den Fallreeps reihten sich gaffende Soldaten. Fast die gesamte Schiffsgemeinschaft hatte sich versammelt, um der Bestrafung beizuwohnen.

»Fahr fort, Sequero«, befahl Murad mit tonloser Stimme.

Sequero trat einen Schritt vor an die Reling. »Unteroffizier Mensuardo, bringt den Mann her!«

Im Mittelteil bewegte sich etwas. Mensuardo und zwei weitere Soldaten bahnten sich den Weg durch die Menge. Sie trieben einen vierten Mann vor sich her, dessen Hände auf dem Rücken gefesselt waren.

»Verlies die Anklage, Fähnrich.«

Mit lauter Stimme las Sequero vor, auf daß die versammelte Menge es hören konnte:

»Gabriello Habrar, du wirst beschuldigt, am elften Tag von Endorion im Jahre des Herrn fünfhunderteinundfünfzig im Vorschiff der Karacke *Gabrian Osprey* böswillige Bemerkungen geäußert zu haben, die schädlich für die Moral und Entschlossenheit einer von der Krone finanzierten Expedition waren. Dadurch hast du die Befehlsgewalt unseres Kommandeurs und seiner Majestät, König Abeleyn von Hebrion und Imerdon, geschmäht und untergraben.«

Sequero hielt inne und schaute zu Murad hinüber. Der dürre Aristokrat nickte kurz.

»Deshalb wirst du mit dem Aufknüpfen bestraft. Unteroffizier Mensuardo, vollstreckt das Urteil. – Trommler!«

Ein zackiges, trockenes Trommeln setzte ein, als einer der Soldaten begann, auf die Ziegenhaut seines Instruments zu schlagen. Ein Matrose, der auf dem Hauptdock kauerte, ließ ein Seil herab, das Mensuardo und seine Leute an den Handgelenken des Verurteilten befestigten. Das andere Ende des Seils wurde den Soldaten auf den Fallreeps zugeworfen.

Murad hob die Hand.

Der angebundene Mann wurde an den Handgelenken in die Luft gezogen; die Hände standen in einem entsetzlichen Winkel zum Rücken, die Schulterblätter traten grotesk hervor. Vor Schmerz brüllte er auf, doch der schnarrende Trommelwirbel erstickte das Geräusch. Dann baumelte er um sich tretend und schlagend in der Luft. Nach ein paar Minuten verstummten die Schreie. Wie ein Sack Kartoffel hing der Mann am Seilende; die Augen traten weit aus den Höhlen, und Blut troff von der durchgebissenen Zunge.

»Schneidet ihn los«, befahl Murad und wandte sich ab, um in das Fahrwasser des Schiffes zu starren. Sequero und di Souza folgten ihm.

»Ich werde mir Disziplin verschaffen«, erklärte Murad kalt. »Ihr, meine Herren, habt eure Aufgabe nicht erfüllt. Die Männer jammern und sind ungehorsam. Aber das werde ich ihnen austreiben, und wenn ich auch den letzten dieser niederträchtigen Hunde auspeitschen und aufknüpfen muß. Ist das klar?«

Di Souza murmelte eine Zustimmung. Sequero erwiderte nichts; statt dessen funkelten seine Augen.

»Willst du etwas dazu sagen, Fähnrich?« erkundigte sich Murad, an seinen adeligen Untergebenen gewandt.

»Nur eins: Wenn Ihr jeden Mann der Hundertschaft aufknüpfen laßt, bleiben uns verdammt wenige, die eine Hakenbüchse schultern können, wenn wir endlich an Land gehen«, gab Sequero zurück, der sich durch die schlangengleich blitzenden Augen des vorgesetzten Offiziers nicht im geringsten einschüchtern ließ.

Einen langen Augenblick starrte Murad ihn an. Der Fähnrich erbleichte zwar, wich aber keinen Deut zurück. Schließlich trat ein Lächeln auf das Gesicht des älteren Mannes.

»Lieber habe ich einen verkrüppelten Soldaten, der ergeben ist, als einen gesunden, der es nicht ist«, sagte er leise. »Es hat den Anschein, Sequero, daß du Verständnis für deine Leute entwickelst, obwohl sie Abschaum aus der dreckigsten

Gosse sind. Wahrscheinlich lehrt dich diese Reise das Mitgefühl des Fußvolkes oder der Bettelmönche. Sollte deine aufkeimende Sympathie für gemeine Soldaten einmal mit einem Pflichtgefühl und deiner Loyalität gegenüber deinem Vorgesetzten und deinem König in Konflikt geraten, bin ich überzeugt, du läßt es mich unverzüglich wissen.«

Sequero erwiderte nichts. Statt dessen blickte er den ranghöheren Offizier mit unverhohlenem Haß an. Abermals ließ Murad dieses tote, kalte Lächeln aufblitzen, das gräßlicher war als jeder finstere Blick.

»Ihr könnt gehen, alle beide. Di Souza, kümmere dich um Habrar. Eine der Hexen an Bord soll ihn sich ansehen. Sequero, heute abend nach dem Essen findet eine Handfeuerwaffenübung statt.«

Die beiden salutierten, machten auf dem Absatz kehrt und verließen das Achterdeck. Die Menschenmenge im Mittelteil löste sich bereits auf. Zahlreiche haßerfüllte Blicke fielen auf den Adeligen, der sich gegen die Heckreling der Karacke lehnte.

Murad war das egal. Er wußte, daß seine Vison einer von ihm regierten Kolonie im Westen ein Wunschtraum bleiben würde – ein Morgennebel, den die Sonne in Luft auflöst. Während eines Gespräches mit Bardolin kam er zu dem Schluß, daß er, ebenso wie der Magier, der Meinung war, im Westen müsse es irgend etwas geben – etwas, dessen Entdeckung zu verhindern man Ortelius geschickt hatte. Doch in wessen Auftrag hatte er gehandelt? Entweder war der gestaltwandelnde Geistliche von einem ramusischen Monarchen mit der Mission betraut worden, was unwahrscheinlich anmutete – kein westlicher König würde sich freiwillig eines Bruders vom Ersten Tage oder eines Werwolfes als Agent bedienen –, oder aber er arbeitete für jemanden, der sich bereits im Westen aufhielt. Murads unentdeckter Kontinent war bereits entdeckt.

Aber von wem?

Werwölfe. Gestaltwandler. Magier. Das alles hing ihm zum Halse heraus. Allein der Gedanke daran ließ ihn erschaudern. Und die Erinnerung an die Träume – oder was er für Träume gehalten hatte – ließ ihn des Nachts noch immer schwitzend, mit offenen Augen wach liegen. Murad hatte das Bett mit einer Bestie geteilt, hatte ihre Hitze, den bösen Blick ihrer Augen gespürt.

Er erinnerte sich an Griellas Körper, der sich wie ein gespanntes Seil unter ihm angefühlt hatte, an die goldbraune Glätte ihrer Haut. Dabei wandte er den Blick wieder dem Fahrwasser der Karacke zu, damit keiner vom Pöbel dort unten die flammende Begierde erkennen konnte, die in den ausdruckslosen schwarzen Augen Murads aufloderte.

Die Karacke legte mit dem Nordoster, der sie mit flotten sieben Knoten vorantrieb, regelmäßig sechzig Wegstunden am Tag zurück. Etwa vierhundertachtzig Wegstunden, seit Hawkwood an die Koje gefesselt war. Sie hatten eine Strecke zurückgelegt, die der Entfernung von den südlichen Calmar-Wüsten bis zum abgelegenen, eisigen Norden von Yazdegard entsprach – dem Ausmaß der bekannten Welt. Und immer noch schien der Ozean kein Ende zu nehmen.

Das Feuer an Bord hatte das Besanuntersegel zerstört und die Besanstagen sowie einen Großteil der Wanten verschlungen. Wäre ein Sturm über sie hereingebrochen, sie hätten den Mast verloren, doch die See meinte es gut mit ihnen. Die Flammen waren mit Meerwasser gelöscht worden, das die *Dweomer* herbeigeschafft hatten. Einige der Hexer an Bord hoben Schwälle von mehreren hundert Litern aus den Wellen und ließen sie über den Besan, das Achterdeck und das Heck niederprasseln. Während Hawkwood bewußtlos gewesen war, gingen die Reparaturen rasch voran. Mittlerweile erstrahlte die Karacke fast wieder in altem Glanz; lediglich einige verkohlte Narben erinnerten daran, wie dicht sie vor dem Untergang gestanden hatte. Der Schiffszimmermann teilte Hawkwood an jenem Nachmittag mit, daß sie das letzte Holz aufgebraucht hatten, um die Schäden zu beheben und nun nichts mehr tun konnten. Sollte das Schiff abermals beschädigt werden, besaßen sie nichts mehr, womit sie es reparieren konnten. Zudem waren keine Ersatztaue und

-kabel mehr vorhanden. Bis sie Land erreichten, hieß es knoten und spleißen.

Auch Velasca erstattete Bericht. In den Tagen, in denen er das Schiff allein gesteuert hatte, führte er ein recht leserliches Logbuch; dennoch zeigte er sich augenscheinlich erleichtert, daß sein Kapitän wieder bei Bewußtsein und klarem Verstand war. Über die Feinheiten der Navigation wußte Velasca wenig. Mehr als eine grobe Winkelkreuzmessung vorzunehmen und das Schiff nach dem Kompaß zu steuern, vermochte er nicht. Sobald er dazu in der Lage war, schleppte Hawkwood sich wieder an Deck, nahm Sichtungen des Polarsterns vor und überprüfte ein ums andere Mal seine Koppelung. Tag und Nacht ließ er einen Mann mit dem Tiefseelot in den Vorschiffsketten, um den Grund auszuloten; jede Nacht ließ er Segel einholen, trotz Murads Protesten, der mit jedem Fetzen Segel weiterpreschen wollte, den die Karacke besaß. Es wollte Hawkwood einfach nicht gelingen, den Adeligen von seinem Gefühl zu überzeugen, daß sie sich letztlich doch Land näherten. Es war das Gefühl eines Seemannes; vielleicht ein besonderer Geruch in der Luft oder das Erscheinungsbild des Ozeans. Wie auch immer – Hawkwood war sicher, daß der Westliche Kontinent nicht mehr weit entfernt sein konnte.

Am zwanzigsten Tag von Endorion – neun Tage nachdem Hawkwood aufgewacht und Bardolin über sich gebeugt erblickt hatte – erhob der Bootsmann an den Vorschiffsketten die Stimme zu einem erstickten Schrei, mit dem er die Blicke aller Männer und Frauen an Bord auf sich zog. Tagelang hatte er tonlos berichtet: »Kein Grund. Kein Grund mit dieser Leine.« Nun aber gellte er aufgeregt:

»Achtzig Faden! Achtzig Faden mit dieser Leine!«

Hawkwood und Murad befanden sich auf dem Achterdeck. Hawkwood saß über den Tisch gebeugt, den man von unten heraufgebracht hatte, und schrieb angestrengt und unter Schmerzen mit der linken Hand in das neue Logbuch.

»Fünfundsiebzig! Fünfundsiebzig Faden!« rief der Bootsmann. Aufgeregtes Stimmengewirr erhob sich an Bord. Donnergrollen tönte aus den Niedergängen, als Passagiere und Soldaten an Deck stürmten, um zu sehen, was vor sich ging.

»Siebzig Faden! Weißer Sand und Muscheln am Lot!«

»Weiterloten!« rief Hawkwood hinauf. »Alle Mann! Alle Mann zum Segeleinholen!«

Acht Schläge in der letzten Hundewache hatte die Glocke soeben verkündet. Die Wache hatte gewechselt; dennoch kam die gesamte Mannschaft in den Mittelteil und das Vorschiff gelaufen.

»Velasca!« brüllte Hawkwood über das dumpfe Getrampel bloßer Füße und das anschwellende Gemurmel hinweg. »Nur Marssegel! Laßt sie dort drüben gebraßt!«

»Ist es Land?« fragte Murad mit funkelnden Augen. »Ist es Land? Ich kann nichts sehen!«

Hawkwood schenkte ihm keine Beachtung; statt dessen blickte er hinauf zum Fockmars, wo der Ausguck postiert war.

»Hallo da im Fockmars! Was siehst du?«

»Nur Dunstwolken auf sechs oder sieben Wegstunden, Käpt'n.«

»Dann halte die Augen weiter offen.«

»Was geht da vor?« wollte Murad mit zorngerötetem Gesicht wissen.

»Wir nähern uns einer Untiefe, Fürst Murad«, teilte Hawkwood ihm gelassen mit. »Die See wird flacher.«

»Heißt das, wir nähern uns Land?«

»Möglicherweise, ja.«

»Wie weit ist es noch?« Prüfend schaute Murad über den Horizont, als würde er damit rechnen, daß der westliche Kontinent jeden Augenblick dort erschien.

»Ich habe keine Möglichkeit, das festzustellen. Aber wir holen Segel ein, damit wir nicht mit voller Geschwindigkeit auf irgendwelche Riffe laufen.«

»Gott im Himmel!« rief Murad heiser. »Also gibt es den Westlichen Kontinent wirklich, nicht wahr?«

Hawkwood erlaubte sich ein Grinsen.

»Ja, Murad, es gibt ihn.«

Bis in den Abend segelte die Karacke gleichmäßig vor dem Wind, der vom Heck her wehte. Der Großteil der Menschen an Bord war an Deck gekommen, und alle Gesichter waren nach Westen gerichtet. Als sich die ersten Sterne am blauschwarzen Abendhimmel zeigten, zogen die Passagiere sich nach unten zum Essen zurück, doch Hawkwood behielt beide Wachmannschaften an Deck, wo sie Pökelfleisch und Schiffszwieback aßen. Unentwegt rief der Bootsmann von den Vorschiffsketten:

»Sechzig Faden. Sechzig Faden mit dieser Leine.«

Mittlerweile roch die Luft anders. Die Matrosen fühlten es. Da war etwas Feuchtes, Süßliches, das so ganz im Gegensatz zur vertrauten rauhen Natur des offenen Meeres stand. Hawkwood vermeinte, nun sogar irgend etwas zu riechen – den stärker werdenden Duft eines Sommergartens. Und er befand sich gar nicht mehr weit entfernt.

»Weißer Schaum! Weißer Schaum zwei Kabel voraus!« brüllte der Ausguck.

Hawkwood beugte sich zur Steuerluke hinab. »Steuermann da unten! Zwei Grad backbord. West-Südwest.«

»Aye, Käpt'n!«

Sanft drehte sich die Karacke. Der Wind wehte nun geradewegs von achtern. Die Besatzung eilte an die Brassen, um die Rahen zu trimmen. Hawkwood erblickte die weißen Schaumkronen, die sich an schwarzen Felsen auf der Steuerbordseite des Schiffes brachen.

»Bootsmann! Wie steht's mit der Tiefe?«

Ein Plätschern ertönte, eine lange Minute verstrich; dann verkündete der Bootsmann: »Vierzig Faden, Käpt'n, und weißer Sand.«

»Marssegel einholen!« brüllte Hawkwood.

Die Mannschaft stürmte die Wanten hinauf, beugte sich über die Marssegelrahen und begann, das blasse Segeltuch aufzurollen. Das Schiff verlor an Geschwindigkeit.

»Warum werden wir langsamer, Kapitän?« Es war Murad, der fast im Laufschritt über die Achterdeckleiter heraufkam.

»Brecher voraus!« kreischte der Ausguck. »Steuerbord und Backbord. Drei Kabel vor dem Bug!«

»Gott der Allmächtige!« rief Hawkwood erschrocken aus. »Anker werfen!«

Mit einem Hieb des Holzhammers löste ein Matrose den schweren Anker vom Bug. Ein gewaltiges Platschen ertönte, das die schwarze See aufwühlte; dann verlangsamte das Schiff allmählich die Fahrt und kam schließlich ganz zum Stehen. Die *Osprey* begann zu gieren, als der Wind das Heck herumdrehte.

»Werft einen Achteranker aus dem Heck, Velasca«, befahl Hawkwood seinem Ersten Maat. »Und betet, daß er im Boden hält.« Nun sah er es selbst: eine gebrochene Linie weißen Wassers, in der Dunkelheit des Abends kaum zu erkennen. Außerdem vernahm er ein neues Geräusch – das entfernte Rauschen einer Brandung. Hawkwood stellte fest, daß er zitterte. Seine Schulter glich einer scharlachroten Lanze des Schmerzes; salziger, glitschiger Schweiß klebte ihm am Körper. Wäre der wachsame Ausguck nicht gewesen, würde das Schiff immer noch auf die entfernten Felsen zusteuern.

»Ist es das?« keuchte Murad und starrte hinaus auf den weißen Schaum, der die Finsternis durchbrach.

»Vielleicht. Könnte ein Riff sein. Wir dürfen kein Risiko eingehen. Ich habe den Anker werfen lassen. Der Boden scheint mir nicht allzu sicher, aber keinesfalls fahre ich bei Dunkelheit weiter. Wir werden auf das Tageslicht warten müssen.«

Beide lauschten, beide schauten. Kaum vorzustellen, was da draußen in der Nacht ihrer harren mochte, was für ein Land sich in der schwülen Dunkelheit hinter den gefährlichen Brechern verbarg.

»Heckanker ist geworfen und hält, Käpt'n«, meldete Velasca.

»Sehr gut. Schick die Backbordwache runter, und sag der Steuerbordwache, sie soll die Beiboote zu Wasser lassen. Sie müssen feucht werden, sonst lecken sie morgen früh wie ein Sieb.«

»Aye, Käpt'n.«

Hawkwood starrte hinaus in die Dunkelheit, fühlte das Schiff unter den Füßen rollen und stampfen wie ein gefesseltes Tier, das sich gegen seinen Bändiger aufbäumt. Mittlerweile fühlte die Hitze der Nacht sich noch intensiver an, und der Kapitän vermeinte, rund um die Hecklaternen die winziger Körper schwirrender Insekten zu erkennen. Also handelte es sich um kein vereinzeltes Riff, sondern um etwas Größeres. Es war kaum zu begreifen, daß nach der langen Zeit das Ziel ihrer Reise aller Wahrscheinlichkeit nach da draußen in der Dunkelheit, in ihrem Windschatten, auf sie wartete.

Hawkwood überlegte, was Haukal nun an seiner Stelle getan hätte. Einen Augenblick grübelte er über das Verschwinden des zweiten Schiffes nach, jener anmutigen kleinen Karavelle und den braven Matrosen, die sie bemannt hatten. Segelten sie immer noch einen weit entfernten Breitengrad entlang? Oder nagten bereits die Fische an ihren Knochen? Vielleicht würde er es nie erfahren.

Murad war gegangen. Hawkwood hörte, wie der Adelige unten im Mittelteil Befehle brüllte und nach seinen Offizieren und Unteroffizieren rief. Alles an Bord mußte auf Hochglanz poliert werden. Im Morgengrauen würden sie für ihren König eine neue Welt in Besitz nehmen.

In jener letzten Nacht teilten Hawkwood, Murad und Bardolin eine Flasche candelarischen Weines in der Heckkabine. Die Luken standen offen, um frische Luft hereinzulassen. Eine Motte flog durch die glaslosen Fenster und flatterte wie in Trance um den Tisch. Die drei Männer, ebenfalls wie in Trance, beobachteten das Insekt gebannt, bis es zu nahe an die Flamme geriet und verkohlt auf den Tisch plumpste. Dort ließen sie es liegen, wie eine Art bizarren Talisman, ein Versprechen für die Zukunft vielleicht. Dann stießen sie mit dem guten Wein an – auf die Reise und was auch immer der Morgen bringen mochte. Die letzten Tropfen hoben sie auf für ein Trinkopfer, das ins Meer gegossen werden sollte – ein Ritual, das weit älter war als die erste Erinnerung an den heiligen Ramusio. Sie tranken auf die armen Seelen, die während der Fahrt über den Ozean in die Ewigkeit eingingen und auf alles, was die Zukunft ihnen bei Sonnenaufgang offenbaren mochte.

Am Morgen erhob sich die Sonne aus einem nahezu flüssigen Wolkenband, wie das Feuer eines gewaltigen Verbrennungsofens, der sich hinter dem östlichen Horizont verbarg. Alle Menschen an Bord hatten sich auf Deck begeben, allesamt in ihren feinsten Kleidern. Hawkwood trug sogar ein Schwert. Deutlich vernahmen sie das Grollen der Brandung, fühlten die feuchte, schwere Landluft. Vögel hockten in der Takelage – kleine, graubraune spatzenähnliche Wesen, die den Sonnenaufgang mit zwitscherndem Gesang begleiteten. Bei den lieblichen Tönen hob die Besatzung die Köpfe und lächelte zu den Tierchen hinauf. Vogelgesang – etwas aus einem früheren Leben.

Vor ihnen erstreckte sich ein im Sonnenlicht schimmernder Nebel. Der Ausguck im Fockmars bekam als erster wieder freie Sicht und brüllte aus voller Kehle:

»Land ho! Da drüben, achtern Steuerbord – Hügel und Bäume. Gott sei gepriesen!«

Vereinzelter Jubel brach aus, den Murad und seine Offiziere jedoch sogleich zum Verstummen brachten. Mit jedem verstreichenden Augenblick lichtete der Nebel sich ein bißchen mehr.

Und da war es. Ein grünes Land mit dichtem Pflanzenwuchs tauchte aus dem Schleier des Morgennebels auf. Berge ragten hoch in den klaren Himmel; die aufgehende Sonne ließ die Gipfel schimmern.

»In die Boote«, rief Hawkwood mit heiserer Stimme.

Die Besatzungen der beiden verbliebenen Beiboote kletterten die Schiffsseite hinunter; die Soldaten in ihren Rüstungen schwerfällig wie Elefanten, die Matrosen behende wie Äffchen.

»Ablegen!« brüllte Hawkwood, sobald sie auf den Ruderbänken Platz genommen hatten. Mehr brauchte er nicht zu befehlen. Die Besatzung war gut vorbereitet, und Velasca kannte seine Pflicht.

Die Leinen wurden von den Schandecks losgemacht, die Riemen zu Wasser gelassen. Gleichmäßig ruderten die Männer los. Trotz der Frische des Morgens trieb die Anstrengung ihnen den Schweiß aus den Poren. Hinter ihnen wurde das Schiff immer kleiner.

Zwischen den Brechern fand sich eine langgezogene Lücke, durch die letzte Nacht auch die *Osprey* gepaßt hätte, wäre es hell genug gewesen, den Spalt auszumachen. Die beiden Boote preschten hindurch, auf und nieder wogend auf den brechenden Wellen. Innerhalb der Riffe erwies sich das Wasser als ruhiger. Vor sich erblickten sie einen weißen Sandstrand am Rande eines dichten Dschungels.

»Kapitän!« rief einer der Männer. »Kapitän, schaut nach achtern, zur landwärtigen Seite des Riffs!«

Gleichzeitig fuhren Hawkwood und Murad herum und blinzelten in die Morgensonne.

»Ich kann nichts …«, begann Murad. Dann stockte er.

Auf der westlichen Seite des Riffs trieben die Überreste eines Schiffes. Ein Bugspriet, ein Teil eines Kiels und ein paar lose Planken. Es sah so aus, als wäre das Schiff in voller Fahrt gegen das Riff geprallt, so daß der vordere Teil des Rumpfes darüber hinweggeglitten, der Rest jedoch abgebrochen und versunken war.

Es handelte sich um die *Gnade Gottes.*

Leise murmelnd schlugen die Männer das Heiligenzeichen vor der Brust. Hawkwoods Augen brannten im Einklang mit der schmerzenden Schulter. So weit waren sie gekommen, um dann doch noch zu versagen. So viele tapfere Männer.

»Möge Gott sich ihrer erbarmen«, murmelte er.

»Ist es möglich, daß jemand überlebt hat?« fragte Murad.

Kraftlos schüttelte Hawkwood den Kopf, während er die Wrackteile, die tosende Brandung und das gezackte Riff betrachtete. Durch schieres Glück war ein Teil des Schiffes innerhalb des Riffs geblieben. Einzig die explosive Kraft der Brecher hatte die Trümmer hierher geschleudert. Nur ein Wunder hätte die Menschen an Bord retten können.

»Also sind wir allein«, stellte Murad fest.

»Wir sind allein«, bestätigte Hawkwood.

Das Wasser wurde seichter. Wie eine Ramme schlug ihnen die Landhitze entgegen. Die Männer hoben die Ruder an.

Wenige Sekunden später stieß der Rumpf des Bootes auf Sand.

Richard Hawkwood sprang aus dem ersten Boot, dicht gefolgt von Murad. Durch den Lärm der Brecher draußen am Riff vernahmen sie seltsames Vogelgezwitscher aus der Wand des vor ihnen liegenden Dschungels.

Sie wateten aus dem seichten Wasser und kamen auf heißem, weißem Sand zu stehen. Die Morgensonne brannte ihnen auf den Rücken. Die Besatzungen schleppten die Boote aus dem Wasser; dann verharrten sie keuchend. Die Soldaten hielten die Hakenbüchsen bereit.

Murad wandte sich um und blickte zu Hawkwood. Ohne ein Wort zu sagen, marschierten die beiden den funkelnden Strand hinauf, auf den Dschungel des Westlichen Kontinents zu, der dunkel und undurchdringlich vor ihnen schimmerte.

ENDE
des ersten Bandes

Band zwei der **Königreich Gottes**
erscheint im Herbst '97
unter dem Titel
Die Ketzerkönige

Band 20 262

Roger Taylor

Traumfinder

Deutsche Erstveröffentlichung

Die Gilde der Traumfinder ist nach dem Tod ihres Anführers Petran in Verruf geraten, und Antyr, sein Sohn, ist nicht bereit, in die Fußstapfen seines Vaters zu treten. Zusammen mit ihren Gefährten, telepathisch begabten Wölfen, sind Traumfinder in der Lage, sich in die Träume anderer einzuschleusen und sie zu beeinflussen.
Eines Nachts jedoch werden Antyrs Fähigkeiten gebraucht: Den Fürsten von Serenstad plagen Alpträume vom Untergang seiner Stadt. Und zum erstenmal müssen Antyr und sein Gefährte Tarrian sich dem geheimnisvollen Blinden Mann und seinem Werkzeug, dem rachsüchtigen Krieger Ivaroth, stellen. Es beginnt ein Abenteuer, wie sie es sich niemals zu träumen gewagt hätten!

Epische Fantasy in der besten Tradition von J.R.R. Tolkien!

BASTEI LÜBBE

Sie erhalten diesen Band im Buchhandel, bei Ihrem Zeitschriftenhändler sowie im Bahnhofsbuchhandel.

Band 20 270

David Gemmell

Der Löwe von Macedonien

Deutsche Erstveröffentlichung

Der junge Parmenion wächst gefürchtet und geschmäht in den Straßen von Sparta auf. Aufgrund seiner Fähigkeiten erlangt er bald den Titel eines *strategos* und schwingt sich zum gefährlichsten Feldherrn der antiken Welt auf. Doch dann dringt er in eine Sphäre der Geheimnisse und der Magie: Eine große, dunkle Gefahr drängt in die Welt, und nur Parmenion kann sie aufhalten – als Löwe von Macedonien.

Dies ist der erste Band einer großen historischen Saga voller Abenteuer und Magie aus den glorreichen Tagen des antiken Griechenlands.

BASTEI LÜBBE

Sie erhalten diesen Band im Buchhandel, bei Ihrem Zeitschriftenhändler sowie im Bahnhofsbuchhandel.

Band 20 281

Diana L. Paxson

Die Kelten Königin

Britannien im 5. Jahrhundert vor Christus. Die vom Kontinent eingewanderten Kelten haben die Ureinwohner, die Erbauer von Stonehenge, unterworfen und verdrängt. Cridilla, die jüngste Tochter von Leir, wurde in der Tradition beider Völker erzogen. Sie ist Schamanin und zugleich Kriegerin. Verzweifelt versucht sie, zwischen den beiden Welten zu vermitteln – und steht plötzlich vor einer schweren Entscheidung: Muß sie ihren Vater, den fremden Eroberer von jenseits der Meere, verraten, um ihr Land und die Menschen, die sie liebt, zu schützen?

BASTEI LÜBBE

Sie erhalten diesen Band im Buchhandel, bei Ihrem Zeitschriftenhändler sowie im Bahnhofsbuchhandel.